◆ 本丛书获得内蒙古大学“部省合建”科研专项高端成果培育项目资助

◆ 本丛书为内蒙古大学铸牢中华民族共同体意识研究系列丛书

◆ 本丛书为国家社会科学基金专项重大项目“铸牢中华民族共同体意识视域下北部边疆安全建设机制研究”（22VMZ013）、内蒙古自治区基本科研业务费项目“中国式现代化视域下内蒙古文化建设现状及成效研究”（20300-54230327，负责人为杨常宝）阶段性成果

[illegible]

[illegible]

[illegible]

[illegible]

ᠦᠨᠳᠦᠰᠦᠲᠡᠨ ᠦ ᠬᠡᠪᠯᠡᠯ ᠦᠨ ᠬᠣᠷᠢᠶ᠎ᠠ

本书编委会

主　编：杨常宝　金晓华

副主编：巴代　领梅

成　员：丽丽　文焱　钱媛媛

ᠡᠨᠡ ᠨᠣᠮ ᠤᠨ ᠨᠠᠢᠷᠠᠭᠤᠯᠬᠤ ᠵᠦᠪᠯᠡᠯ

ᠡᠷᠬᠢᠯᠡᠨ ᠨᠠᠢᠷᠠᠭᠤᠯᠤᠭᠴᠢ: ᠶᠠᠩ ᠴᠠᠩᠪᠤᠣ ᠵᠢᠨ ᠰᠢᠶᠣᠸᠠ

ᠲᠡᠰ ᠨᠠᠢᠷᠠᠭᠤᠯᠤᠭᠴᠢ: ᠪᠠᠳᠠᠢ ᠯᠢᠩᠮᠸᠢ

ᠭᠡᠰᠢᠭᠦᠳ: ᠯᠢ ᠯᠢ ᠸᠸᠨ ᠶᠠᠨ ᠴᠢᠶᠠᠨ ᠶᠤᠸᠠᠨ ᠶᠤᠸᠠᠨ

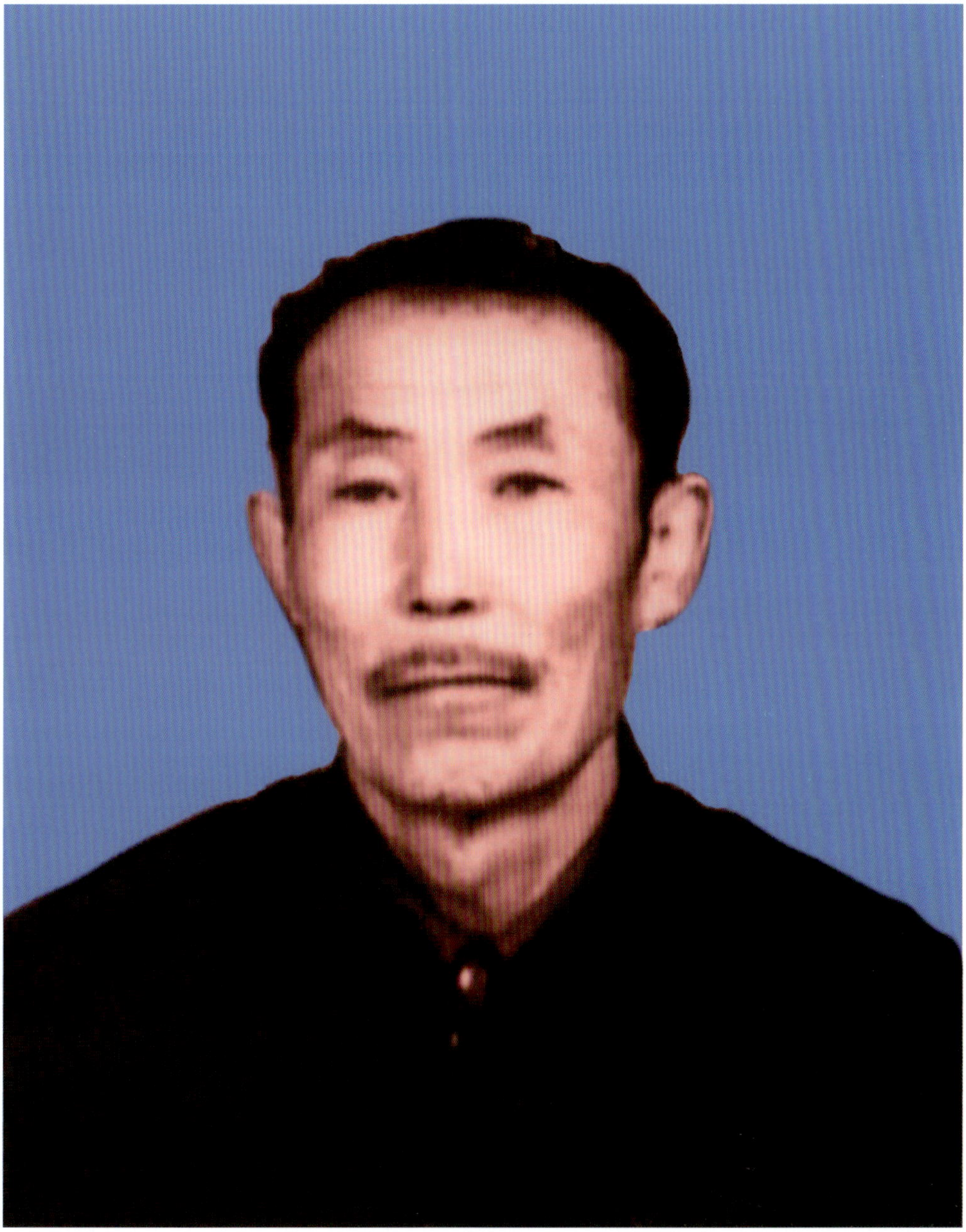

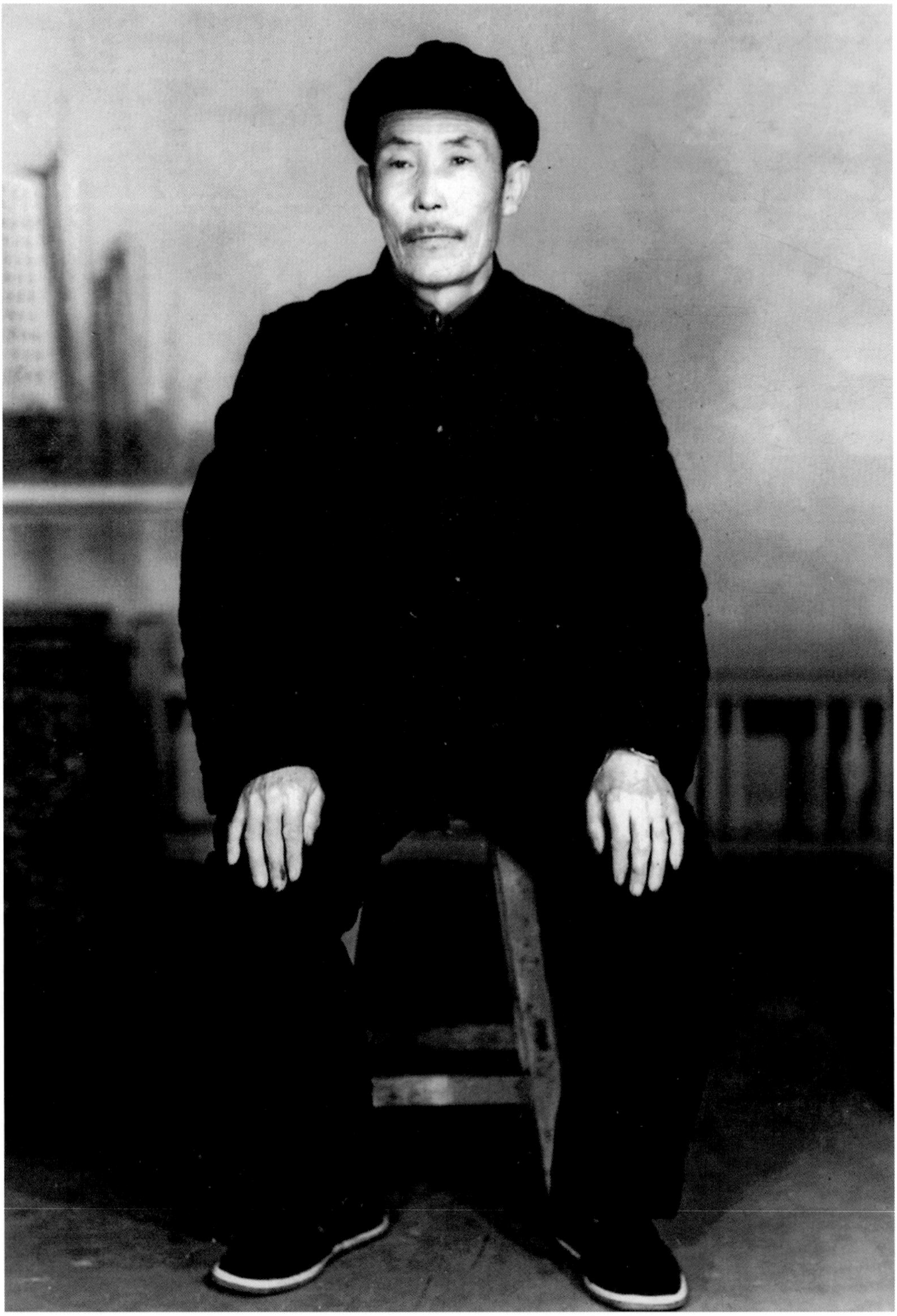

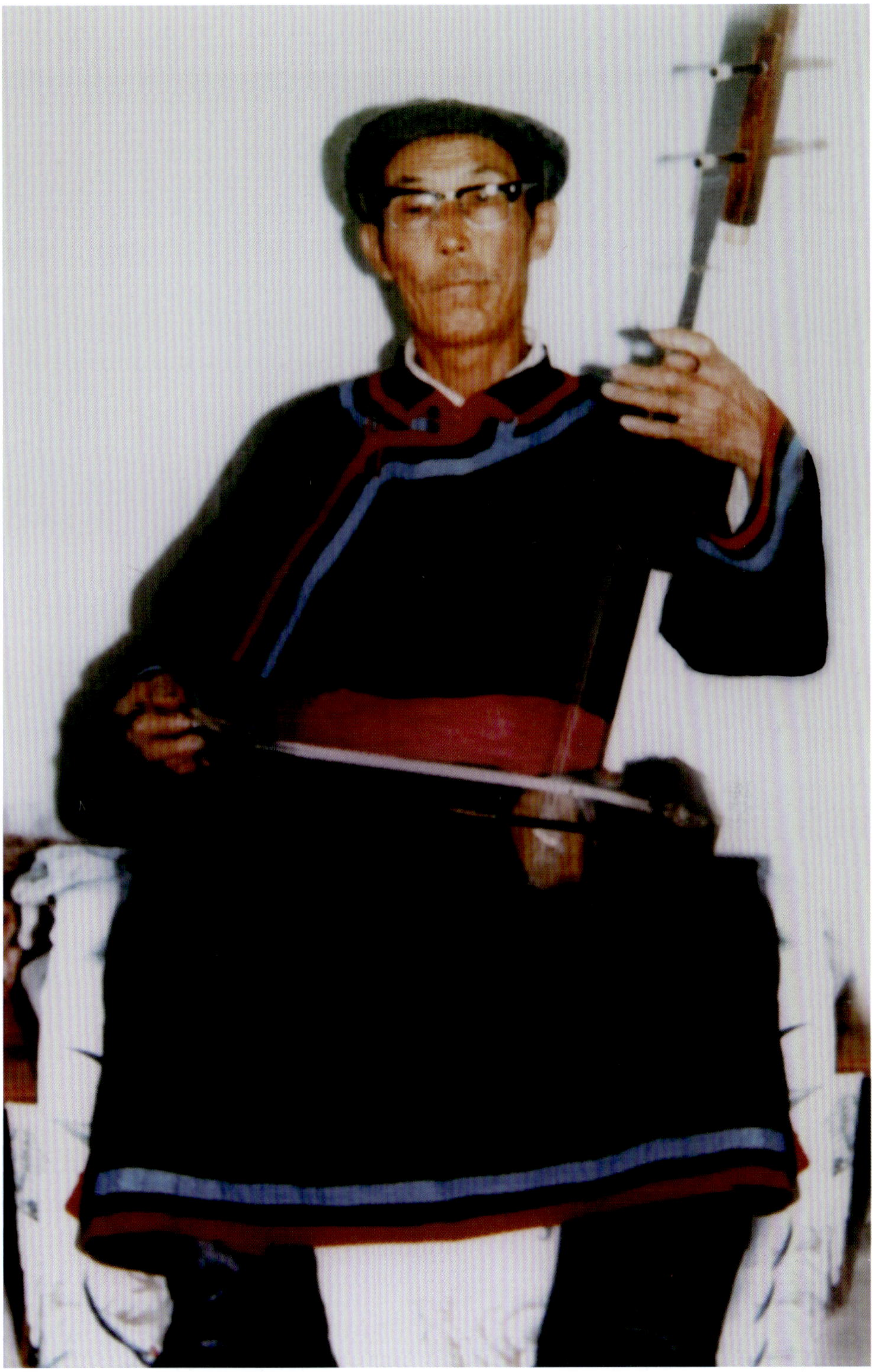

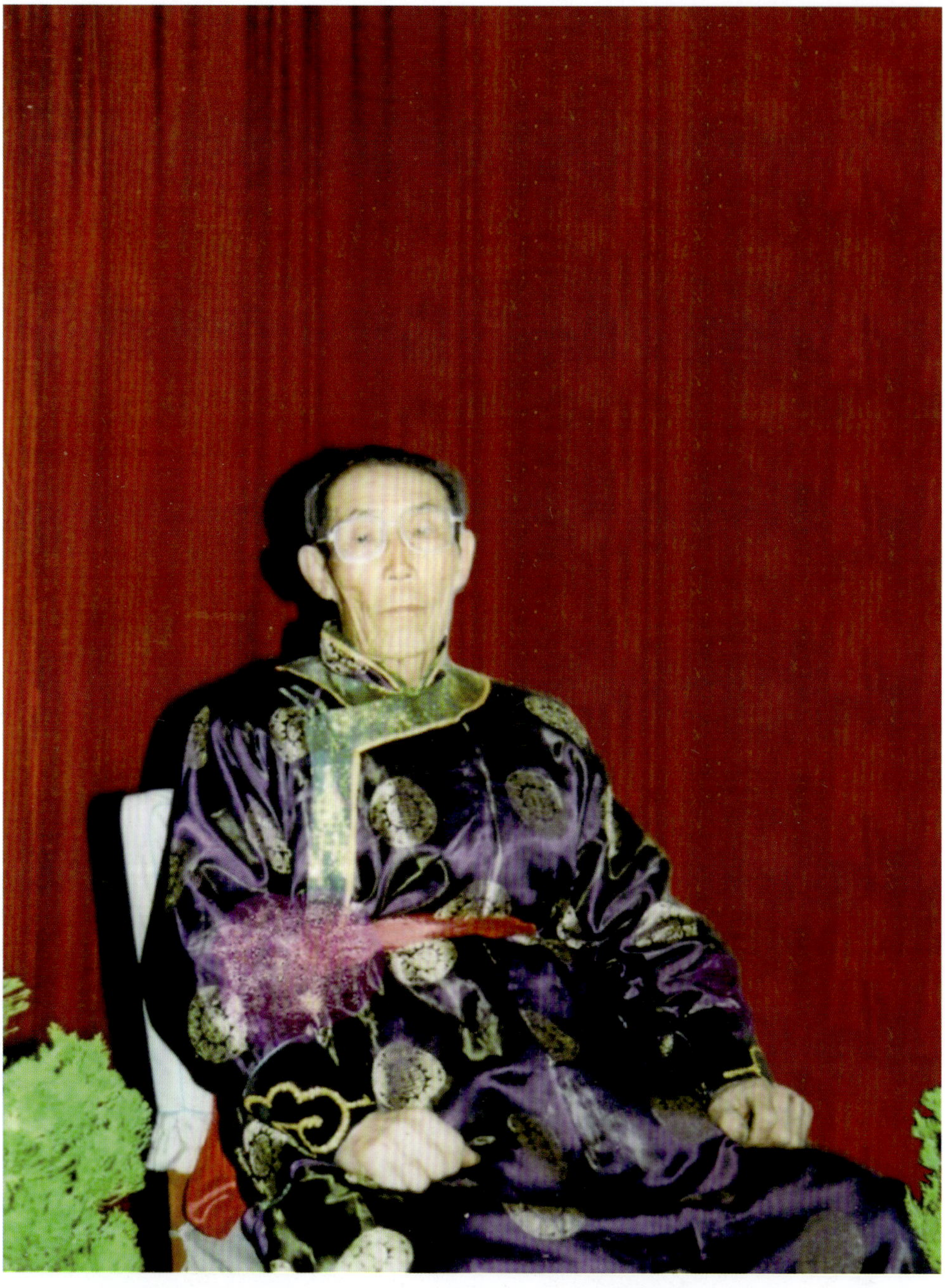

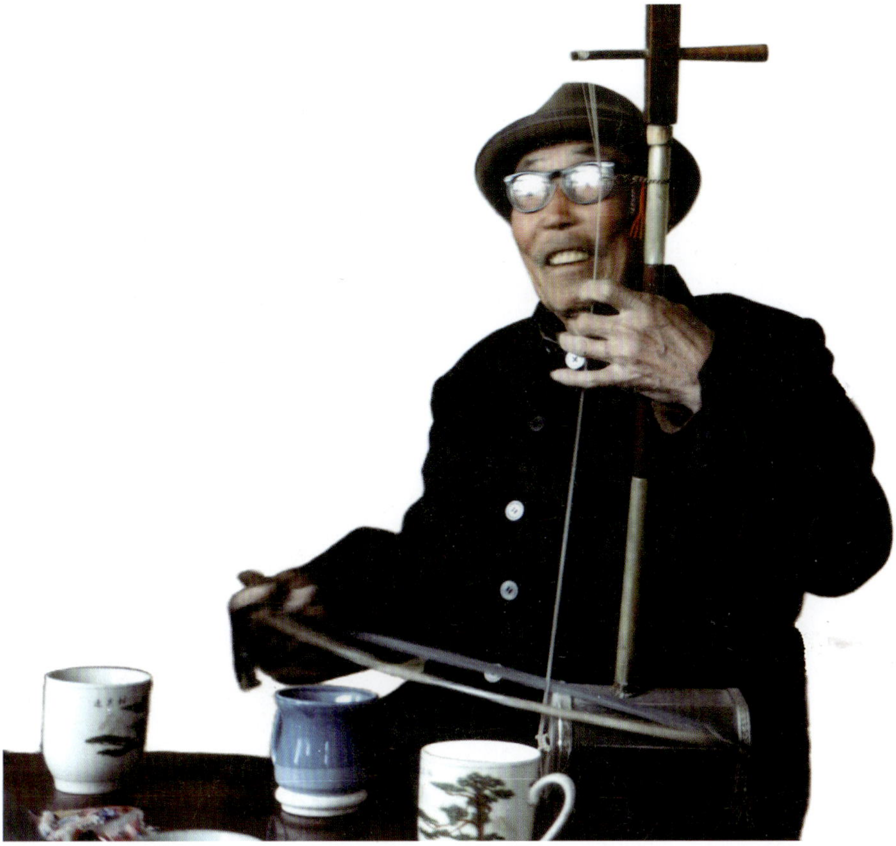

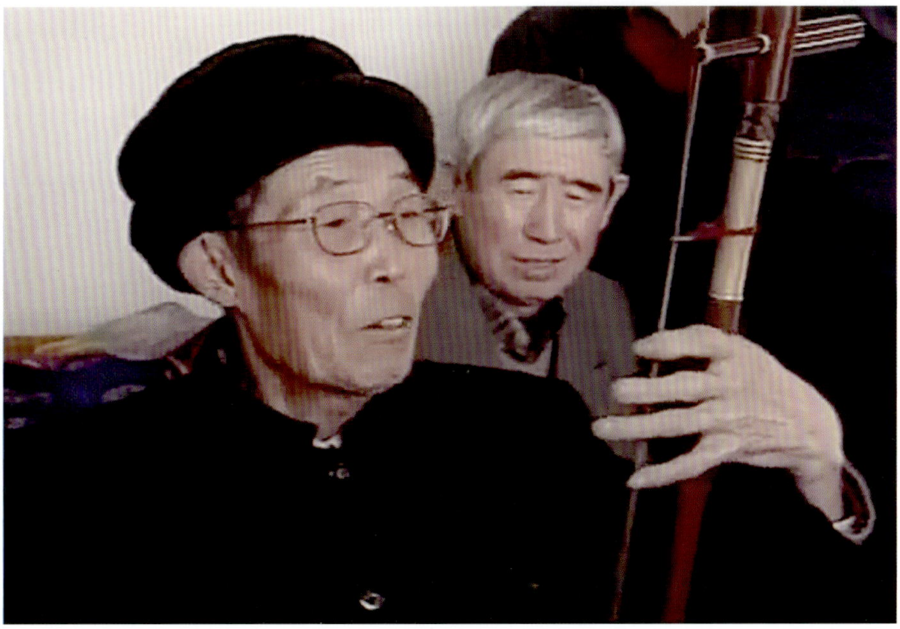

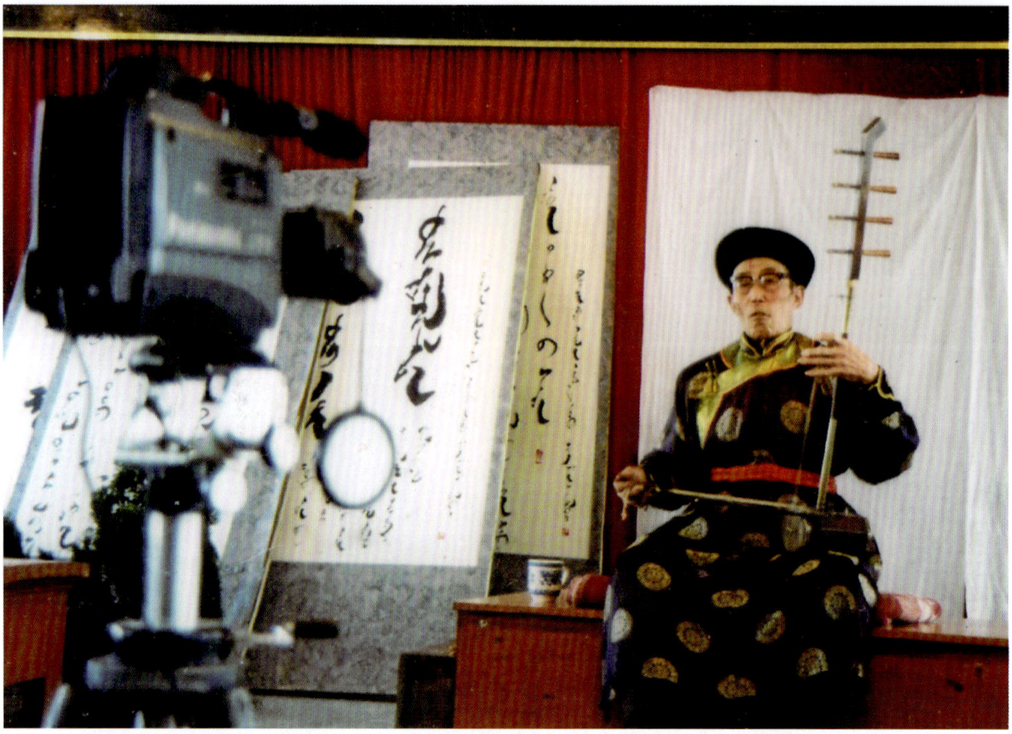

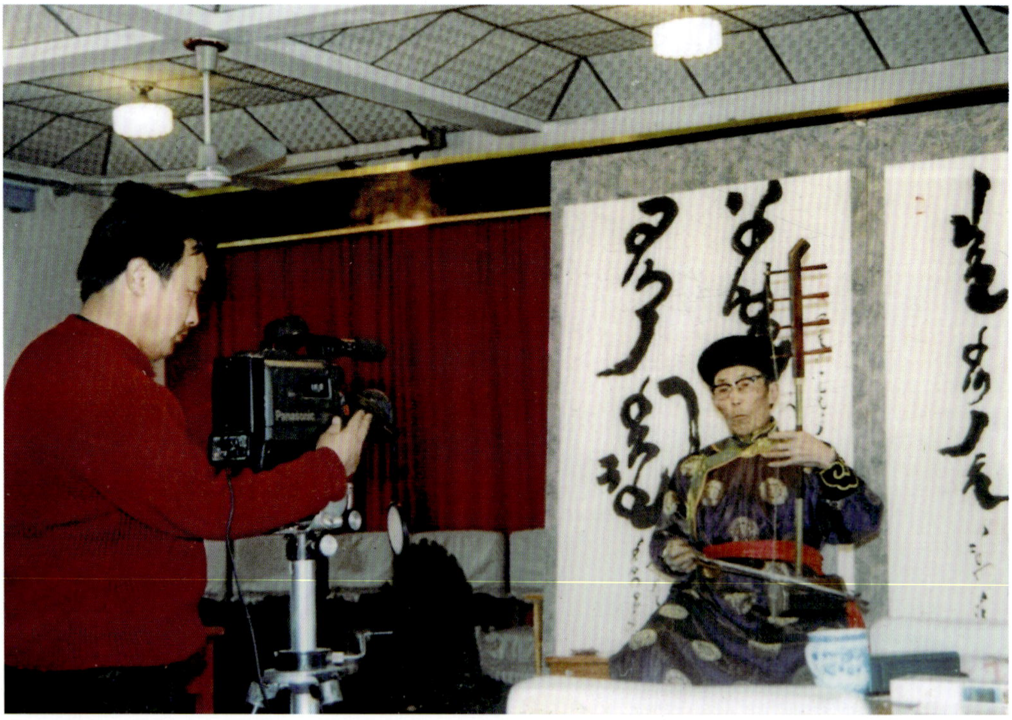

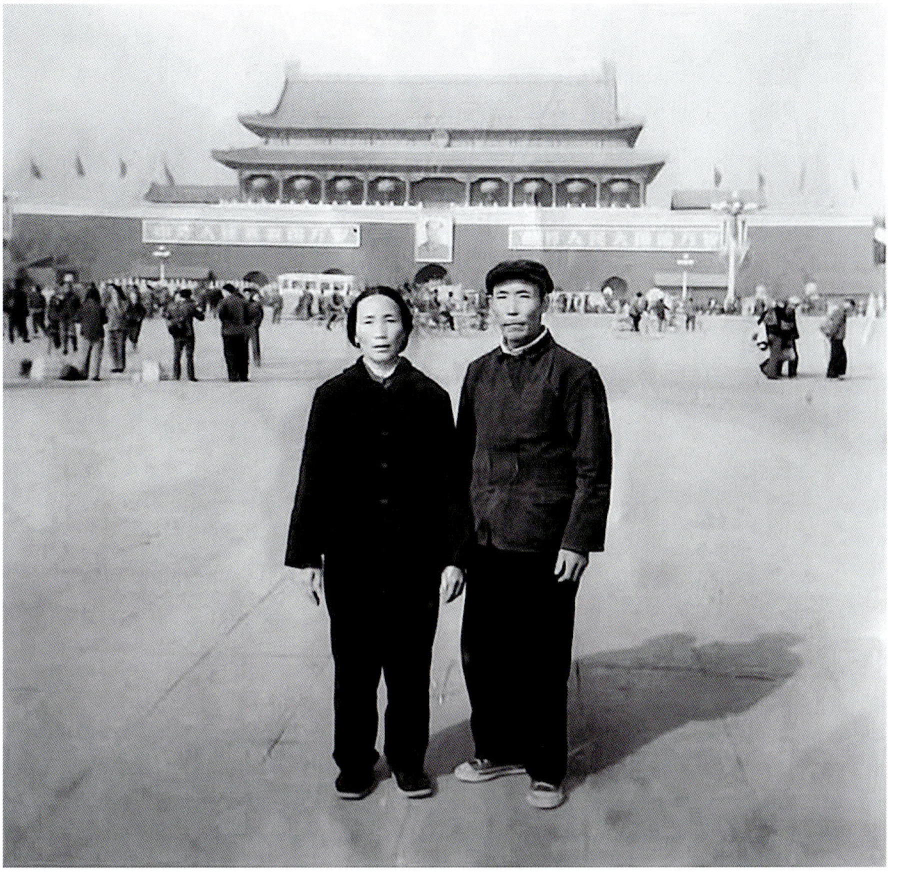

1974 ᠣᠨ ᠤ ᠲᠠᠪᠤᠳᠤᠭᠠᠷ ᠰᠠᠷ᠎ᠠ ᠳᠤ ᠪᠠᠭᠤᠯᠭᠠᠭᠰᠠᠨ᠂ ᠡᠬᠡ ᠪᠡᠷ
ᠪᠡᠭᠡᠵᠢᠩ ᠦ ᠲᠢᠶᠠᠨ ᠠᠨ ᠮᠸᠨ ᠳᠦ ᠬᠠᠮᠲᠤ ᠪᠡᠨ

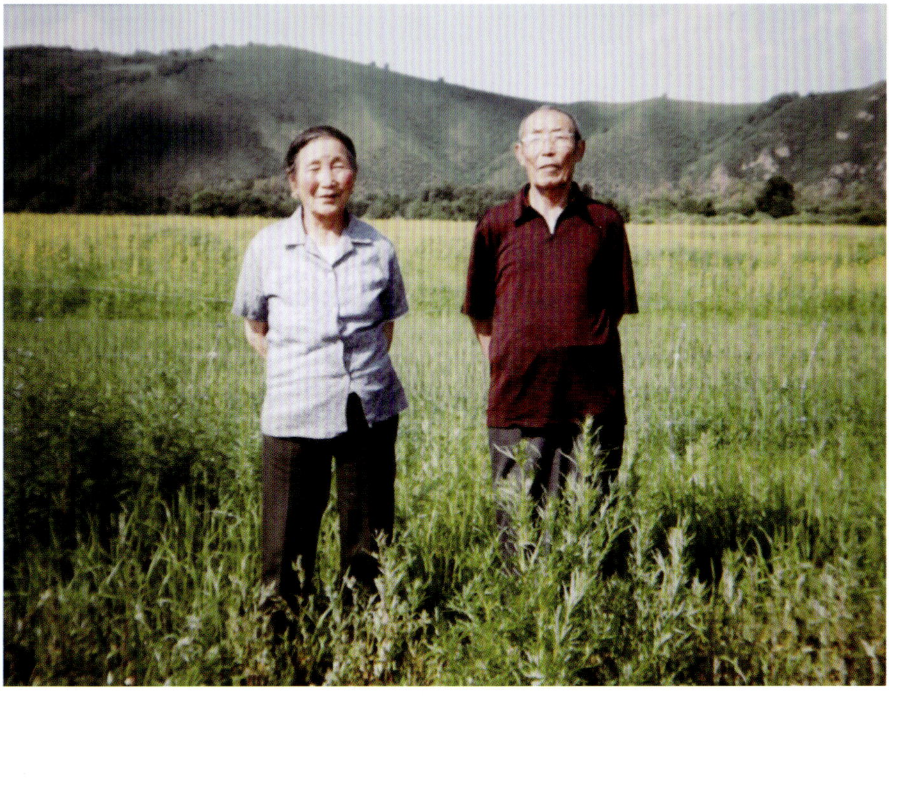

2004 ᠣᠨ ᠤ ᠲᠠᠪᠤᠳᠤᠭᠠᠷ ᠰᠠᠷ᠎ᠠ ᠳᠤ ᠪᠠᠭᠤᠯᠭᠠᠭᠰᠠᠨ᠂
ᠡᠬᠡ ᠪᠡᠷ ᠨᠤᠲᠤᠭ ᠲᠠᠭᠠᠨ ᠤ ᠮᠣᠳᠤᠨ ᠳᠤ

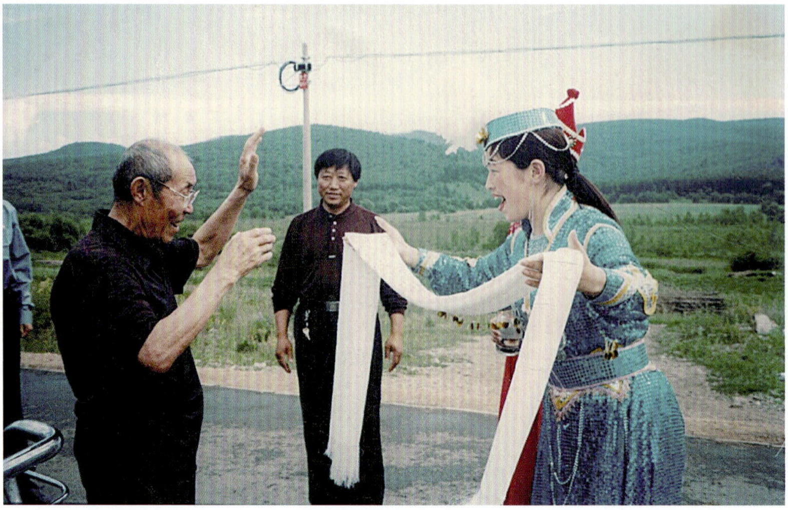

ᠤᠯᠢᠭᠡᠷᠴᠢ ᠰᠢᠷᠡᠪ ᠦ ᠪᠠᠶᠠᠷ

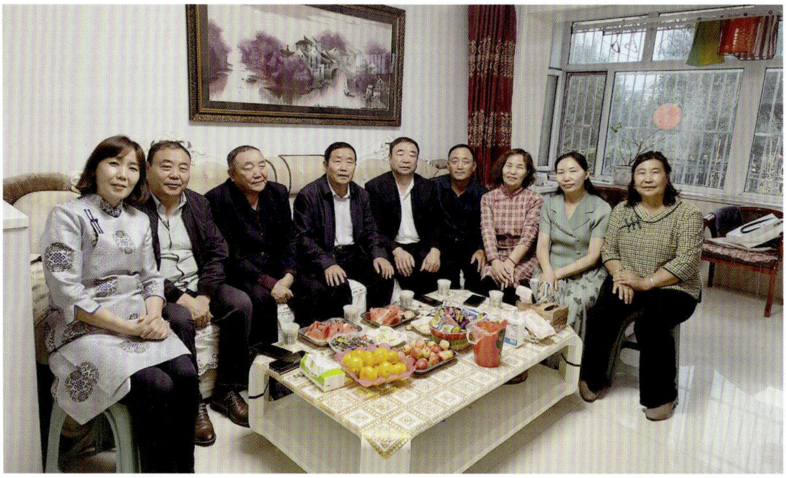

ᠤᠯᠢᠭᠡᠷᠴᠢ ᠰᠢᠷᠡᠪ ᠦᠨ ᠠᠴᠢ ᠨᠠᠷ

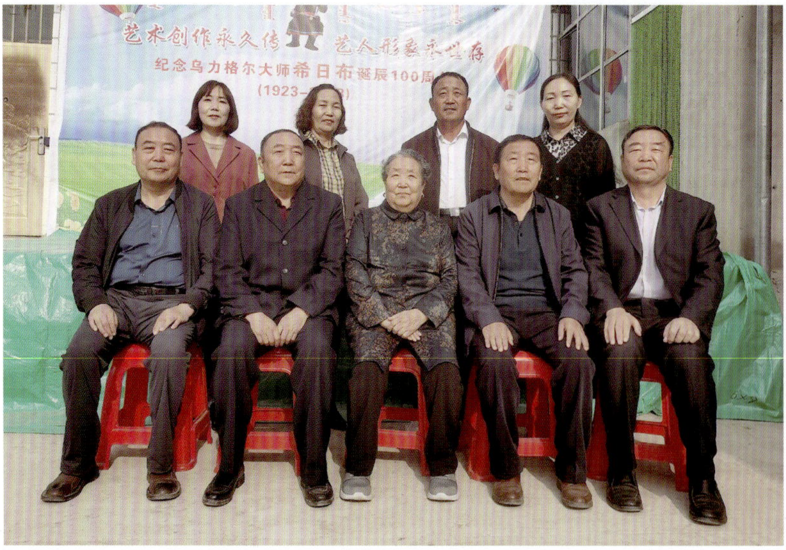

ᠤᠯᠢᠭᠡᠷᠴᠢ ᠰᠢᠷᠡᠪ ᠦᠨ ᠠᠴᠢ ᠨᠠᠷ

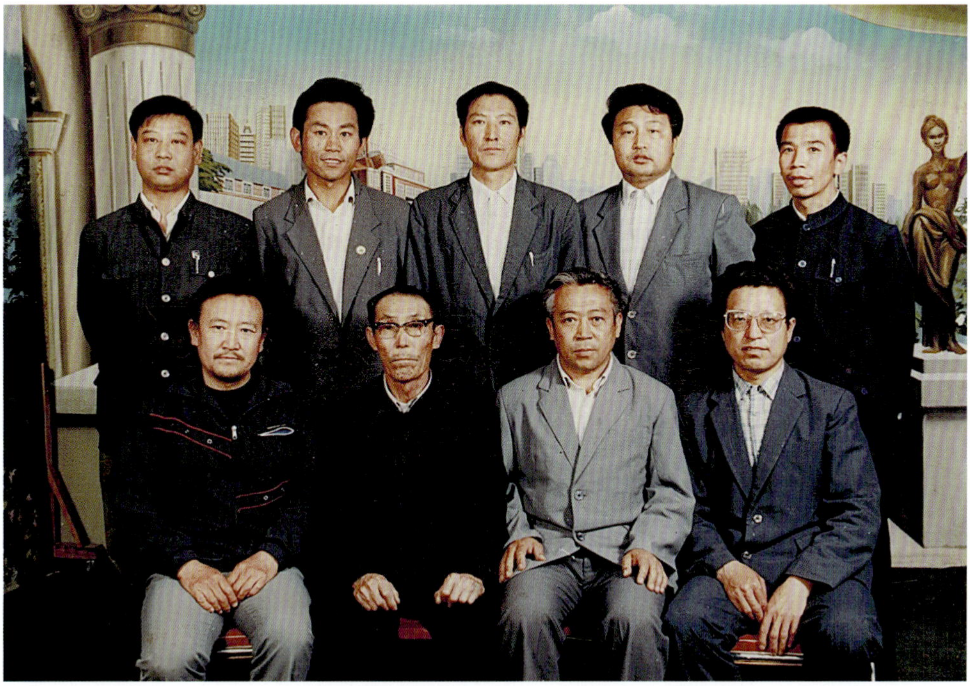

1983

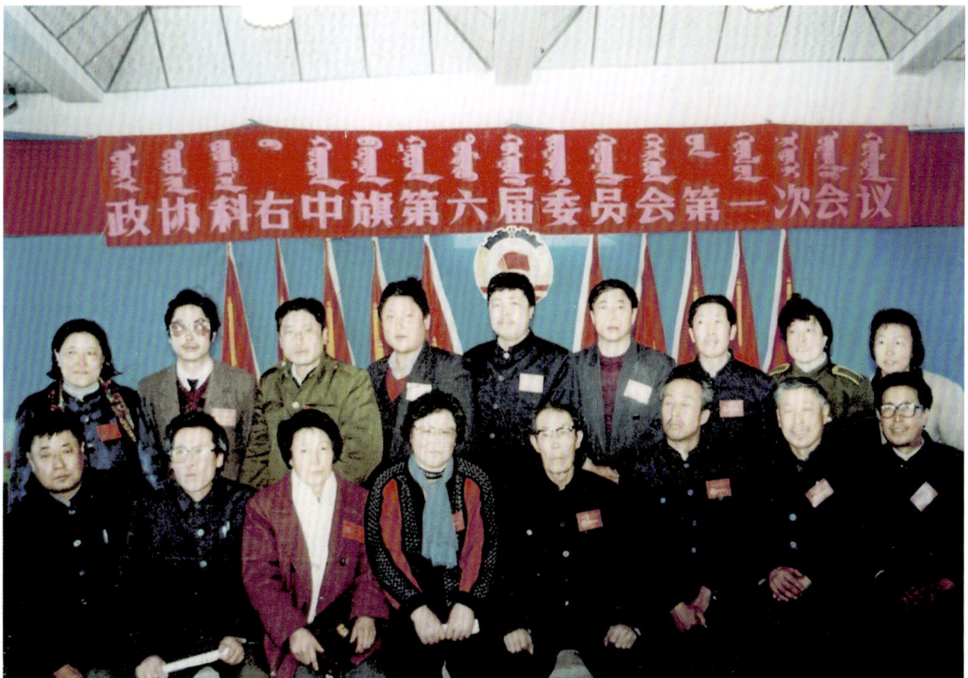

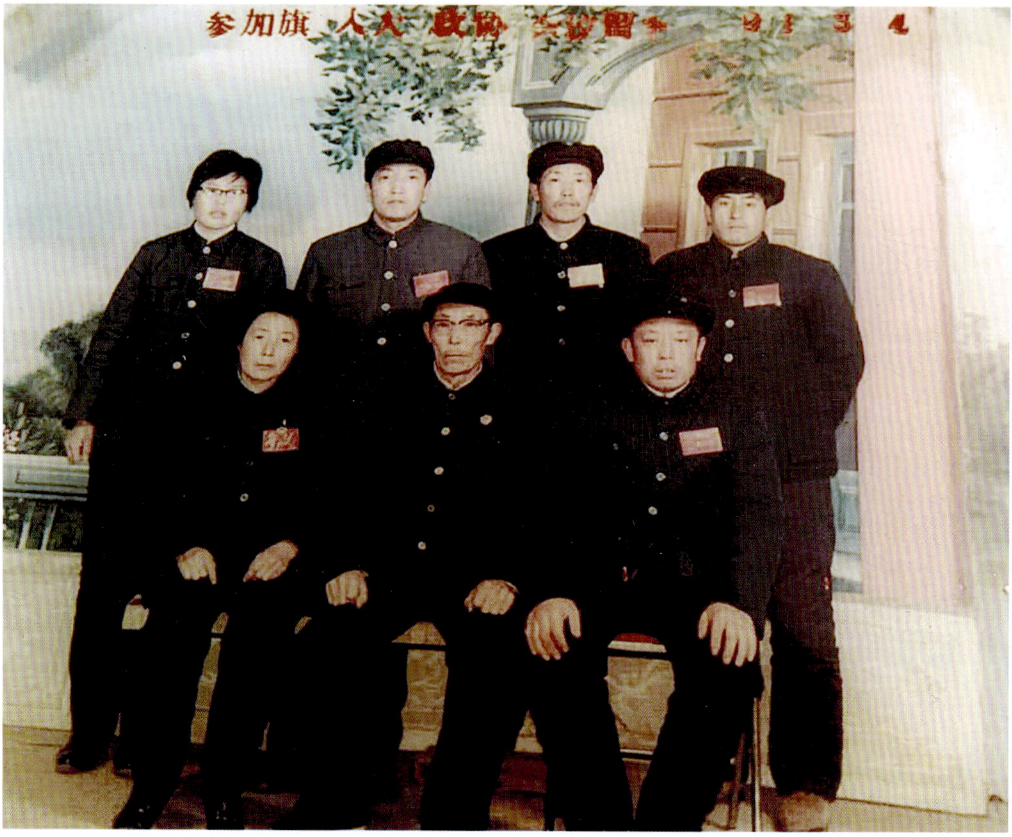
参加旗 人大 政协

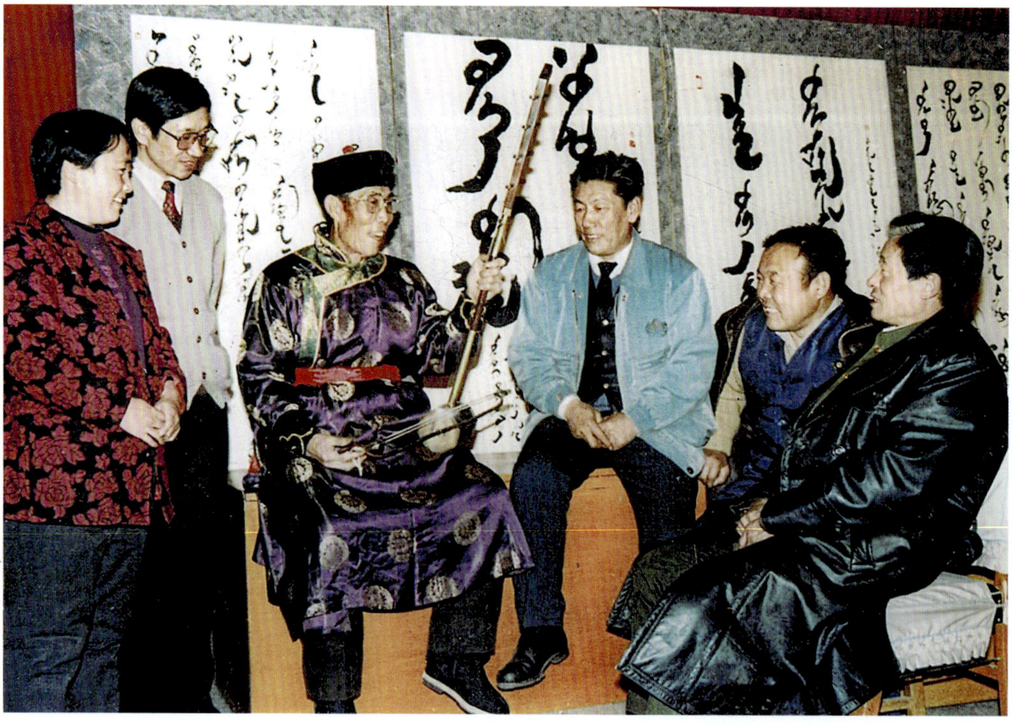

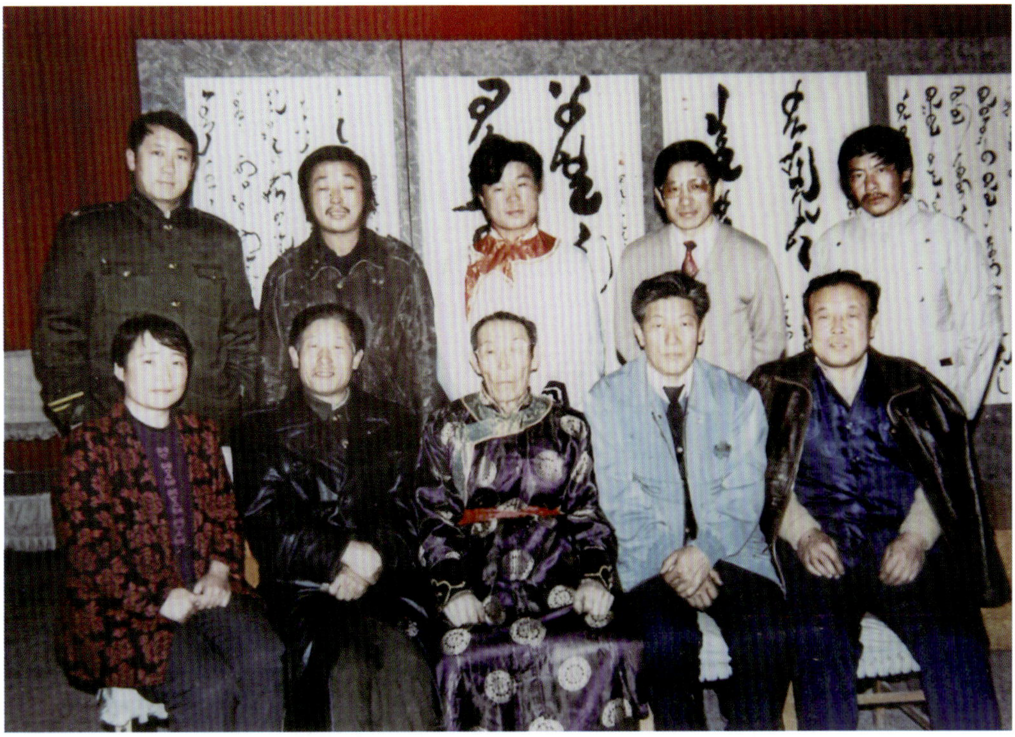

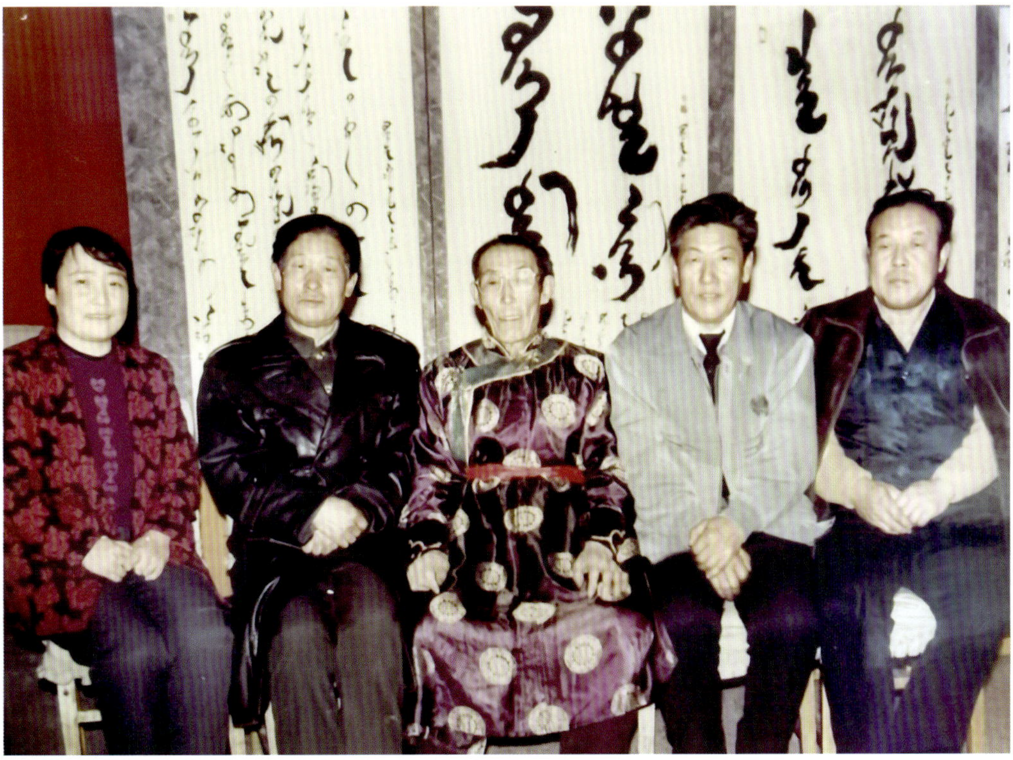

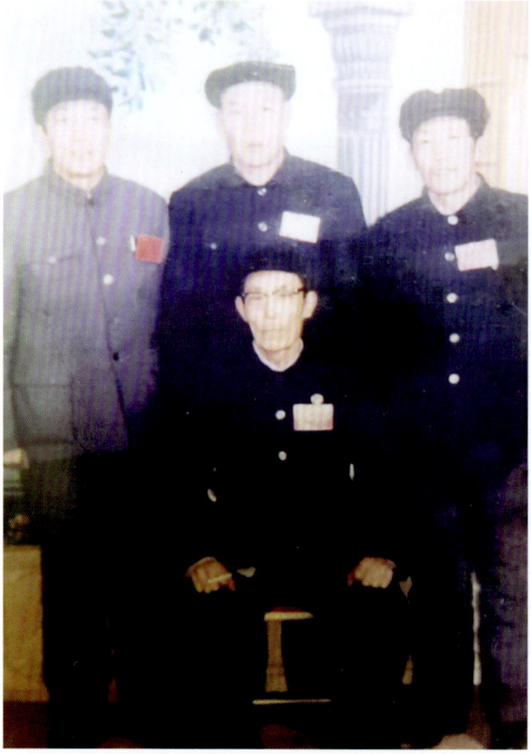

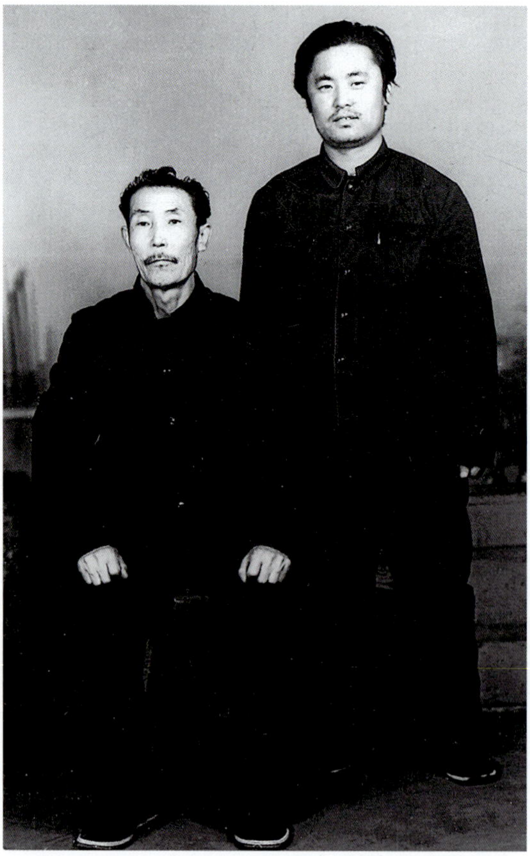

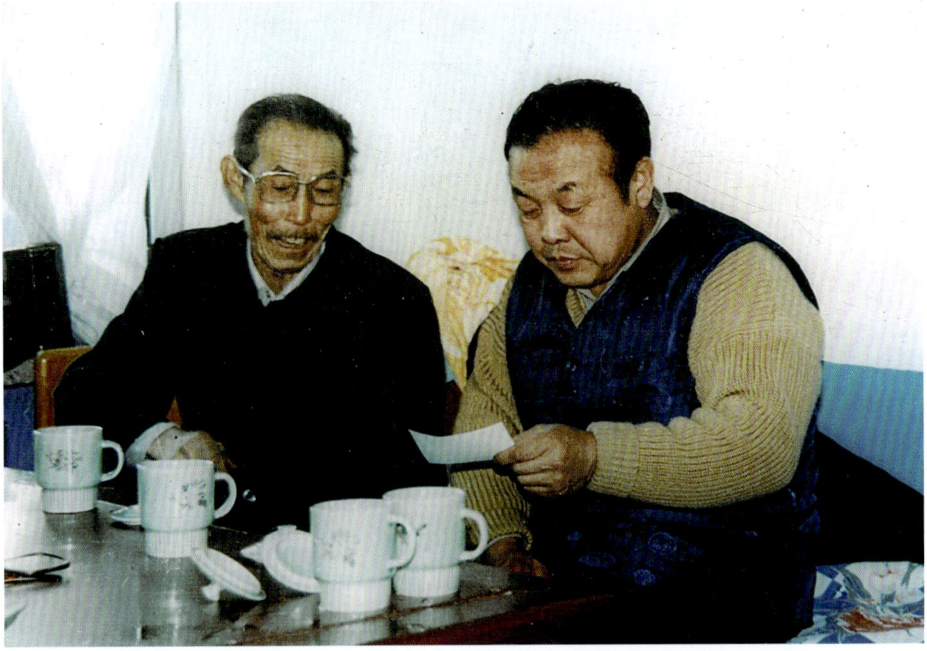

[illegible]

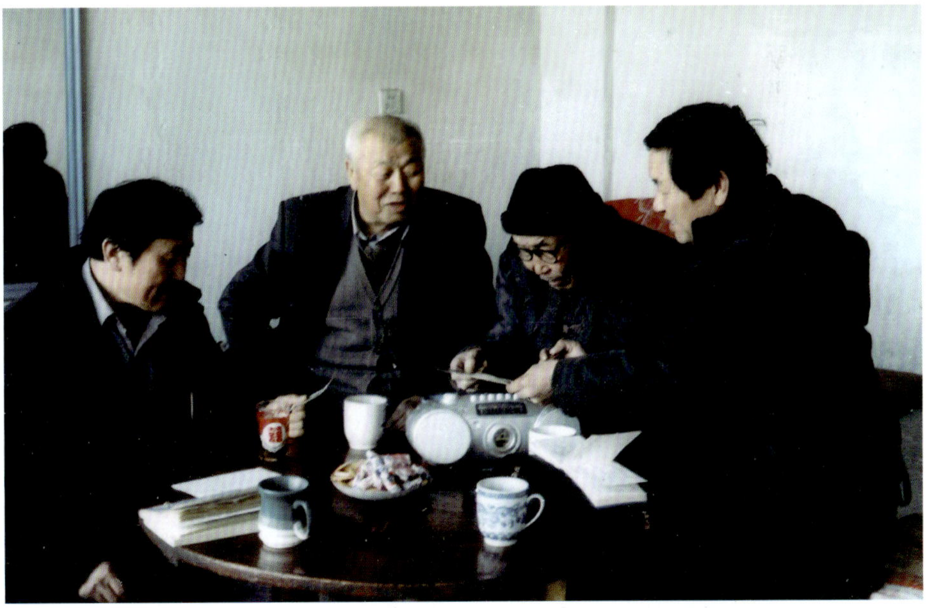

[illegible]

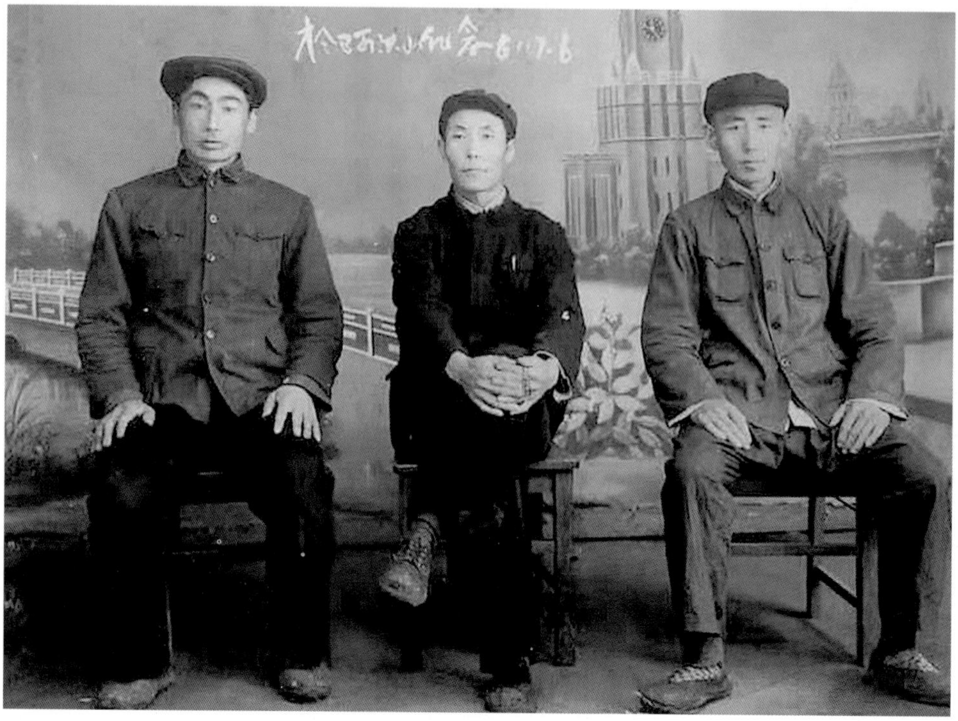

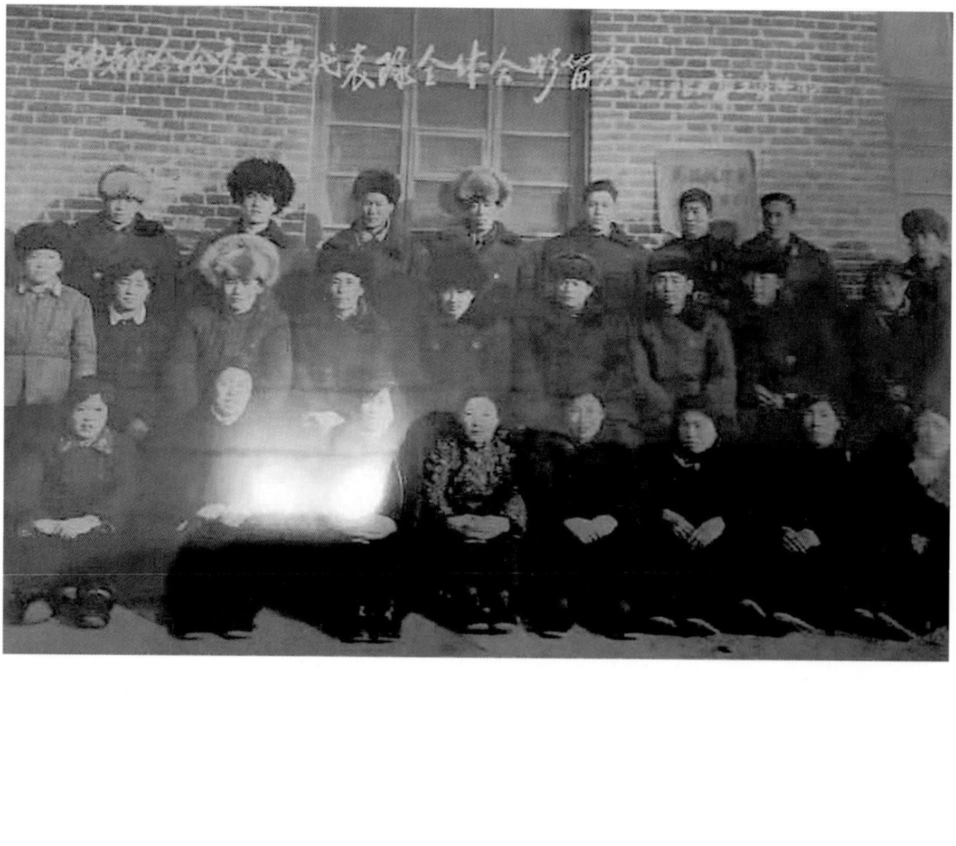

1964 ᠣᠨ ᠤ ᠬᠣᠷᠴᠢᠨ ᠪᠠᠷᠠᠭᠤᠨ ᠭᠠᠷᠤᠨ ᠳᠤᠮᠳᠠᠳᠤ ᠬᠣᠰᠢᠭᠤᠨ ᠤ
ᠬᠤᠭᠤᠷᠴᠢᠳ ᠤᠨ ᠰᠢᠨᠡᠳᠬᠡᠯ ᠦᠨ ᠬᠤᠷᠠᠯ ᠤᠨ ᠳᠤᠷᠠᠰᠬᠠᠯ
ᠵᠢᠷᠤᠭ (ᠵᠡᠭᠦᠨ ᠡᠴᠡ ᠬᠣᠶᠠᠳᠤᠭᠠᠷ ᠨᠢ ᠪᠠᠶᠢᠨ ᠮᠠᠨ᠎ᠠ ᠪᠣᠯᠤᠨ᠎ᠠ)

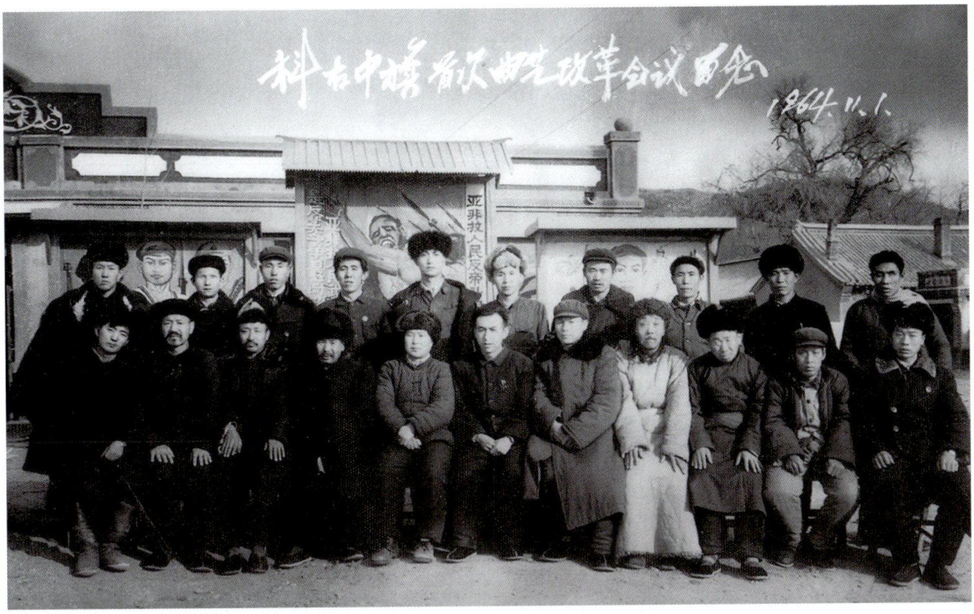

1996 ᠣᠨ ᠳᠤ ᠪᠠᠭᠠᠰᠢ ᠬᠤᠭᠤᠷᠴᠢ ᠶᠢᠨ ᠭᠡᠷ ᠲᠦ [illegible]

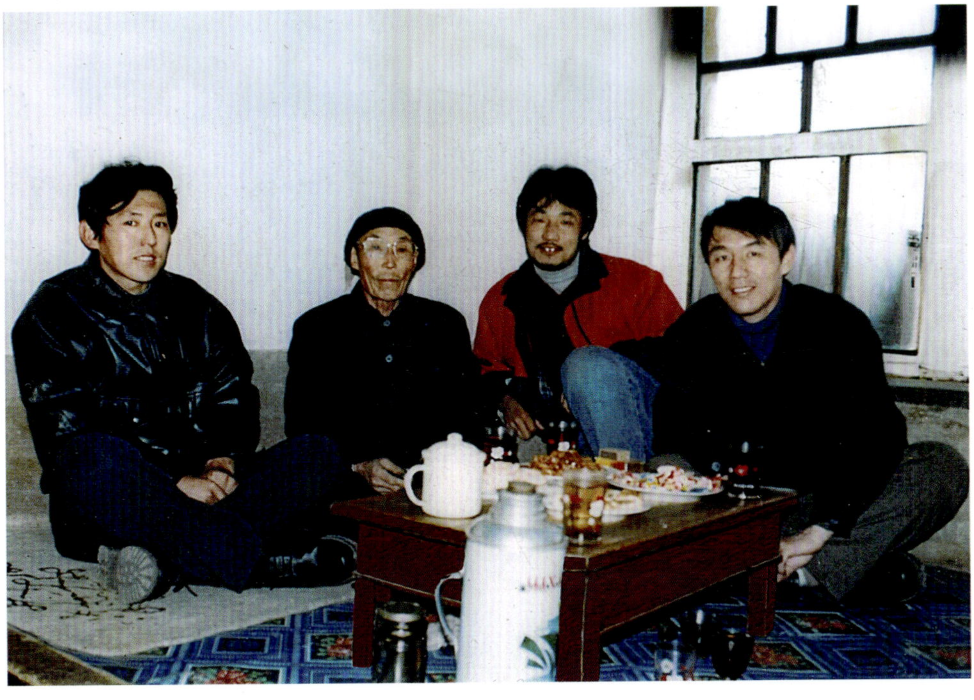

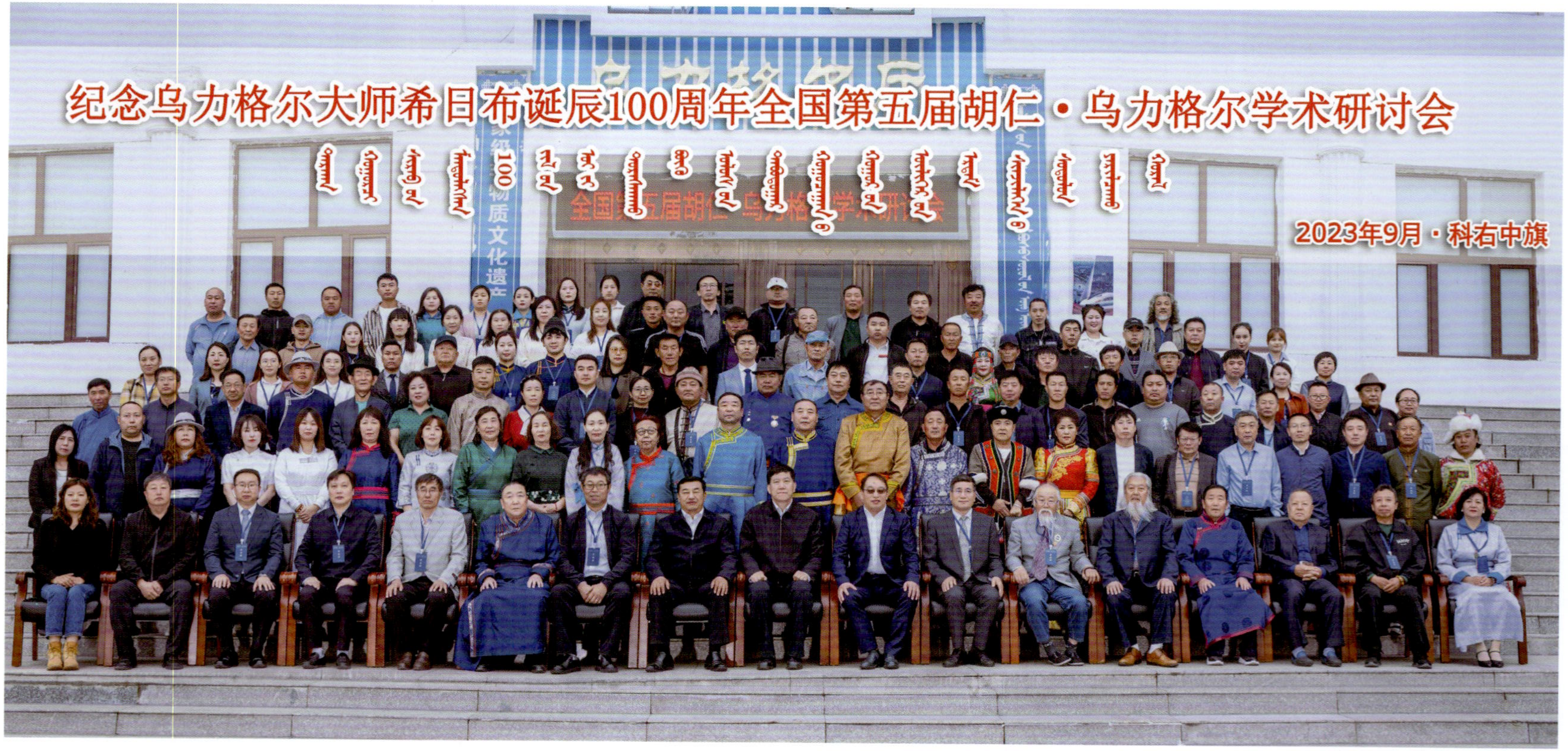
纪念乌力格尔大师希日布诞辰100周年全国第五届胡仁·乌力格尔学术研讨会
2023年9月·科右中旗
全国第五届胡仁·乌力格尔学术研讨会

ᠬᠣᠷᠢᠶᠠᠯᠠᠩ ᠤ ᠬᠠᠭᠤᠷᠴᠢ ᠶᠢᠨ ᠤᠷᠯᠢᠭ ᠤᠨ ᠲᠥᠪ ᠦᠵᠡᠰᠬᠦᠯᠡᠩ ᠳᠦ ᠬᠢ ᠰᠢᠷᠠᠪ ᠪᠠᠭᠰᠢ ᠶᠢᠨ ᠳᠤᠷᠠᠰᠬᠠᠯ ᠤᠨ ᠲᠠᠰᠤᠭ

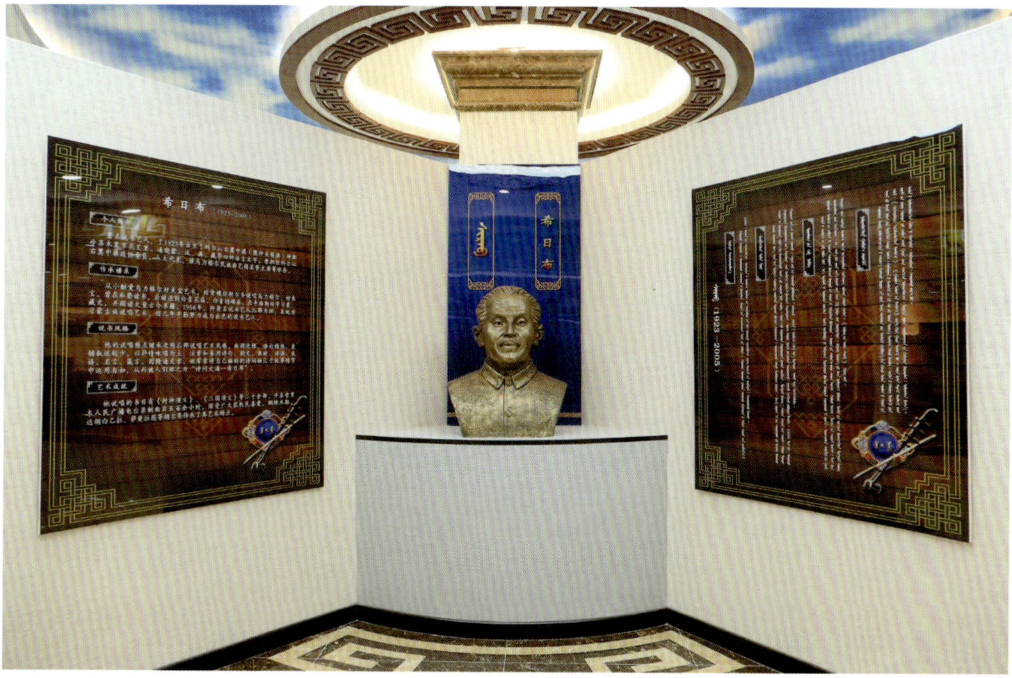

ᠬᠣᠰᠢᠭᠤᠨ ᠤ ᠰᠣᠶᠣᠯ ᠲᠠᠮᠢᠷ ᠤᠨ ᠲᠣᠪᠴᠢᠶ᠎ᠠ ᠂ ᠥᠷᠭᠡᠨ ᠨᠡᠪᠲᠡᠷᠡᠭᠦᠯᠭᠡ ᠶᠢᠨ ᠲᠣᠪᠴᠢᠶ᠎ᠠ ᠂ ᠦᠨᠳᠦᠰᠦᠲᠡᠨ ᠱᠠᠰᠢᠨ ᠤ ᠬᠡᠷᠡᠭ ᠦᠨ ᠲᠣᠪᠴᠢᠶ᠎ᠠ ᠡᠴᠡ ᠬᠠᠭᠤᠷᠴᠢ ᠰᠢᠷᠠᠪ ᠤᠨ 73 ᠨᠠᠰᠤᠨ ᠤ ᠪᠠᠶᠠᠷ ᠲᠤ ᠪᠡᠯᠡᠭᠯᠡᠭᠰᠡᠨ ᠤ ᠬᠠᠪᠲᠠᠰᠤ

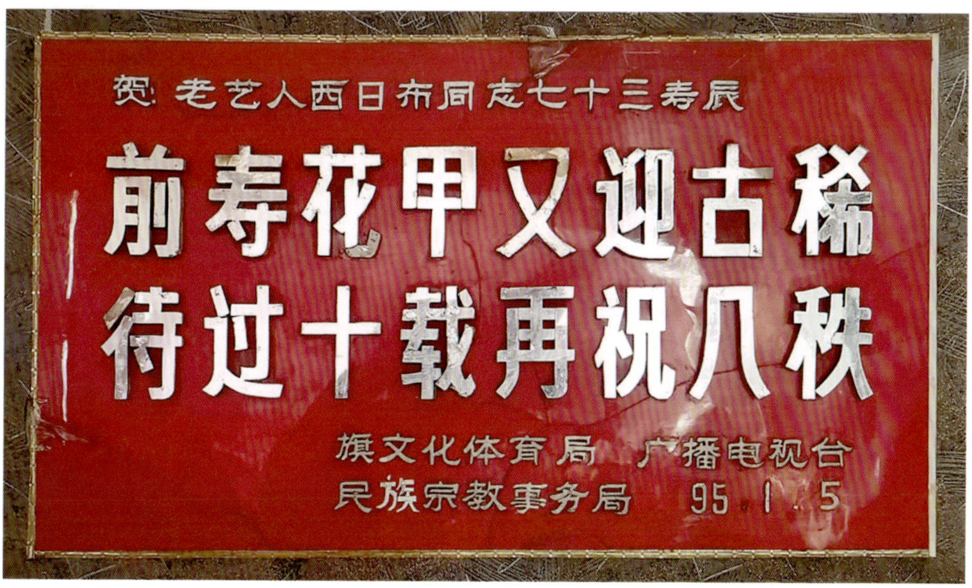

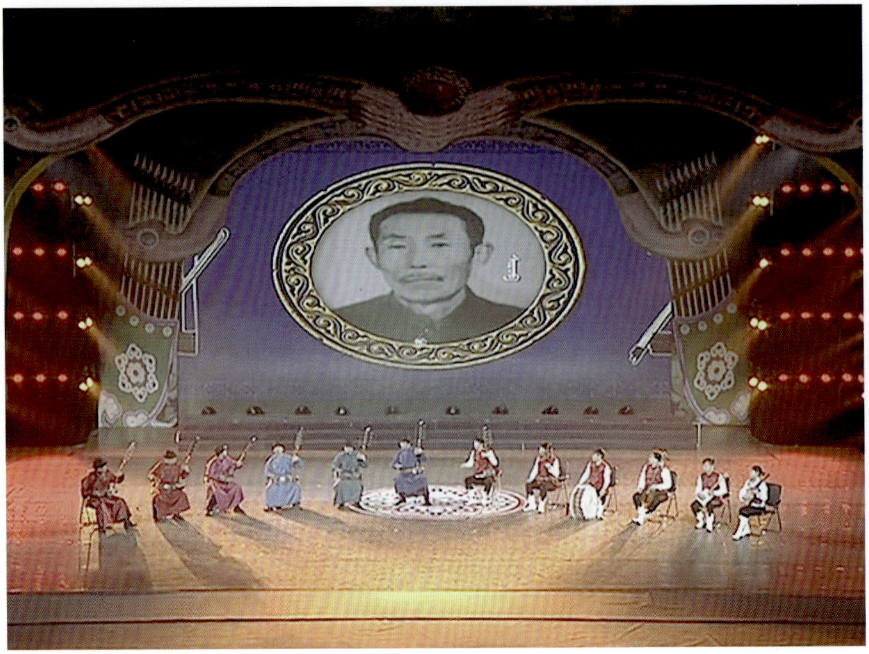

[illegible] 2017 [illegible]

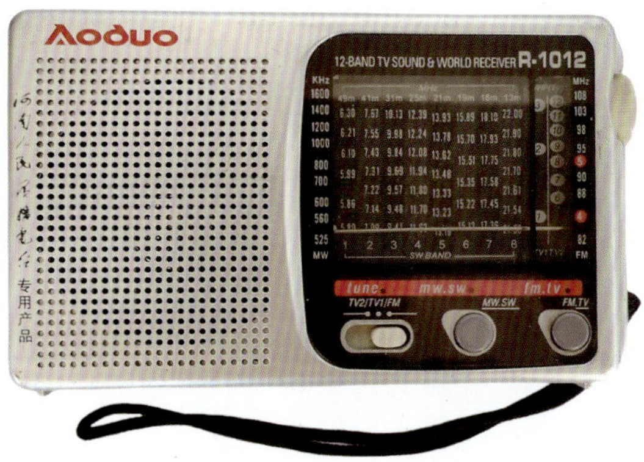
Aoduo
12-BAND TV SOUND & WORLD RECEIVER R-1012
专用产品
tune.
mw.sw
fm.tv
TV2/TV1/FM
MW.SW
FM.TV

[illegible]

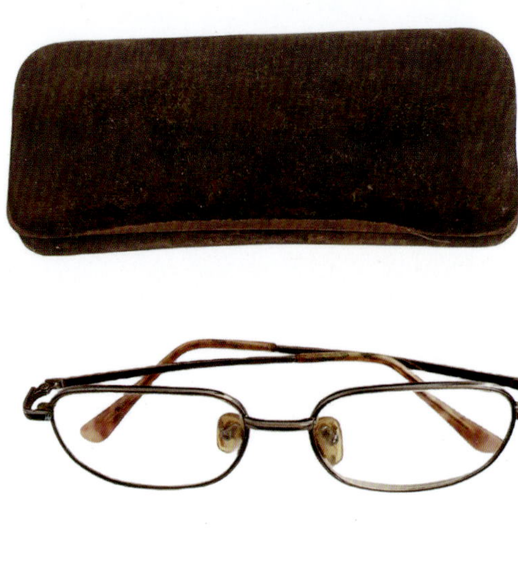

[illegible]

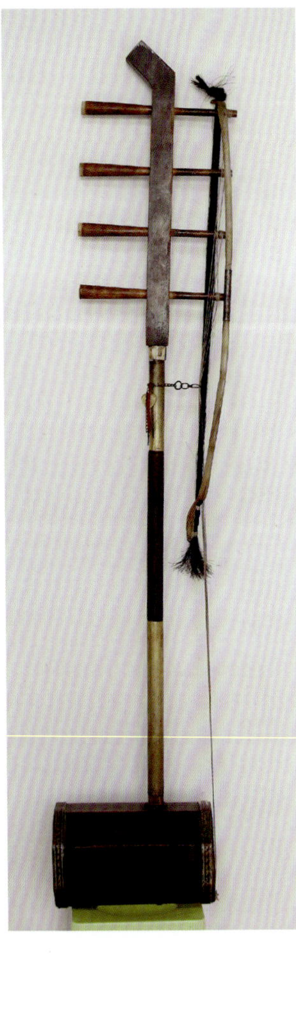

[illegible]

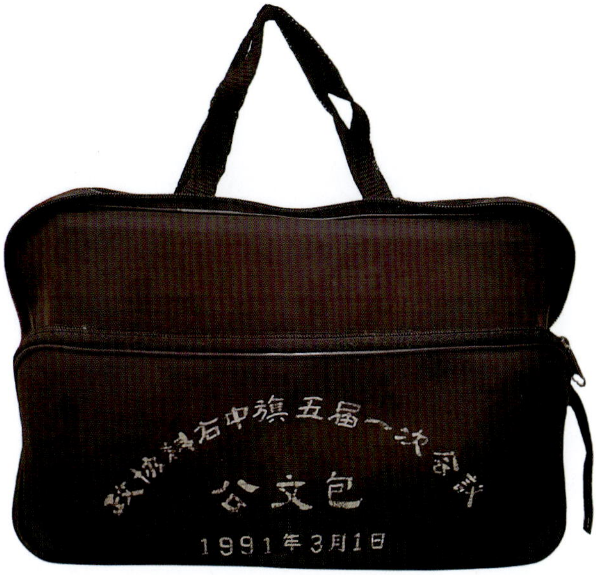

ᠬᠤᠪᠢᠰᠬᠠᠯ ᠤᠨ ᠦᠶᠡ ᠶᠢᠨ ᠬᠤᠷᠠᠯ ᠤᠨ ᠲᠥᠯᠦᠭᠡᠯᠡᠭᠴᠢ ᠳᠦ ᠬᠤᠪᠢᠶᠠᠷᠢ ᠶᠢᠨ ᠪᠣᠭᠴᠠ

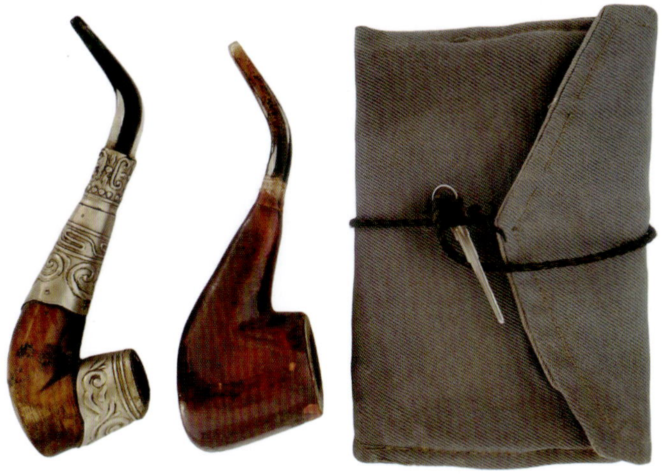

ᠬᠤᠪᠢᠰᠬᠠᠯ ᠤᠨ ᠦᠶᠡ ᠶᠢᠨ ᠲᠠᠮᠠᠬᠢ ᠭᠠᠩᠰᠠ ᠬᠠᠪᠲᠠᠭ᠎ᠠ ᠪᠠ

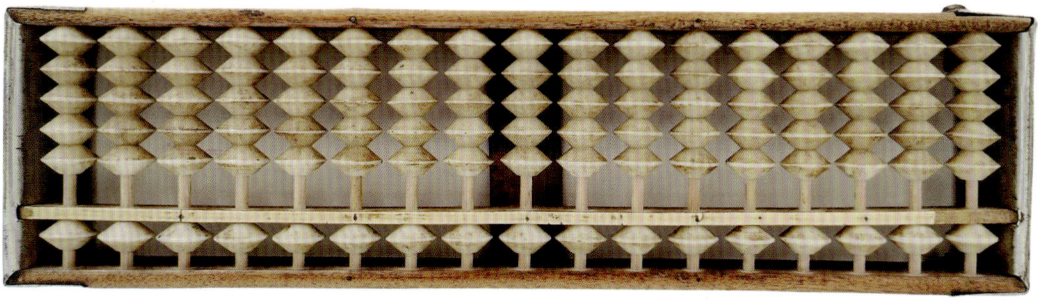

ᠬᠤᠪᠢᠰᠬᠠᠯ ᠤᠨ ᠦᠶᠡ ᠶᠢᠨ ᠲᠣᠭᠠᠴᠠᠬᠤ ᠪᠣᠳᠣᠭᠠᠨ ᠰᠠᠮᠪᠠᠷ

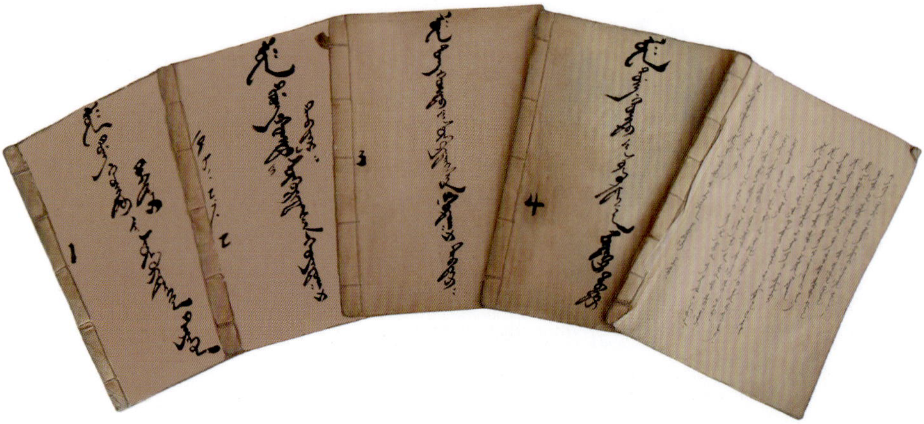

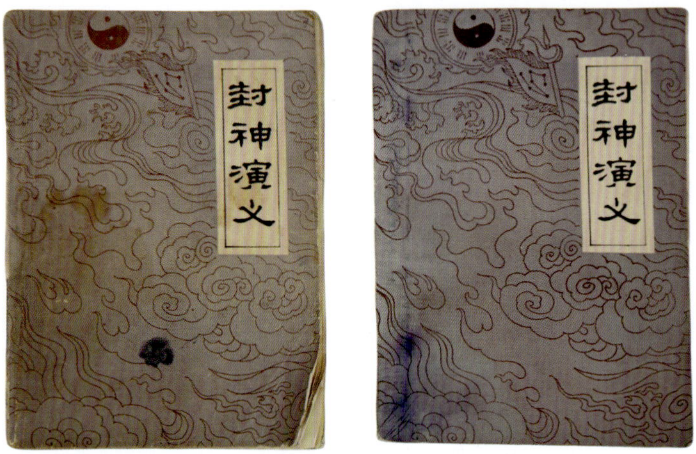

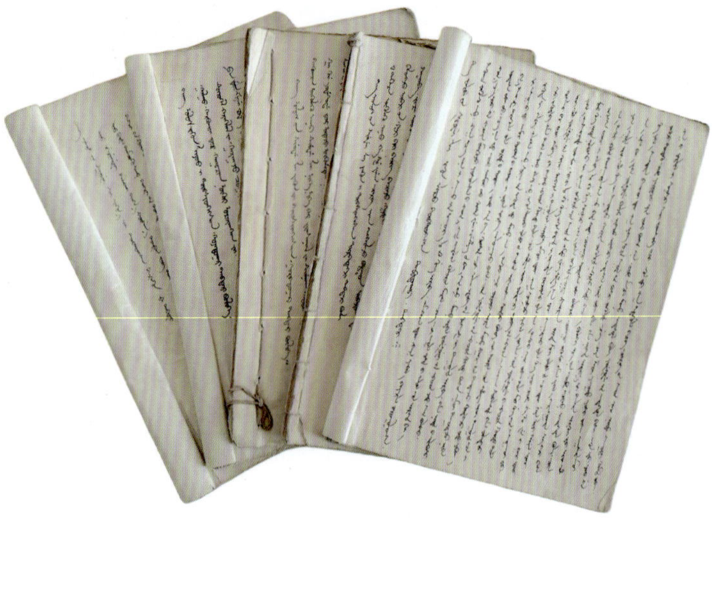

总 序

2019年，习近平总书记在全国民族团结进步表彰大会上的讲话中提出："以社会主义核心价值观为引领，构建各民族共有精神家园。文化是一个民族的魂魄，文化认同是民族团结的根脉。各民族在文化上要相互尊重、相互欣赏、相互学习、相互借鉴。"

内蒙古大学民族学与社会学学院认真贯彻落实党的二十大精神，深刻领会习近平总书记考察内蒙古大学时的重要讲话精神，凝心聚力办好习近平总书记交给内蒙古的"五大任务"和全方位建设"模范自治区"两件大事，以铸牢中华民族共同体意识为主线，做好蒙古文古籍的搜集、整理、保护工作，组织开展"内蒙古大学铸牢中华民族共同体意识研究系列丛书"出版工作，增强对中华民族的认同感和自豪感。

民族学是内蒙古大学的传统优势学科，具有深厚的历史积淀。自1957年建校时起，以林干、陈乃雄、周清澍等为代表的老一辈学者立足祖国北疆，以马克思主义民族理论为指导，在北方民族史、民族语言文字、民族文化等领域开展深入研究，取得丰硕成果，为学科发展奠定了坚实的基础。2007年，整合全校民族学相关资源，组建民族学与社会学学院，开启了系统性建设民族学学科的新阶段。2017年民族学入选自治区一流学科，2023年被入选为自治区"一流拔尖培育学科"。经过多年建设，内蒙古大学民族学与社会学学院已发展成为北部边疆地区民族学人才培养、科学研究、社会服务和文化传承创新的重要基地，为促进民族团结、边疆稳固和繁荣发展作出了重要贡献。

北疆文化是祖国北部边疆地区各民族在长期的交往交流交融中共同创造的，是中华文化的重要组成部分。各民族在文化交融中不断创造出新的艺术样式，非物质文化遗产"胡仁·乌力格尔"就是其中的典型。《胡尔奇希日布及其乌力格尔好来宝摘选》系列著作是"内蒙古大学铸牢中华民族共同体意识研究系列丛书"的重要组成部分。说唱艺术乌力格尔在内容和形式上具有固有的民族特点和地域特色，常常与好来宝混合衔接共用。胡尔奇希日布，将汉族优秀传统文化与蒙古族说唱艺术巧妙地结合在一起，其作品吸收了古代蒙汉文史籍和文学作品的精华，又创造性地构建了全新的说唱艺术风格。他把多部汉族古典文学名著翻译成蒙古文，并以说唱的形式传播到蒙古族群众中。他的这些说唱作品不仅深入推动了汉蒙文化交融，也为从铸牢中华民族共同体意识视角出发系统地研究汉蒙文化交融，提供了十分重要的范例。

为了充分发挥胡尔奇希日布说唱作品对研究铸牢中华民族共同体意识视角下汉蒙文化交融的典范作用，本系列著作以《胡尔奇希日布研究》《胡尔奇希日布及其乌力格尔好来宝摘选——羌胡传（一、二、三）》《胡尔奇希日布及其乌力格尔好来宝摘选——封神演义（一、二）》《胡尔奇希日布及其乌力格尔好来宝摘选——三国演义》《胡尔奇希日布及其乌力格尔好来宝摘选——刘备进荆州（上、下）》《胡尔奇希日布及其乌力格尔好来宝摘选——吴蜀婚约》《胡尔奇希日布及其乌力格尔好来宝摘选——飞虎将军马超》等十一册作品，系统介绍了胡尔奇希日布的说书风格、对艺术事业的重要贡献，并将胡尔奇希日布演艺的胡仁•乌力格尔内容誊写整理为文字作品，探讨了这些作品的社会价值和在胡尔奇希日布的创作生涯中的重要地位，以及对汉蒙文化交流和交融所产生的深远意义。

值此系列著作面世之际，感谢所有参与编撰工作的同仁以及民族出版社的鼎力支持。希望此系列著作为铸牢中华民族共同体意识、促进民族团结进步尽一份绵薄之力。

阿拉坦宝力格　杨常宝

2023 年 11 月 5 日

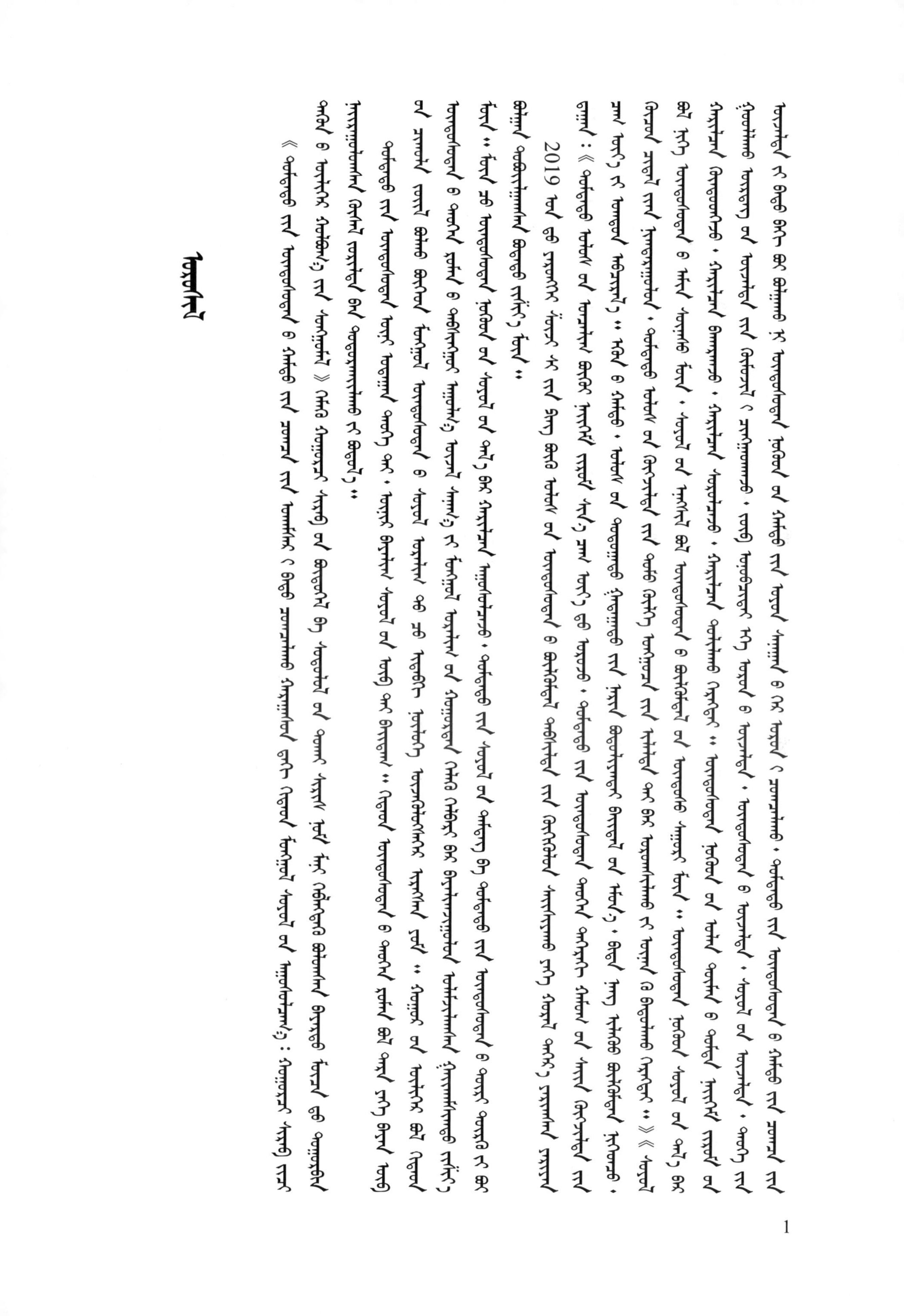

ᠣᠷᠣᠰᠢᠯ

2019

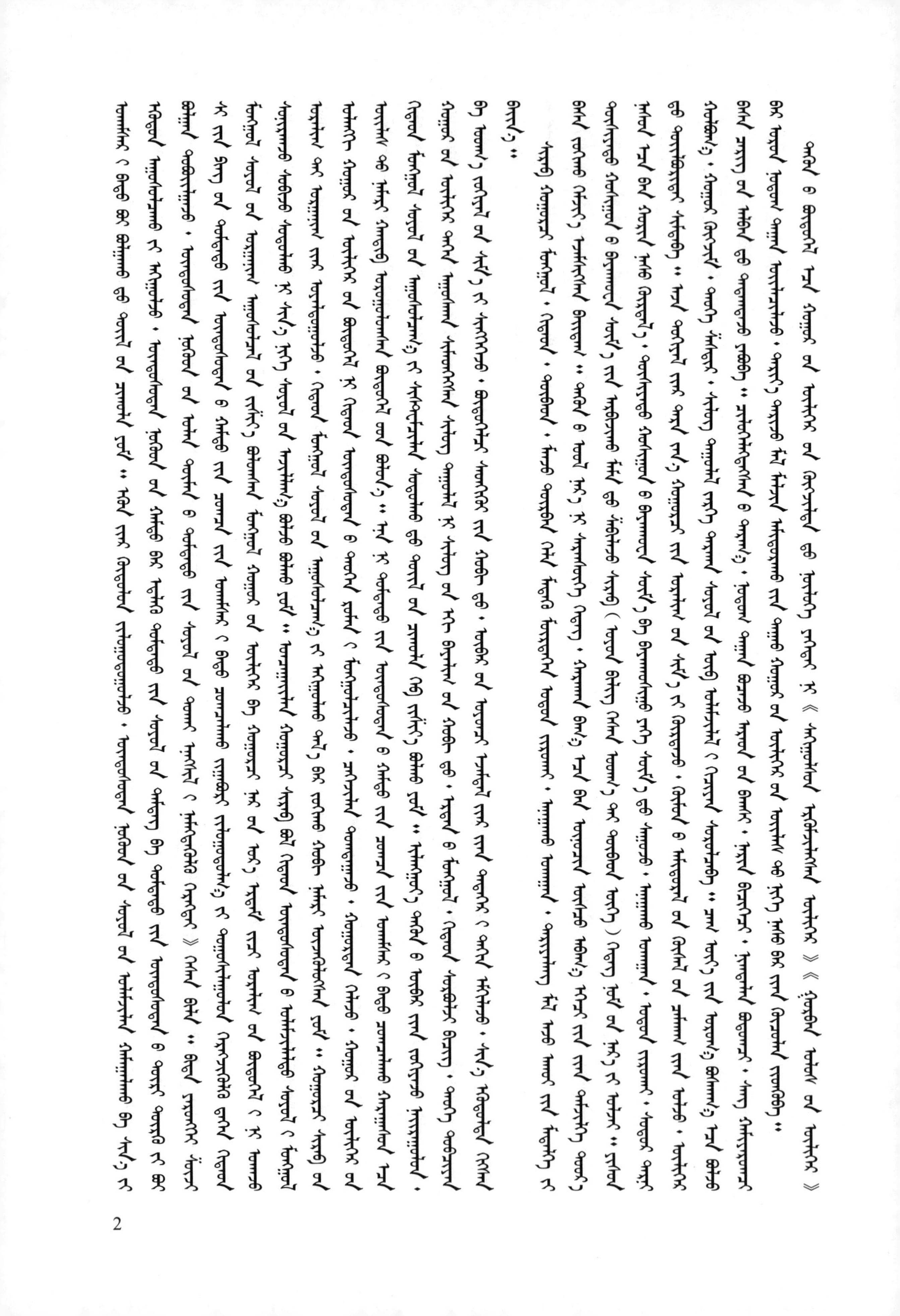

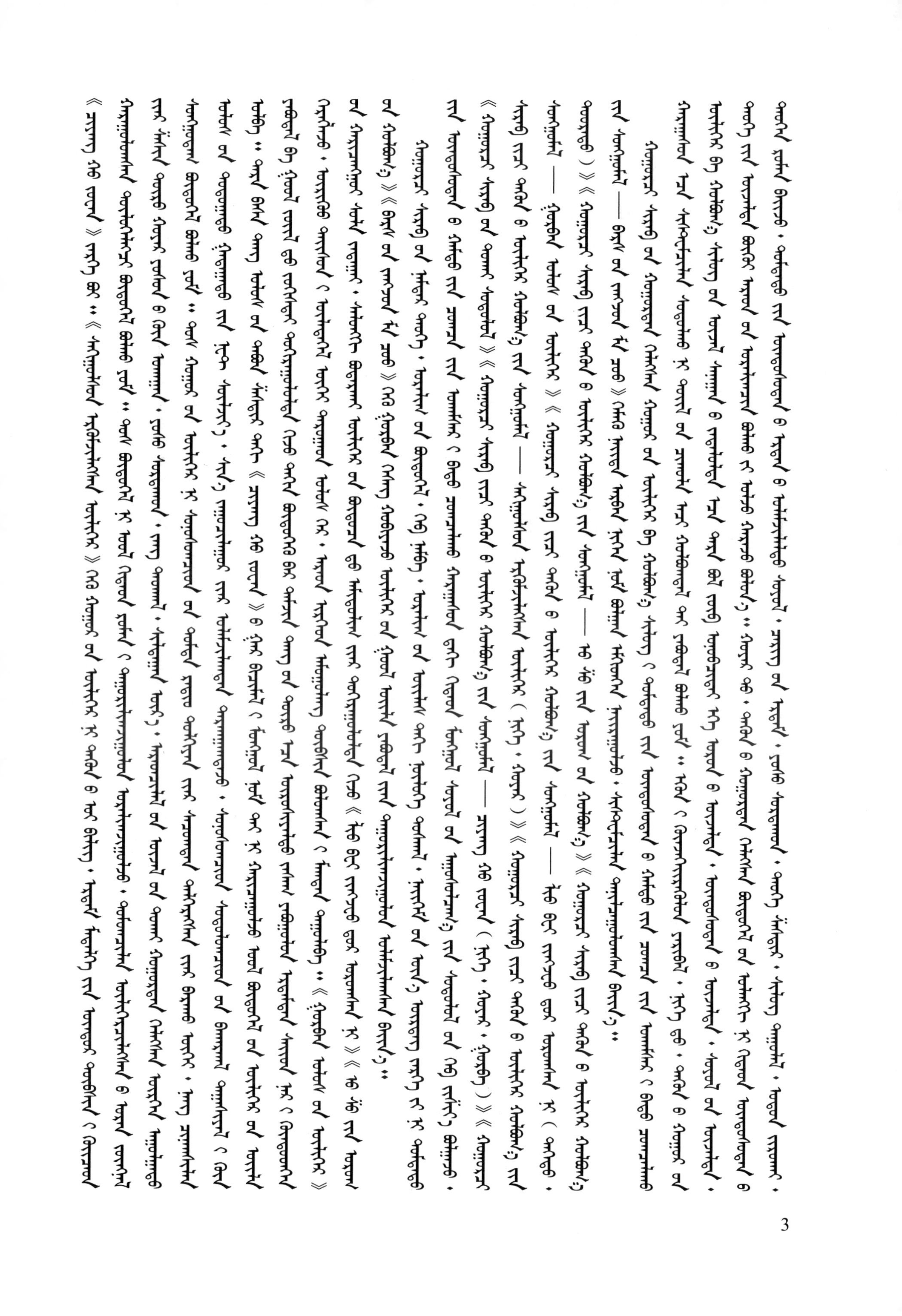

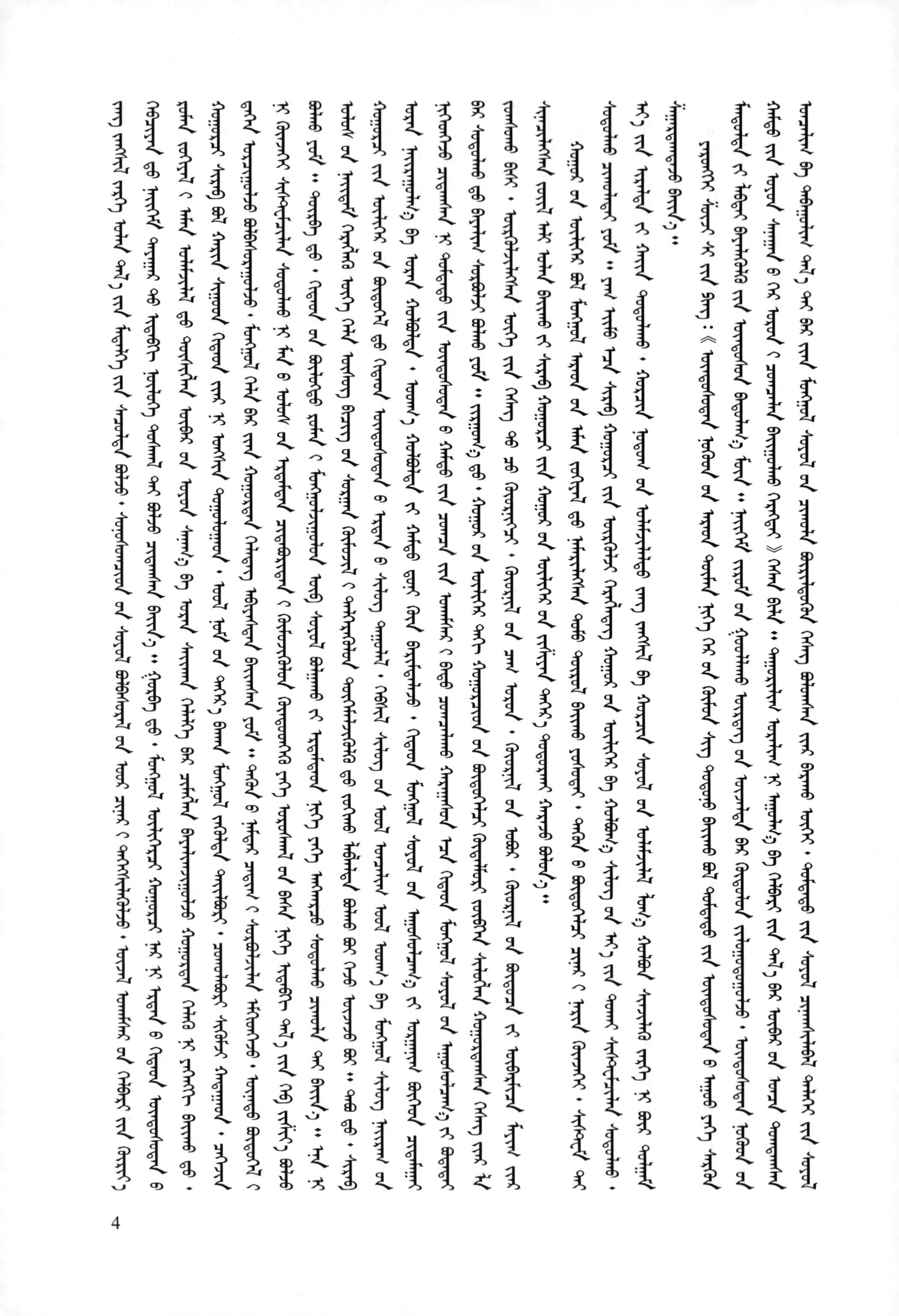

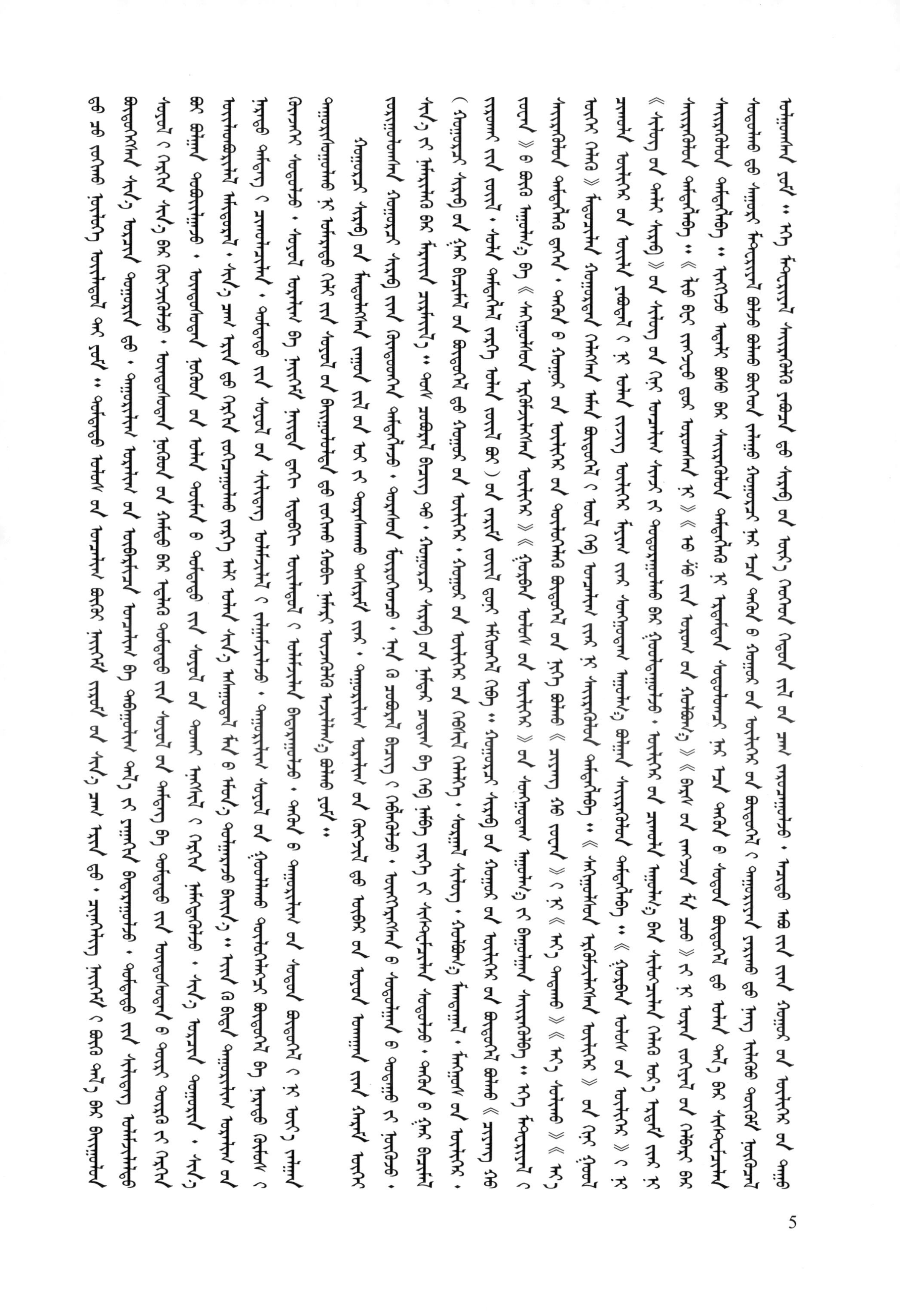

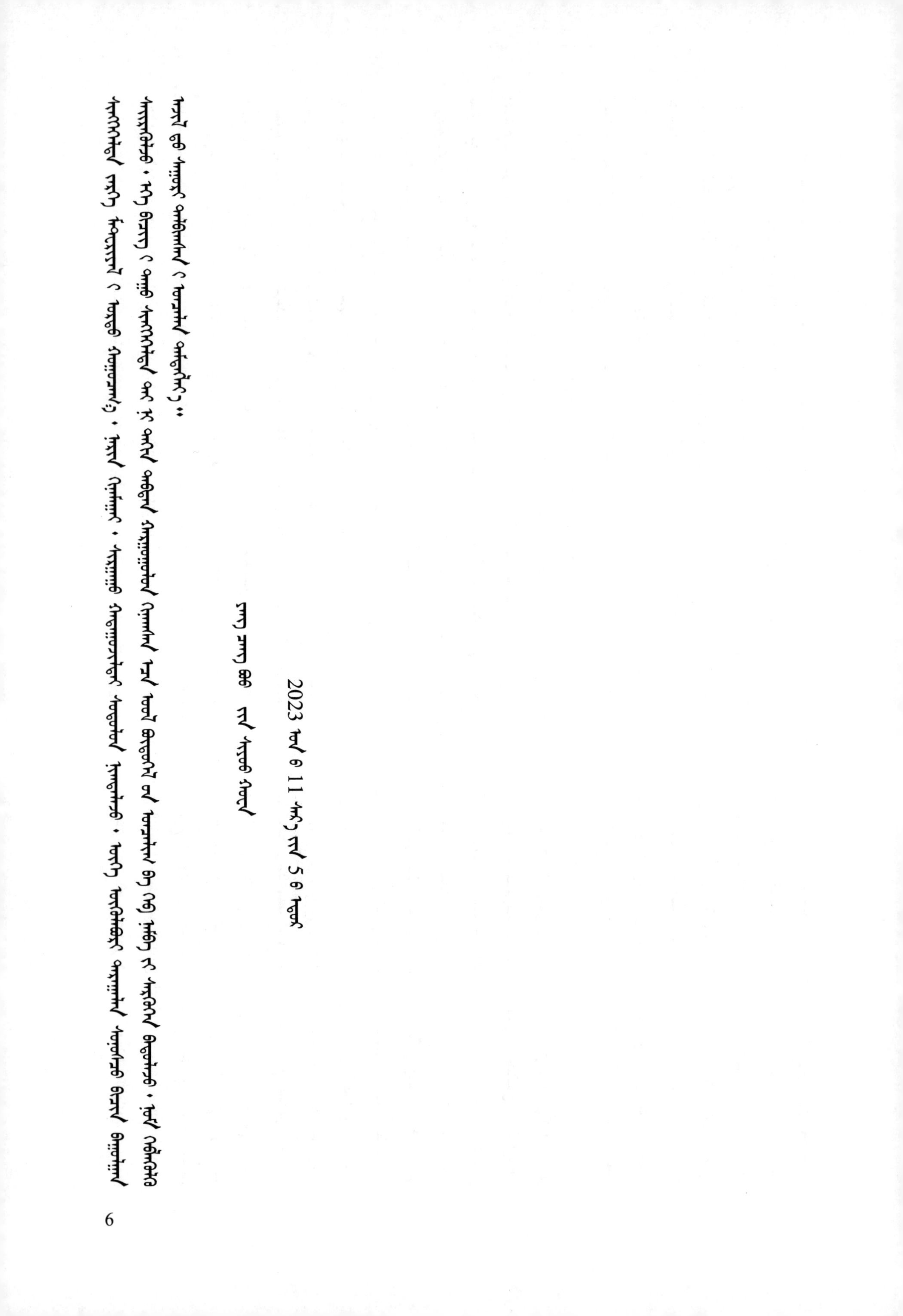

ᠭᠠᠷᠴᠠᠭ

ᠳᠥᠷᠪᠡᠳᠦᠭᠡᠷ ᠬᠡᠰᠡᠭ ᠰᠤᠷᠭᠠᠭᠤᠯᠢ ᠬᠡᠯᠡ ᠶᠢᠨ ᠦᠭᠡ ᠬᠡᠯᠡᠬᠦ ᠶᠢᠨ ᠰᠤᠷᠭᠠᠯᠲᠠ ᠶᠢᠨ ᠲᠤᠬᠠᠢ ᠰᠤᠳᠤᠯᠤᠯ

ᠬᠠᠪᠰᠤᠷᠤᠯᠲᠠ

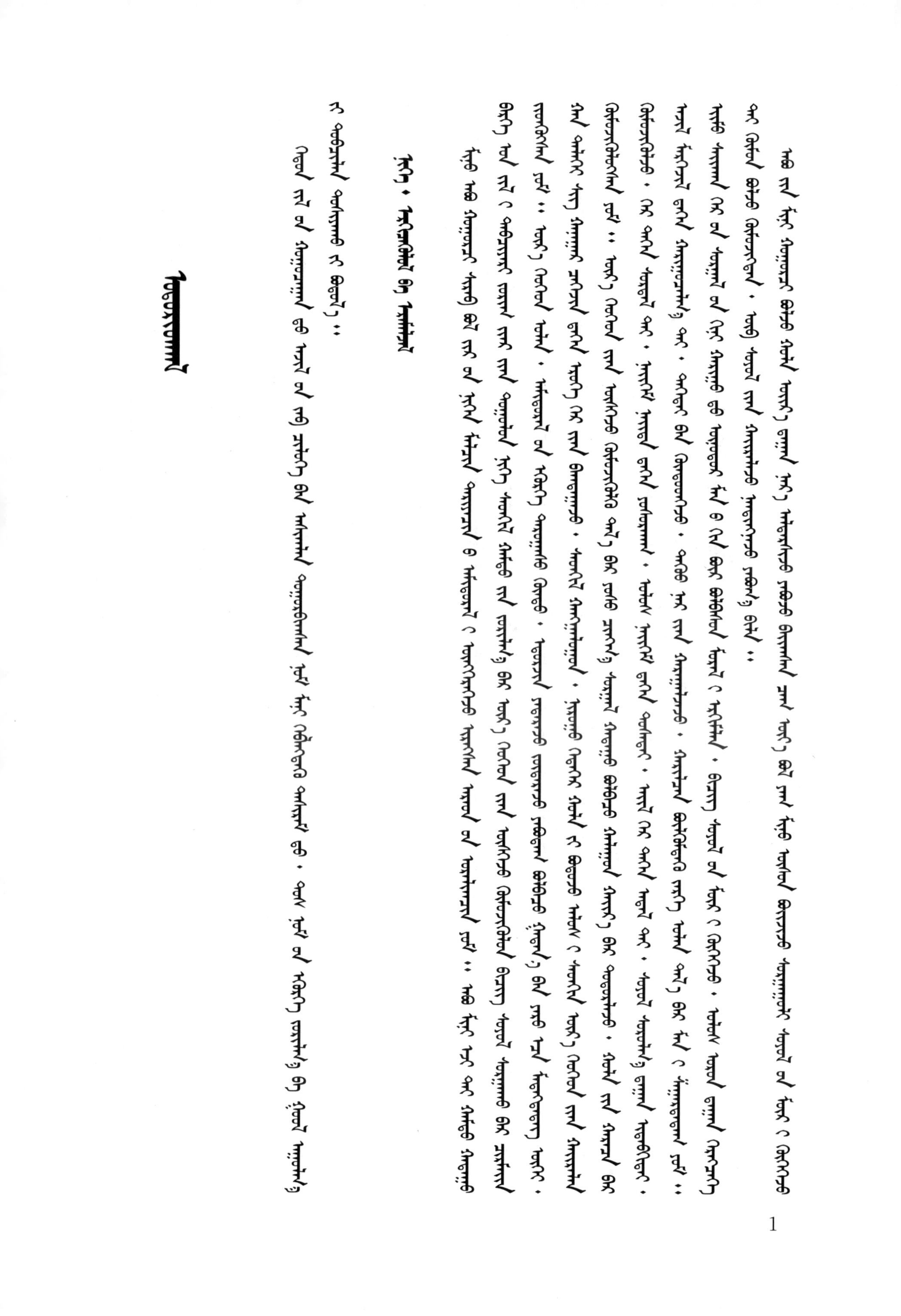

ᠤᠳᠤᠷᠢᠳᠬᠠᠯ

[illegible]

[illegible]

[illegible]

[illegible]

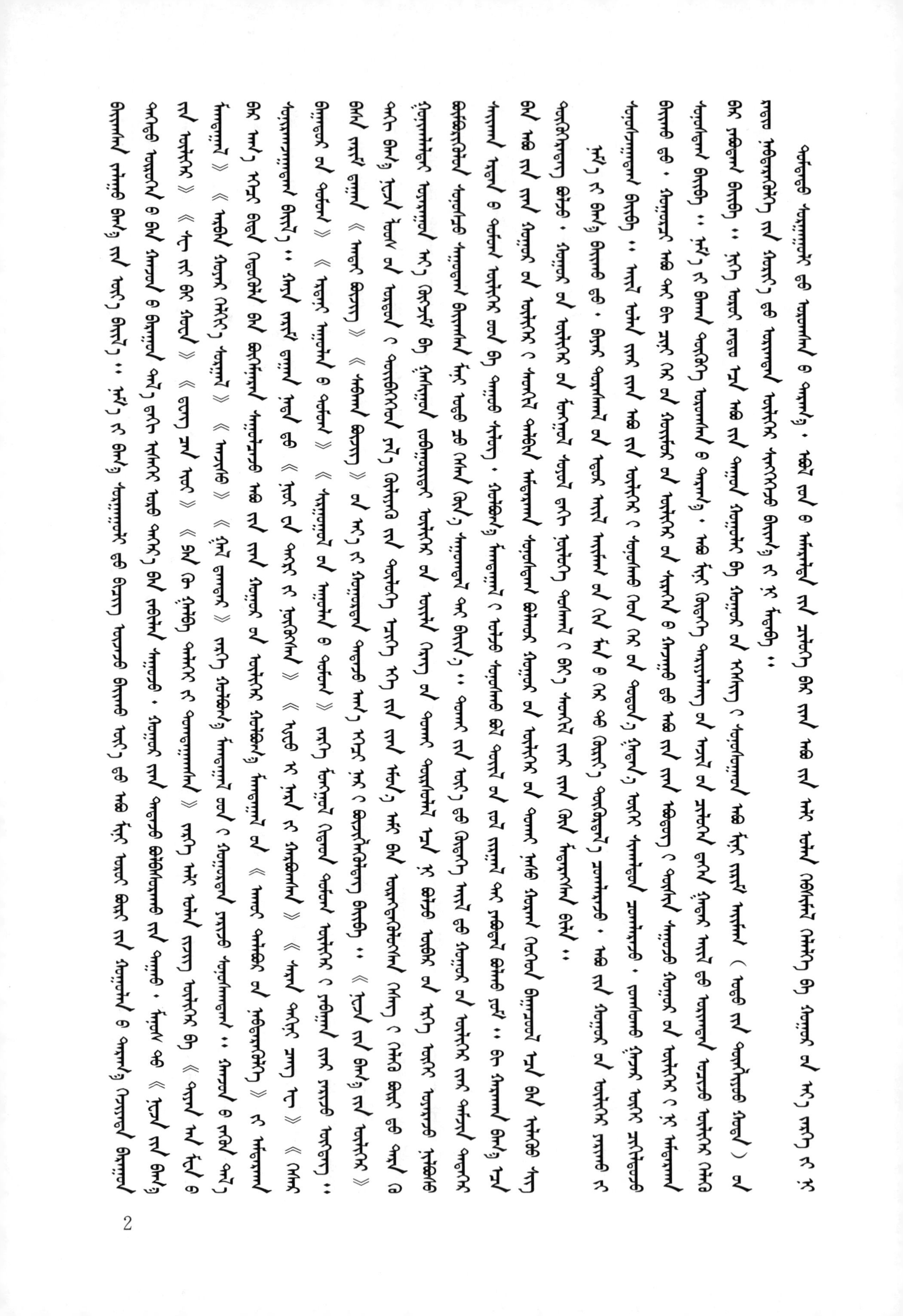

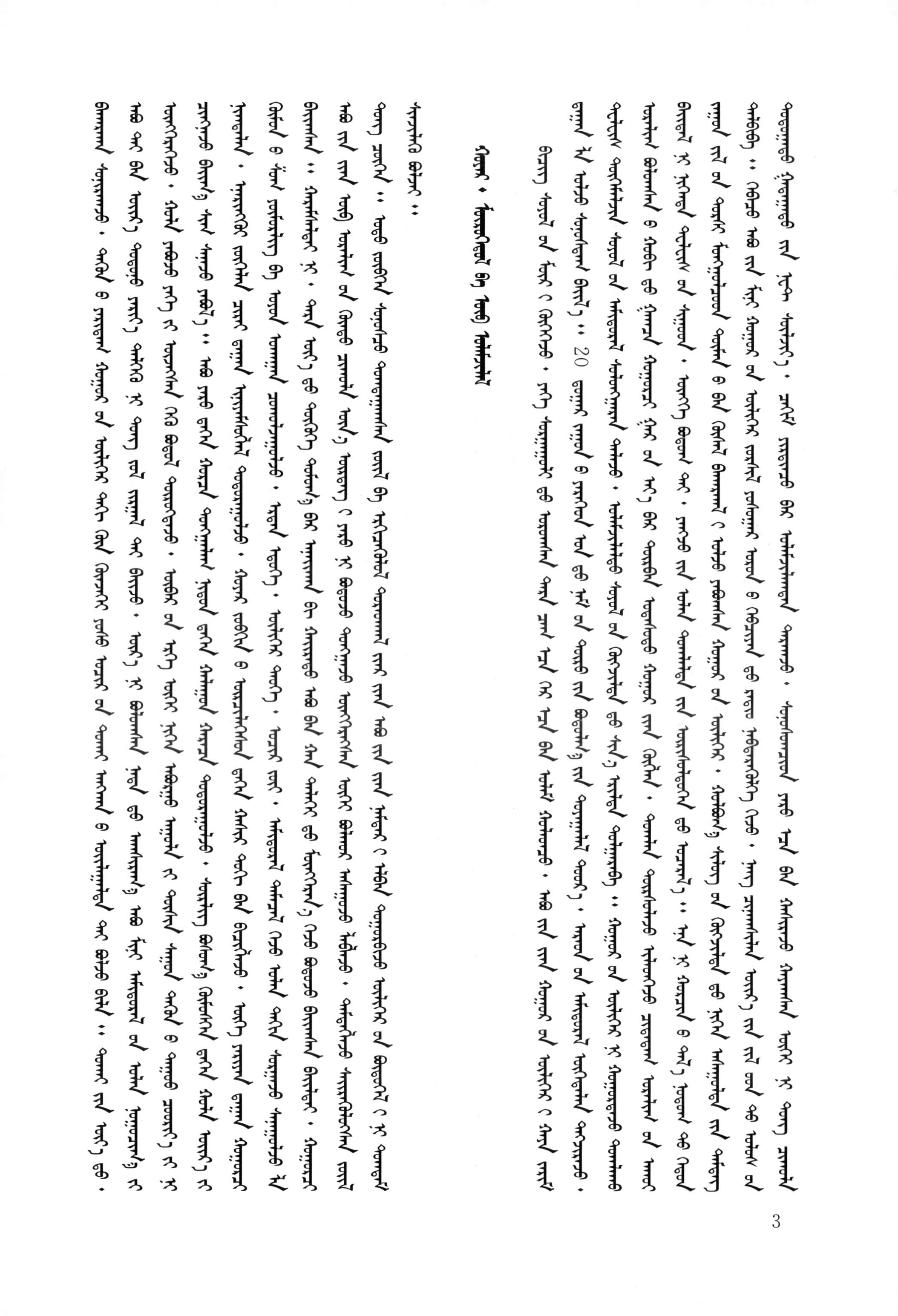

[illegible]

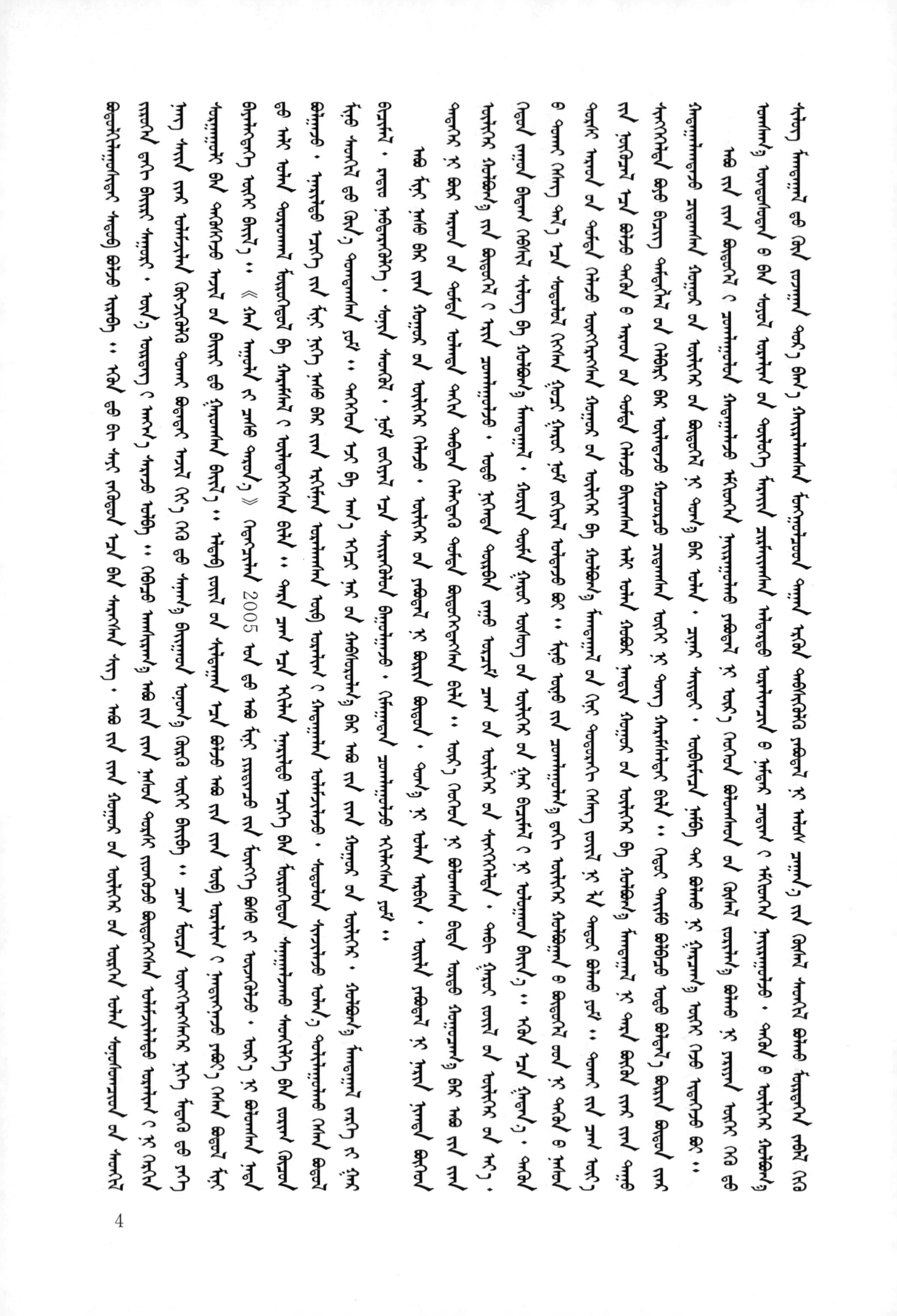

[illegible]

[illegible] 《[illegible]》 [illegible] 2005 [illegible]

[illegible]

ᠲᠣᠪᠴᠢᠯᠠᠪᠠᠯ ᠡᠩ ᠪᠣᠯᠪᠠᠰᠤ ᠶᠤᠮ ::

ᠬᠣᠷᠢᠶᠠᠩᠭᠤᠢ ᠶᠢᠨ ᠪᠢᠴᠢᠭᠰᠡᠨ ᠲᠠᠨ ᠰᠤᠷᠭᠠᠭᠤᠯᠢ ᠶᠢᠨ ᠤᠯᠠᠮᠵᠢᠯᠠᠯ ᠤᠨ ᠰᠣᠶᠣᠯ ᠤᠨ ᠪᠦᠲᠦᠭᠡᠯ ᠦᠨ ᠡᠭᠦᠰᠦᠯ ᠪᠣᠯᠤᠨ᠎ᠠ ::

ᠮᠣᠩᠭᠣᠯ ᠤᠨ ᠪᠠᠶᠢᠭᠠᠯᠢ ᠶᠢᠨ ᠰᠤᠳᠤᠯᠭ᠎ᠠ ᠶᠢᠨ ᠪᠠᠶᠢᠳᠠᠯ ᠤᠨ ᠲᠤᠬᠠᠢ ᠪᠠᠶᠢᠨ᠎ᠠ ::

《 ᠮᠣᠩᠭᠣᠯ ᠤᠨ ᠨᠢᠭᠤᠴᠠ ᠲᠣᠪᠴᠢᠶ᠎ᠠ 》 ᠶᠢᠨ ᠰᠤᠳᠤᠯᠭ᠎ᠠ ᠶᠢᠨ ᠪᠠᠶᠢᠳᠠᠯ ::

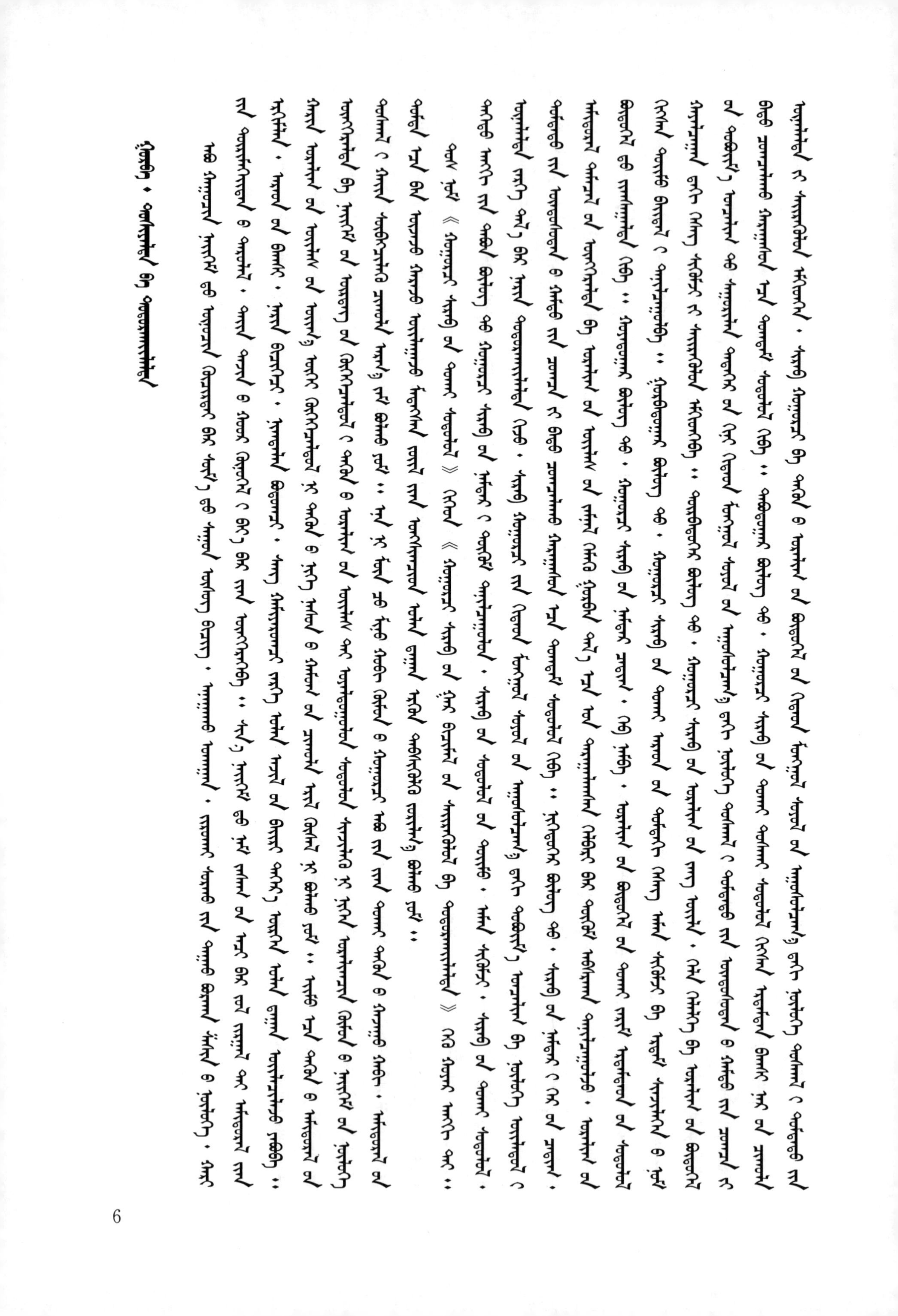

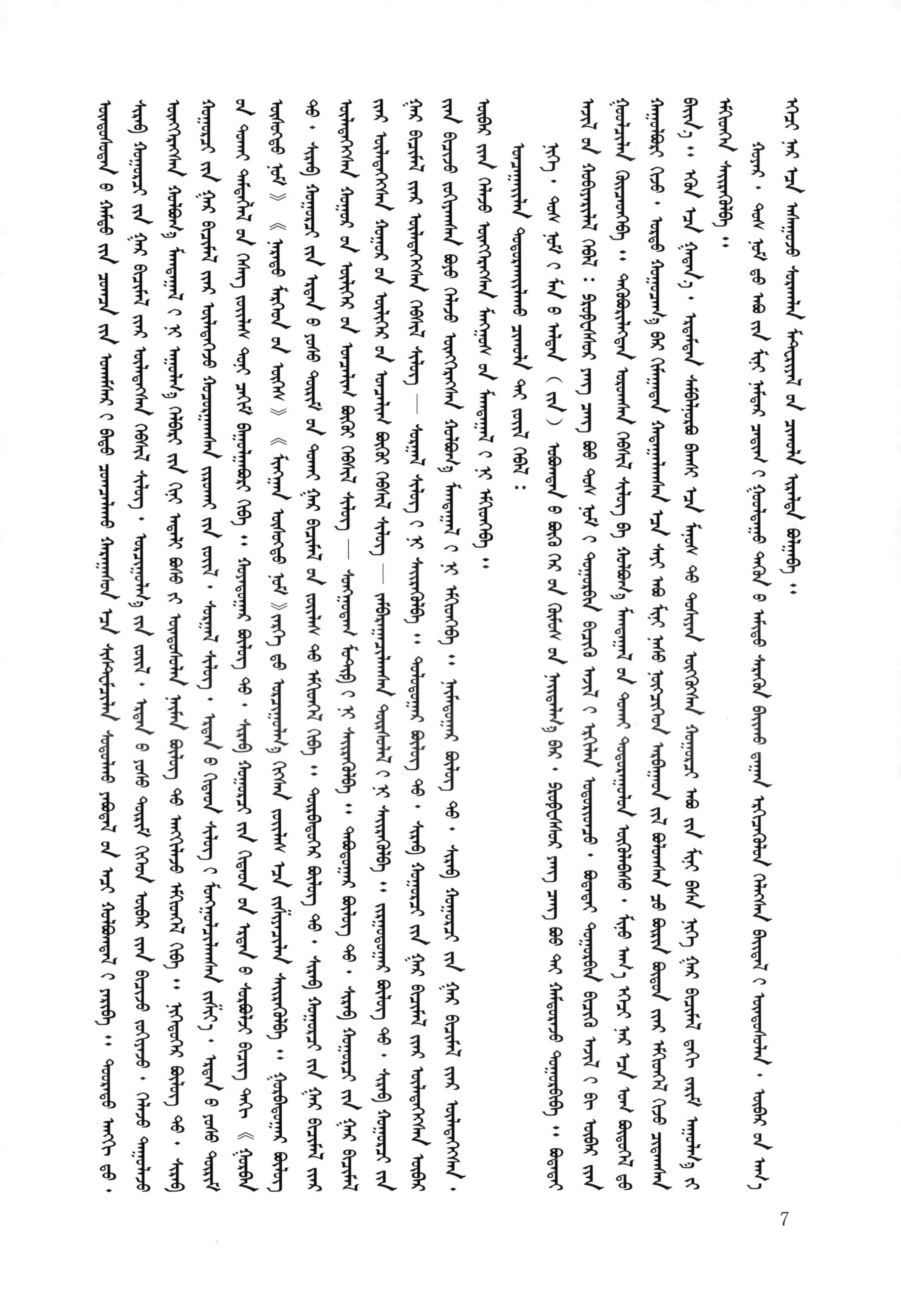

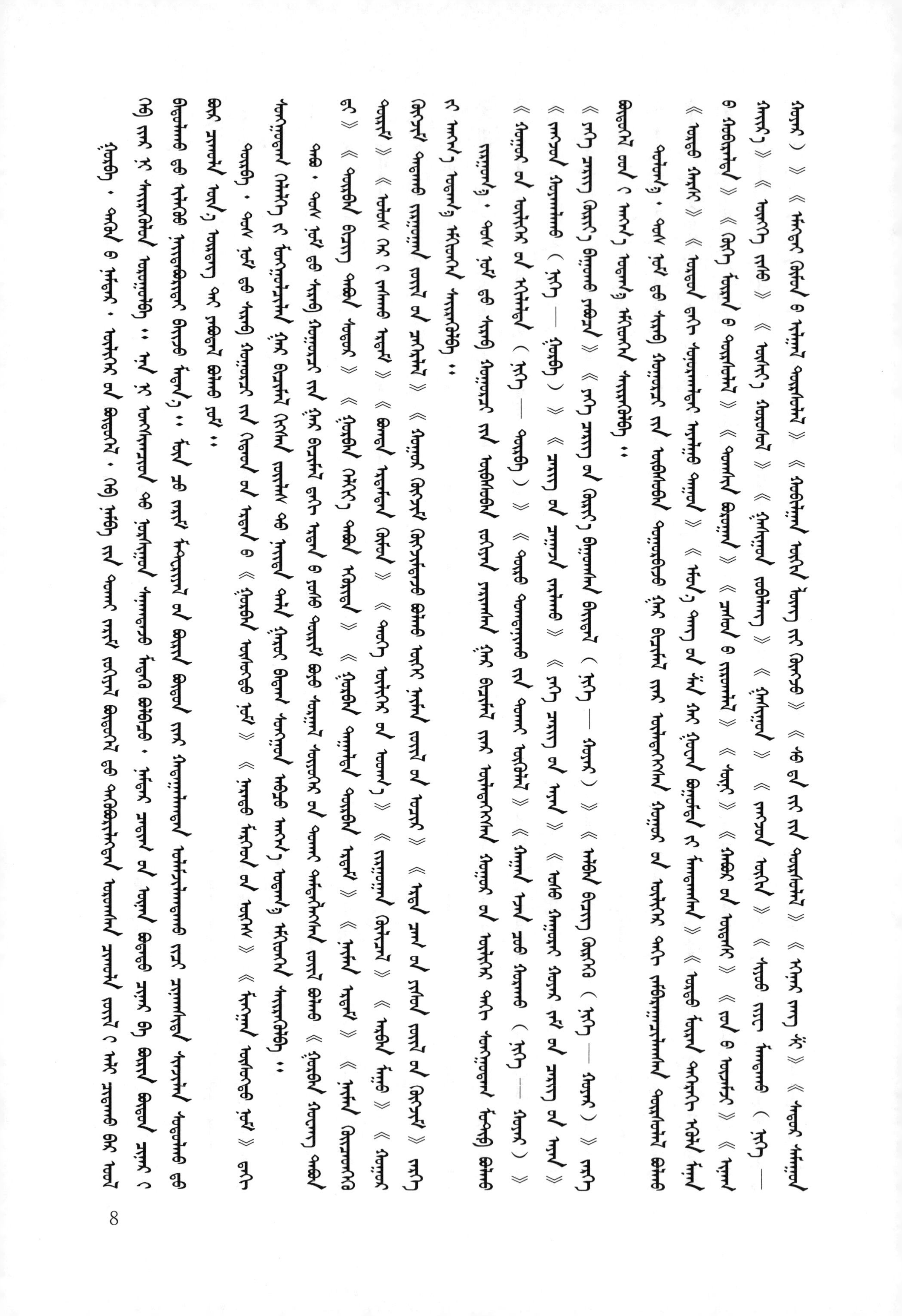

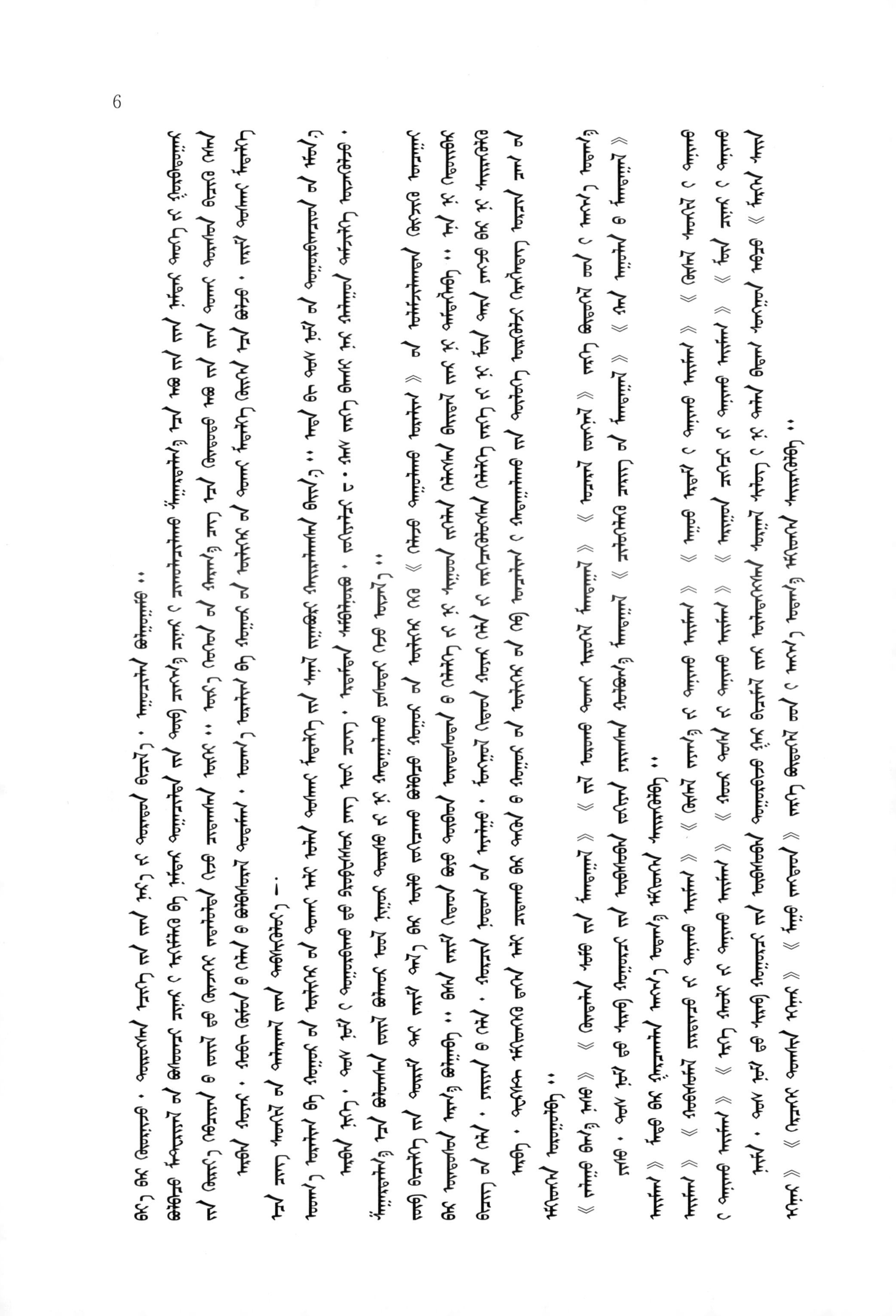

ᠪᠠᠭᠤ ᠠᠯᠠᠨ ᠭᠣᠣᠯᠢᠭᠠᠯ ᠰᠠᠮᠠᠭᠤ ᠤᠨ ᠪᠠᠨᠠ ᠰᠣᠪᠣᠯ

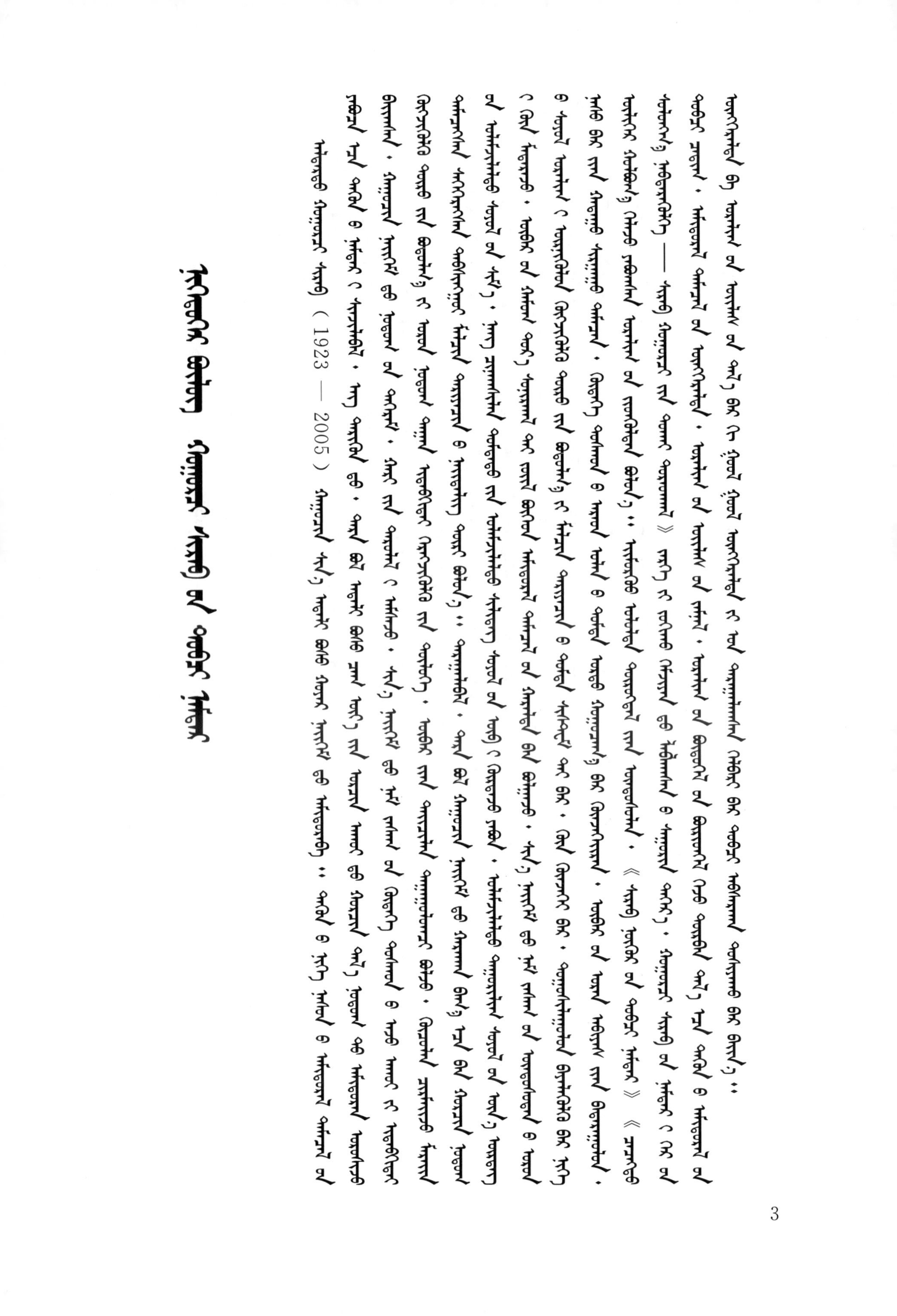

(1923 — 2005)

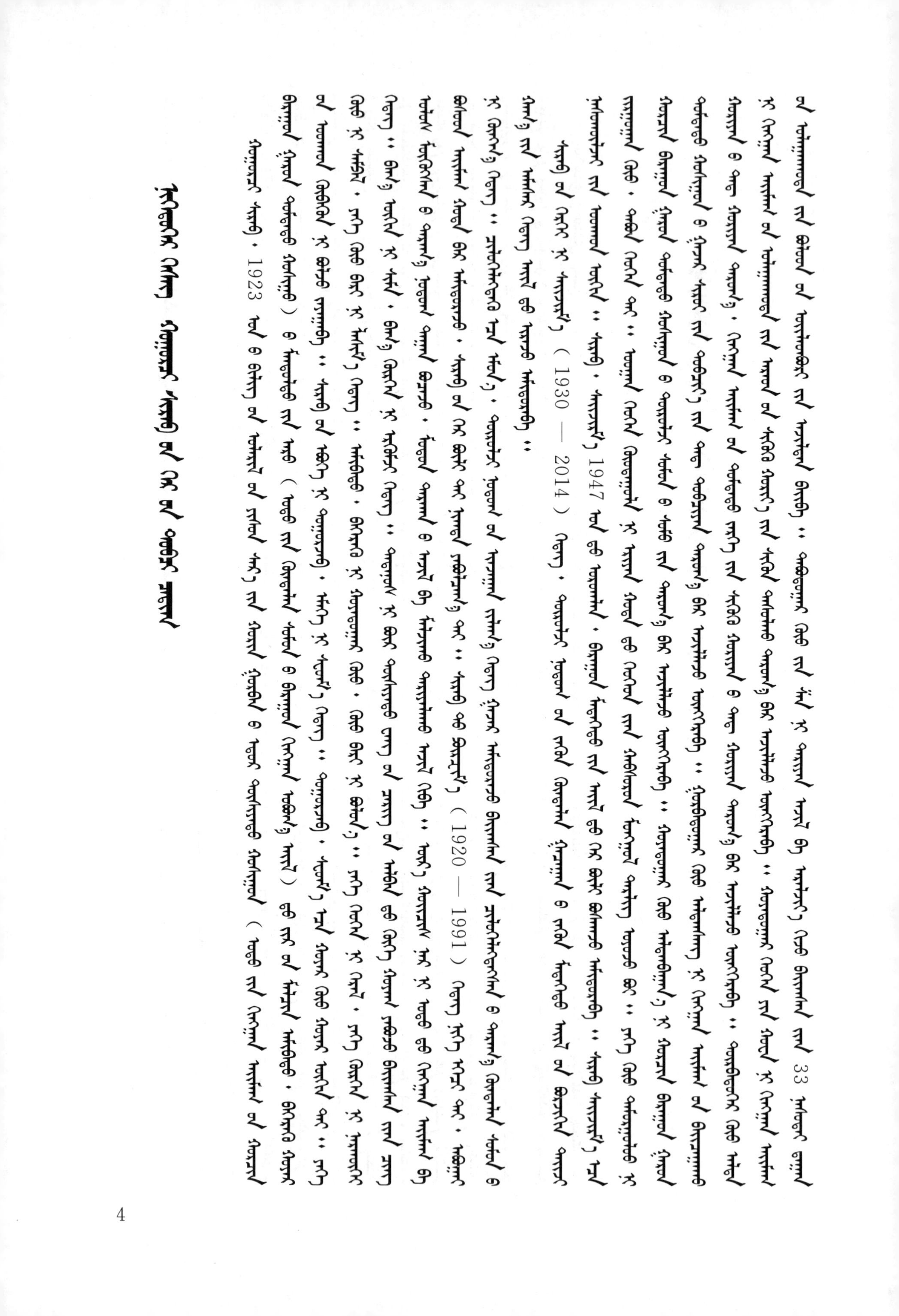

[illegible] 33 [illegible]

[illegible] 1947 [illegible]

[illegible] (1930 — 2014) [illegible] ::

[illegible] (1920 — 1991) [illegible]

[illegible] 1923 [illegible]

[illegible]

[illegible] ᠃ [illegible] ᠃ [illegible] (1955 — 1964) [illegible] ᠃ [illegible] ([illegible]) [illegible] ᠃ [illegible] ᠃

[illegible]

[illegible] : 20 [illegible] 21 ᠣᠨ [illegible] ᠃ [illegible] 《 [illegible] 》 [illegible] ᠃ [illegible] ᠃

1929 — 1931 ᠣᠨ ᠳᠤ ᠂ [illegible] ᠃ 1931 ᠣᠨ ᠳᠤ [illegible] ᠃ 1931 — 1938 ᠣᠨ ᠳᠤ ᠂ [illegible] ᠃ 1938 — 1942 ᠣᠨ ᠳᠤ ᠂ [illegible] ᠃ 1942 — 1945 ᠣᠨ ᠳᠤ ᠂ [illegible] ᠃ 1945 ᠣᠨ ᠳᠤ [illegible] ᠂ 1946 ᠣᠨ ᠳᠤ

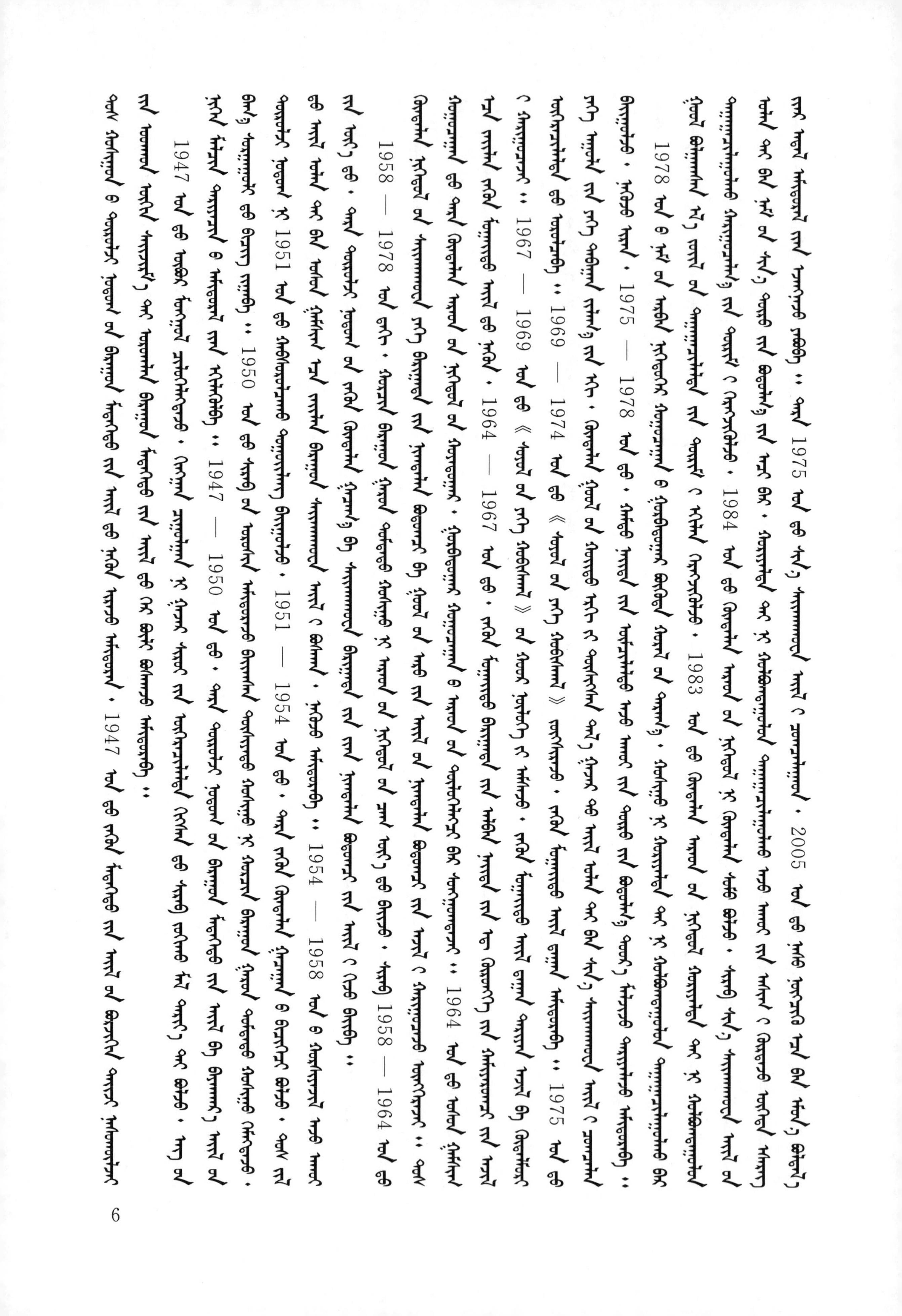

[illegible] 1975 [illegible] 2005 [illegible] 1984 [illegible] 1983 [illegible]

1978 [illegible] 1975 — 1978 [illegible] 1969 — 1974 [illegible] 《[illegible]》 [illegible] 1975 [illegible] 1967 — 1969 [illegible] 《[illegible]》 [illegible] 1964 — 1967 [illegible] 1964 [illegible]

1958 — 1978 [illegible] 1958 — 1964 [illegible] 1954 — 1958 [illegible] 1951 [illegible] 1951 — 1954 [illegible] 1950 [illegible] 1947 — 1950 [illegible]

1947 [illegible] 1947 [illegible]

[illegible]

[illegible]

[illegible] 2005 ᠣᠨ ᠤ᠋ 9 ᠰᠠᠷ᠎ᠠ ᠶᠢᠨ 24 ᠦ᠌ ᠡᠳᠦᠷ ᠦ᠋ 22 ᠴᠠᠭ 30 ᠮᠢᠨᠦ᠋ᠲ ᠲᠦ [illegible]

ᠦᠨᠳᠦᠰᠦᠲᠡᠨ ᠦ᠌ ᠬᠡᠪᠯᠡᠯ ᠦᠨ ᠬᠣᠷᠢᠶ᠎ᠠ ᠶᠢᠨ ᠮᠣᠩᠭᠣᠯ ᠨᠠᠶᠢᠷᠠᠭᠤᠯᠬᠤ ᠲᠠᠰᠤᠭ

[illegible] 1931 — 1938 ᠣᠨ ᠳᠤ [illegible]

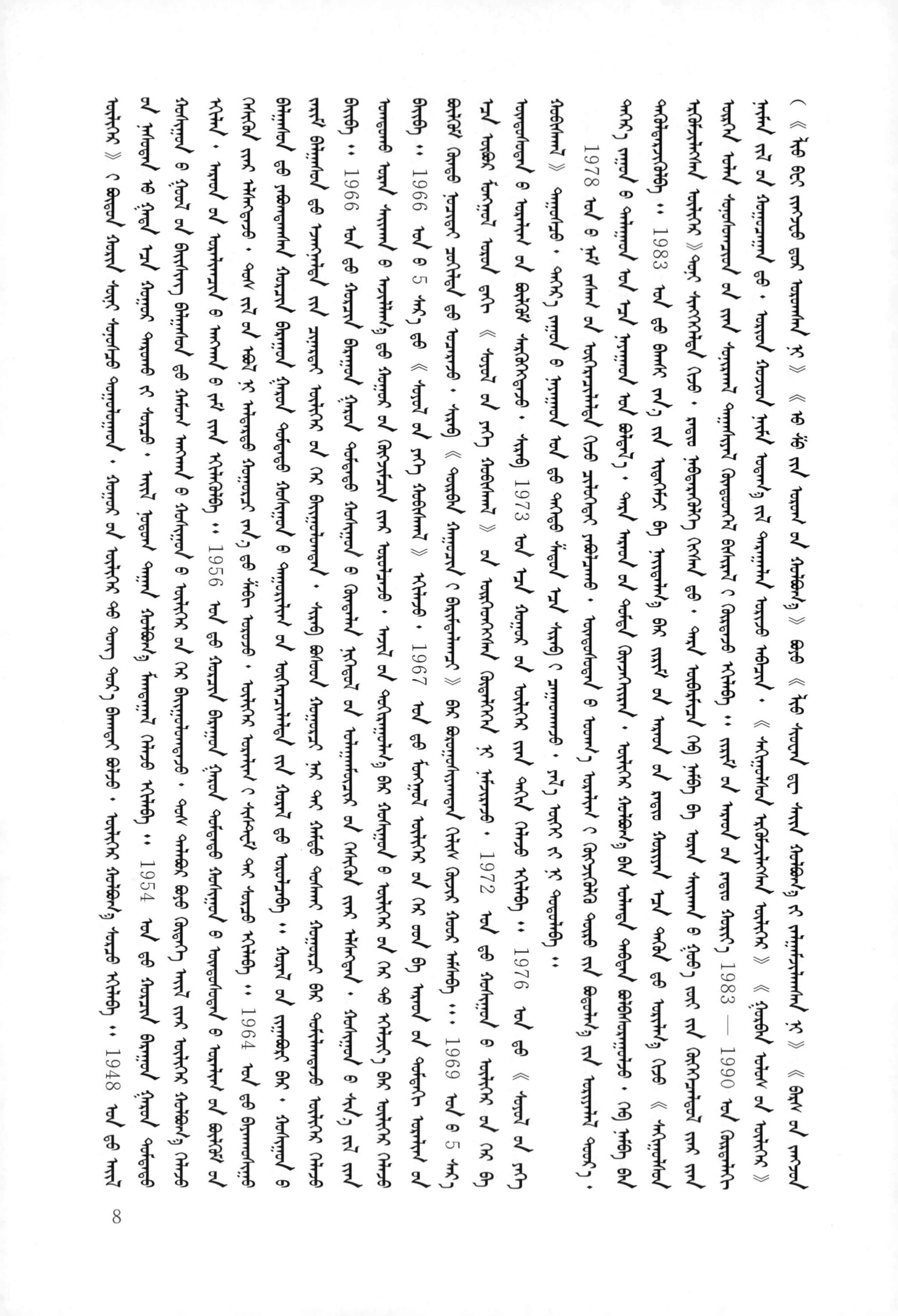

[illegible]

[illegible] 《 [illegible] 》（冬校识字班）[illegible]

[illegible]

[illegible] 2004 [illegible] 2005 [illegible]

[illegible] 2002 [illegible] 2003 [illegible] 1996 [illegible]

[illegible] 《 [illegible] 》《 [illegible] 》[illegible] 《 [illegible]

[illegible] 2002 [illegible] 2003 [illegible]

1991 — 2000 [illegible] 2002 [illegible] 7 [illegible]

[illegible] 《 [illegible] 》[illegible] 1992 — 1995 [illegible]

[illegible]（[illegible]）[illegible]

[illegible] 1986 [illegible]

[illegible] 《 [illegible] 》[illegible] 《 [illegible] 》（[illegible]）

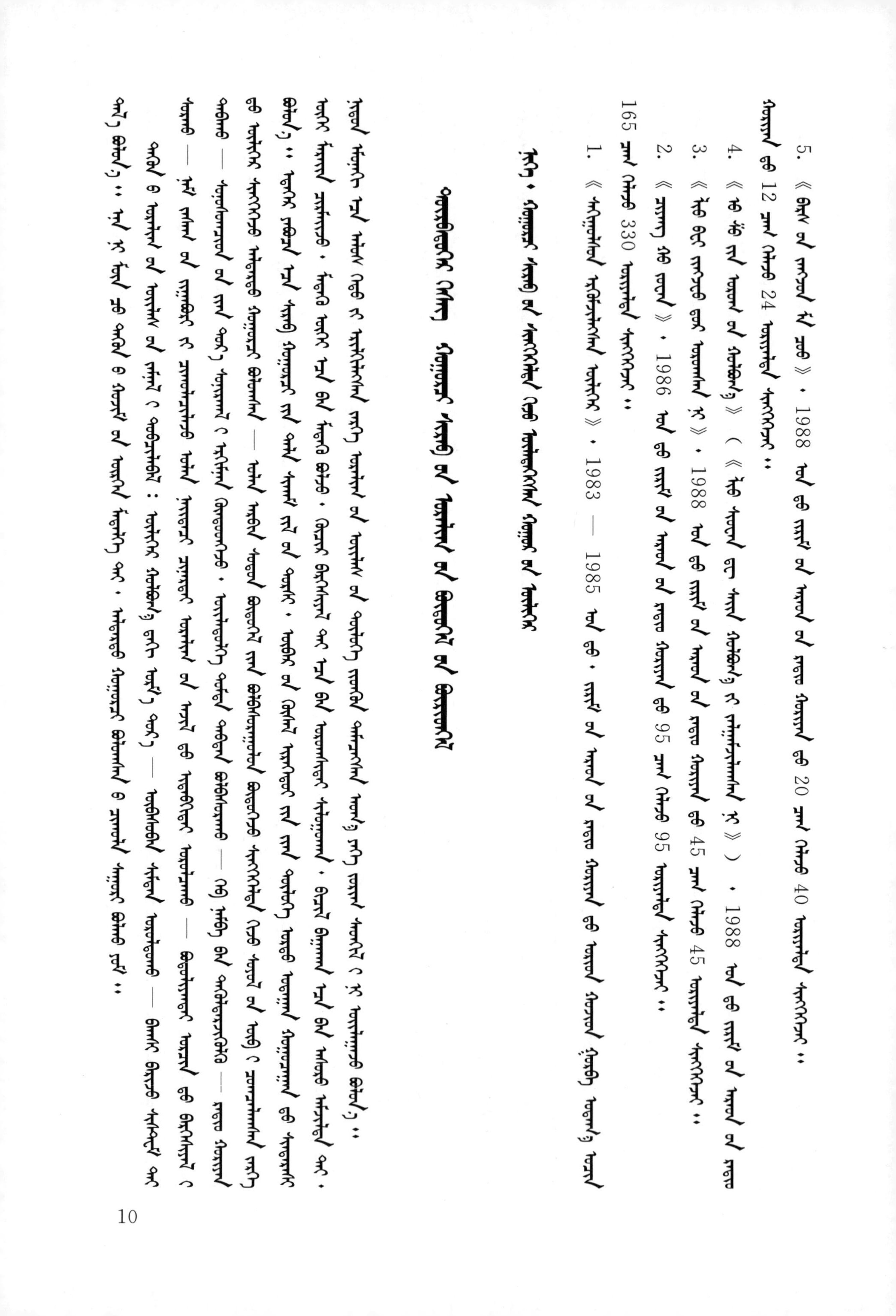

[illegible] ::

[illegible] ::

[illegible]

[illegible]

1. 《[illegible]》· 1983 — 1985 [illegible] · [illegible]
165 [illegible] 330 [illegible] ::
2. 《[illegible]》· 1986 [illegible] 95 [illegible] 95 [illegible] ::
3. 《[illegible]》· 1988 [illegible] 45 [illegible] 45 [illegible] ::
4. 《[illegible]》（《[illegible]》）· 1988 [illegible]
[illegible] 12 [illegible] 24 [illegible] ::
5. 《[illegible]》· 1988 [illegible] 20 [illegible] 40 [illegible] ::

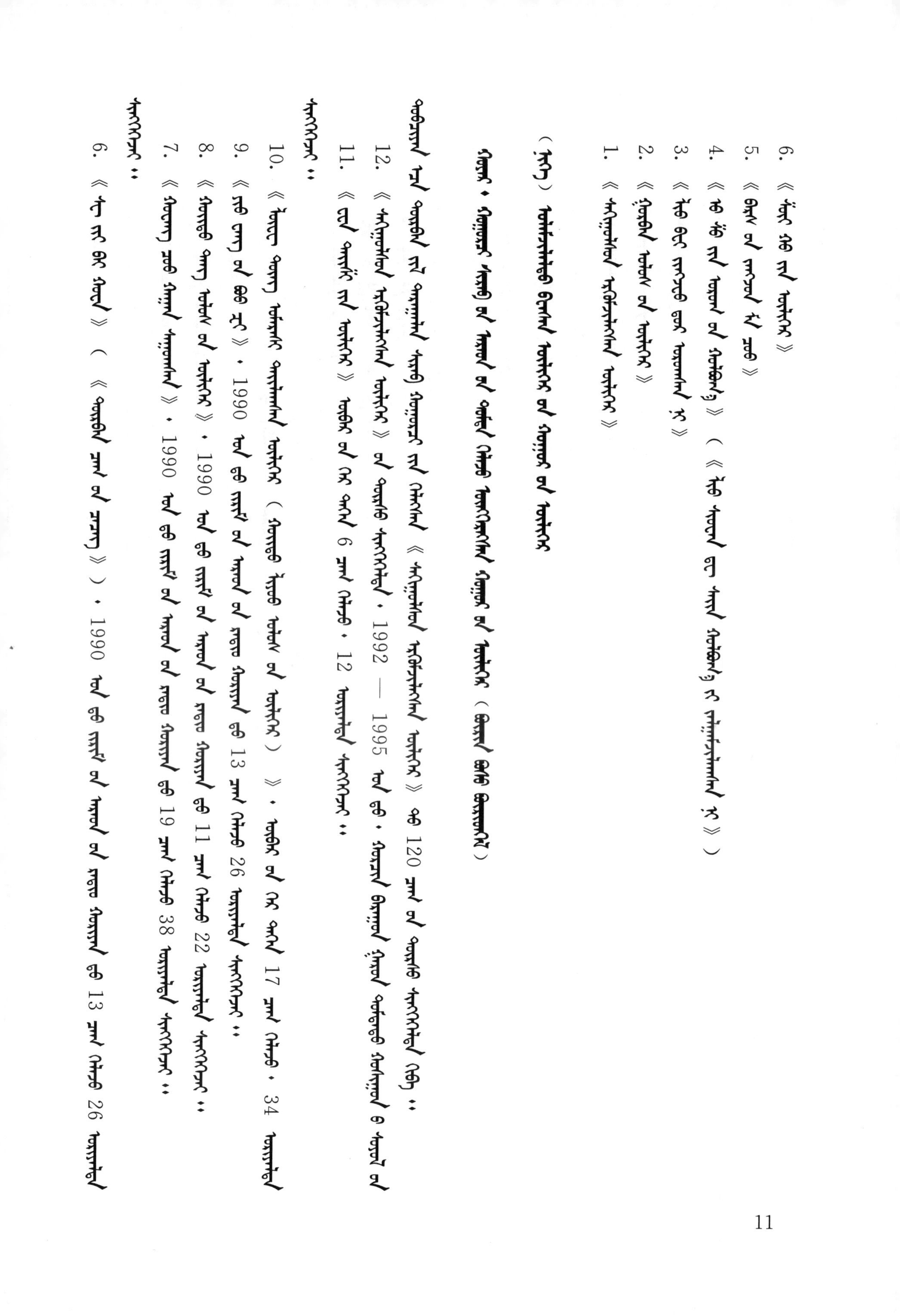

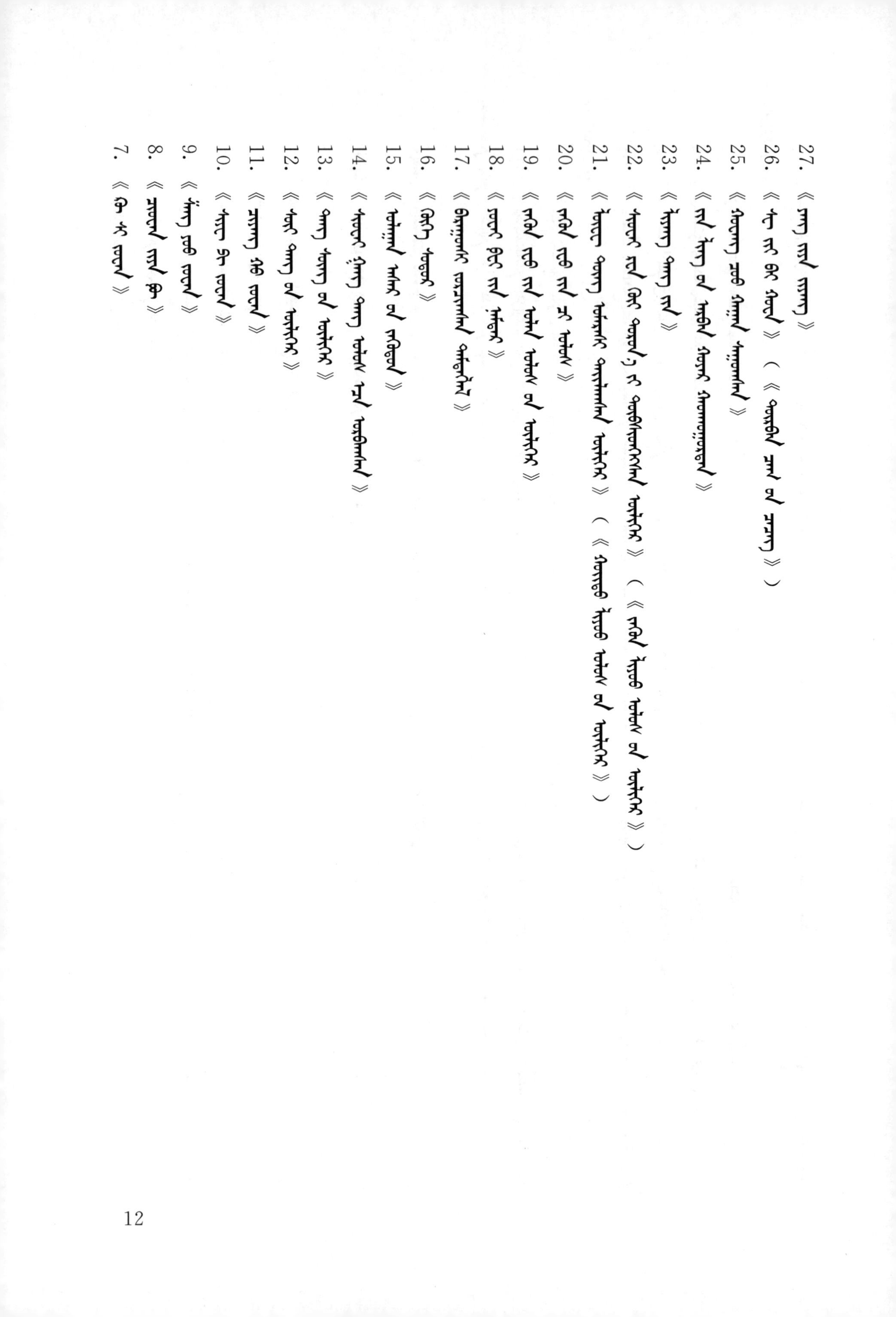

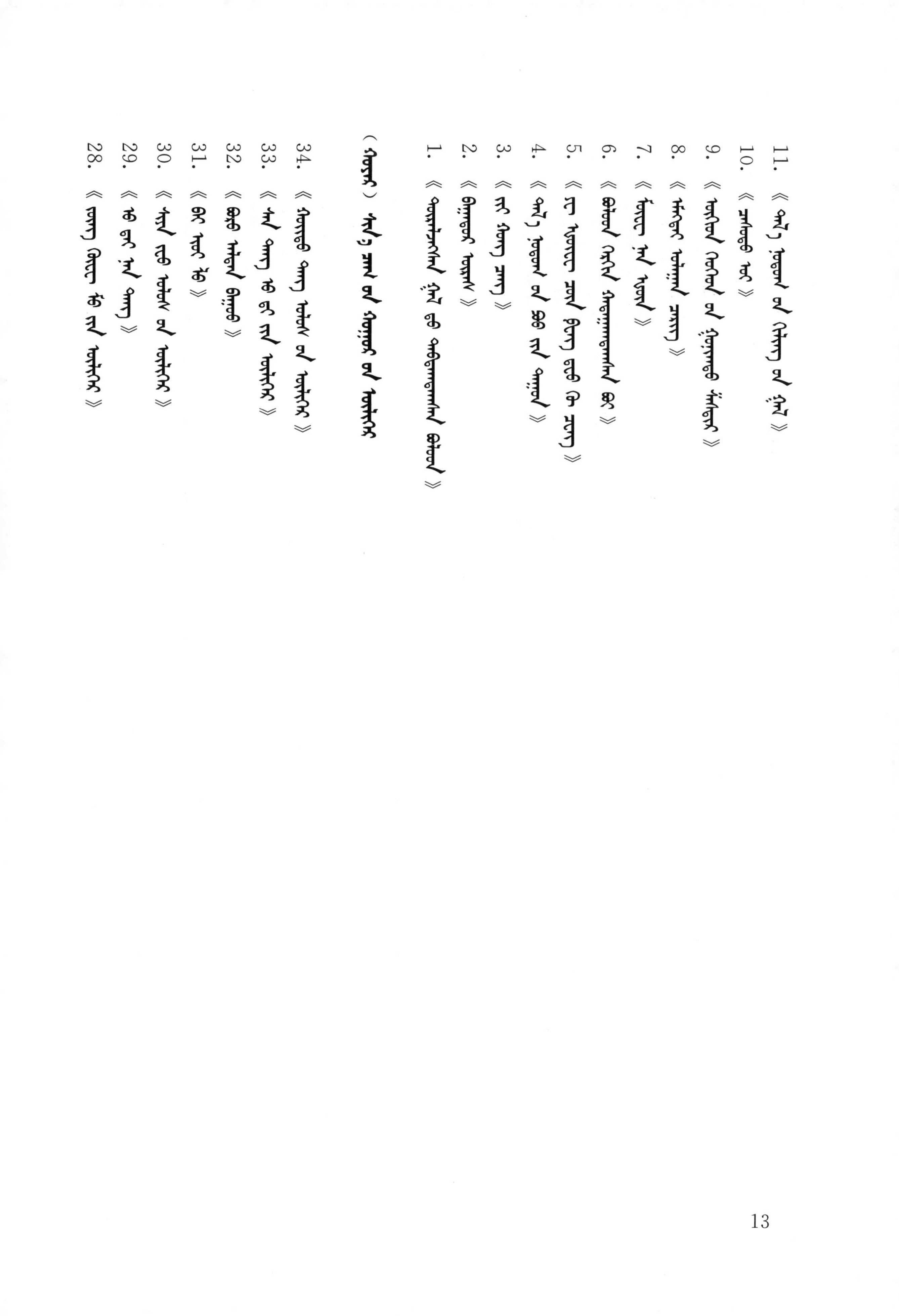

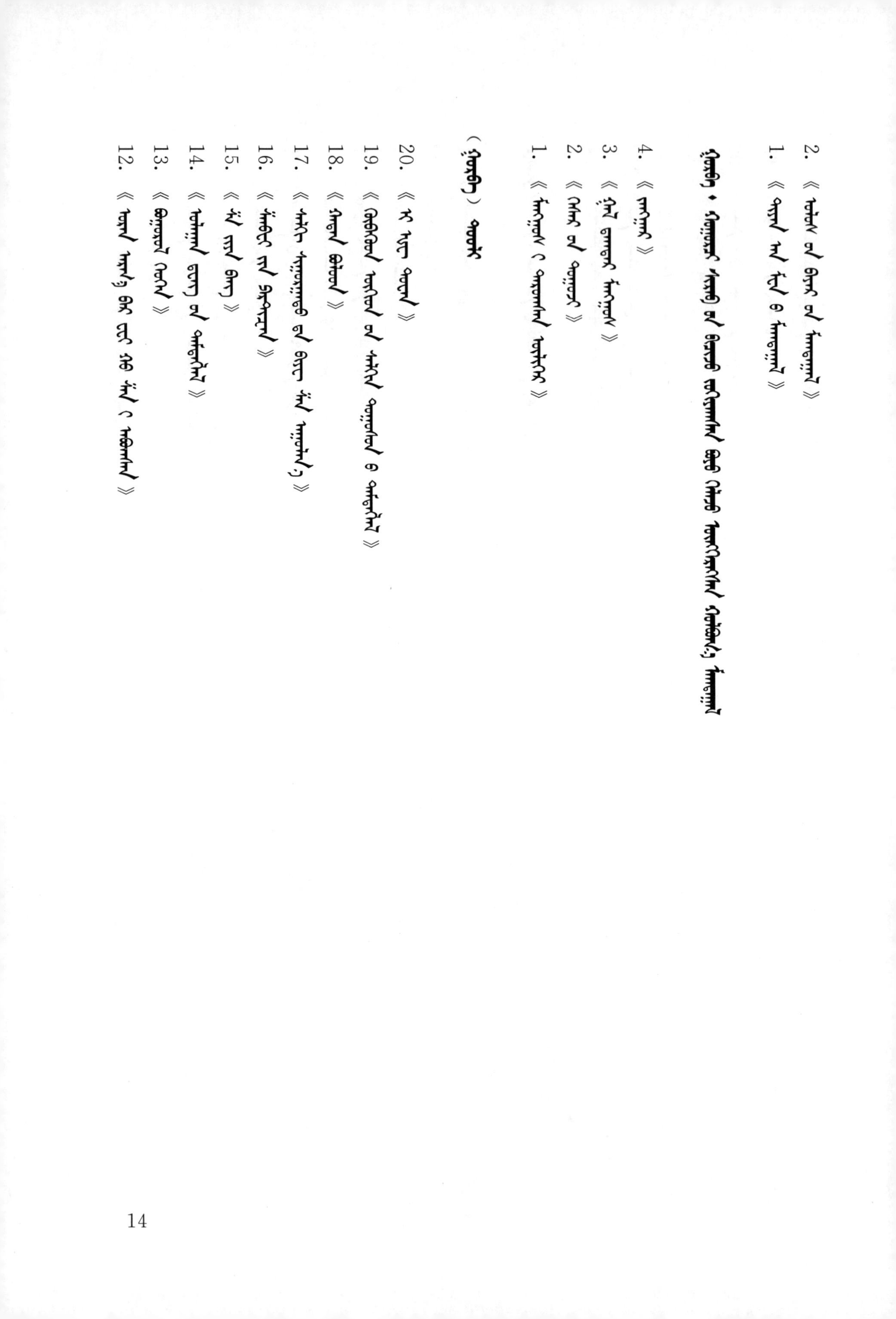

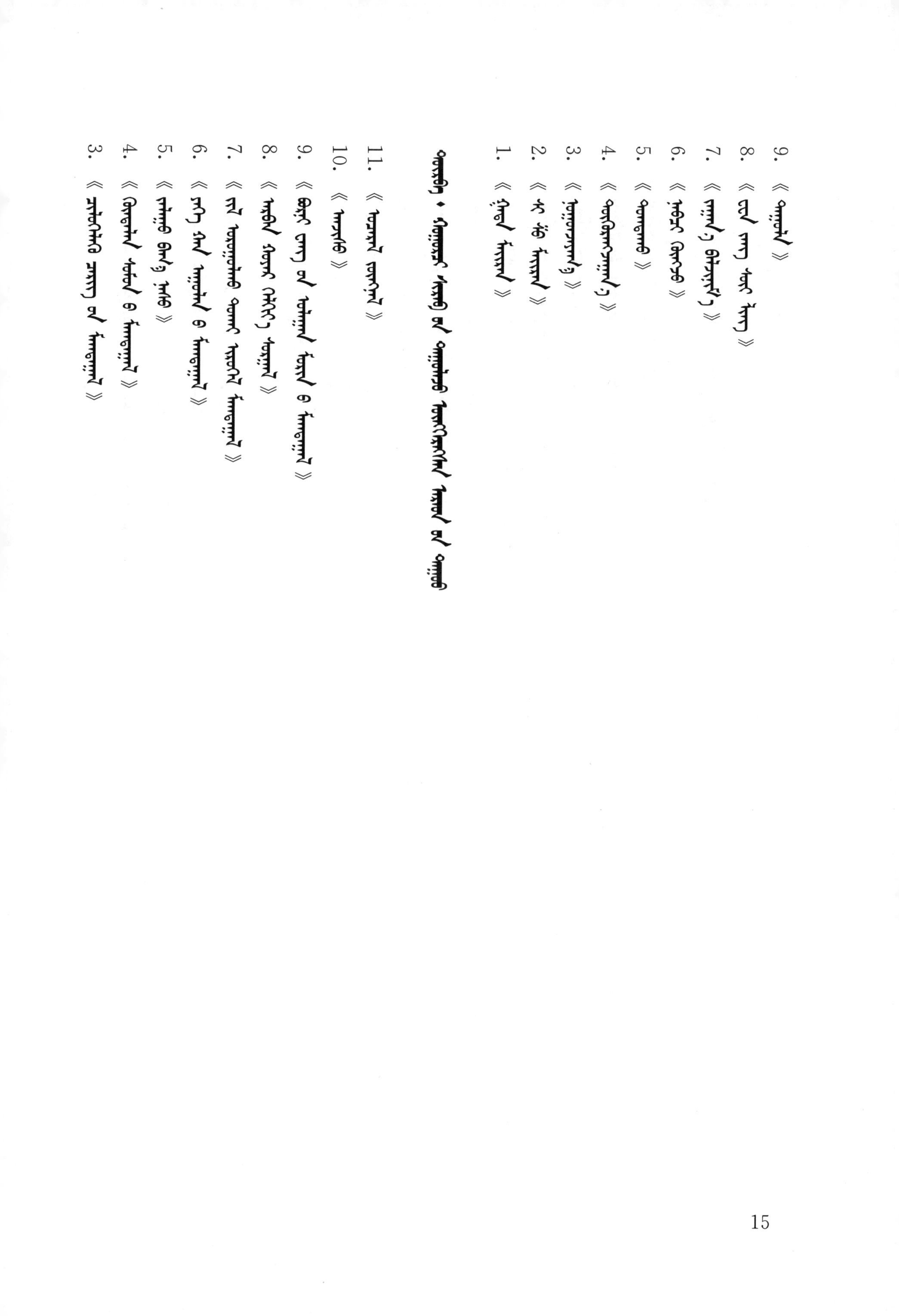

10. 《[illegible]》

[illegible]

1. 《[illegible] (ᠨᠢᠭᠡ) 》
2. 《[illegible] (ᠬᠣᠶᠠᠷ) 》
3. 《[illegible] (ᠭᠤᠷᠪᠠ) 》
4. 《[illegible] (ᠳᠥᠷᠪᠡ) 》
5. 《[illegible]》
6. 《[illegible] (ᠨᠢᠭᠡ) 》
7. 《[illegible] (ᠬᠣᠶᠠᠷ) 》
8. 《[illegible] (ᠨᠢᠭᠡ) 》
9. 《[illegible] (ᠬᠣᠶᠠᠷ) 》
10. 《[illegible] (ᠭᠤᠷᠪᠠ) 》
11. 《[illegible]》
12. 《[illegible]》
13. 《[illegible]》
14. 《[illegible]》
15. 《[illegible] (ᠨᠢᠭᠡ) 》
16. 《[illegible] (ᠬᠣᠶᠠᠷ) 》
17. 《[illegible] (ᠨᠢᠭᠡ) 》

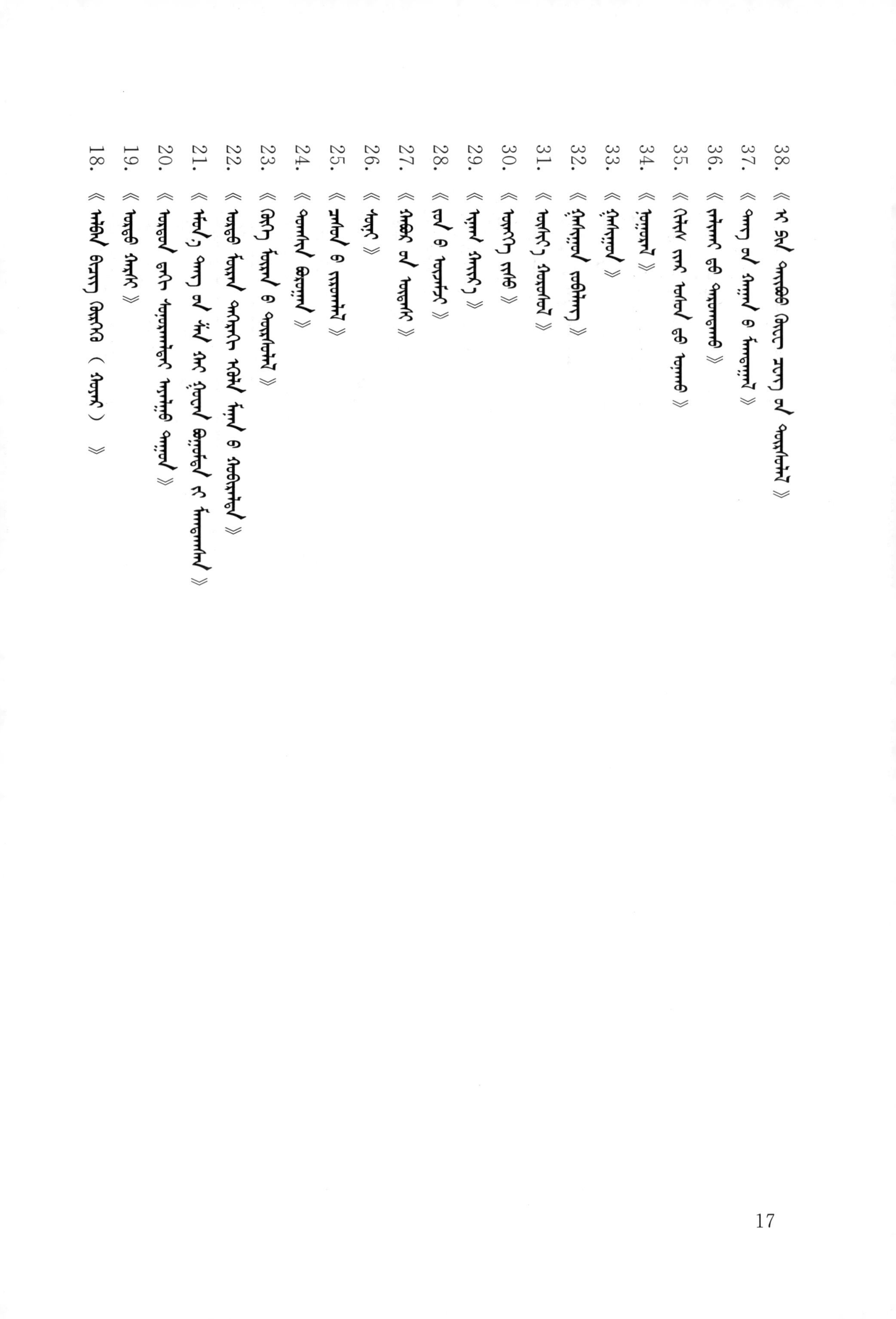

18. 《[illegible] （[illegible]） 》

19. 《[illegible]》

20. 《[illegible]》

21. 《[illegible]》

22. 《[illegible]》

23. 《[illegible]》

24. 《[illegible]》

25. 《[illegible]》

26. 《[illegible]》

27. 《[illegible]》

28. 《[illegible]》

29. 《[illegible]》

30. 《[illegible]》

31. 《[illegible]》

32. 《[illegible]》

33. 《[illegible]》

34. 《[illegible]》

35. 《[illegible]》

36. 《[illegible]》

37. 《[illegible]》

38. 《ᠰᠢ ᠵᠢᠨ [illegible]》

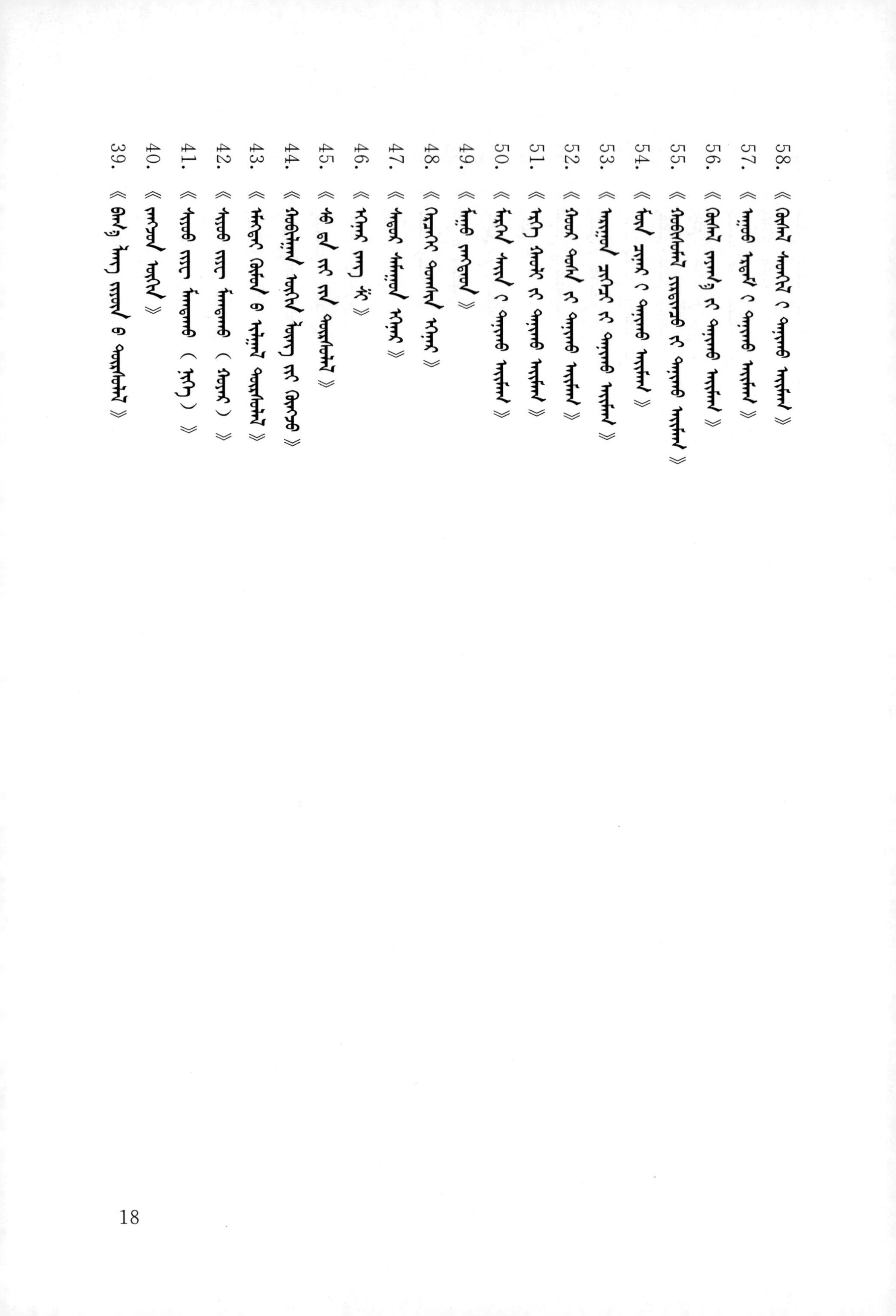

39. 《[illegible]》
40. 《[illegible]》
41. 《[illegible]（[illegible]）》
42. 《[illegible]（[illegible]）》
43. 《[illegible]》
44. 《[illegible]》
45. 《[illegible]》
46. 《[illegible]》
47. 《[illegible]》
48. 《[illegible]》
49. 《[illegible]》
50. 《[illegible]》
51. 《[illegible]》
52. 《[illegible]》
53. 《[illegible]》
54. 《[illegible]》
55. 《[illegible]》
56. 《[illegible]》
57. 《[illegible]》
58. 《[illegible]》

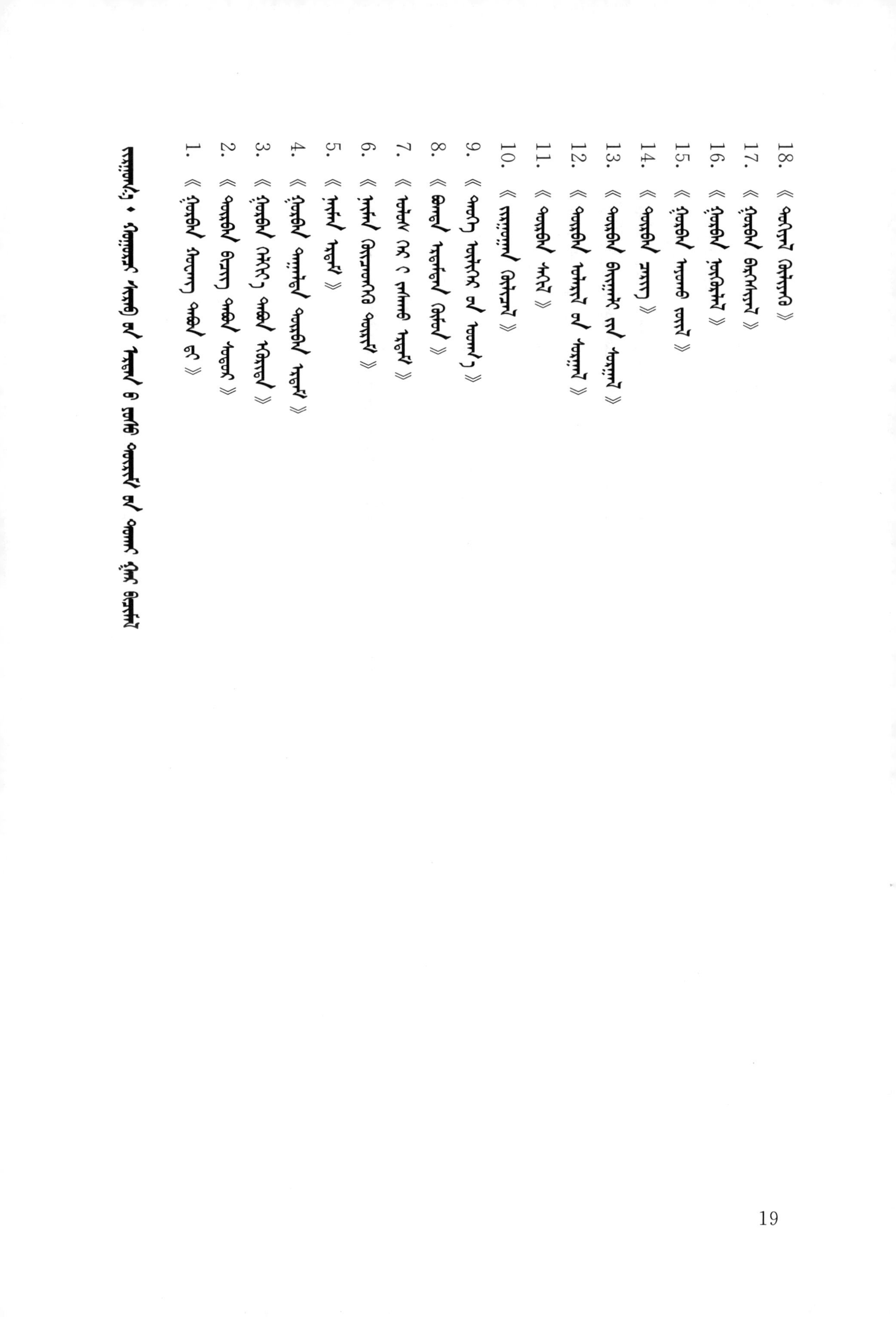

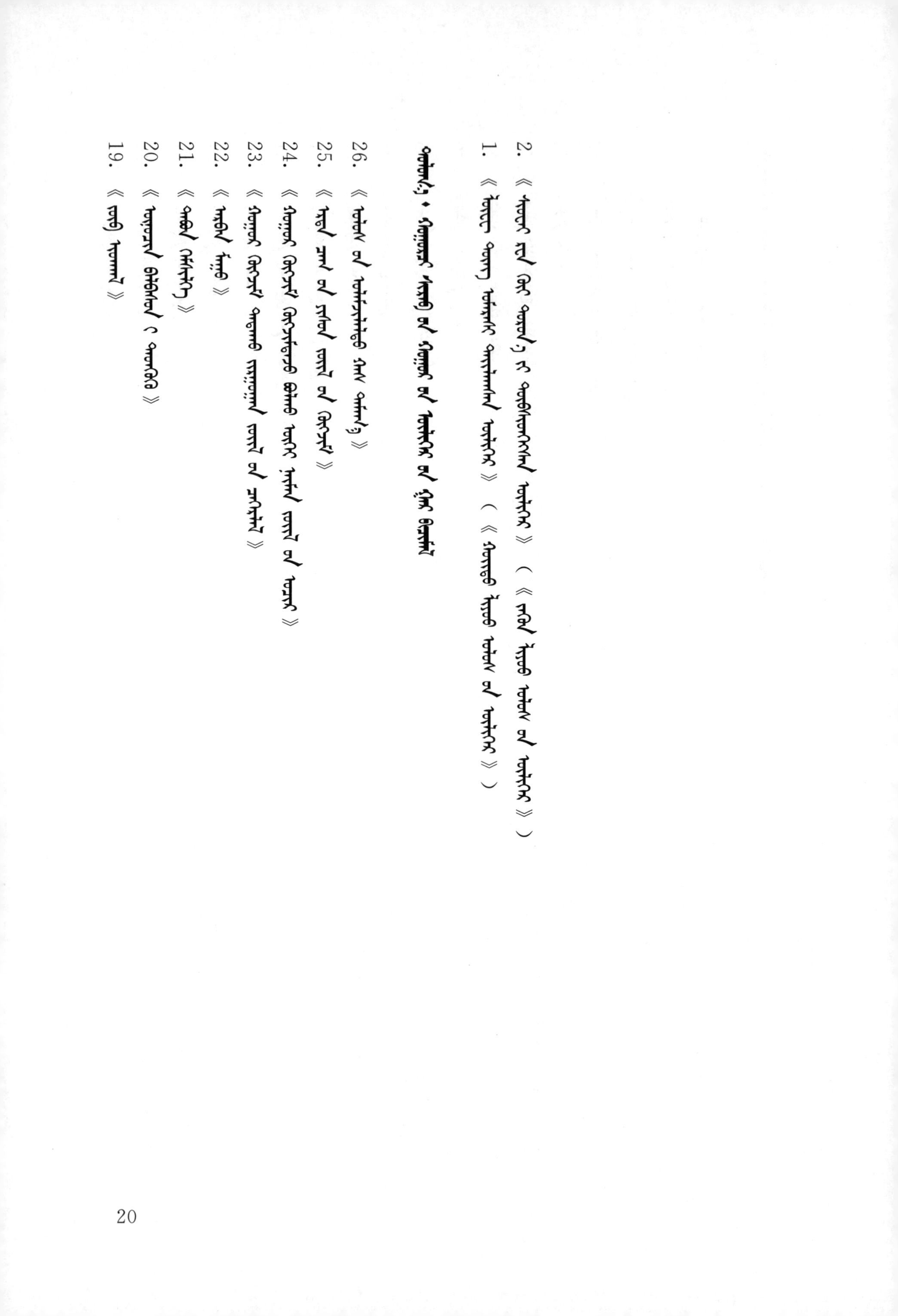

19. 《[illegible]》

20. 《[illegible]》

21. 《[illegible]》

22. 《[illegible]》

23. 《[illegible]》

24. 《[illegible]》

25. 《[illegible]》

26. 《[illegible]》

[illegible]

1. 《[illegible]》（《[illegible]》）

2. 《[illegible]》（《[illegible]》）

ᠬᠣᠶᠠᠳᠤᠭᠠᠷ ᠪᠦᠯᠦᠭ ᠮᠣᠩᠭᠣᠯ ᠬᠡᠯᠡᠨ ᠦ [illegible]

ᠮᠣᠩᠭᠣᠯ ᠬᠡᠯᠡᠨ ᠦ [illegible] 《[illegible]》 [illegible] 20 ᠳᠤᠭᠠᠷ ᠵᠠᠭᠤᠨ ᠤ ᠡᠬᠢᠨ ᠡᠴᠡ [illegible] 《[illegible]》 [illegible] ::

ᠨᠢᠭᠡᠳᠦᠭᠡᠷ ᠬᠡᠰᠡᠭ ᠮᠣᠩᠭᠣᠯ ᠬᠡᠯᠡᠨ ᠦ [illegible]

[illegible] 《[illegible]》 (1990) 、《[illegible]》 (2005) 、[illegible] 《[illegible]》 ([illegible] 1989) 、[illegible] 《[illegible]》 [illegible]

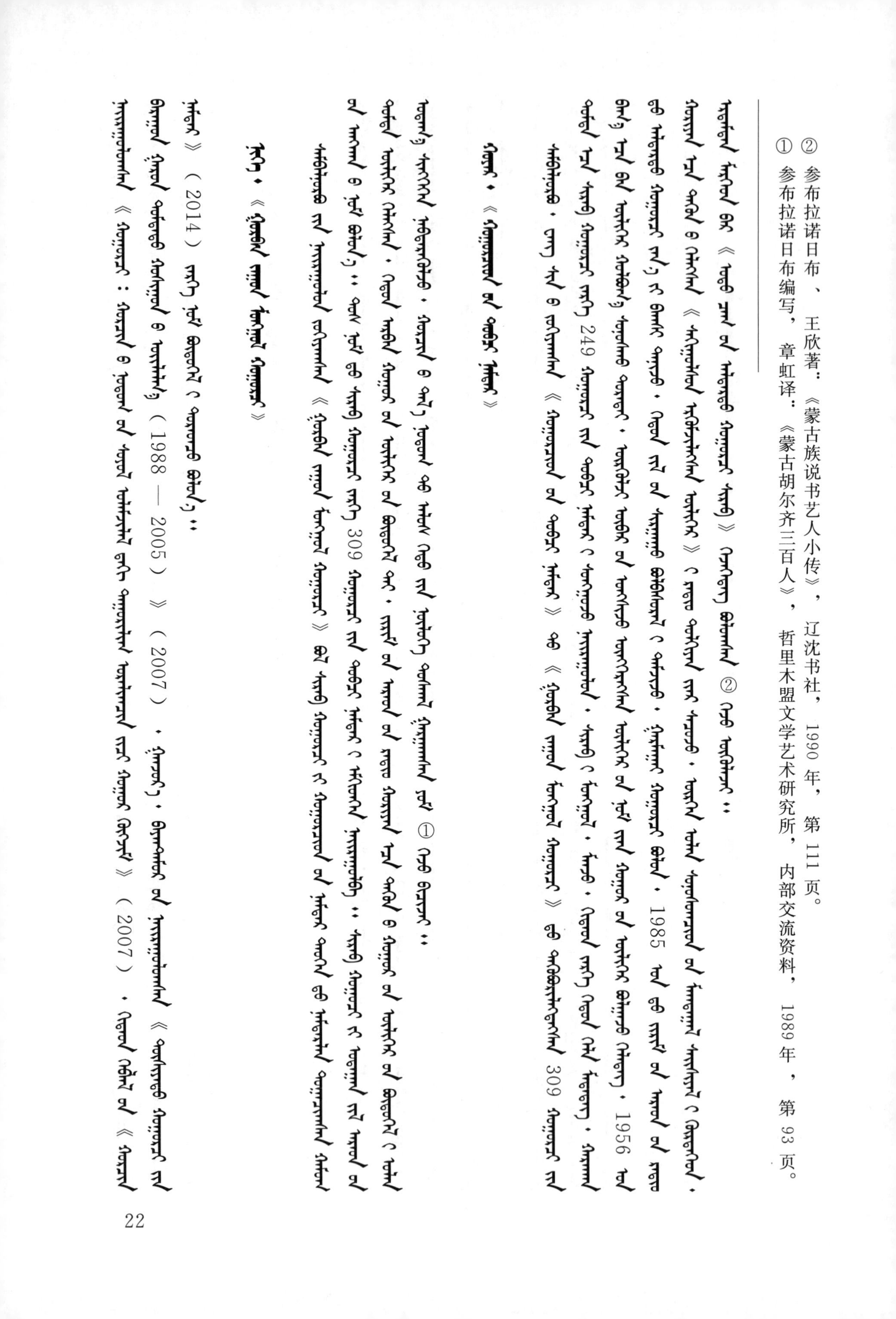

[illegible] 《[illegible]》 [illegible] ② [illegible] ::
[illegible] 《[illegible]》 [illegible]
[illegible] 1985 [illegible]
[illegible] 1956 [illegible]
[illegible] 249 [illegible] 《[illegible]》 [illegible]
[illegible] 309 [illegible]

[illegible] • 《[illegible]》

[illegible] ① [illegible] ::
[illegible]
[illegible] 309 [illegible] ::
[illegible] 《[illegible]》 [illegible]

[illegible] • 《[illegible]》

[illegible] 》（2014）[illegible] ::
[illegible]（1988 — 2005）》（2007）[illegible] 《[illegible]
[illegible] 《[illegible]》（2007）[illegible] 《[illegible]

② 参布拉诺日布、王欣著：《蒙古族说书艺人小传》，辽沈书社，1990年，第111页。

① 参布拉诺日布编写，章虹译：《蒙古胡尔齐三百人》，哲里木盟文学艺术研究所，内部交流资料，1989年，第93页。

ᠭᠤᠷᠪᠠ ◆ 《ᠮᠣᠩᠭᠣᠯᠴᠤᠳ ᠤᠨ ᠮᠣᠩᠭᠣᠯ ᠤᠨ ᠨᠢᠭᠤᠴᠠ ᠲᠣᠪᠴᠢᠶᠠᠨ ᠤ ᠰᠤᠳᠤᠯᠤᠯ ᠤᠨ ᠡᠮᠬᠢᠳᠬᠡᠯ》

1990 ᠣᠨ ᠤ 11 ᠰᠠᠷ᠎ᠠ ᠶᠢᠨ 17 ᠤ ᠡᠳᠦᠷ ᠦᠨ 《ᠦᠨᠳᠦᠰᠦᠲᠡᠨ ᠦ ᠡᠳᠦᠷ ᠦᠨ ᠰᠣᠨᠢᠨ》 ᠳᠤ ᠨᠡᠢᠲᠡᠯᠡᠭᠳᠡᠭᠰᠡᠨ ᠪᠡᠷ ᠬᠠᠷᠢᠴᠠᠭᠤᠯᠪᠠᠰᠤ᠂ ᠮᠣᠩᠭᠣᠯ ᠤᠨ ᠨᠢᠭᠤᠴᠠ ᠲᠣᠪᠴᠢᠶᠠᠨ ᠤ ᠰᠤᠳᠤᠯᠤᠯ ᠤᠨ ᠡᠮᠬᠢᠳᠬᠡᠯ 《ᠮᠣᠩᠭᠣᠯ ᠤᠨ ᠨᠢᠭᠤᠴᠠ ᠲᠣᠪᠴᠢᠶᠠᠨ ᠤ ᠰᠤᠳᠤᠯᠤᠯ ᠤᠨ ᠡᠮᠬᠢᠳᠬᠡᠯ》 ᠢ ᠬᠡᠪᠯᠡᠭᠦᠯᠬᠦ᠂ ᠮᠣᠩᠭᠣᠯ ᠤᠨ ᠨᠢᠭᠤᠴᠠ ᠲᠣᠪᠴᠢᠶᠠᠨ ᠤ ᠰᠤᠳᠤᠯᠤᠯ ᠤᠨ ᠠᠵᠢᠯ ᠢ ᠤᠯᠠᠮ ᠳᠡᠯᠭᠡᠷᠡᠩᠭᠦᠢ ᠪᠣᠯᠭᠠᠬᠤ ᠶᠢᠨ ᠲᠥᠯᠦᠭᠡ ᠬᠠᠮᠲᠤ ᠪᠠᠷ ᠬᠦᠴᠢᠯᠡᠨ ᠠᠵᠢᠯᠯᠠᠬᠤ ᠪᠠᠷ ᠲᠣᠭᠲᠠᠭᠠᠵᠠᠢ᠃

ᠳᠥᠷᠪᠡ ◆ 《ᠮᠣᠩᠭᠣᠯ ᠤᠨ ᠨᠢᠭᠤᠴᠠ ᠲᠣᠪᠴᠢᠶᠠᠨ ᠤ ᠰᠤᠳᠤᠯᠤᠯ》

1995 ᠣᠨ ᠳᠤ ᠬᠡᠪᠯᠡᠭᠳᠡᠭᠰᠡᠨ ᠳ᠂ ᠰᠡᠴᠡᠨ 《ᠦᠨᠳᠦᠰᠦᠲᠡᠨ ᠦ ᠬᠡᠪᠯᠡᠯ ᠦᠨ ᠬᠣᠷᠢᠶ᠎ᠠ》 ᠡᠴᠡ ᠭᠠᠷᠭᠠᠭᠰᠠᠨ 《ᠮᠣᠩᠭᠣᠯ ᠤᠨ ᠨᠢᠭᠤᠴᠠ ᠲᠣᠪᠴᠢᠶᠠᠨ ᠤ ᠰᠤᠳᠤᠯᠤᠯ》 ᠳᠤ ᠮᠣᠩᠭᠣᠯ ᠤᠨ ᠨᠢᠭᠤᠴᠠ ᠲᠣᠪᠴᠢᠶᠠᠨ ᠤ ᠵᠣᠬᠢᠶᠠᠯ ᠤᠨ ᠣᠨᠴᠠᠯᠢᠭ᠂ ᠬᠡᠯᠡ ᠶᠢᠨ ᠣᠨᠴᠠᠯᠢᠭ᠂ ᠲᠡᠦᠬᠡ ᠶᠢᠨ ᠦᠨᠡ ᠴᠢᠨᠠᠷ ᠵᠡᠷᠭᠡ ᠶᠢ ᠰᠤᠳᠤᠯᠤᠭᠰᠠᠨ ᠪᠠᠢᠨ᠎ᠠ᠃ 《ᠮᠣᠩᠭᠣᠯ ᠤᠨ ᠨᠢᠭᠤᠴᠠ ᠲᠣᠪᠴᠢᠶᠠᠨ》 ᠤ ᠵᠣᠬᠢᠶᠠᠯ ᠤᠨ ᠣᠨᠴᠠᠯᠢᠭ ᠢ ᠲᠣᠭᠠᠴᠠᠵᠤ᠂ ᠮᠣᠩᠭᠣᠯ ᠤᠨ ᠨᠢᠭᠤᠴᠠ ᠲᠣᠪᠴᠢᠶᠠᠨ ᠤ ᠲᠡᠦᠬᠡ ᠶᠢᠨ ᠦᠨᠡ ᠴᠢᠨᠠᠷ ᠢ ᠪᠠᠲᠤᠯᠠᠨ ᠨᠣᠲᠠᠯᠠᠭᠰᠠᠨ ᠪᠠᠢᠨ᠎ᠠ᠃ ᠮᠣᠩᠭᠣᠯ ᠤᠨ ᠨᠢᠭᠤᠴᠠ ᠲᠣᠪᠴᠢᠶᠠᠨ ᠤ ᠰᠤᠳᠤᠯᠤᠯ ᠤᠨ ᠲᠦᠦᠬᠡ ᠶᠢ ᠲᠣᠪᠴᠢᠯᠠᠨ ᠣᠷᠤᠭᠤᠯᠵᠤ᠂ ᠮᠣᠩᠭᠣᠯ ᠤᠨ ᠨᠢᠭᠤᠴᠠ ᠲᠣᠪᠴᠢᠶᠠᠨ ᠤ ᠲᠤᠬᠠᠢ ᠳᠠᠬᠢ ᠮᠡᠳᠡᠯᠭᠡ ᠶᠢ ᠪᠠᠶᠠᠵᠢᠭᠤᠯᠤᠭᠰᠠᠨ ᠶᠣᠰᠤᠭᠠᠷ ᠮᠣᠩᠭᠣᠯ ᠤᠨ ᠨᠢᠭᠤᠴᠠ ᠲᠣᠪᠴᠢᠶᠠᠨ ᠤ ᠰᠤᠳᠤᠯᠤᠯ ᠤᠨ ᠠᠵᠢᠯ ᠳᠤ ᠴᠢᠬᠤᠯᠠ ᠳᠡᠮᠵᠢᠯᠭᠡ ᠣᠷᠤᠭᠤᠯᠤᠭᠰᠠᠨ 《ᠮᠣᠩᠭᠣᠯ ᠤᠨ ᠨᠢᠭᠤᠴᠠ ᠲᠣᠪᠴᠢᠶᠠᠨ ᠤ ᠰᠤᠳᠤᠯᠤᠯ》① ᠭᠡᠳᠡᠭ ᠪᠦᠲᠦᠭᠡᠯ ᠪᠣᠯᠤᠨ᠎ᠠ᠃

---

① ᠳ᠂ ᠰᠡᠴᠡᠨ ᠄ 《ᠮᠣᠩᠭᠣᠯ ᠤᠨ ᠨᠢᠭᠤᠴᠠ ᠲᠣᠪᠴᠢᠶᠠᠨ ᠤ ᠰᠤᠳᠤᠯᠤᠯ》᠂ 《ᠦᠨᠳᠦᠰᠦᠲᠡᠨ ᠦ ᠬᠡᠪᠯᠡᠯ ᠦᠨ ᠬᠣᠷᠢᠶ᠎ᠠ》᠂ 1995 ᠣᠨ ᠤ 6 ᠰᠠᠷ᠎ᠠ ᠶᠢᠨ 12 ᠳᠤ ᠬᠡᠪᠯᠡᠪᠡ᠃

ᠬᠣᠶᠠᠷ • 《ᠬᠤᠭᠤᠷᠴᠢᠨ ᠬᠤᠭᠤᠯᠠᠢ ᠲᠠᠢ ᠬᠤᠭᠤᠷᠴᠢᠨ ᠲᠠᠢ ᠪᠠᠢᠭᠤᠯᠤᠭᠰᠠᠨ》

2004 ᠣᠨ ᠤ 5 ᠰᠠᠷ᠎ᠠ ᠶᠢᠨ 28 ᠤ ᠡᠳᠦᠷ ᠦᠨ 《ᠭᠡᠷᠡᠯ ᠤ ᠡᠳᠦᠷ ᠦᠨ ᠰᠣᠨᠢᠨ》 ᠤ ᠭᠡᠷᠡᠯ ᠰᠣᠨᠢᠨ ᠬᠡᠪᠯᠡᠯ ᠳᠦ ᠰ · ᠭ · ᠰᠢᠷᠦᠢ ᠶᠢᠨ 《ᠬᠤᠭᠤᠷᠴᠢᠨ ᠬᠤᠭᠤᠯᠠᠢ ᠲᠠᠢ ᠬᠤᠭᠤᠷᠴᠢᠨ ᠲᠠᠢ ᠪᠠᠢᠭᠤᠯᠤᠭᠰᠠᠨ》（《大草原的歌者》）ᠭᠡᠬᠦ ᠭᠠᠷᠴᠠᠭ ᠢ ᠨᠡᠢᠲᠡᠯᠡᠭᠰᠡᠨ :: ᠲᠤᠰ ᠭᠠᠷᠴᠠᠭ ᠲᠤ ᠬᠣᠷᠴᠢᠨ ᠤ ᠬᠤᠭᠤᠷᠴᠢᠨ ᠤ ᠤᠯᠠᠮᠵᠢᠯᠠᠯ᠂ ᠬᠤᠭᠤᠷᠴᠢᠨ ᠤ ᠠᠮᠢᠳᠤᠷᠠᠯ᠂ ᠬᠤᠭᠤᠷᠴᠢᠨ ᠤ ᠬᠦᠮᠦᠵᠢᠯ ᠤᠨ ᠠᠵᠢᠯ ᠢ ᠳᠡᠯᠭᠡᠷᠡᠩᠭᠦᠢ ᠲᠠᠨᠢᠯᠴᠠᠭᠤᠯᠤᠭᠰᠠᠨ ᠪᠠᠢᠨ᠎ᠠ᠂ ᠬᠣᠷᠴᠢᠨ ᠤ ᠬᠤᠭᠤᠷ ᠤᠨ ᠬᠦᠮᠦᠵᠢᠯ ᠦᠨ ᠲᠤᠬᠠᠢ ᠶᠡᠬᠡ ᠨᠥᠯᠦᠭᠡ ᠲᠠᠢ ᠪᠣᠯᠪᠠ :: ᠲᠤᠰ ᠭᠠᠷᠴᠠᠭ ᠢ 《ᠬᠣᠷᠴᠢᠨ ᠬᠤᠭᠤᠷ ᠤᠨ ᠳᠠᠭᠤᠨ ᠳᠡᠪᠲᠡᠷ》① ᠭᠡᠬᠦ ᠨᠣᠮ ᠳᠤ ᠣᠷᠣᠭᠤᠯᠤᠭᠰᠠᠨ ᠪᠠᠢᠨ᠎ᠠ ::

ᠭᠤᠷᠪᠠᠳᠤᠭᠠᠷ • 《ᠬᠣᠷᠴᠢᠨ ᠬᠤᠭᠤᠷ ᠤᠨ ᠳᠠᠭᠤᠨ ᠳᠡᠪᠲᠡᠷ》

ᠬᠤᠭᠤᠷ ᠤᠨ ᠨᠤᠲᠤᠭ ᠲᠤ ᠬᠤᠭᠤᠷᠴᠢᠨ ᠤ ᠰᠤᠷᠭᠠᠭᠤᠯᠢ ᠪᠠᠢᠭᠤᠯᠤᠭᠳᠠᠵᠤ᠂ ᠬᠤᠭᠤᠷ ᠤᠨ ᠤᠯᠢᠭᠡᠷ ᠢ ᠤᠯᠠᠮᠵᠢᠯᠠᠨ ᠰᠤᠷᠭᠠᠬᠤ ᠠᠵᠢᠯ ᠢ ᠬᠦᠭᠵᠢᠭᠦᠯᠵᠦ ᠪᠠᠢᠨ᠎ᠠ :: ᠲᠤᠰ 《ᠬᠣᠷᠴᠢᠨ ᠬᠤᠭᠤᠷ ᠤᠨ ᠳᠠᠭᠤᠨ ᠳᠡᠪᠲᠡᠷ》 ᠪᠣᠯ ᠬᠤᠭᠤᠷᠴᠢᠨ ᠤ ᠤᠯᠢᠭᠡᠷ ᠤᠨ ᠰᠤᠷᠭᠠᠯᠲᠠ ᠶᠢᠨ ᠨᠣᠮ ᠪᠣᠯᠤᠨ᠎ᠠ ᠬᠣᠷᠴᠢᠨ ᠤ ᠬᠤᠭᠤᠷᠴᠢᠨ ᠤ ᠬᠦᠮᠦᠵᠢᠯ ᠦᠨ ᠠᠮᠢᠳᠤᠷᠠᠯ ᠢ ᠲᠤᠰᠬᠠᠭᠰᠠᠨ ᠪᠠᠢᠨ᠎ᠠ ② ::

ᠳᠥᠷᠪᠡᠳᠦᠭᠡᠷ • 《ᠬᠣᠷᠴᠢᠨ ᠪᠠᠷᠠᠭᠤᠨ ᠭᠠᠷᠤᠨ ᠳᠤᠮᠳᠠ ᠬᠣᠰᠢᠭᠤ — ᠤᠯᠤᠰ ᠳᠤ ᠨᠡᠷᠡᠲᠡᠢ ᠤᠯᠢᠭᠡᠷ ᠤᠨ ᠨᠤᠲᠤᠭ》

2005 ᠣᠨ ᠤ ᠤᠯᠤᠰ ᠤᠨ ᠬᠡᠪᠯᠡᠯ ᠦᠨ ᠬᠣᠷᠢᠶ᠎ᠠ ᠶᠢᠨ ᠬᠡᠪᠯᠡᠭᠰᠡᠨ 《ᠬᠣᠷᠴᠢᠨ ᠪᠠᠷᠠᠭᠤᠨ ᠭᠠᠷᠤᠨ ᠳᠤᠮᠳᠠ ᠬᠣᠰᠢᠭᠤ — ᠤᠯᠤᠰ ᠳᠤ ᠨᠡᠷᠡᠲᠡᠢ ᠤᠯᠢᠭᠡᠷ ᠤᠨ ᠨᠤᠲᠤᠭ》

---

① 波特奇、高长胜、包文诚主编，董新国执笔：《科尔沁右翼中旗·亨誉全国的乌力格尔之乡》，远方出版社，2005年，第219—222页。

② ᠪᠤᠰᠤᠳ ᠨᠢᠭᠤᠷ ᠲᠤ ᠪᠤᠢ ::

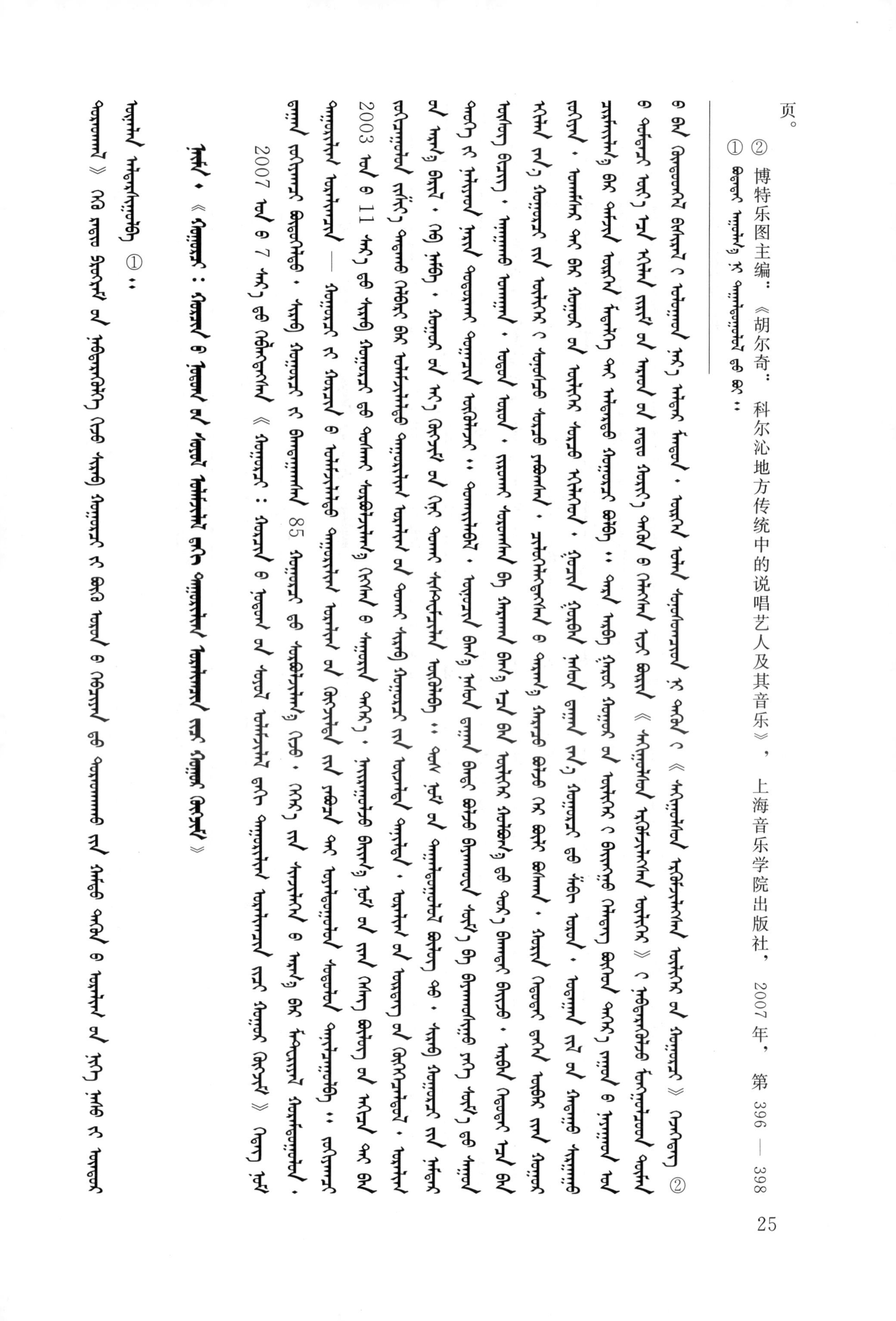

[illegible]

① [illegible]

② 博特乐图主编：《胡尔奇：科尔沁地方传统中的说唱艺人及其音乐》，上海音乐学院出版社，2007年，第396—398页。

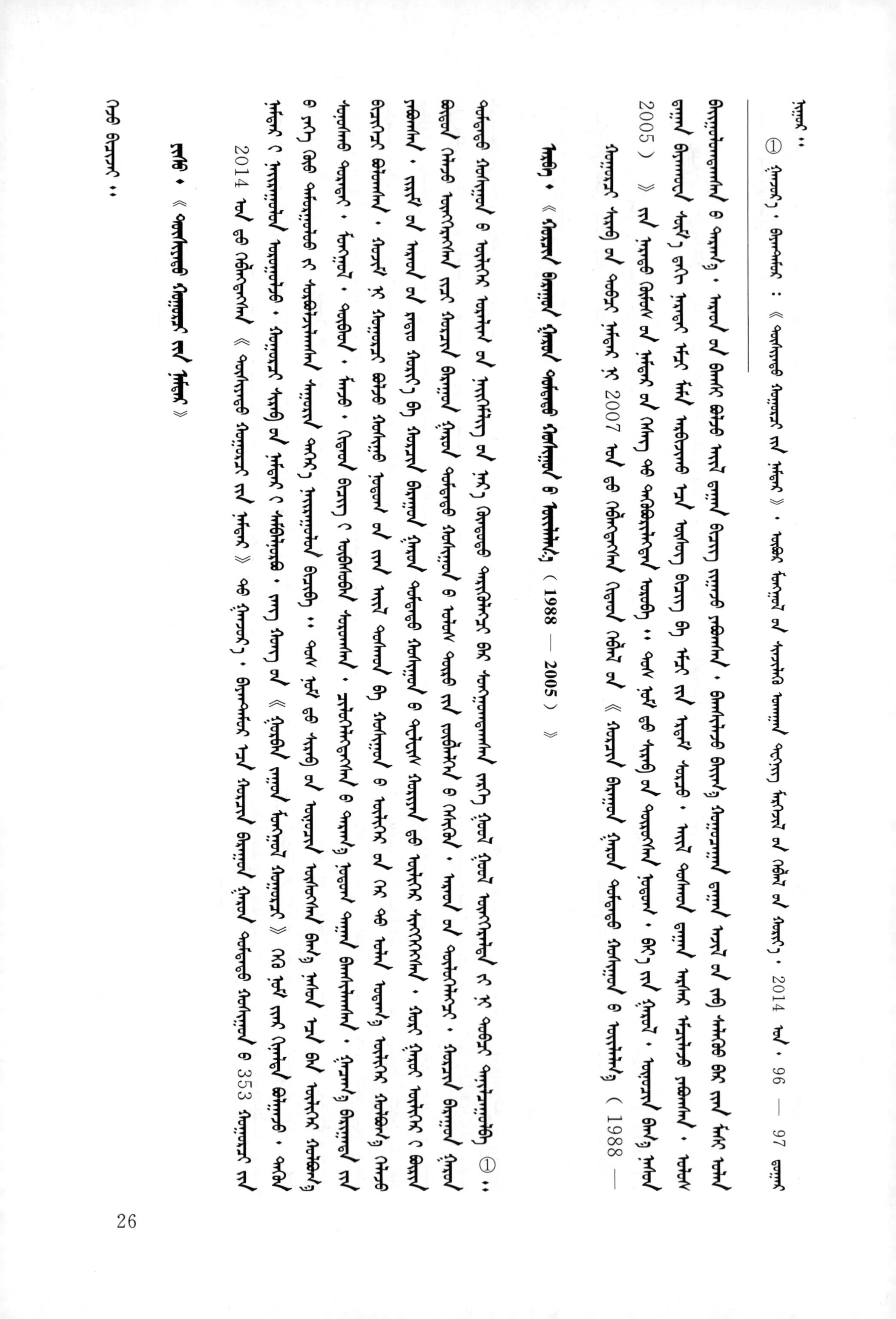

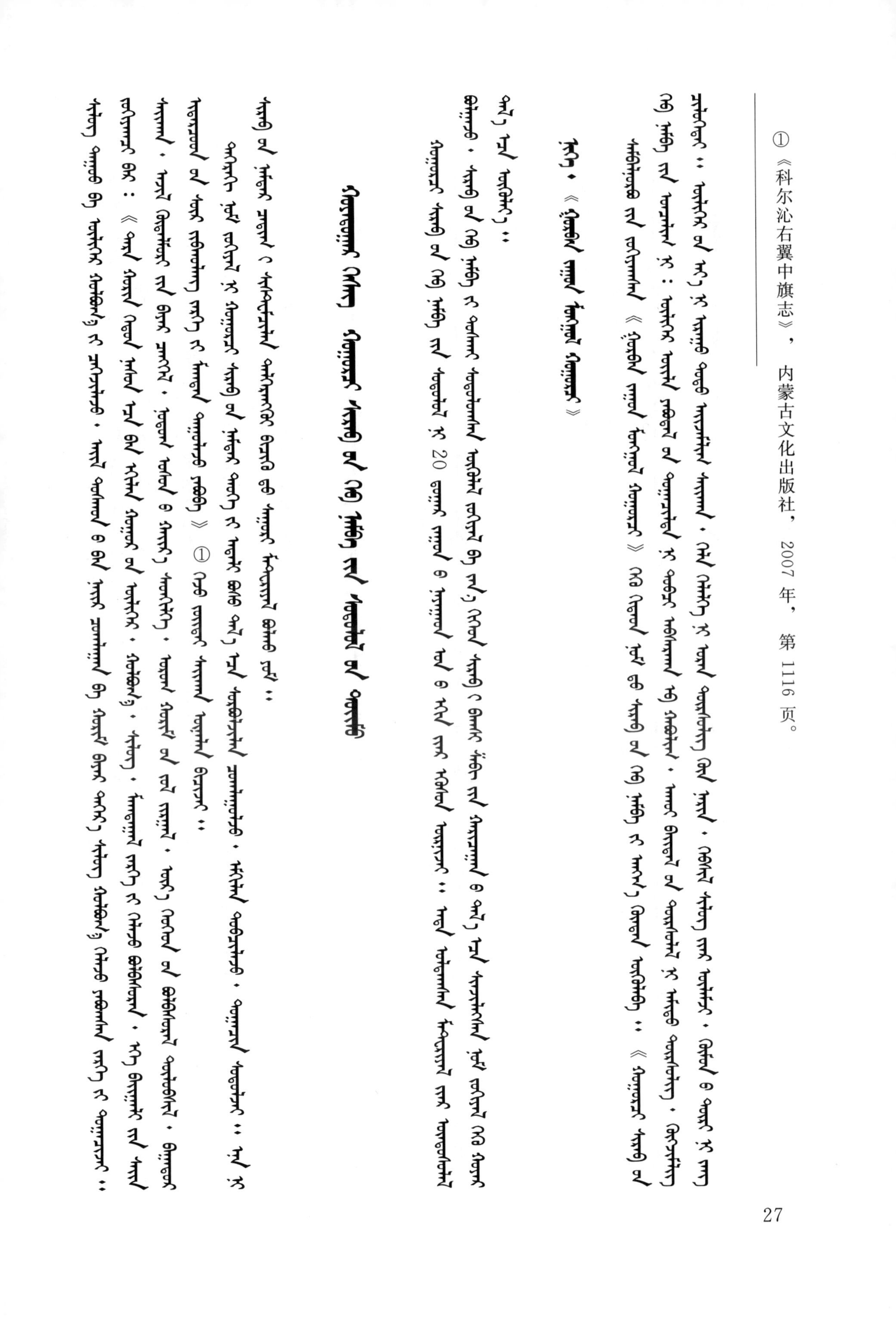

[illegible]

[illegible]

[illegible]

[illegible]

[illegible]

[illegible]

① 《科尔沁右翼中旗志》，内蒙古文化出版社，2007 年，第 1116 页。

ᠰᠢᠯᠢᠭᠳᠡᠵᠦ ᠂ ᠨᠢᠭᠡᠳᠦᠭᠡᠷ ᠵᠡᠷᠭᠡ ᠶᠢᠨ ᠬᠣᠭᠤᠷᠴᠢ ᠪᠣᠯᠪᠠ》① ᠭᠡᠵᠦ ᠲᠡᠮᠳᠡᠭᠯᠡᠭᠰᠡᠨ ᠪᠠᠶᠢᠨ᠎ᠠ ᠃

ᠭᠤᠴᠢ ◆ 《ᠬᠣᠷᠴᠢᠨ ᠪᠠᠷᠠᠭᠤᠨ ᠭᠠᠷᠤᠨ ᠳᠤᠮᠳᠠᠳᠤ ᠬᠣᠰᠢᠭᠤᠨ ᠤ ᠲᠡᠦᠬᠡ（1988—2005）》

《ᠬᠣᠷᠴᠢᠨ ᠪᠠᠷᠠᠭᠤᠨ ᠭᠠᠷᠤᠨ ᠳᠤᠮᠳᠠᠳᠤ ᠬᠣᠰᠢᠭᠤᠨ ᠤ ᠲᠡᠦᠬᠡ（1988—2005）》 ᠳᠤ ᠬᠣᠷᠴᠢᠨ ᠬᠣᠭᠤᠷ ᠤᠨ ᠲᠤᠬᠠᠢ ᠳᠤ 《ᠬᠣᠷᠴᠢᠨ ᠤ ᠬᠠᠭᠤᠷᠴᠢ ᠶᠢᠨ ᠠᠯᠳᠠᠷᠰᠢᠯ ᠂ ᠬᠣᠭᠤᠷ ᠤᠨ ᠳᠠᠭᠤ ᠶᠢᠨ ᠪᠠᠶᠠᠯᠢᠭ ᠂ ᠬᠤᠭᠤᠴᠢᠨ ᠳᠠᠭᠤ ᠶᠢ ᠬᠠᠳᠠᠭᠠᠯᠠᠨ ᠬᠥᠭᠵᠢᠭᠦᠯᠬᠦ ᠳᠤ ᠵᠢᠷᠤᠭ ᠤᠨ ᠳᠠᠭᠤᠴᠢ ᠶᠢ ᠲᠠᠨᠢᠭᠤᠯᠬᠤ ᠬᠡᠷᠡᠭᠲᠡᠢ》② ᠭᠡᠵᠦ ᠲᠡᠮᠳᠡᠭᠯᠡᠭᠰᠡᠨ ᠃

ᠭᠤᠴᠢᠨ ᠨᠢᠭᠡ ◆ 《ᠬᠠᠷᠠᠴᠢᠨ ᠬᠣᠰᠢᠭᠤᠨ ᠤ ᠲᠡᠦᠬᠡ》

《ᠬᠣᠷᠴᠢᠨ ᠬᠣᠭᠤᠷ ᠤᠨ ᠲᠡᠦᠬᠡ》 ᠳᠤ ᠂ ᠬᠣᠷᠴᠢᠨ ᠬᠣᠭᠤᠷ ᠤᠨ ᠳᠠᠭᠤ ᠶᠢᠨ ᠪᠠᠭᠰᠢ ᠨᠠᠷ ᠤᠨ ᠰᠤᠷᠭᠠᠭᠤᠯᠢ ᠳᠤ ᠰᠤᠷᠤᠯᠴᠠᠭᠰᠠᠨ ᠬᠠᠭᠤᠷᠴᠢ ᠨᠠᠷ ᠤᠨ ᠬᠣᠭᠤᠷ ᠤᠨ ᠳᠠᠭᠤ ᠶᠢᠨ ᠬᠥᠭᠵᠢᠯ ᠢ ᠲᠣᠪᠴᠢᠯᠠᠨ ᠲᠡᠮᠳᠡᠭᠯᠡᠭᠰᠡᠨ ᠪᠠᠶᠢᠨ᠎ᠠ ᠃ ᠲᠤᠰ ᠲᠡᠦᠬᠡ ᠳᠤ 《ᠬᠣᠷᠴᠢᠨ ᠬᠣᠭᠤᠷ ᠤᠨ ᠲᠤᠬᠠᠢ ᠳᠤ ᠂ ᠬᠠᠭᠤᠷᠴᠢ ᠶᠢᠨ ᠳᠠᠭᠤ ᠂ ᠬᠣᠭᠤᠷ ᠤᠨ ᠪᠠᠭᠰᠢ ᠨᠠᠷ ᠤᠨ ᠰᠤᠷᠭᠠᠯᠲᠠ ᠶᠢ ᠲᠠᠨᠢᠭᠤᠯᠬᠤ ᠂ ᠬᠤᠭᠤᠴᠢᠨ ᠳᠠᠭᠤ ᠶᠢᠨ ᠵᠢᠷᠤᠮ ᠢ ᠳᠠᠭᠠᠵᠤ ᠂ ᠰᠢᠨ᠎ᠡ ᠳᠠᠭᠤ ᠶᠢ ᠵᠣᠬᠢᠶᠠᠯᠤᠨ ᠲᠦᠷᠢᠭᠦᠯᠬᠦ ᠶᠢᠨ ᠲᠤᠯᠠ ᠲᠡᠷᠢᠭᠦᠯᠡᠭᠴᠢ ᠬᠣᠷᠴᠢᠨ ᠬᠣᠭᠤᠷ ᠤᠨ ᠲᠡᠦᠬᠡ》③ ᠭᠡᠵᠦ ᠲᠡᠮᠳᠡᠭᠯᠡᠭᠰᠡᠨ ᠪᠠᠶᠢᠨ᠎ᠠ ᠃

ᠭᠤᠴᠢᠨ ᠬᠣᠶᠠᠷ ◆ 《ᠬᠣᠷᠴᠢᠨ ᠤ ᠬᠣᠭᠤᠷ ᠤᠨ ᠳᠠᠭᠤ ᠶᠢᠨ ᠲᠡᠦᠬᠡ》 ᠳᠡᠬᠢ ᠬᠣᠭᠤᠷ ᠤᠨ ᠲᠤᠬᠠᠢ ᠲᠡᠮᠳᠡᠭᠯᠡᠯ ᠢ

《ᠬᠣᠷᠴᠢᠨ ᠤ ᠬᠣᠭᠤᠷ ᠤᠨ ᠳᠠᠭᠤ ᠶᠢᠨ ᠲᠡᠦᠬᠡ》 ᠳᠤ ᠂ ᠬᠣᠭᠤᠷ ᠤᠨ ᠳᠠᠭᠤ ᠶᠢᠨ ᠤᠯᠠᠮᠵᠢᠯᠠᠯ ᠂ ᠬᠠᠭᠤᠷᠴᠢ ᠶᠢᠨ ᠲᠤᠬᠠᠢ ᠶᠢ ᠨᠡᠩ ᠨᠠᠷᠢᠯᠢᠭ ᠲᠡᠮᠳᠡᠭᠯᠡᠭᠰᠡᠨ ᠪᠠᠶᠢᠨ᠎ᠠ ᠃ ᠪᠠᠶᠠᠷ ᠂ ᠪᠤᠶᠠᠨᠲᠤ ᠄ 《ᠬᠣᠷᠴᠢᠨ ᠤ ᠬᠣᠭᠤᠷ ᠤᠨ ᠳᠠᠭᠤ ᠶᠢᠨ ᠲᠡᠦᠬᠡ》 ᠳᠤ

③ ᠪᠠᠶᠠᠷ ᠂ ᠪᠤᠶᠠᠨᠲᠤ ᠄ 《ᠬᠣᠷᠴᠢᠨ ᠤ ᠬᠣᠭᠤᠷ ᠤᠨ ᠲᠡᠦᠬᠡ》 ᠂ ᠦᠪᠦᠷ ᠮᠣᠩᠭᠣᠯ ᠤᠨ ᠠᠷᠠᠳ ᠤᠨ ᠬᠡᠪᠯᠡᠯ ᠦᠨ ᠬᠣᠷᠢᠶ᠎ᠠ ᠂ 2014 ᠣᠨ ᠂ 97 ᠳᠤᠭᠠᠷ ᠨᠢᠭᠤᠷ ᠃

② 《科尔沁右翼中旗志》，内蒙古文化出版社，2007 年，第 1116、1117 页。

① 参布拉诺日布编写，章虹译：《蒙古胡尔齐三百人》，哲里木盟文学艺术研究所，内部交流资料，1989 年，第 93 页。

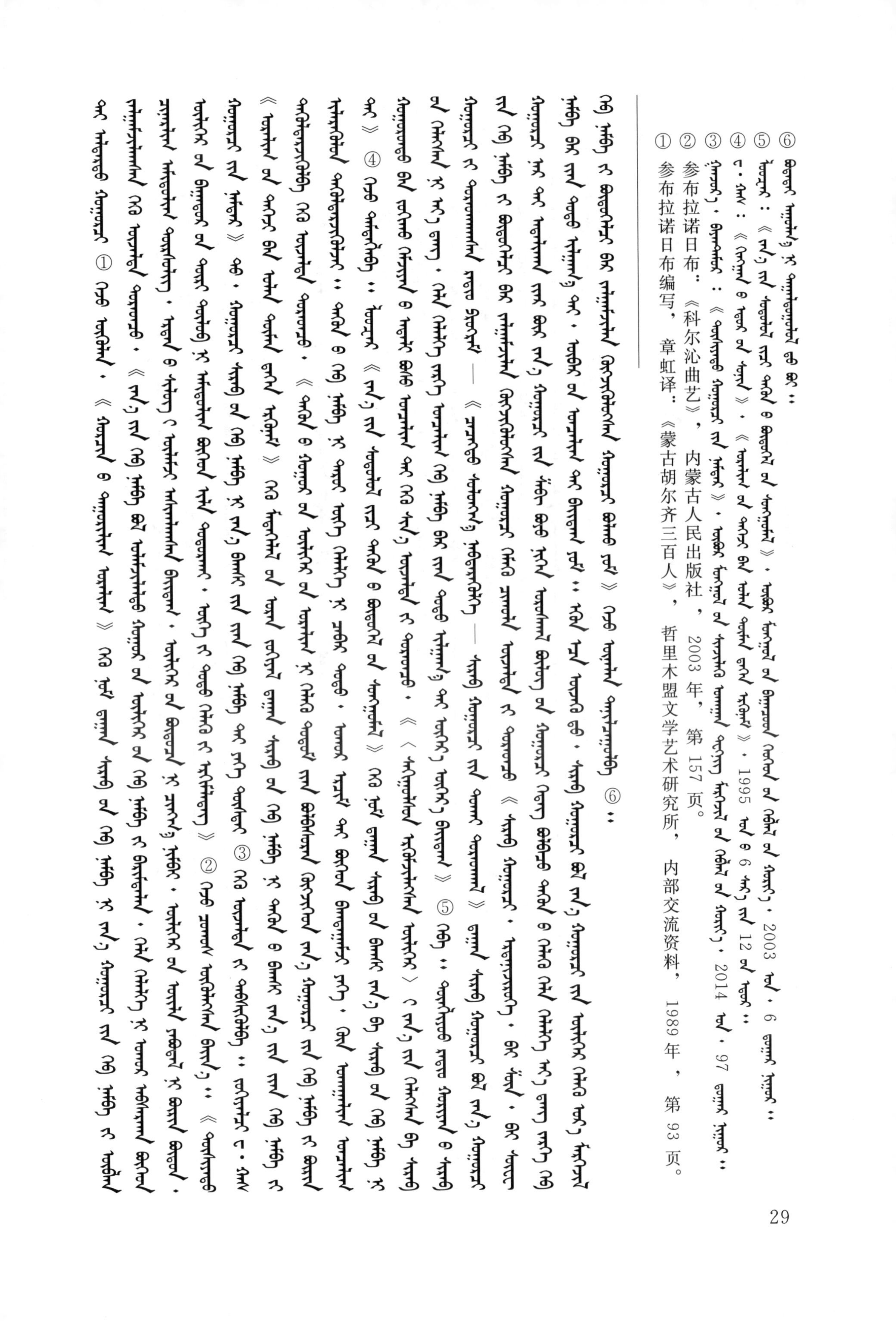

[illegible]

① 参布拉诺日布编写，章虹译：《蒙古胡尔齐三百人》，哲里木盟文学艺术研究所，内部交流资料，1989年，第93页。

② 参布拉诺日布：《科尔沁曲艺》，内蒙古人民出版社，2003年，第157页。

③ [illegible]：《[illegible]》，[illegible]，2014 [illegible]，97 [illegible]

④ [illegible]：《[illegible]》，《[illegible]》，1995 [illegible] 6 [illegible] 12 [illegible]

⑤ [illegible]：《[illegible]》，[illegible]，2003 [illegible]，6 [illegible]

⑥ [illegible]

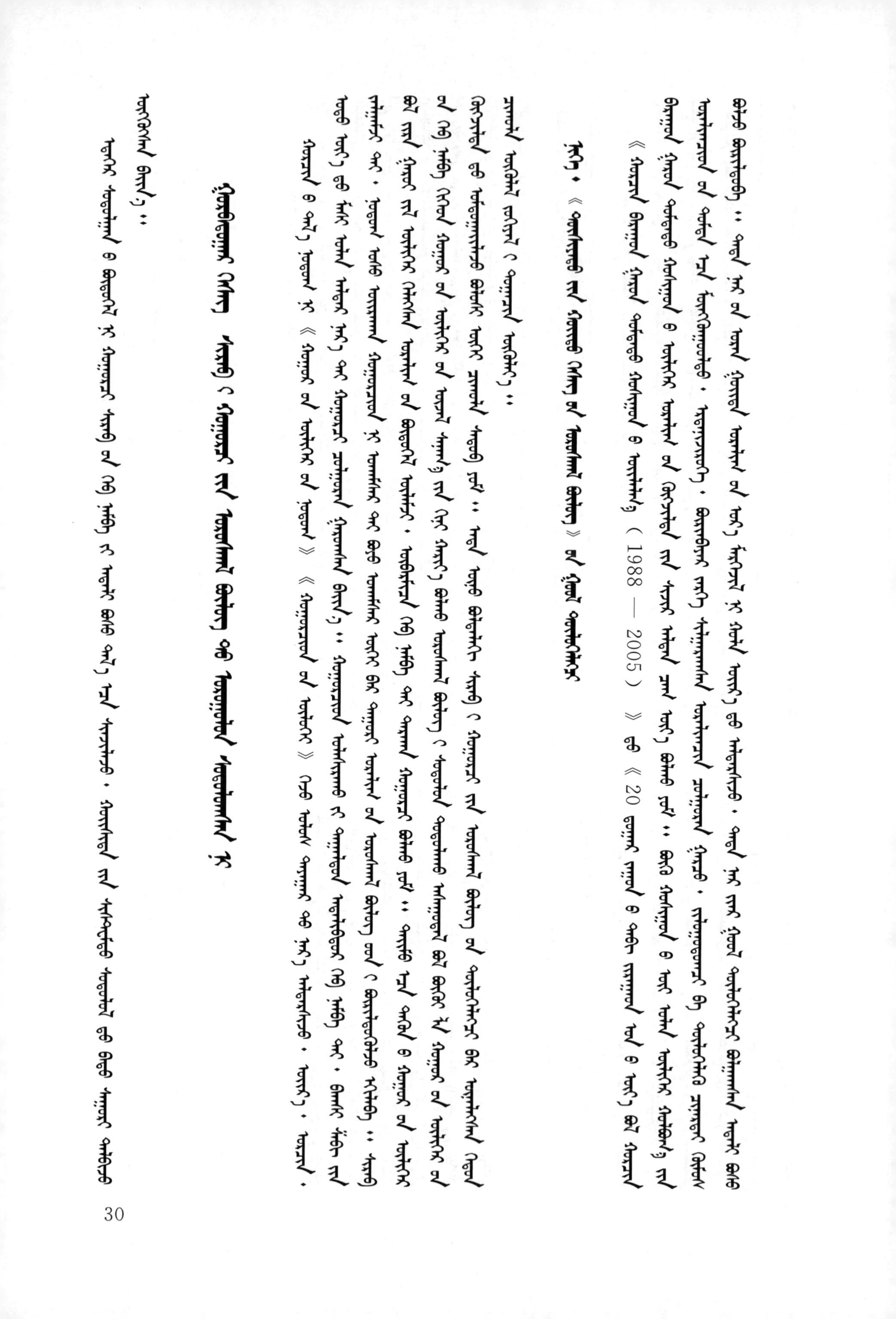

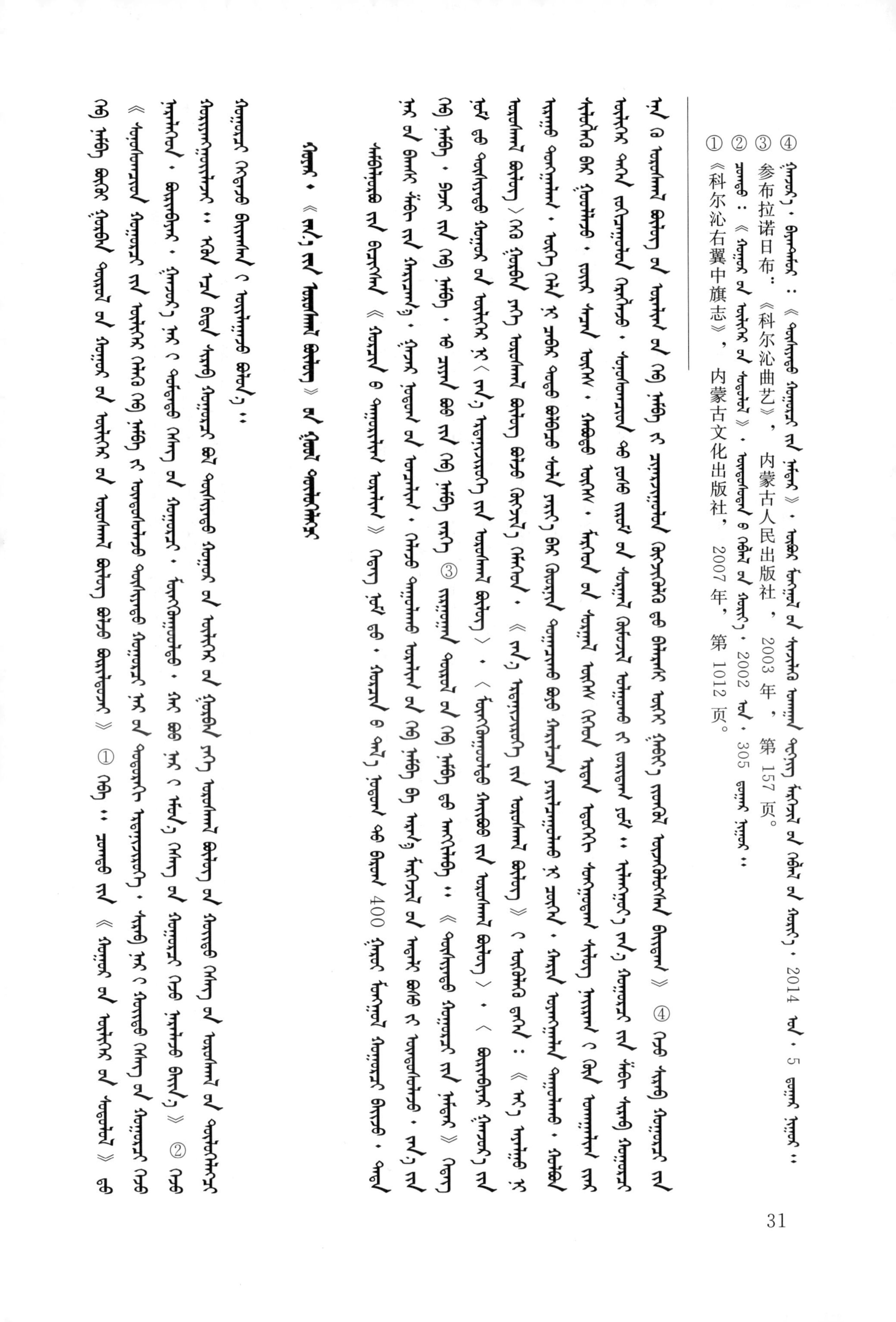

[illegible] 《[illegible]》 ④ [illegible] ③ [illegible] 《[illegible]》 [illegible] 400 [illegible]

[illegible] 《[illegible]》 ① [illegible] 《[illegible]》 ② [illegible]

[illegible] 《[illegible]》 [illegible]

---

① 《科尔沁右翼中旗志》， 内蒙古文化出版社， 2007 年， 第 1012 页。

② [illegible] ：《[illegible]》，[illegible] 2002 [illegible]，305 [illegible]

③ 参布拉诺日布：《科尔沁曲艺》， 内蒙古人民出版社 ， 2003 年 ， 第 157 页。

④ [illegible] ：《[illegible]》，[illegible] 2014 [illegible]，5 [illegible]

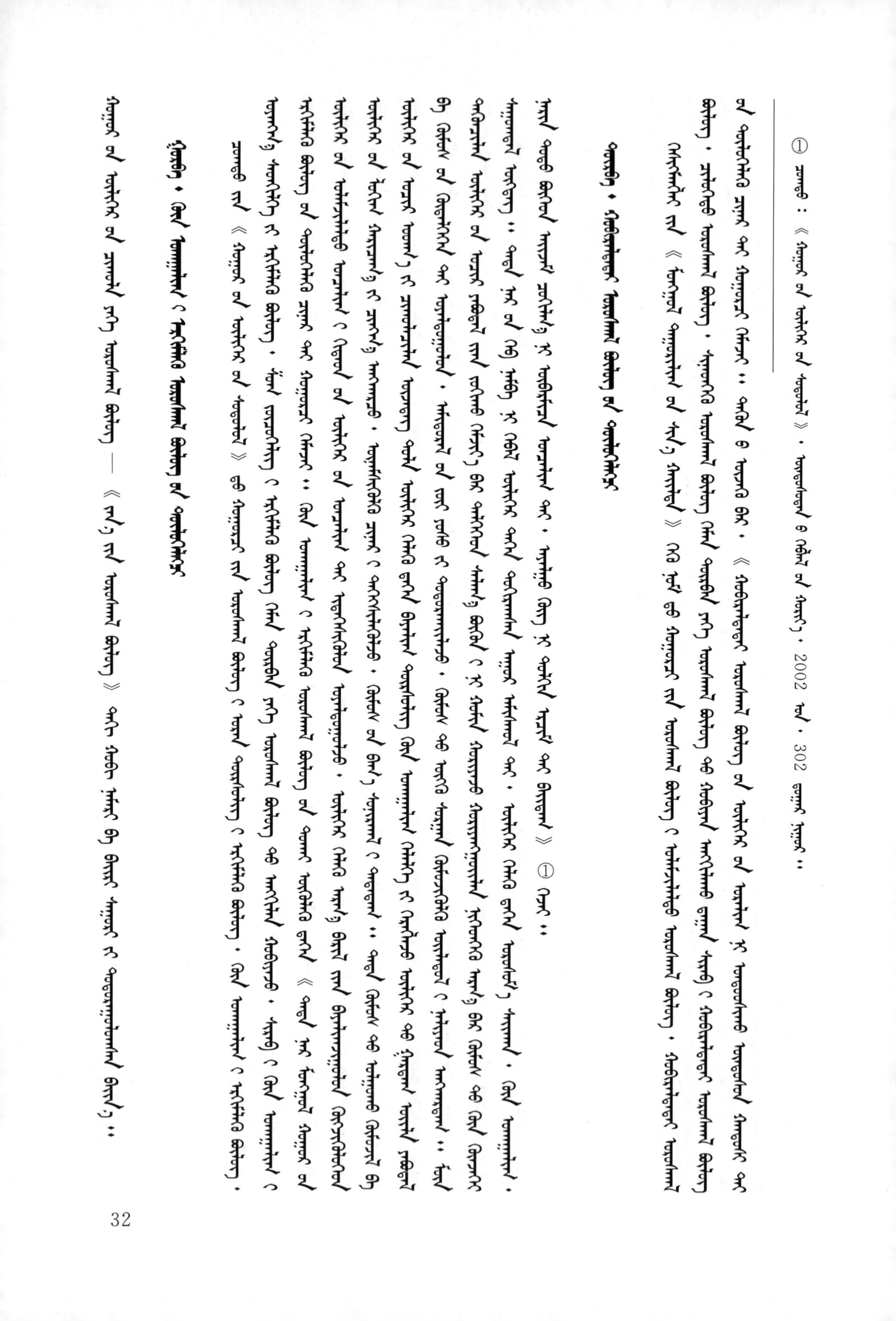

ᠲᠡᠦᠬᠡᠨ ᠪᠢᠴᠢᠭ ᠤᠨ ᠲᠠᠯ᠎ᠠ ᠪᠠᠷ ᠪᠠᠶᠢᠭᠰᠠᠨ ᠶᠤᠮ :: ᠭᠡᠪᠡᠴᠦ ᠲᠡᠭᠦᠨ ᠦ ᠦᠨᠳᠦᠰᠦᠨ ᠰᠢᠨᠵᠢ ᠪᠣᠯ ᠲᠡᠦᠬᠡᠨ ᠦ ᠪᠦᠲᠦᠭᠡᠯ ᠦᠨ ᠬᠡᠯᠪᠡᠷᠢ ᠪᠠᠷ ᠰᠤᠳᠤᠯᠤᠨ ᠲᠡᠭᠦᠯᠳᠡᠷ ᠡᠷᠳᠡᠮᠲᠡᠨ ᠪᠣᠯ ᠬᠦᠮᠦᠨ ᠪᠦᠲᠦᠭᠡᠬᠦ ᠪᠣᠯ ᠲᠡᠳᠡᠭᠡᠷ ᠢᠷᠡᠯᠲᠡ ᠲᠠᠢ ᠪᠦᠲᠦᠭᠡᠯ ᠦᠨ ᠬᠡᠮᠵᠢᠶ᠎ᠡ ᠳᠤ ᠣᠷᠤᠭᠤᠯᠬᠤ ᠪᠠᠶᠢᠳᠠᠯ ᠲᠠᠢ ᠪᠣᠯᠵᠤ ᠂ ᠲᠡᠷᠡ ᠪᠣᠯ ᠶᠠᠭᠤ ᠪᠣᠯ ᠦᠶ᠎ᠡ ᠶᠢᠨ ᠤᠯᠠᠮᠵᠢᠯᠠᠯ ᠢ ᠲᠤᠰᠬᠠᠬᠤ ᠴᠢᠳᠠᠯ ᠲᠠᠢ ᠤᠯᠠᠮᠵᠢᠯᠠᠯ ᠪᠣᠯᠬᠤ ᠶᠤᠮ 》① ::

ᠭᠤᠷᠪᠠ · ᠮᠣᠩᠭᠣᠯᠴᠤᠳ ᠤᠨ ᠲᠡᠦᠬᠡ ᠪᠢᠴᠢᠯᠭᠡ ᠶᠢᠨ ᠰᠤᠳᠤᠯᠤᠯ

ᠮᠣᠩᠭᠣᠯ ᠤᠨ 《 ᠮᠣᠩᠭᠣᠯ ᠤᠨ ᠨᠢᠭᠤᠴᠠ ᠲᠣᠪᠴᠢᠶᠠᠨ 》 ᠪᠣᠯ ᠮᠣᠩᠭᠣᠯ ᠤᠨ ᠲᠡᠦᠬᠡ ᠪᠢᠴᠢᠭ ᠤᠨ ᠡᠬᠢ ᠰᠤᠷᠪᠤᠯᠵᠢ ᠪᠣᠯᠤᠨ᠎ᠠ :: ᠲᠡᠦᠬᠡᠨ ᠪᠢᠴᠢᠭ ᠂ ᠲᠡᠦᠬᠡᠨ ᠦ ᠵᠣᠬᠢᠶᠠᠯ ᠂ ᠲᠡᠦᠬᠡᠨ ᠦ ᠰᠤᠳᠤᠷ ᠂ ᠲᠡᠦᠬᠡᠨ ᠦ ᠳᠤᠷᠠᠳᠬᠠᠯ ᠂ ᠲᠡᠦᠬᠡᠨ ᠦ ᠤᠯᠠᠮᠵᠢᠯᠠᠯ ᠵᠡᠷᠭᠡ ᠮᠣᠩᠭᠣᠯ ᠤᠨ ᠲᠡᠦᠬᠡ ᠪᠢᠴᠢᠯᠭᠡ ᠶᠢᠨ ᠬᠡᠯᠪᠡᠷᠢ ᠨᠢ ᠣᠯᠠᠨ ᠵᠦᠢᠯ ᠪᠠᠶᠢᠳᠠᠭ :: ᠡᠳᠡᠭᠡᠷ ᠲᠡᠦᠬᠡᠨ ᠪᠢᠴᠢᠭ ᠨᠢ ᠮᠣᠩᠭᠣᠯ ᠤᠨ ᠤᠯᠠᠮᠵᠢᠯᠠᠯᠲᠤ ᠰᠣᠶᠣᠯ ᠤᠨ ᠴᠢᠬᠤᠯᠠ ᠪᠦᠷᠢᠯᠳᠡᠬᠦᠨ ᠪᠣᠯᠤᠨ᠎ᠠ ᠂ ᠮᠣᠩᠭᠣᠯ ᠤᠨ ᠲᠡᠦᠬᠡ ᠶᠢ ᠰᠤᠳᠤᠯᠬᠤ ᠳᠤ ᠴᠢᠬᠤᠯᠠ ᠠᠴᠢ ᠬᠣᠯᠪᠤᠭᠳᠠᠯ ᠲᠠᠢ :: ᠲᠡᠦᠬᠡᠨ ᠦ ᠪᠢᠴᠢᠭ ᠦᠨ ᠰᠤᠳᠤᠯᠤᠯ ᠨᠢ 《 ᠮᠣᠩᠭᠣᠯ ᠤᠨ ᠨᠢᠭᠤᠴᠠ ᠲᠣᠪᠴᠢᠶᠠᠨ 》 ᠢ ᠰᠤᠳᠤᠯᠬᠤ ᠠᠴᠠ ᠡᠬᠢᠯᠡᠭᠰᠡᠨ ᠂ ᠲᠡᠦᠬᠡᠨ ᠦ ᠰᠤᠳᠤᠯᠤᠯ ᠂ ᠲᠡᠦᠬᠡᠨ ᠦ ᠪᠢᠴᠢᠭ ᠦᠨ ᠰᠤᠳᠤᠯᠤᠯ ᠂ ᠲᠡᠦᠬᠡᠨ ᠦ ᠤᠯᠠᠮᠵᠢᠯᠠᠯ ᠤᠨ ᠰᠤᠳᠤᠯᠤᠯ ᠵᠡᠷᠭᠡ ᠵᠦᠢᠯ ᠳᠦ ᠬᠤᠪᠢᠶᠠᠷᠢᠯᠠᠭᠳᠠᠨ᠎ᠠ ᠂ ᠵᠡᠭᠦᠨ (ᠬᠠᠰᠢᠭ) ᠂ ᠪᠠᠷᠠᠭᠤᠨ (ᠬᠠᠰᠢᠭ) ᠂ ᠪᠣᠯ ᠬᠣᠶᠠᠷ ᠂ ᠭᠤᠷᠪᠠᠳᠤᠭᠠᠷ ᠨᠢ ᠪᠠᠷᠤᠭᠤ ᠶᠢ 》② ::

① ᠴᠢᠮᠡᠳᠳᠣᠷᠵᠢ : 《 ᠮᠣᠩᠭᠣᠯ ᠰᠤᠳᠤᠯᠤᠯ ᠤᠨ ᠠᠷᠭ᠎ᠠ ᠵᠦᠢ 》 ᠂ ᠦᠨᠳᠦᠰᠦᠲᠡᠨ ᠦ ᠬᠡᠪᠯᠡᠯ ᠦᠨ ᠬᠣᠷᠢᠶ᠎ᠠ ᠂ 2001 ᠣᠨ ᠂ 395 ᠳᠤᠭᠠᠷ ᠨᠢᠭᠤᠷ ::

② ᠰᠢᠪᠠᠭᠤᠰᠤ : 《 ᠮᠣᠩᠭᠣᠯ ᠤᠯᠠᠮᠵᠢᠯᠠᠯ ᠤᠨ ᠲᠣᠯᠢ ᠪᠢᠴᠢᠭ ᠤᠨ ᠲᠠᠢᠯᠪᠤᠷᠢ 》 ᠂ 《 ᠲᠣᠪᠴᠢ ᠮᠣᠩᠭᠣᠯ ᠤᠨ ᠰᠤᠳᠤᠷ ᠤᠨ ᠰᠤᠳᠤᠯᠤᠯ ᠲᠤᠷᠰᠢᠯᠲᠠ 》 ᠂ 1989 ᠣᠨ ᠤ 1 ᠳᠦᠭᠡᠷ ᠬᠡᠪᠯᠡᠯ ᠦ᠍ ::

ᠰᠤᠷᠭᠠᠭᠤᠯᠢ ᠂ ᠪᠣᠯᠪᠠᠰᠤᠷᠠᠭᠤᠯᠬᠤ ᠬᠠᠮᠲᠤ ᠪᠠᠶᠢᠭᠤᠯᠤᠯᠭ᠎ᠠ ᠶᠢᠨ ᠪᠡᠯᠡᠳᠬᠡᠯ

ᠰᠢᠳᠦᠭᠡᠷ 《ᠮᠣᠩᠭᠣᠯ ᠤᠨ ᠨᠢᠭᠤᠴᠠ ᠲᠣᠪᠴᠢᠶᠠᠨ ᠤ ᠰᠤᠳᠤᠯᠤᠯ ᠤᠨ ᠰᠤᠳᠤᠯᠤᠯ ᠤᠨ ᠬᠡᠪᠯᠡᠯ》 ① ᠬᠡᠮᠡᠨ ᠲᠡᠮᠳᠡᠭᠯᠡᠭᠰᠡᠨ ᠪᠠᠶᠢᠨ᠎ᠠ ᠂ ᠮᠣᠩᠭᠣᠯ ᠤᠨ ᠰᠤᠳᠤᠯᠤᠯ ᠤᠨ ᠰᠤᠷᠭᠠᠭᠤᠯᠢ ᠶᠢᠨ ᠪᠣᠯᠪᠠᠰᠤᠷᠠᠭᠤᠯᠬᠤ ᠬᠠᠮᠲᠤ — ᠰᠤᠷᠭᠠᠭᠤᠯᠢ ᠶᠢᠨ ᠰᠤᠳᠤᠯᠤᠯ ᠤᠨ ᠬᠡᠪᠯᠡᠯ ᠂ ᠰᠤᠳᠤᠯᠤᠯ ᠤᠨ ᠲᠠᠯ᠎ᠠ ᠶᠢᠨ ᠪᠦᠲᠦᠭᠡᠯ ᠂ ᠰᠤᠳᠤᠯᠤᠯ ᠤᠨ ᠠᠷᠭ᠎ᠠ ᠪᠠᠷ ᠪᠠᠶᠢᠭᠤᠯᠤᠭᠰᠠᠨ ᠶᠤᠮ ᠪᠣᠯᠤᠨ᠎ᠠ ᠃ 《ᠮᠣᠩᠭᠣᠯ ᠤᠨ ᠨᠢᠭᠤᠴᠠ ᠲᠣᠪᠴᠢᠶᠠᠨ ᠤ ᠰᠤᠳᠤᠯᠤᠯ ᠤᠨ ᠰᠤᠳᠤᠯᠤᠯ ᠤᠨ ᠬᠡᠪᠯᠡᠯ》 ᠤᠨ ᠰᠤᠳᠤᠯᠤᠯ ᠤᠨ ᠪᠣᠯᠪᠠᠰᠤᠷᠠᠭᠤᠯᠬᠤ ᠬᠠᠮᠲᠤ ᠶᠢᠨ ᠰᠤᠳᠤᠯᠤᠯ ᠤᠨ ᠠᠵᠢᠯ ᠂ ᠰᠤᠳᠤᠯᠤᠯ ᠤᠨ ᠰᠤᠳᠤᠯᠤᠯ ᠤᠨ ᠪᠦᠲᠦᠭᠡᠯ ᠢ ᠪᠠᠶᠢᠭᠤᠯᠤᠭᠰᠠᠨ ᠶᠤᠮ ᠃ ᠡᠨᠡ ᠪᠣᠯ ᠰᠤᠳᠤᠯᠤᠯ ᠤᠨ ᠰᠤᠷᠭᠠᠭᠤᠯᠢ ᠶᠢᠨ ᠪᠠᠶᠢᠭᠤᠯᠤᠯᠭ᠎ᠠ ᠶᠢᠨ ᠨᠢᠭᠡ ᠣᠨᠴᠠᠯᠢᠭ ᠪᠣᠯᠤᠨ᠎ᠠ ᠃ 《ᠨᠢᠭᠤᠴᠠ ᠲᠣᠪᠴᠢᠶᠠᠨ ᠤ ᠰᠤᠳᠤᠯᠤᠯ》 ② ᠭᠡᠵᠡᠢ ᠃

ᠪᠣᠯᠪᠠᠰᠤᠷᠠᠭᠤᠯᠬᠤ ᠬᠠᠮᠲᠤ ᠰᠤᠷᠭᠠᠨ ᠤ ᠮᠡᠷᠭᠡᠵᠢᠯ ᠦᠨ ᠪᠦᠲᠦᠴᠡ ᠶᠢ ᠰᠠᠶᠢᠵᠢᠷᠠᠭᠤᠯᠬᠤ ᠠᠷᠭ᠎ᠠ

ᠮᠣᠩᠭᠣᠯ ᠤᠨ ᠰᠤᠳᠤᠯᠤᠯ ᠤᠨ ᠰᠤᠷᠭᠠᠨ ᠤ ᠮᠡᠷᠭᠡᠵᠢᠯ ᠦᠨ ᠪᠦᠲᠦᠴᠡ ᠶᠢ ᠰᠠᠶᠢᠵᠢᠷᠠᠭᠤᠯᠬᠤ ᠳᠤ ᠪᠣᠯᠪᠠᠰᠤᠷᠠᠭᠤᠯᠬᠤ ᠬᠠᠮᠲᠤ ᠶᠢᠨ ᠦᠦᠷᠡᠭ ᠨᠢ ᠴᠢᠬᠤᠯᠠ ᠪᠣᠯᠤᠨ᠎ᠠ ᠃ ᠰᠤᠳᠤᠯᠤᠯ ᠤᠨ ᠰᠤᠷᠭᠠᠭᠤᠯᠢ ᠶᠢᠨ ᠪᠣᠯᠪᠠᠰᠤᠷᠠᠭᠤᠯᠬᠤ ᠬᠠᠮᠲᠤ ᠶᠢᠨ ᠪᠠᠶᠢᠭᠤᠯᠤᠯᠭ᠎ᠠ ᠨᠢ ᠰᠤᠳᠤᠯᠤᠯ ᠤᠨ ᠰᠤᠷᠭᠠᠨ ᠤ ᠮᠡᠷᠭᠡᠵᠢᠯ ᠦᠨ ᠬᠦᠮᠦᠰ ᠢ ᠪᠣᠯᠪᠠᠰᠤᠷᠠᠭᠤᠯᠬᠤ ᠳᠤ ᠴᠢᠬᠤᠯᠠ ᠠᠴᠢ ᠬᠣᠯᠪᠣᠭᠳᠠᠯ ᠲᠠᠢ ᠃ ᠡᠨᠡ ᠪᠣᠯ ᠰᠤᠳᠤᠯᠤᠯ ᠤᠨ ᠰᠤᠷᠭᠠᠭᠤᠯᠢ ᠶᠢᠨ ᠪᠣᠯᠪᠠᠰᠤᠷᠠᠭᠤᠯᠬᠤ ᠬᠠᠮᠲᠤ ᠶᠢᠨ ᠰᠤᠳᠤᠯᠤᠯ ᠤᠨ ᠠᠵᠢᠯ ᠢ ᠡᠷᠬᠢᠯᠡᠨ ᠶᠠᠪᠤᠭᠤᠯᠬᠤ ᠳᠤ ᠴᠢᠬᠤᠯᠠ ᠠᠴᠢ ᠬᠣᠯᠪᠣᠭᠳᠠᠯ ᠲᠠᠢ ᠃

---

① ᠰᠢᠳᠦᠭᠡᠷ ᠄ 《ᠮᠣᠩᠭᠣᠯ ᠤᠨ ᠨᠢᠭᠤᠴᠠ ᠲᠣᠪᠴᠢᠶᠠᠨ ᠤ ᠰᠤᠳᠤᠯᠤᠯ ᠤᠨ ᠬᠡᠪᠯᠡᠯ》 ᠂ 《ᠥᠪᠦᠷ ᠮᠣᠩᠭᠣᠯ ᠤᠨ ᠪᠠᠭᠰᠢ ᠶᠢᠨ ᠶᠡᠬᠡ ᠰᠤᠷᠭᠠᠭᠤᠯᠢ ᠶᠢᠨ ᠡᠷᠳᠡᠮ ᠰᠢᠨᠵᠢᠯᠡᠭᠡᠨ ᠦ ᠰᠡᠳᠬᠦᠯ》 ᠂ 1998 ᠣᠨ ᠤ 1 ᠳᠦᠭᠡᠷ ᠳᠡᠭᠡᠳᠦᠷ ᠃

② ᠰᠢᠳᠦᠭᠡᠷ ᠄ 《ᠮᠣᠩᠭᠣᠯ ᠤᠨ ᠨᠢᠭᠤᠴᠠ ᠲᠣᠪᠴᠢᠶᠠᠨ》 ᠂ ᠥᠪᠦᠷ ᠮᠣᠩᠭᠣᠯ ᠤᠨ ᠰᠤᠷᠭᠠᠨ ᠬᠦᠮᠦᠵᠢᠯ ᠦᠨ ᠬᠡᠪᠯᠡᠯ ᠦᠨ ᠬᠣᠷᠢᠶ᠎ᠠ ᠂ 2005 ᠣᠨ ᠂ 26 — 27 ᠳᠤᠭᠠᠷ ᠨᠢᠭᠤᠷ ᠃

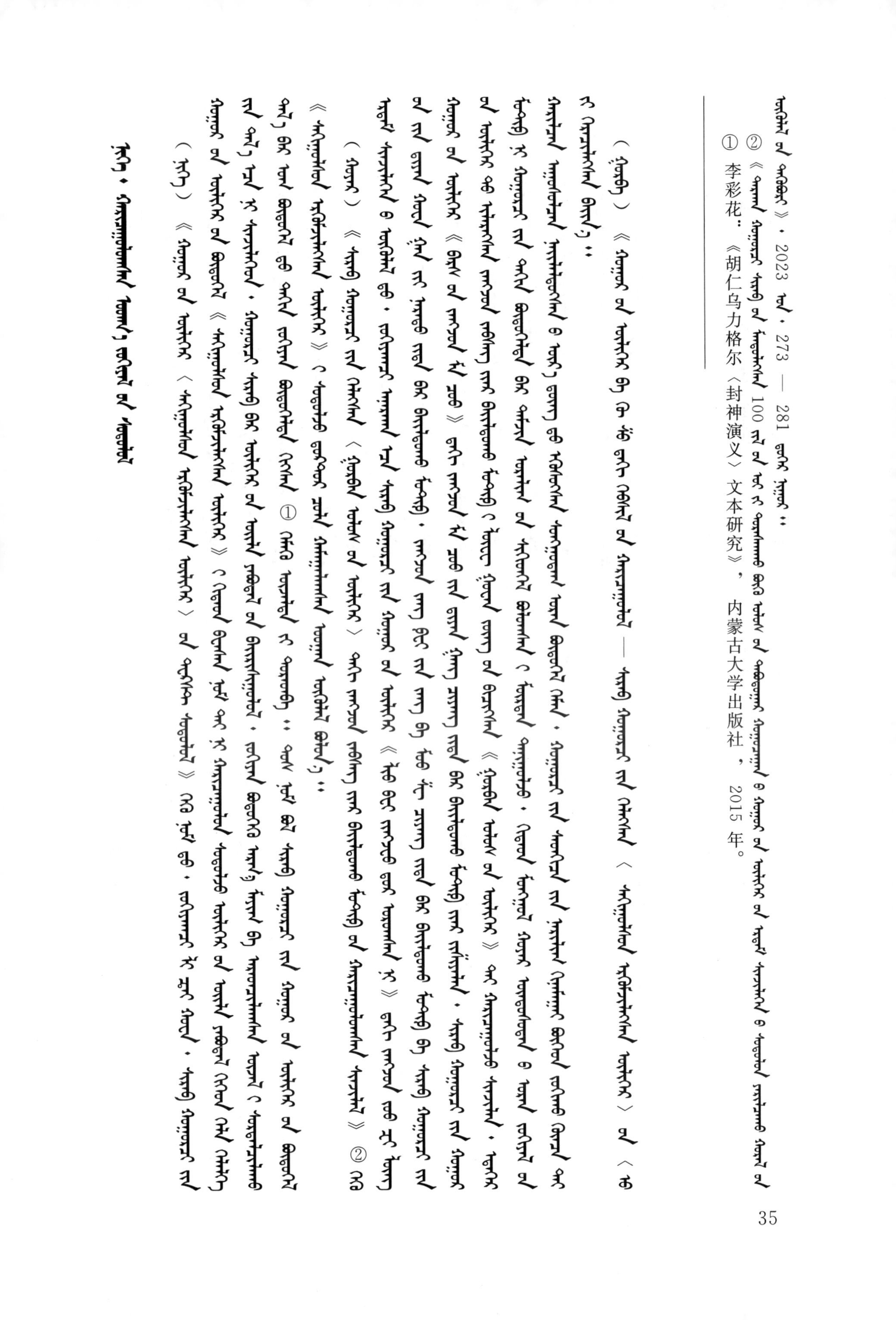

① 李彩花：《胡仁乌力格尔〈封神演义〉文本研究》，内蒙古大学出版社，2015 年。

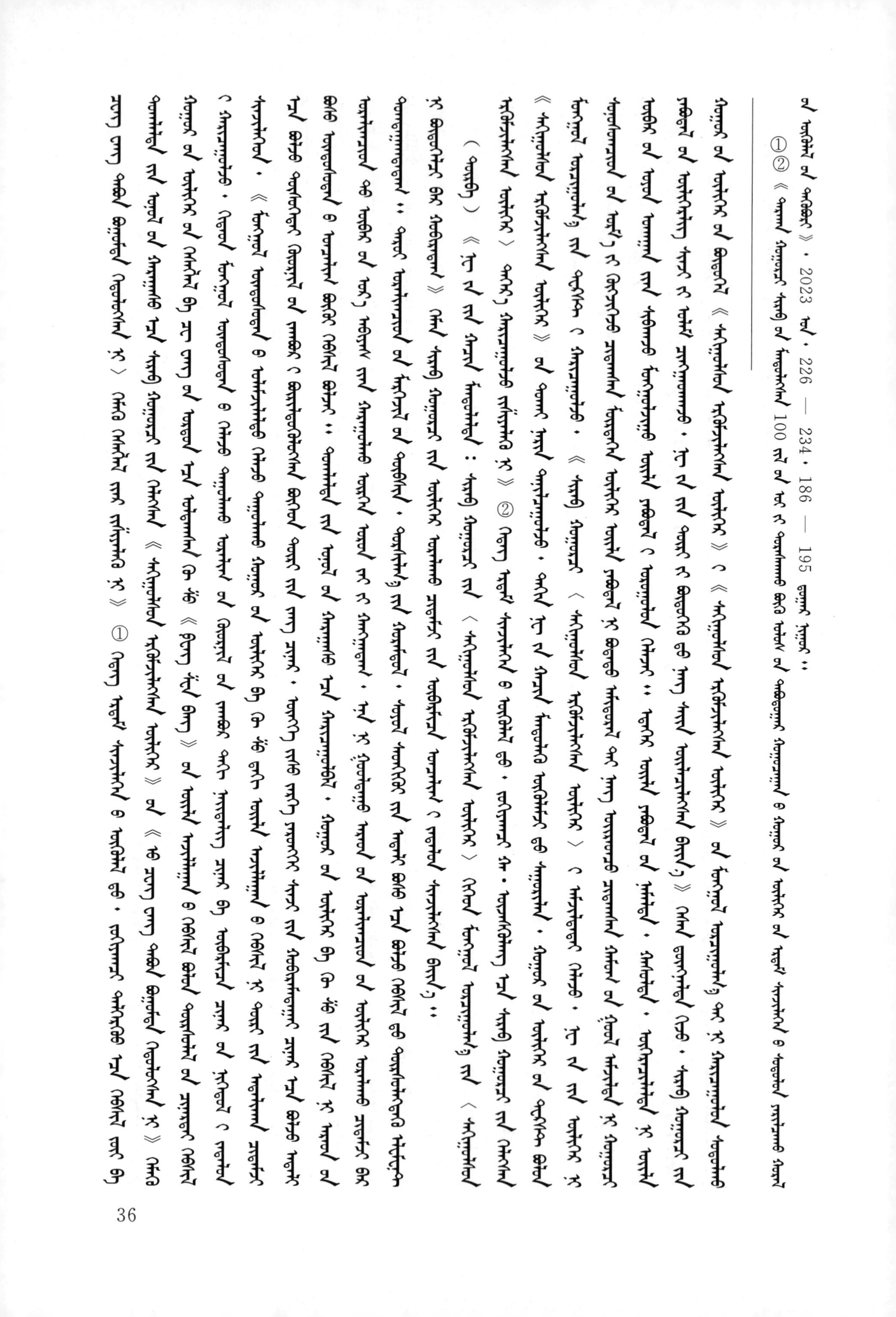

[illegible] 》 · 2023 [illegible] · 226 — 234 · 186 — 195 [illegible] ··

①② 《 [illegible] 100 [illegible]

[illegible] 《 [illegible] 》 [illegible] 《 [illegible] 》 [illegible] ② [illegible] ① [illegible]

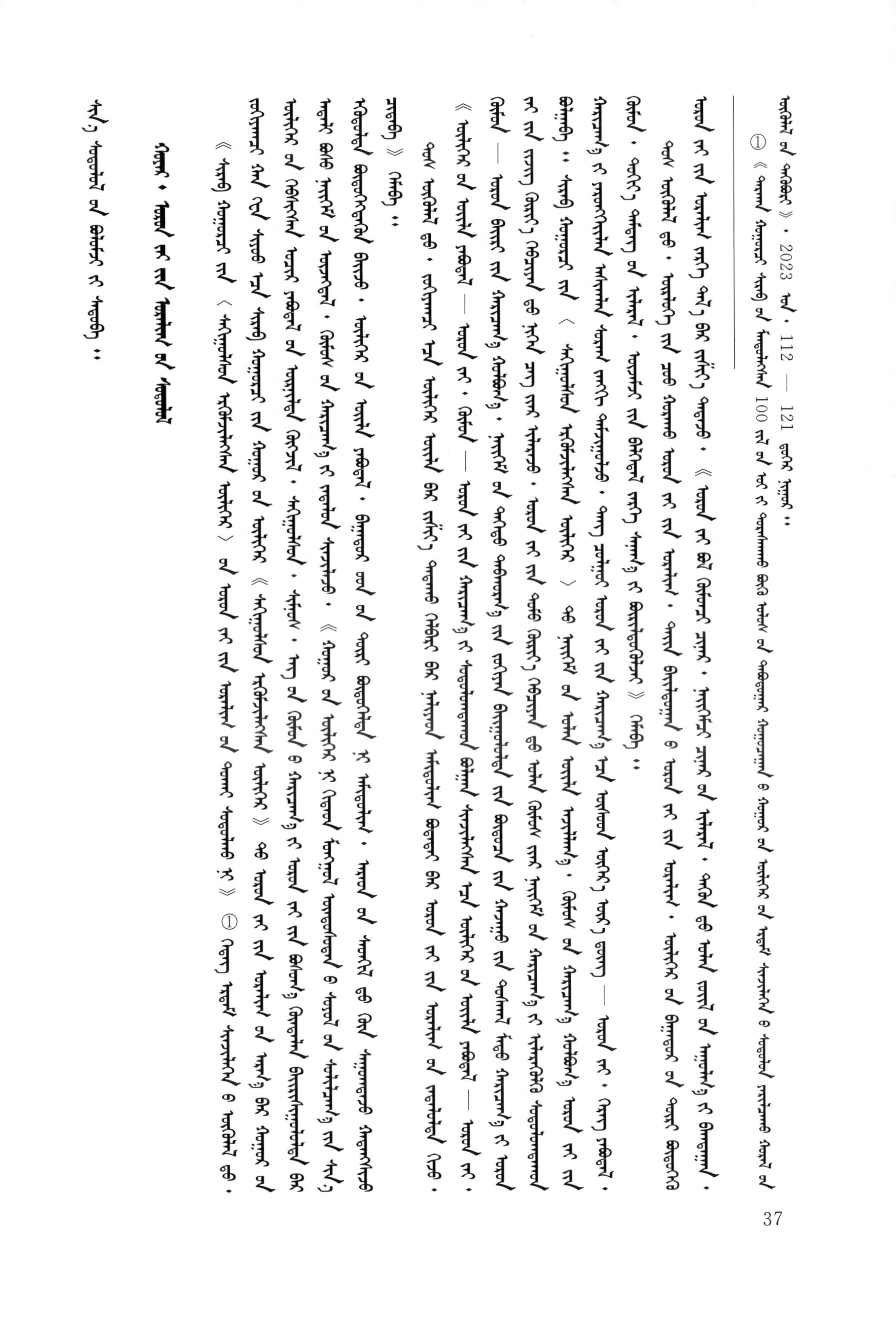

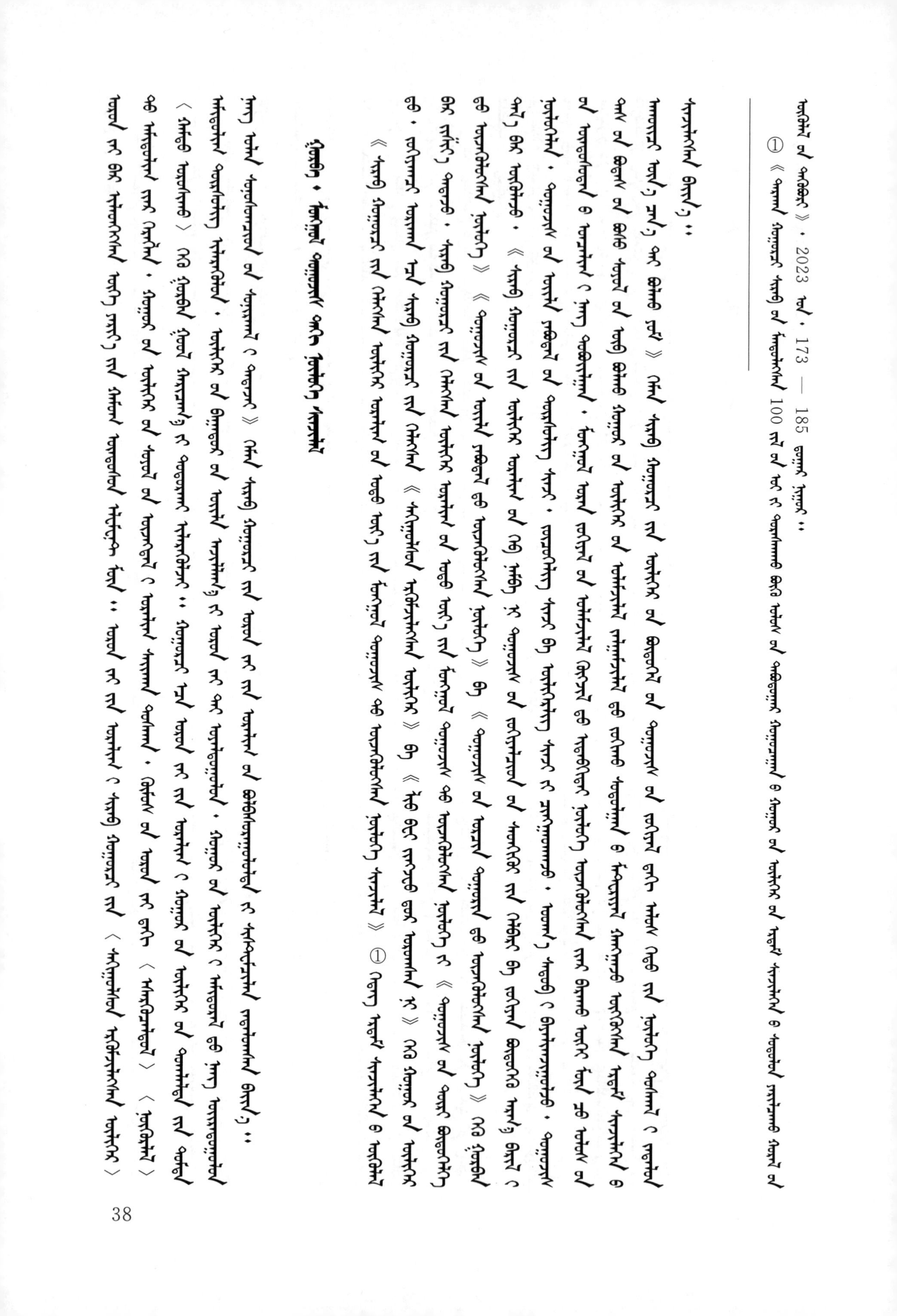

ᠳᠥᠷᠪᠡ ◆ ᠬᠠᠭᠠᠨ ᠤ ᠵᠠᠷᠯᠢᠭ ᠤᠨ ᠰᠤᠳᠤᠯᠭ᠎ᠠ

[illegible] 《 [illegible] 》 ① [illegible]

[illegible]

[illegible] 《 [illegible] 》 ② [illegible]

[illegible]

① ② 《 [illegible] 100 [illegible] 》 · 2023 [illegible] · 149 — 158 · 263 — 272 [illegible] ᠃

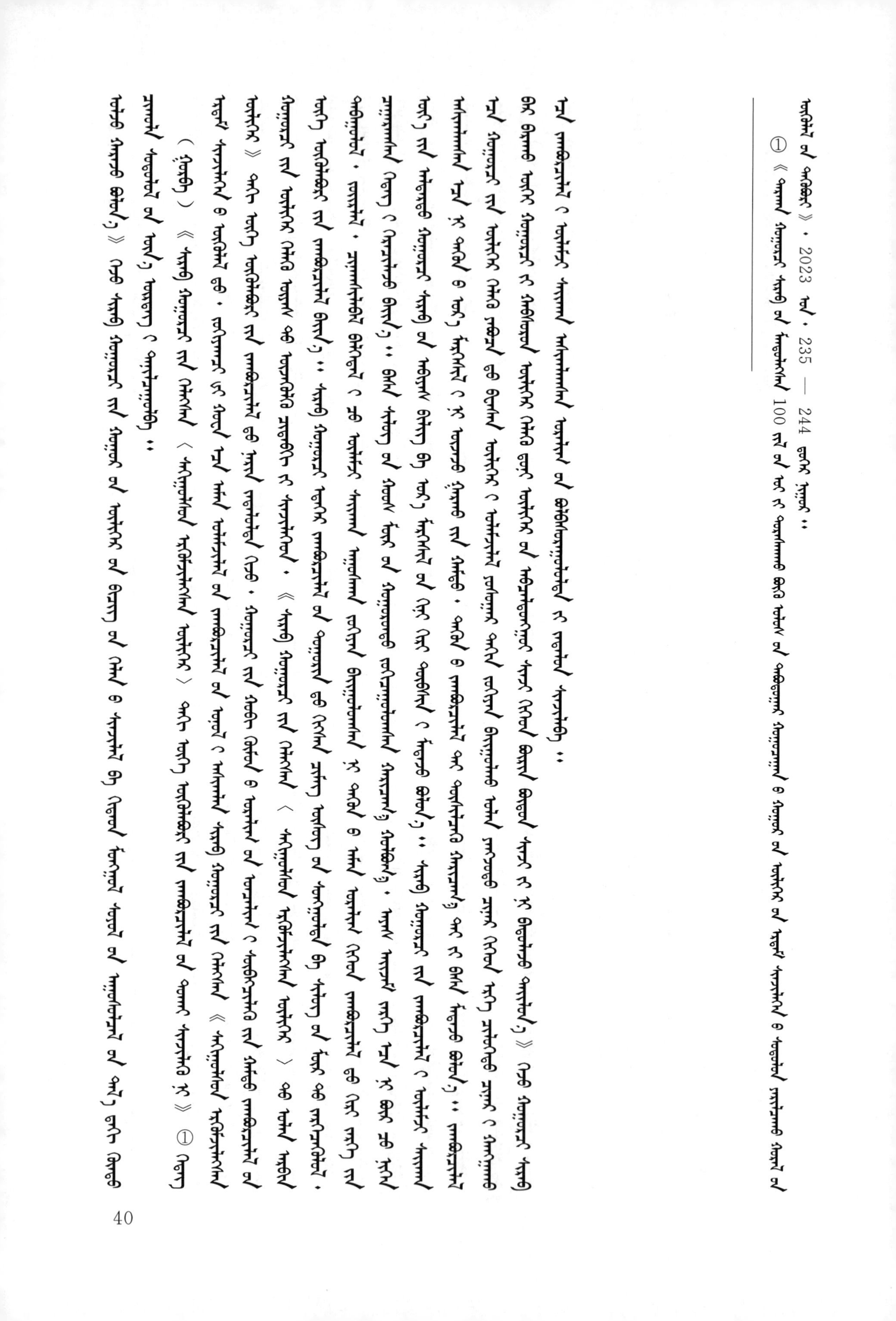

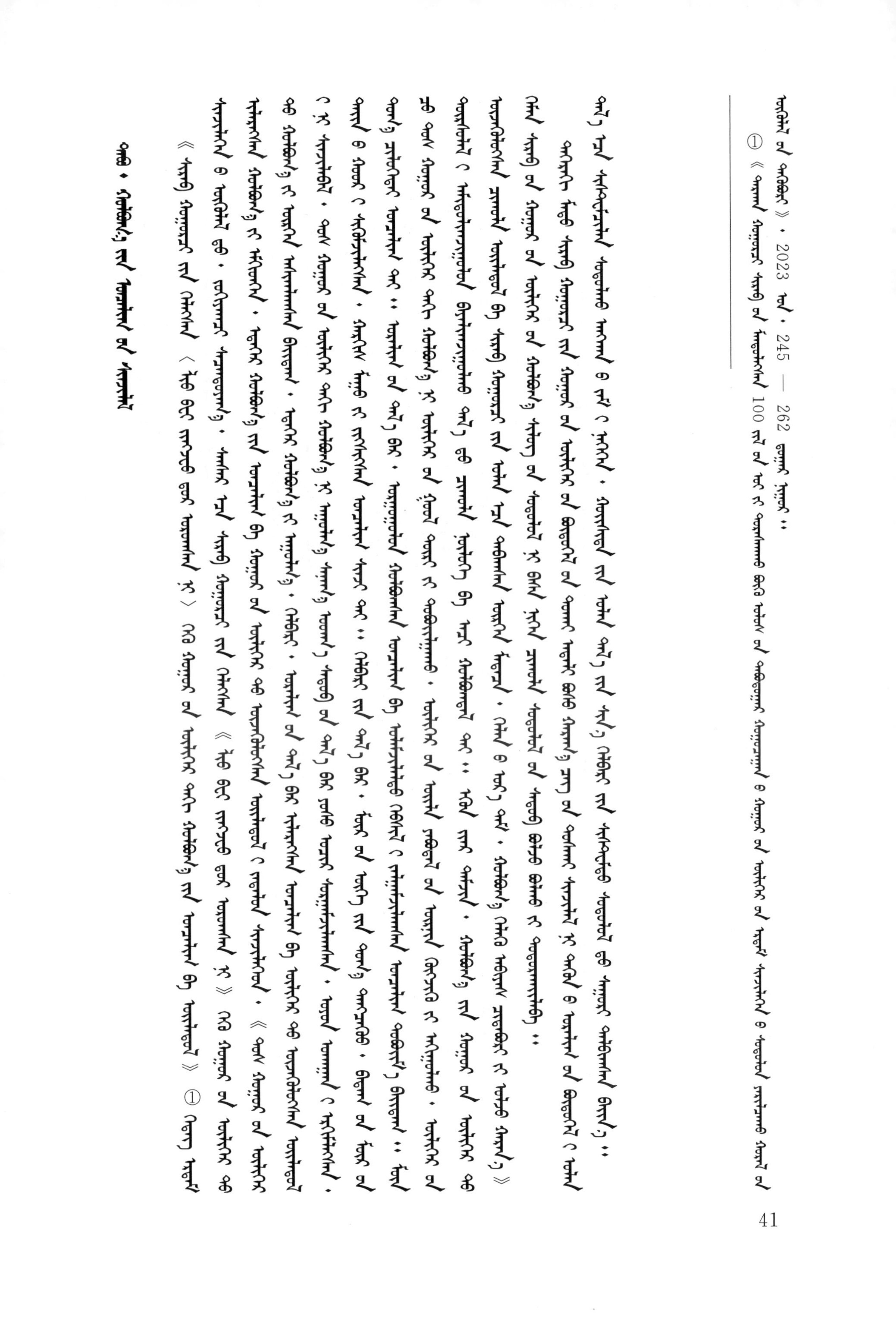

ᠥᠪᠥᠷ ᠮᠣᠩᠭᠣᠯ ᠤᠨ ᠰᠤᠷᠭᠠᠨ ᠬᠦᠮᠦᠵᠢᠯ ᠦᠨ ᠬᠡᠪᠯᠡᠯ ᠦᠨ ᠬᠣᠷᠢᠶ᠎ᠠ ᠪᠤᠶᠤ ᠨᠣᠮ ᠬᠡᠪᠯᠡᠯ ᠦᠨ ᠲᠣᠭᠠᠨ ᠪᠠᠷᠢᠮᠲᠠ ᠰᠤᠳᠤᠯᠭ᠎ᠠ

ᠨᠢᠭᠡ ᠂ ᠰᠤᠷᠭᠠᠭᠤᠯᠢ ᠶᠢᠨ ᠰᠤᠷᠬᠤ ᠪᠢᠴᠢᠭ ᠦᠨ ᠪᠠᠢᠳᠠᠯ

《 ᠮᠣᠩᠭᠣᠯ ᠰᠤᠷᠭᠠᠭᠤᠯᠢ ᠪᠢᠴᠢᠭ 》 ᠳᠤ ᠪᠡᠨ ᠳᠤ ᠬᠡᠪᠯᠡᠭᠰᠡᠨ ᠮᠣᠩᠭᠣᠯ ᠬᠡᠯᠡ ᠶᠢᠨ ᠬᠢᠴᠢᠶᠡᠯ ᠦᠨ ᠨᠡᠢᠲᠡ ᠮᠢᠩᠭ᠎ᠠ ᠳᠤ ᠬᠡᠪᠯᠡᠭᠰᠡᠨ ᠰᠤᠷᠭᠠᠭᠤᠯᠢ ᠶᠢᠨ ᠰᠤᠷᠬᠤ ᠪᠢᠴᠢᠭ ᠢ 《 ᠮᠣᠩᠭᠣᠯ ᠤᠨ ᠪᠢᠴᠢᠭ ᠦᠨ ᠬᠡᠪᠯᠡᠯ ᠦᠨ ᠪᠠᠢᠳᠠᠯ （ 1972 — 1989 ᠣᠨ ） 》 ᠳᠤ ᠲᠡᠮᠳᠡᠭᠯᠡᠪᠡ ᠃

ᠮᠣᠩᠭᠣᠯ ᠬᠡᠯᠡ ᠶᠢᠨ ᠬᠢᠴᠢᠶᠡᠯ ᠦᠨ ᠰᠤᠷᠬᠤ ᠪᠢᠴᠢᠭ ：

1. 《 ᠮᠣᠩᠭᠣᠯ ᠬᠡᠯᠡ ᠰᠤᠷᠬᠤ ᠪᠢᠴᠢᠭ 》 ᠂ 165 ᠳᠡᠪᠲᠡᠷ ᠂ ᠨᠡᠢᠲᠡ ᠳᠦ ᠬᠡᠪᠯᠡᠭᠰᠡᠨ ᠤ ᠲᠣᠭ᠎ᠠ 330 ᠮᠢᠩᠭ᠎ᠠ ᠬᠤᠪᠢ ᠃

2. 《 ᠮᠣᠩᠭᠣᠯ ᠬᠡᠯᠡ 》 ᠂ 95 ᠳᠡᠪᠲᠡᠷ ᠂ ᠨᠡᠢᠲᠡ ᠳᠦ ᠬᠡᠪᠯᠡᠭᠰᠡᠨ ᠤ ᠲᠣᠭ᠎ᠠ 95 ᠮᠢᠩᠭ᠎ᠠ ᠬᠤᠪᠢ ᠃

3. 《 ᠮᠣᠩᠭᠣᠯ ᠬᠡᠯᠡ ᠵᠦᠢ ᠶᠢᠨ ᠰᠤᠷᠬᠤ ᠪᠢᠴᠢᠭ 》 ᠂ 45 ᠳᠡᠪᠲᠡᠷ ᠂ ᠨᠡᠢᠲᠡ ᠳᠦ ᠬᠡᠪᠯᠡᠭᠰᠡᠨ ᠤ ᠲᠣᠭ᠎ᠠ 45 ᠮᠢᠩᠭ᠎ᠠ ᠬᠤᠪᠢ ᠃

4. 《 ᠮᠣᠩᠭᠣᠯ ᠪᠢᠴᠢᠭ ᠦᠨ ᠳᠦᠷᠢᠮ 》 （ 《 ᠮᠣᠩᠭᠣᠯ ᠪᠢᠴᠢᠭ ᠦᠨ ᠳᠦᠷᠢᠮ ᠢ ᠰᠤᠷᠬᠤ ᠪᠢᠴᠢᠭ 》 ） ᠂ 12 ᠳᠡᠪᠲᠡᠷ ᠂ ᠨᠡᠢᠲᠡ ᠳᠦ ᠬᠡᠪᠯᠡᠭᠰᠡᠨ ᠤ ᠲᠣᠭ᠎ᠠ 24 ᠮᠢᠩᠭ᠎ᠠ ᠬᠤᠪᠢ ᠃

5. 《 ᠮᠣᠩᠭᠣᠯ ᠬᠡᠯᠡ ᠶᠢᠨ ᠳᠦᠷᠢᠮ 》 ᠂ 20 ᠳᠡᠪᠲᠡᠷ ᠂ ᠨᠡᠢᠲᠡ ᠳᠦ ᠬᠡᠪᠯᠡᠭᠰᠡᠨ ᠤ ᠲᠣᠭ᠎ᠠ 40 ᠮᠢᠩᠭ᠎ᠠ ᠬᠤᠪᠢ ᠃

6. 《 ᠮᠣᠩᠭᠣᠯ ᠪᠢᠴᠢᠭ 》 （ 《 ᠮᠣᠩᠭᠣᠯ ᠬᠡᠯᠡ ᠶᠢᠨ ᠪᠢᠴᠢᠭ 》 ） ᠂ 13 ᠳᠡᠪᠲᠡᠷ ᠂ ᠨᠡᠢᠲᠡ ᠳᠦ ᠬᠡᠪᠯᠡᠭᠰᠡᠨ ᠤ ᠲᠣᠭ᠎ᠠ 26 ᠮᠢᠩᠭ᠎ᠠ ᠬᠤᠪᠢ ᠃ ①

ᠬᠣᠶᠠᠷ ᠂ ᠲᠣᠭ᠎ᠠ ᠪᠣᠳᠣᠯᠭ᠎ᠠ ᠶᠢᠨ ᠰᠤᠷᠬᠤ ᠪᠢᠴᠢᠭ ᠦᠨ ᠪᠠᠢᠳᠠᠯ

ᠮᠣᠩᠭᠣᠯ ᠬᠡᠯᠡ ᠶᠢᠨ ᠲᠣᠭ᠎ᠠ ᠪᠣᠳᠣᠯᠭ᠎ᠠ ᠶᠢᠨ ᠬᠢᠴᠢᠶᠡᠯ ᠦᠨ ᠮᠣᠩᠭᠣᠯ ᠪᠢᠴᠢᠭ ᠦᠨ ᠬᠡᠪᠯᠡᠯ ᠦᠨ ᠬᠣᠷᠢᠶ᠎ᠠ ᠨᠢ ᠡᠬᠢᠯᠡᠨ ᠬᠡᠪᠯᠡᠭᠰᠡᠨ ᠪᠠᠢᠨ᠎ᠠ ᠃

---

① ᠲᠡᠮᠳᠡᠭᠯᠡᠯ ： 《 ᠮᠣᠩᠭᠣᠯ ᠰᠤᠷᠭᠠᠭᠤᠯᠢ ᠪᠢᠴᠢᠭ 》 ᠂ ᠥᠪᠥᠷ ᠮᠣᠩᠭᠣᠯ ᠤᠨ ᠪᠠᠭᠰᠢ ᠨᠠᠷ ᠤᠨ ᠬᠡᠪᠯᠡᠯ ᠦᠨ ᠬᠣᠷᠢᠶ᠎ᠠ ᠂ 2005 ᠣᠨ ᠂ 272 — 273 ᠳᠤᠭᠠᠷ ᠨᠢᠭᠤᠷ ᠃

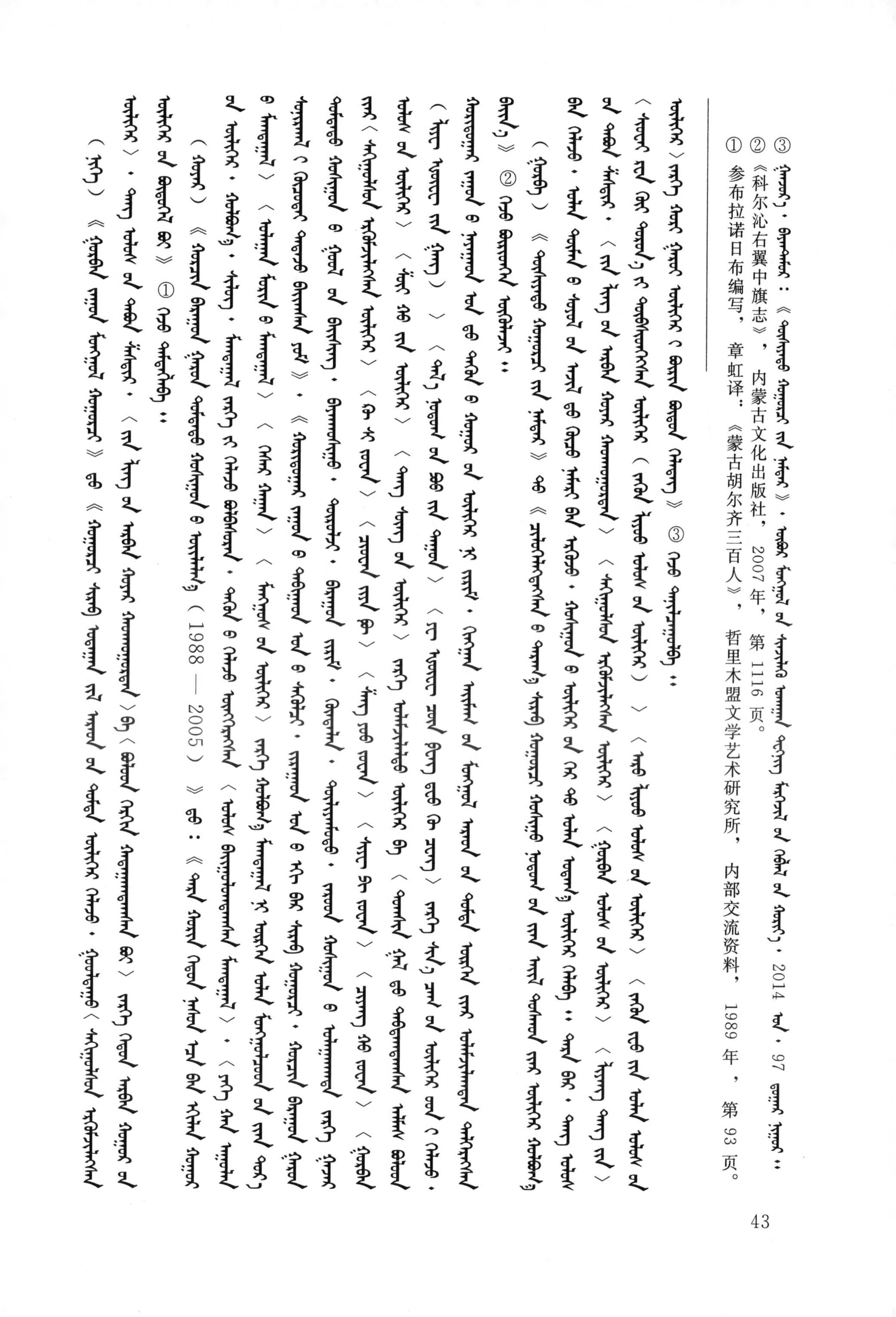

① 参布拉诺日布编写，章虹译：《蒙古胡尔齐三百人》，哲里木盟文学艺术研究所，内部交流资料，1989年，第93页。

②《科尔沁右翼中旗志》，内蒙古文化出版社，2007年，第1116页。

③ 《……》，2014 ……，97 ……。

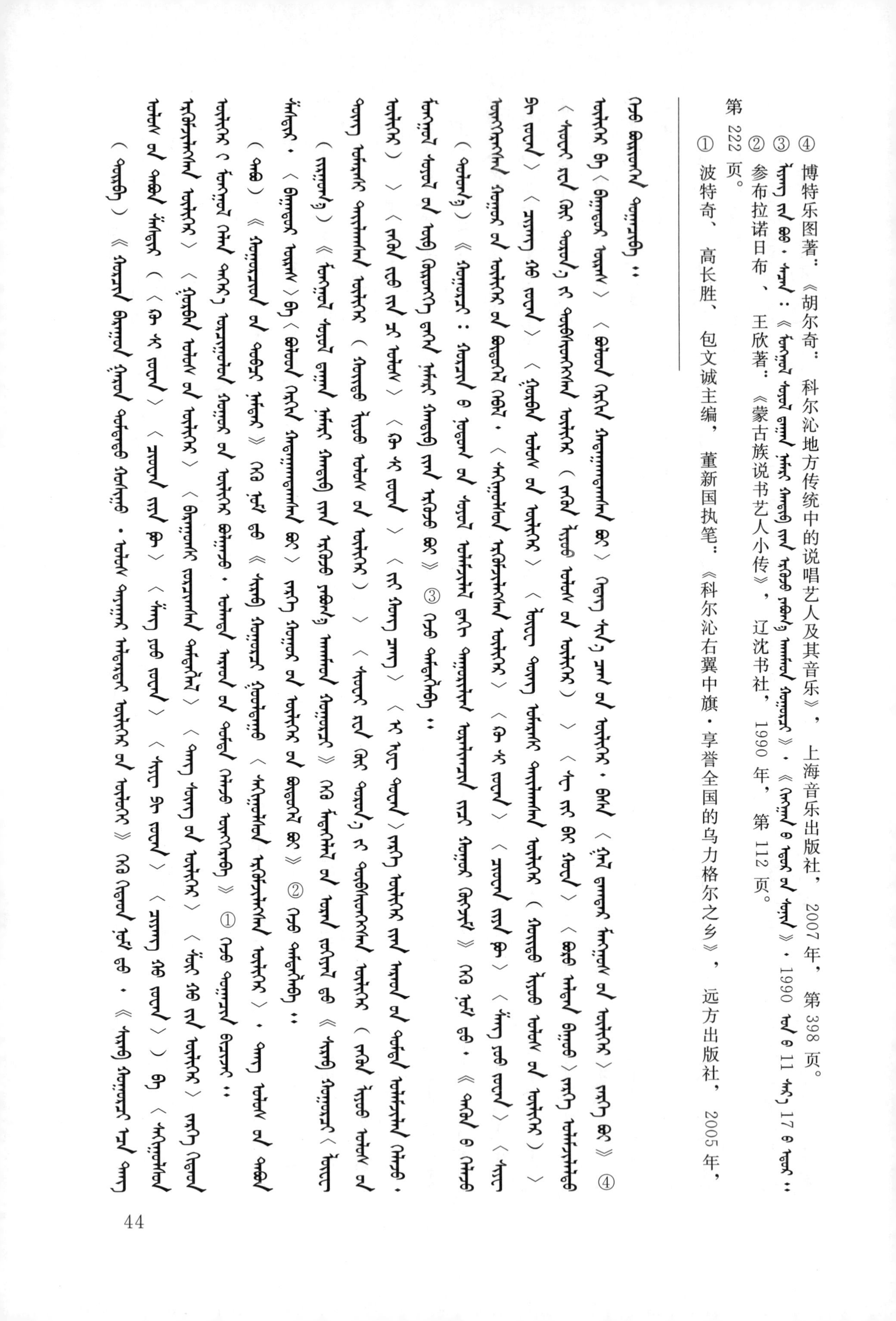

[illegible]

① 波特奇、高长胜、包文诚主编，董新国执笔：《科尔沁右翼中旗·享誉全国的乌力格尔之乡》，远方出版社，2005年，第222页。

② 参布拉诺日布、王欣著：《蒙古族说书艺人小传》，辽沈书社，1990年，第112页。

③ [illegible] 1990 [illegible] 11 [illegible] 17 [illegible]

④ 博特乐图著：《胡尔奇：科尔沁地方传统中的说唱艺人及其音乐》，上海音乐出版社，2007年，第398页。

(ᠬᠣᠶᠠᠷ) ᠬᠤᠭᠤᠷᠴᠢᠳ ᠤᠨ ᠬᠡᠯᠡᠳᠡᠭ ᠪᠠ ᠪᠣᠯᠤᠨ ᠠᠯᠢ ᠰᠠᠢᠨ ᠂ ᠬᠠᠮᠤᠭ ᠶᠡᠬᠡ ᠨᠢ 《ᠮᠣᠩᠭᠣᠯ ᠤᠨ ᠦᠯᠢᠭᠡᠷ》《ᠪᠣᠷᠣᠯᠳᠠᠢ ᠦᠯᠢᠭᠡᠷ》《ᠬᠠᠨ ᠪᠠ ᠬᠠᠮ ᠤᠨ ᠦᠯᠢᠭᠡᠷ》《ᠰᠤᠷᠭ
ᠠᠭᠤᠯᠢ ᠶᠢᠨ ᠦᠯᠢᠭᠡᠷ》《ᠰᠠᠨ ᠤ ᠦᠯᠢᠭᠡᠷ》《ᠬᠦᠭᠡᠷ ᠬᠠᠷ᠎ᠠ ᠬᠠᠭᠠᠨ》ᠰᠠᠢᠬᠠᠨ ᠬᠡᠪᠯᠡᠭᠳᠡᠭᠰᠡᠨ ᠦᠯᠢᠭᠡᠷ ᠢ ᠪᠣᠳᠤᠯᠤᠨ ᠪᠠ《ᠬᠠᠷ᠎ᠠ ᠲᠡᠯ ᠬᠤᠭᠤᠷᠴᠢ ᠲᠠᠢ ᠪᠠᠭᠤᠳᠠᠢ ᠶᠢᠨ ᠨᠡᠶᠢᠲᠡ ᠶᠢᠨ ᠦᠯᠢᠭᠡᠷ》①
ᠨᠡᠷᠡᠳ ᠲᠡᠶ ᠬᠠᠮᠤᠭ ᠬᠠᠳᠠᠭᠠᠯᠠᠭᠳᠠᠵᠤ ᠪᠠᠢᠨ᠎ᠠ ::

(ᠭᠤᠷᠪᠠ) ᠬᠤᠭᠤᠷᠴᠢᠳ ᠤᠨ ᠬᠡᠯᠡᠳᠡᠭ ᠪᠠ ᠪᠣᠯᠤᠨ ᠰᠢᠨᠡᠳᠬᠡᠨ ᠵᠣᠬᠢᠶᠠᠭᠰᠠᠨ ᠂ ᠬᠡᠪᠯᠡᠭᠰᠡᠨ ᠦᠯᠢᠭᠡᠷ 《ᠮᠣᠩᠭᠣᠯ ᠤᠨ ᠦᠯᠢᠭᠡᠷ》《ᠪᠣᠷᠣᠯᠳᠠᠢ ᠶᠢᠨ ᠦᠯᠢᠭᠡᠷ》
ᠶᠢᠨ ᠦᠯᠢᠭᠡᠷ》《ᠪᠠᠭᠤᠳᠠᠢ ᠶᠢᠨ ᠦᠯᠢᠭᠡᠷ》《ᠬᠠᠭᠠᠨ ᠤ ᠦᠯᠢᠭᠡᠷ》《ᠮᠣᠩᠭᠣᠯ ᠪᠠᠭᠤᠳᠠᠢ (ᠬᠣᠶᠠᠷ) 》《ᠮᠣᠩᠭᠣᠯ ᠪᠠᠭᠤᠳᠠᠢ
(ᠭᠤᠷᠪᠠ) 》《ᠮᠣᠩᠭᠣᠯ ᠤ ᠦᠯᠢᠭᠡᠷ》ᠰᠠᠢᠬᠠᠨ ᠬᠡᠪᠯᠡᠭᠳᠡᠭᠰᠡᠨ ᠂ ᠬᠡᠪᠯᠡᠭᠳᠡᠭᠰᠡᠨ ᠦᠯᠢᠭᠡᠷ ᠢ 《ᠪᠣᠷᠣᠯᠳᠠᠢ ᠪᠠᠭᠤᠳᠠᠢ ᠦᠯᠢᠭᠡᠷ》《ᠰᠠᠨ ᠤ ᠦᠯᠢᠭᠡᠷ》《ᠬᠣᠯᠪᠣᠭᠰᠠᠨ ᠦᠯᠢᠭᠡᠷ》
ᠶᠢᠨ ᠦᠯᠢᠭᠡᠷ》② ᠵᠡᠷᠭᠡ ᠨᠡᠷᠡ ᠲᠠᠢ ᠪᠡᠷ ᠬᠡᠪᠯᠡᠭᠳᠡᠭᠰᠡᠨ ᠬᠡᠪᠯᠡᠭᠳᠡᠵᠡᠢ ::

---

① ᠪᠠᠭᠠᠲᠤᠷ : 《ᠬᠠᠷ᠎ᠠ ᠲᠡᠯ ᠬᠤᠭᠤᠷᠴᠢ ᠲᠠᠢ ᠪᠠᠭᠤᠳᠠᠢ ᠶᠢᠨ ᠨᠡᠶᠢᠲᠡ ᠶᠢᠨ ᠦᠯᠢᠭᠡᠷ》, ᠥᠪᠥᠷ ᠮᠣᠩᠭᠣᠯ ᠤᠨ ᠠᠷᠠᠳ ᠤᠨ ᠬᠡᠪᠯᠡᠯ ᠦᠨ ᠬᠣᠷᠢᠶ᠎ᠠ, 2003 ᠣᠨ, 209 — 228 ᠨᠢᠭᠤᠷ ::

② 波特奇、高长胜、包文诚主编，董新国执笔:《科尔沁右翼中旗·享誉全国的乌力格尔之乡》，远方出版社，2005 年，第 154 — 157 页。

ᠭᠤᠷᠪᠠᠳᠤᠭᠠᠷ ᠪᠦᠯᠦᠭ ᠭᠠᠳᠠᠭᠠᠳᠤ ᠣᠷᠣᠨ ᠤ ᠮᠣᠩᠭᠣᠯ ᠬᠡᠯᠡ ᠰᠤᠳᠤᠯᠭᠠ

[illegible]

ᠨᠢᠭᠡᠳᠦᠭᠡᠷ ᠬᠡᠰᠡᠭ ᠬᠡᠯᠡ ᠰᠤᠳᠤᠯᠭᠠ

[illegible]

[illegible]

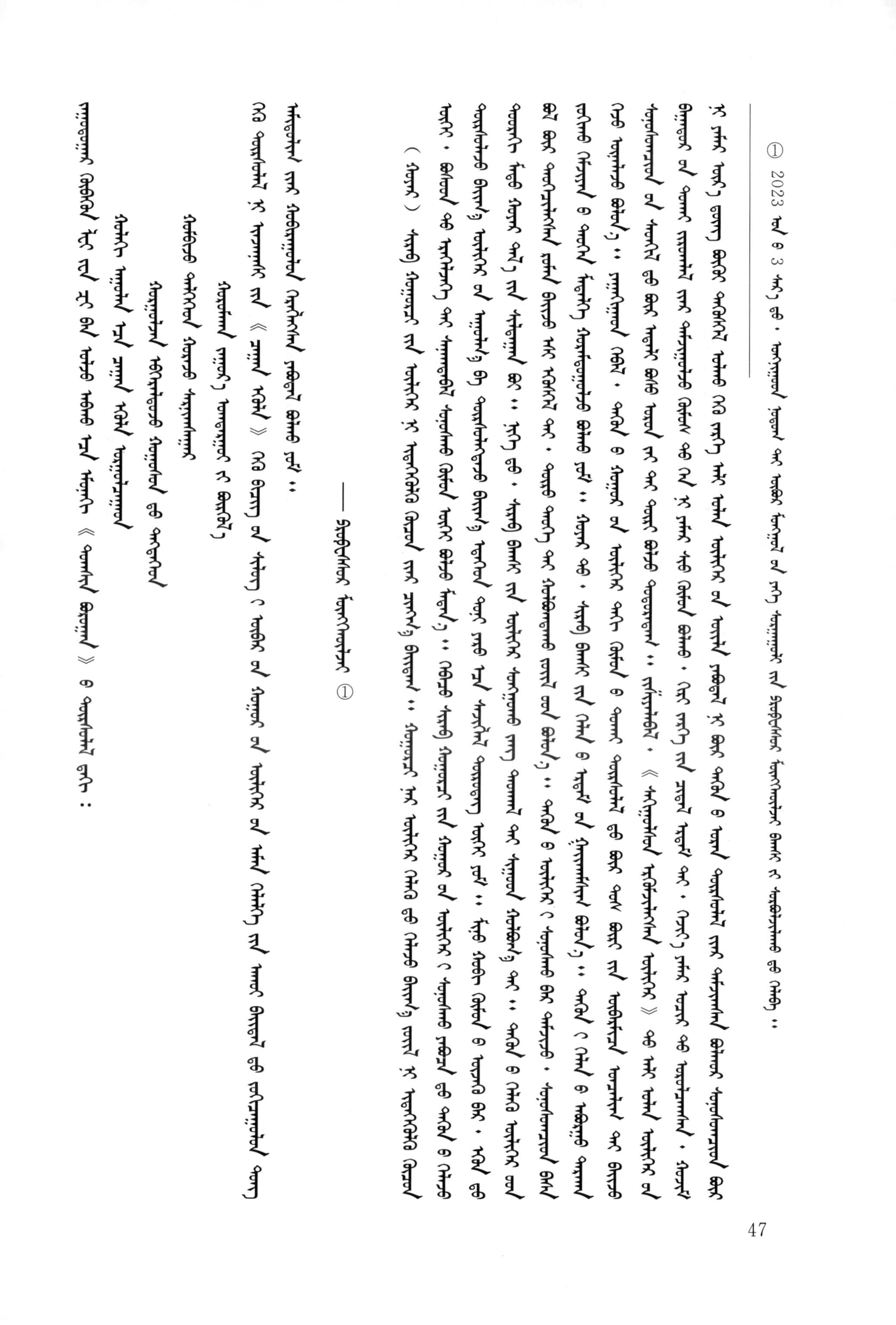

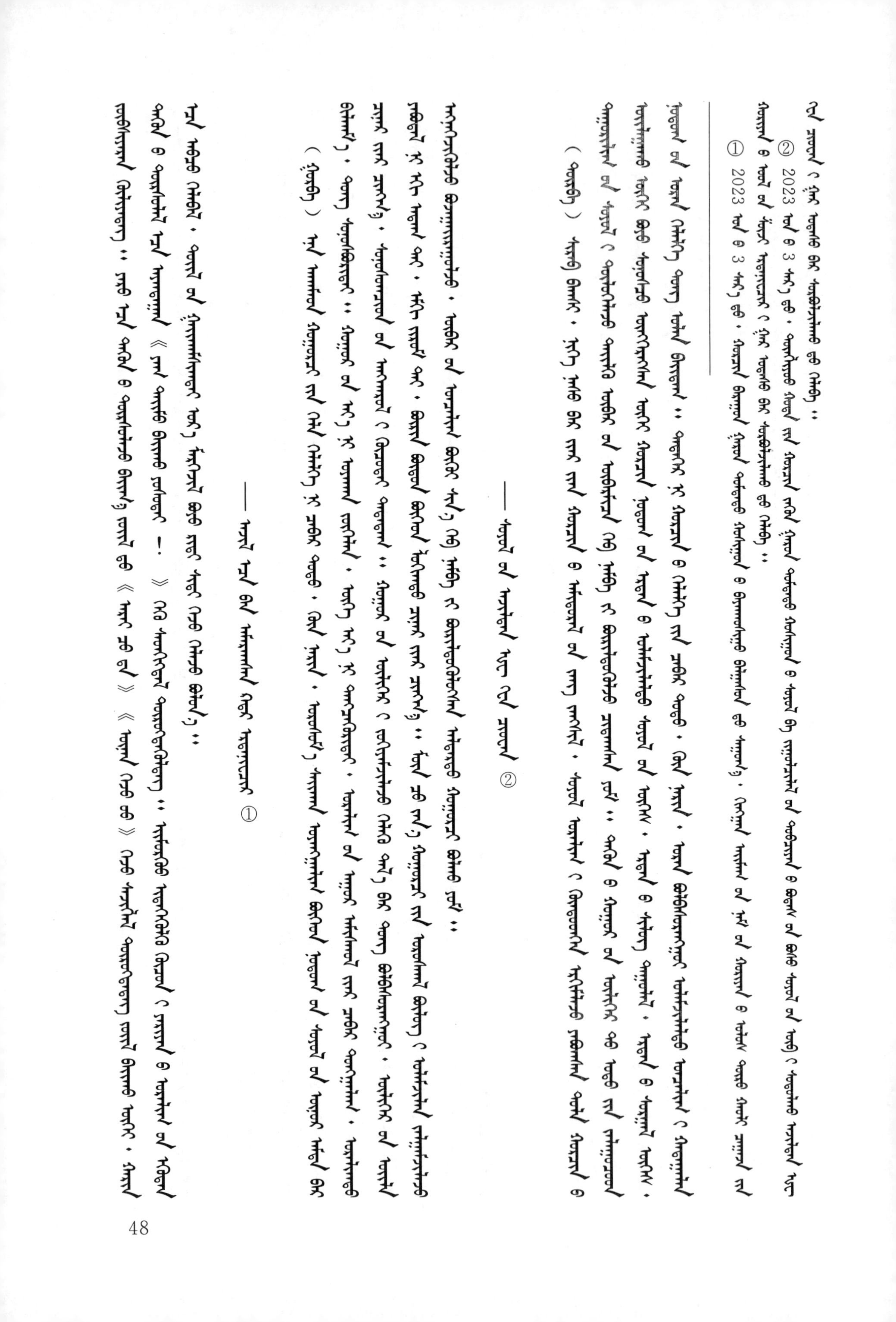

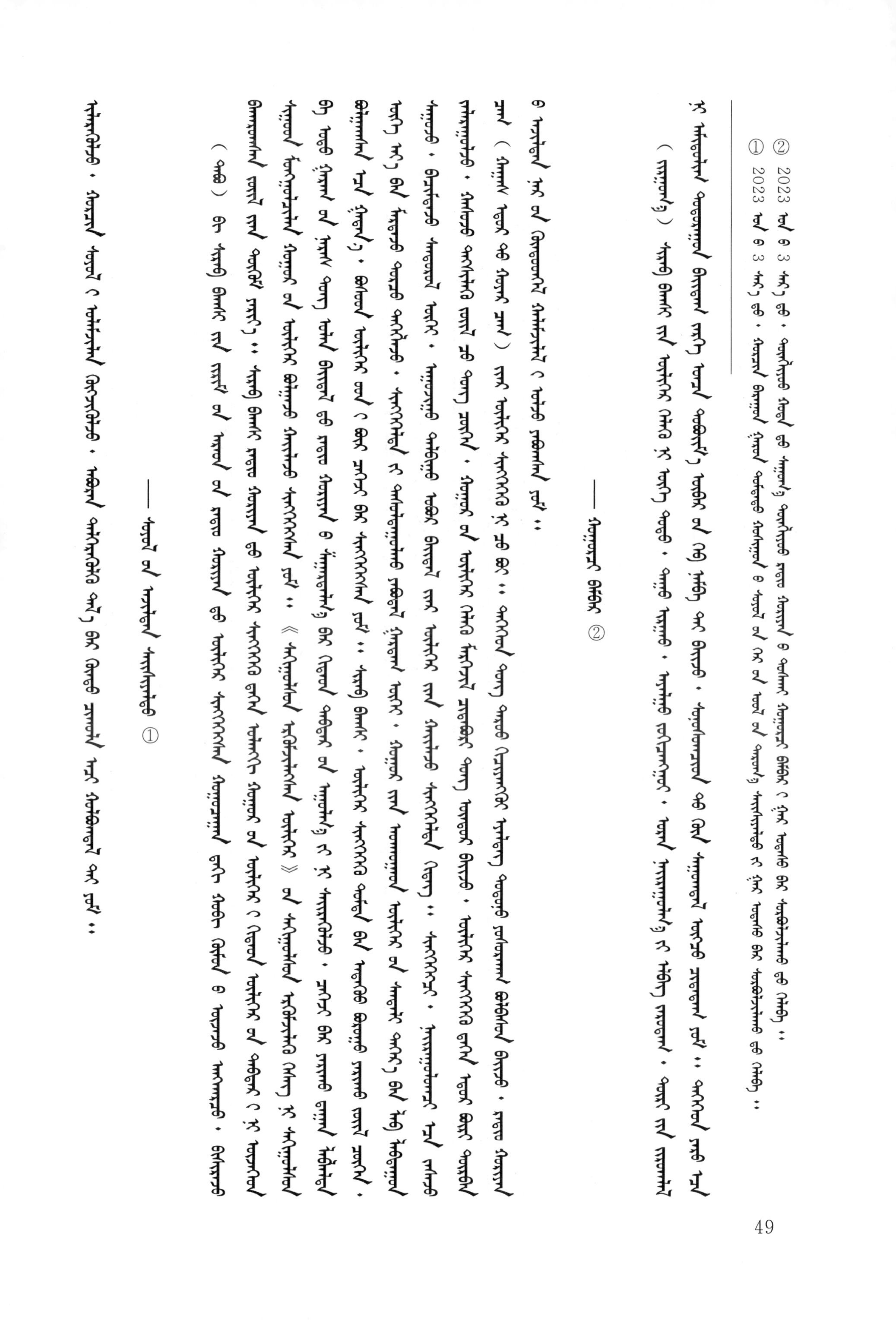

[illegible] ᠭᠡᠵᠡᠢ ::

—— [illegible] ①

([illegible]) [illegible] 《 [illegible] 》 [illegible] ᠭᠡᠵᠡᠢ ::

—— [illegible] ②

([illegible]) [illegible] :: [illegible]

① 2023 ᠣᠨ ᠤ 3 ᠰᠠᠷ᠎ᠠ ᠳᠤ · [illegible] ::

② 2023 ᠣᠨ ᠤ 3 ᠰᠠᠷ᠎ᠠ ᠳᠤ · [illegible] ::

ᠶᠠᠷᠢᠯᠴᠠᠭ᠎ᠠ ᠪᠠᠶᠢᠭᠤᠯᠬᠤ ᠬᠡᠷᠡᠭᠲᠡᠢ ᠪᠣᠯᠤᠨ᠎ᠠ ︓

—— ᠲᠡᠮᠳᠡᠭᠯᠡᠯ ᠬᠡᠪᠡᠯ ᠳᠤ ᠤ ①

(ᠬᠠᠭᠤᠳᠠᠰᠤ) 20 ᠳᠤᠭᠠᠷ ᠵᠠᠭᠤᠨ ᠤ ᠡᠬᠢᠨ ᠡᠴᠡ 12 ᠵᠢᠯ 13 ... 12 ᠵᠢᠯ ...

ᠬᠡᠷᠡᠭᠵᠢᠭᠦᠯᠬᠦ ᠪᠣᠯᠤᠨ᠎ᠠ ︓ ... 《 ... 》 ...

—— ᠬᠦᠮᠦᠨ ᠲᠡᠮᠳᠡᠭ ②

(ᠰᠢ ᠵᠢᠨ ᠫᠢᠩ) ...

① 2023 ᠣᠨ ᠤ 3 ᠰᠠᠷ᠎ᠠ ᠳᠤ ᠂ ... ᠭᠡᠪᠡ ︓

② 2019 ᠣᠨ ᠤ 10 ᠰᠠᠷ᠎ᠠ ᠳᠤ ᠂ ... ᠭᠡᠪᠡ ︓

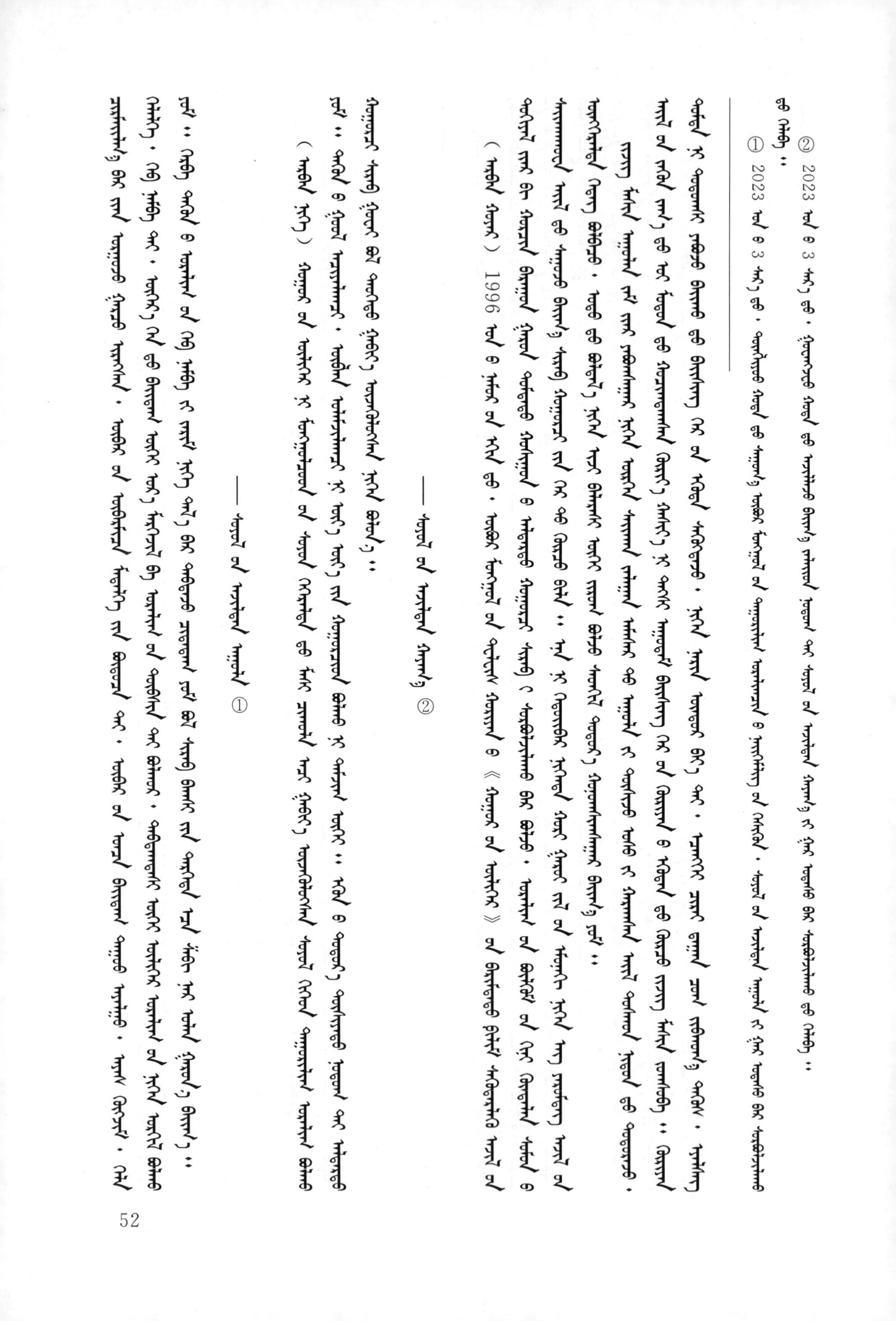

[illegible] 1996 [illegible] 《[illegible]》 [illegible]

[illegible]

— [illegible] ②

[illegible]

— [illegible] ①

[illegible]

① 2023 [illegible] 3 [illegible]

② 2023 [illegible] 3 [illegible]

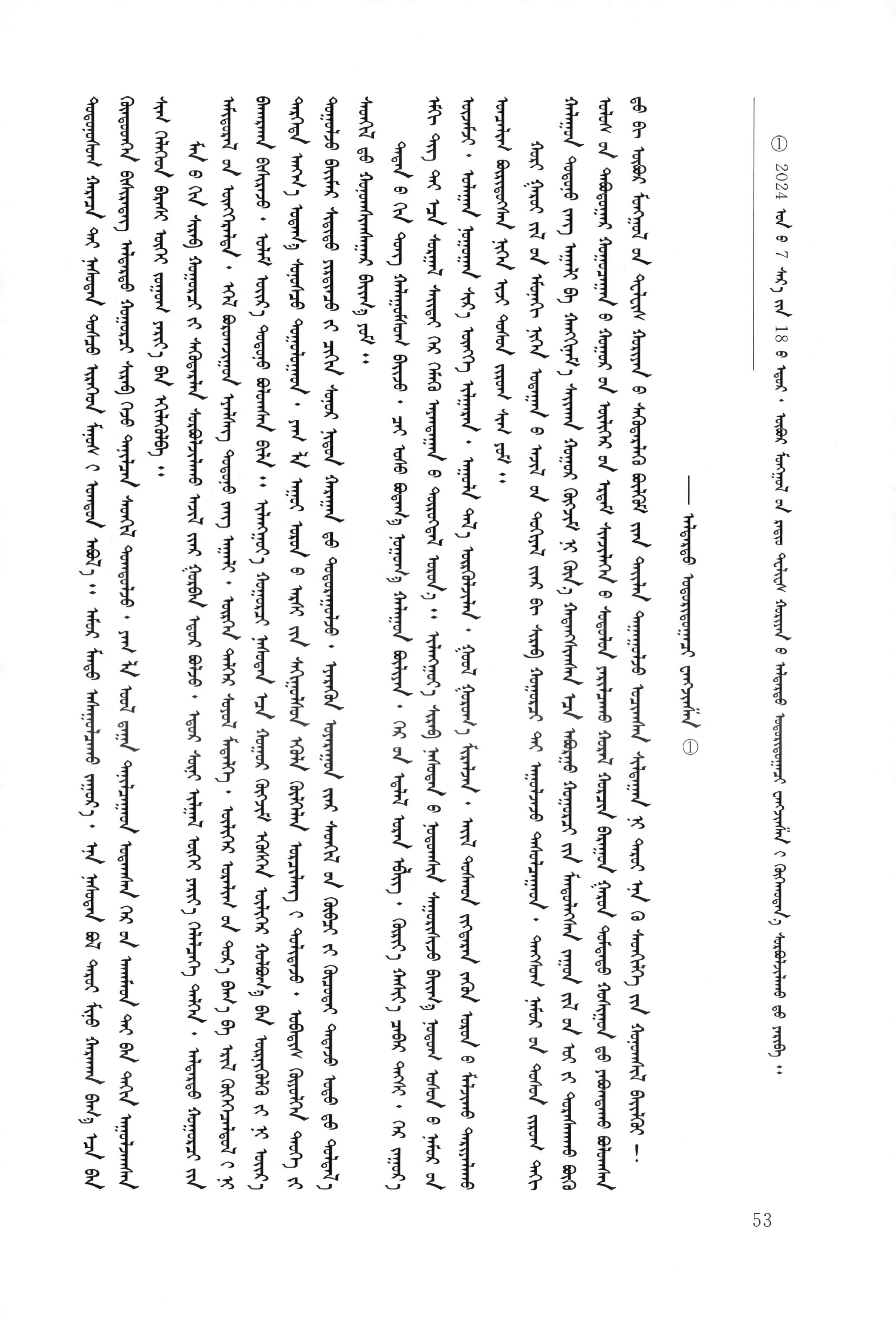

—— [illegible] ①

[illegible]

① 2024 ᠣᠨ ᠤ 7 ᠰᠠᠷ᠎ᠠ ᠶᠢᠨ 18 ᠤ ᠡᠳᠦᠷ᠂ [illegible] ::

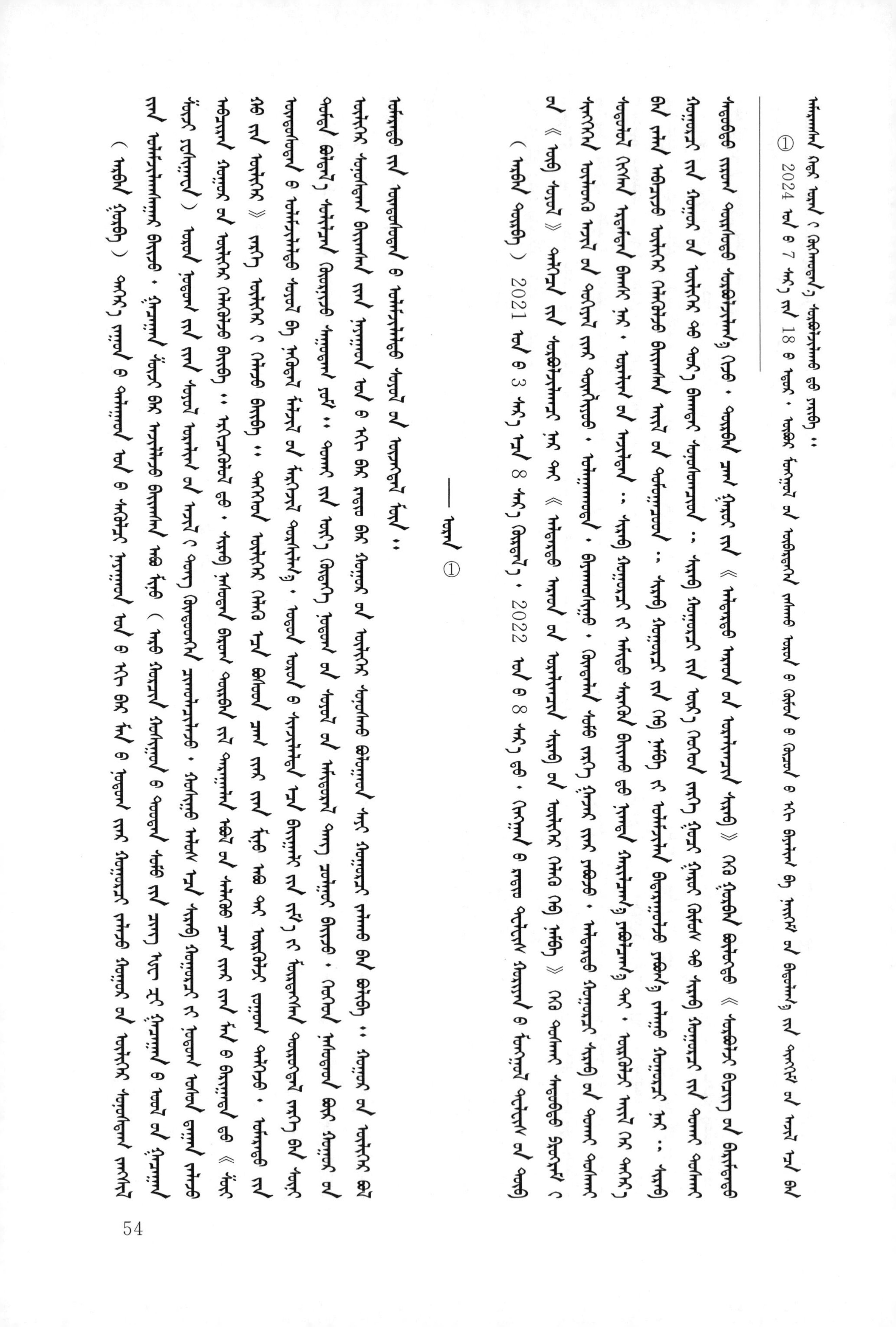

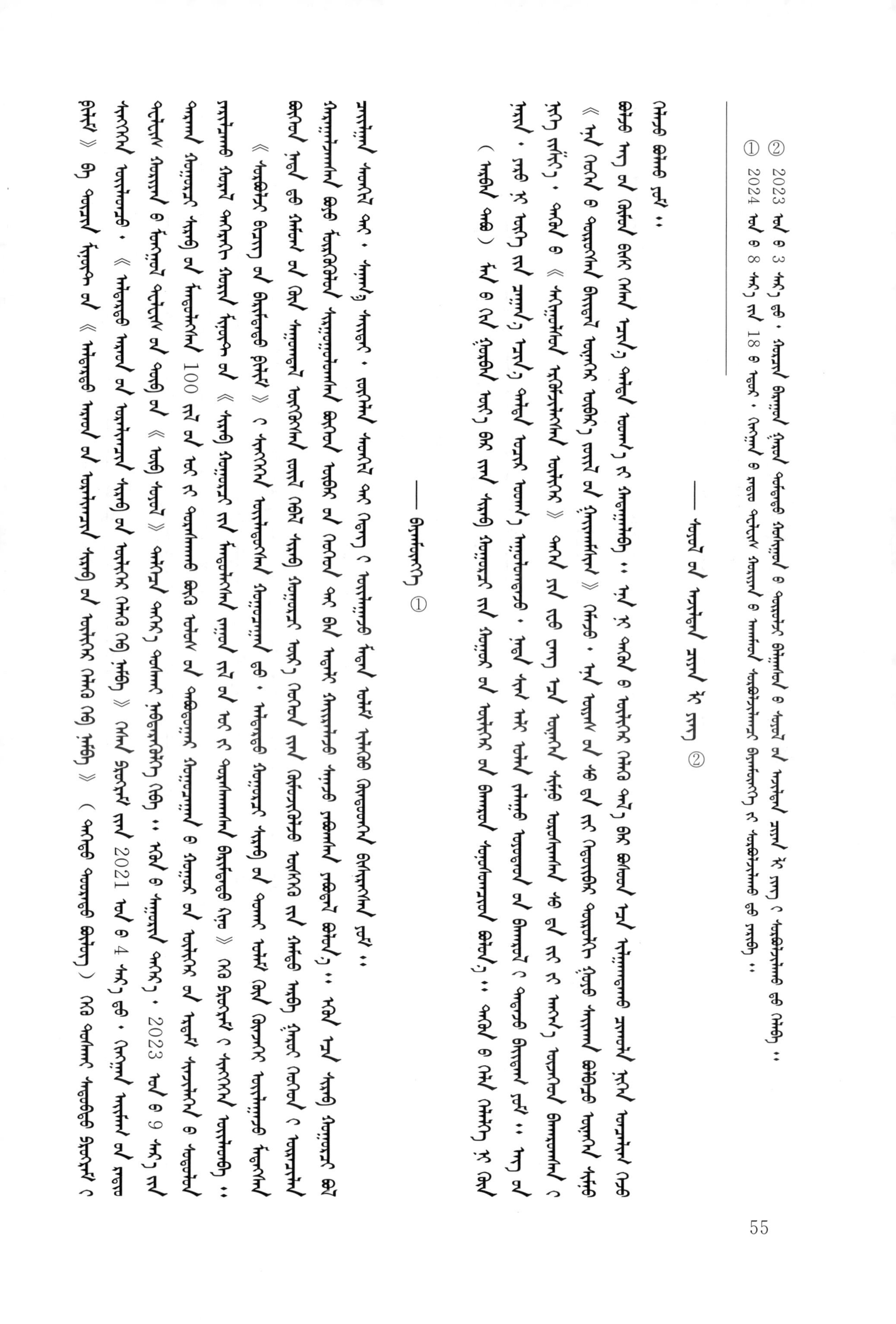

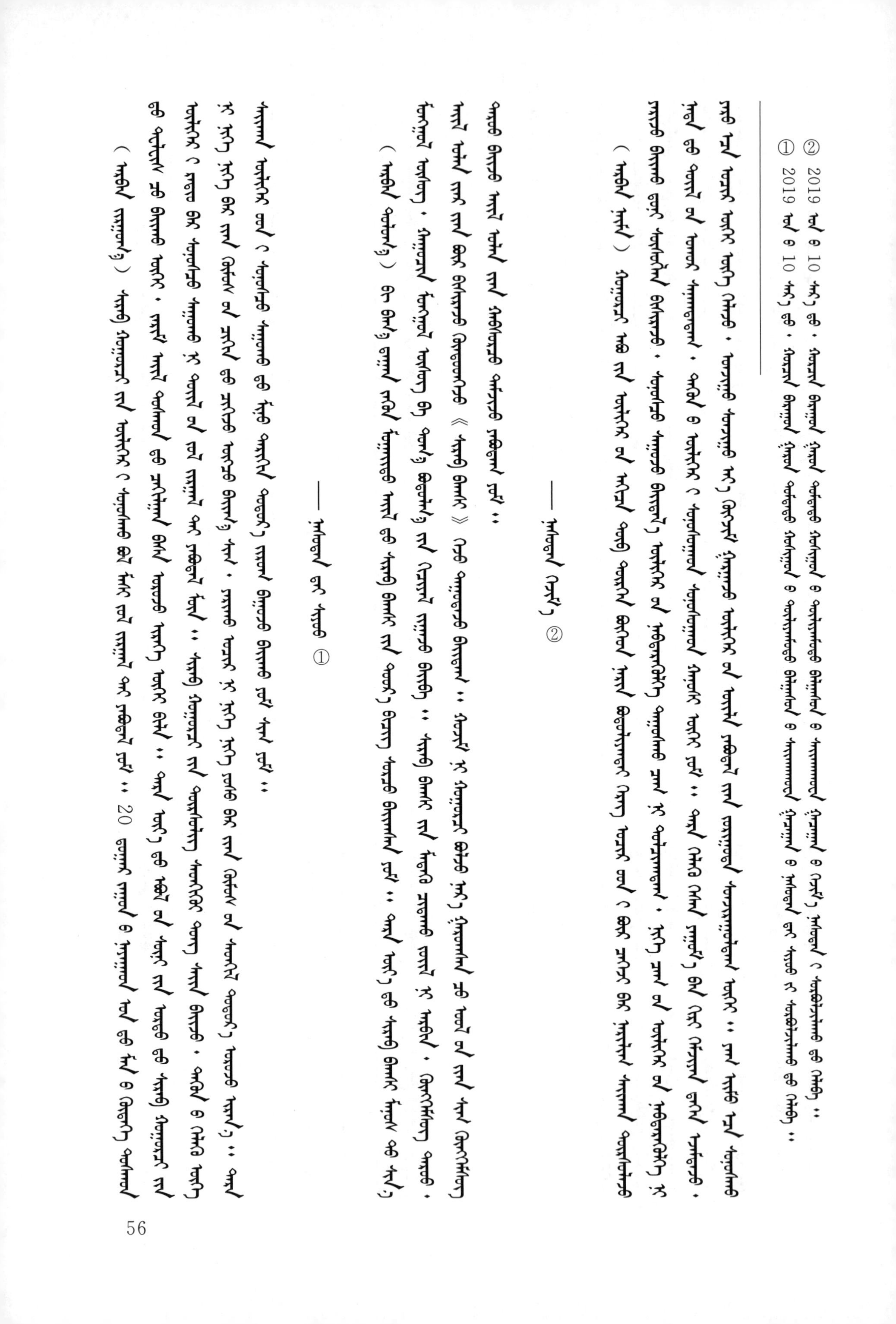

[illegible]

—— [illegible] ②

[illegible]

—— [illegible] ①

[illegible] 20 [illegible]

① 2019 [illegible] 10 [illegible]

② 2019 [illegible] 10 [illegible]

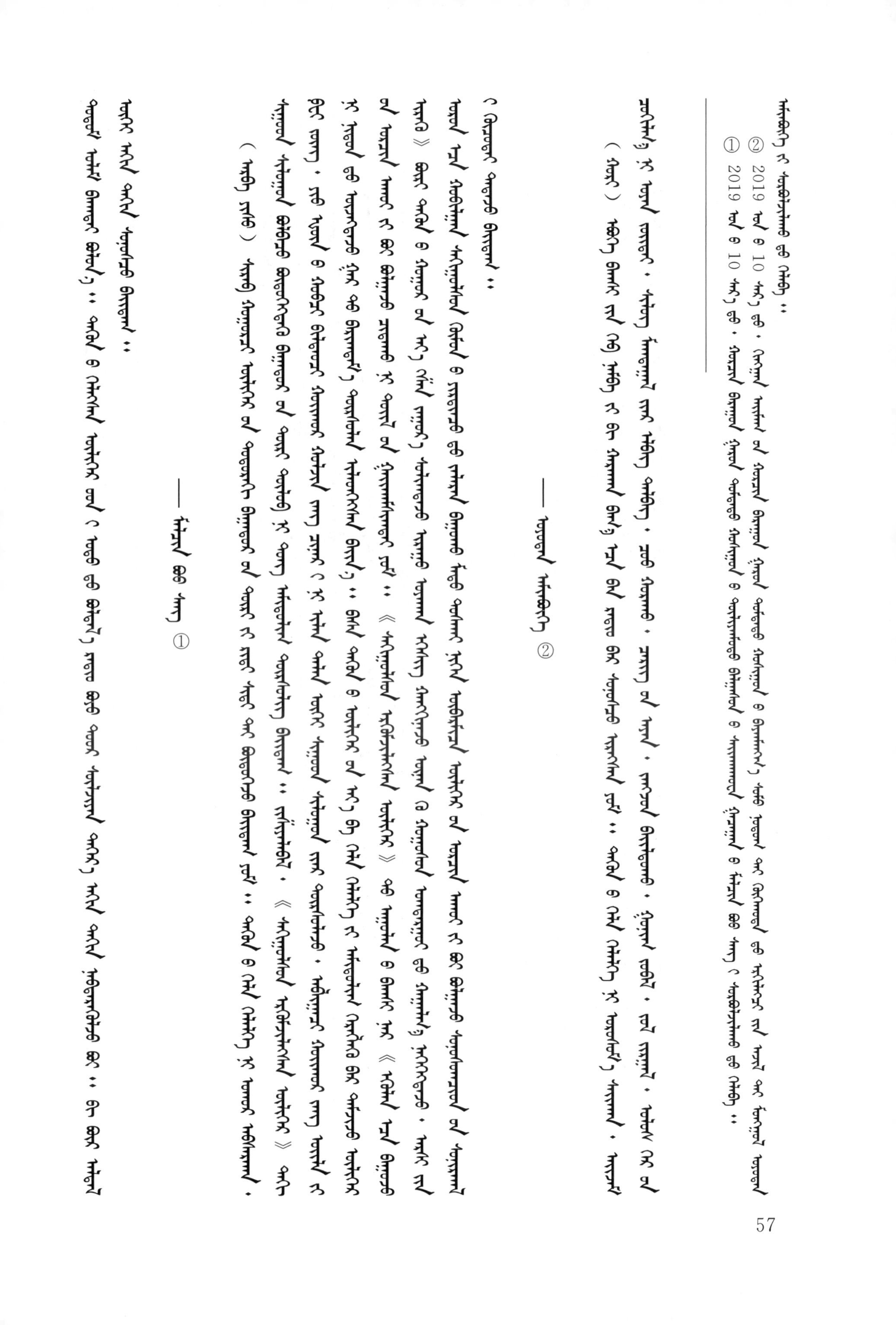

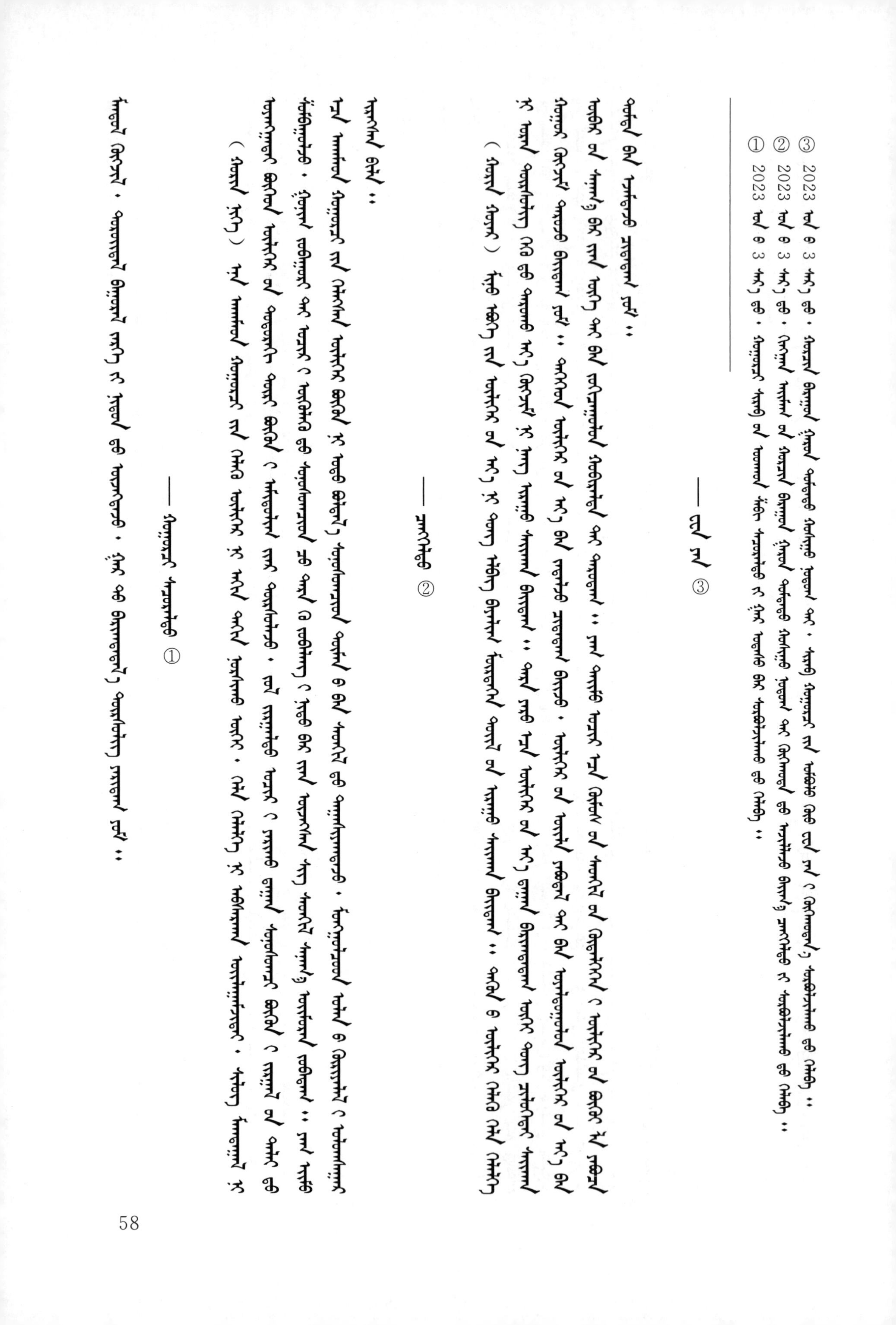

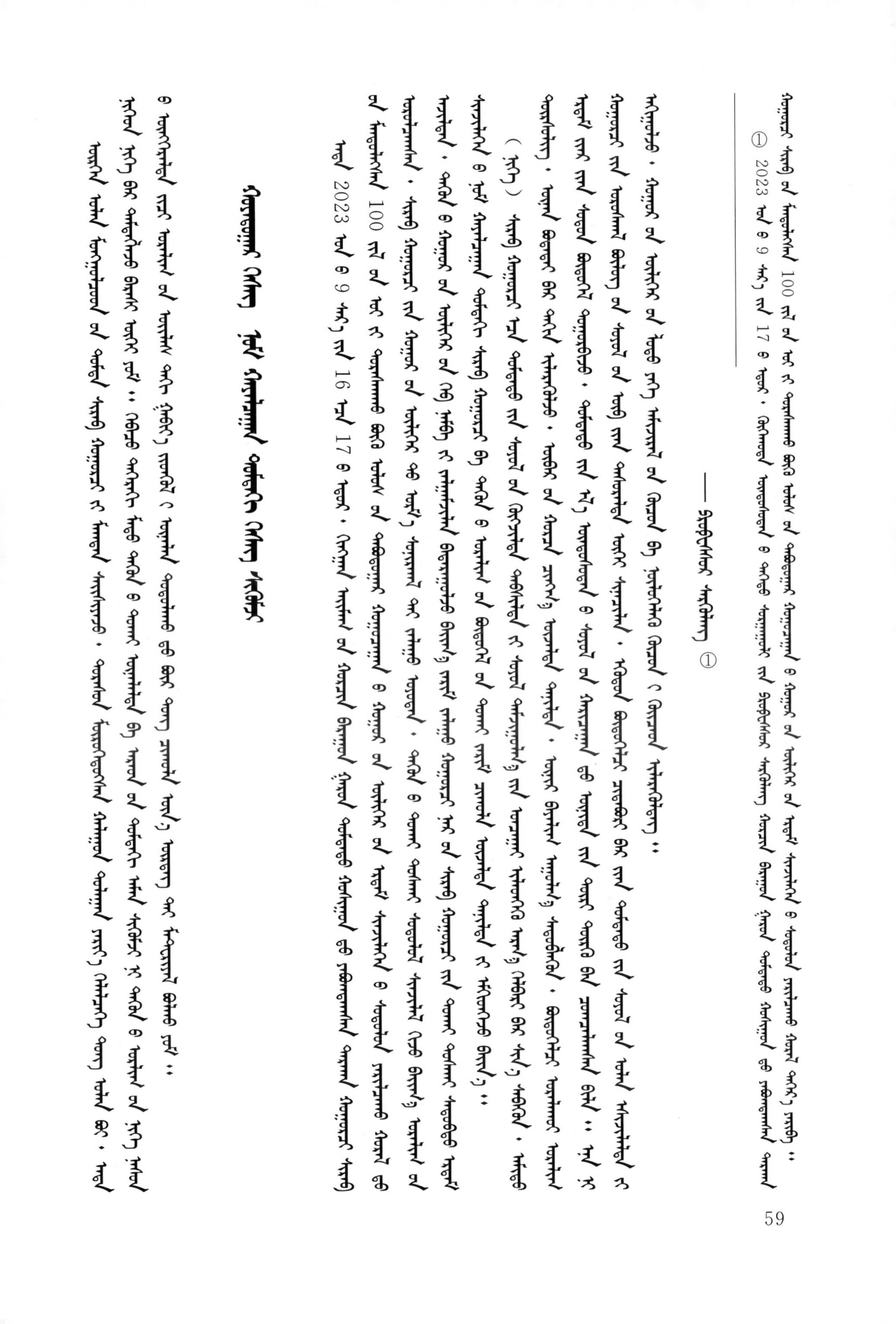

[illegible] ::

[illegible]

[illegible] 2023 [illegible] 9 [illegible] 16 [illegible] 17 [illegible] 100 [illegible] ::

([illegible]) [illegible] ::

—— [illegible] ①

① 2023 [illegible] 9 [illegible] 17 [illegible] 100 [illegible] ::

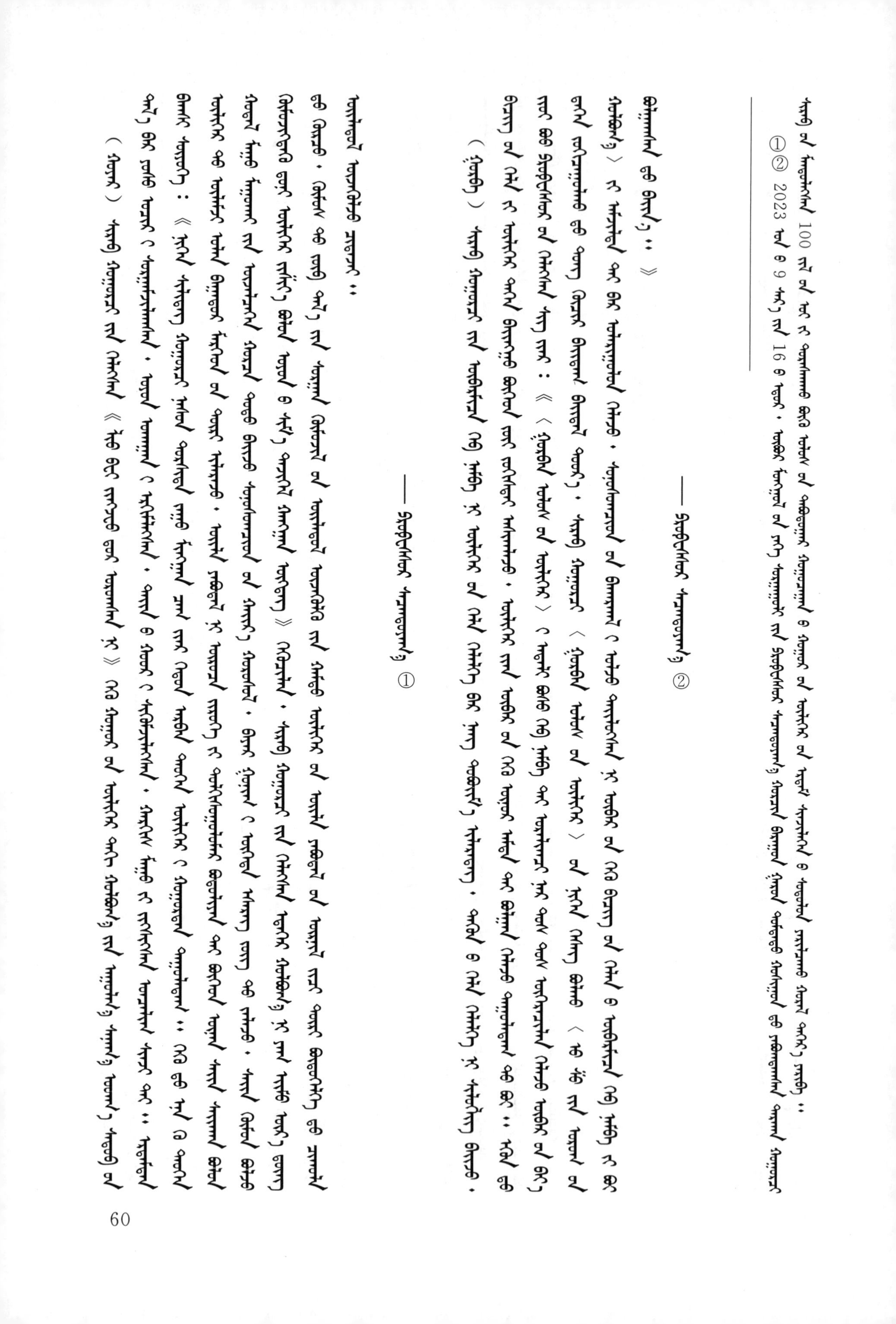

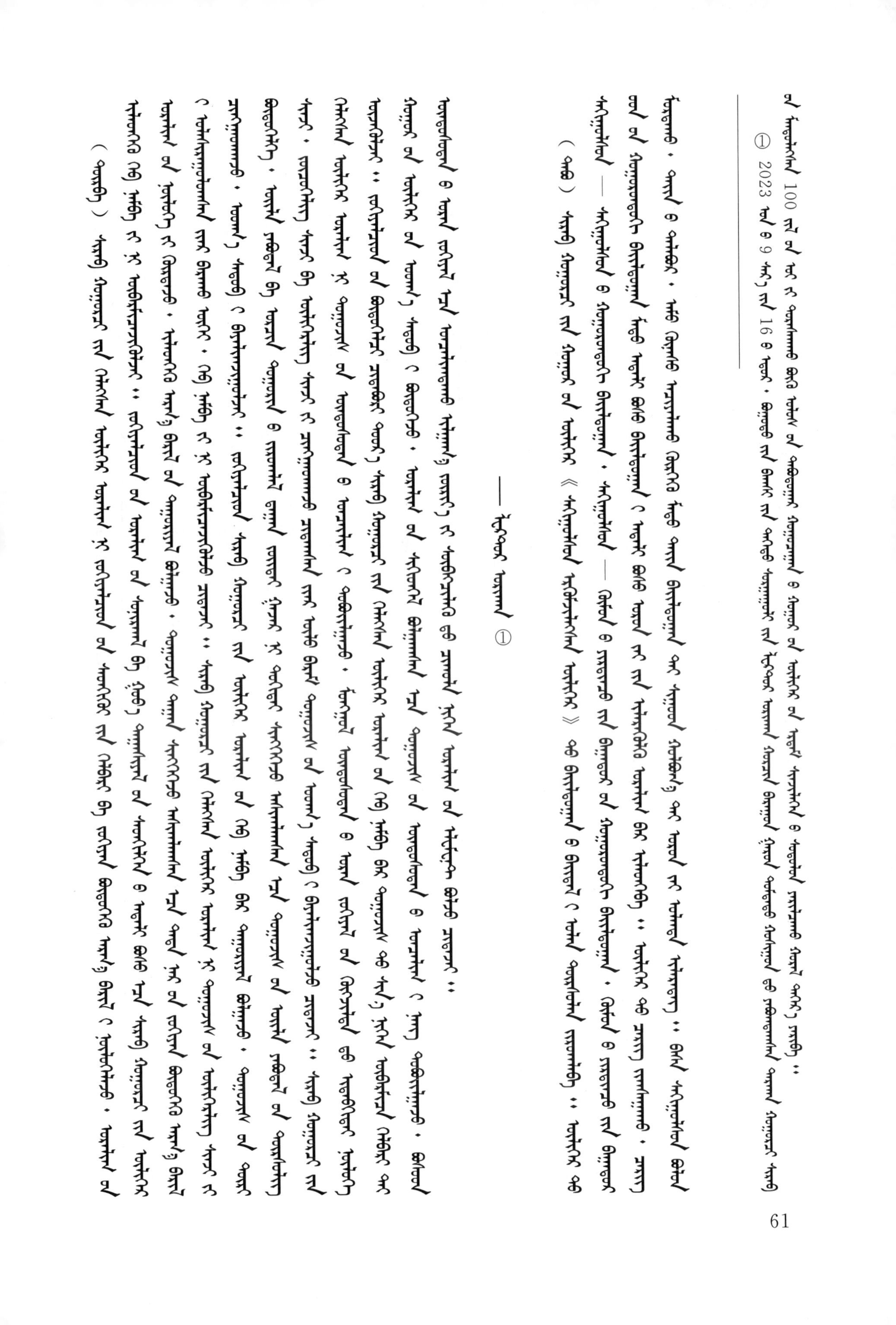

[illegible]

① —— [illegible]

[illegible]

① 2023 [illegible] 9 [illegible] 16 [illegible] 100 [illegible]

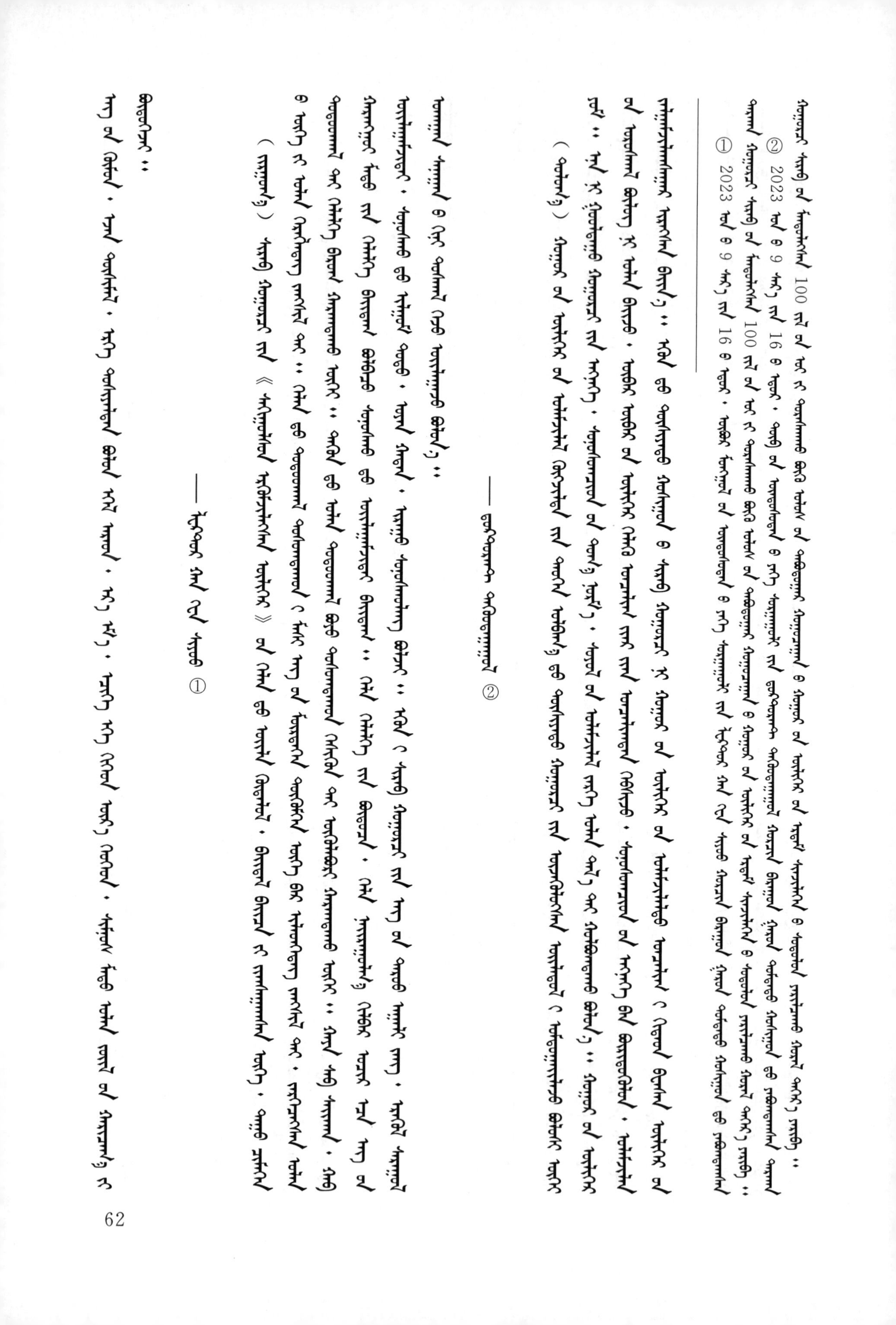

[illegible] ::

—— [illegible] ①

[illegible] 《 [illegible] 》 [illegible] ([illegible]) [illegible] 《 [illegible] 》 [illegible] ::

—— [illegible] ②

[illegible] 《 [illegible] 》 [illegible] 《 [illegible] 》 [illegible] 46 [illegible] 《 [illegible] 》 [illegible] 《 [illegible] 》 —— 《 [illegible] 》 [illegible] ([illegible]) [illegible]

---

① 2023 ᠣᠨ ᠤ 9 ᠰᠠᠷ᠎ᠠ ᠶᠢᠨ 16 ᠤ ᠡᠳᠦᠷ᠂ [illegible]

② 2023 ᠣᠨ ᠤ 9 ᠰᠠᠷ᠎ᠠ ᠶᠢᠨ 16 ᠤ ᠡᠳᠦᠷ᠂ [illegible] 100 [illegible] 100 [illegible] ::

—— ①

—— ②

—— ③

① 2023 ᠣᠨ ᠤ 9 ᠰᠠᠷ᠎ᠠ ᠶᠢᠨ 16 ᠤ ᠡᠳᠦᠷ ᠃ ... 100 ...

②③ 2023 ᠣᠨ ᠤ 9 ᠰᠠᠷ᠎ᠠ ᠶᠢᠨ 16 ᠤ ᠡᠳᠦᠷ ᠃ ... 100 ...

—— ᠰᠢ ᠵᠢᠨᠫᠢᠩ ①

① 2023 ᠣᠨ ᠤ 9 ᠰᠠᠷ᠎ᠠ ᠶᠢᠨ 16 ᠤ ᠡᠳᠦᠷ᠂

[illegible] ::

— [illegible] ①

([illegible]) [illegible] — [illegible] ([illegible]) : [illegible] ([illegible])
[illegible] — [illegible] ::
[illegible] — [illegible] ·

— [illegible] ②

([illegible]) [illegible]

---

① 2023 ᠣᠨ ᠤ 9 ᠰᠠᠷ᠎ᠠ ᠶᠢᠨ 16 ᠤ ᠡᠳᠦᠷ᠂ [illegible] 100 ᠵᠢᠯ ᠦᠨ ᠣᠢ [illegible] ::

② 2023 ᠣᠨ ᠤ 9 ᠰᠠᠷ᠎ᠠ ᠶᠢᠨ 17 ᠤ ᠡᠳᠦᠷ᠂ [illegible] 100 ᠵᠢᠯ ᠦᠨ ᠣᠢ [illegible] ::

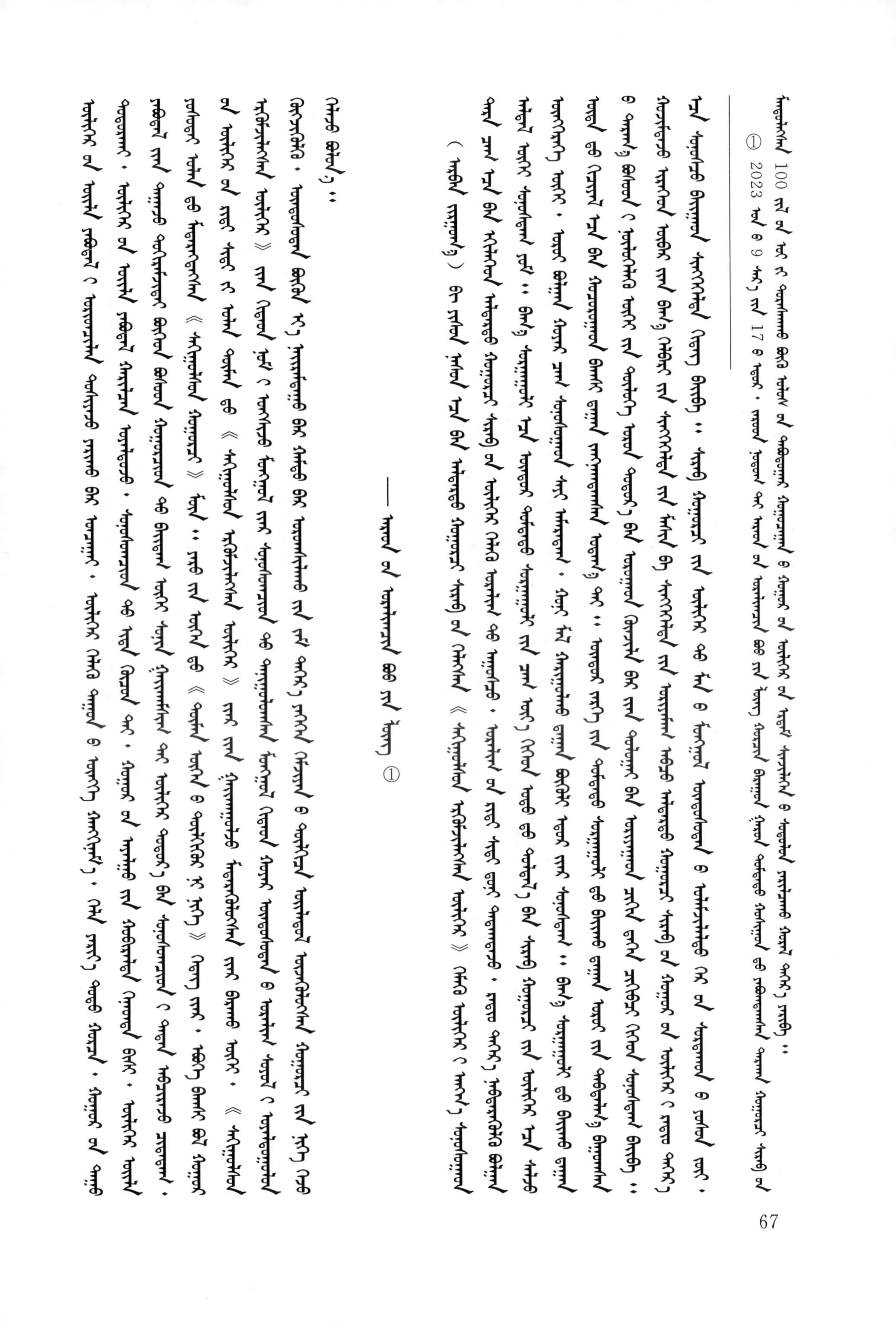

[illegible]

—— [illegible] ①

[illegible]

① [illegible] 100 [illegible] 2023 [illegible] 9 [illegible] 17 [illegible]

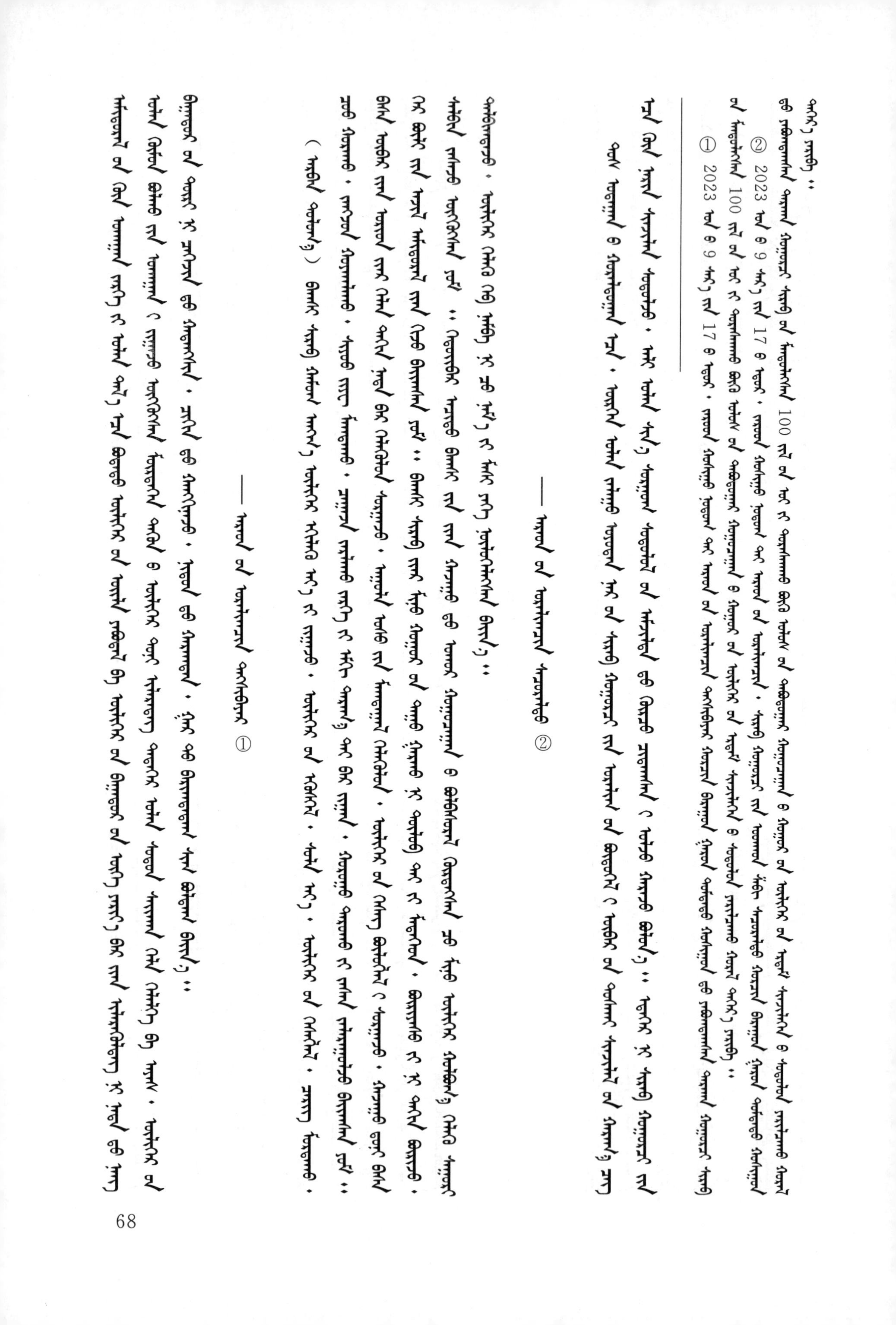

ᠬᠥᠭᠵᠢᠯ ᠦᠨ ᠪᠣᠳᠣᠯᠭ᠎ᠠ ᠦᠨ ᠬᠡᠯᠪᠡᠷᠢ ᠬᠠᠨᠳᠤᠯᠭ᠎ᠠ ᠶᠢ ᠣᠯᠠᠨ ᠤ ᠬᠥᠭᠵᠢᠯ ᠦᠨ ᠰᠢᠨ᠎ᠡ ᠲᠥᠷᠥᠯ ᠤ ᠬᠥᠲᠦᠯᠪᠦᠷᠢ ᠳᠡᠭᠡᠷ ᠬᠥᠭᠵᠢᠯ ᠦᠨ ᠬᠡᠮᠵᠢᠶ᠎ᠡ ᠣᠯᠠᠨ ᠰᠢᠯᠭᠠᠭᠤᠷ ᠢ ᠬᠥᠭᠵᠢᠭᠦᠯᠬᠦ ᠳᠤ ᠪᠠᠷ ᠰᠢᠯᠭᠠᠭᠤᠷ ᠲᠥᠷᠥᠯᠵᠢᠭᠦᠯᠬᠦ ᠪᠦᠷᠢᠯᠳᠦᠭᠦᠯᠬᠦ ᠬᠡᠷᠡᠭᠲᠡᠢ ::

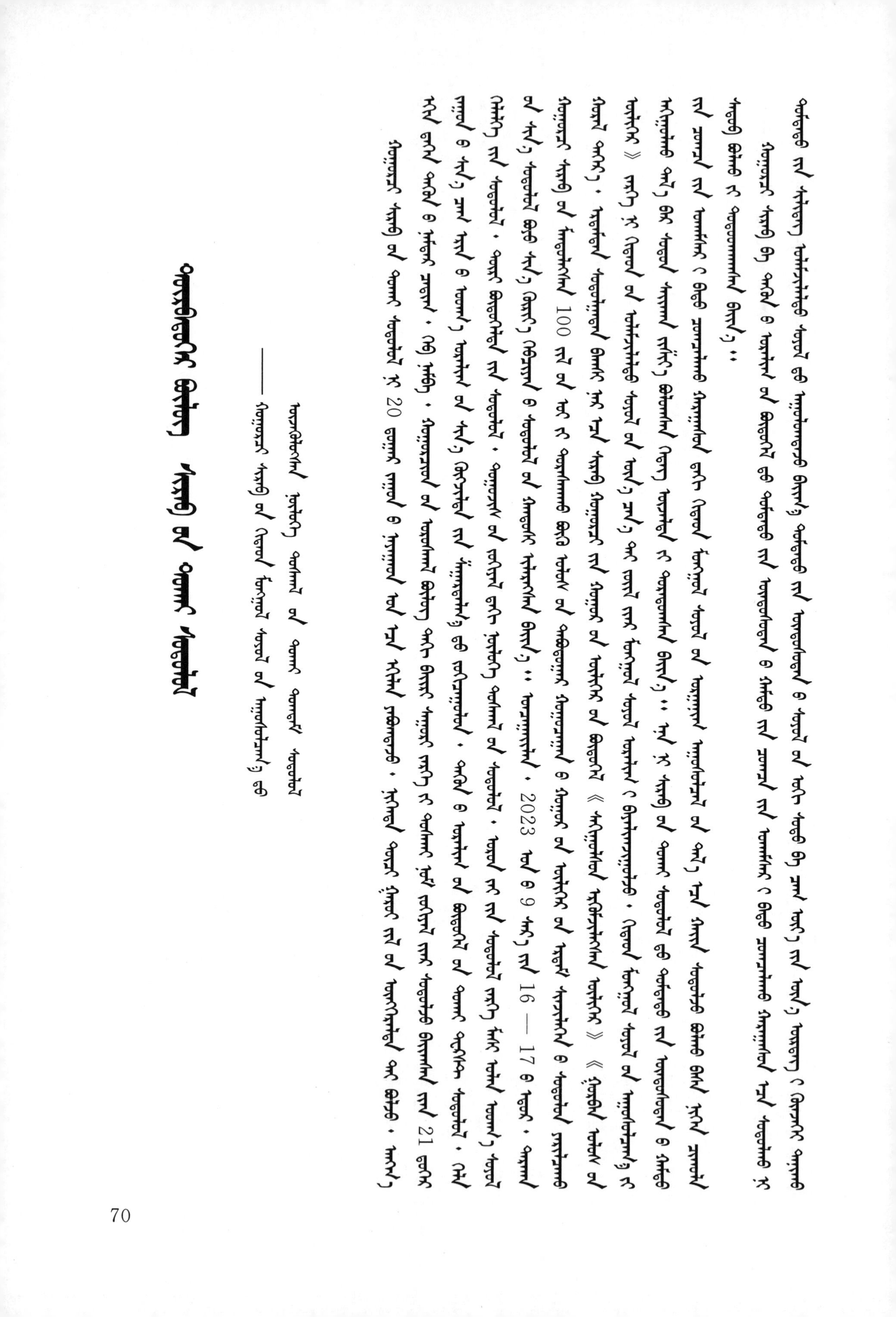

[illegible]

[illegible]

—— [illegible]

[illegible] 20 [illegible] 21 [illegible] 2023 [illegible] 9 [illegible] 16 — 17 [illegible] 100 [illegible] 《[illegible]》《[illegible]》 [illegible] ::

[illegible]

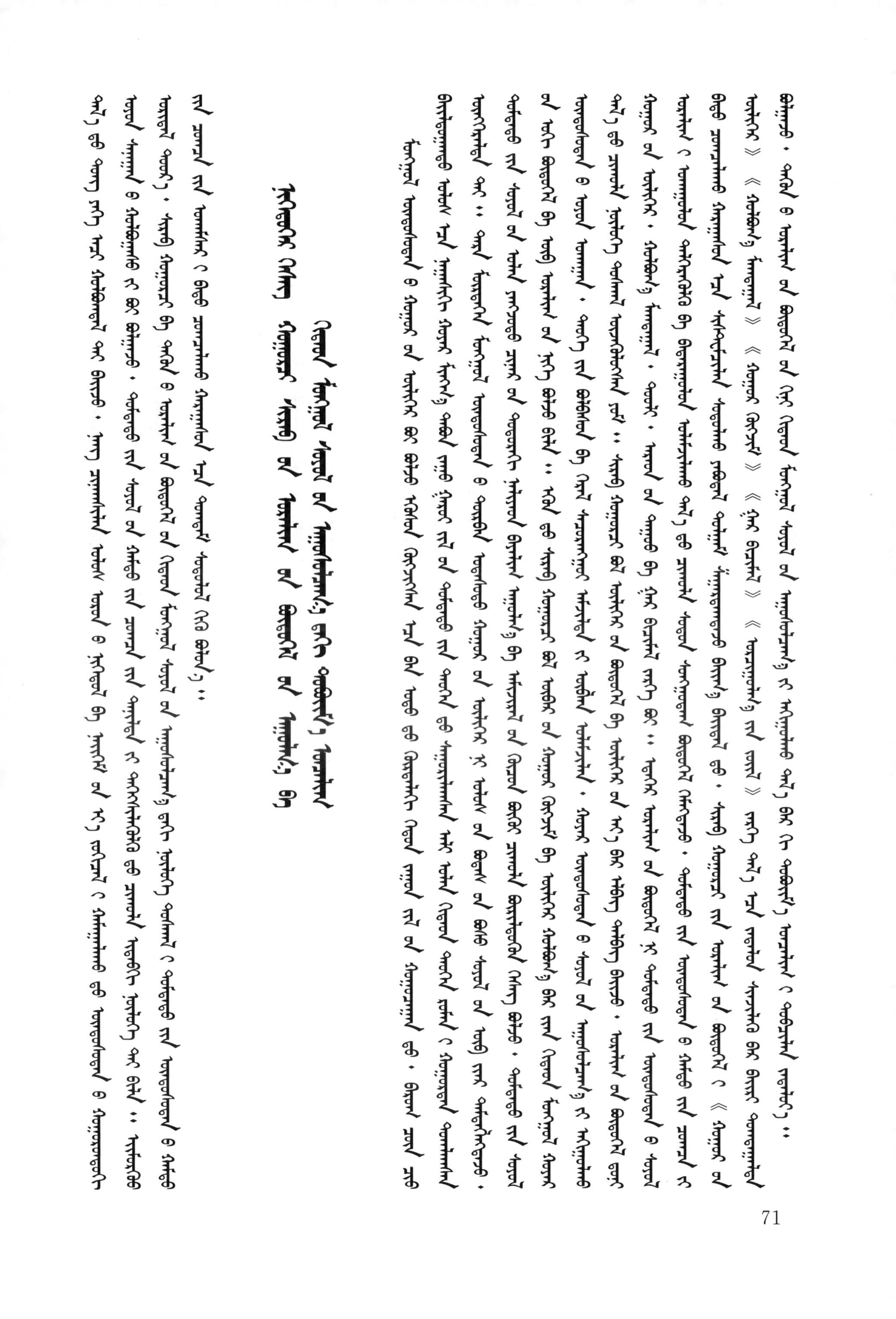

[illegible]

[illegible]

[illegible]

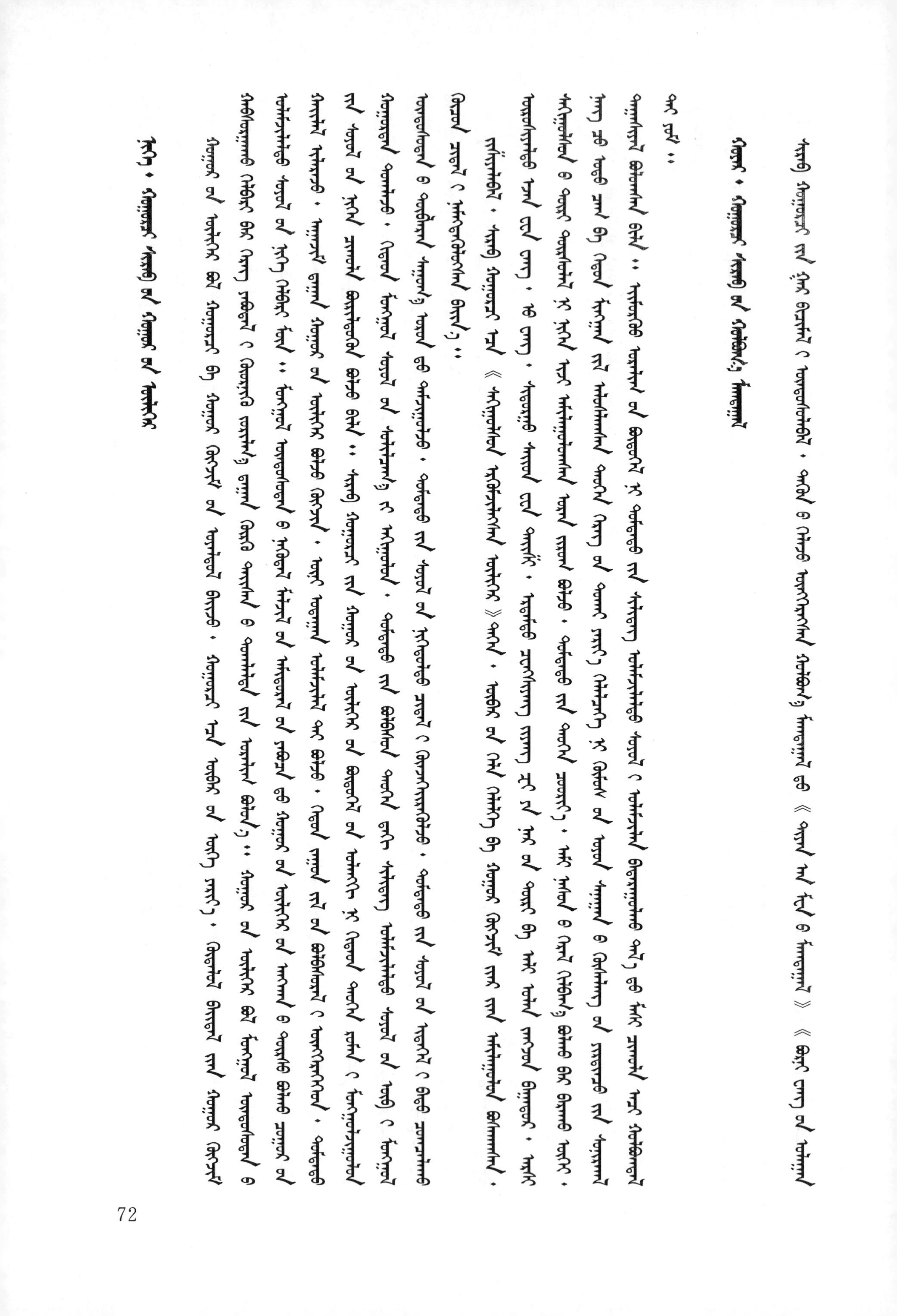

[illegible]

ᠭᠤᠷᠪᠠ᠂ ᠮᠣᠩᠭᠣᠯ ᠬᠡᠯᠡ ᠶᠢᠨ ᠮᠣᠩᠭᠣᠯ ᠪᠢᠴᠢᠭ

[illegible]

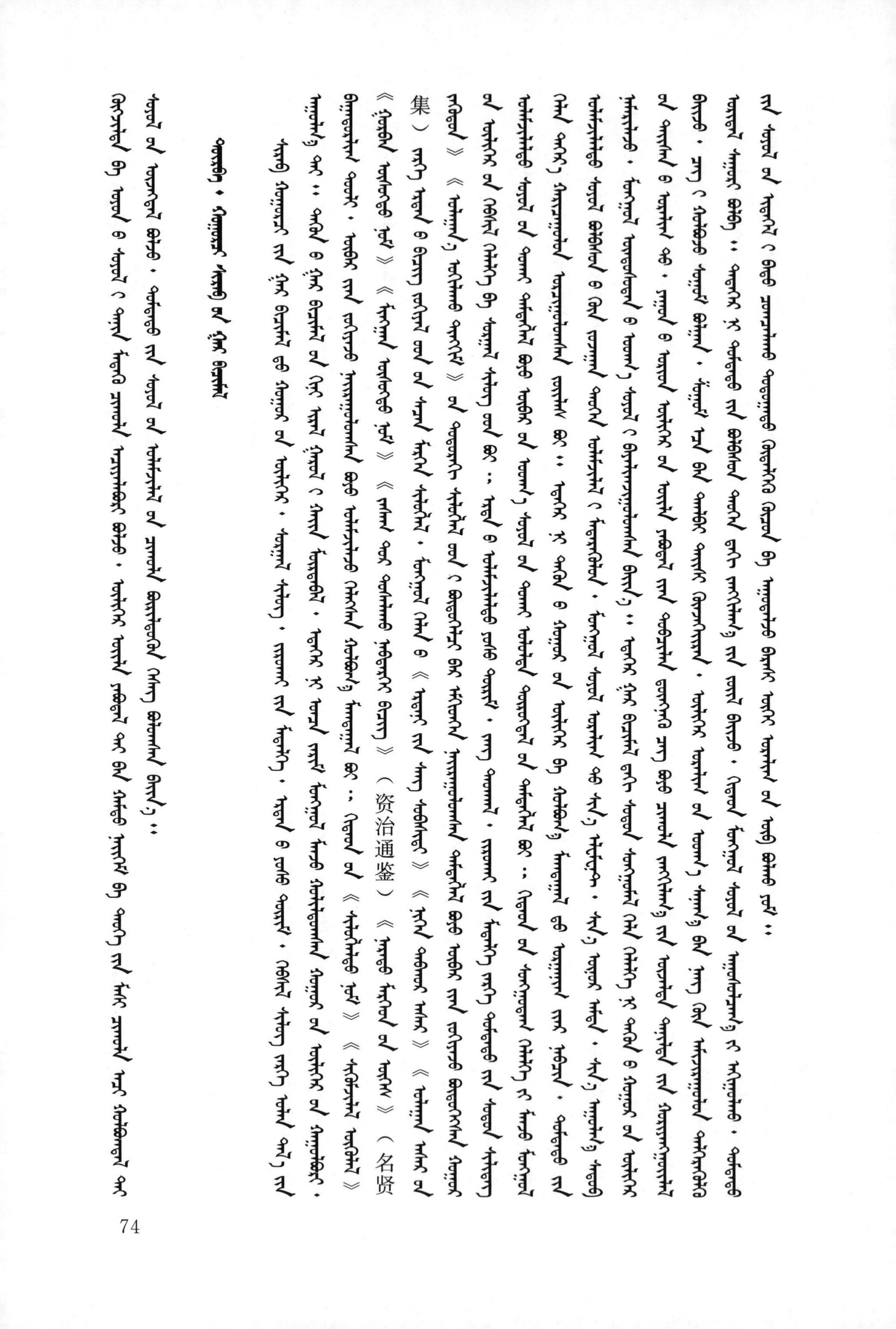

[illegible]

[illegible] ::

[illegible]

[illegible]

[illegible]

[illegible]

[illegible] 《[illegible]》 《[illegible]》 《[illegible]》 （资治通鉴） 《[illegible]》 （名贤

集） [illegible] 《[illegible]》 《[illegible]》 《[illegible]》

[illegible]

[illegible]

[illegible]

[illegible]

[illegible]

[illegible]

[illegible]

[illegible]

[illegible] ::

[illegible]

[illegible]

① 波特奇、高长胜、包文诚主编，董新国执笔：《科尔沁右翼中旗·享誉全国的乌力格尔之乡》，远方出版社，2005 年，第 222 页。

ᠮᠣᠩᠭᠣᠯ ᠬᠡᠯᠡᠨ ᠦ ᠬᠠᠯᠠᠮᠤ ᠤᠨ ᠬᠠᠷᠢᠴᠠᠭᠤᠯᠤᠯ ᠤᠨ ᠰᠤᠳᠤᠯᠭ᠎ᠠ

ᠭᠤᠷᠪᠠ᠂ ᠬᠠᠷᠢᠴᠠᠭᠤᠯᠤᠯ (ᠬᠠᠯᠠᠮᠤ ᠤᠨ) ᠮᠣᠩᠭᠣᠯ ᠬᠡᠯᠡᠨ ᠦ ᠲᠤᠬᠠᠢ

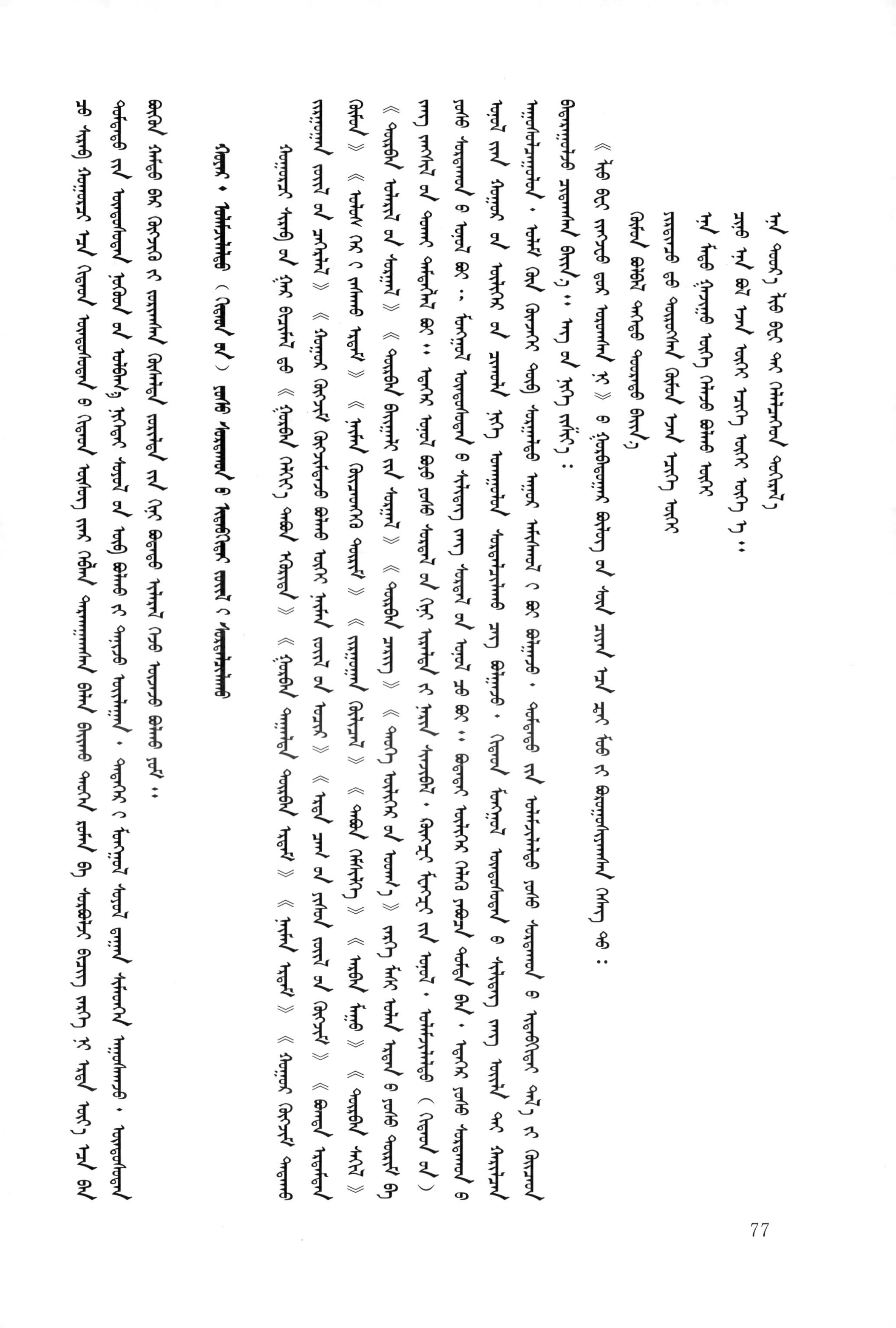

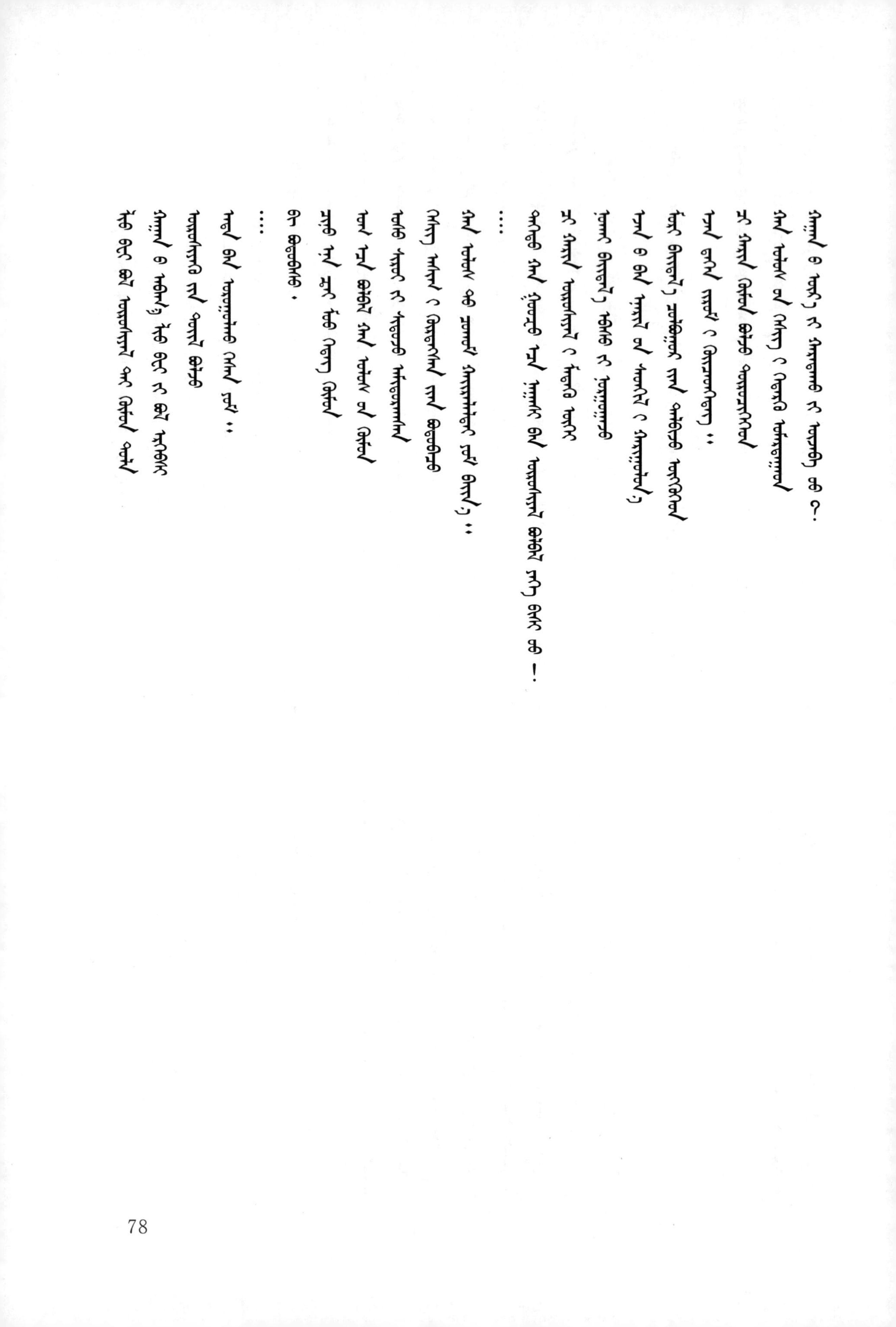

[illegible] ?
[illegible]
[illegible]
[illegible] ::
[illegible]
[illegible]
[illegible]
[illegible]
[illegible] !
....
[illegible] ::
[illegible]
[illegible]
[illegible]
[illegible]
[illegible] ·
....
[illegible] ::
[illegible]
[illegible]
[illegible]

....

ᠭᠠᠳᠠᠨ ᠬᠠᠮᠢᠶᠠᠷᠤᠯᠲᠠ ᠪᠠ᠂ 《ᠭᠣᠶᠣᠯ ᠬᠡᠯᠡ ᠮᠣᠩᠭᠣᠯ ᠬᠡᠯᠡ》 ᠶᠢᠨ ᠳᠠᠭᠤ ᠶᠢ ᠰᠣᠨᠣᠰᠤᠭᠰᠠᠨ ᠶᠢᠨ ᠬᠠᠮᠲᠤ᠂ ᠰᠣᠶᠣᠯ ᠢ ᠰᠣᠨᠣᠰᠭᠤᠯᠬᠤ ᠶᠢᠨ ᠲᠦᠯᠦᠭᠡ ᠰᠣᠶᠣᠯ ᠤᠨ ᠲᠤᠰᠬᠠᠢ ᠦᠶᠢᠯᠡ ᠠᠵᠢᠯᠯᠠᠭ᠎ᠠ ᠶᠢ ᠶᠠᠪᠤᠭᠤᠯᠤᠭᠰᠠᠨ ᠪᠠᠢᠨ᠎ᠠ᠂ ᠮᠣᠩᠭᠣᠯ ᠤᠨ ᠲᠡᠭᠦᠬᠡ ᠰᠣᠶᠣᠯ ᠤᠨ ᠰᠤᠷᠭᠠᠯ ᠢ ᠬᠥᠬᠢᠭᠦᠯᠬᠦ ᠲᠦᠰᠦᠯ ᠢ ᠶᠠᠪᠤᠭᠤᠯᠵᠤ᠂ ᠮᠣᠩᠭᠣᠯ ᠦᠨᠳᠦᠰᠦᠲᠡᠨ ᠦ ᠣᠶᠤᠨ ᠤ ᠰᠢᠨᠵᠢ ᠶᠢ ᠲᠠᠨᠢᠭᠤᠯᠬᠤ ᠪᠠᠷ ᠰᠢᠯᠭᠠᠷᠠᠭᠤᠯᠬᠤ ᠪᠣᠯᠪᠠ :: ᠨᠢᠭᠡ ᠪᠡᠷ ᠮᠣᠩᠭᠣᠯ ᠪᠢᠴᠢᠭ ᠦᠨ ᠰᠤᠷᠭᠠᠯ ᠢ ᠰᠠᠢᠵᠢᠷᠠᠭᠤᠯᠵᠤ᠂ ᠮᠣᠩᠭᠣᠯ ᠬᠡᠯᠡ ᠪᠢᠴᠢᠭ ᠦᠨ ᠰᠤᠷᠭᠠᠯ ᠤᠨ ᠴᠢᠨᠠᠷ ᠢ ᠳᠡᠭᠡᠭᠰᠢᠯᠡᠭᠦᠯᠬᠦ ᠶᠢᠨ ᠳᠠᠷᠤᠢ ᠳᠠᠭᠠᠯᠳᠠᠭᠤᠯᠬᠤ ᠵᠢᠴᠢ ᠰᠠᠶᠢᠨ ᠪᠠᠢᠭᠤᠯᠬᠤ ᠦᠨᠳᠦᠰᠦᠨ ::

ᠭᠤᠷᠪᠠ᠂ ᠰᠤᠷᠭᠠᠨ ᠬᠦᠮᠦᠵᠢᠯ ᠦᠨ ᠠᠵᠢᠯ ᠤᠨ ᠦᠷ᠎ᠡ ᠳᠦᠩ ᠢ ᠨᠡᠮᠡᠭᠳᠡᠭᠦᠯᠬᠦ

ᠮᠣᠩᠭᠣᠯ ᠬᠡᠯᠡ ᠪᠢᠴᠢᠭ ᠦᠨ ᠰᠤᠷᠭᠠᠯ ᠢ ᠰᠠᠢᠵᠢᠷᠠᠭᠤᠯᠬᠤ ᠨᠢ ᠮᠣᠩᠭᠣᠯ ᠬᠡᠯᠡ ᠪᠢᠴᠢᠭ ᠦᠨ ᠬᠥᠭᠵᠢᠯ ᠳᠦ ᠴᠢᠬᠤᠯᠠ ᠨᠥᠯᠦᠭᠡ ᠲᠠᠢ ᠪᠥᠭᠡᠳ᠂ ᠮᠣᠩᠭᠣᠯ ᠬᠡᠯᠡ ᠪᠢᠴᠢᠭ ᠦᠨ ᠰᠤᠷᠭᠠᠯ ᠤᠨ ᠰᠢᠨᠵᠢᠯᠡᠯ ᠬᠢ ᠰᠤᠷᠭᠠᠯ ᠤᠨ ᠤᠳᠤᠷᠢᠳᠤᠯᠭ᠎ᠠ ᠶᠢᠨ ᠪᠠᠢᠳᠠᠯ ᠢ ᠬᠠᠷᠢᠴᠠᠭᠤᠯᠪᠠᠯ ᠮᠣᠩᠭᠣᠯ ᠬᠡᠯᠡ ᠪᠢᠴᠢᠭ ᠦᠨ ᠰᠤᠷᠭᠠᠯ ᠢ ᠰᠠᠢᠵᠢᠷᠠᠭᠤᠯᠬᠤ ᠨᠢ ᠮᠠᠰᠢ ᠴᠢᠬᠤᠯᠠ᠂ ᠪᠢᠳᠡ ᠮᠣᠩᠭᠣᠯ ᠬᠡᠯᠡ ᠪᠢᠴᠢᠭ ᠢ ᠰᠤᠷᠤᠯᠴᠠᠬᠤ ᠴᠢᠬᠤᠯᠠ ᠬᠡᠷᠡᠭᠴᠡᠭᠡ ᠶᠢ ᠬᠠᠩᠭᠠᠬᠤ — ᠮᠣᠩᠭᠣᠯ ᠤᠨ ᠦᠨᠳᠦᠰᠦᠲᠡᠨ ᠦ ᠰᠤᠷᠭᠠᠭᠤᠯᠢ ᠶᠢᠨ ᠪᠠᠢᠳᠠᠯ ᠢ ᠮᠣᠩᠭᠣᠯ ᠬᠡᠯᠡ ᠪᠢᠴᠢᠭ ᠦᠨ ᠪᠦᠲᠦᠭᠡᠯ ᠦᠨ ᠬᠥᠳᠡᠯᠦᠯ ᠢ ᠲᠡᠭᠦᠨ ᠦ ᠬᠠᠷᠢᠴᠠᠭᠤᠯᠬᠤ ᠰᠣᠶᠣᠯ ᠤᠨ ᠪᠠᠢᠳᠠᠯ᠂ ᠰᠤᠷᠭᠠᠯ ᠤᠨ ᠪᠠᠢᠳᠠᠯ ᠢ ᠠᠵᠢᠭᠯᠠᠭᠰᠠᠨ ᠲᠤᠬᠠᠢ ᠳᠤᠷᠠᠳᠬᠠᠭᠰᠠᠨ ᠪᠠᠢᠨ᠎ᠠ᠂ ᠮᠣᠩᠭᠣᠯ ᠬᠡᠯᠡ ᠪᠢᠴᠢᠭ ᠦᠨ ᠰᠤᠷᠭᠠᠯ ᠤᠨ ᠦᠷ᠎ᠡ ᠳᠦᠩ ᠢ ᠪᠠᠲᠤᠯᠠᠬᠤ ᠶᠢᠨ ᠲᠥᠯᠥᠭᠡ ᠣᠯᠠᠨ ᠠᠷᠭ᠎ᠠ ᠬᠡᠮᠵᠢᠶ᠎ᠡ ᠠᠪᠴᠤ ᠬᠡᠷᠡᠭᠵᠢᠭᠦᠯᠦᠭᠰᠡᠨ ᠪᠣᠯᠪᠠ :: ① 《ᠮᠣᠩᠭᠣᠯ ᠤᠨ ᠰᠤᠷᠭᠠᠭᠤᠯᠢ》 ᠳᠤ ᠮᠣᠩᠭᠣᠯ ᠬᠡᠯᠡ ᠪᠢᠴᠢᠭ ᠦᠨ ᠰᠤᠷᠭᠠᠯ ᠤᠨ ᠦᠷ᠎ᠡ ᠳᠦᠩ ᠢ ᠳᠡᠭᠡᠭᠰᠢᠯᠡᠭᠦᠯᠦᠭᠰᠡᠨ᠂ ᠨᠡᠢᠭᠡᠮ ᠦᠨ ᠬᠥᠭᠵᠢᠯ ᠳᠦ ᠬᠤᠪᠢ ᠨᠡᠮᠡᠷ ᠣᠷᠤᠭᠤᠯᠤᠭᠰᠠᠨ ᠲᠤᠯᠠ ᠮᠣᠩᠭᠣᠯ ᠬᠡᠯᠡ ᠪᠢᠴᠢᠭ ᠦᠨ ᠰᠤᠷᠭᠠᠯ ᠤᠨ ᠲᠤᠬᠠᠢ ᠰᠤᠷᠭᠠᠨ ᠬᠦᠮᠦᠵᠢᠯ ᠦᠨ ᠠᠵᠢᠯ ᠢ ᠰᠢᠨᠵᠢᠯᠡᠨ ᠰᠤᠳᠤᠯᠬᠤ ᠨᠢ ᠴᠢᠬᠤᠯᠠ ᠠᠴᠤᠬᠠᠢ ᠲᠠᠢ ::

---

① ᠳᠠᠩ ᠵᠢᠶᠠᠨ ᠯᠢ᠂ ᠬᠠᠷᠢᠴᠠᠭᠤᠯᠤᠯ: 《ᠮᠣᠩᠭᠣᠯ ᠤᠨ ᠤᠯᠠᠮᠵᠢᠯᠠᠯᠲᠤ ᠰᠤᠷᠭᠠᠯ ᠤᠨ ᠲᠡᠦᠬᠡ ᠶᠢᠨ ᠦᠵᠡᠯ ᠨᠢ》᠂ 《ᠦᠨᠡᠨ ᠰᠤᠷᠲᠠᠯᠴᠢ》 ᠰᠡᠳᠬᠦᠯ᠂ 2023 ᠣᠨ ᠤ 11 ᠳᠦᠭᠡᠷ ᠳᠤᠭᠠᠷ᠂ 52 ᠳᠤᠭᠠᠷ ᠨᠢᠭᠤᠷ ::

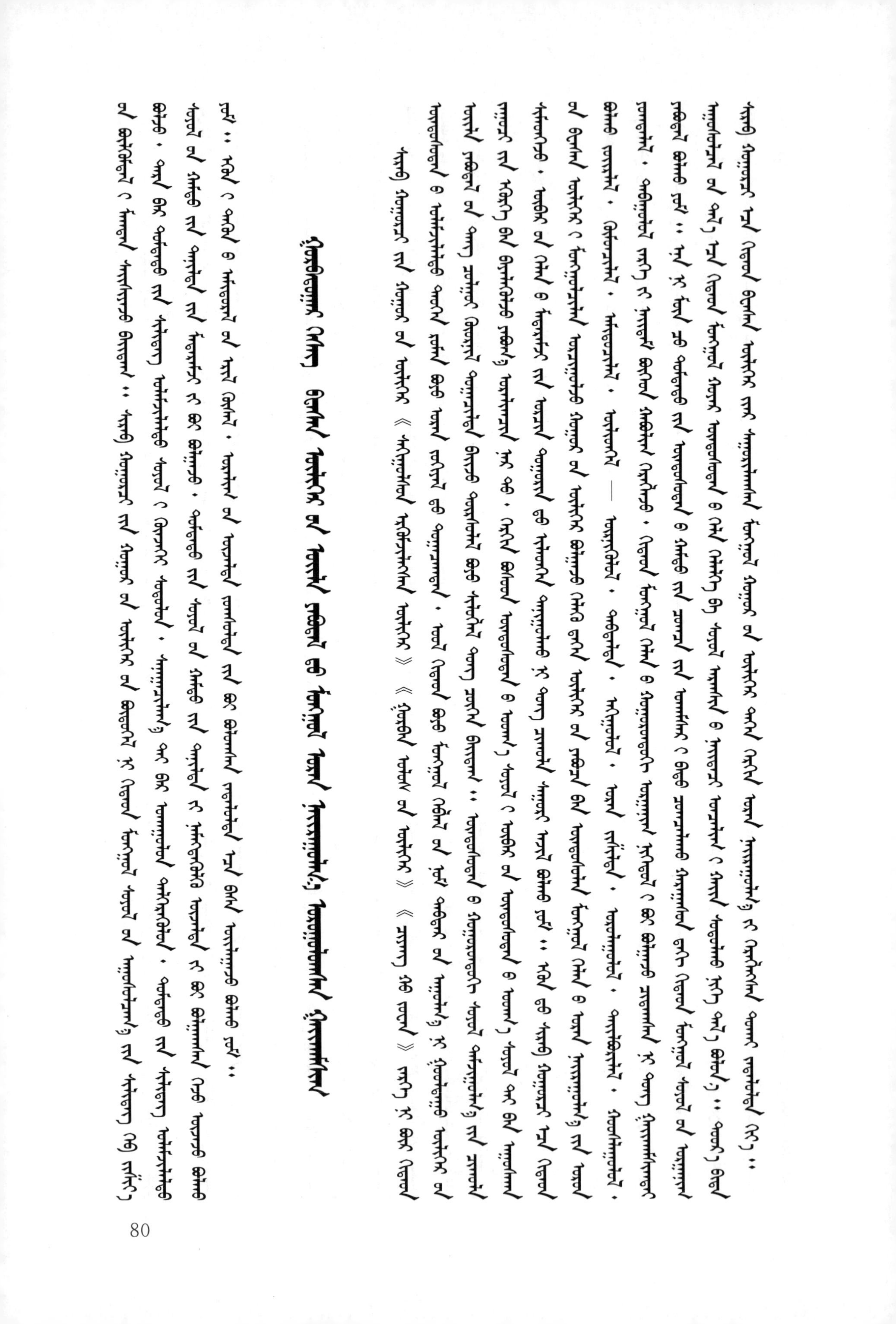

[illegible]

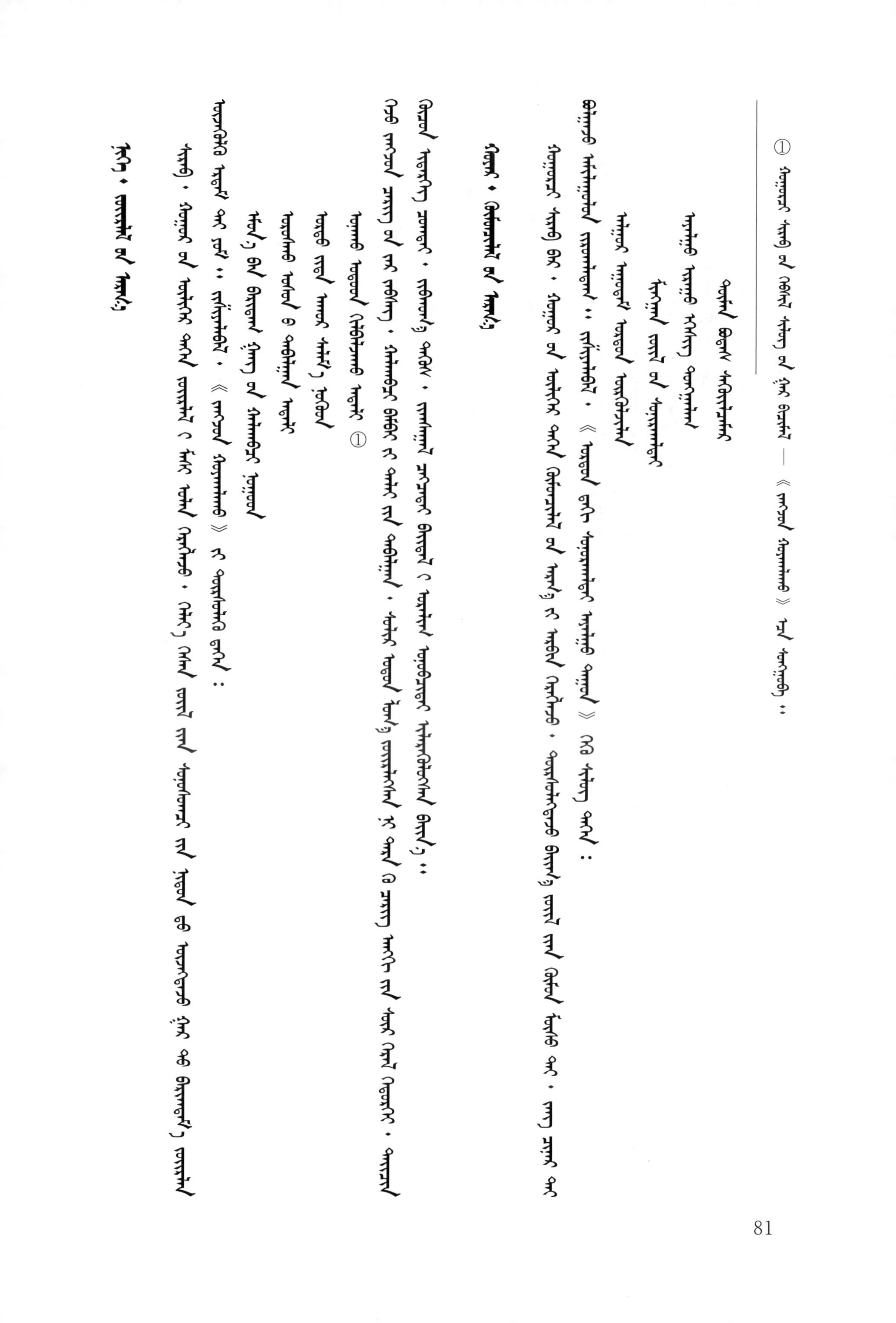

[illegible]

[illegible] :

[illegible]

[illegible]

[illegible]

[illegible]

[illegible] ①

[illegible] ::

[illegible]

[illegible] :

[illegible]

[illegible]

[illegible]

[illegible]

① [illegible] — 《[illegible]》 [illegible] ::

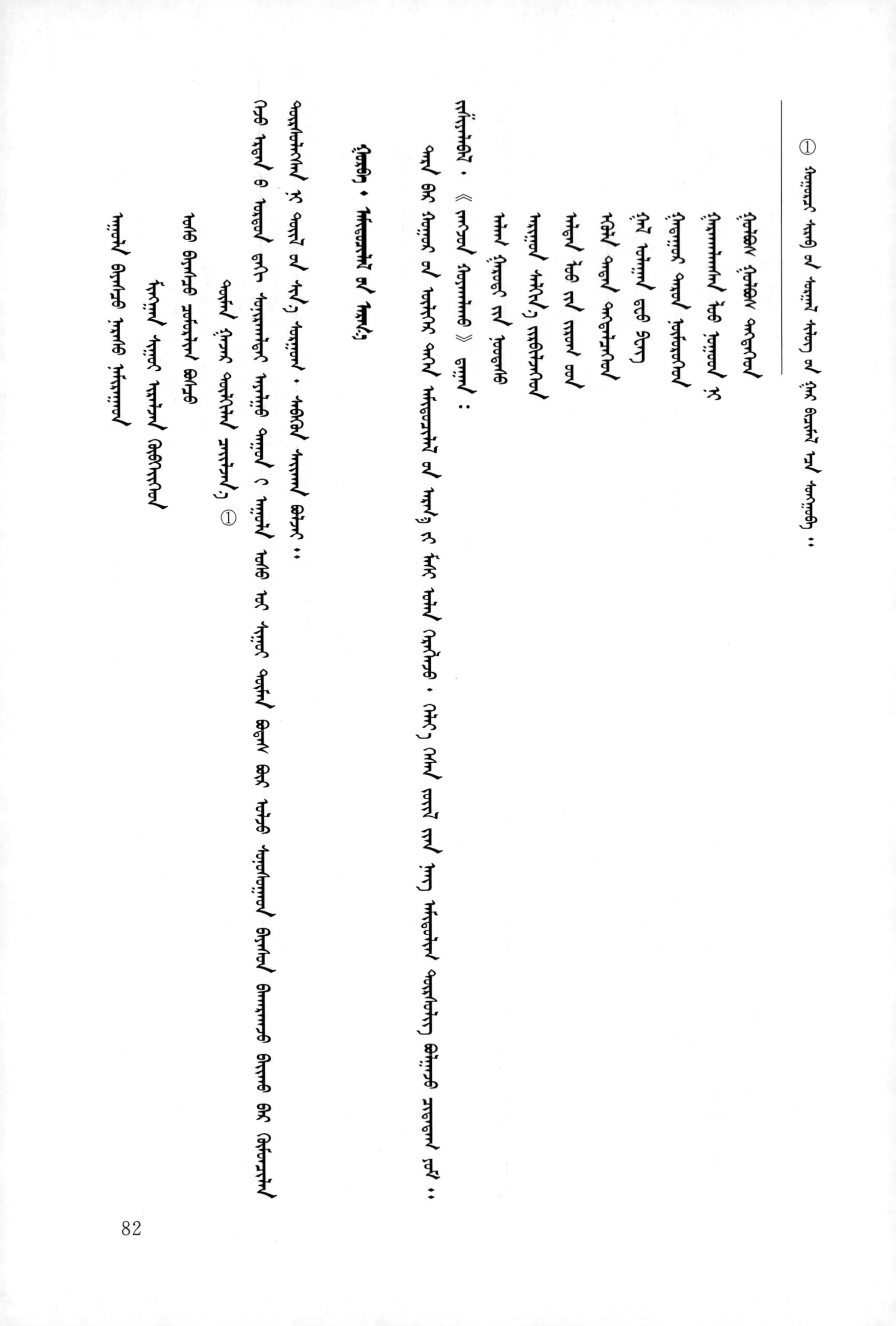

ᠭᠡᠷ ᠤᠨ ᠡᠵᠡᠨ ᠪᠣᠯᠭᠠᠬᠤ ᠬᠦᠮᠦᠨ
ᠭᠡᠷᠡᠯ ᠲᠦᠮᠡᠨ ᠢ ᠪᠢᠯᠢᠭᠯᠡᠭᠰᠡᠨ ①

ᠡᠨᠡ ᠳᠠᠭᠤᠨ ᠤ ᠠᠶᠠᠯᠭᠤ ᠪᠣᠯᠤᠨ ᠤᠲᠤᠭ᠎ᠠ ᠰᠠᠨᠠᠭ᠎ᠠ ᠨᠢ ᠮᠣᠩᠭᠣᠯᠴᠤᠳ ᠤᠨ ᠡᠷᠲᠡᠨ ᠦ ᠵᠠᠩᠱᠢᠯ ᠢ ᠲᠤᠰᠬᠠᠭᠰᠠᠨ ᠪᠠᠶᠢᠨ᠎ᠠ ᠭᠡᠵᠦ ᠦᠵᠡᠭᠰᠡᠨ ᠪᠡᠷ ᠲᠡᠭᠦᠨ ᠦ ᠤᠴᠢᠷ ᠬᠠᠮᠢᠶ᠎ᠠ ᠪᠠᠷ ᠲᠣᠳᠤᠷᠬᠠᠶᠢᠯᠠᠭᠰᠠᠨ ᠪᠠᠶᠢᠳᠠᠯ ᠢ ᠲᠣᠳᠤᠷᠬᠠᠶᠢᠯᠠᠨ ᠬᠡᠯᠡᠪᠡᠯ ᠮᠣᠩᠭᠣᠯ ᠤᠨ ᠪᠠᠭᠤᠯᠭᠠᠵᠤ
ᠪᠠᠶᠢᠳᠠᠭ ᠪᠣᠯᠤᠨ᠎ᠠ ::

ᠭᠤᠷᠪᠠ · ᠮᠣᠩᠭᠣᠯᠵᠢᠨ — ᠮᠣᠩᠭᠣᠯᠵᠢᠨ ᠤ ᠨᠡᠷ᠎ᠡ

《ᠮᠣᠩᠭᠣᠯᠵᠢᠨ ᠪᠡᠷ ᠪᠣᠯᠤᠭᠰᠠᠨ ᠬᠦᠮᠦᠰ ᠢ ᠲᠤᠮᠤᠯᠠᠬᠤ · ᠪᠣᠯᠤᠭᠰᠠᠨ ᠬᠦᠮᠦᠰ ᠤᠨ ᠣᠯᠠᠨ ᠨᠢ ᠢ ᠮᠣᠩᠭᠣᠯᠵᠢᠨ ᠲᠤᠮᠤᠭᠯᠠᠬᠤ ᠶᠢ ᠪᠠᠶᠢᠨ᠎ᠠ :: ᠡᠨᠡ ᠦᠭᠡ ᠶᠢ ᠪᠢᠴᠢᠭ᠌ ᠦᠨ ᠳᠤᠷᠠᠰᠬᠠᠯ ᠤᠨ ᠬᠡᠯᠡᠭᠦᠷ
ᠶᠠᠪᠤᠳᠠᠯ · ᠬᠦᠮᠦᠨ ᠦ ᠪᠠᠭ᠎ᠠ ᠪᠣᠯᠤᠨ᠎ᠠ :: ᠮᠣᠩᠭᠣᠯᠵᠢᠨ ᠪᠡᠷ ᠨᠡᠷ᠎ᠡ ᠮᠣᠩᠭᠣᠯᠵᠢᠨ ᠤ ᠬᠡᠯᠡᠬᠦ ᠬᠡᠳᠦᠢ ᠬᠡᠳᠦᠢ ᠢ ᠭᠤᠷᠪᠠᠨ ᠬᠡᠰᠡᠭ ᠲᠦ ᠪᠠᠷᠢᠭᠰᠠᠨ ᠮᠣᠩᠭᠣᠯᠴᠤᠳ ᠪᠢᠳᠡ :: ᠡᠭᠦᠨ ᠳᠦ
ᠲᠡᠷ ᠮᠣᠩᠭᠣᠯᠵᠢᠨ — ᠮᠣᠩᠭᠣᠯᠵᠢᠨ ᠪᠣᠯᠤᠨ ᠮᠣᠩᠭᠣᠯᠴᠤᠳ ᠤᠨ ᠨᠡᠷ᠎ᠡ ᠪᠠᠷ :: ᠮᠣᠩᠭᠣᠯᠵᠢᠨ — ᠮᠣᠩᠭᠣᠯᠵᠢᠨ ᠤ ᠨᠡᠷ᠎ᠡ ᠮᠣᠩᠭᠣᠯ ᠰᠣᠶᠣᠯ · ᠬᠡᠯᠡ ᠶᠢᠨ ᠡᠷᠳᠡᠮ · ᠲᠡᠭᠦᠨ ᠦ
ᠮᠣᠩᠭᠣᠯ ᠤᠨ ᠪᠦᠬᠦ ᠬᠡᠯᠡᠨ ᠵᠦᠢᠯ ᠢ ᠮᠣᠩᠭᠣᠯᠵᠢᠨ — ᠮᠣᠩᠭᠣᠯᠵᠢᠨ ᠤ ᠨᠡᠷ᠎ᠡ ᠮᠣᠩᠭᠣᠯ ᠰᠣᠶᠣᠯ · ᠡᠷᠳᠡᠮ ᠳᠦ ᠳᠤᠷᠠᠰᠬᠠᠯ ᠪᠣᠯᠭᠠᠵᠤ 《ᠮᠣᠩᠭᠣᠯᠴᠤᠳ ᠤᠨ ᠮᠣᠩᠭᠣᠯᠵᠢᠨ ᠪᠣᠯᠭᠠᠬᠤ》 ②
ᠪᠠᠶᠢᠨ᠎ᠠ :: ᠵᠢᠱᠢᠶᠡᠯᠡᠪᠡᠯ :

ᠪᠣᠯᠵᠤ ᠬᠤᠷᠠᠯ ᠢ ᠲᠣᠭᠣᠯᠠᠬᠤ ᠰᠠᠷ᠎ᠠ ᠶᠢᠨ ᠳᠡᠭᠡᠷ᠎ᠡ ᠨᠤᠲᠤᠭ ᠢᠶᠠᠨ
ᠪᠣᠶᠣᠨ ᠬᠡᠷ᠎ᠡ ᠶᠢᠨ ᠰᠠᠷ᠎ᠠ ᠳᠤ ᠪᠠᠶᠠᠷᠯᠠᠨ ᠪᠣᠯᠵᠤ ᠪᠠᠶᠢᠳᠠᠭ

ᠮᠣᠩᠭᠣᠯ ᠪᠣᠯᠤᠨ ᠪᠣᠯᠭᠠᠬᠤ ᠳᠤ ᠲᠠᠭᠤᠯᠠᠨ ᠮᠣᠩᠭᠣᠯ ᠬᠡᠯᠡ ᠪᠢᠴᠢᠭ
ᠮᠣᠩᠭᠣᠯ ᠮᠣᠩᠭᠣᠯᠴᠤᠳ ᠮᠣᠩᠭᠣᠯᠵᠢᠨ ᠪᠣᠯᠭᠠᠬᠤ ᠳᠤ ᠲᠤᠰᠠᠯᠠᠨ ᠮᠣᠩᠭᠣᠯᠵᠢᠨ

ᠮᠣᠩᠭᠣᠯᠵᠢᠨ ᠬᠡᠯᠡᠪᠡᠯ ᠮᠣᠩᠭᠣᠯᠴᠤᠳ ᠪᠣᠯᠤᠨ ᠪᠣᠯᠬᠤ ᠮᠣᠩᠭᠣᠯ ᠪᠦᠬᠦᠨ ᠢ ᠲᠤᠰᠠᠯᠠᠬᠤ ᠪᠢᠯᠡ

---

① ᠮᠣᠩᠭᠣᠯ ᠤᠨ ᠲᠣᠪᠴᠢᠶᠠᠨ ᠪᠢᠴᠢᠭ ᠤᠨ ᠨᠡᠷ᠎ᠡ ᠬᠡᠯᠡ ᠶᠢᠨ ᠰᠤᠷᠪᠤᠯᠵᠢ — 《ᠮᠣᠩᠭᠣᠯ ᠰᠤᠶᠤᠯ》 ᠡᠴᠡ ᠲᠠᠲᠠᠪᠠ ::
② ᠡᠰᠢᠭ : 《ᠮᠣᠩᠭᠣᠯ ᠰᠣᠶᠣᠯ ᠤᠨ ᠲᠡᠦᠬᠡ》 · ᠥᠪᠥᠷ ᠮᠣᠩᠭᠣᠯ ᠤᠨ ᠰᠤᠷᠭᠠᠨ ᠬᠦᠮᠦᠵᠢᠯ ᠦᠨ ᠬᠡᠪᠯᠡᠯ ᠦᠨ ᠬᠣᠷᠢᠶ᠎ᠠ · 2000 ᠣᠨ · 169 ᠳᠦᠭᠡᠷ ᠨᠢᠭᠤᠷ ::

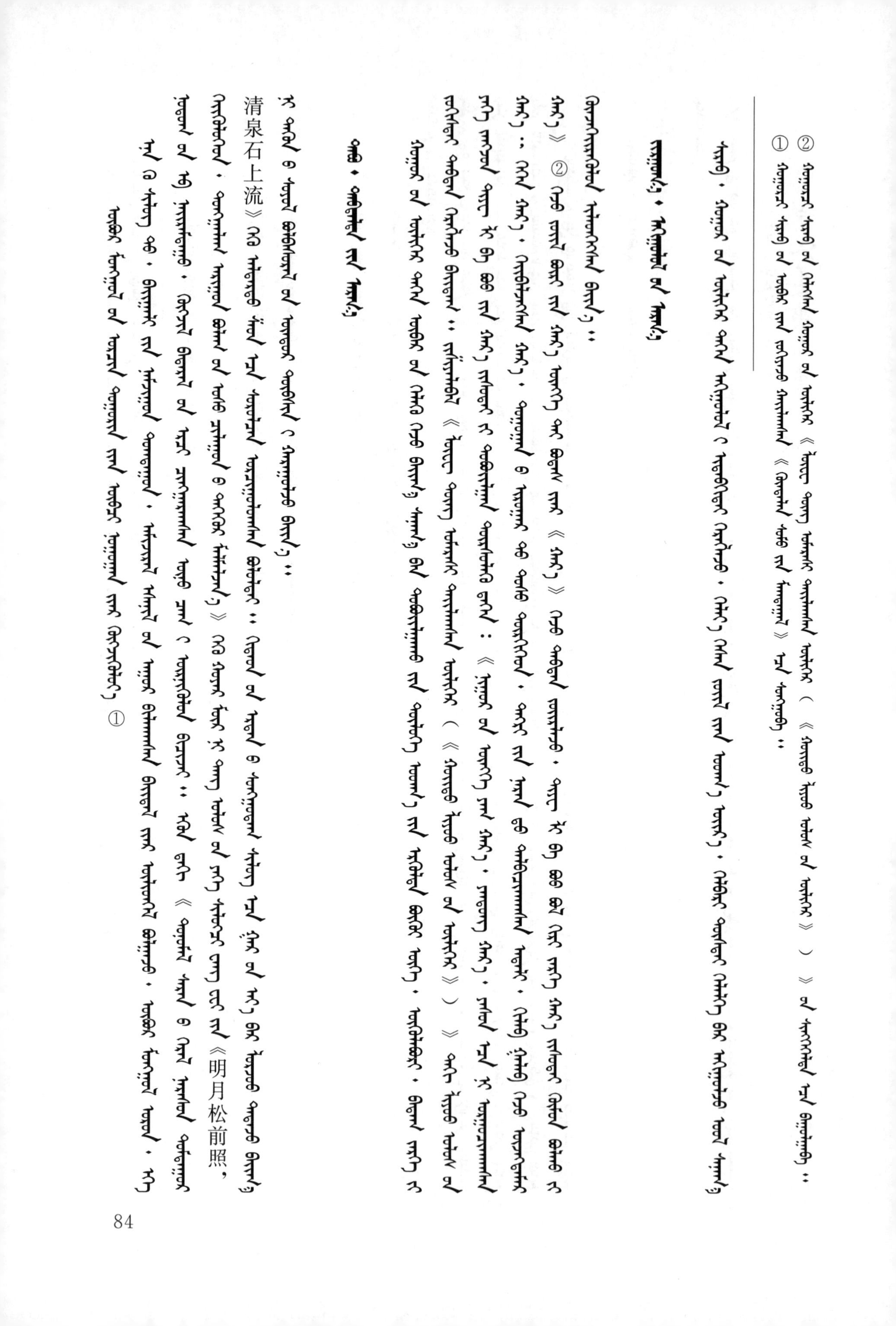

[illegible]

[illegible]

[illegible]《明月松前照，清泉石上流》[illegible] ①

[illegible]

[illegible] ②

[illegible]

① [illegible]

② [illegible]

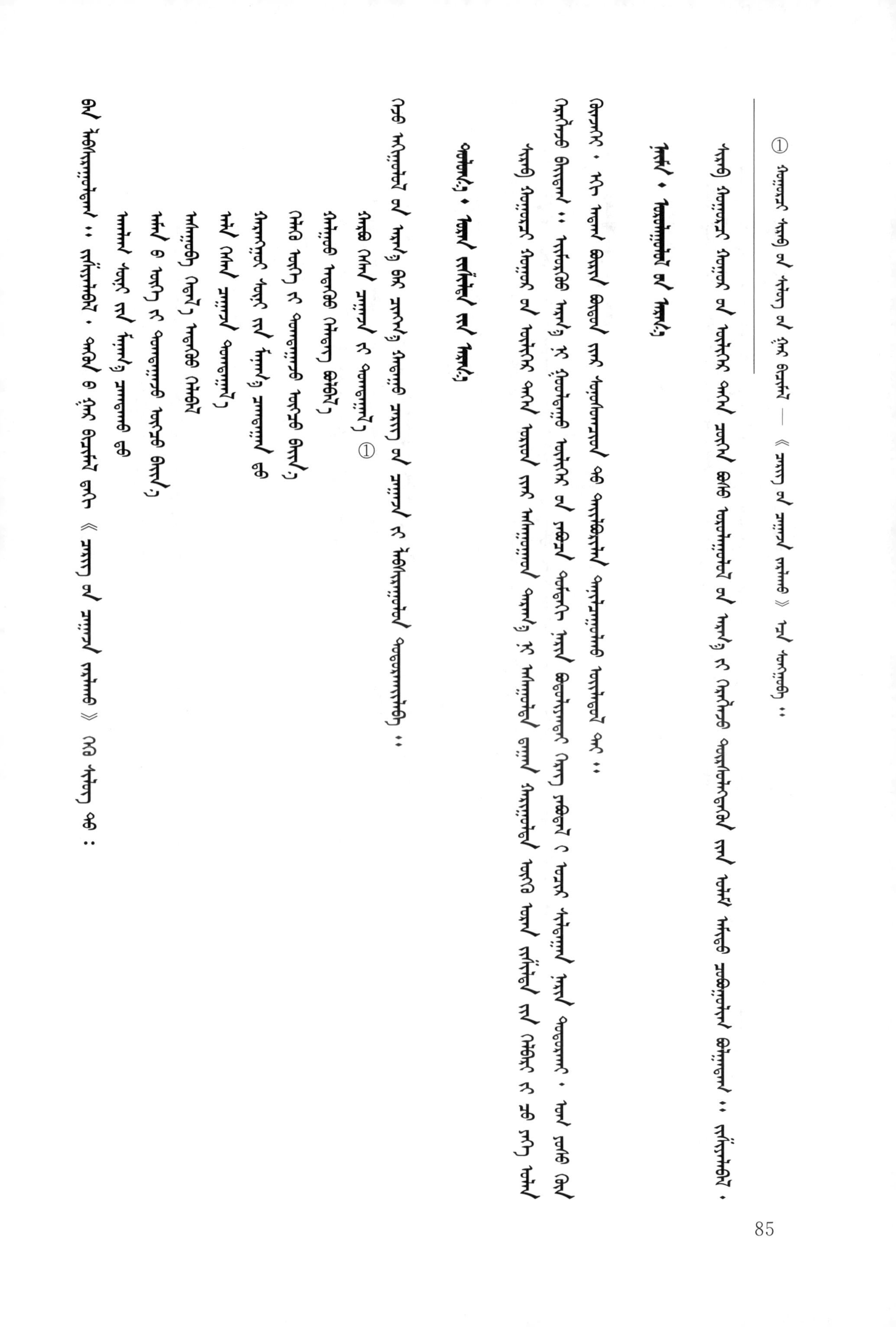

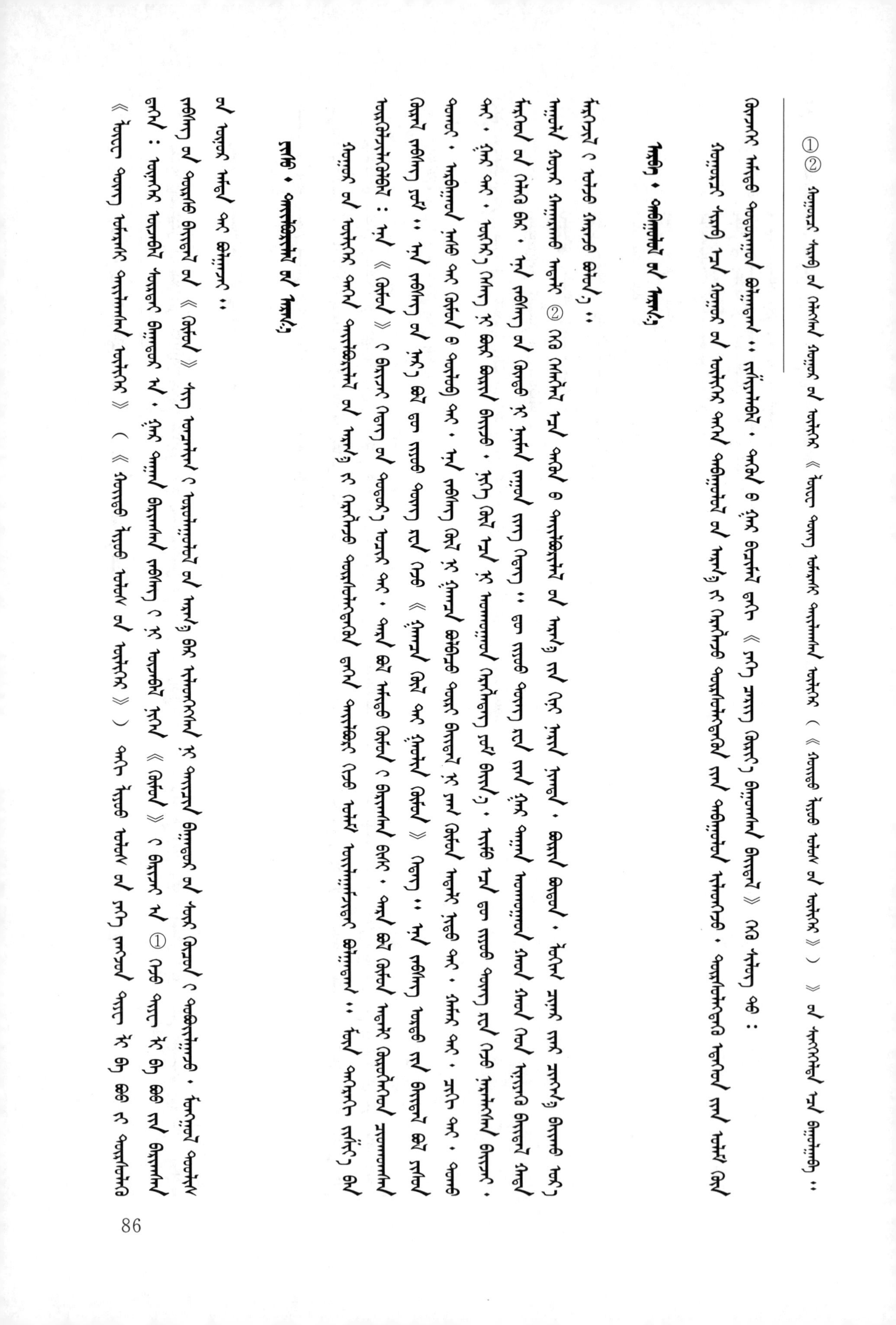

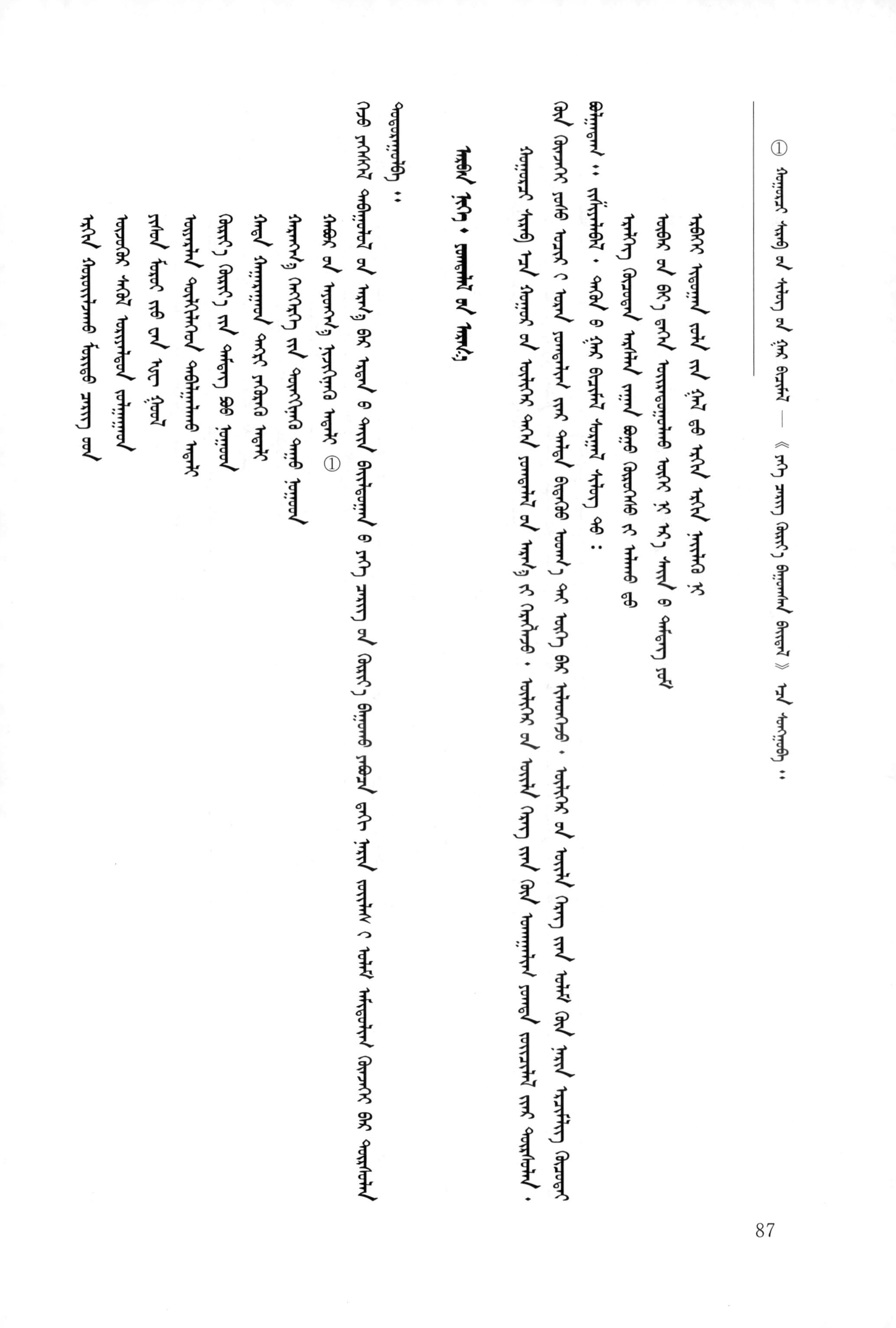

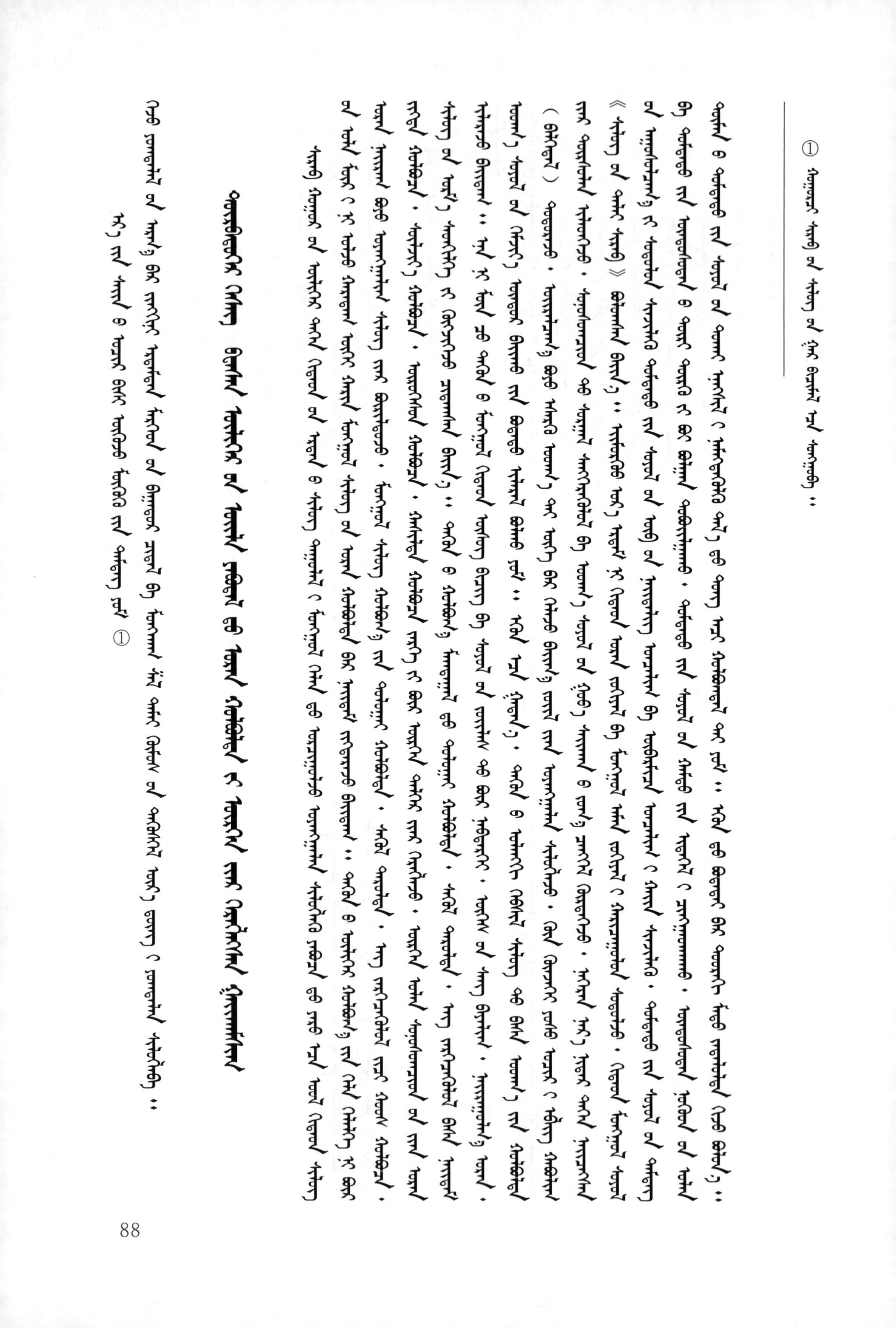

ᠨᠢᠭᠡ • [illegible]

[illegible]

[illegible] :

[illegible] ① ::

ᠬᠣᠶᠠᠷ • [illegible]

[illegible] :

[illegible] ② ::

---

① ᠮᠣᠩᠭᠣᠯ ᠬᠡᠯᠡ ᠶᠢᠨ ᠰᠤᠷᠬᠤ ᠪᠢᠴᠢᠭ ᠤᠨ ᠳᠡᠪᠲᠡᠷ ᠡᠴᠡ ᠰᠣᠩᠭᠣᠪᠠ ::

② [illegible] « [illegible] » ᠡᠴᠡ ᠰᠣᠩᠭᠣᠪᠠ ::

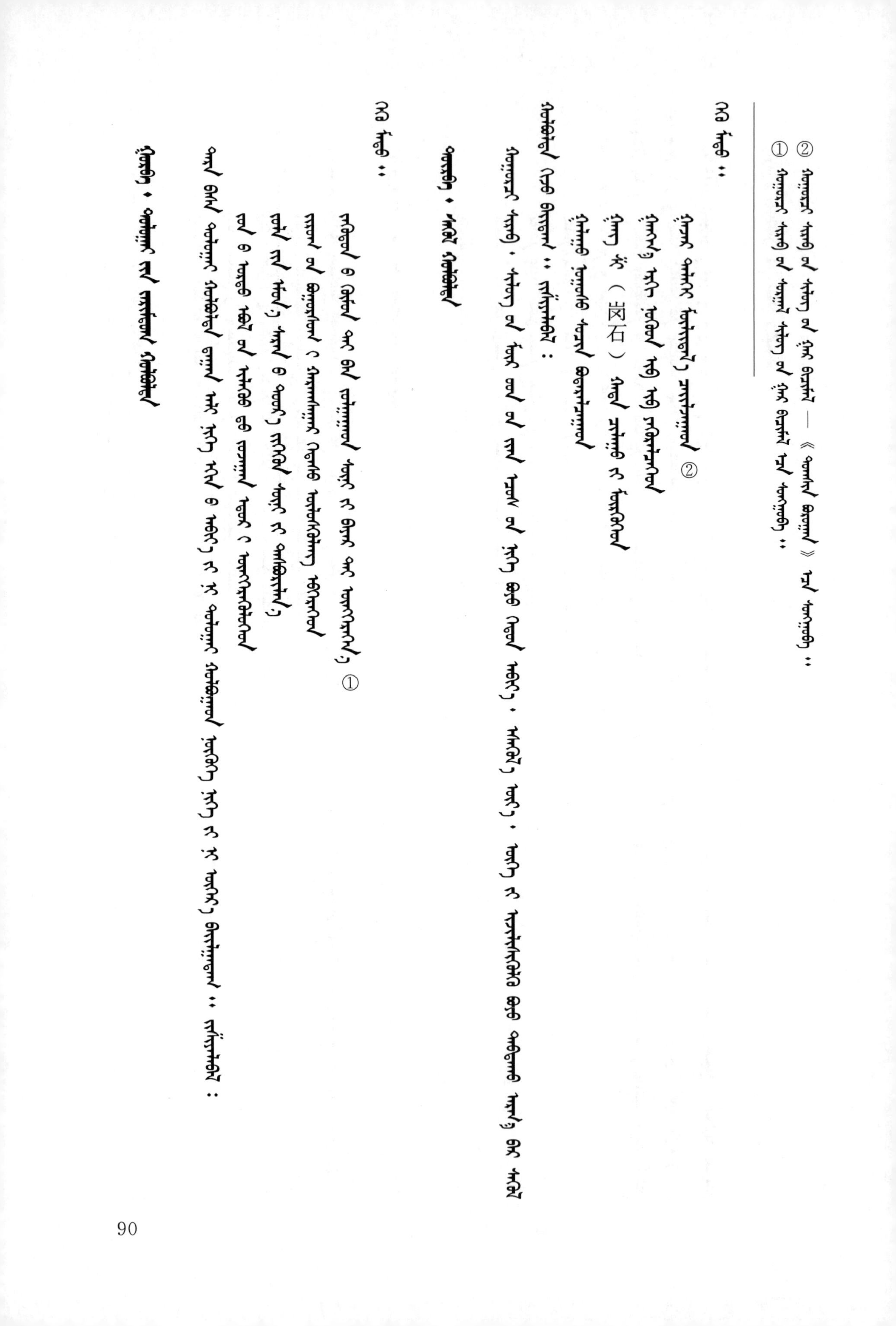

ᠭᠠᠩ ᠱᠢ (岗石) ᠴᠢᠯᠠᠭᠤᠨ ᠤ ᠪᠠᠶᠢᠳᠠᠯ

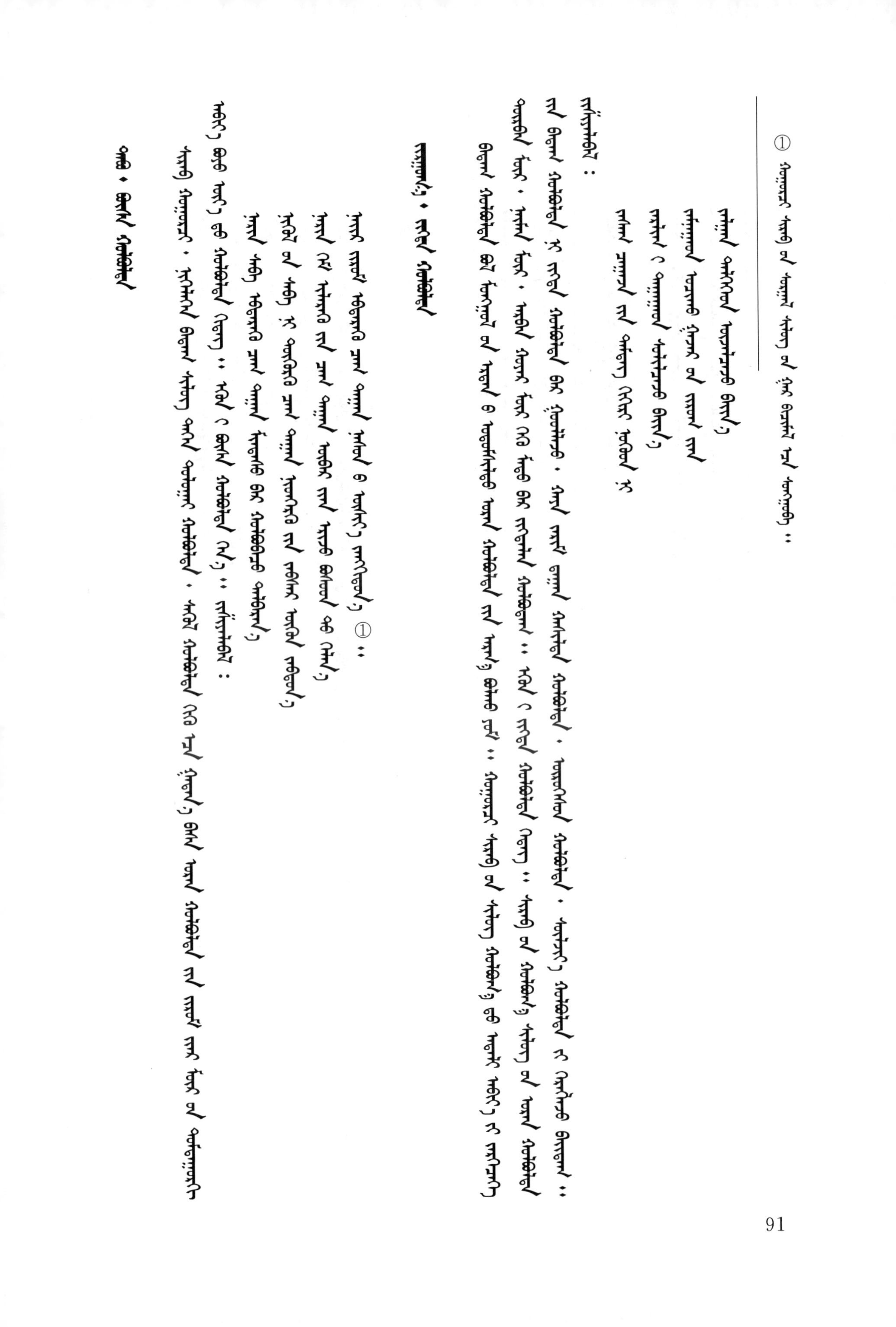

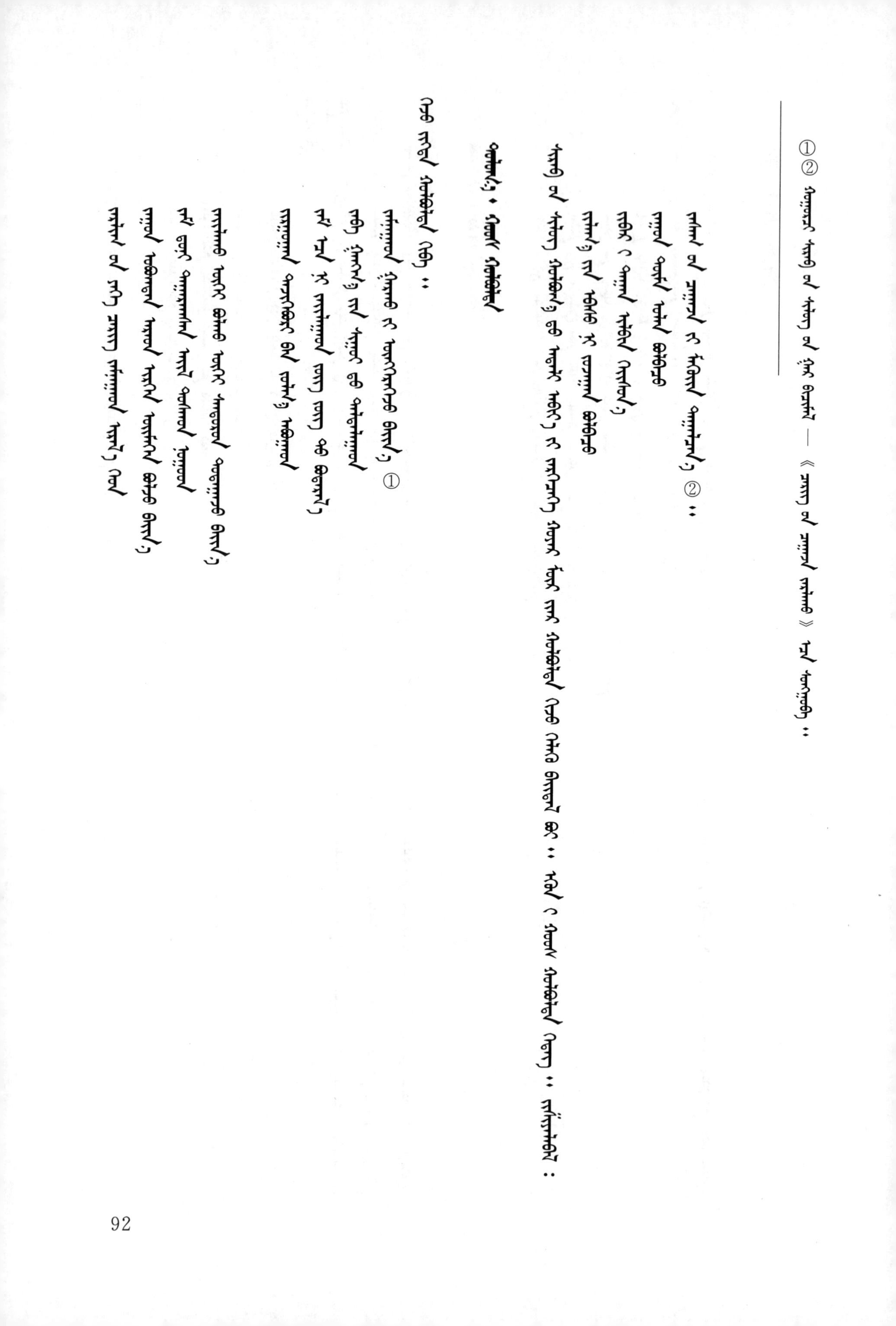

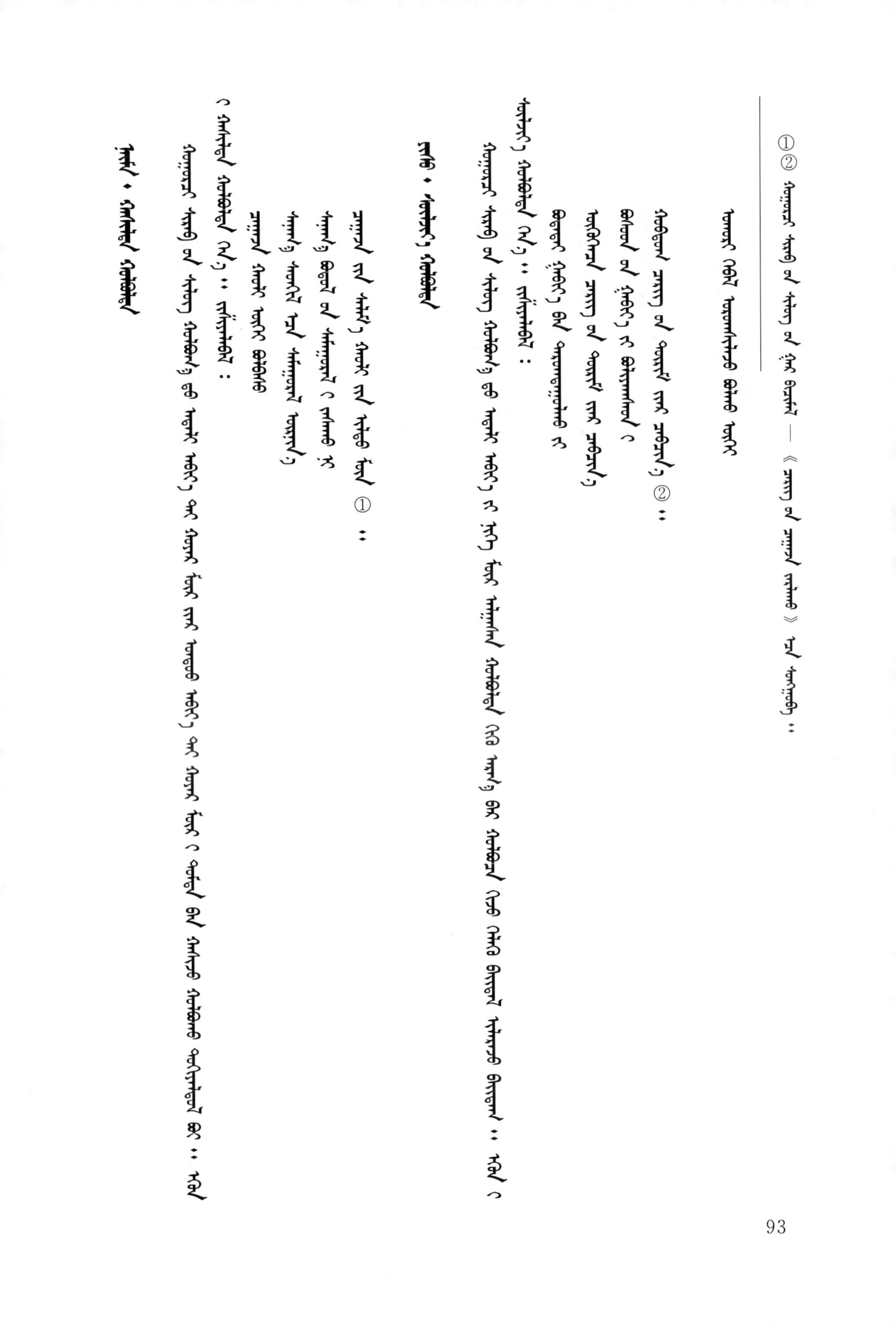

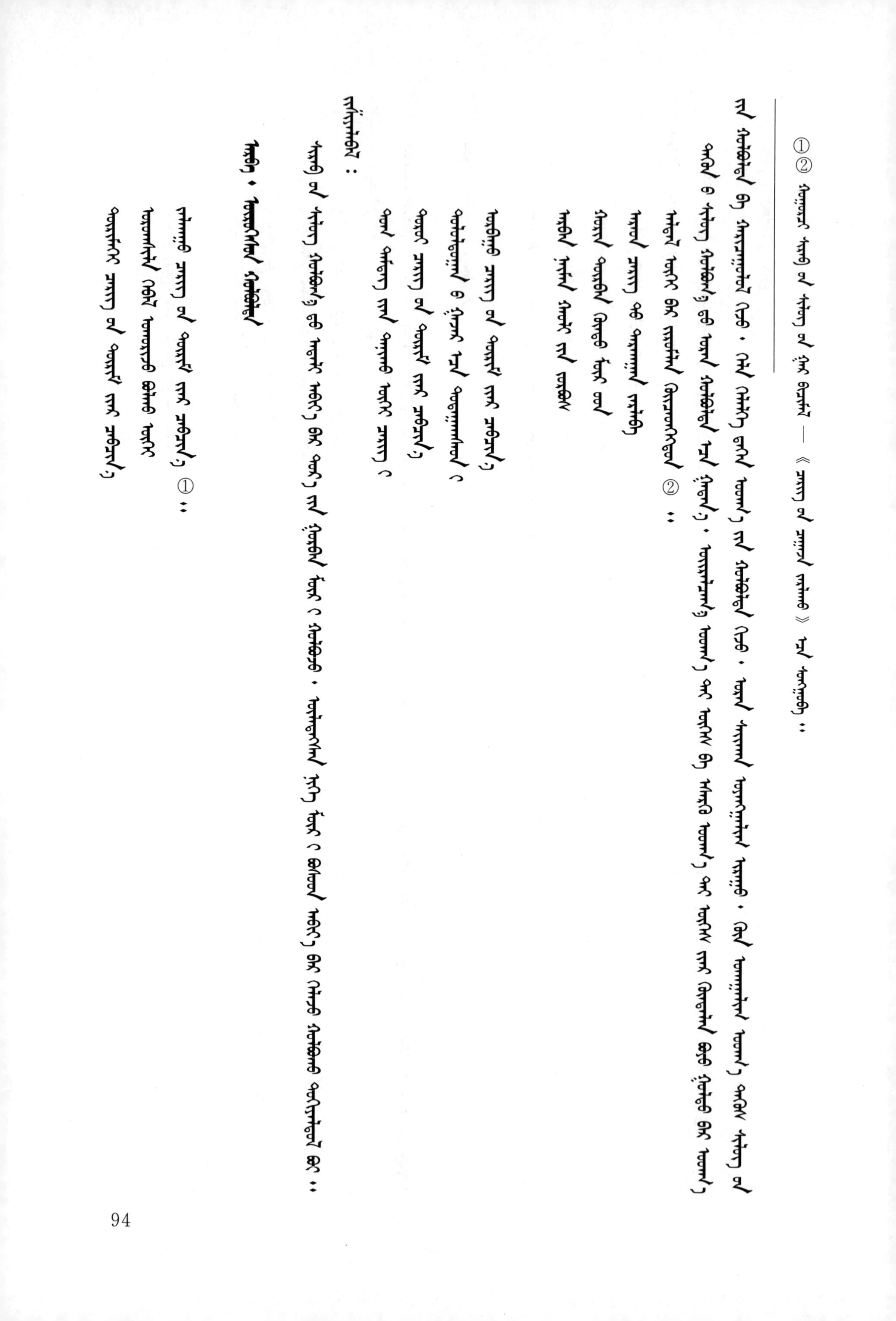

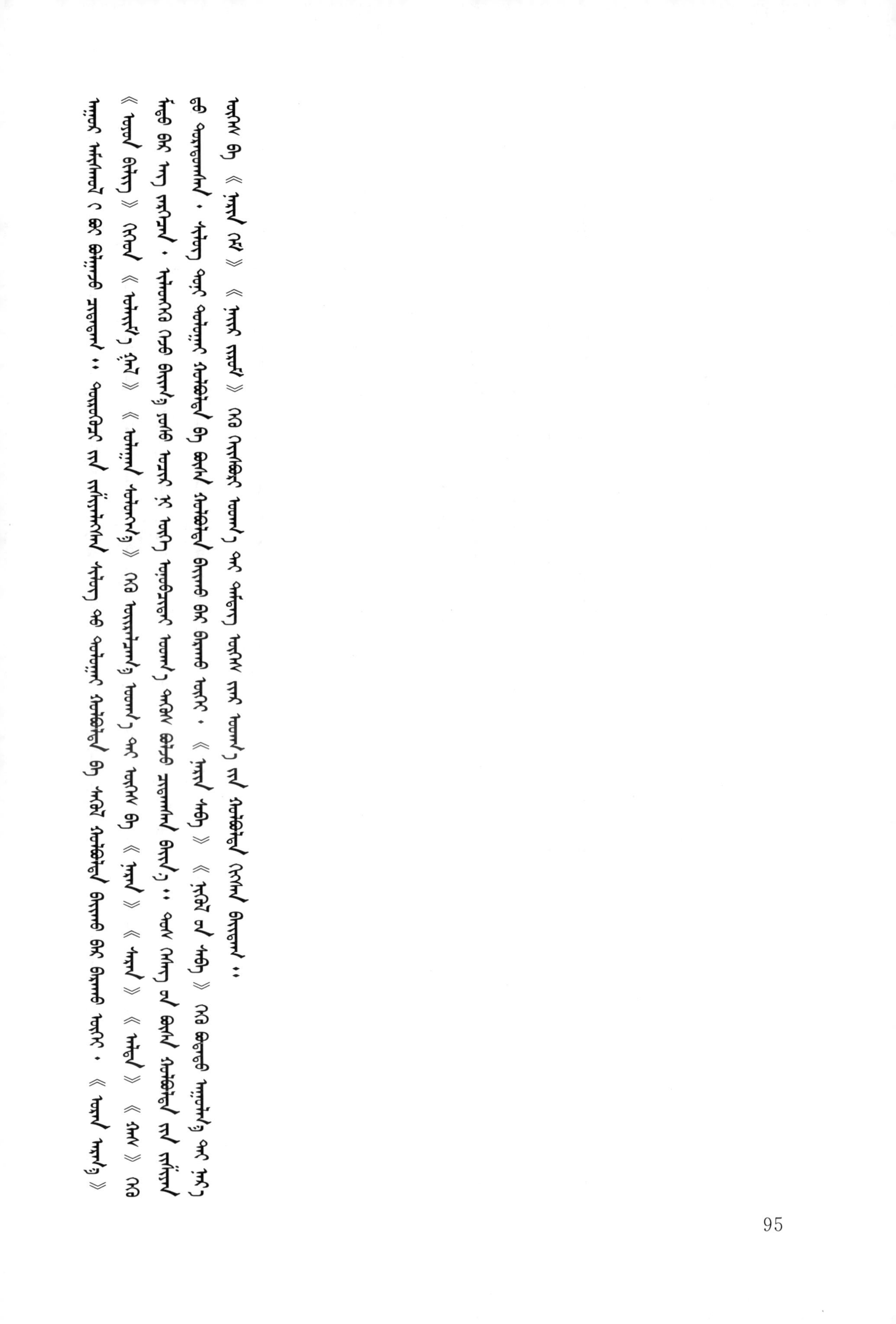

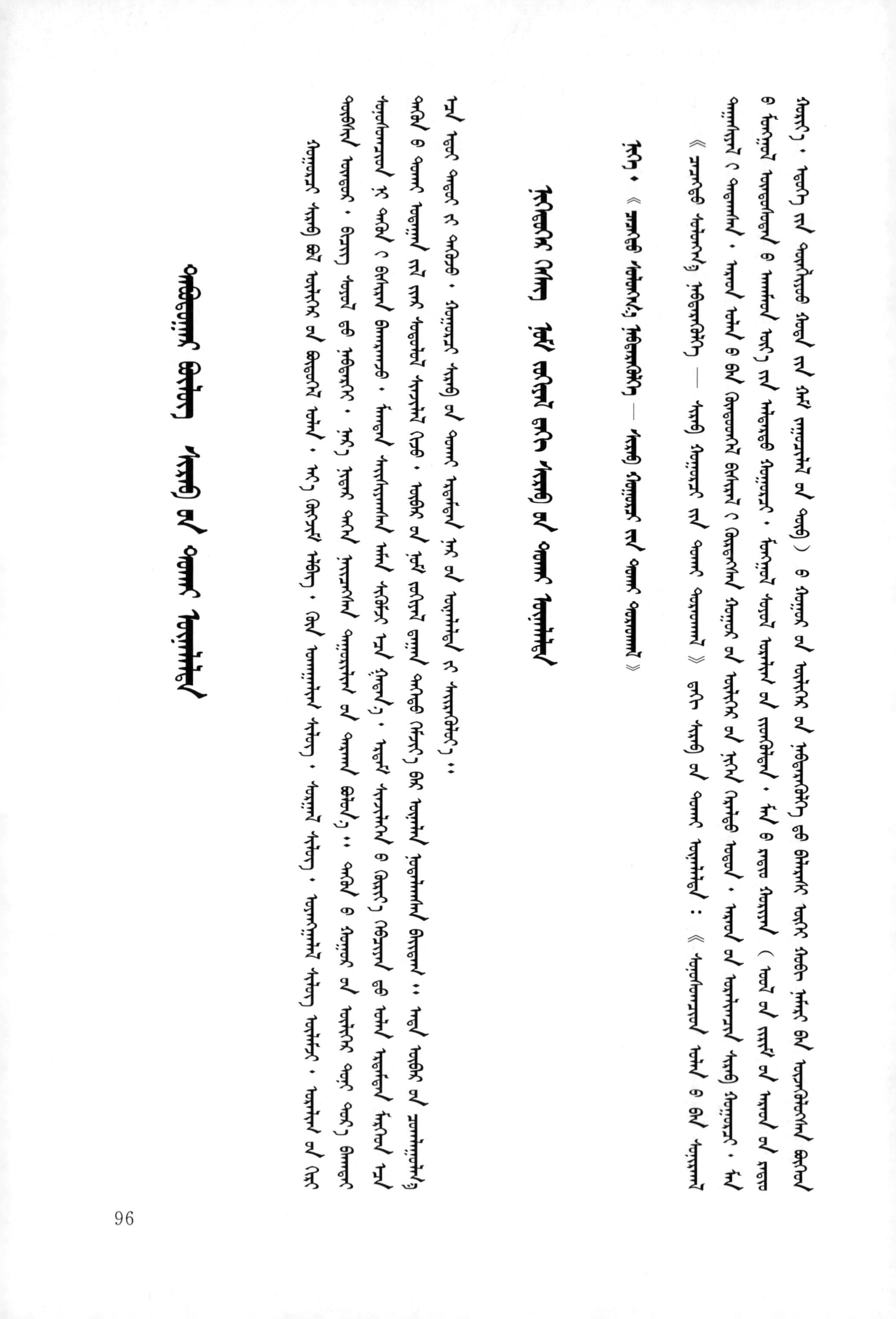

[illegible]

[illegible]

[illegible]

[illegible]

[illegible]

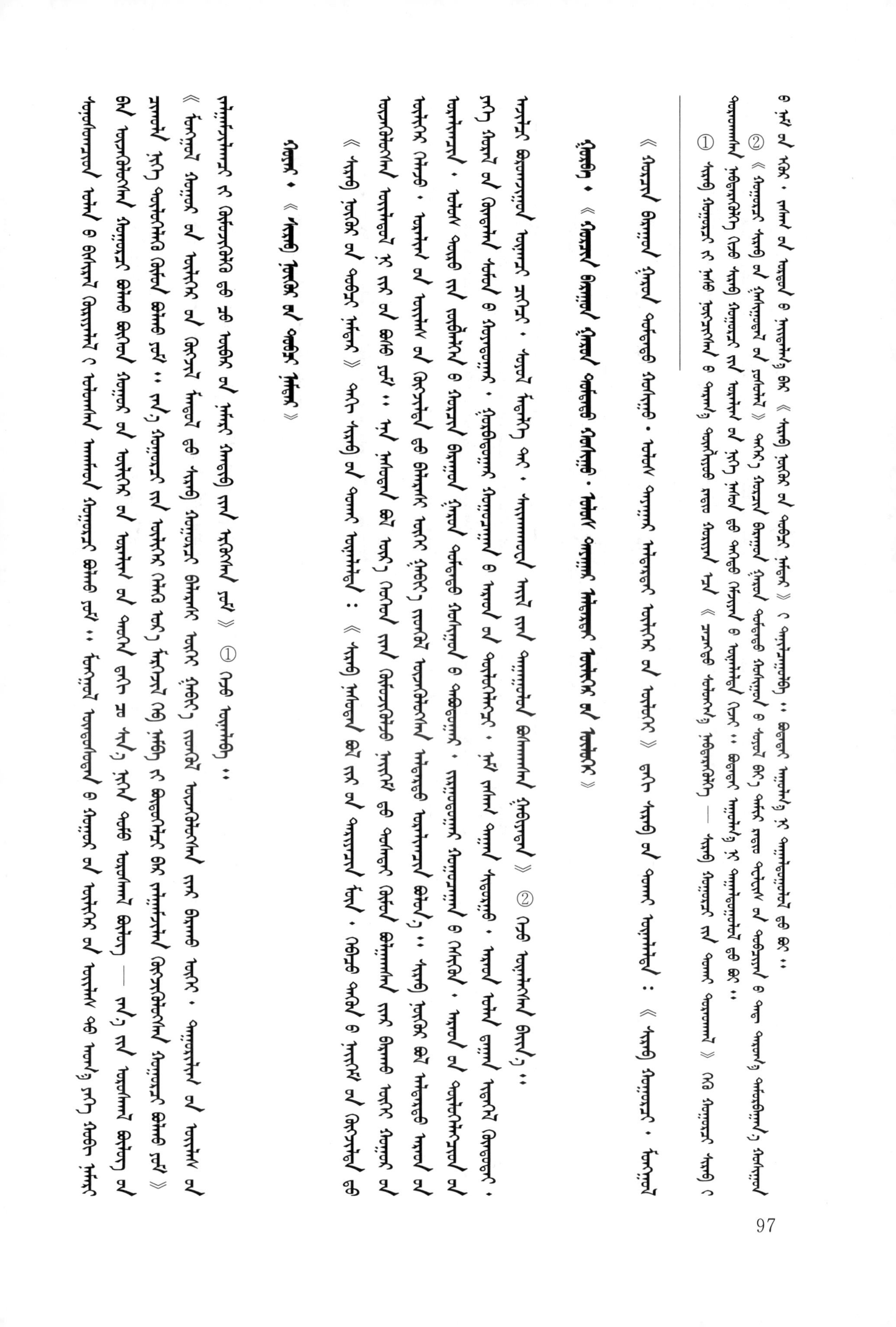

[illegible]

[illegible]

[illegible]

[illegible]

[illegible]

① [illegible]

② [illegible]

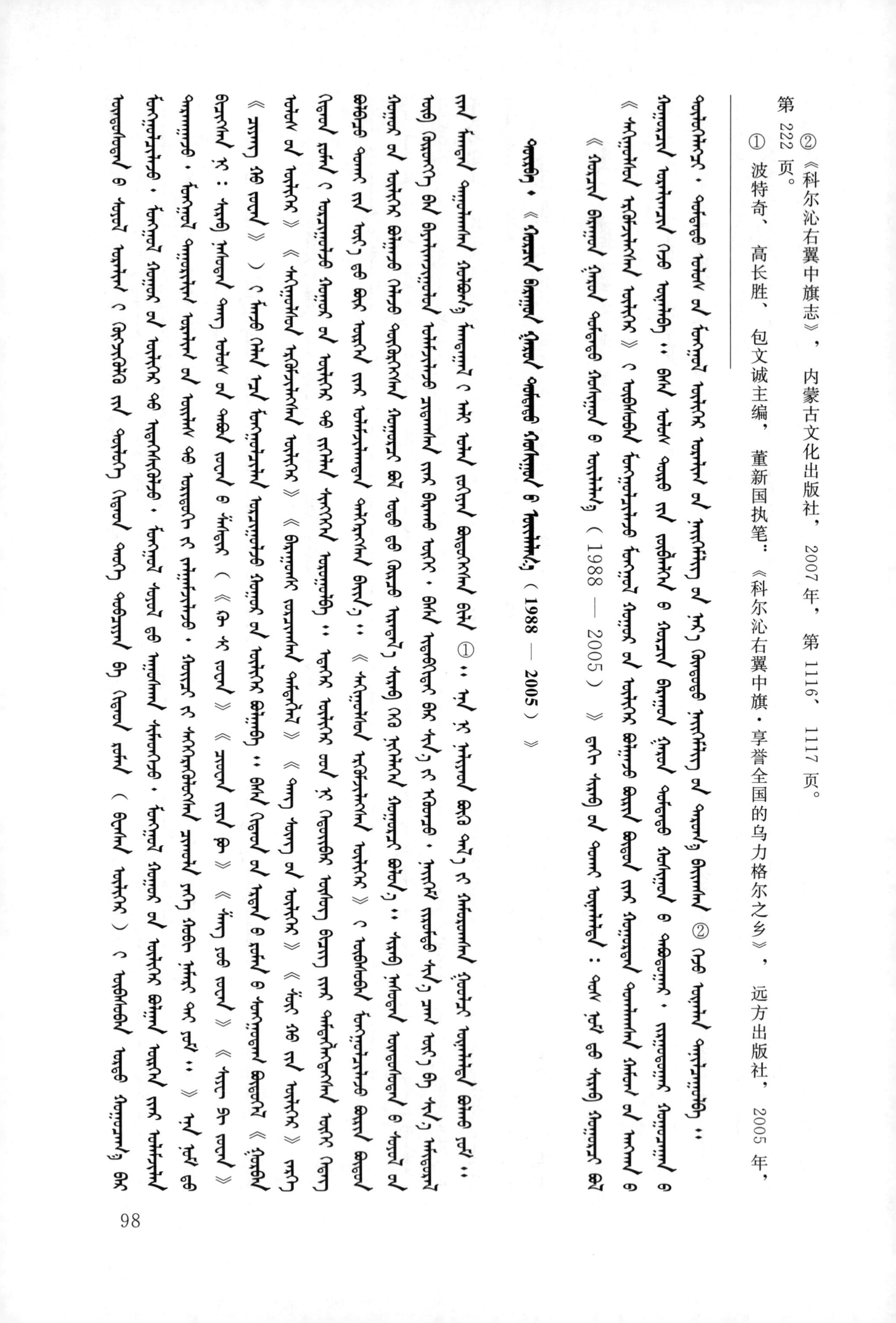

[illegible] ②

[illegible]《[illegible]（1988 — 2005）》

[illegible] ①

[illegible]

① 波特奇、高长胜、包文诚主编，董新国执笔：《科尔沁右翼中旗·享誉全国的乌力格尔之乡》，远方出版社，2005 年，第 222 页。

②《科尔沁右翼中旗志》，内蒙古文化出版社，2007 年，第 1116、1117 页。

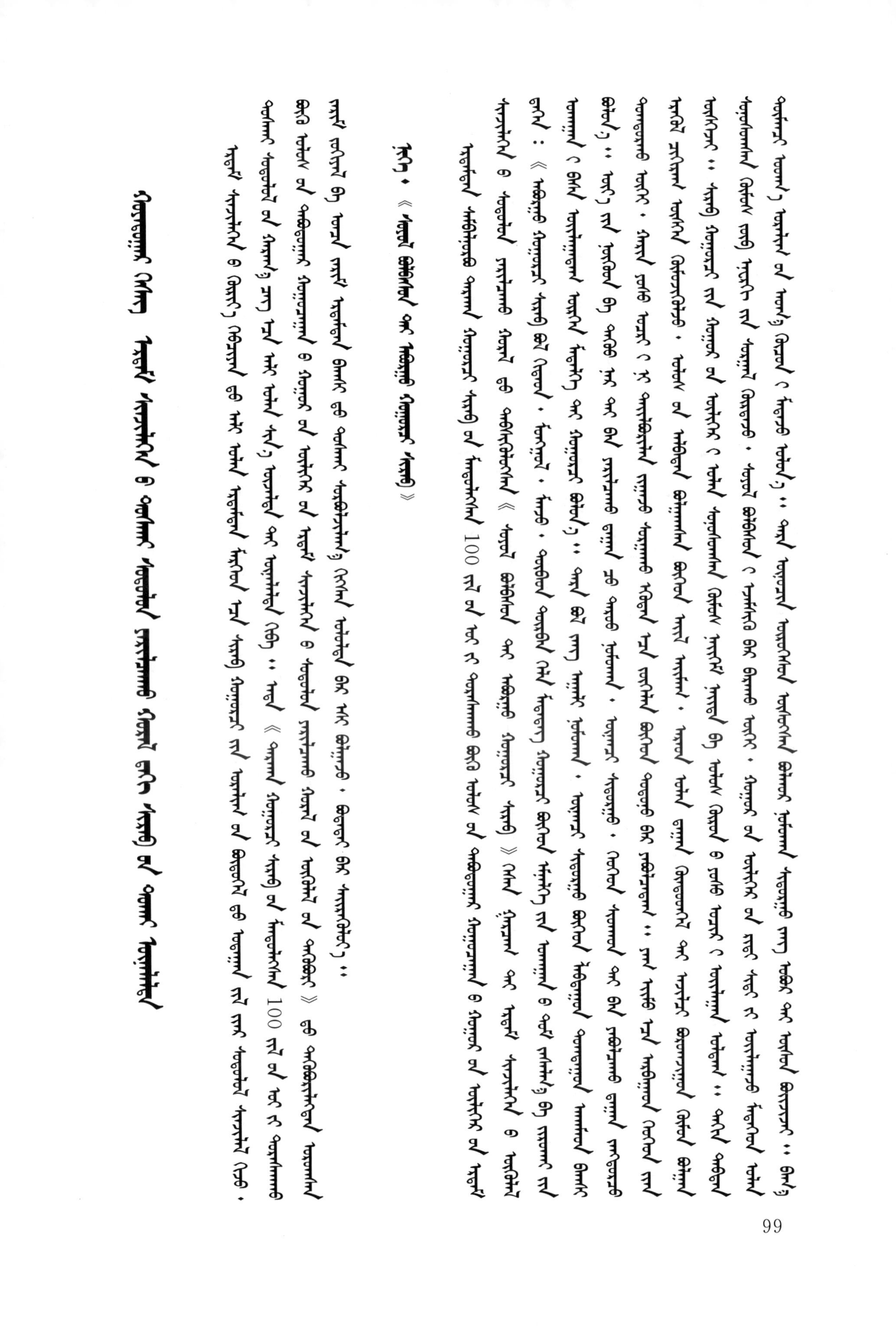

[illegible]

[illegible]

[illegible]

[illegible]

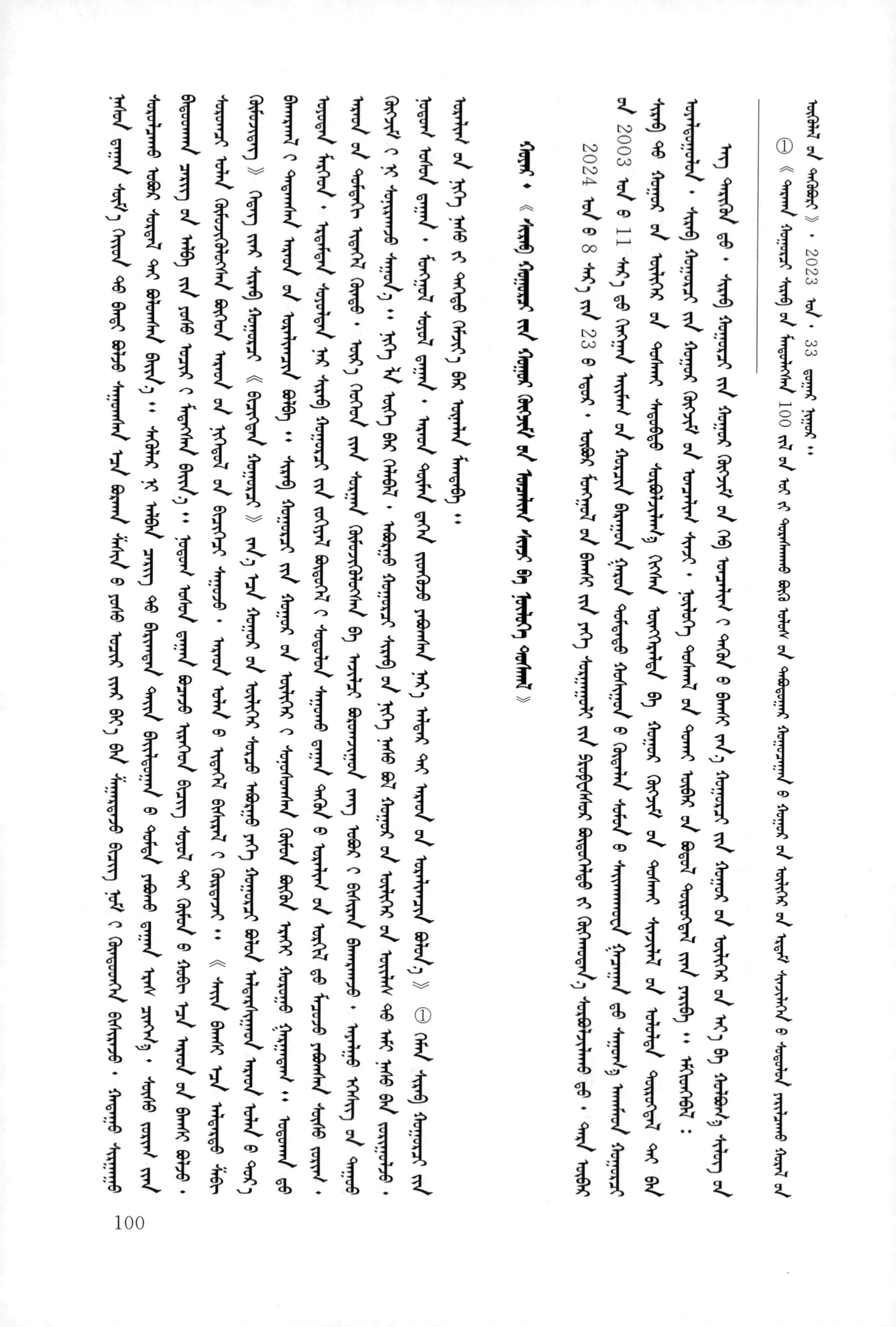

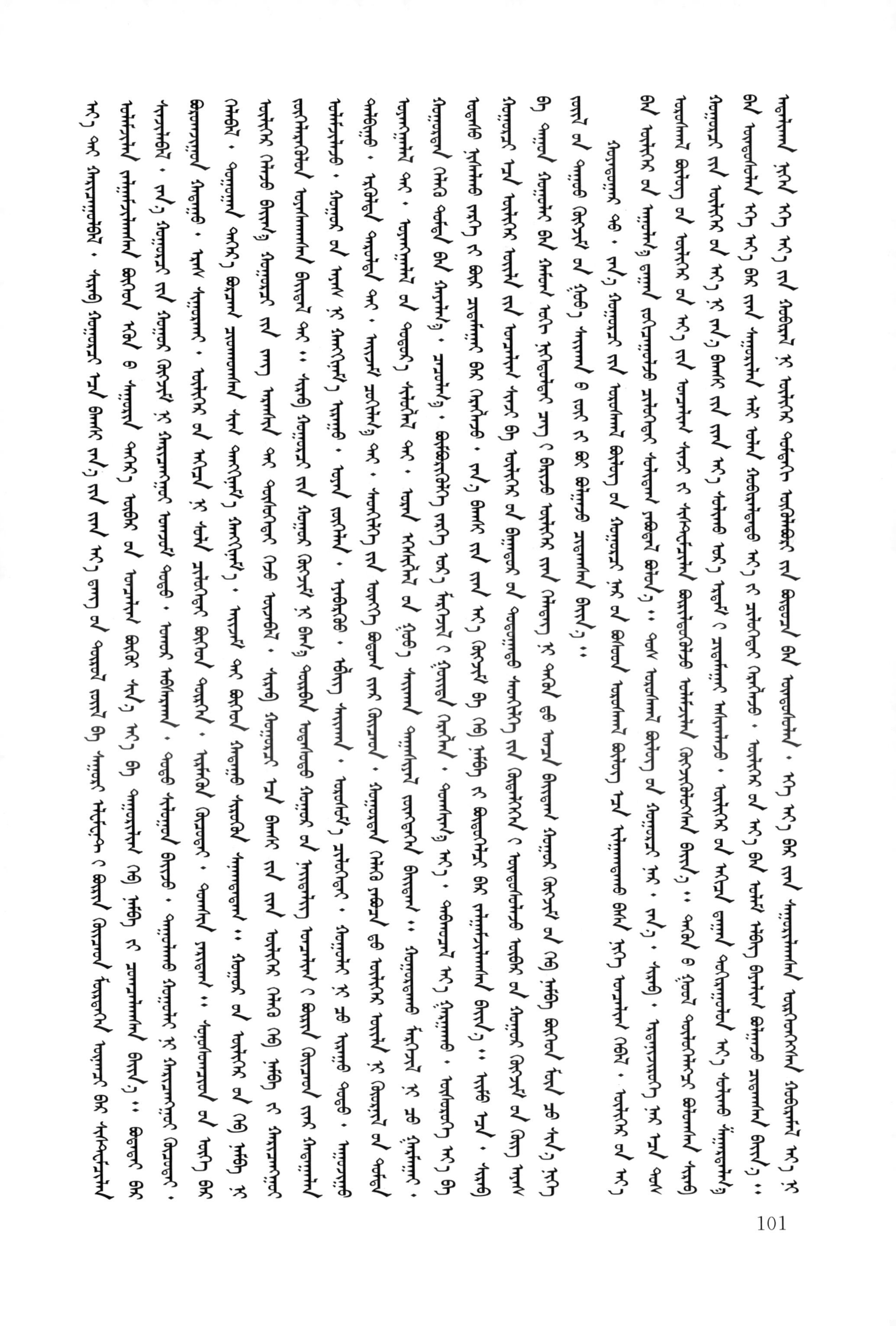

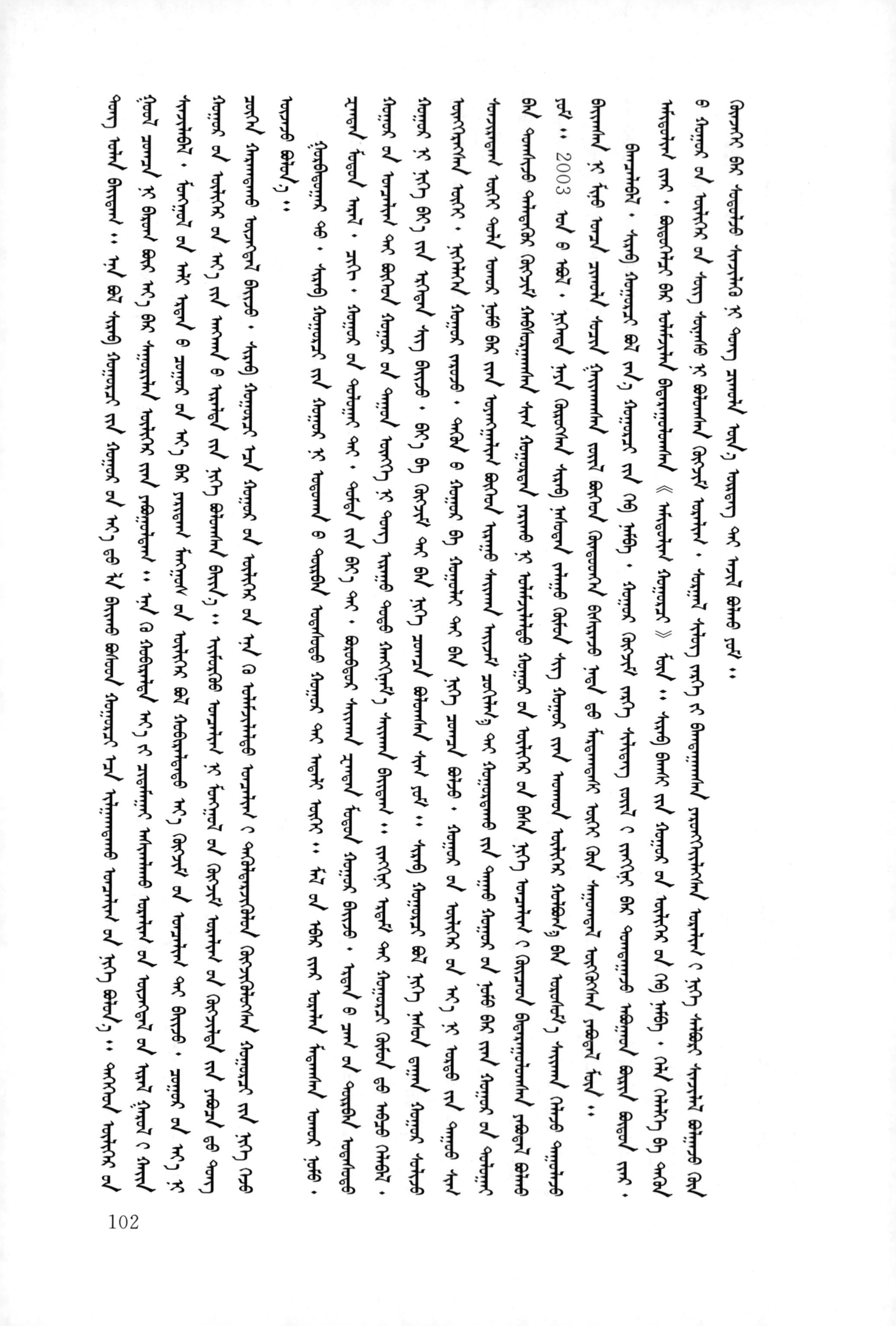

[illegible]

[illegible] 2003 [illegible]

[illegible]

[illegible]

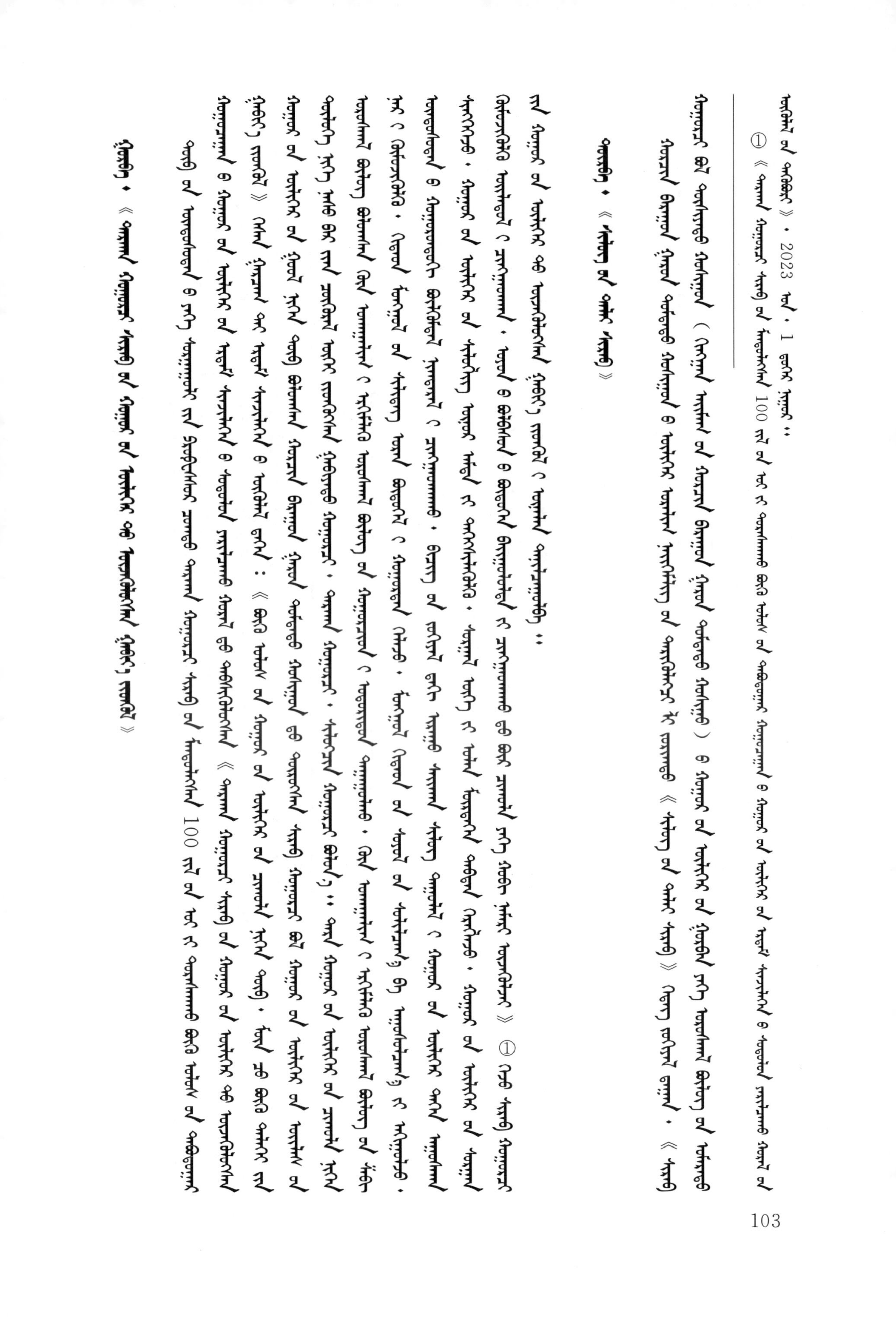

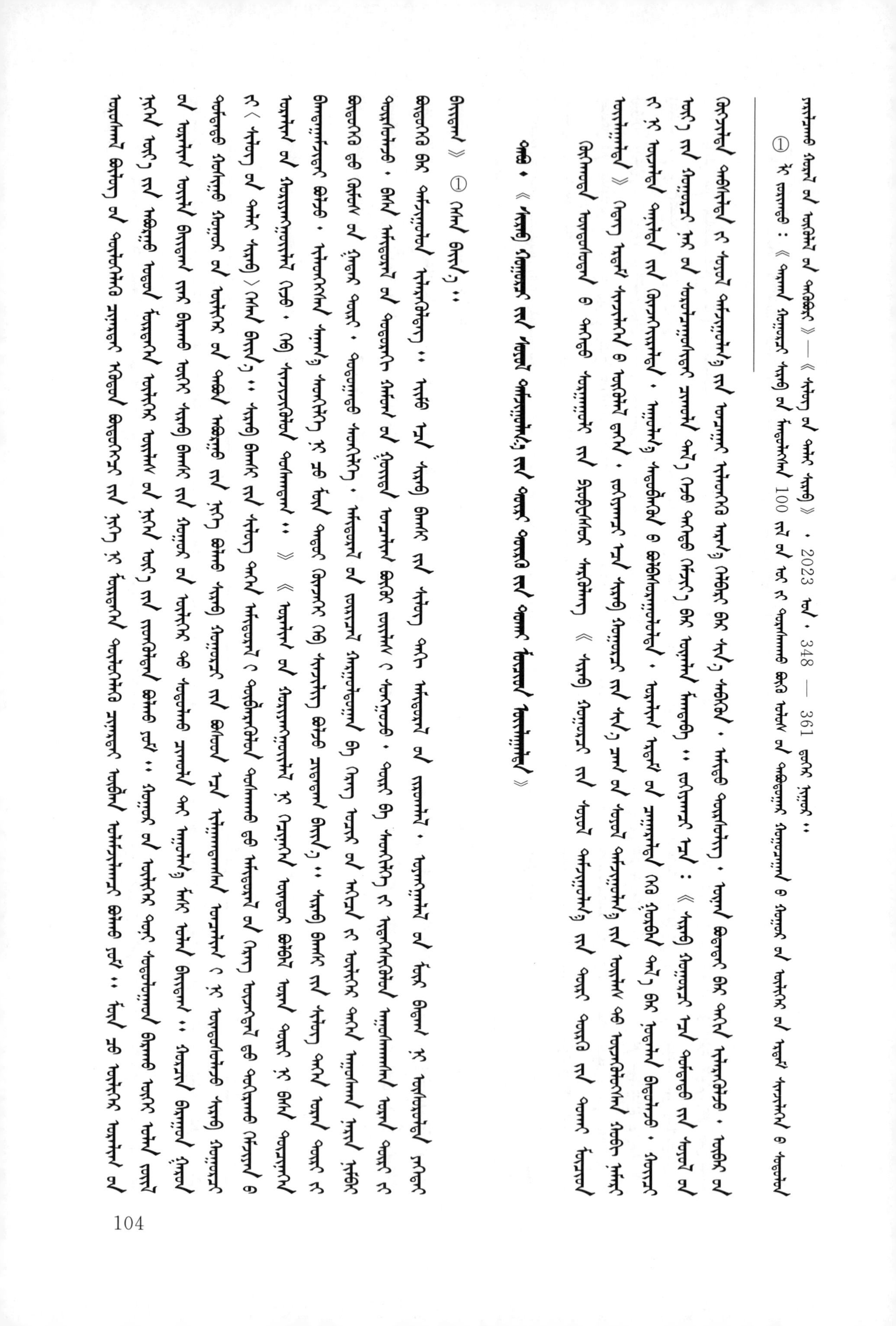

ᠳᠥᠷᠪᠡ · 《[illegible]》

① ᠶᠢ [illegible] : 《[illegible]》 100 ᠵᠢᠯ [illegible] 》—《[illegible]》 · 2023 ᠣᠨ · 348 — 361 ᠨᠢᠭᠤᠷ ᠲᠤ ::

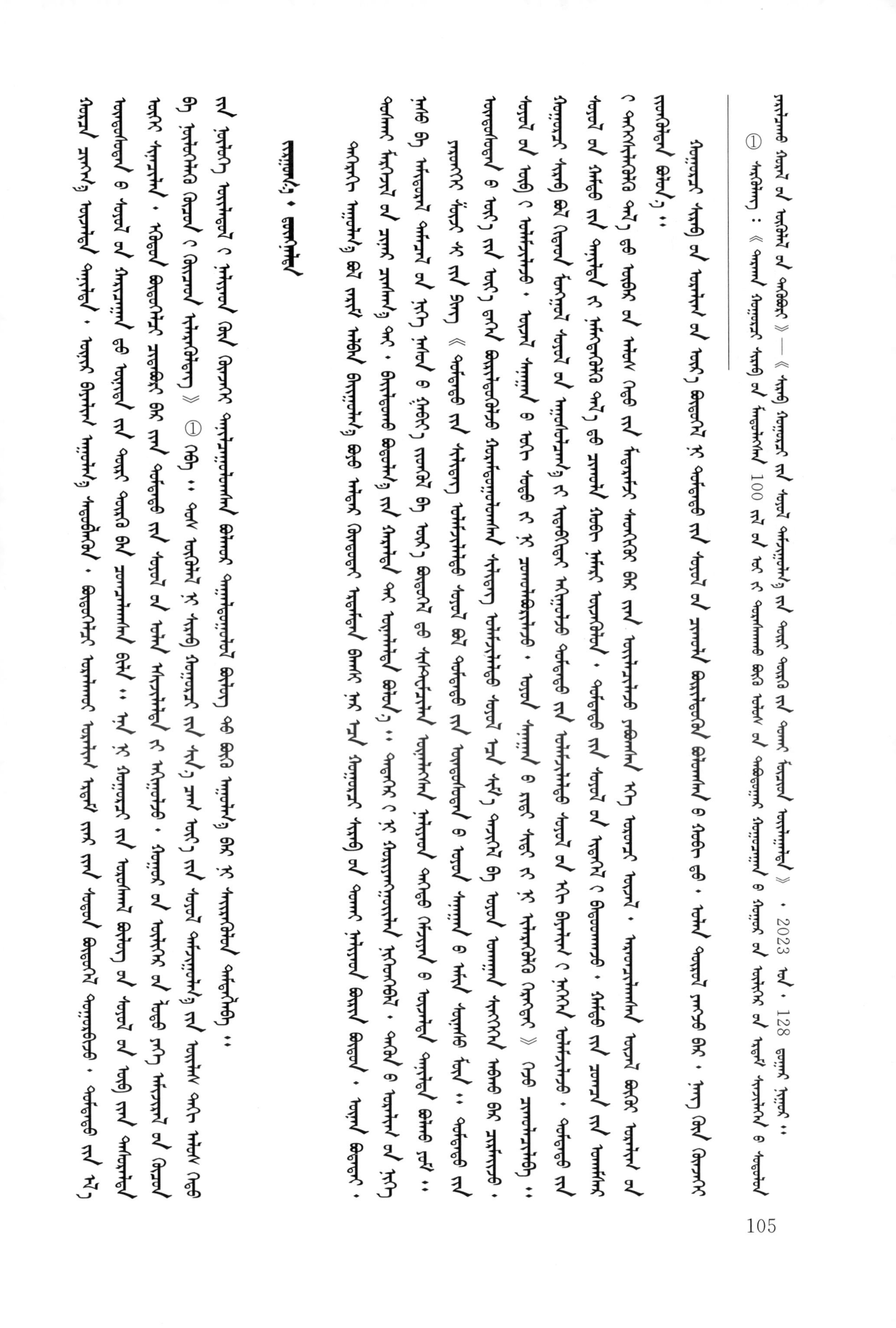

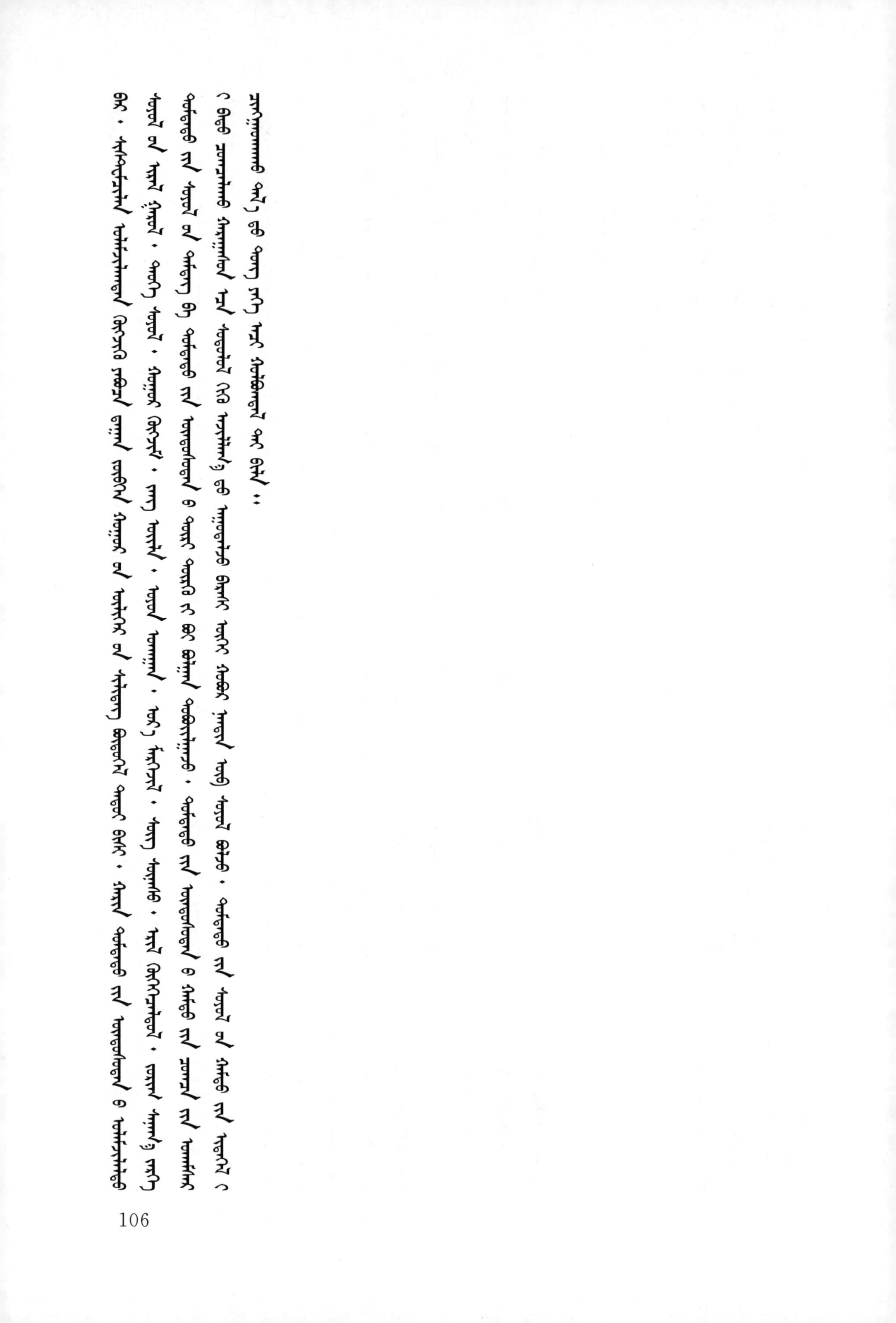

[illegible]

ᠬᠣᠶᠠᠳᠤᠭᠠᠷ ᠪᠦᠯᠦᠭ ᠳᠣᠤ ᠪᠢᠴᠢᠭ ᠦᠨ ᠰᠤᠷᠲᠠᠯ ᠪᠣᠳᠣᠯᠭ᠎ᠠ

ᠨᠢᠭᠡ᠂ ᠢᠯᠠᠭᠤᠭᠰᠠᠨ ᠤ ᠤᠬᠠᠭᠠᠨ

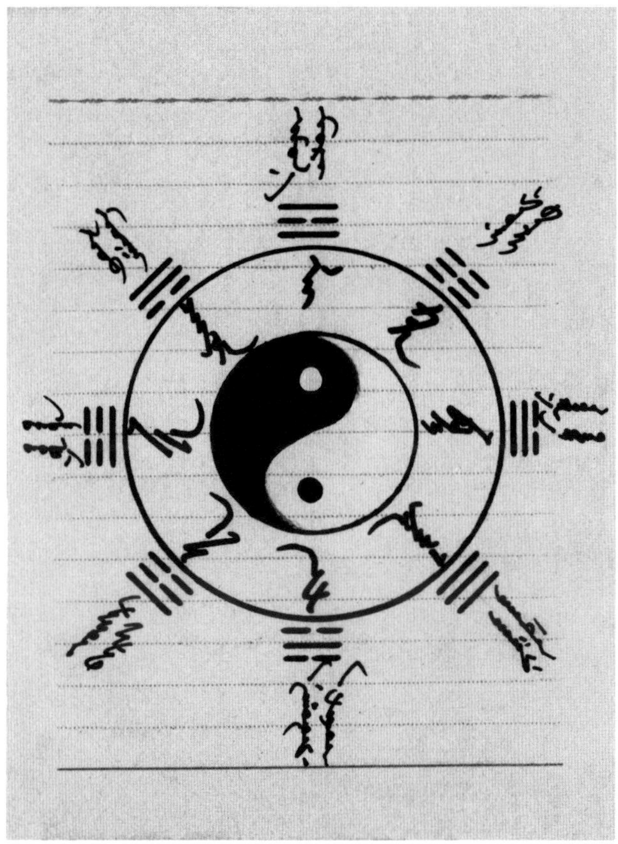

ᠬᠠᠪᠰᠤᠷᠤᠯᠲᠠ ᠵᠢᠷᠤᠭ ᠤᠨ ᠢᠯᠠᠭᠤᠭᠰᠠᠨ ᠤ ᠤᠬᠠᠭᠠᠨ ᠤ ᠨᠢᠭᠤᠷ ᠪᠠᠷᠢᠮᠲᠠ (ᠬᠠᠪᠰᠤᠷᠤᠯᠲᠠ 1)

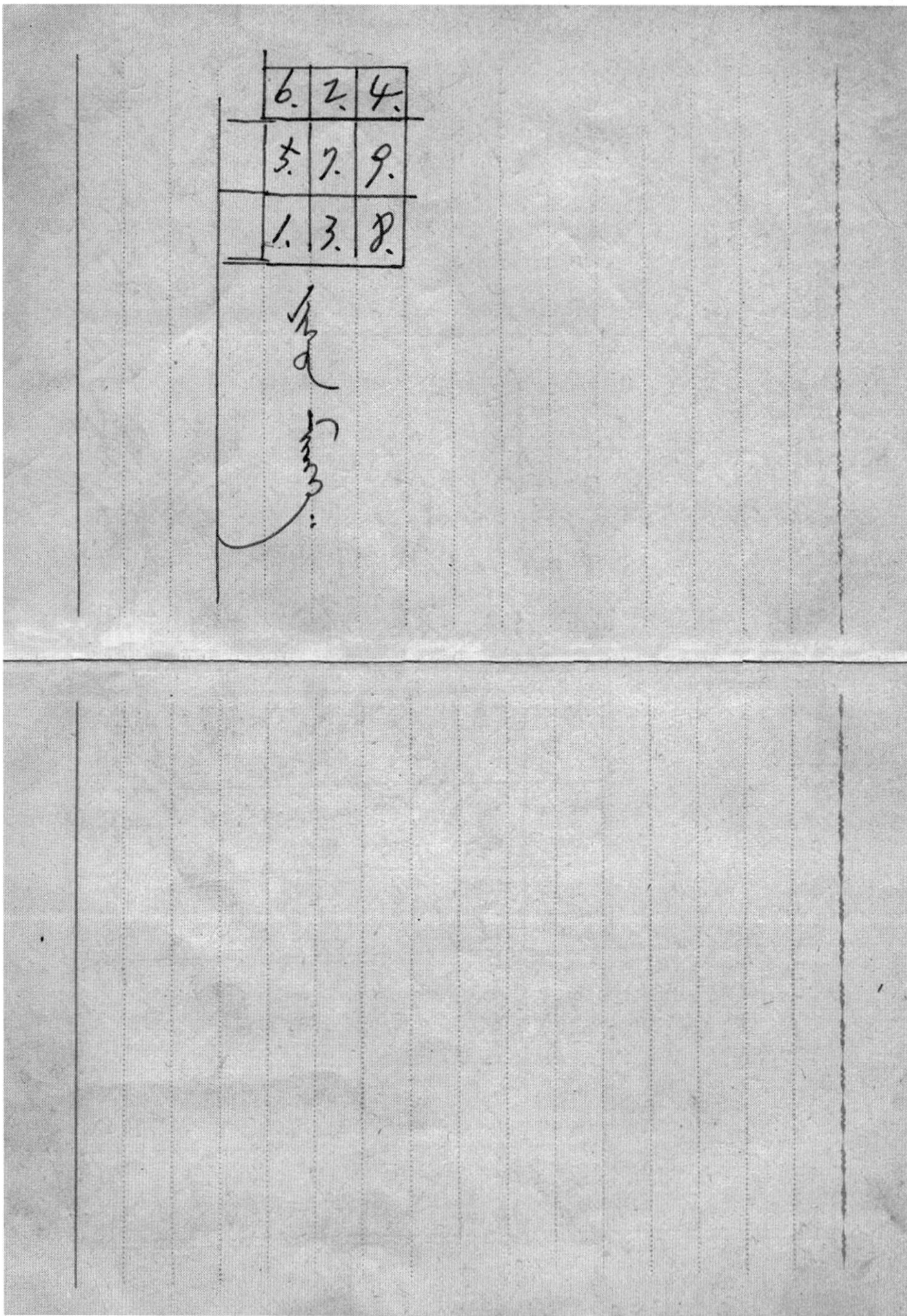

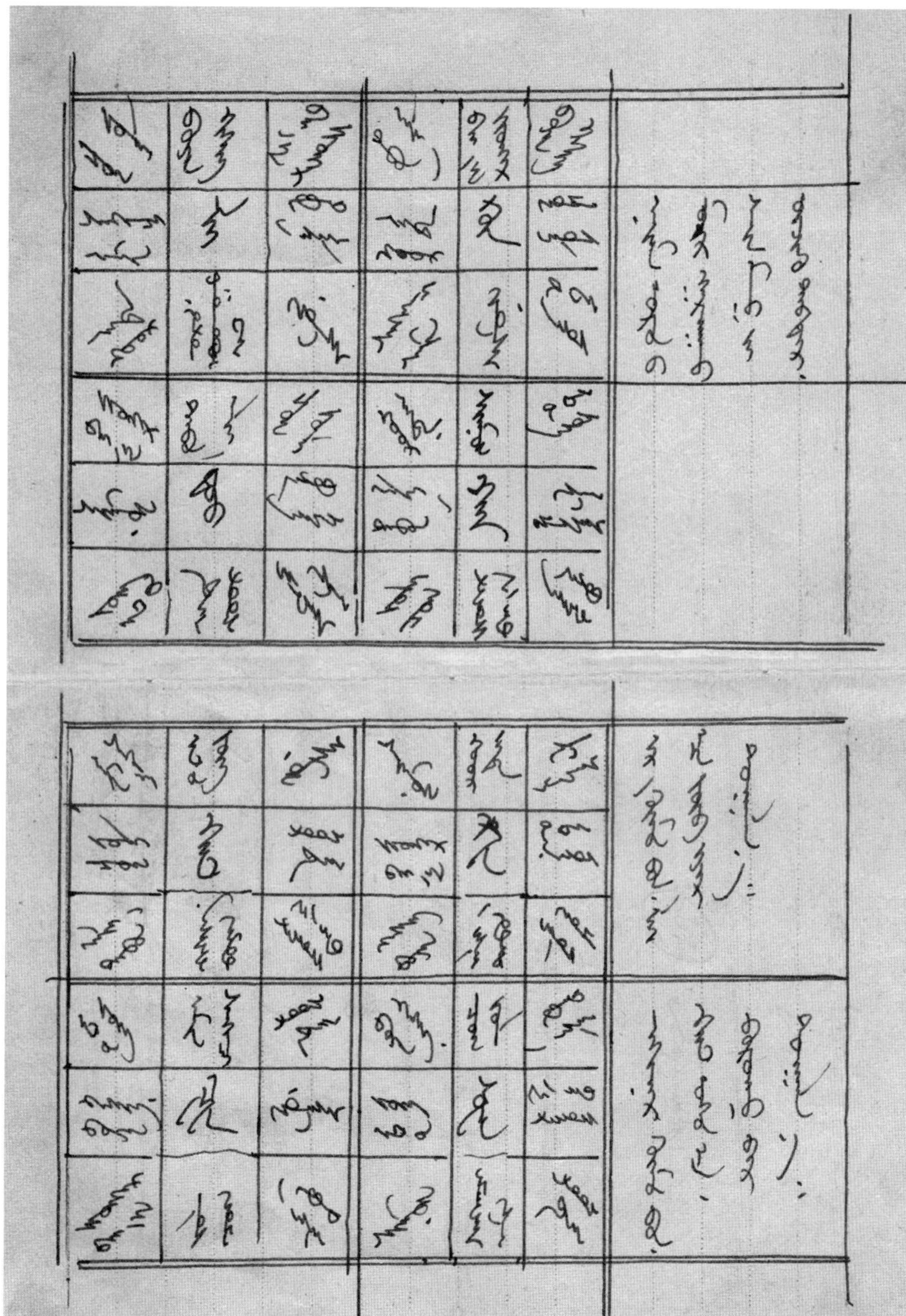

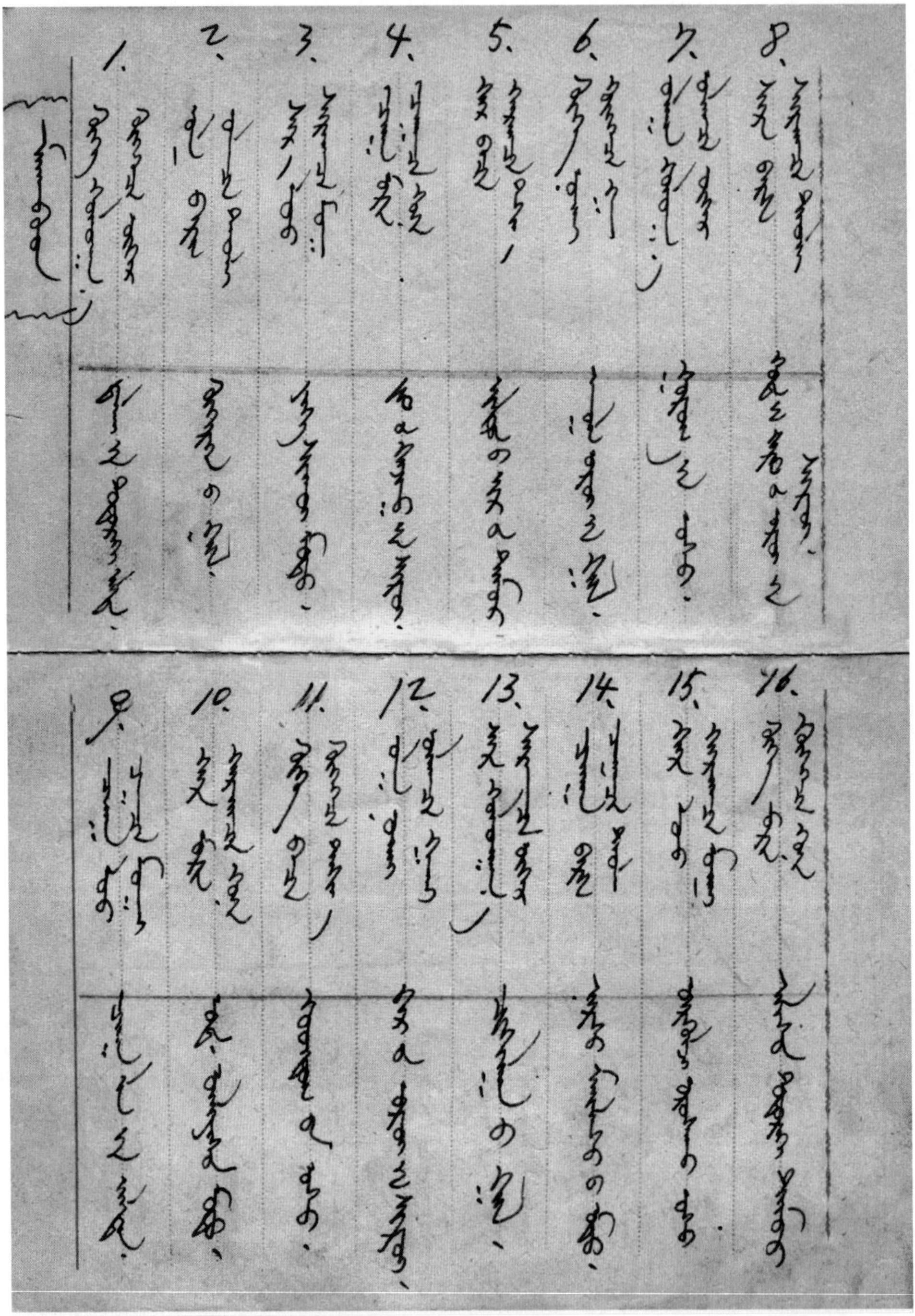

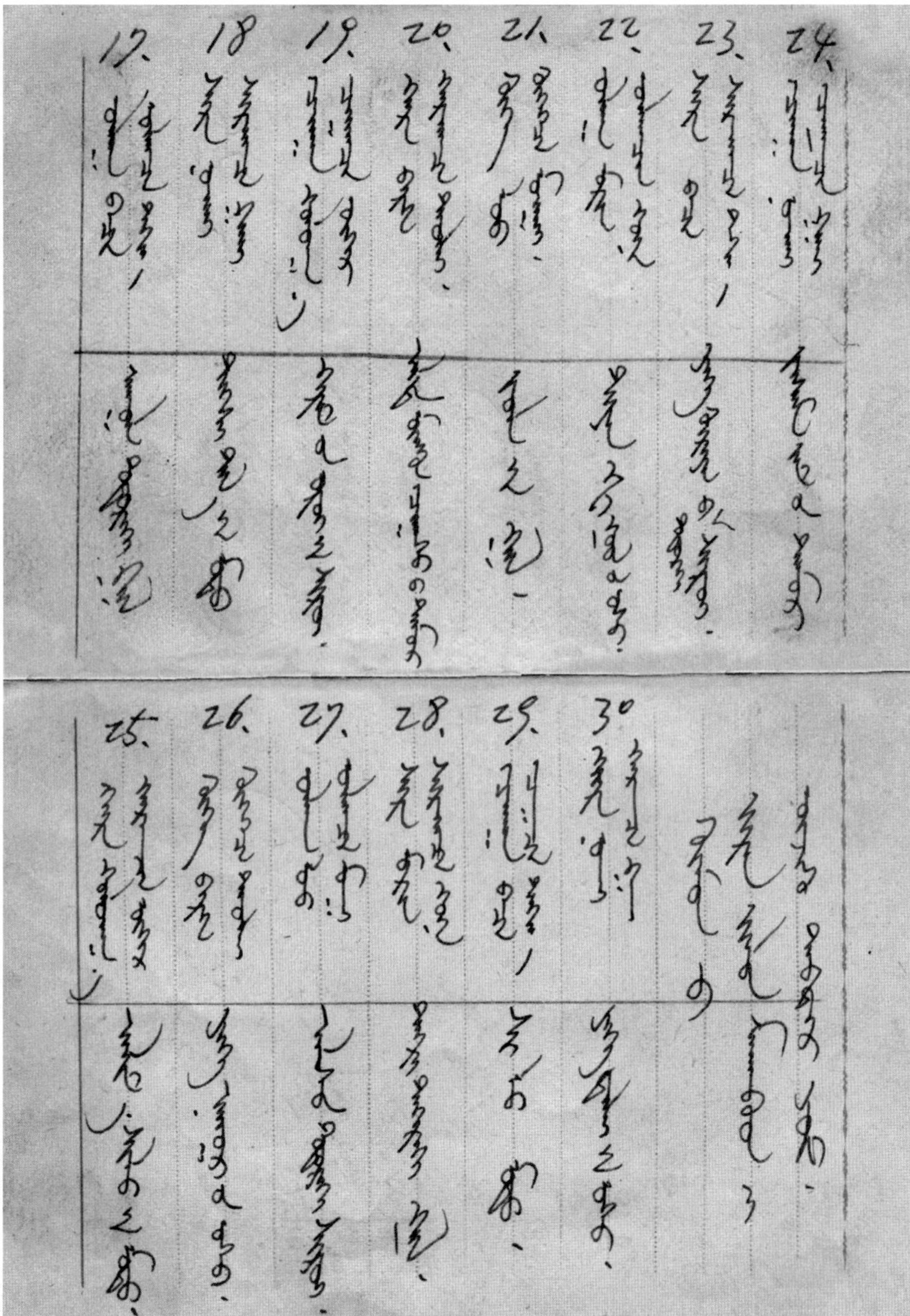

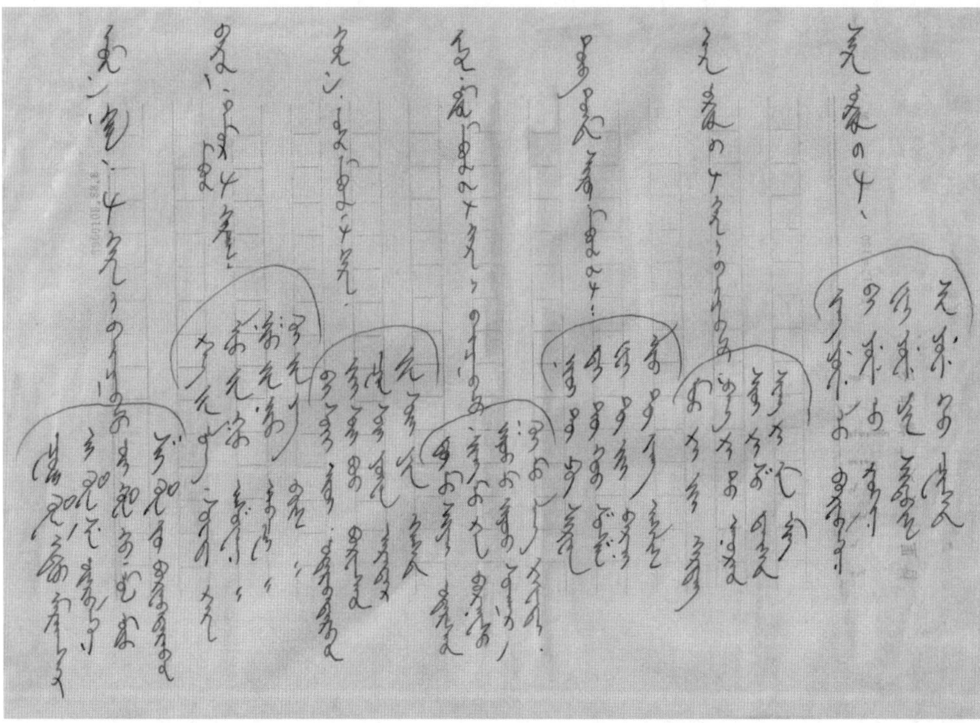

ᠪᠣᠳᠣᠯᠭ᠎ᠠ ᠰᠡᠳᠬᠢᠯ ᠦᠨ ᠲᠡᠮᠳᠡᠭᠯᠡᠯ ᠦᠨ ᠡᠬᠡ ᠳᠦ ᠪᠢᠴᠢᠭ ᠰᠢᠨᠵᠢᠯᠡᠭᠡ (ᠪᠢᠴᠢᠭᠯᠡᠯ 6)

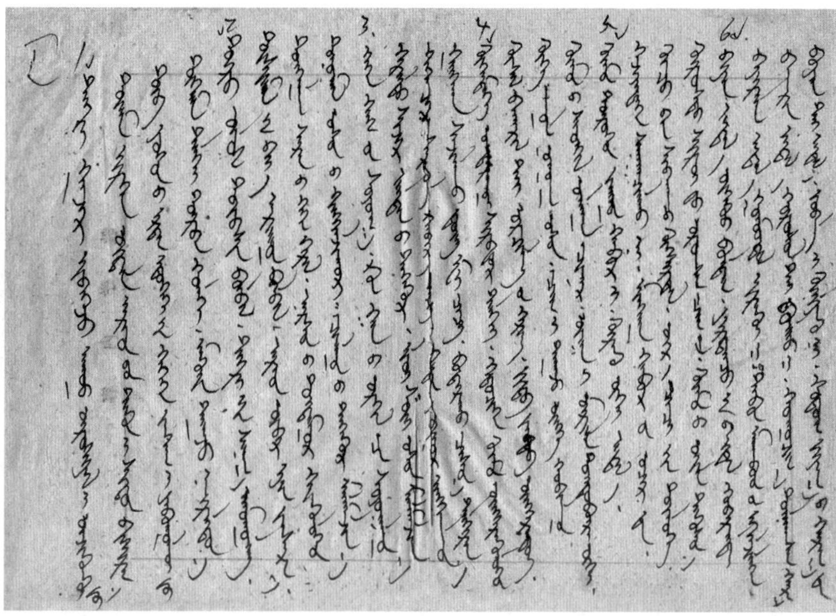

ᠬᠠᠪᠰᠤᠷᠤᠯᠲᠠ ᠵᠢᠷᠤᠭ ᠤᠨ ᠮᠠᠨᠵᠤ ᠪᠢᠴᠢᠭ ᠤᠨ ᠨᠢᠭᠡ ᠬᠡᠰᠡᠭ (ᠵᠢᠷᠤᠭ 1)

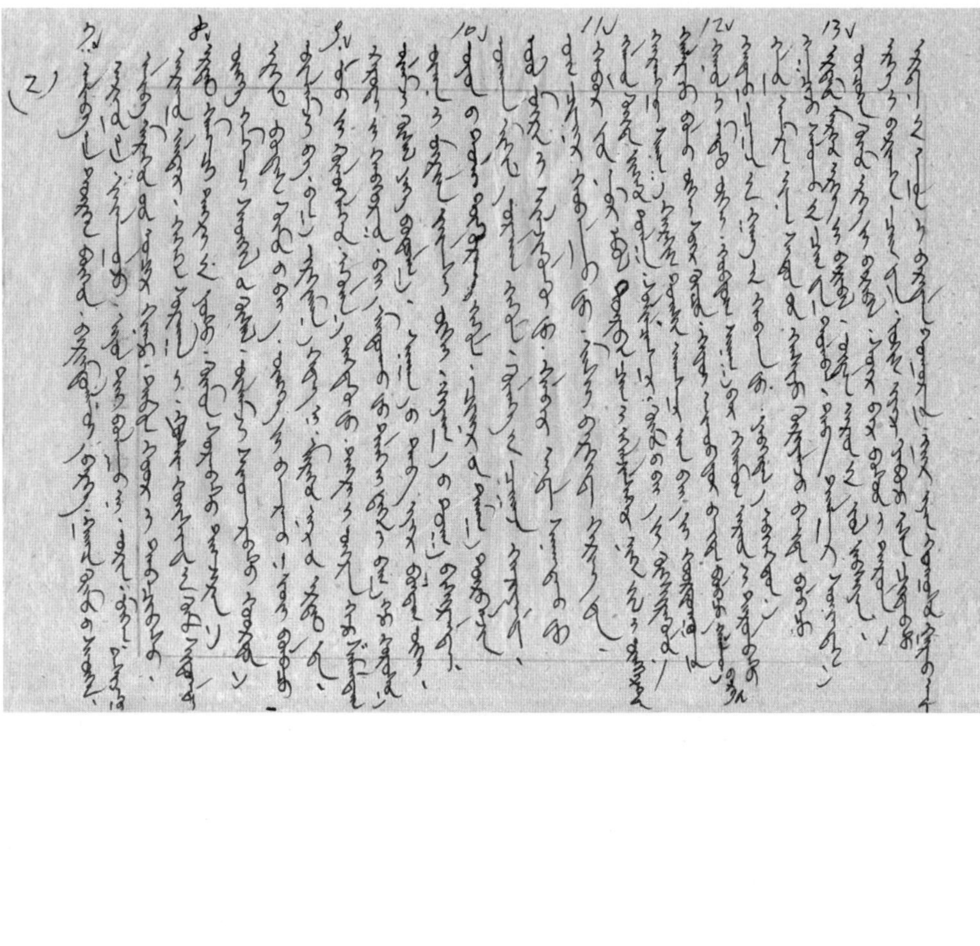

ᠳᠤᠭᠤᠢᠯᠠᠩ ᠬᠥᠳᠡᠯᠭᠡᠨ ᠦ ᠪᠢᠴᠢᠭ ᠮᠠᠲ᠋ᠧᠷᠢᠶᠠᠯ ᠤᠨ ᠡᠬᠡ ᠪᠢᠴᠢᠭ᠌ （ ᠳᠤᠭᠠᠷᠯᠠᠯ 2 ）

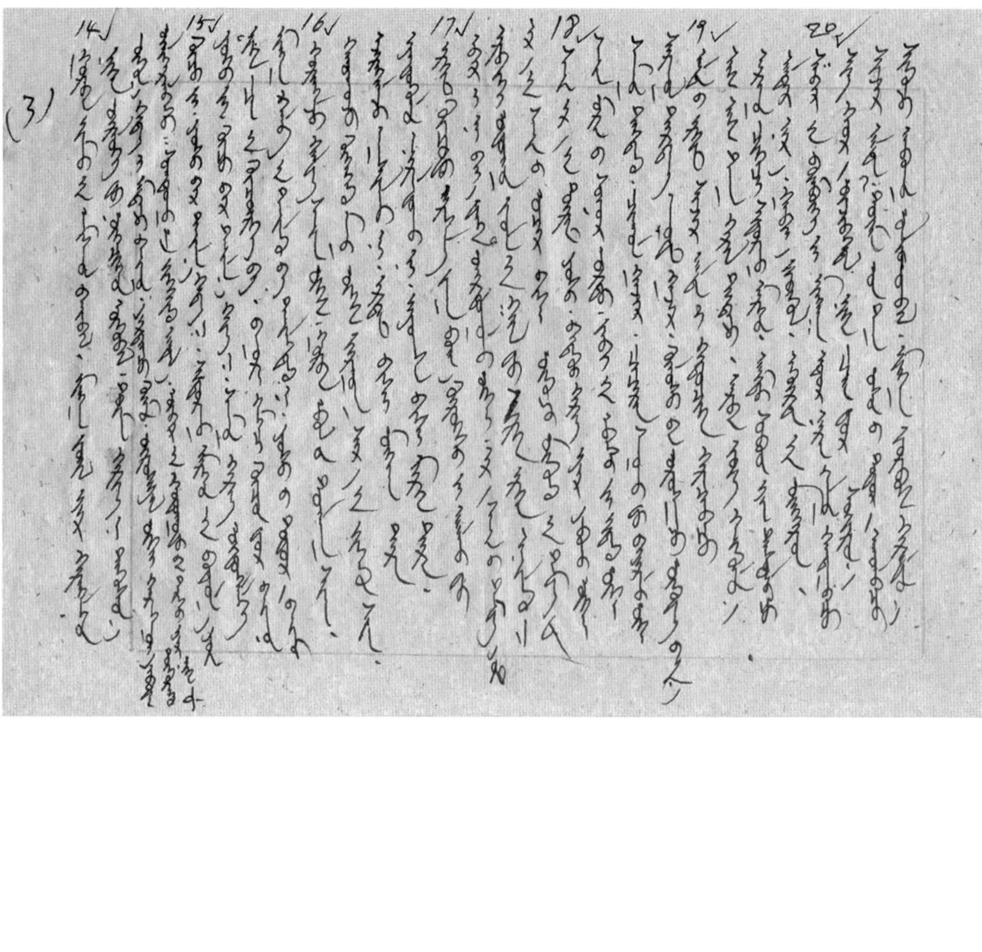

ᠬᠠᠪᠰᠤᠷᠤᠯᠲᠠ ᠰᠤᠷᠪᠤᠯᠵᠢ ᠶᠢᠨ ᠲᠡᠦᠬᠡᠨ ᠪᠢᠴᠢᠭ ᠤ᠋ᠨ ᠡᠬᠡ ᠪᠢᠴᠢᠭ (ᠬᠠᠪᠰᠤᠷᠤᠯᠲᠠ 3)

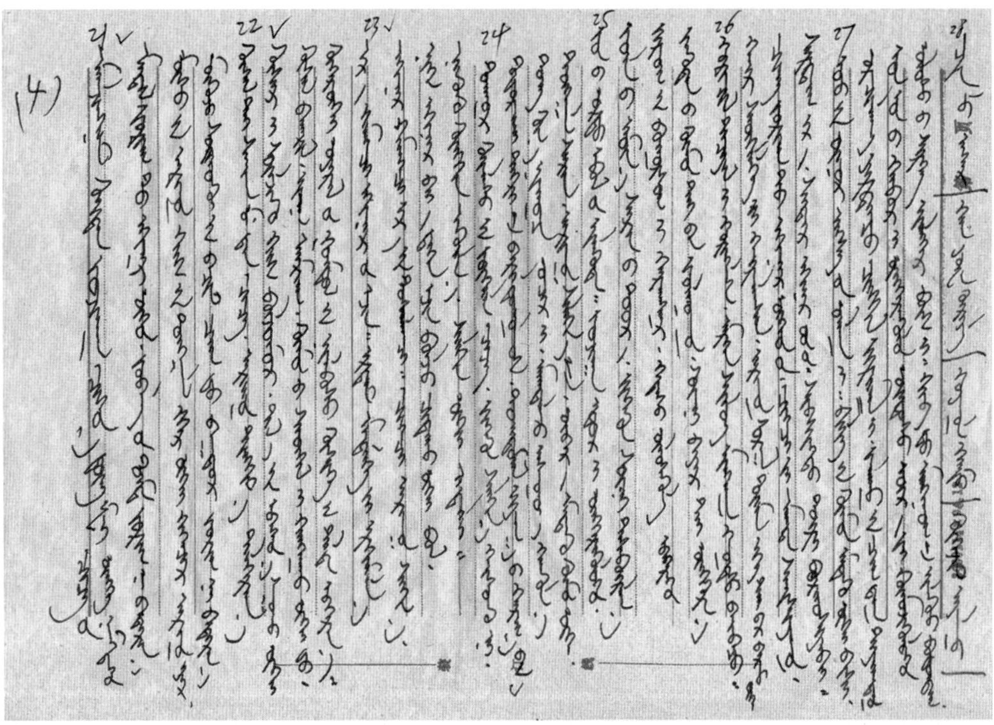

ᠬᠠᠪᠰᠤᠷᠤᠯᠲᠠ ᠰᠤᠷᠭᠠᠭᠤᠯᠢ ᠶᠢᠨ ᠮᠡᠷᠭᠡᠵᠢᠯ ᠤᠨ ᠪᠠᠭᠰᠢ ᠶᠢᠨ ᠪᠢᠴᠢᠭᠯᠡᠯ （ ᠬᠠᠭᠤᠯᠪᠤᠷᠢ 4 ）

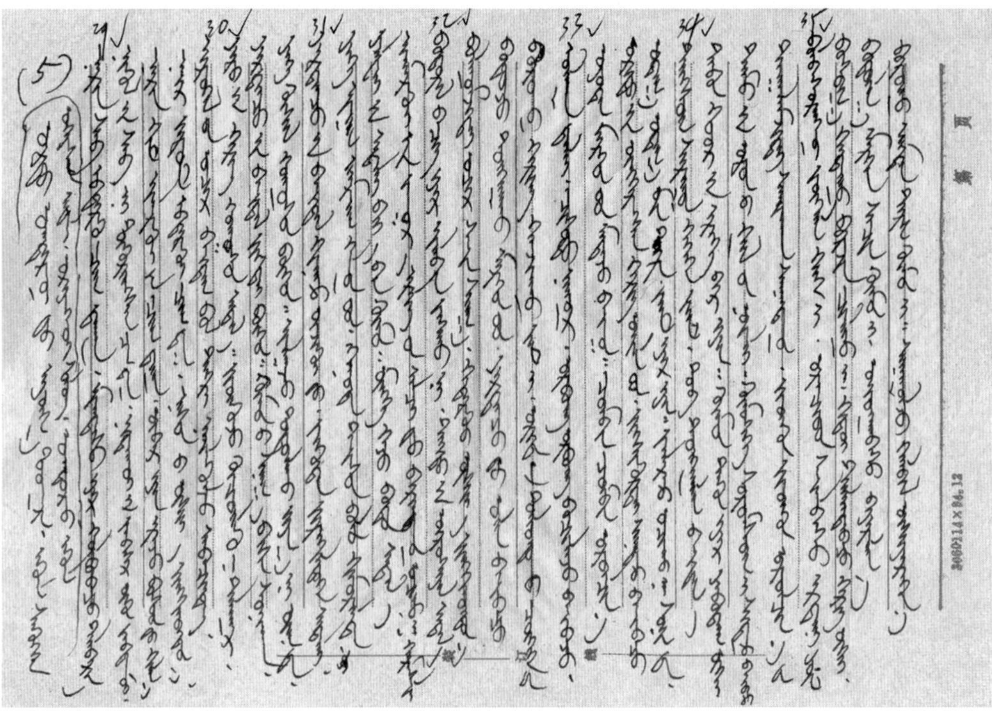

ᠬᠠᠭᠤᠯᠪᠤᠷᠢ ᠲᠡᠦᠬᠡ ᠶ᠋ᠢᠨ ᠪᠢᠴᠢᠭ ᠤ᠋ᠨ ᠨᠢᠭᠤᠷ ᠪᠠᠷᠢᠮᠲᠠ （ ᠬᠠᠭᠤᠳᠠᠰᠤ 5 ）

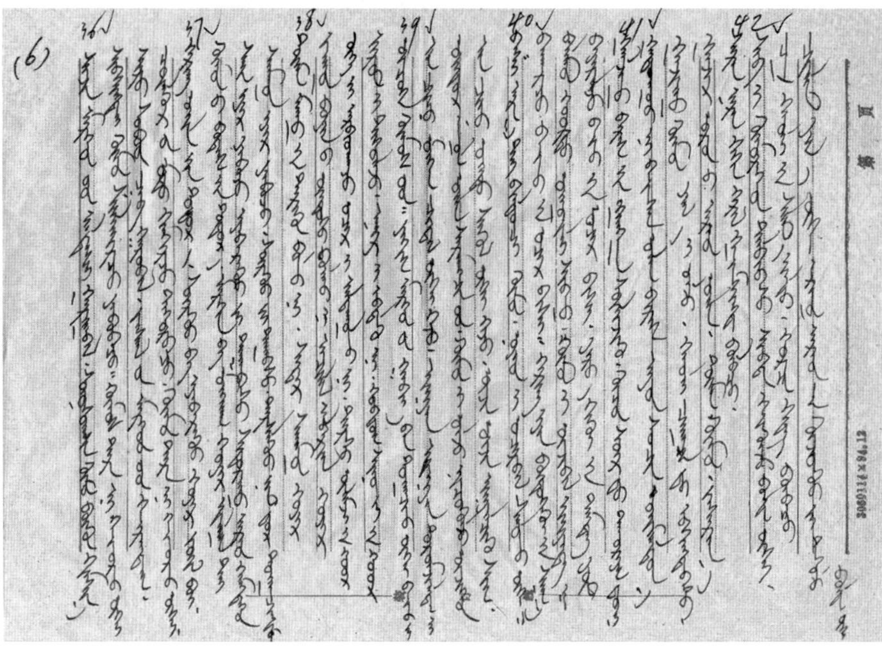

ᠰᠤᠳᠤᠯᠤᠭᠴᠢ ᠮᠠᠨᠵᠤ ᠶᠢᠨ ᠮᠣᠩᠭᠣᠯ ᠬᠡᠯᠡ ᠶᠢᠨ ᠭᠠᠷ ᠪᠢᠴᠢᠭ᠌ (ᠬᠠᠭᠤᠳᠠᠰᠤ 6)

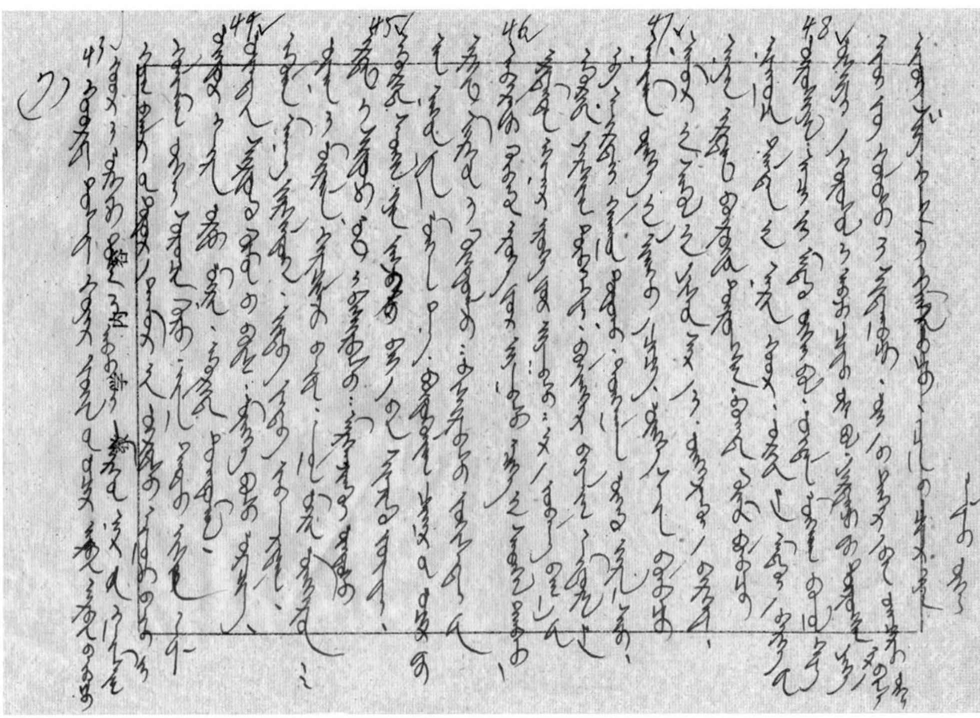

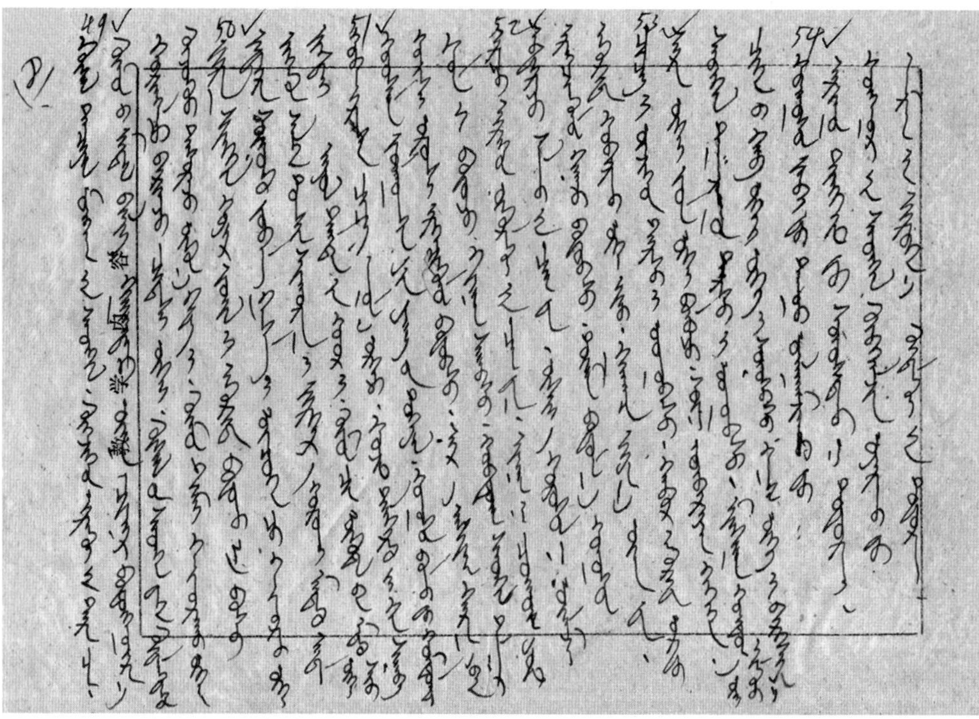

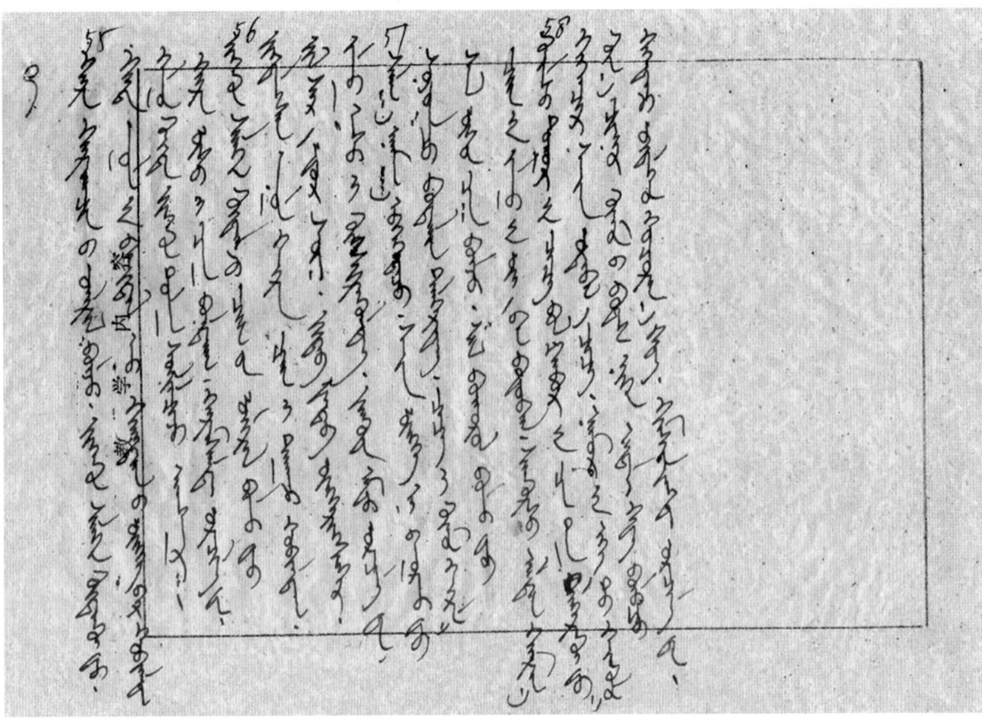

ᠬᠠᠪᠰᠤᠷᠤᠯᠲᠠ ᠮᠣᠩᠭᠣᠯ ᠤᠨ ᠨᠢᠭᠤᠴᠠ ᠲᠣᠪᠴᠢᠶᠠᠨ ᠤ ᠡᠬᠡ ᠪᠢᠴᠢᠭ (ᠬᠠᠪᠰᠤᠷᠤᠯᠲᠠ 9)

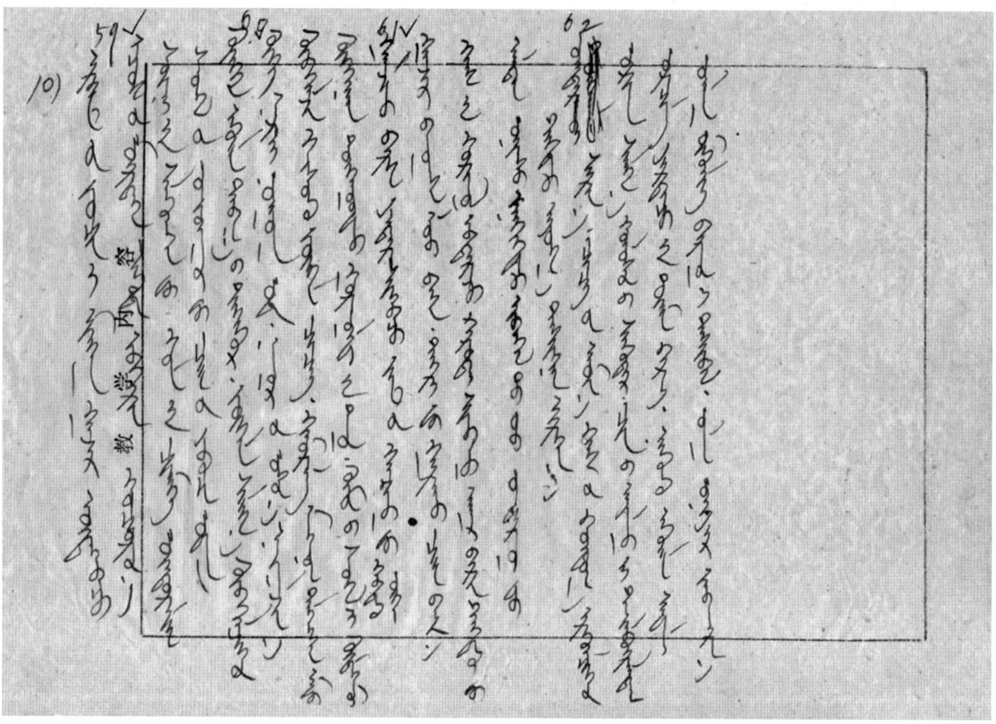

ᠰᠤᠷᠭᠠᠭᠤᠯᠢ ᠶᠢᠨ ᠰᠤᠷᠤᠭᠴᠢ ᠶᠢᠨ ᠦᠭᠡ ᠪᠢᠴᠢᠭᠯᠡᠯ (ᠬᠠᠪᠰᠤᠷᠤᠯᠲᠠ 10)

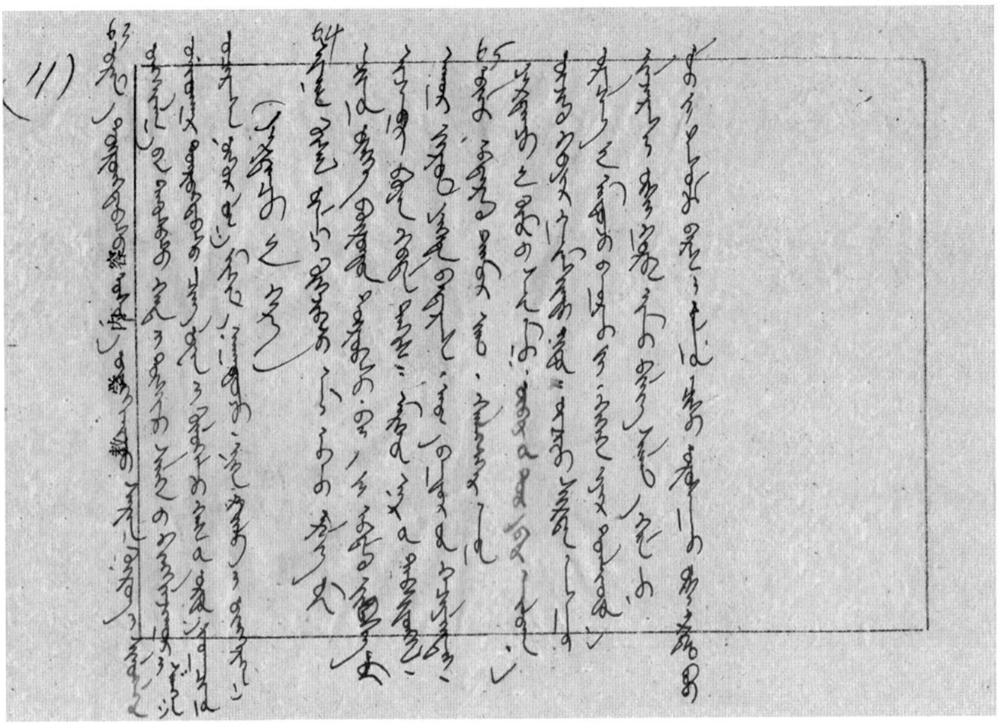

ᠬᠠᠪᠰᠤᠷᠤᠯᠲᠠ ᠮᠣᠩᠭᠣᠯ ᠤᠨ ᠨᠢᠭᠤᠴᠠ ᠲᠣᠪᠴᠢᠶᠠᠨ ᠤ ᠡᠬᠡ ᠪᠢᠴᠢᠭ (ᠬᠠᠭᠤᠯᠪᠤᠷᠢ 11)

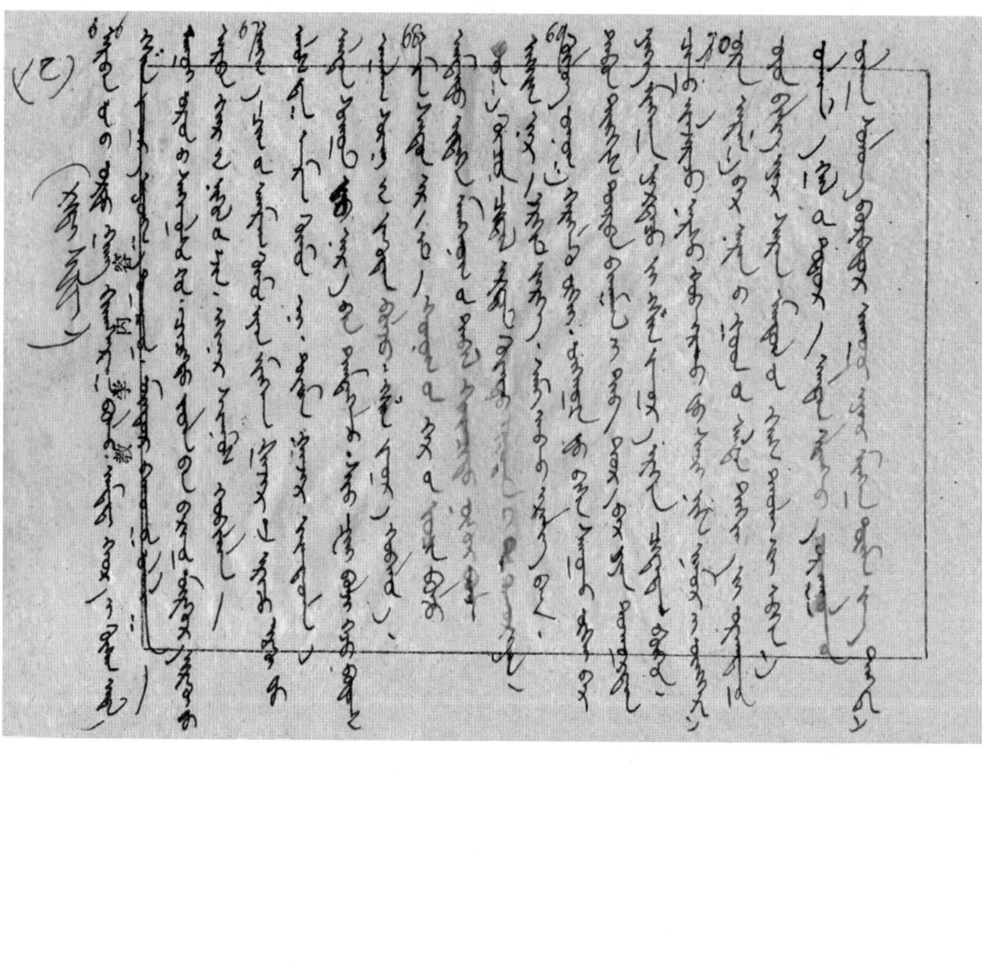

[illegible] ([illegible] 12)

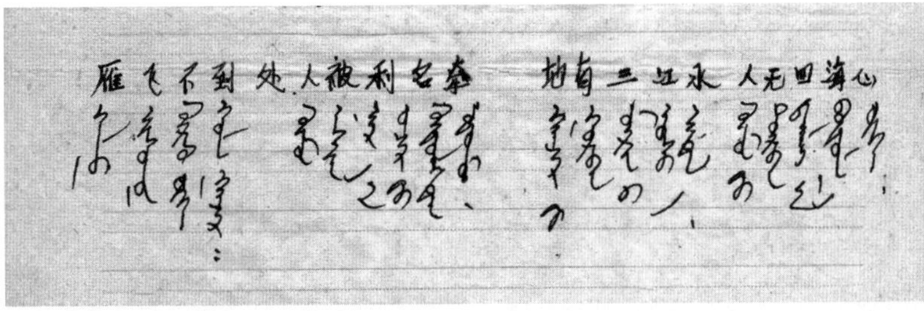
雁飞不到处 人被利名牵
地有三江水 人无四海心

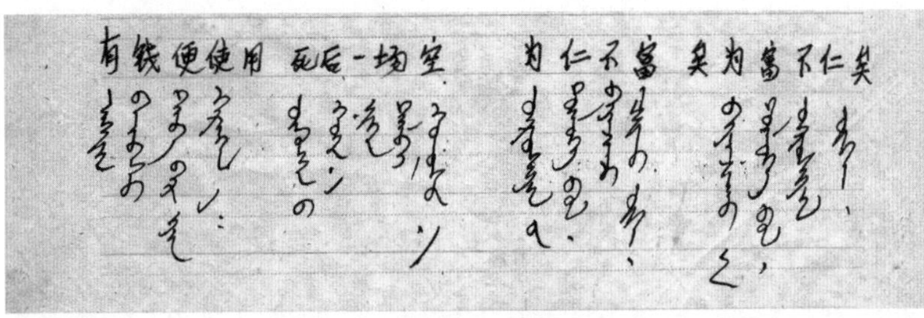
有钱便使用 死后一场空
为仁不富矣 为富不仁矣

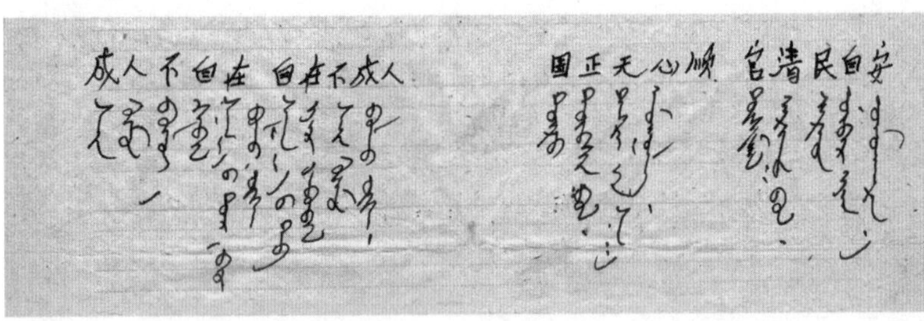
成人不自在 自在不成人
国正天心顺 官清民自安

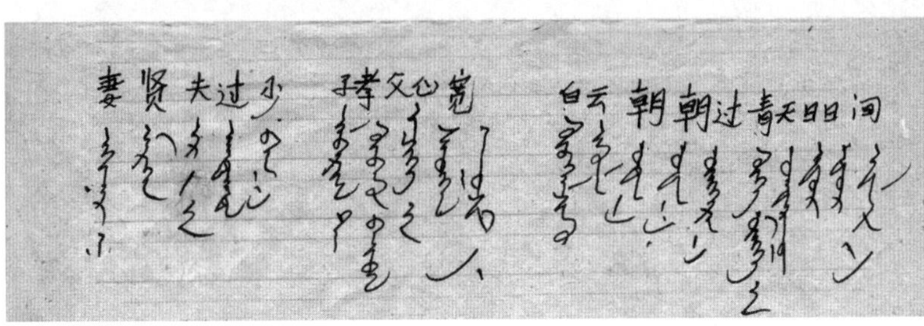
妻贤夫过少 子孝父心宽
白云朝朝过 青天日日闲

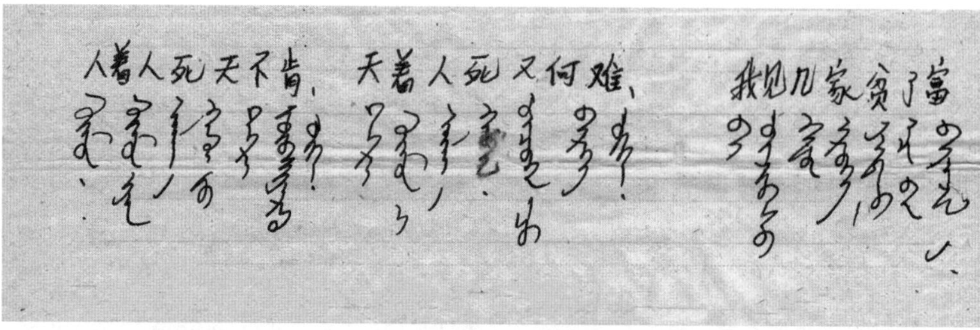
人善人死天不肯、 天善人死又何难、 我见几家贫了富、

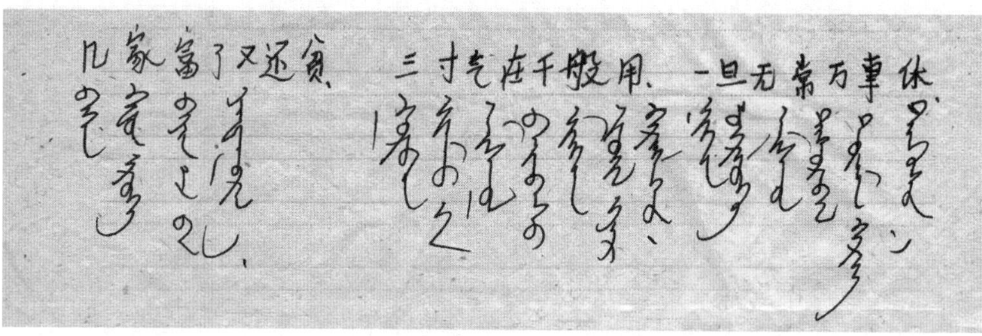
几家富了又还贫、 三寸气在千般用、 一旦无常万事休、

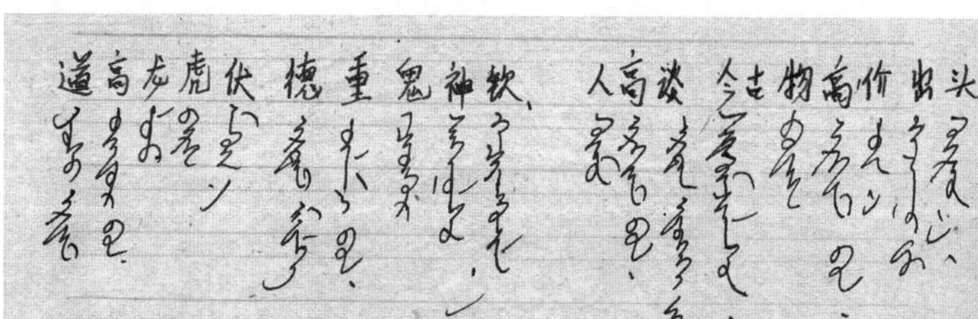
道高龙虎伏 德重鬼神钦、 人高谈今古 物高价出头、

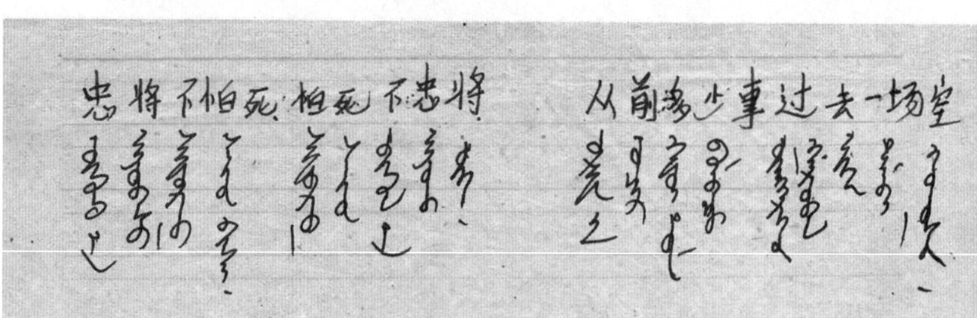
忠将不怕死、怕死不忠将 从前多少事过去一场空

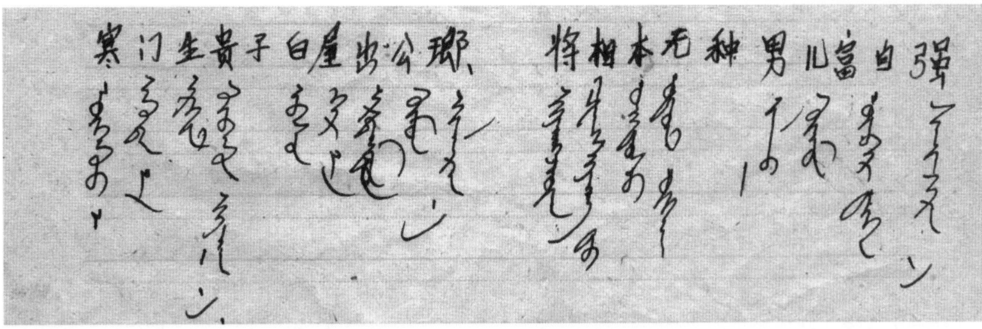
寒门生贵子 白屋出公卿、将相本无种 男儿当自强

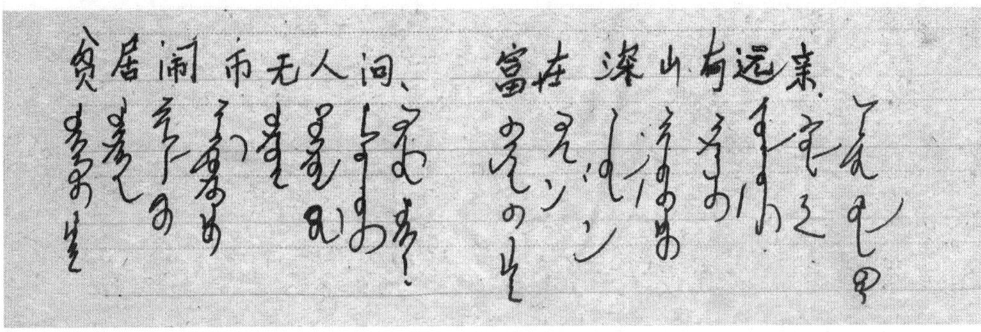
贫居闹市无人问、富在深山有远亲

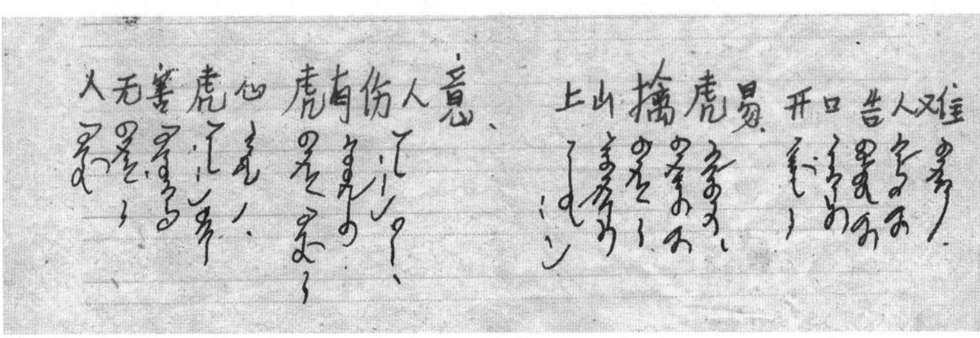
人无害虎心 虎有伤人意、上山擒虎易 开口告人难

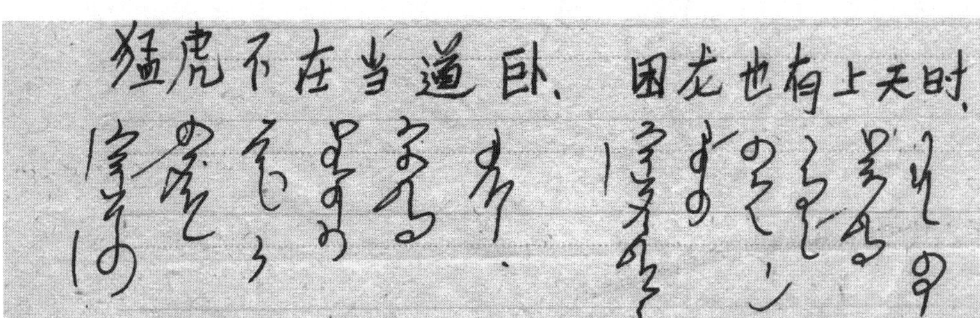
猛虎不在当道卧、困龙也有上天时

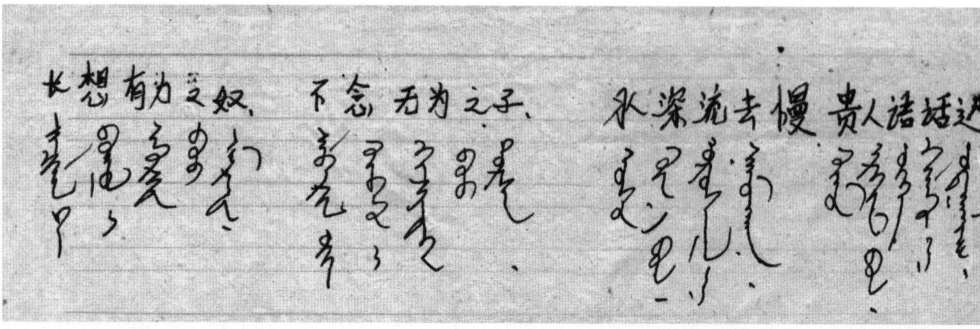
长想有力之奴、不念无为之子、水深流去慢 贵人语话迟

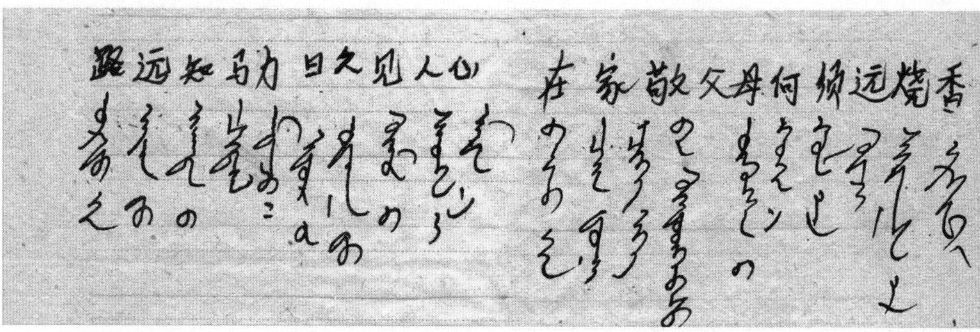
路远知马力 日久见人心 在家敬父母 何须远烧香

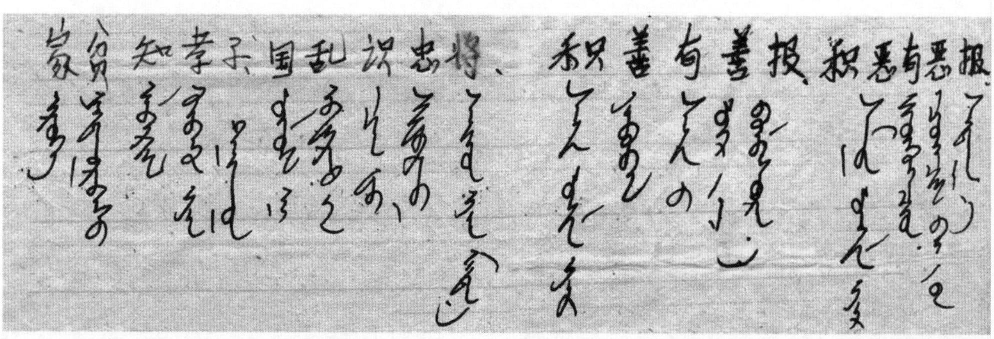
家贫知孝子、国乱识忠将、积只善有善报、积恶有恶报

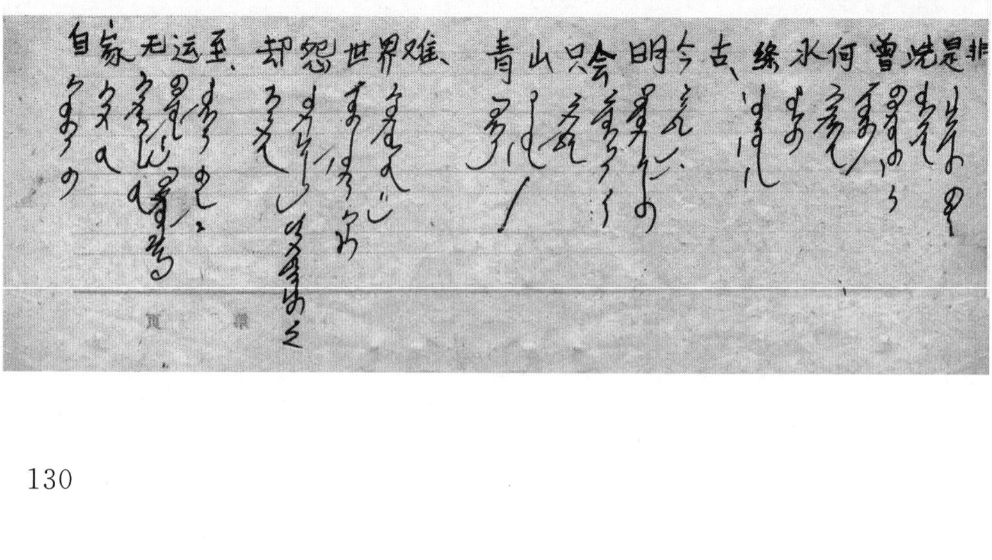
自家无运至、却怨世界难、青山只会明今古、绿水何曾洗是非

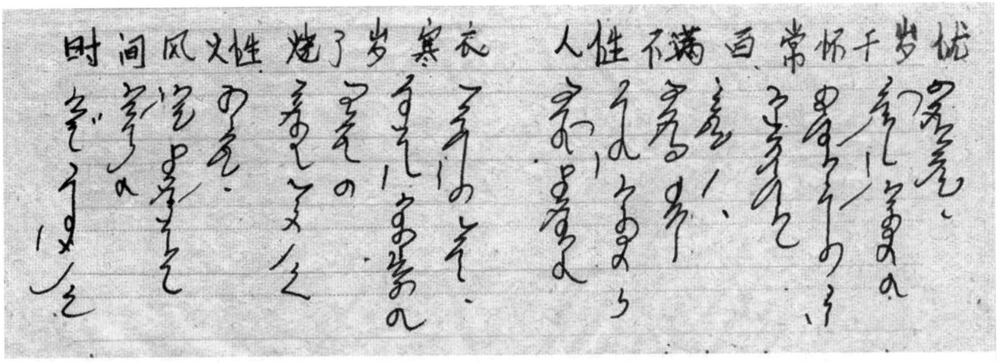
时间风火性 烧了岁寒衣
人性不满百 常怀千岁忧

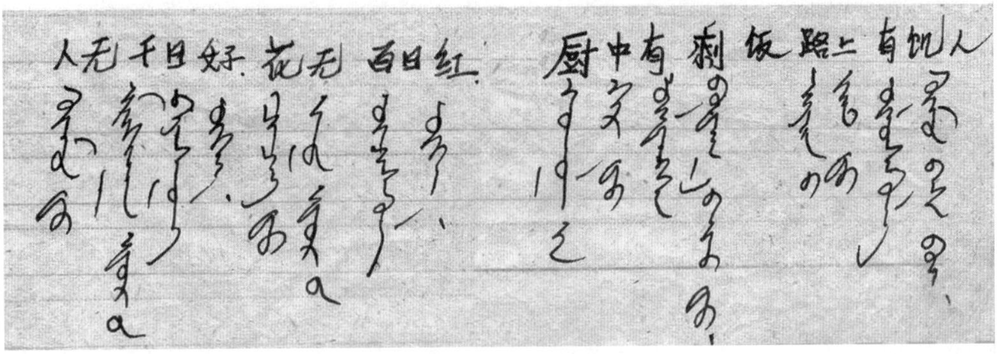
人无千日好 花无百日红
厨中有剩饭 路上有饥人

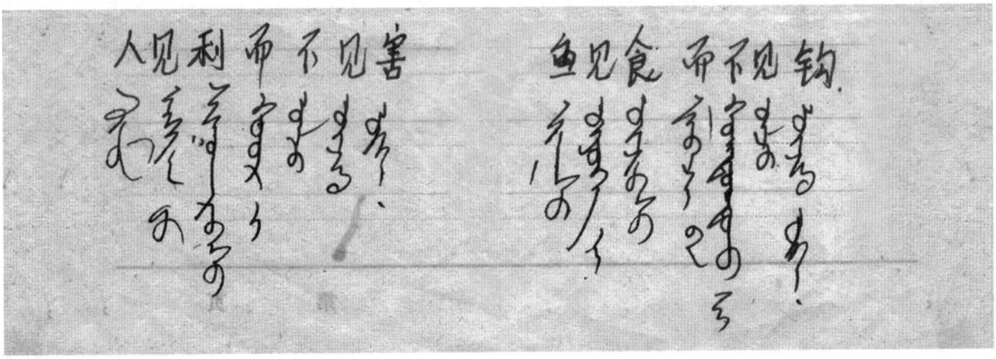
人见利而不见害
鱼见食而不见钩

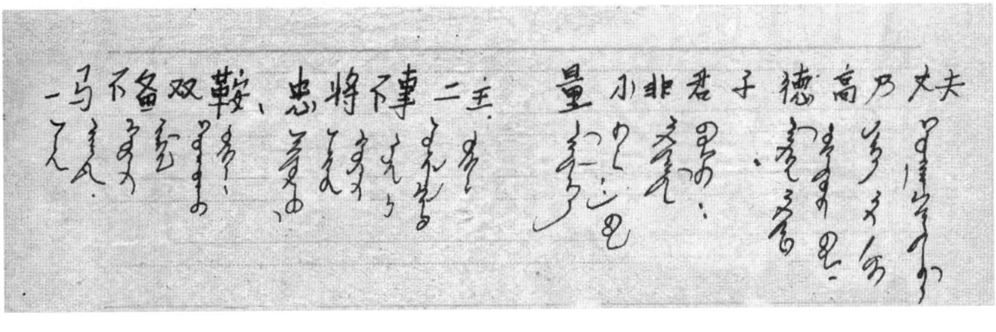
一马不备双鞍、忠将不事二主
量小非君子 德高乃丈夫

(17 — 20)

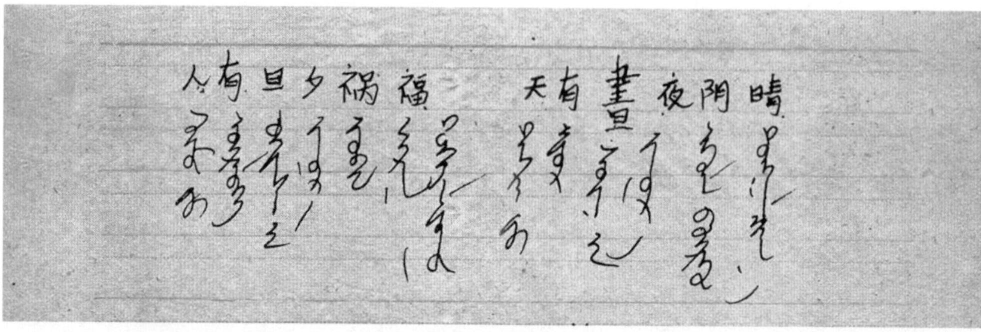
人有旦夕祸福　天有昼夜阴晴

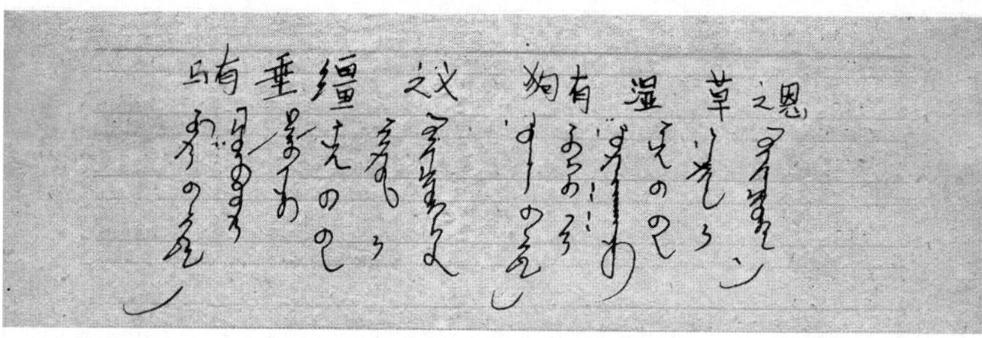
马有垂缰之义　狗有湿草之恩

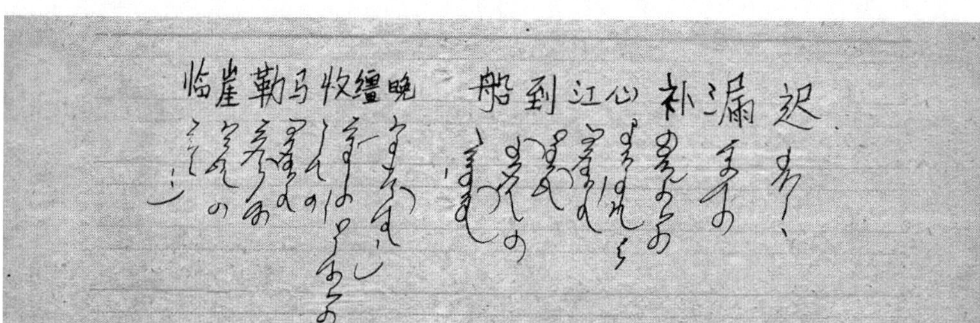
临崖勒马收缰晚　船到江心补漏迟

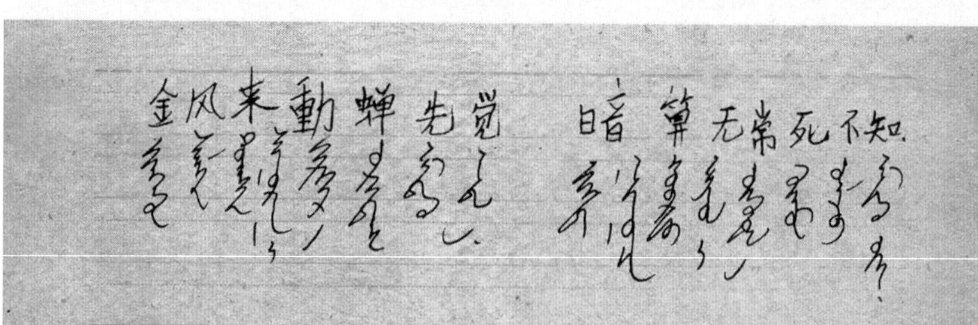
金风来動蝉先觉　暗算无常死不知

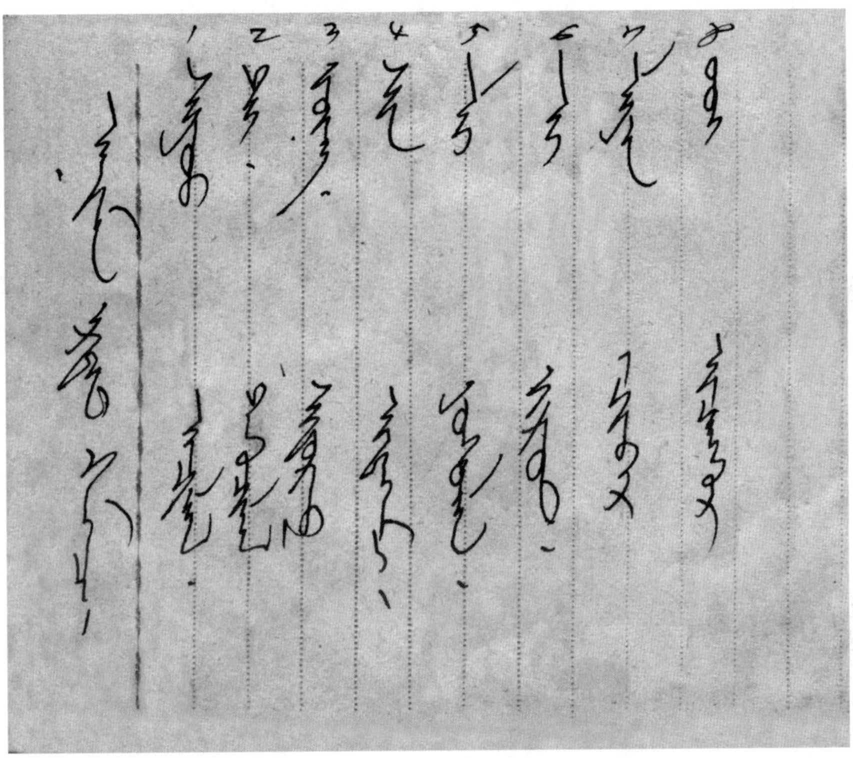

ᠣᠯᠠᠨᠲᠡᠭᠡ ᠬᠡᠯᠪᠡᠷᠢ ᠶᠢᠨ ᠮᠣᠩᠭᠣᠯ ᠤ ᠪᠢᠴᠢᠭ ᠪᠢᠴᠢᠯᠭᠡ ᠶᠢᠨ ᠬᠡᠯᠪᠡᠷᠢ ᠶᠢᠨ ᠵᠢᠱᠢᠶ᠎ᠡ (1)

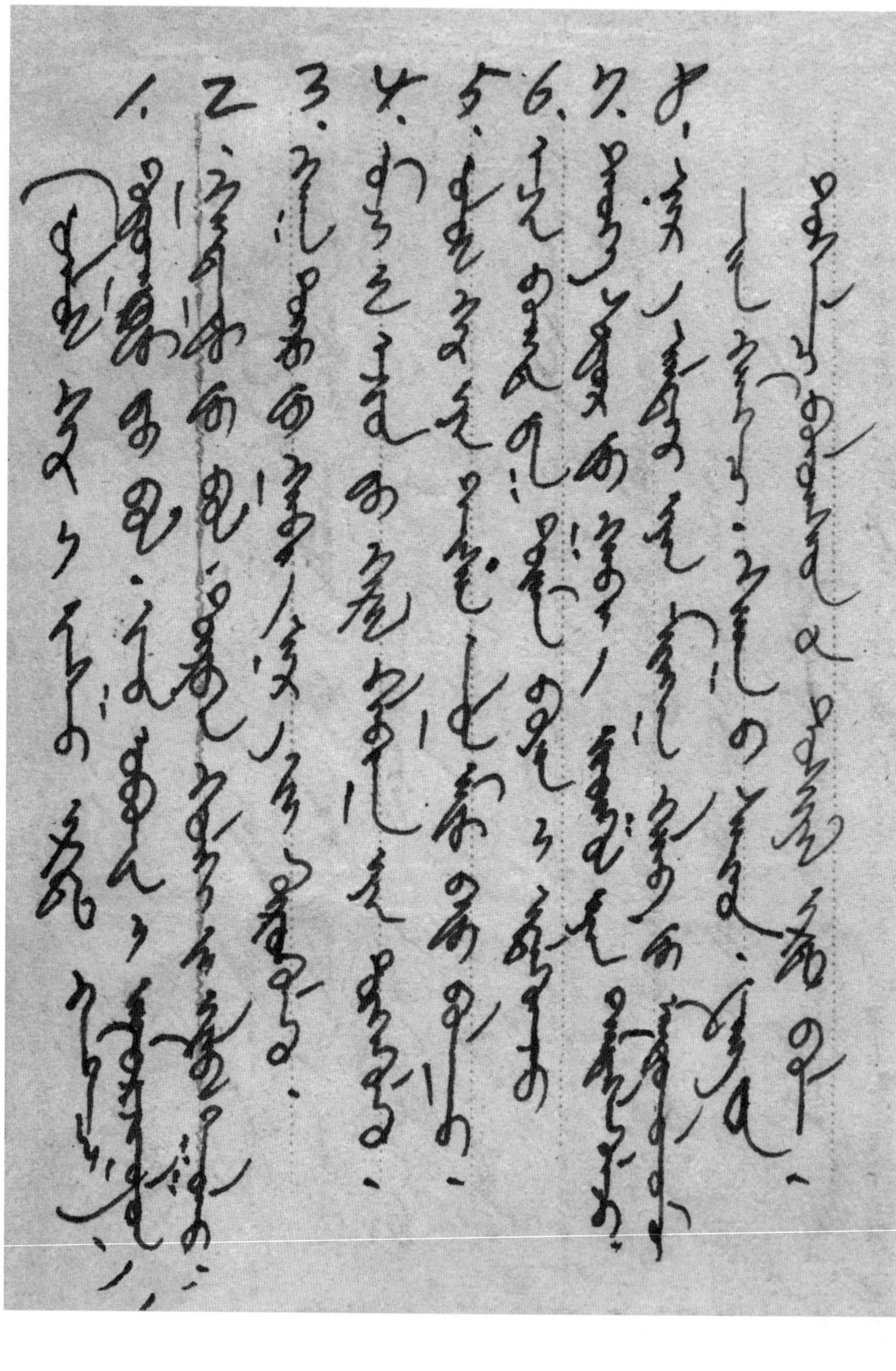

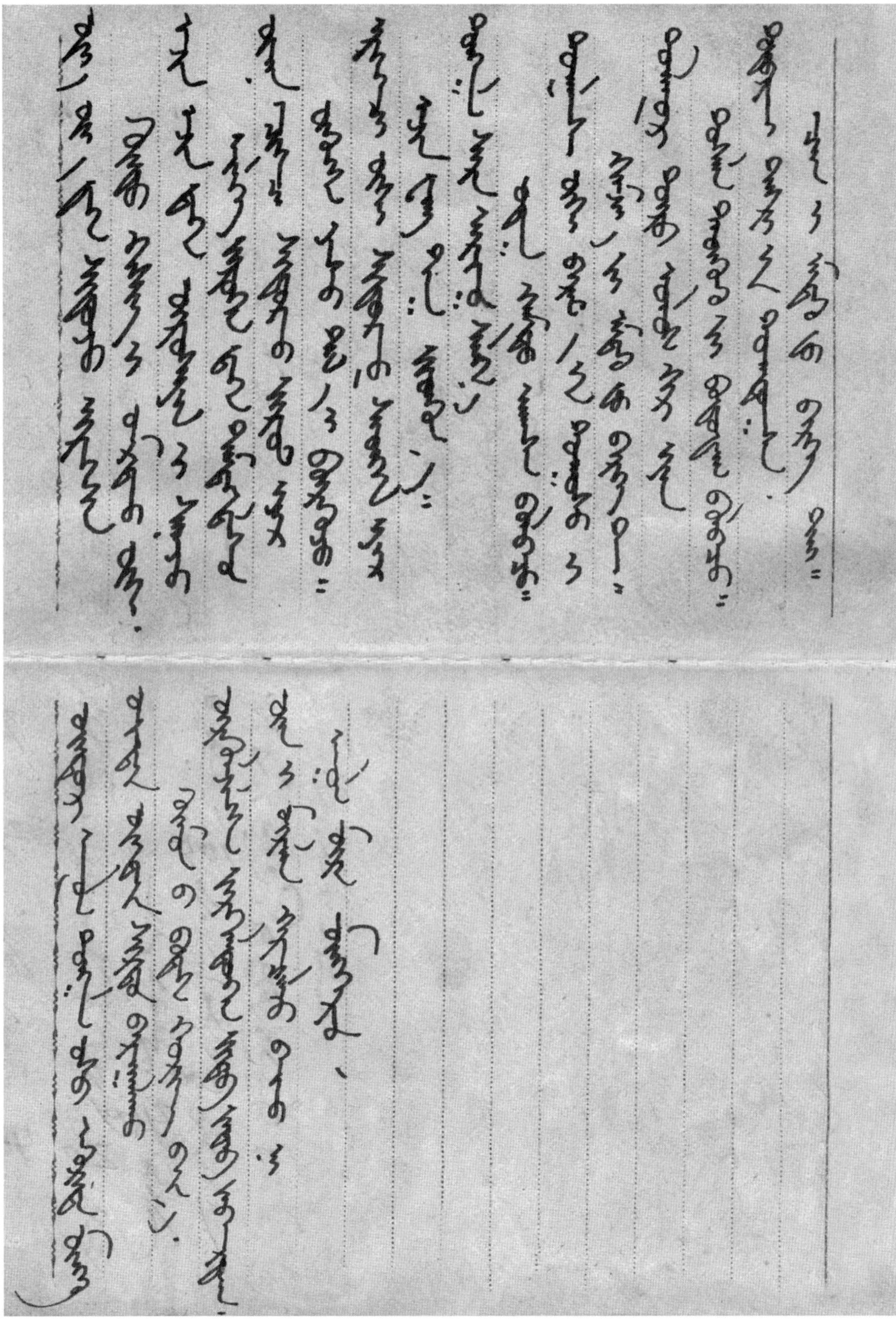

ᠭᠠᠩᠵᠤᠤᠷ ᠰᠦᠮ᠎ᠡ ᠶᠢᠨ ᠯᠠᠮ᠎ᠠ ᠪᠠ ᠳᠠᠷᠬᠠᠨ ᠪᠢᠴᠢᠭ᠌ ᠦᠨ ᠪᠢᠴᠢᠭ᠌ ᠬᠠᠷᠢᠯᠴᠠᠭ᠎ᠠ ᠶᠢᠨ ᠵᠢᠷᠤᠭ (3)

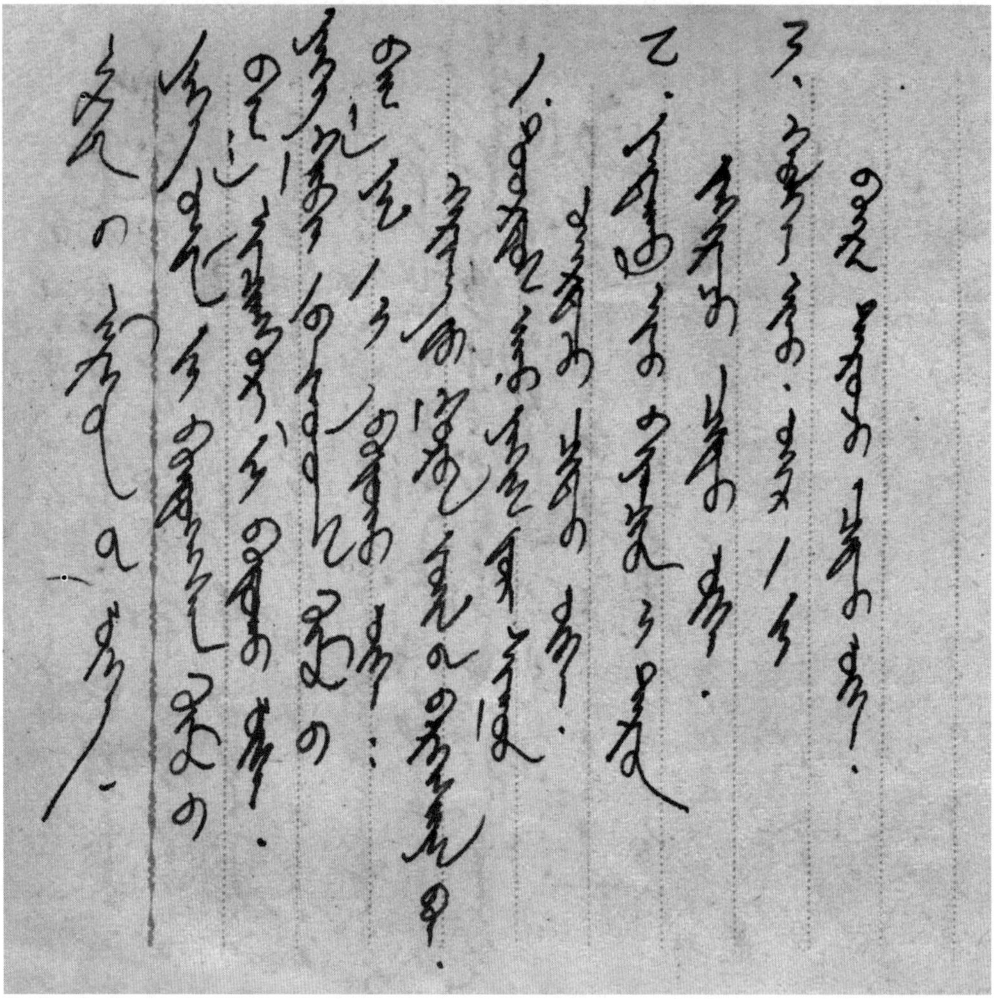

(4)

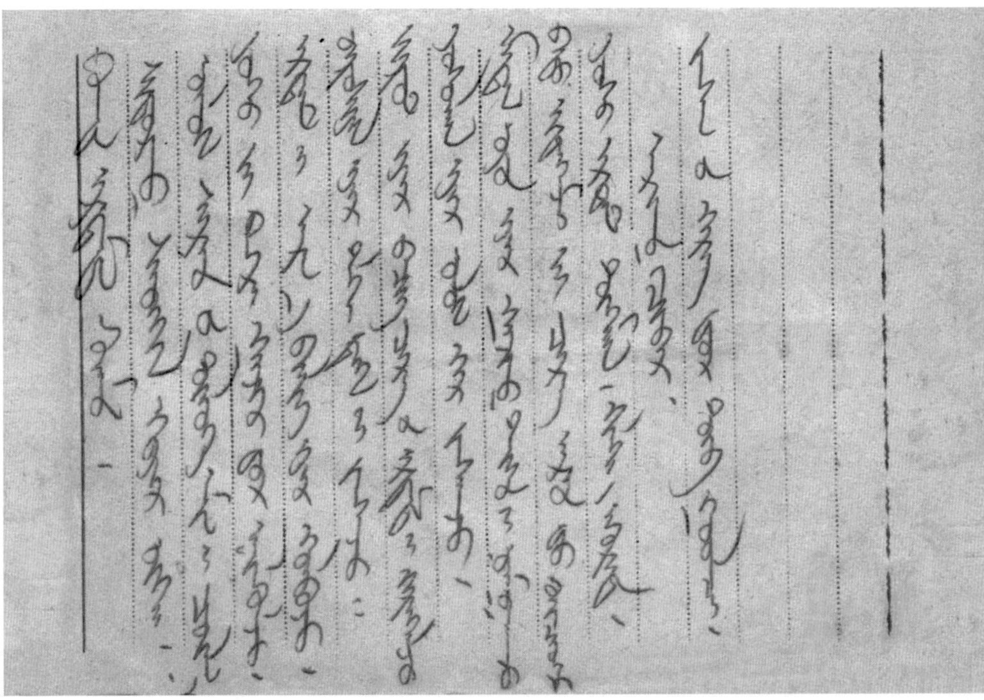

ᠮᠡᠷᠭᠡᠨ ᠭᠡᠭᠡᠨ ᠦ ᠰᠦᠮ᠎ᠡ ᠳᠦ ᠬᠠᠳᠠᠭᠠᠯᠠᠭᠰᠠᠨ ᠤ ᠪᠢᠴᠢᠭ ᠮᠠᠲ᠋ᠧᠷᠢᠶᠠᠯ ᠤᠨ ᠵᠢᠷᠤᠭ (5)

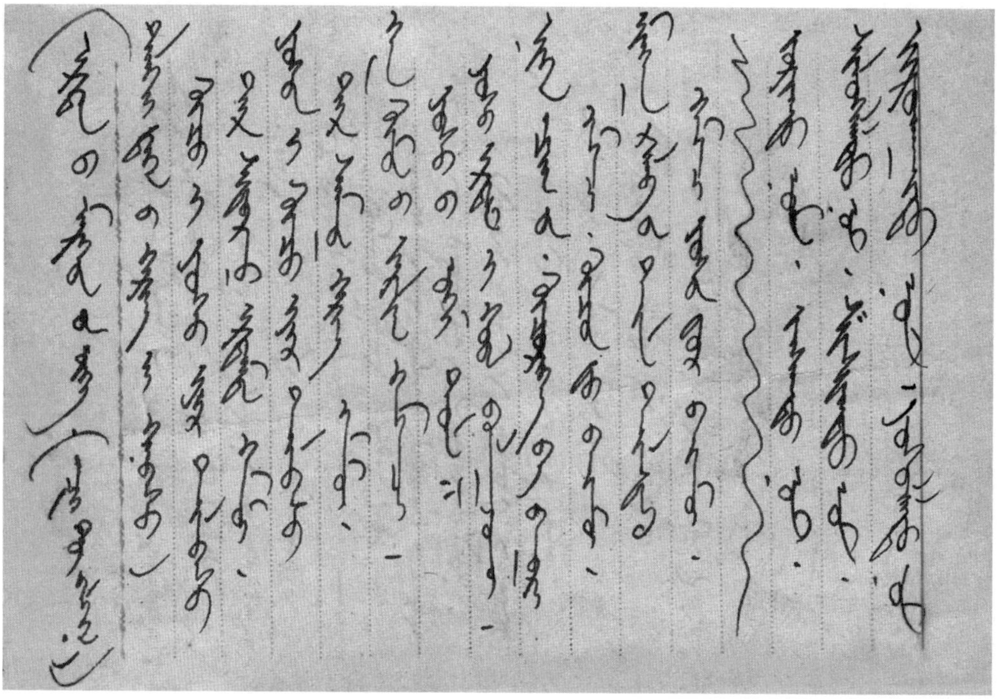

[illegible] (6)

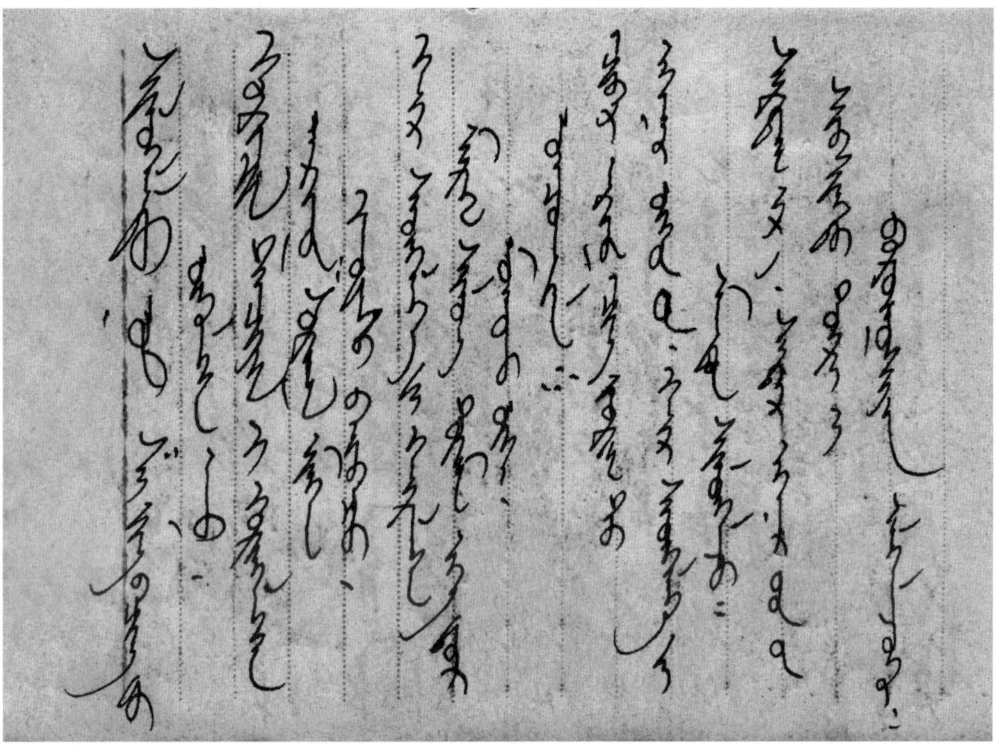

ᠬᠤᠪᠢᠰᠬᠠᠯ ᠤᠨ ᠠᠷᠭ᠎ᠠ ᠪᠠᠷ ᠪᠠᠢᠴᠠᠭᠠᠯᠲᠠ ᠶᠢᠨ ᠪᠢᠴᠢᠭ ᠪᠠᠷᠢᠮᠲᠠ ᠶᠢᠨ ᠵᠢᠷᠤᠭ (7)

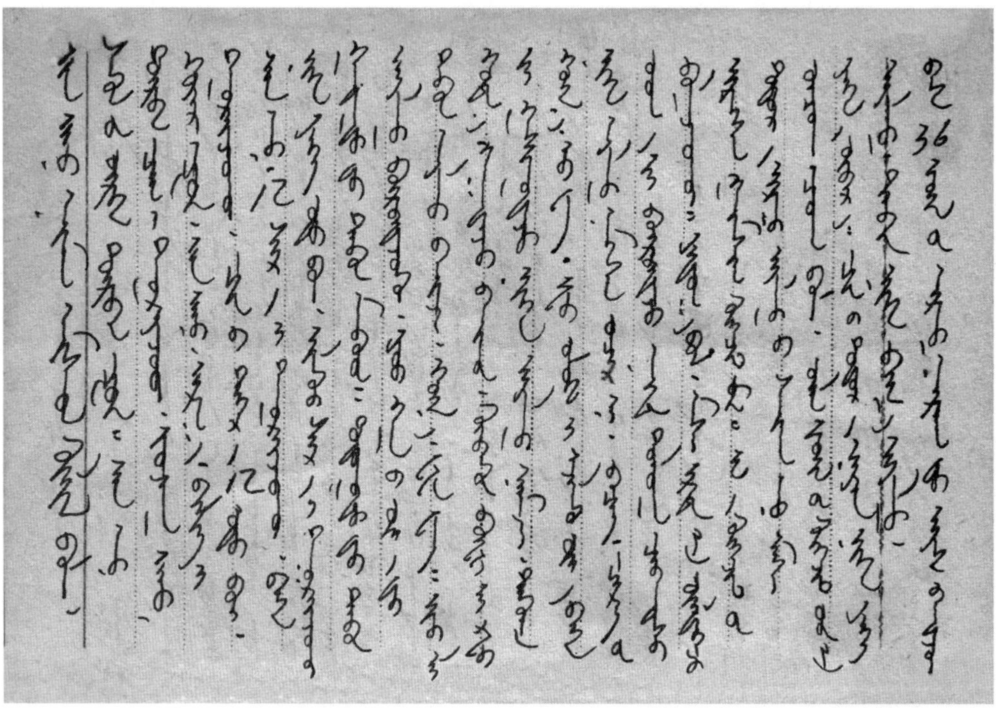

[illegible] (8)

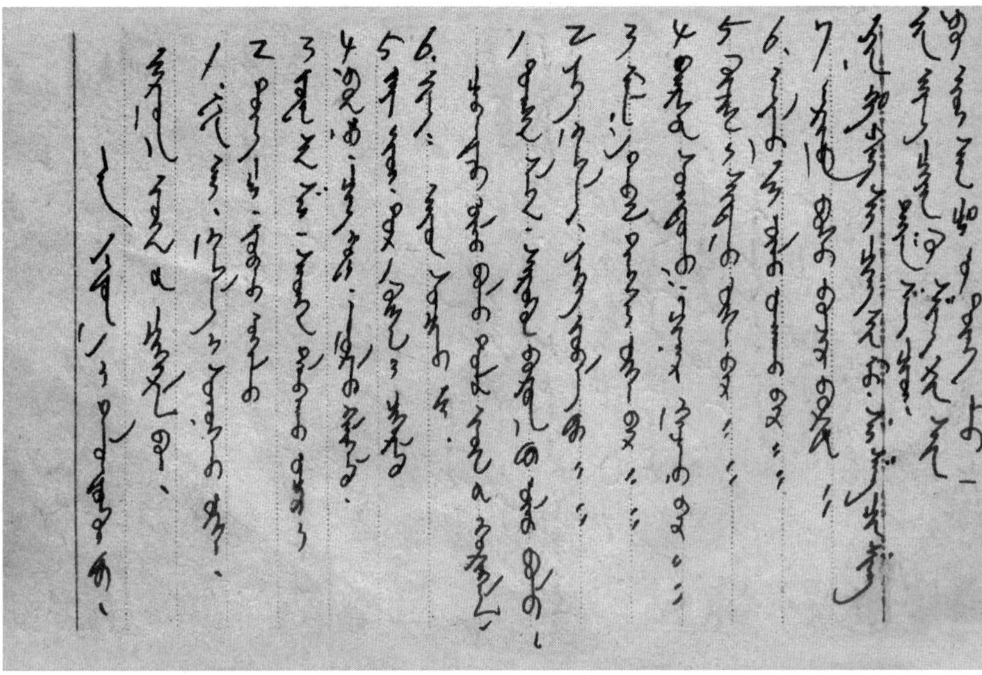

(9)

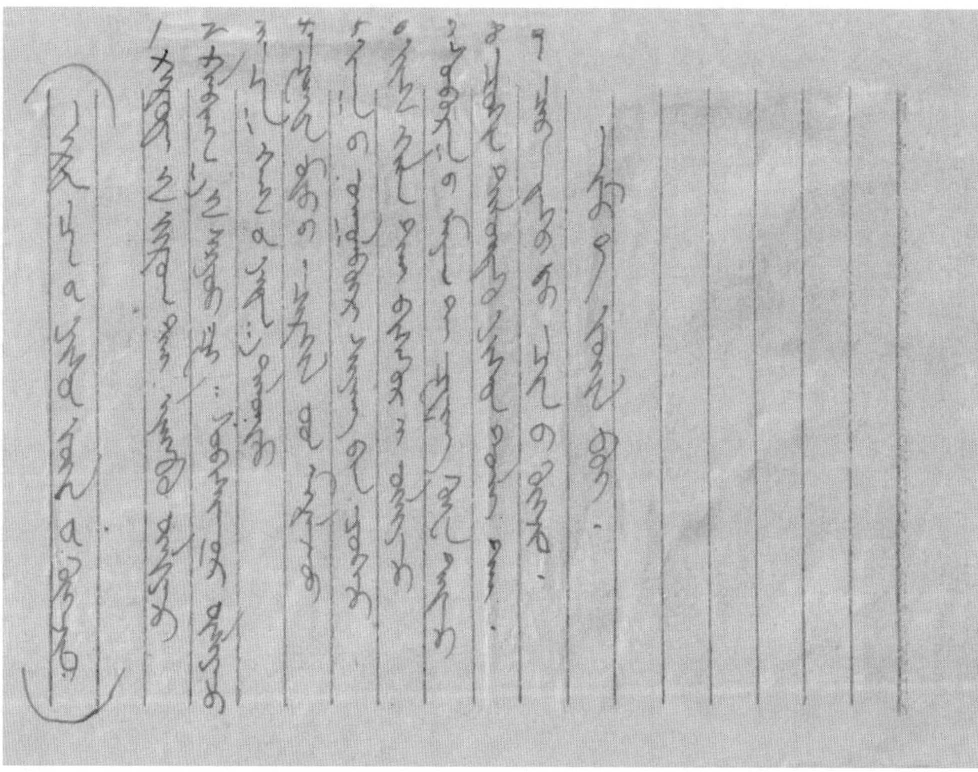

[illegible] (10)

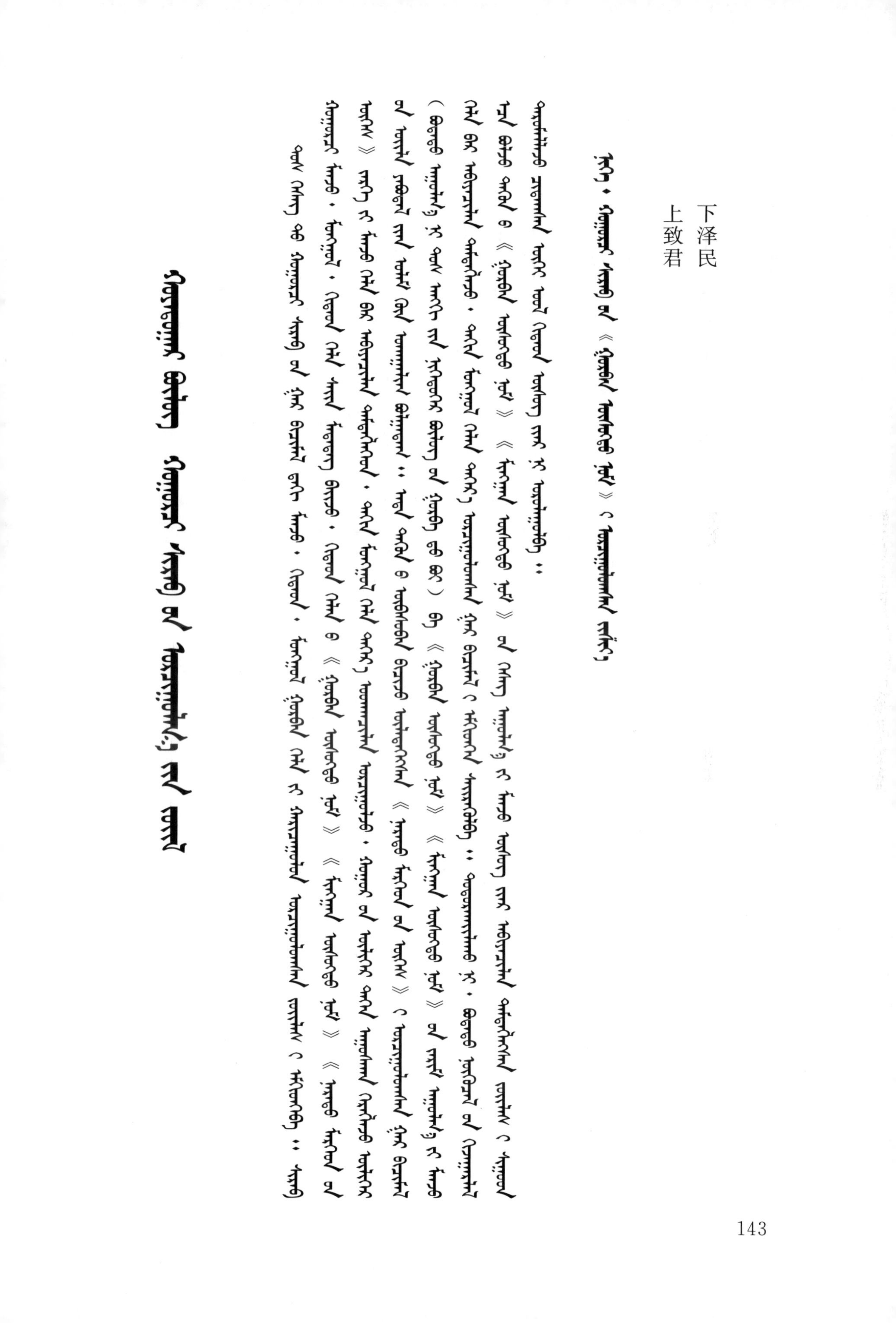

上致君
下泽民

[illegible]

[illegible]

[illegible]

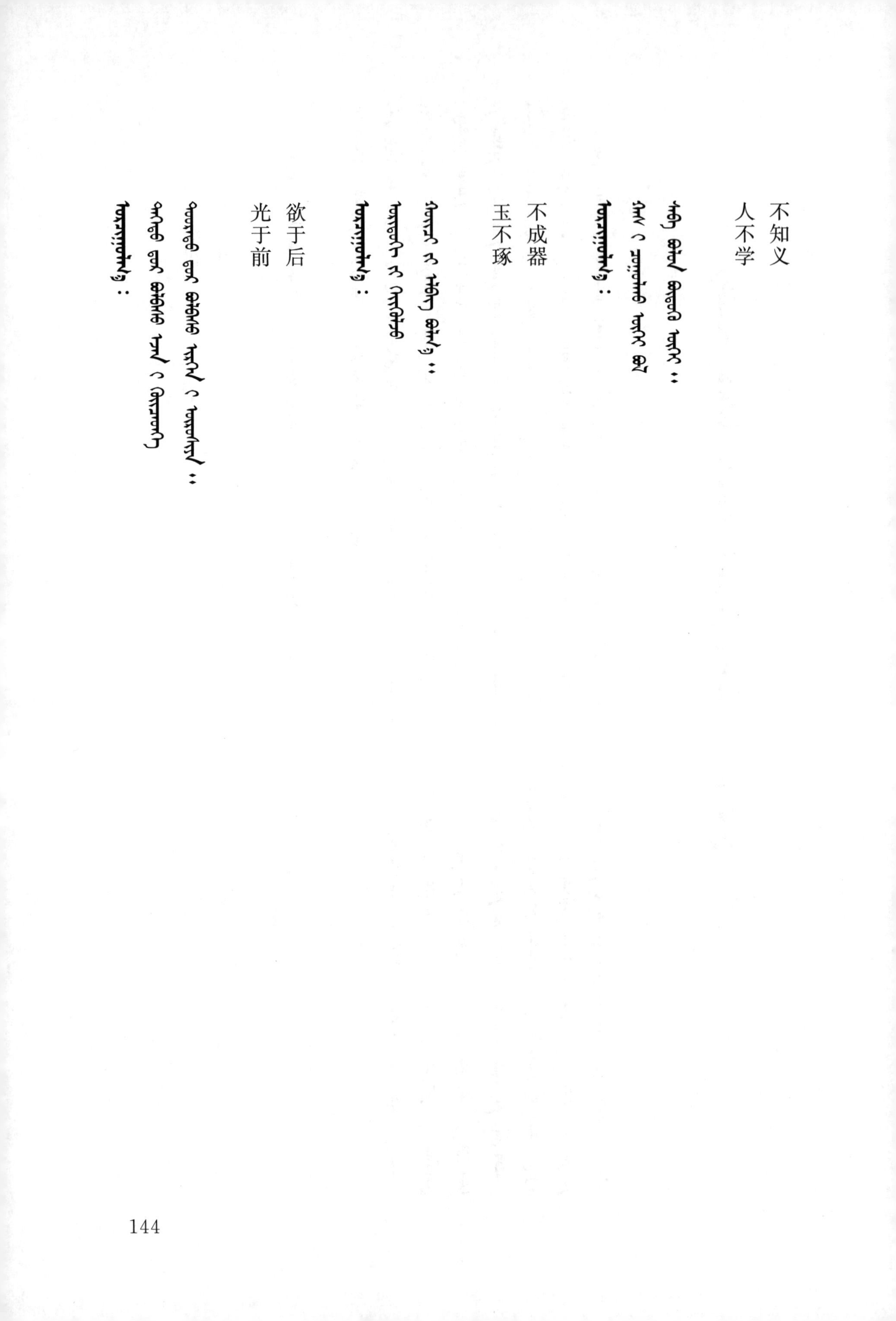

不知义
人不学

[illegible]
[illegible]
[illegible]

不成器
玉不琢

[illegible]
[illegible]
[illegible]

欲于后
光于前

[illegible]
[illegible]
[illegible]

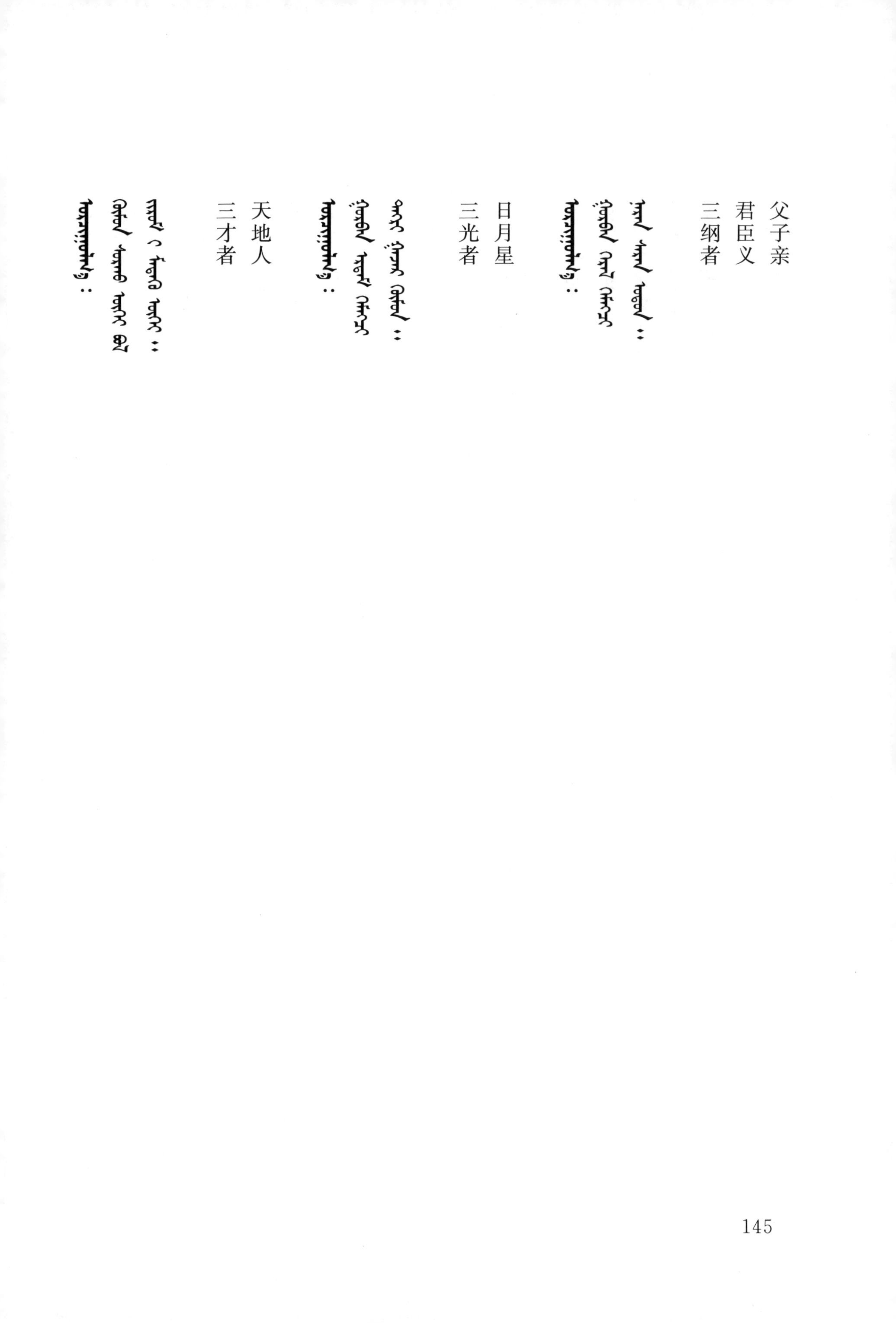

父子亲
君臣义
三纲者

[illegible]

日月星
三光者

[illegible]

天地人
三才者

[illegible]

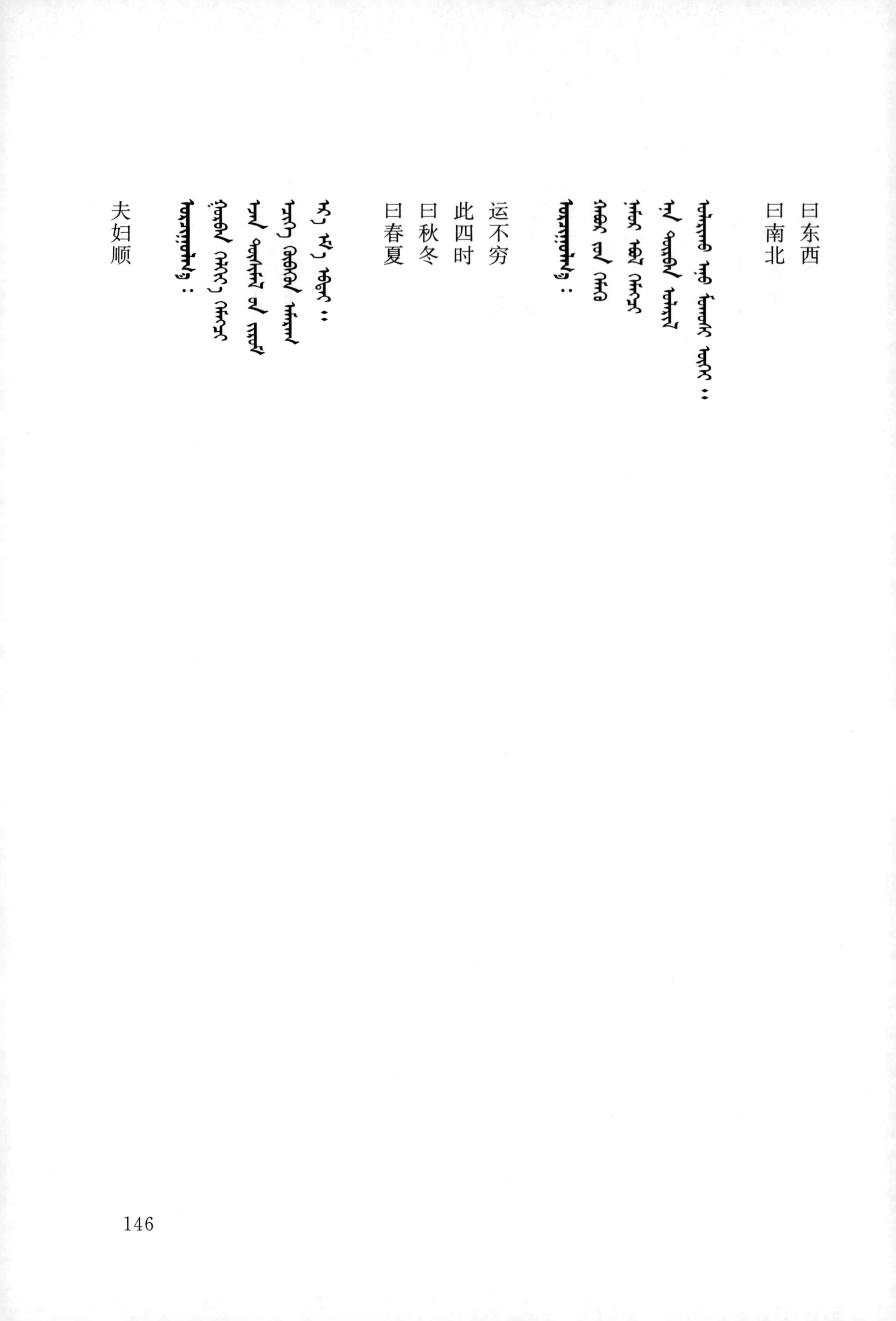

夫妇顺

[illegible]

曰春夏
曰秋冬
此四时
运不穷

[illegible]

曰南北
曰东西

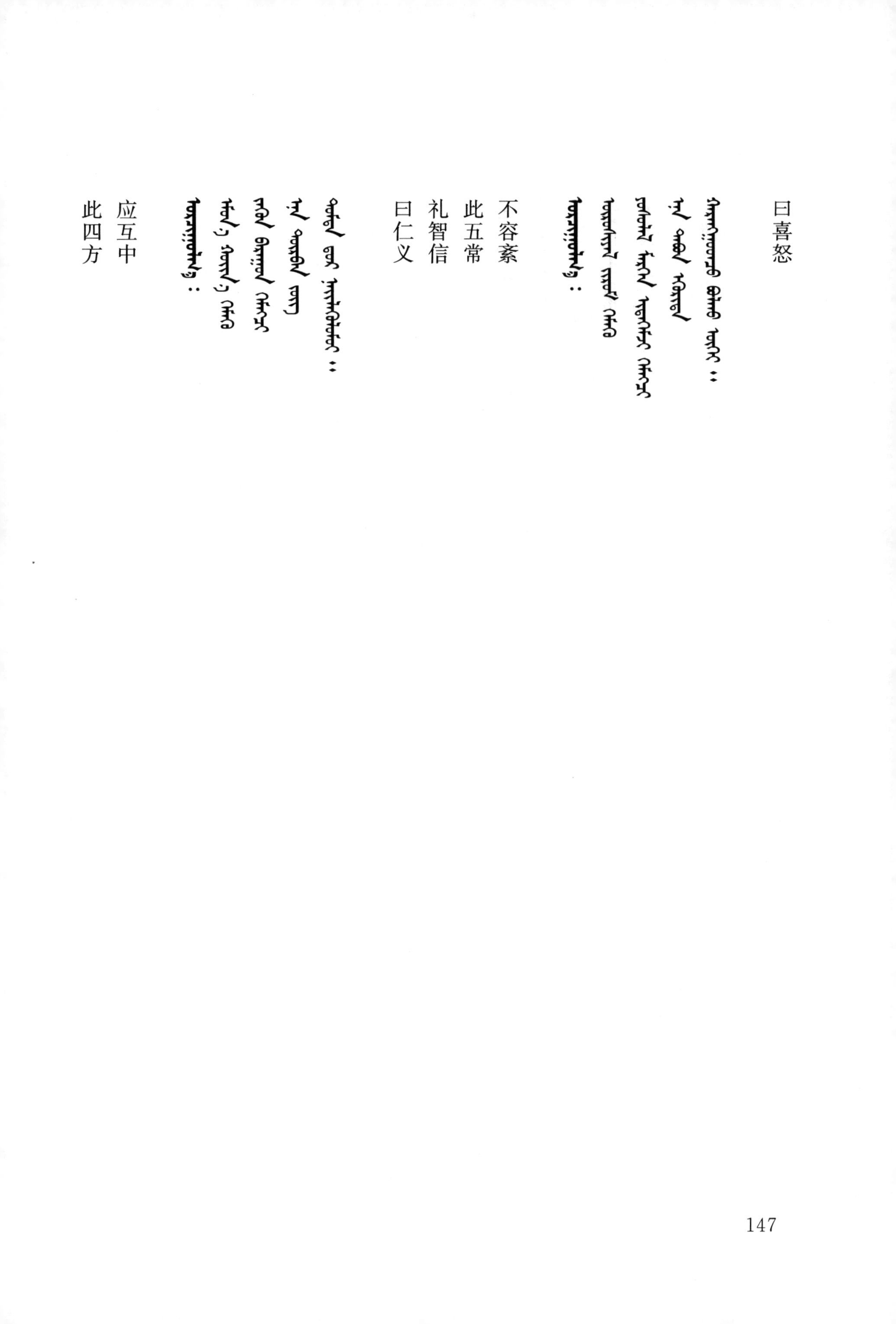

此四方

应互中

曰仁义

礼智信

此五常

不容紊

曰喜怒

父子恩
夫妇从
兄则友
弟则恭
长幼序
友与朋
君则敬
臣则忠
此十义

ᠡᠳᠡᠭᠡᠷ ᠠᠷᠪᠠᠨ ᠤ ᠵᠦᠢᠯ ᠪᠣᠯᠤᠨ᠎ᠠ ::

ᠬᠠᠶᠢᠷᠠᠯᠠᠬᠤ ᠵᠢᠭᠰᠢᠬᠦ ᠳᠤᠷᠠᠯᠠᠬᠤ
ᠭᠠᠰᠢᠭᠳᠠᠬᠤ ᠠᠶᠤᠬᠤ ᠪᠠᠶᠠᠰᠬᠤ
ᠳᠣᠯᠣᠭᠠᠨ ᠰᠡᠳᠬᠢᠯ ᠢ
ᠪᠦᠷᠢᠯᠳᠦᠭᠦᠯᠦᠨ᠎ᠡ :

曰哀惧
爱恶欲
七情具

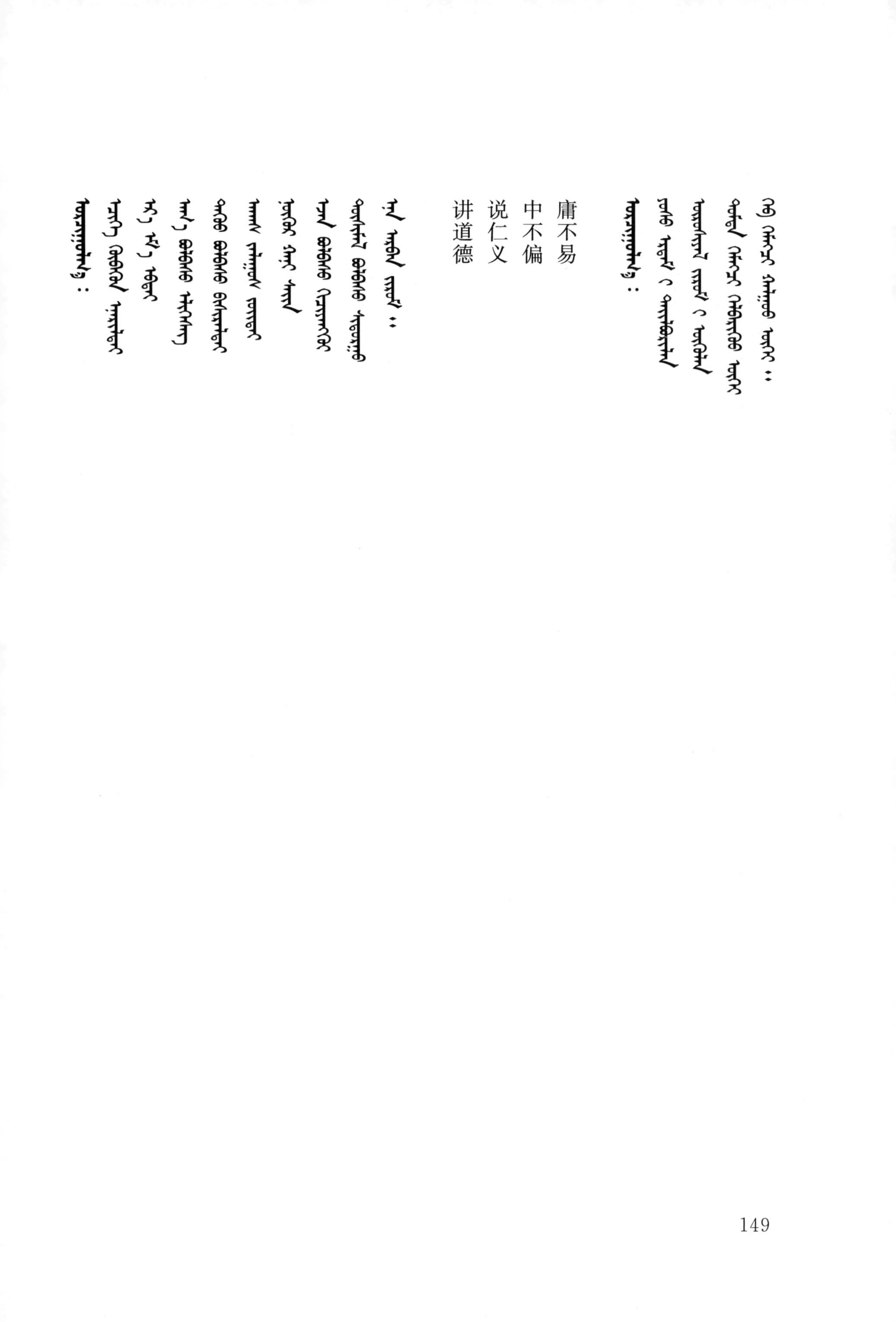

庸不易
中不偏
说仁义
讲道德

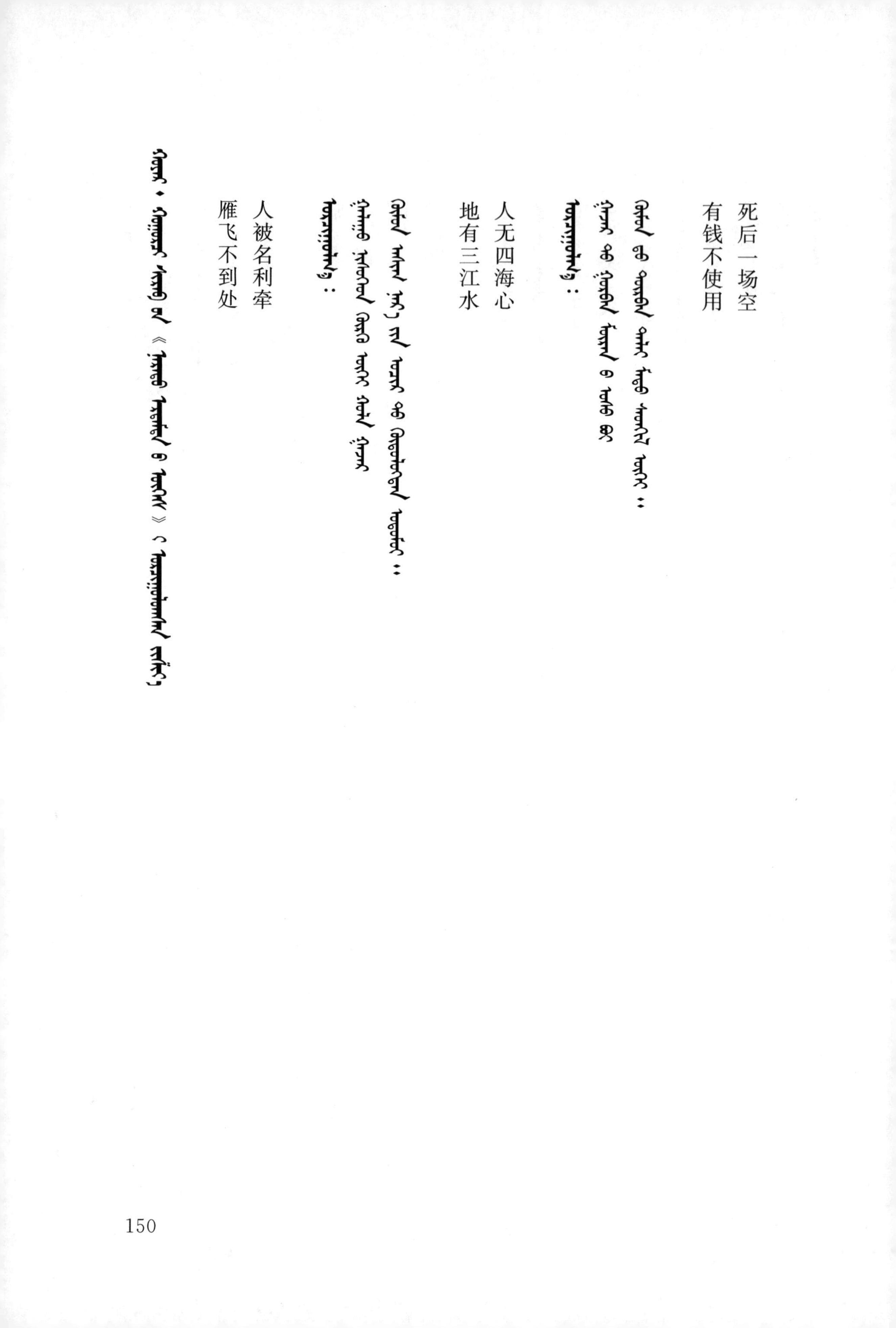

[illegible]

雁飞不到处
人被名利牵

[illegible]
[illegible]

地有三江水
人无四海心

[illegible]
[illegible]

有钱不使用
死后一场空

官清民自安
国正天心顺

ᠲᠦᠰᠢᠮᠡᠯ ᠤ ᠴᠡᠪᠡᠷ ᠪᠣᠯ ᠠᠷᠠᠳ ᠠᠮᠤᠷ ᠲᠦᠪᠰᠢᠨ ᠪᠠᠢᠨ᠎ᠠ ᠄
ᠲᠥᠷᠥ ᠵᠥᠪ ᠪᠣᠯ ᠲᠩᠷᠢ ᠶᠢᠨ ᠰᠡᠳᠬᠢᠯ ᠪᠠᠢᠨ᠎ᠠ
ᠮᠡᠳᠡᠭᠳᠡᠨ᠎ᠡ ᠄

自在不成人
成人不自在

ᠪᠡᠶᠡᠪᠡᠨ ᠵᠢ ᠵᠢᠷᠭᠠᠭᠠᠬᠤ ᠳᠤ ᠬᠦᠮᠦᠨ ᠪᠣᠯᠬᠤ ᠦᠭᠡᠢ ᠄
ᠬᠦᠮᠦᠨ ᠢ ᠪᠣᠯᠬᠤ ᠳᠤ ᠪᠡᠶᠡᠪᠡᠨ ᠵᠢᠷᠭᠠᠬᠤ ᠦᠭᠡᠢ
ᠮᠡᠳᠡᠭᠳᠡᠨ᠎ᠡ ᠄

为富不仁矣
为仁不富矣

ᠪᠠᠶᠠᠵᠢᠬᠤ ᠤ ᠬᠦᠰᠡᠯ ᠨᠢᠭᠦᠯᠡᠰ ᠦᠭᠡᠢ ᠄
ᠨᠢ ᠨᠢᠭᠦᠯᠡᠰᠬᠦᠢ ᠪᠠᠶᠠᠵᠢᠬᠤ ᠦᠭᠡᠢ ᠳᠤ
ᠮᠡᠳᠡᠭᠳᠡᠨ᠎ᠡ ᠄

德重鬼神钦
道高龙虎伏

ᠪᠣᠶᠠᠨ ᠬᠦᠨᠳᠦ ᠳᠦ ᠠᠳᠠ ᠰᠦᠨᠰᠦᠰ ᠲᠣᠭᠠ ᠲᠣᠭᠠ ᠬᠦᠨᠳᠦᠳᠡᠭ᠃
ᠪᠣᠭᠳᠠ ᠶᠢᠨ ᠠᠷᠭᠠ ᠳᠤ ᠯᠤᠤ ᠪᠠᠷ ᠰᠦᠷᠦᠭᠳᠡᠳᠡᠭ
ᠣᠷᠴᠢᠭᠤᠯᠤᠯᠲᠠ:

青天日日见
白云朝朝过

ᠬᠥᠬᠡ ᠲᠩᠭᠠᠷᠢ ᠡᠳᠦᠷ ᠪᠦᠷᠢ ᠦᠵᠡᠭᠳᠡᠨ᠎ᠡ᠃
ᠴᠠᠭᠠᠨ ᠡᠭᠦᠯᠡ ᠡᠳᠦᠷ ᠪᠦᠷᠢ ᠥᠩᠭᠡᠷᠡᠨ ᠥᠩᠭᠡᠷᠡᠨ᠎ᠡ
ᠣᠷᠴᠢᠭᠤᠯᠤᠯᠲᠠ:

子孝父心宽
妻贤夫祸少

ᠬᠥᠪᠡᠭᠦᠨ ᠡᠴᠢᠭᠡ ᠳᠤ ᠡᠭᠦᠯᠵᠡᠭᠰᠡᠨ ᠳᠦ ᠡᠴᠢᠭᠡ ᠶᠢᠨ ᠰᠡᠳᠬᠢᠯ ᠠᠮᠤᠷ᠃
ᠡᠬᠡᠨᠡᠷ ᠰᠠᠢᠨ ᠳᠤ ᠡᠷ᠎ᠡ ᠶᠢᠨ ᠭᠠᠮᠠᠭ ᠴᠥᠭᠡᠨ
ᠣᠷᠴᠢᠭᠤᠯᠤᠯᠲᠠ:

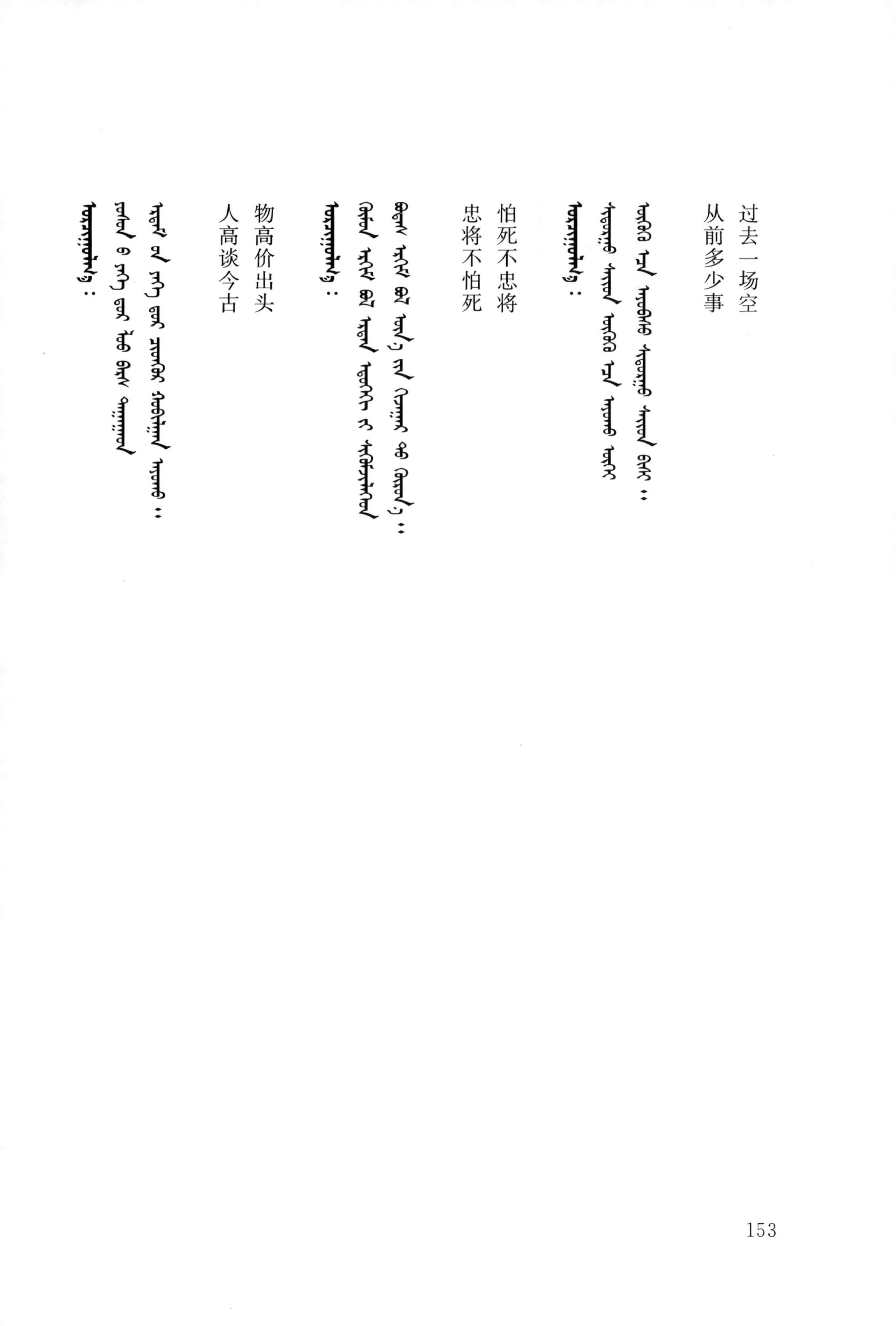

[illegible]

[illegible]

[illegible]

人高谈今古
物高价出头

[illegible]

[illegible]

[illegible]

忠将不怕死
怕死不忠将

[illegible]

[illegible]

[illegible]

从前多少事
过去一场空

虎有伤人意
人无害虎心

ᠪᠠᠷ ᠲᠤ ᠬᠦᠮᠦᠨ ᠢ ᠬᠣᠣᠷᠯᠠᠬᠤ ᠪᠣᠳᠣᠯ ᠪᠠᠢ᠌ᠨ᠎ᠠ᠄
ᠬᠦᠮᠦᠨ ᠳᠦ ᠪᠠᠷ ᠢ ᠬᠣᠣᠷᠯᠠᠬᠤ ᠰᠡᠳᠬᠢᠯ
ᠪᠠᠢᠬᠤ ᠦᠭᠡᠢ᠄

男儿当自强
将相本无种

ᠡᠷ᠎ᠡ ᠬᠦᠮᠦᠨ ᠥᠪᠡᠷ ᠢᠶᠡᠨ ᠴᠢᠩᠭᠠᠳᠬᠠᠬᠤ ᠬᠡᠷᠡᠭᠲᠡᠢ᠄
ᠵᠢᠶᠠᠩᠵᠦᠨ ᠰᠠᠶᠢᠳ ᠤᠨ ᠦᠷ᠎ᠡ ᠦᠰᠦᠭ ᠦᠭᠡᠢ
ᠪᠠᠢᠬᠤ ᠦᠭᠡᠢ᠄

白屋出公卿
寒门生贵子

ᠶᠠᠳᠠᠭᠤ ᠭᠡᠷ ᠡᠴᠡ ᠰᠠᠶᠢᠳ ᠲᠥᠷᠦᠳᠡᠭ᠄
ᠶᠠᠳᠠᠭᠤ ᠶᠢᠨ ᠭᠡᠷ ᠲᠦ ᠡᠷᠬᠡᠮ ᠬᠥᠪᠡᠭᠦᠨ
ᠲᠥᠷᠦᠳᠡᠭ᠄

日久见人心
路遥知马力

ᠤᠳᠠᠭᠠᠨ ᠬᠠᠮᠲᠤ ᠪᠣᠯ ᠬᠦᠮᠦᠨ ᠦ ᠰᠡᠳᠬᠢᠯ ᠢ ᠮᠡᠳᠡᠭᠳᠡᠨ᠎ᠡ᠄
ᠬᠣᠯᠠ ᠭᠠᠵᠠᠷ ᠪᠣᠯ ᠮᠣᠷᠢᠨ ᠢ ᠬᠦᠴᠦᠨ ᠢ
ᠮᠡᠳᠡᠭᠳᠡᠳᠡᠭ᠃

贵人语话迟
水深流去慢

ᠶᠡᠬᠡ ᠬᠦᠮᠦᠨ ᠦᠭᠡ ᠪᠡᠨ ᠤᠳᠠᠭᠠᠨ ᠬᠡᠯᠡᠳᠡᠭ᠄
ᠭᠦᠨ ᠤᠰᠤ ᠤᠷᠤᠰᠬᠠᠯ ᠵᠢᠨ ᠬᠤᠷᠳᠤ ᠨᠢ ᠤᠳᠠᠭᠠᠨ
ᠮᠡᠳᠡᠭᠳᠡᠳᠡᠭ᠃

开口告人难
上山擒虎易

ᠪᠠᠷᠰ ᠢ ᠪᠠᠷᠢᠬᠤ ᠳᠤ ᠬᠢᠯᠪᠠᠷ ᠪᠠᠢ᠌ᠨ᠎ᠠ᠄
ᠬᠦᠮᠦᠨ ᠳᠦ ᠭᠤᠶᠤᠬᠤ ᠳᠤ ᠬᠡᠴᠦᠦ
ᠮᠡᠳᠡᠭᠳᠡᠳᠡᠭ᠃

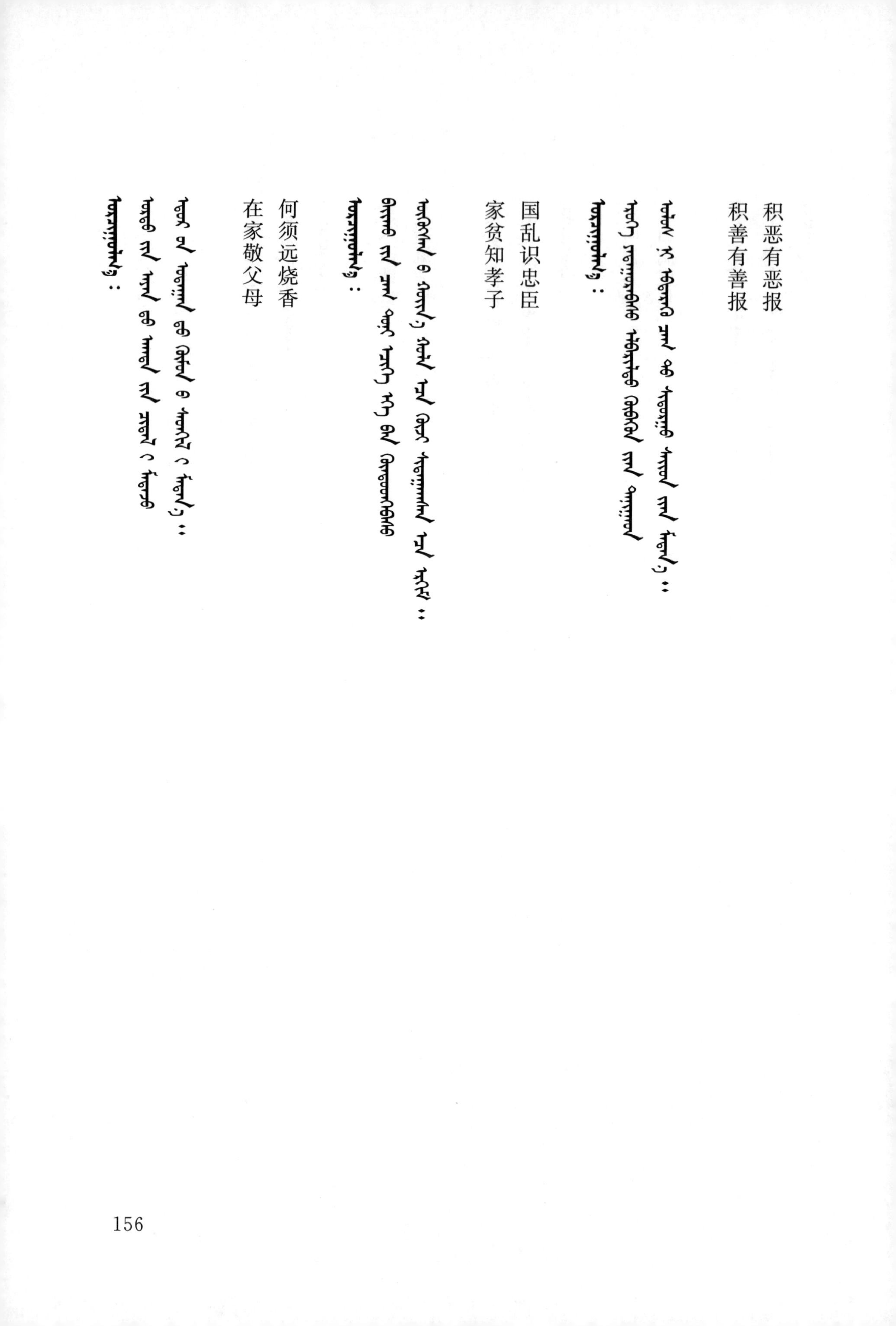

积恶有恶报
积善有善报

[illegible]

国乱识忠臣
家贫知孝子

[illegible]

何须远烧香
在家敬父母

[illegible]

常怀千岁忧
人生不满百

烧了岁寒衣
时间风火性

却怨世界难
自家无远至

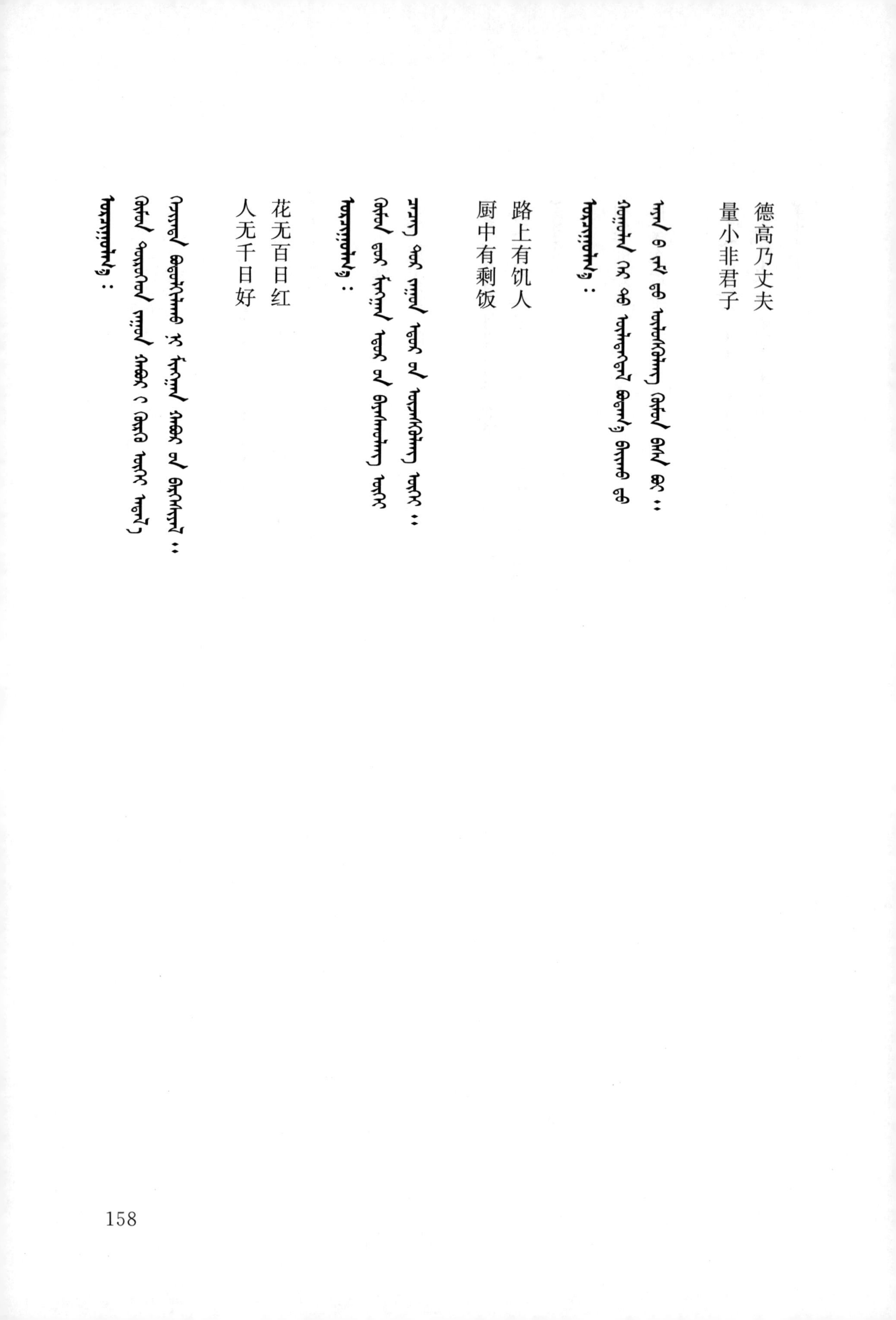

德高乃丈夫
量小非君子

[illegible] ::
[illegible]
[illegible] :

路上有饥人
厨中有剩饭

[illegible] ::
[illegible]
[illegible] :

花无百日红
人无千日好

[illegible] ::
[illegible]
[illegible] :

天有昼夜阴晴
人有旦夕祸福

ᠲᠩᠷᠢ ᠳᠦ ᠡᠳᠦᠷ ᠰᠥᠨᠢ ᠪᠤᠷᠬᠤᠭ ᠭᠡᠭᠡᠨ ᠪᠠᠢᠨ᠎ᠠ ::
ᠬᠦᠮᠦᠨ ᠳᠦ ᠵᠢᠷᠭᠠᠯ ᠵᠣᠪᠠᠯᠠᠩ ᠪᠠᠢᠨ᠎ᠠ

ᠬᠢᠲᠠᠳᠴᠢᠯᠠᠪᠠᠯ :

忠臣不事二主
好马不备双鞍

ᠦᠨᠡᠨᠴᠢ ᠲᠦᠰᠢᠮᠡᠯ ᠬᠣᠶᠠᠷ ᠡᠵᠡᠨ ᠢ ᠦᠭᠡᠢ ::
ᠰᠠᠢᠨ ᠮᠣᠷᠢ ᠬᠣᠶᠠᠷ ᠡᠮᠡᠭᠡᠯ ᠢ ᠦᠭᠡᠢ

ᠬᠢᠲᠠᠳᠴᠢᠯᠠᠪᠠᠯ :

不念无为之子
常想有力之奴

ᠬᠦᠴᠦ ᠦᠭᠡᠢ ᠬᠦᠦ ᠶᠢ ᠪᠤᠰᠤ ᠬᠦᠴᠦᠲᠡᠢ ᠪᠣᠯ ::
ᠬᠦᠴᠦᠲᠡᠢ ᠪᠣᠯᠭᠠᠯ ᠪᠣᠭᠣᠯ ᠢ ᠬᠦᠰᠡ

ᠬᠢᠲᠠᠳᠴᠢᠯᠠᠪᠠᠯ :

几家富了又还贫
我见几家贫了富

ᠬᠡᠳᠦᠢ ᠪᠠᠶᠠᠨ ᠤ ᠶᠠᠳᠠᠭᠤ ᠪᠣᠯᠤᠭᠰᠠᠨ ᠢ ᠪᠢ ᠦᠵᠡᠪᠡ᠃
ᠪᠠᠶᠠᠨ ᠪᠠᠶᠠᠨ ᠢᠶᠠᠨ ᠶᠠᠳᠠᠭᠤ ᠪᠣᠯᠵᠤ ᠬᠡᠳᠦᠢ ᠪᠠᠶᠠᠵᠢᠬᠤ ᠶᠢ ᠦᠵᠡᠪᠡ
ᠬᠡᠯᠡᠯᠴᠡᠳᠡᠭ᠃

天着人死有何难
人着人死天不肯

ᠲᠩᠷᠢ ᠪᠣᠯᠭᠠᠪᠠᠯ ᠬᠥᠮᠦᠨ ᠢ ᠦᠬᠦᠭᠦᠯᠬᠦ ᠳᠦ ᠶᠠᠭᠤ ᠴᠤ ᠬᠡᠴᠡᠭᠦᠦ ᠦᠭᠡᠢ᠃
ᠬᠥᠮᠦᠨ ᠪᠣᠯᠭᠠᠪᠠᠯ ᠦᠬᠦᠭᠦᠯᠬᠦ ᠶᠢ ᠲᠩᠷᠢ ᠴᠤ ᠵᠥᠪᠰᠢᠶᠡᠷᠡᠬᠦ ᠦᠭᠡᠢ
ᠬᠡᠯᠡᠯᠴᠡᠳᠡᠭ᠃

狗有湿草之恩
马有垂缰之义

ᠨᠣᠬᠠᠢ ᠳᠤ ᠨᠣᠭᠤᠭᠠᠨ ᠡᠪᠡᠰᠦ ᠶᠢᠨ ᠠᠴᠢ ᠬᠠᠷᠢᠭᠤ ᠪᠠᠶᠢᠳᠠᠭ᠃
ᠮᠣᠷᠢ ᠳᠤ ᠨᠣᠭᠤᠳᠤᠷᠭᠠ ᠶᠢᠨ ᠠᠴᠢ ᠬᠠᠷᠢᠭᠤ ᠪᠠᠶᠢᠳᠠᠭ
ᠬᠡᠯᠡᠯᠴᠡᠳᠡᠭ᠃

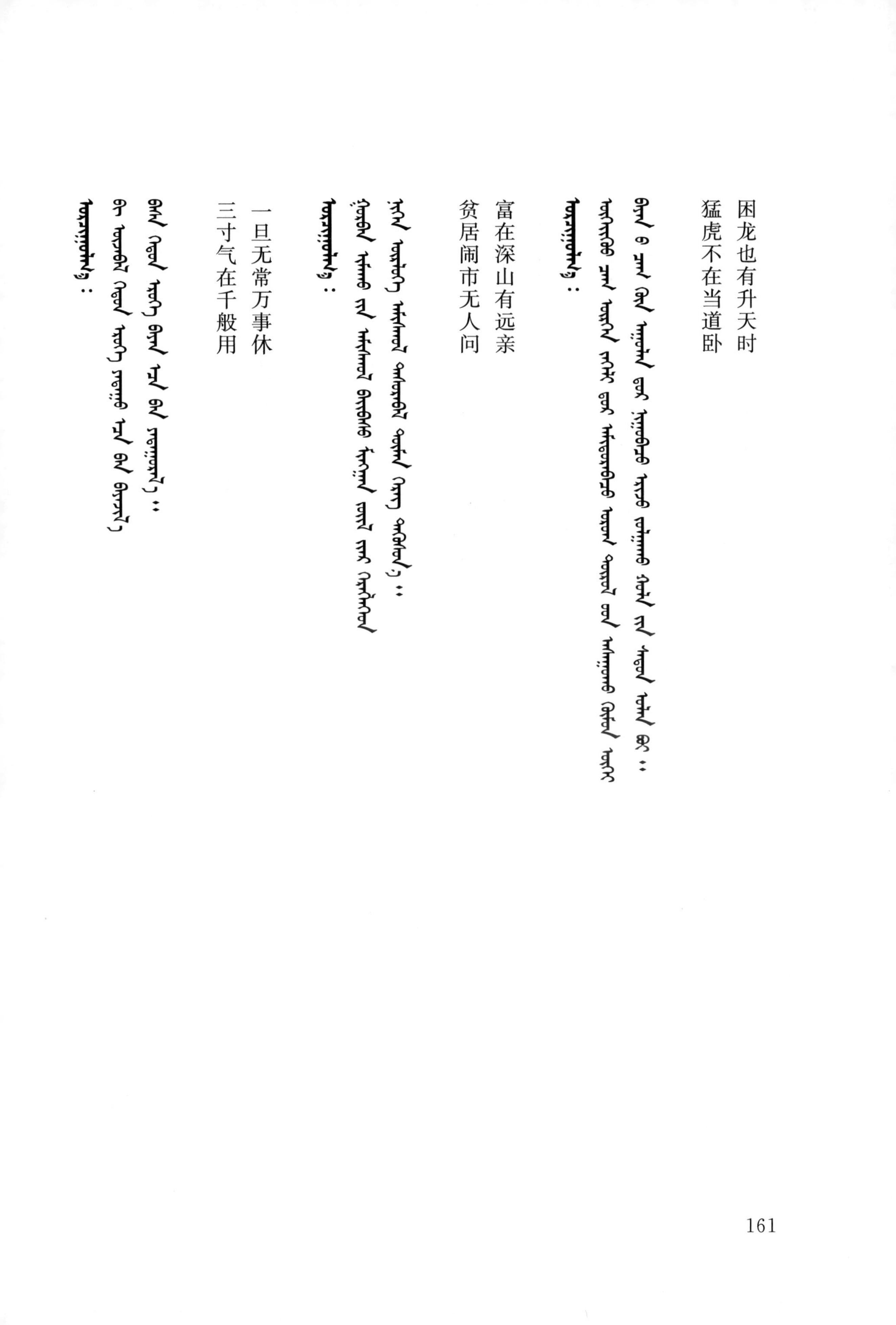

困龙也有升天时
猛虎不在当道卧

富在深山有远亲
贫居闹市无人问

一旦无常万事休
三寸气在千般用

船到江心补漏迟
临崖勒马收缰晚

ᠣᠩᠭᠤᠴᠠ ᠮᠥᠷᠡᠨ ᠦ ᠳᠤᠮᠳᠠᠳᠤ ᠬᠦᠷᠴᠦ ᠪᠠᠢᠭᠠᠳ ᠴᠣᠣᠷᠬᠠᠢ ᠶᠢ ᠨᠥᠬᠥᠬᠦ ᠳᠦ ᠣᠷᠣᠢ ᠪᠣᠯᠤᠨᠠ ᠄
ᠬᠠᠳᠠᠨ ᠡᠷᠭᠢ ᠳᠦ ᠬᠦᠷᠴᠦ ᠮᠣᠷᠢ ᠪᠠᠨ ᠵᠠᠶᠢᠯᠠᠭᠤᠯᠬᠤ ᠳᠤ ᠣᠷᠣᠢ
ᠪᠣᠯᠳᠠᠭ ᠄

鱼见食而不见钩
人见利而不见害

ᠵᠢᠭᠠᠰᠤ ᠬᠣᠭᠣᠯᠠ ᠶᠢ ᠬᠠᠷᠠᠪᠠ ᠴᠤ ᠳᠡᠭᠡᠭᠦ ᠶᠢᠨ ᠭᠣᠭᠤ ᠶᠢ ᠦᠵᠡᠳᠡᠭ ᠦᠭᠡᠢ ᠪᠠ ᠫ
ᠬᠦᠮᠦᠨ ᠠᠰᠢᠭ ᠢ ᠬᠠᠷᠠᠪᠠ ᠴᠤ ᠬᠣᠣᠷ ᠤᠨ ᠬᠣᠣᠷᠲᠤ ᠶᠢ ᠦᠵᠡᠳᠡᠭ
ᠦᠭᠡᠢ ᠄

绿水何曾洗是非
青山只会明今古

ᠨᠣᠭᠤᠭᠠᠨ ᠤᠰᠤ ᠪᠤᠷᠤᠭᠤ ᠵᠦᠪ ᠢ ᠬᠡᠵᠢᠶᠡ ᠴᠤ ᠤᠭᠠᠭᠠᠭᠰᠠᠨ ᠦᠭᠡᠢ ᠃
ᠨᠣᠭᠤᠭᠠᠨ ᠠᠭᠤᠯᠠ ᠡᠷᠲᠡ ᠣᠳᠣ ᠶᠢ ᠭᠡᠷᠡᠴᠢᠯᠡᠨ
ᠪᠠᠢᠳᠠᠭ ᠄

男效才良
女慕贞洁

ᠡᠷᠡᠴᠦᠳ ᠪᠣᠯ ᠪᠢᠯᠢᠭ ᠪᠡᠷ ᠰᠣᠷᠢᠬᠤ
ᠡᠮᠡᠭᠲᠡᠢᠴᠤᠳ ᠪᠣᠯ ᠰᠢᠨ ᠪᠡᠷ ᠰᠠᠬᠢᠬᠤ
ᠬᠡᠷᠡᠭᠲᠡᠢ ᠶᠤᠮ :

忠则尽命
孝当竭力

ᠬᠤᠪᠢᠯᠠᠢ ᠂ ᠶᠢᠨᠳᠠᠷᠠᠭ ᠤᠨ 《ᠮᠢᠩᠭᠠᠨ ᠮᠡᠷᠭᠡᠨ ᠦᠭᠡ》 ᠡᠴᠡ ᠭᠠᠷᠤᠯ ᠲᠠᠢ
ᠲᠦᠷᠦ ᠶᠢᠨ ᠠᠯᠪᠠᠨ ᠳᠤ ᠦᠨᠡᠨᠴᠢ ᠬᠢᠰᠢᠭᠲᠤ ᠪᠠᠢᠬᠤ ᠬᠡᠷᠡᠭᠲᠡᠢ ::
ᠡᠴᠢᠭᠡ ᠡᠬᠡ ᠳᠦ ᠰᠠᠢᠨ ᠰᠡᠳᠬᠢᠯ ᠢᠶᠡᠨ ᠥᠭᠭᠦ ᠬᠡᠷᠡᠭᠲᠡᠢ
ᠶᠤᠮ :

暗算无常死不知
金风来动蝉先觉

ᠠᠮᠢᠳᠤ ᠪᠦᠬᠦᠨ ᠦ ᠦᠬᠦᠯ ᠬᠦᠷᠬᠦ ᠶᠢ ᠮᠡᠳᠡᠬᠦ ᠦᠭᠡᠢ ::
ᠠᠯᠲᠠᠨ ᠰᠠᠯᠬᠢ ᠶᠢᠨ ᠬᠥᠳᠡᠯᠬᠦ ᠶᠢ ᠴᠡᠷᠡᠭᠴᠡᠢ ᠤᠷᠢᠳᠠ ᠮᠡᠳᠡᠨ᠎ᠡ
ᠶᠤᠮ :

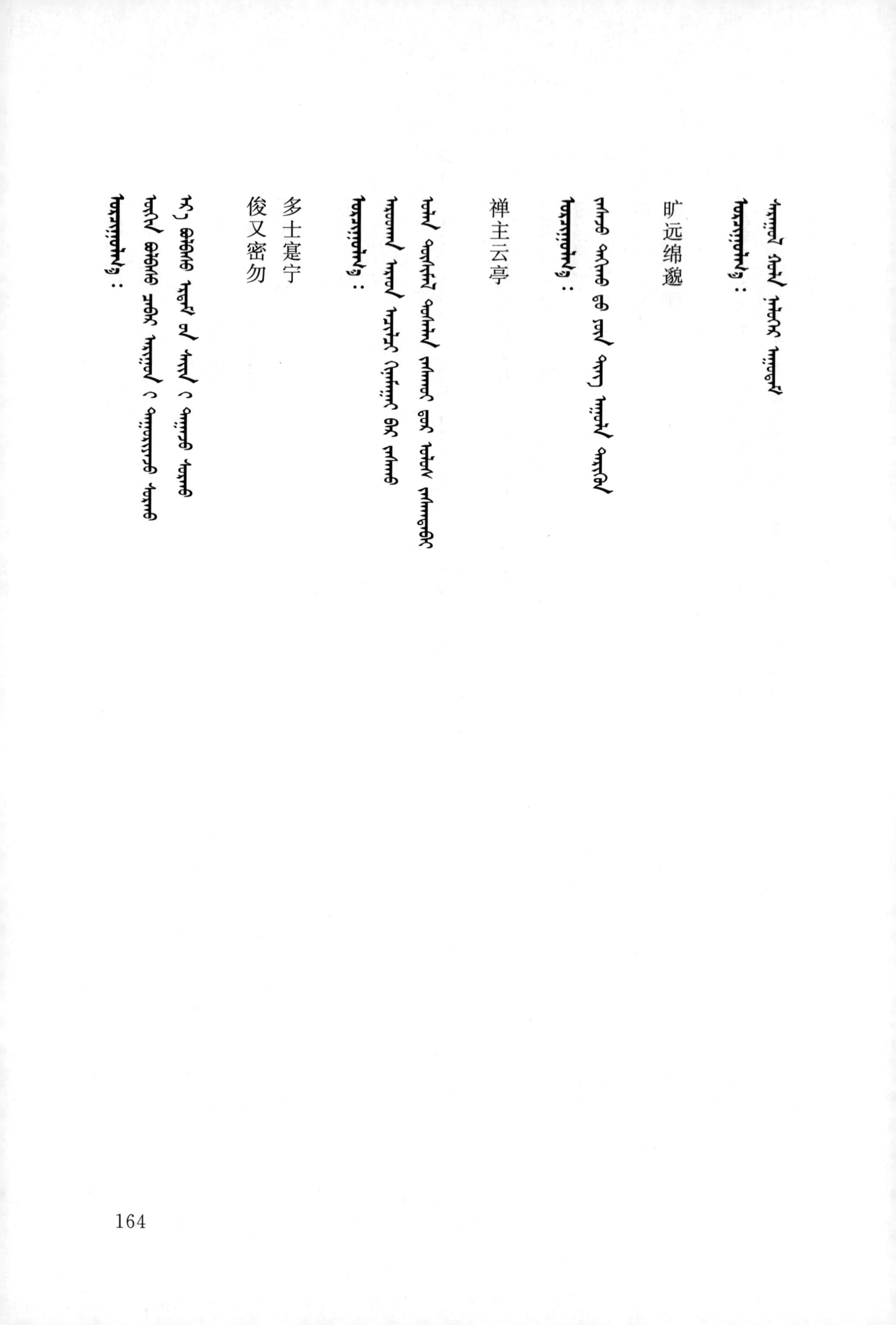

[illegible]

[illegible]

旷远绵邈

[illegible]

[illegible]

禅主云亭

[illegible]

[illegible]

[illegible]

多士寔宁

俊乂密勿

[illegible]

[illegible]

[illegible]

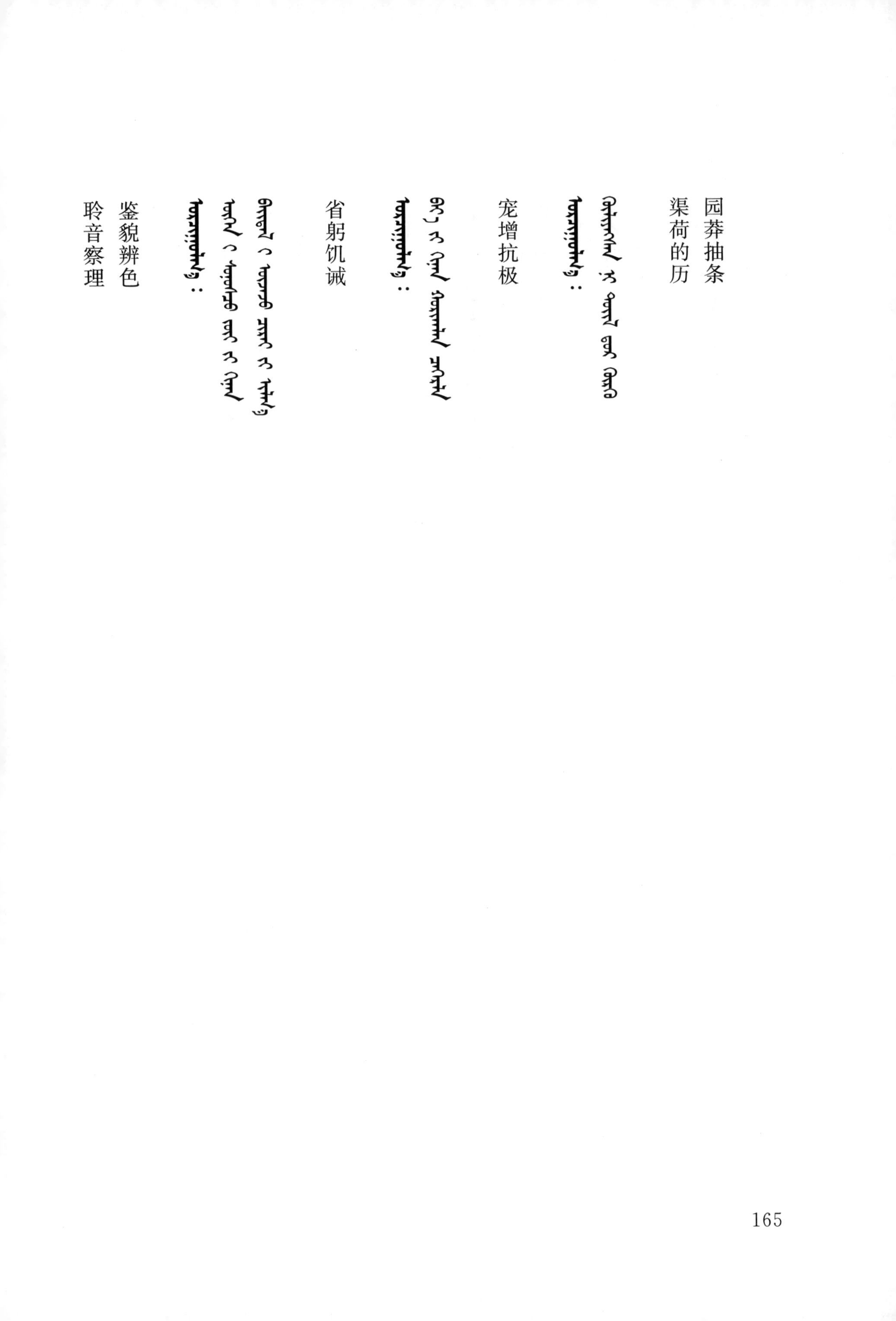

园莽抽条
渠荷的历

[illegible]

宠增抗极

[illegible]

省躬讥诫

[illegible]

鉴貌辨色
聆音察理

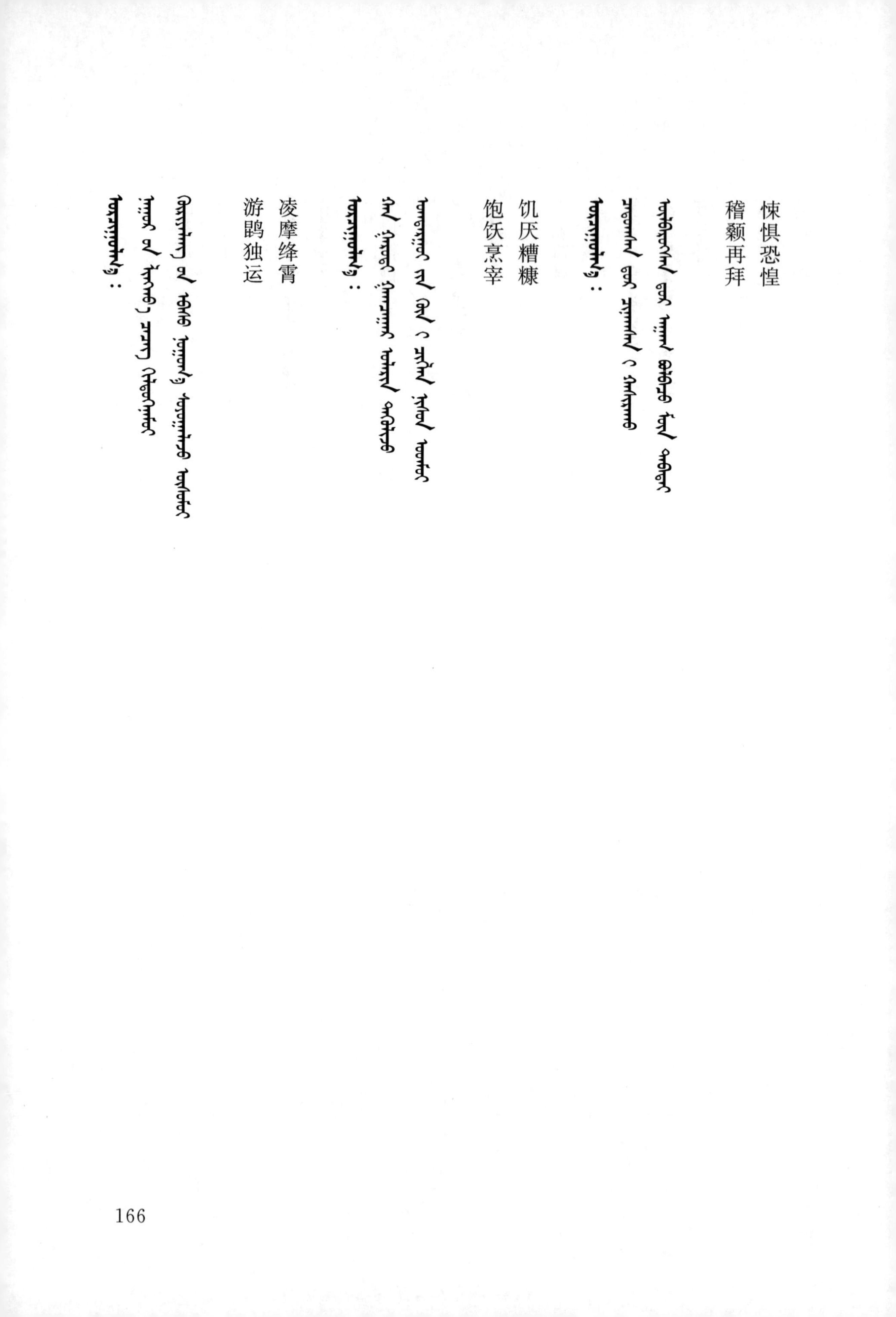

悚惧恐惶
稽颡再拜

[illegible]

饥厌糟糠
饱饫烹宰

[illegible]

凌摩绛霄
游鹍独运

[illegible]

[illegible]

[illegible]

工顰妍笑

[illegible]

[illegible]

[illegible]

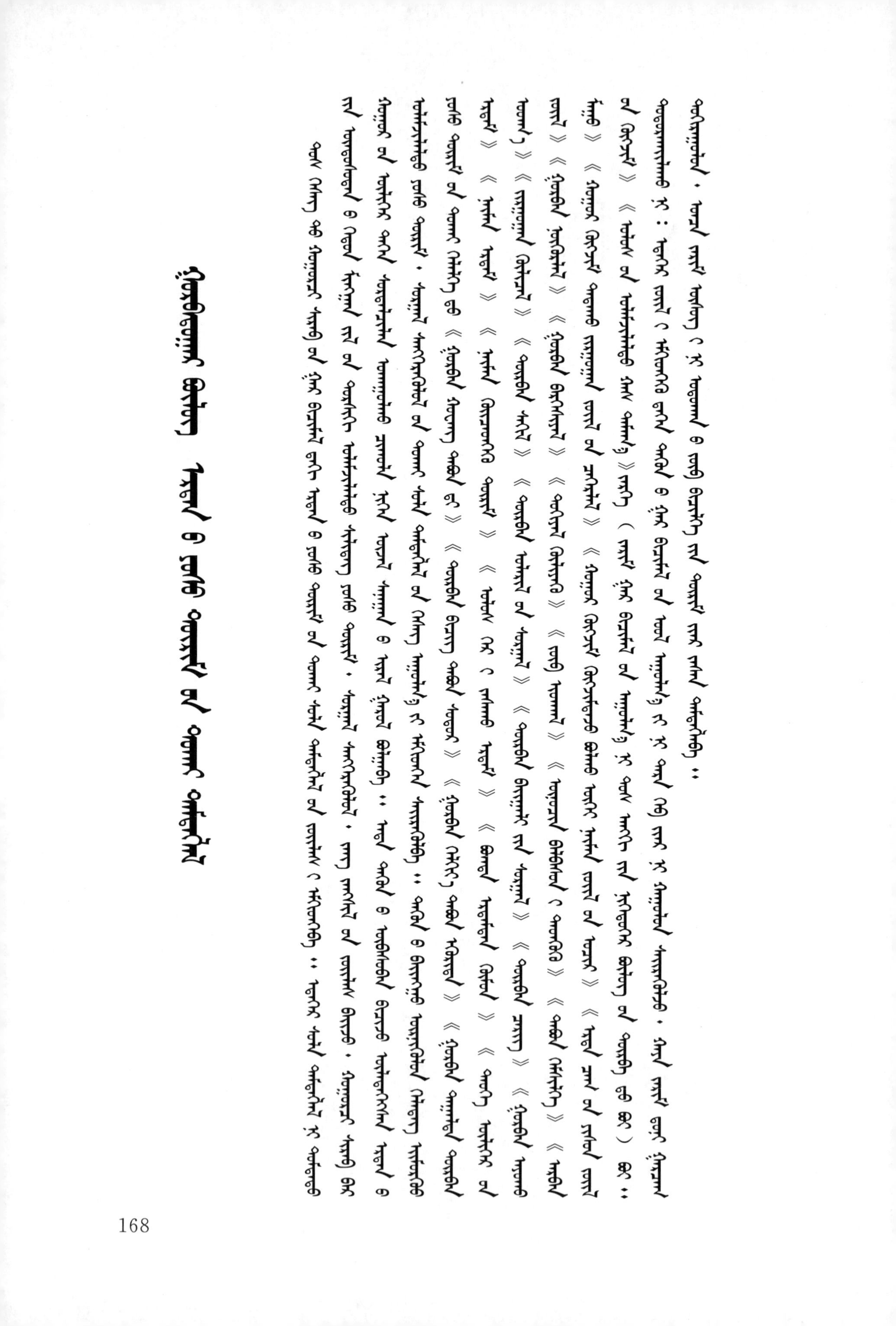

[illegible]

ᠬᠡᠰᠡᠭ • ᠭᠤᠷᠪᠠᠨ ᠬᠠᠭᠠᠨ ᠲᠠᠪᠤᠨ ᠳᠢ

ᠡᠷᠲᠡᠨ ᠦ ᠰᠤᠷᠲᠠᠯᠴᠢᠳ ᠤᠨ ᠳᠤᠯᠤᠭᠠᠨ ᠪᠢᠴᠢᠭ ᠦᠨ ᠰᠤᠷᠪᠤᠯᠵᠢ ᠪᠣᠯᠤᠨ 《ᠭᠤᠷᠪᠠᠨ ᠬᠠᠭᠠᠨ ᠲᠠᠪᠤᠨ ᠳᠢ》 ᠶᠢᠨ ᠡᠬᠢ ᠰᠤᠷᠪᠤᠯᠵᠢ ᠶᠤᠮ :: ᠪᠦᠳᠦᠭᠦᠨ ᠬᠡᠯᠪᠡᠷᠢ ᠨᠢ : ᠡᠨᠡ ᠪᠣᠯ ᠲᠡᠦᠬᠡᠨ ᠪᠢᠴᠢᠭ ᠪᠡᠷ ᠰᠤᠷᠪᠤᠯᠵᠢᠯᠠᠭᠰᠠᠨ ᠤ ᠲᠡᠮᠳᠡᠭᠯᠡᠯ :

ᠭᠤᠷᠪᠠᠨ ᠬᠠᠭᠠᠨ ᠨᠡᠷᠡᠲᠦ :

ᠲᠩᠭᠷᠢ ᠬᠠᠭᠠᠨ（天皇）ᠰᠤᠢᠵᠢᠨ — ᠭᠠᠯ ᠤᠨ ᠡᠬᠢ（火祖—燧人）ᠪᠠᠢᠨ᠎ᠠ;

ᠭᠠᠵᠠᠷ ᠬᠠᠭᠠᠨ（地皇）ᠰᠢᠨ ᠨᠦᠩ — ᠶᠠᠨ ᠳᠢ（神农—炎帝）ᠪᠠᠢᠨ᠎ᠠ;

ᠬᠦᠮᠦᠨ ᠬᠠᠭᠠᠨ（人皇）ᠬᠦᠮᠦᠨ ᠦ ᠰᠣᠶᠣᠯ — ᠹᠦ ᠰᠢ（人文始祖—伏羲）ᠪᠠᠢᠨ᠎ᠠ ::

ᠲᠠᠪᠤᠨ ᠳᠢ ᠨᠡᠷᠡᠲᠦ :

ᠰᠢᠷ᠎ᠠ ᠶᠢᠨ ᠬᠠᠭᠠᠨ ᠳᠢ（黄帝）ᠪᠠᠢᠨ᠎ᠠ;

ᠵᠤᠸᠠᠨᠰᠢᠦ ᠶᠢᠨ ᠭᠦᠩ ᠬᠦ（颛顼）ᠪᠠᠢᠨ᠎ᠠ;

ᠳᠢᠺᠦ ᠶᠢᠨ ᠳᠢ ᠺᠦ（帝喾）ᠪᠠᠢᠨ᠎ᠠ;

ᠶᠠᠣᠤᠭᠤᠨ ᠶᠢᠨ ᠶᠠᠣ（尧）ᠪᠠᠢᠨ᠎ᠠ;

ᠱᠦᠨᠭᠦᠨ ᠶᠢᠨ ᠱᠦᠨ（舜）ᠪᠠᠢᠨ᠎ᠠ ::

ᠬᠡᠰᠡᠭ • ᠳᠡᠭᠡᠳᠦ ᠪᠢᠴᠢᠭ ᠪᠣᠯᠤᠨ ᠰᠤᠷᠭᠠᠯ

ᠡᠷᠲᠡᠨ ᠦ ᠰᠤᠷᠲᠠᠯᠴᠢᠳ ᠤᠨ ᠳᠤᠯᠤᠭᠠᠨ ᠪᠢᠴᠢᠭ ᠦᠨ ᠰᠤᠷᠪᠤᠯᠵᠢ ᠪᠣᠯᠤᠨ ᠬᠠᠮᠤᠭ ᠤᠨ ᠡᠷᠲᠡ ᠶᠢᠨ ᠪᠢᠴᠢᠭ ᠪᠣᠯᠤᠨ 《ᠳᠡᠭᠡᠳᠦ ᠪᠢᠴᠢᠭ ᠪᠣᠯᠤᠨ ᠰᠤᠷᠭᠠᠯ》 ᠤᠨ ᠡᠬᠢ ᠰᠤᠷᠪᠤᠯᠵᠢ ᠶᠤᠮ ::

ᠪᠦᠳᠦᠭᠦᠨ ᠬᠡᠯᠪᠡᠷᠢ ᠨᠢ :

ᠰᠤᠷᠪᠤᠯᠵᠢ ᠪᠢᠴᠢᠭ ᠨᠡᠷᠡᠲᠦ :

《ᠳᠡᠭᠡᠳᠦ ᠰᠤᠷᠭᠠᠯ》（ᠪᠤᠶᠤ 《ᠶᠡᠬᠡ ᠰᠤᠷᠭᠠᠭᠤᠯᠢ》）（《大学》）

《ᠴᠦᠨ ᠴᠢᠦ ᠨᠣᠮ》（《春秋》）ᠪᠣᠯᠤᠨ᠎ᠠ ::

《ᠵᠧᠦ ᠶᠢ ᠨᠣᠮ》（《周易》）

《ᠵᠠᠩ ᠯᠢ ᠨᠣᠮ》（《礼记》）

《ᠱᠠᠩ ᠱᠦ ᠨᠣᠮ》（《尚书》）

《ᠢᠯᠡᠷᠬᠡᠢ ᠨᠣᠮ》（《诗经》）

《ᠮᠡᠩ ᠽᠢ ᠪᠢᠴᠢᠭ》（《孟子》）ᠪᠣᠯᠤᠨ᠎ᠠ ::

《ᠰᠤᠷᠭᠠᠭᠤᠯᠢ ᠶᠠᠷᠢᠶ᠎ᠠ》（《论语》）

《ᠶᠡᠬᠡ ᠪᠢᠴᠢᠭ》（ᠳᠤᠮᠳᠠ《ᠲᠤᠮᠳᠠ ᠪᠢᠴᠢᠭ》）（《中庸》）

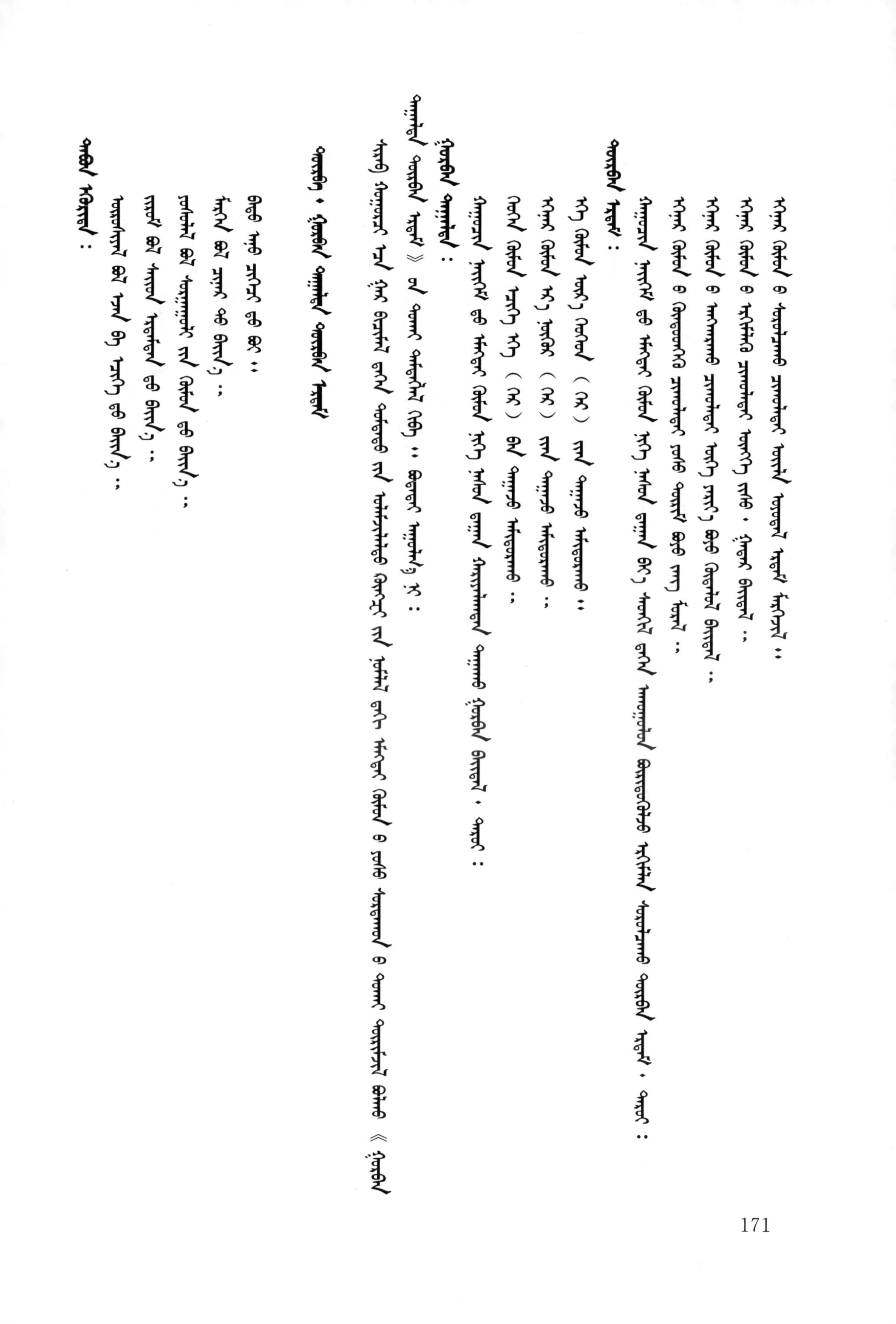

[illegible]

[illegible]

[illegible]

[illegible]

[illegible]

[illegible] :

[illegible]

[illegible]

[illegible]

[illegible]

[illegible] :

[illegible]

[illegible]

[illegible]

[illegible]

[illegible]

[illegible]

[illegible]

[illegible]

[illegible] :

ᠲᠠᠪᠤ · ᠨᠠᠢᠮᠠᠨ ᠡᠷᠳᠡᠮ

ᠲᠡᠭᠦᠨ ᠰᠤᠷᠭᠠᠭᠤᠯᠢ ᠶᠢᠨ ᠪᠠᠭᠰᠢ ᠶᠢᠨ ᠰᠤᠷᠭᠠᠭᠤᠯ · ᠪᠣᠯᠪᠠᠰᠤᠷᠠᠯ ᠤᠨ ᠵᠤ ᠰᠢ （ 朱熹 ） ᠶᠢᠨ ᠪᠣᠯᠪᠠᠰᠤᠷᠠᠭᠤᠯᠤᠯᠲᠠ ᠶᠢᠨ ᠳᠣᠲᠣᠷᠠᠬᠢ ᠡᠷᠬᠢᠮ ᠪᠠᠢᠳᠠᠯ 《ᠨᠠᠢᠮᠠᠨ ᠡᠷᠳᠡᠮ （ 孝、悌、忠、信、礼、义、廉、耻 ） 》 ᠢ ᠲᠣᠳᠣᠷᠬᠠᠢᠯᠠᠭᠰᠠᠨ ᠪᠠᠢᠨ᠎ᠠ 《ᠬᠦᠨᠳᠦᠯᠡᠯ · ᠠᠴᠢᠯᠠᠯ · ᠲᠡᠭᠰᠢᠯᠡᠯ · ᠬᠠᠮᠲᠤᠷᠠᠯ · ᠦᠨᠡᠨᠴᠢ · ᠵᠦᠢ · ᠵᠠᠩ · ᠬᠠᠷᠢᠭᠤᠴᠠᠯ》 ᠭᠡᠳᠡᠭ ᠨᠢ ᠪᠣᠯᠪᠠᠰᠤᠷᠠᠯ ᠤᠨ ᠰᠤᠷᠭᠠᠭᠤᠯᠢ ᠶᠢᠨ ᠦᠨᠳᠦᠰᠦᠯᠡᠯ ᠪᠣᠯᠤᠭᠰᠠᠨ ᠪᠠᠢᠨ᠎ᠠ （ ᠰᠣᠩ ᠤᠯᠤᠰ ᠤᠨ ᠰᠢᠨ᠎ᠡ ᠪᠣᠯᠪᠠᠰᠤᠷᠠᠯ ᠤᠨ ᠰᠤᠷᠭᠠᠭᠤᠯᠢ — ᠯᠢ ᠰᠤᠷᠭᠠᠭᠤᠯᠢ ） ᠶᠢᠨ ᠰᠠᠨᠠᠭᠠ ᠶᠢᠨ ᠦᠨᠳᠦᠰᠦ ᠪᠣᠯᠤᠭᠰᠠᠨ ᠲᠡᠷᠡ ᠦᠵᠡᠯ ᠰᠠᠨᠠᠯ ᠢ ᠲᠤᠰᠬᠠᠢ ᠶᠢᠨ ᠰᠣᠶᠣᠯ ᠤᠨ ᠢᠯᠡᠷᠡᠯ ᠪᠣᠯᠭᠠᠨ · ᠦᠨᠳᠦᠰᠦ ᠶᠢᠨ ᠦᠨᠳᠦᠰᠦ ᠬᠡᠮᠡᠨ ᠠᠮᠢᠳᠤ ᠶᠢᠨ ᠠᠮᠢᠳᠤᠷᠠᠯᠲᠠ ᠶᠢᠨ ᠬᠠᠮᠤᠭ ᠰᠤᠷᠠᠯᠴᠠᠭᠠᠨ ::

ᠠᠯᠠᠭ : 《ᠠᠮᠢᠨ ᠠᠮᠢᠳᠤ 〈ᠨᠠᠢᠮᠠᠨ ᠡᠷᠳᠡᠮ〉 ᠢ ᠲᠥᠷᠦ ᠠᠮᠢᠯ ᠢᠷᠭᠡᠨ ᠬᠦᠮᠦᠨ ᠦ 〈ᠮᠠᠨ ᠪᠣᠯ ᠪᠠᠨ ᠰᠠᠢᠬᠠᠨ ᠪᠠᠢᠭᠤᠯᠬᠤ〉 ᠶᠢᠨ ᠲᠥᠯᠦᠭ ᠦ ᠰᠤᠷᠭᠠᠭᠤᠯ ᠲᠠᠢ ᠪᠠᠨ ᠪᠣᠯᠪᠠᠰᠤᠷᠠᠯ ᠤᠨ ᠦᠨᠳᠦᠰᠦ ᠪᠣᠯᠭᠠᠨ ᠨᠢᠭᠡᠳᠦᠯ ᠰᠢᠭ ᠪᠠᠢᠨ᠎ᠠ ::

ᠬᠦᠮᠦᠨ ᠦ ᠰᠠᠢᠨ ᠪᠠᠢᠳᠠᠯ ᠤᠨ 《ᠨᠠᠢᠮᠠᠨ ᠡᠷᠳᠡᠮ》 ᠦᠨ ᠬᠠᠮᠤᠭ ᠰᠠᠢᠨ ᠬᠡᠮᠵᠢᠶ᠎ᠡ ᠭᠡᠵᠡᠢ :

ᠲᠤᠰᠬᠠᠢ ᠳᠤ ᠬᠦᠮᠦᠵᠢᠯ ᠪᠣᠯᠤᠨ ᠰᠠᠢᠨ ᠵᠠᠩ ᠭᠡᠵᠡᠢ

ᠬᠦᠨᠳᠦᠯᠡᠯ · ᠠᠴᠢᠯᠠᠯ

ᠲᠡᠭᠰᠢᠯᠡᠯ · ᠪᠤᠰᠤ

ᠦᠨᠡᠨᠴᠢ · ᠵᠦᠢ

ᠵᠠᠩ · ᠬᠠᠷᠢᠭᠤᠴᠠᠯᠭ᠎ᠠ

ᠡᠨᠡ ᠨᠠᠢᠮᠠᠨ ᠡᠷᠳᠡᠮ ᠪᠣᠯᠪᠠᠰᠤᠷᠠᠭᠤᠯᠬᠤ

ᠬᠦᠮᠦᠨ ᠪᠣᠯᠪᠠᠰᠤᠷᠠᠯ ᠤᠨ ᠦᠨᠳᠦᠰᠦ ᠪᠣᠯᠤᠨ᠎ᠠ

ᠰᠠᠢᠬᠠᠨ ᠨᠠᠢᠮᠠᠨ ᠡᠷᠳᠡᠮ ᠳᠦ ᠰᠤᠷᠴᠤ ᠬᠦᠮᠦᠵᠢᠯ ᠦᠨᠳᠦᠰᠦ ᠪᠡᠬᠢᠵᠢᠨ ᠪᠣᠯᠤᠨ᠎ᠠ ::

ᠡᠨᠡ ᠦ ᠪᠣᠯᠪᠠᠰᠤᠷᠠᠭᠤᠯᠬᠤ ᠡᠨᠡ ᠪᠣᠯ ᠪᠢᠳᠡ ᠶᠢᠨ ᠡᠷᠬᠢᠮ ᠪᠠᠢᠳᠠᠯ ᠰᠤᠷᠭᠠᠯ ᠵᠢᠷᠤᠮ

ᠬᠦᠮᠦᠨ ᠰᠤᠷᠤᠯᠴᠠᠬᠤ ᠬᠠᠷᠢᠯᠴᠠᠭ᠎ᠠ ᠳᠤ ᠰᠠᠢᠬᠠᠨ ᠪᠠᠢᠬᠤ ᠬᠡᠷᠡᠭᠲᠡᠢ ::

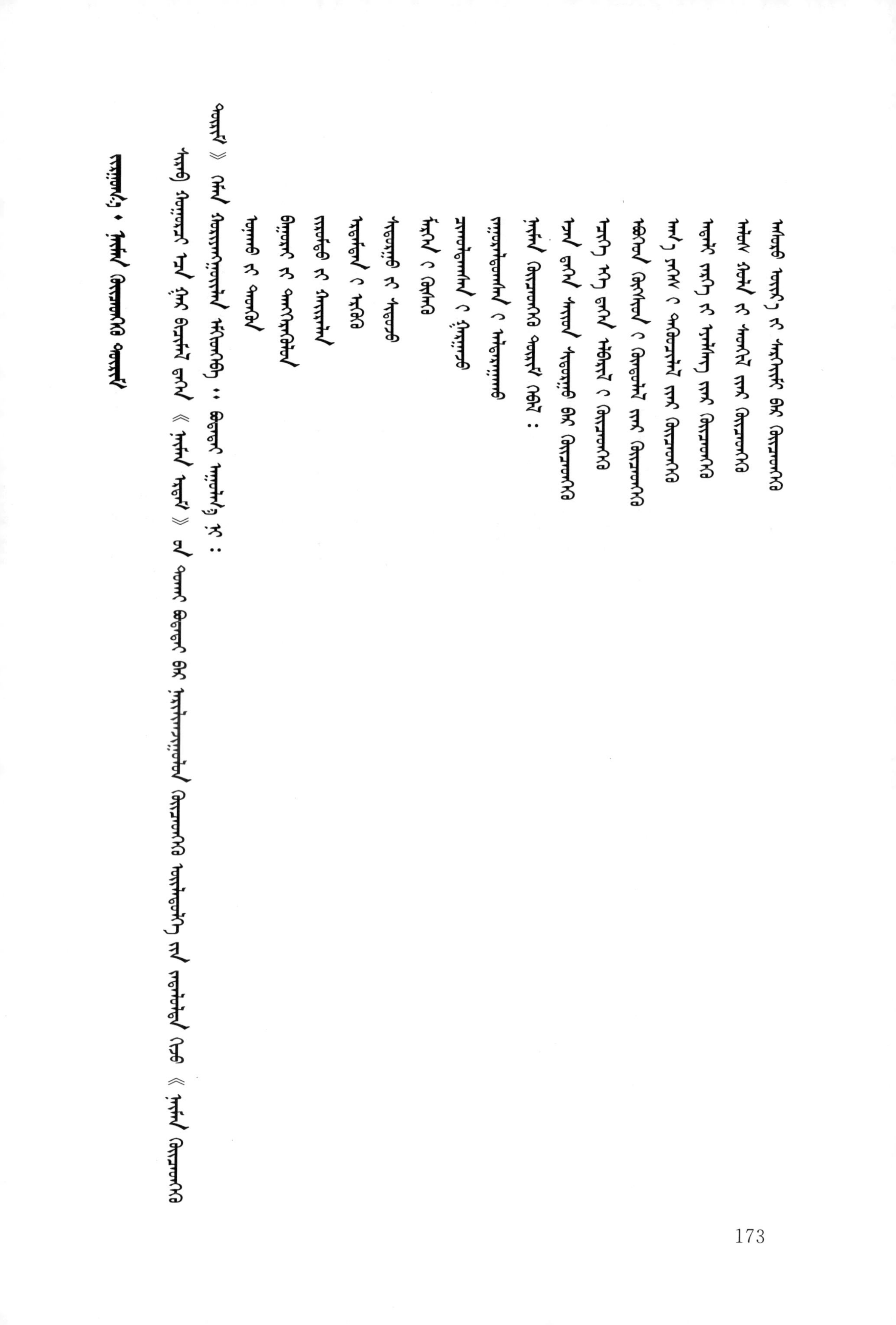

173

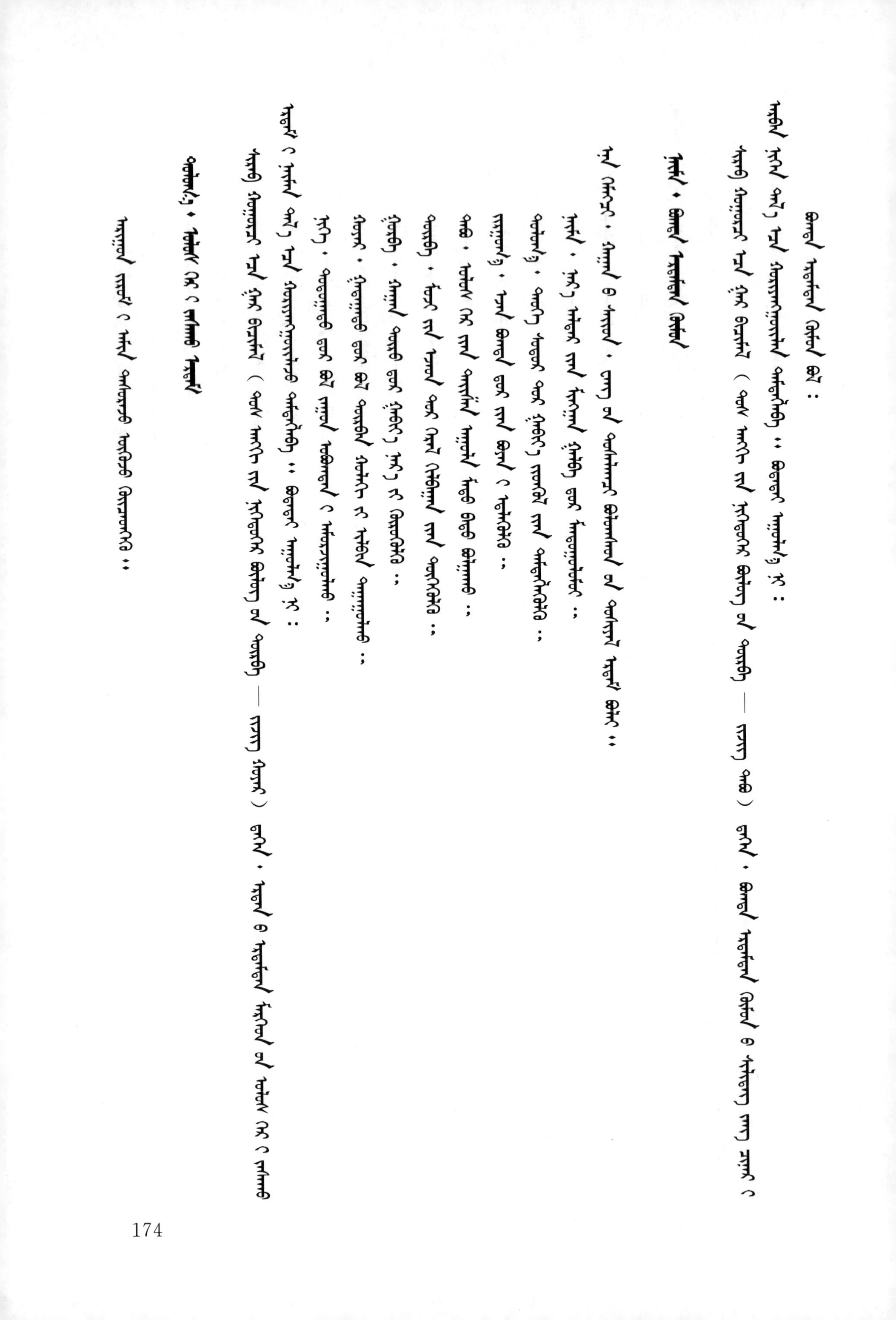

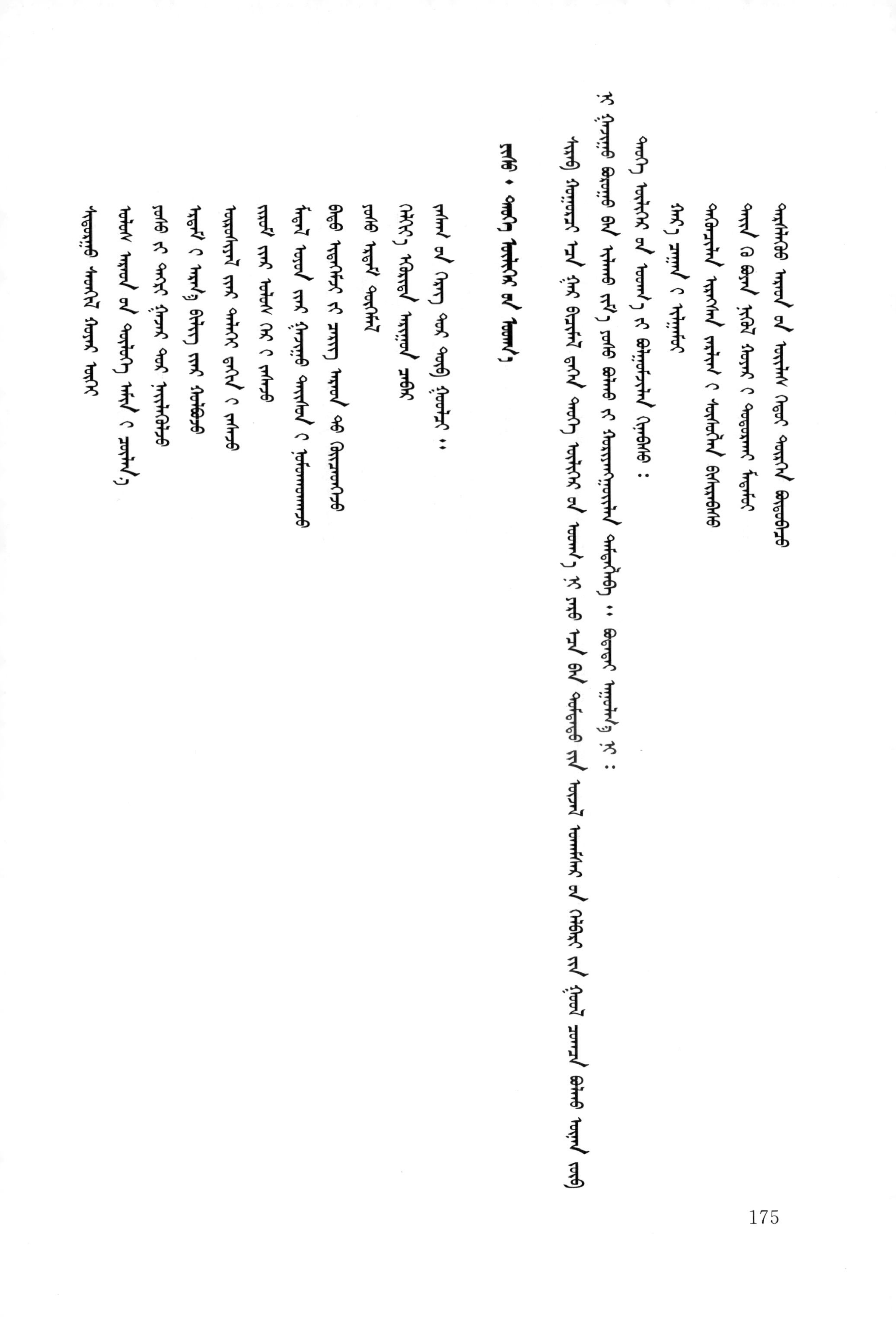

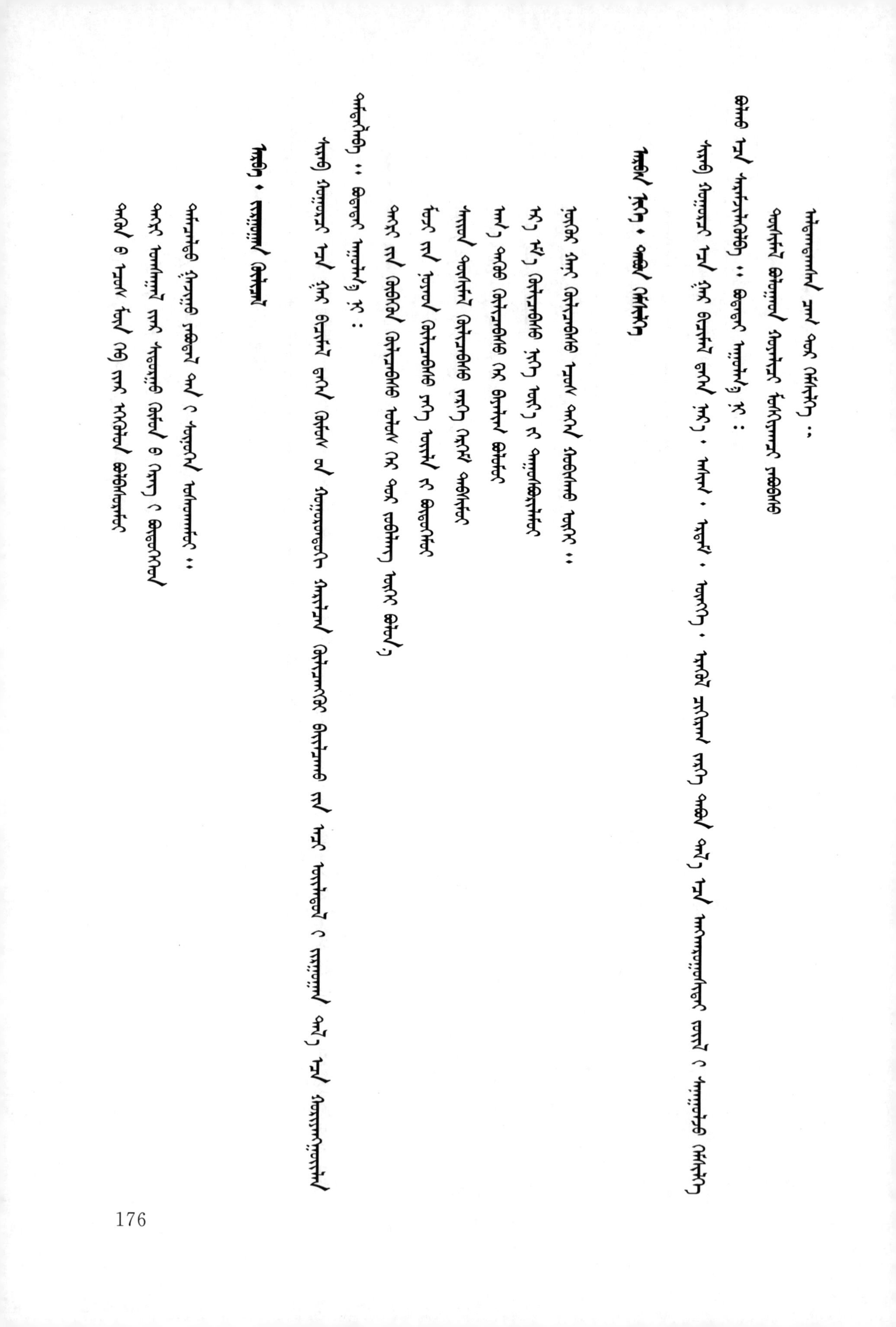

[illegible]

[illegible]

[illegible]

[illegible]

[illegible]

[illegible]

[illegible]

[illegible]

[illegible]

[illegible]

[illegible]

[illegible]

[illegible]

[illegible]

[illegible]

[illegible]

[illegible]

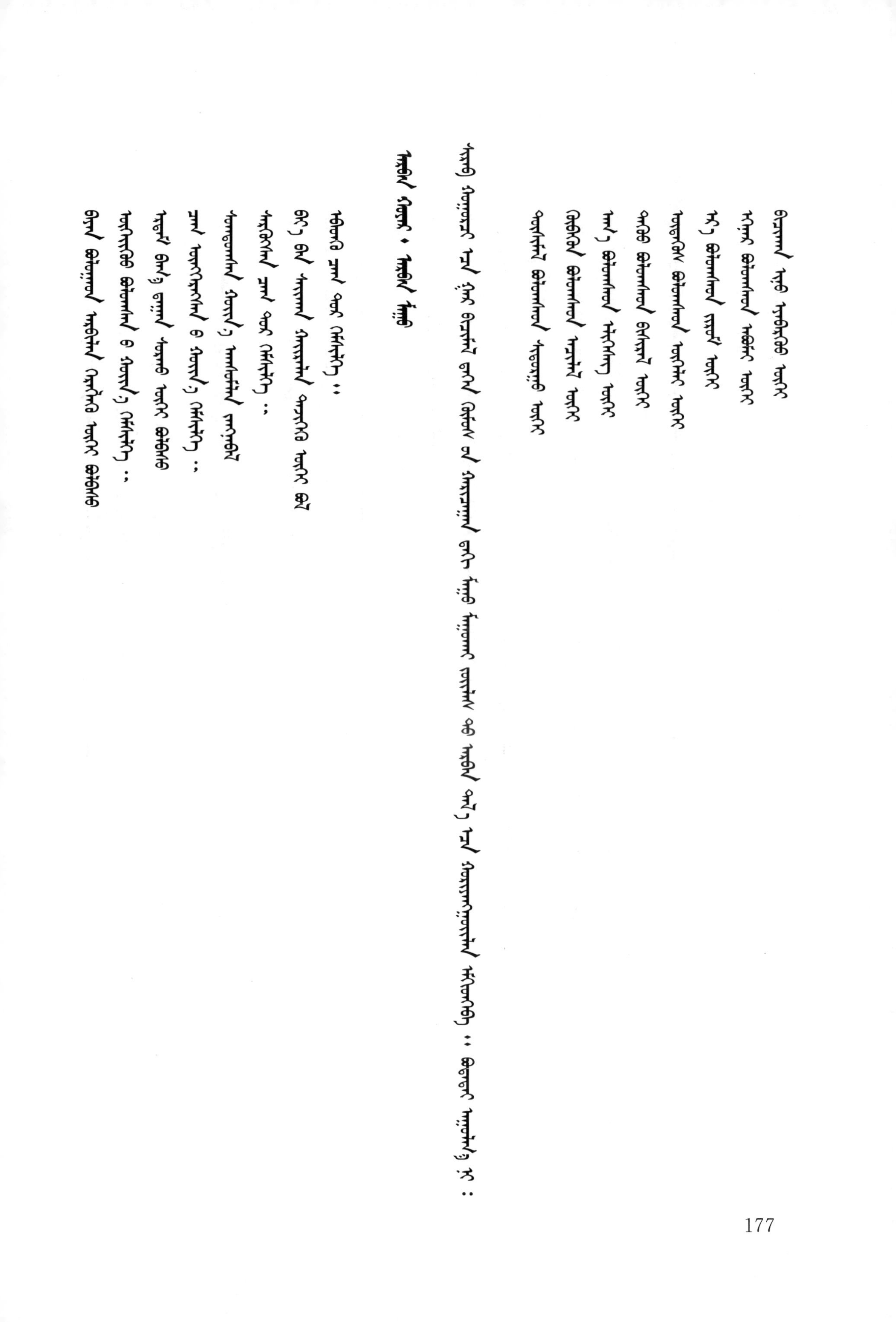

[illegible]

[illegible]

[illegible]

[illegible]

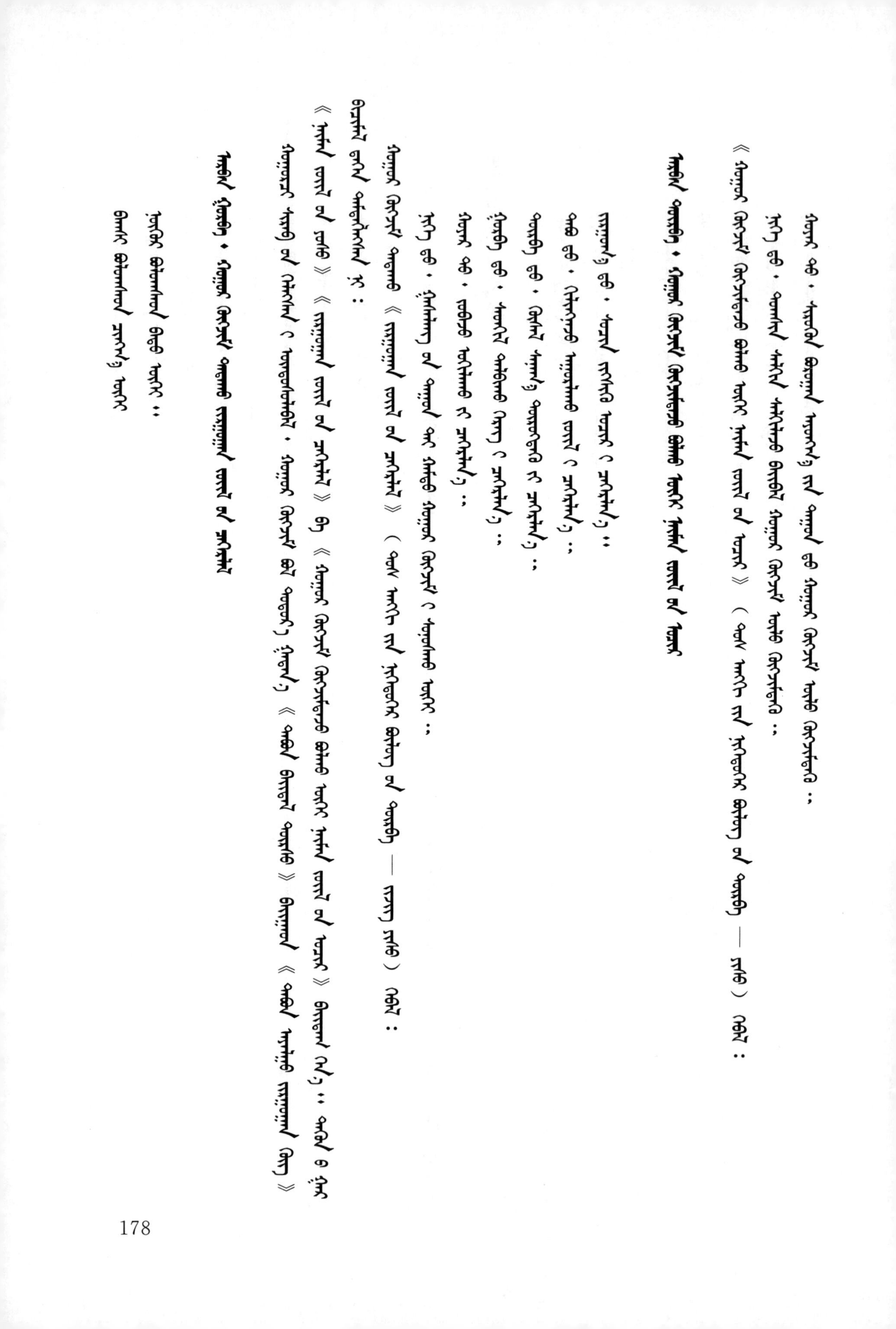

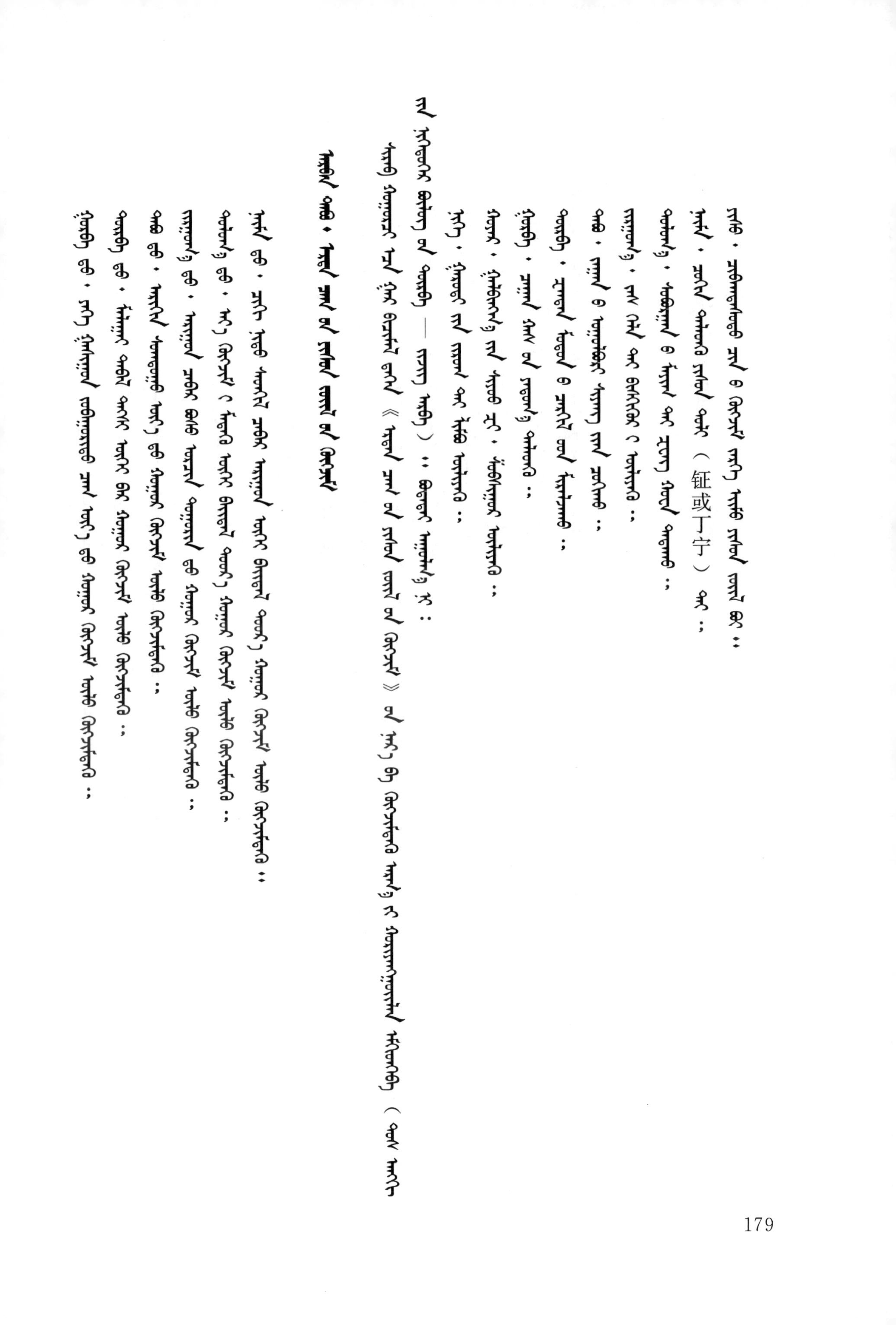

[illegible] [illegible] （钲或丁宁）[illegible]

[illegible]

[illegible]

[illegible]

[illegible]

[illegible]

[illegible]

[illegible]

[illegible] —— [illegible]

[illegible] 《[illegible]》 [illegible]

[illegible]

[illegible]

[illegible]

[illegible]

[illegible]

[illegible]

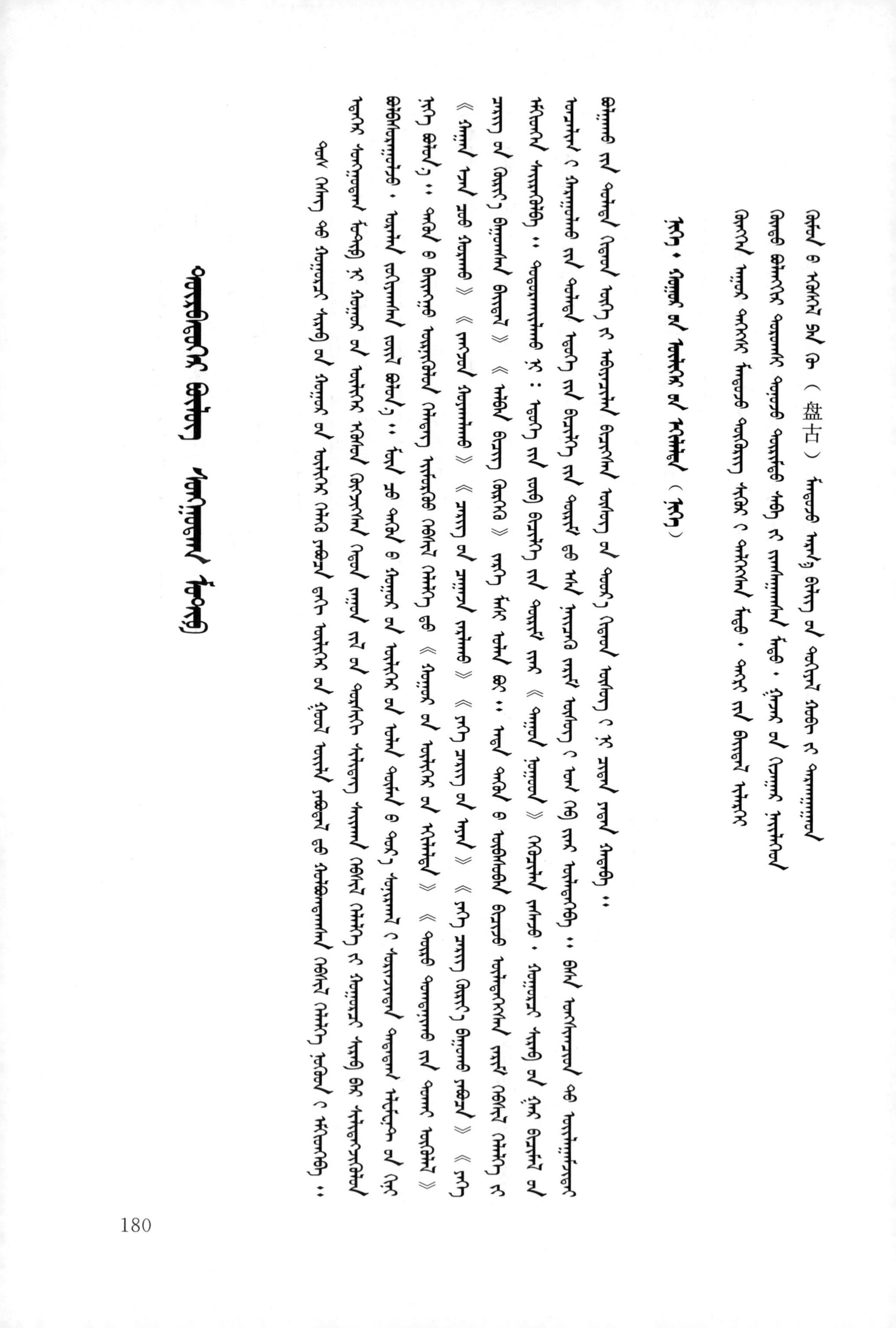

ᠪᠠᠢᠳᠠᠯ ᠤᠨ ᠬᠠᠭᠠᠨ ᠤ ᠪᠠᠨ ᠭᠦ （盘古） ᠲᠡᠩᠭᠡᠷ ᠭᠠᠵᠠᠷ ᠢ ᠨᠡᠭᠡᠭᠡᠭᠰᠡᠨ ᠳᠣᠮᠣᠭ ᠤᠨ ᠲᠠᠢᠯᠪᠤᠷᠢ

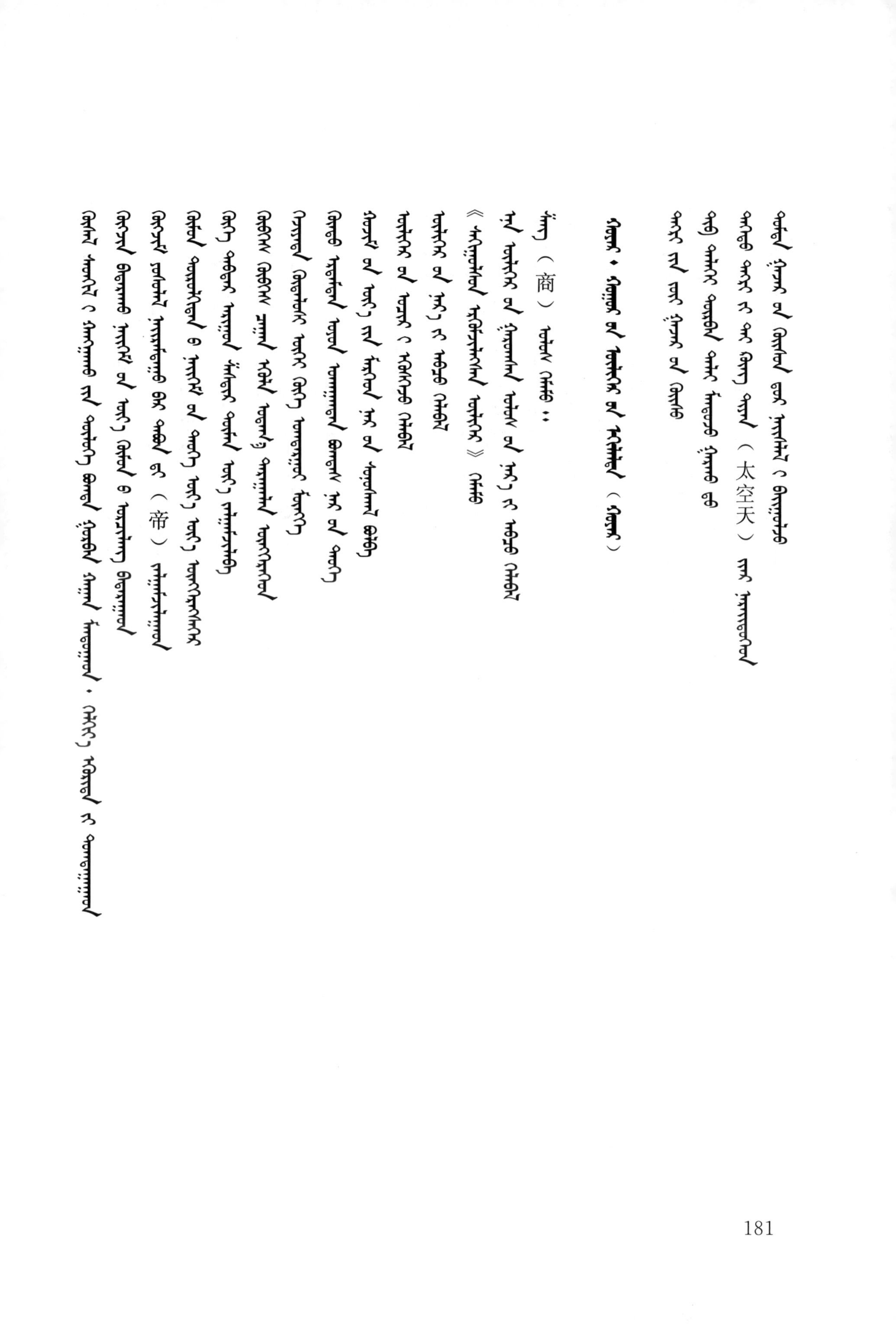

[illegible] （太空天） [illegible]

[illegible] （[illegible]）

[illegible] （商） [illegible]

[illegible] 《[illegible]》 [illegible]

[illegible] （帝） [illegible]

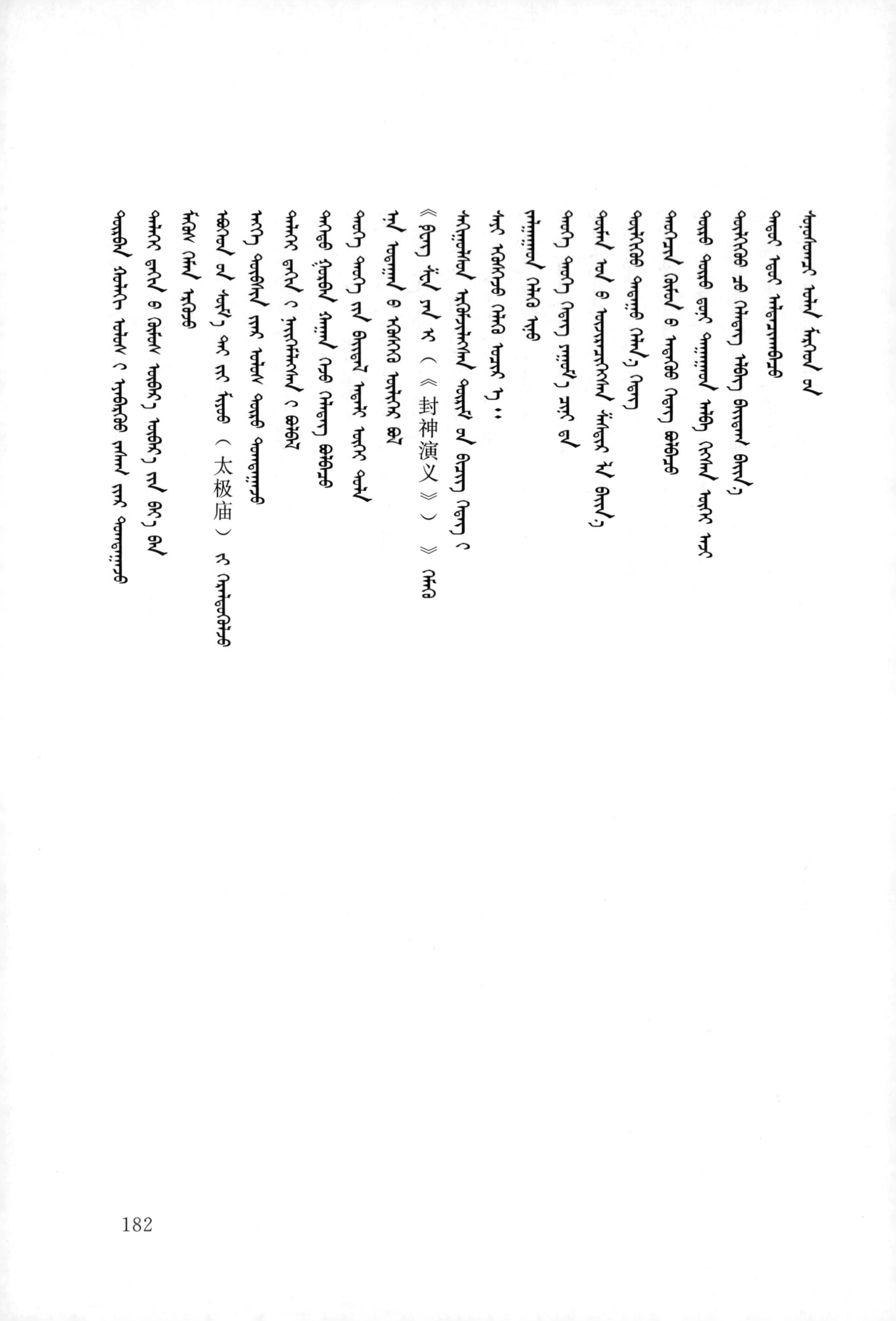

《ᠪᠤᠷᠬᠠᠨ ᠢ ᠤᠯᠤ ᠶᠢᠨ ᠰᠤ》（《封神演义》）》 ᠳᠤ

ᠪᠣᠯᠤᠨ ᠤ ᠲᠠᠢ ᠵᠢ ᠮᠢᠶᠣᠣ（太极庙）ᠳᠤ ᠬᠦᠷᠦᠯᠴᠡᠭᠦᠯᠦᠭᠰᠡᠨ

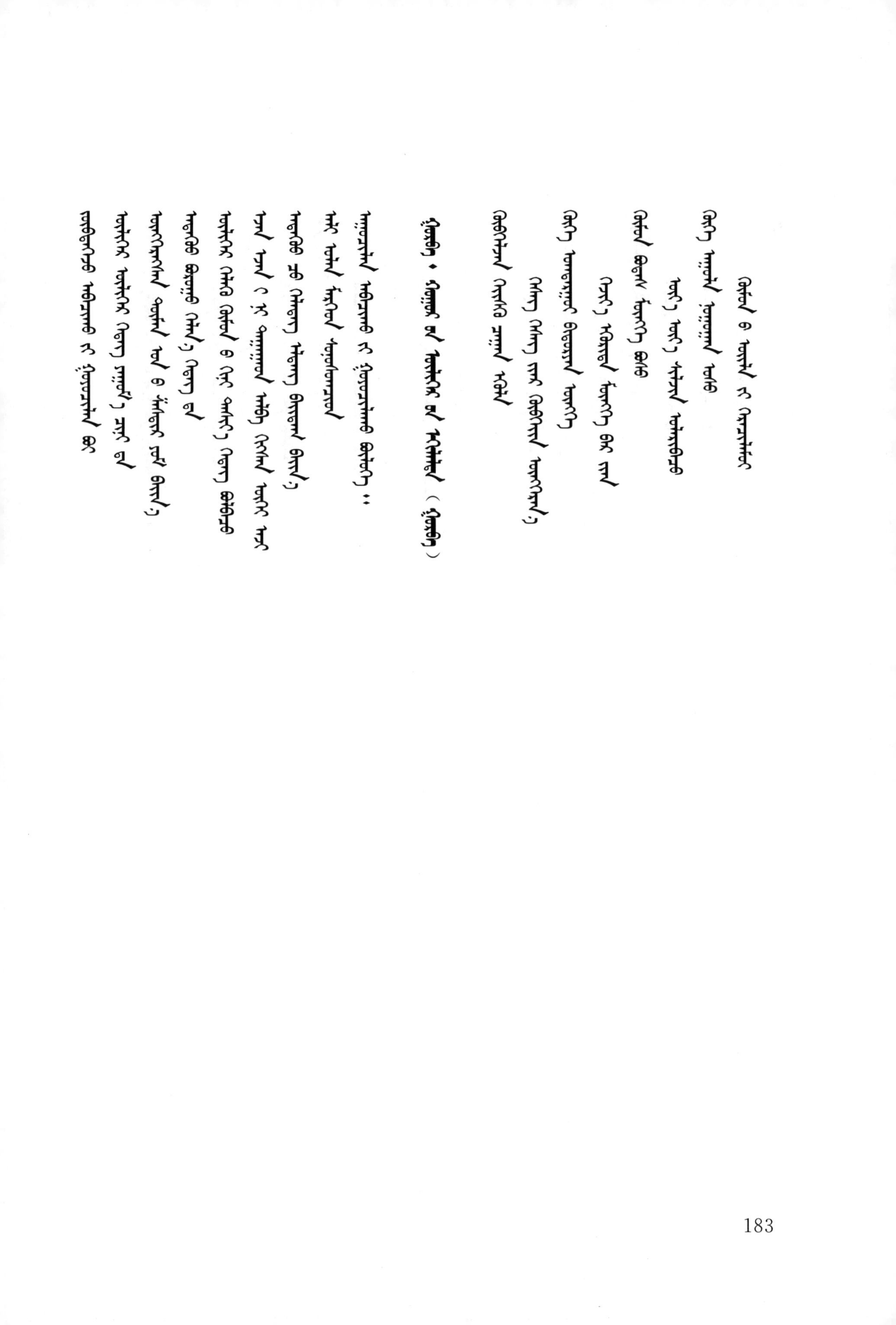

[illegible]

[illegible]

[illegible]

[illegible]

[illegible]

[illegible]

[illegible]

[illegible]

[illegible] ::

[illegible] · [illegible] ([illegible])

[illegible]

[illegible]

[illegible]

[illegible]

[illegible]

[illegible]

[illegible]

[illegible]

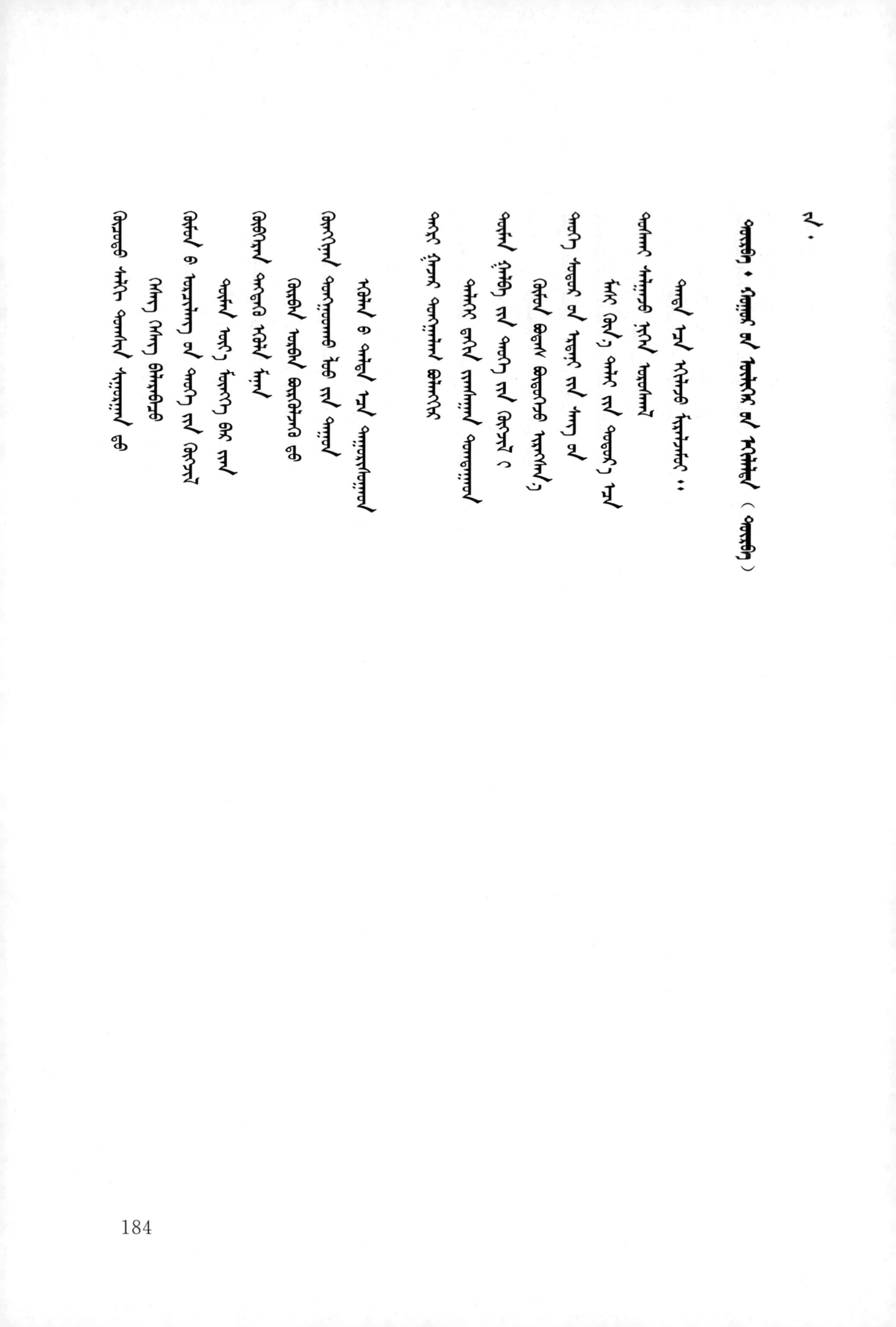

2.

ᠳᠣᠮᠣᠭ • …

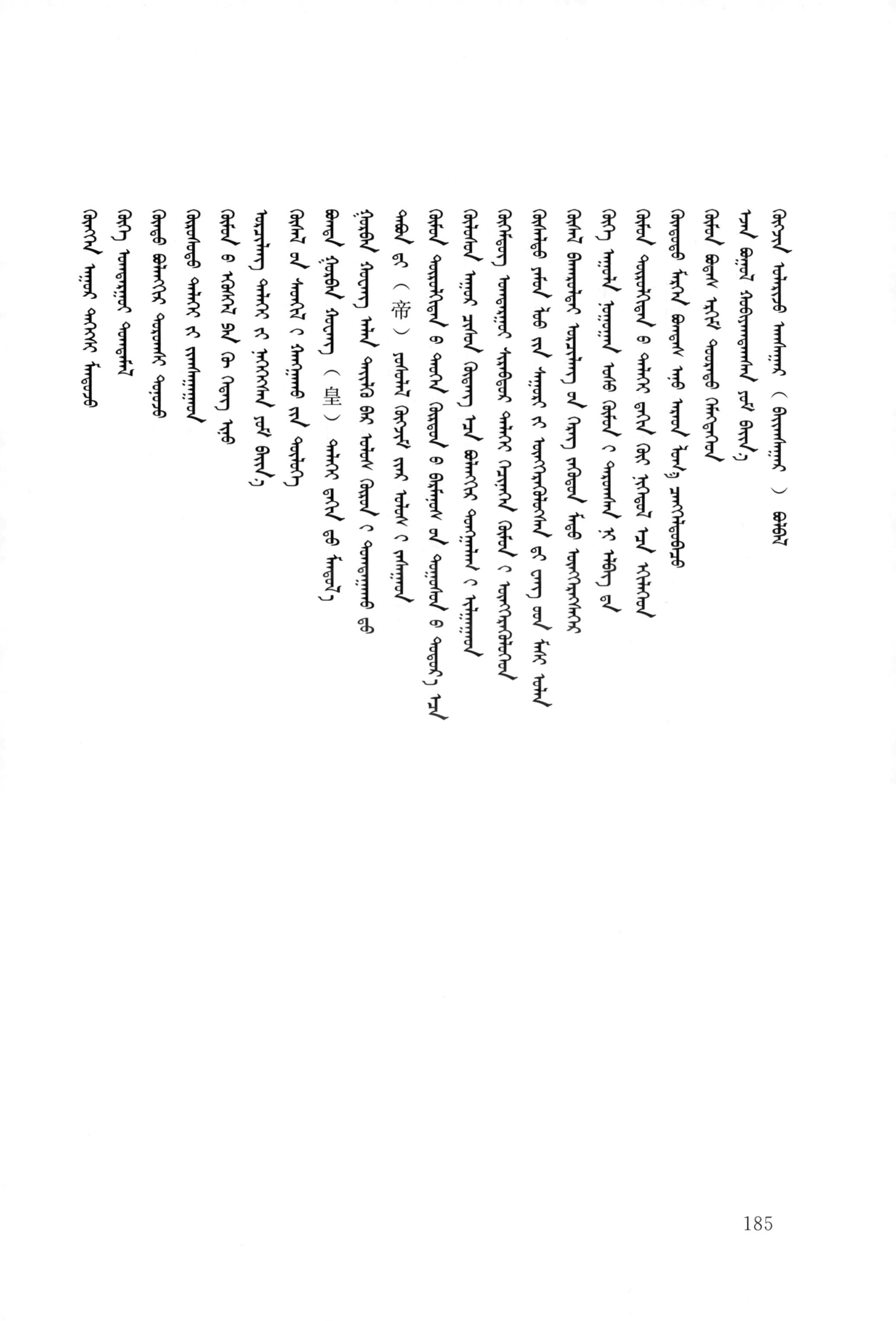

ᠪᠣᠭᠳᠠ ᠬᠠᠭᠠᠨ ᠬᠠᠭᠠᠨ （皇） ᠭᠡᠳᠡᠭ ᠨᠡᠷ᠎ᠡ ᠪᠡ ᠮᠡᠳᠡᠭ᠃
ᠬᠠᠭᠠᠨ ᠢ （帝） ᠲᠡᠭᠦᠨ ᠪᠢᠴᠢᠭᠰᠡᠨ ᠬᠠᠨ ᠬᠠᠭᠠᠨ ᠤ ᠨᠡᠷᠡᠯᠡᠯ

ᠤᠯᠤᠰ ᠤᠨ ᠵᠠᠰᠠᠭᠯᠠᠯ ᠪᠣᠯᠵᠠᠢ
ᠰᠢᠶᠠ （夏） ᠤᠯᠤᠰ᠂ ᠱᠠᠩ （商） ᠤᠯᠤᠰ ᠤᠨ
ᠲᠡᠭᠦᠰᠬᠡᠳ ᠪᠣᠯᠪᠠ ᠪᠠ ᠮᠥᠬᠥᠭᠰᠡᠨ
ᠪᠠᠷᠠᠭᠤᠨᠵᠧᠦ （西周）᠂ ᠵᠡᠭᠦᠨᠵᠧᠦ （东周） ᠶᠢᠨ ᠬᠠᠭᠠᠨ ᠤᠯᠤᠰ ᠤᠯᠤᠰᠤᠳ
ᠴᠢᠨ （秦） ᠤᠯᠤᠰ᠂ ᠴᠤ （楚） ᠤᠯᠤᠰ ᠴᠢᠨ ᠢ ᠲᠡᠮᠡᠴᠡᠯᠳᠦᠭᠡᠨ
ᠲᠡᠷᠡ ᠪᠠᠶᠢᠯᠳᠤᠭᠠᠯᠳᠤᠭᠰᠠᠨ ᠬᠠᠨ （汉） ᠤᠯᠤᠰ ᠮᠡᠨᠳᠦᠯᠪᠡ
ᠲᠣᠭᠣᠷᠢᠭ ᠨᠢᠭᠡ ᠤᠯᠤᠰᠤᠨ ᠤ ᠬᠠᠨ ᠪᠣᠯᠵᠠᠢ
ᠬᠡᠮᠵᠢᠯᠭᠡ ᠤᠯᠤᠰ ᠤᠨ ᠬᠣᠪᠢ ᠬᠣᠨᠢᠭ
ᠬᠠᠨ ᠤᠯᠤᠰ ᠤᠨ ᠬᠠᠭᠠᠨ ᠳᠤ ᠬᠠᠮᠤᠭ ᠪᠠᠶᠠᠨ ᠳᠤ
ᠬᠠᠨ ᠤᠯᠤᠰ ᠤᠨ ᠨᠢᠭᠡᠳᠦᠭᠡᠷ ᠬᠠᠨ ᠪᠣᠯᠵᠠᠢ
ᠬᠠᠨ ᠭᠠᠤᠽᠦ ᠯᠢᠦ ᠪᠠᠩ （汉高祖刘邦） ᠬᠦ
ᠮᠠᠩ ᠳᠠᠩ ᠱᠠᠨ （芒砀山） ᠳᠤ ᠬᠦᠷᠳᠡᠭᠡᠷ ᠭ᠎ᠡ ᠰᠠᠭᠤᠭᠰᠠᠨ
ᠬᠠᠷᠢ ᠲᠠᠷ ᠬᠠᠮᠤᠭ ᠤ ᠪᠣᠯᠪᠠ ᠲᠦᠰᠢᠭᠯᠡᠭᠰᠡᠨ
ᠲᠠᠲᠠᠭᠤᠯ ᠤ ᠲᠠᠯᠠᠭᠠᠨ ᠤ ᠪᠣᠯᠬᠤ ᠳᠤ ᠪᠠᠶᠢᠭᠤᠯᠤᠭᠰᠠᠨ
ᠨᠠᠢᠮᠠᠨ ᠪᠠᠶᠢᠯᠳᠤᠭᠠᠨ ᠤ ᠬᠠᠷᠠᠯᠠᠭᠰᠠᠨ ᠰᠠᠶᠢᠳ
ᠬᠠᠮᠤᠭ ᠤᠯᠤᠰ ᠤᠨ ᠪᠠᠶᠢᠳᠠᠯ ᠢ ᠲᠤᠭᠤᠷᠢᠭᠯᠠᠭᠰᠠᠨ
ᠪᠣᠳᠣᠯᠭ᠎ᠠ ᠰᠠᠢᠨ ᠳᠤ ᠪᠠᠷᠢᠮᠲᠠᠯᠠᠭᠰᠠᠨ ᠪᠠᠢᠳᠠᠯ
ᠬᠠᠨ ᠤᠯᠤᠰ ᠤᠨ ᠬᠠᠭᠠᠨ ᠰᠠᠢᠳ ᠤᠷᠤᠰᠬᠠᠬᠤ ᠶᠢᠨ ᠳᠤ
ᠬᠠᠭᠠᠨ ᠬᠠᠨ ᠤ ᠪᠦᠬᠦ ᠬᠠᠭᠠᠨ ᠤᠯᠤᠰ ᠳᠤ
ᠪᠣᠯᠣᠭᠰᠠᠨ ᠪᠠᠶᠢᠳᠠᠯ ᠢ ᠪᠢᠳᠡ
ᠬᠤᠸᠠᠩ ᠳᠢ （桓帝）᠂ ᠯᠢᠩ ᠳᠢ （灵帝） ᠬᠣᠶᠠᠷ ᠤᠨ ᠦᠶ᠎ᠡ ᠳᠦ ᠪᠢᠴᠢᠭᠳᠡᠭᠰᠡᠨ

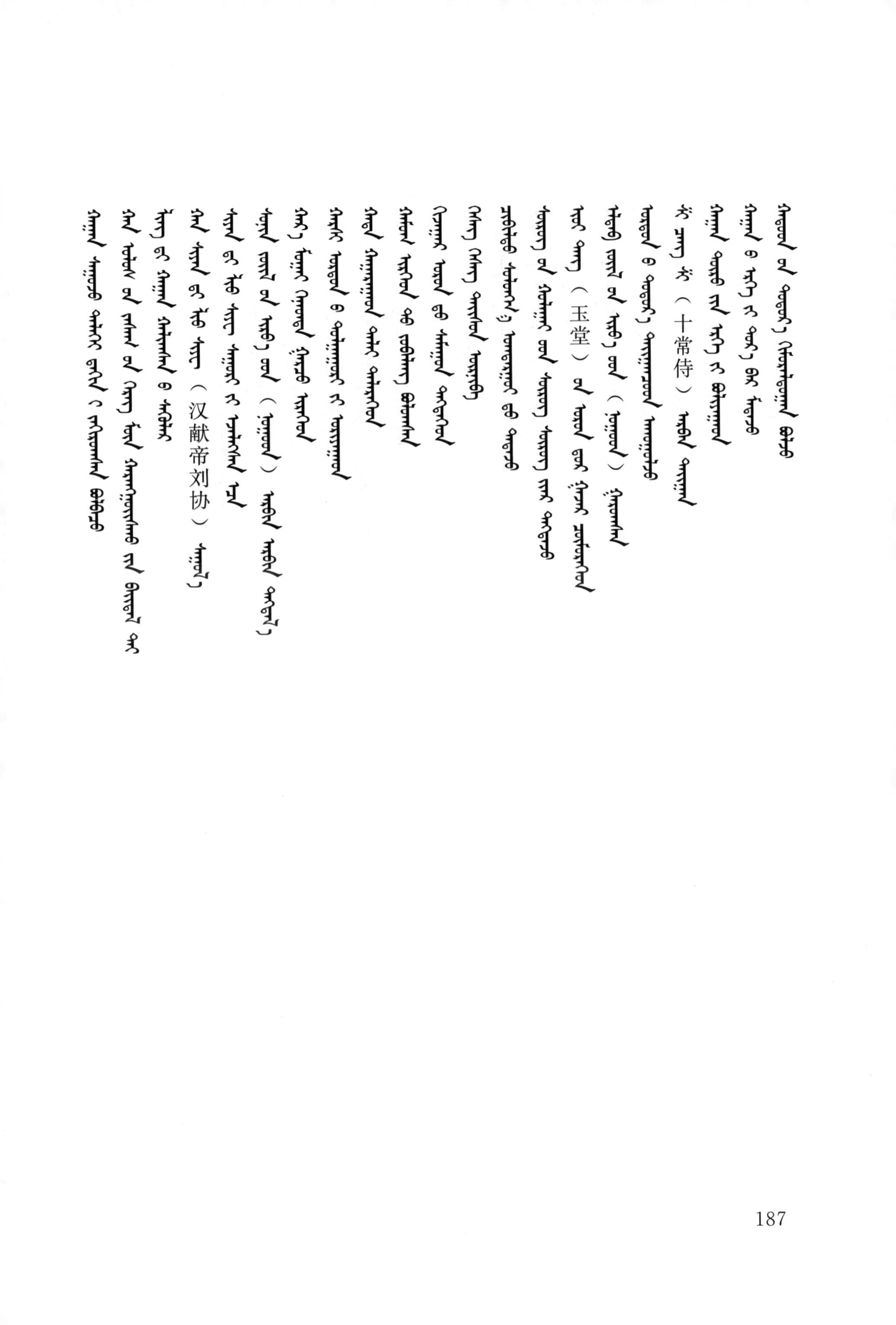

[illegible]

[illegible]

[illegible]

[illegible]（汉献帝刘协）[illegible]

[illegible]

[illegible]

[illegible]

[illegible]

[illegible]

[illegible]

[illegible]

[illegible]

[illegible]

[illegible]

[illegible]（玉堂）[illegible]

[illegible]

[illegible]

[illegible]（十常侍）[illegible]

[illegible]

[illegible]

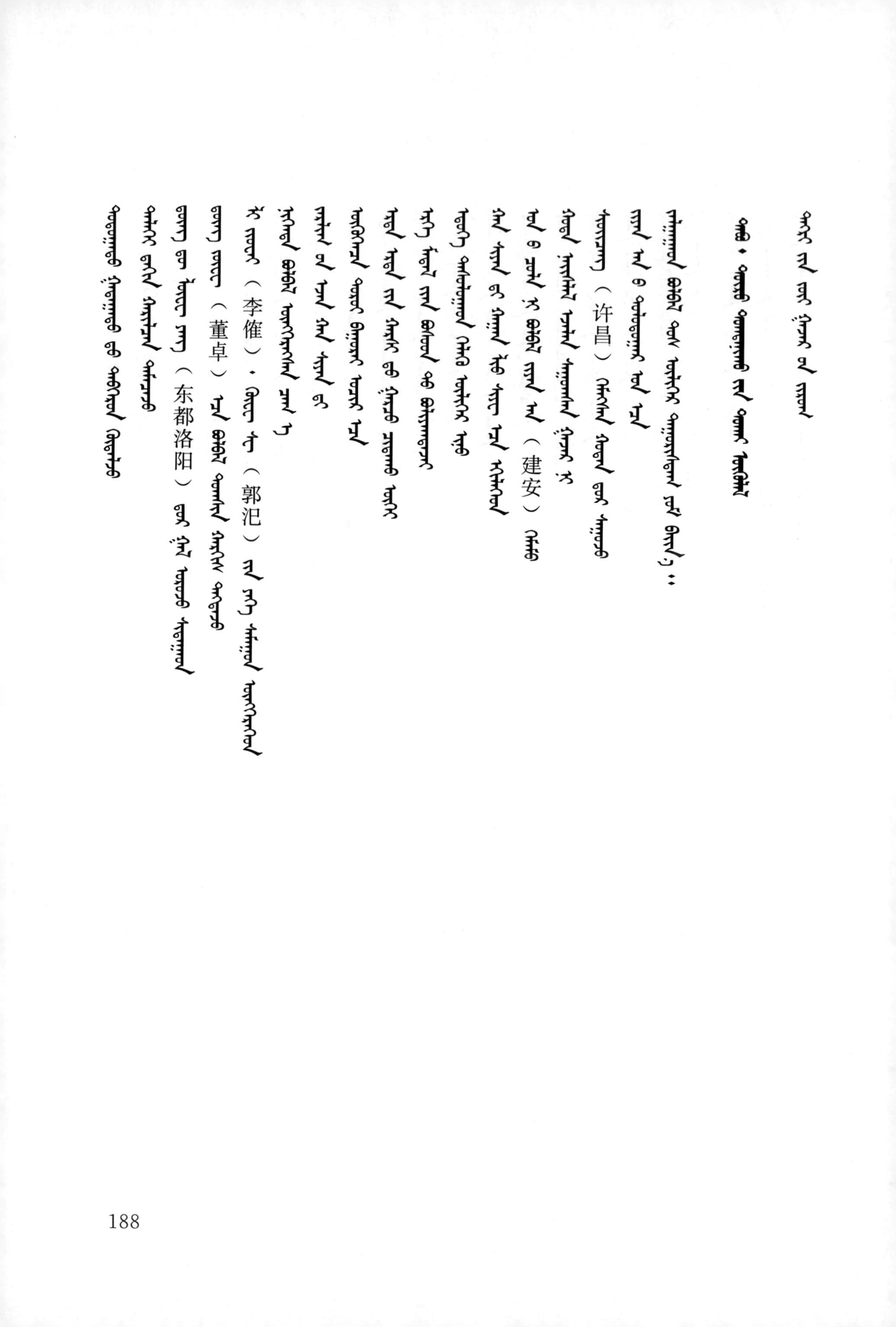

[illegible]

[illegible]

[illegible]

[illegible]

[illegible]（许昌）[illegible]

[illegible]

[illegible]（建安）[illegible]

[illegible]

[illegible]

[illegible]

[illegible]

[illegible]

[illegible]

[illegible]（李傕）、[illegible]（郭汜）[illegible]

[illegible]（董卓）[illegible]

[illegible]（东都洛阳）[illegible]

[illegible]

[illegible]

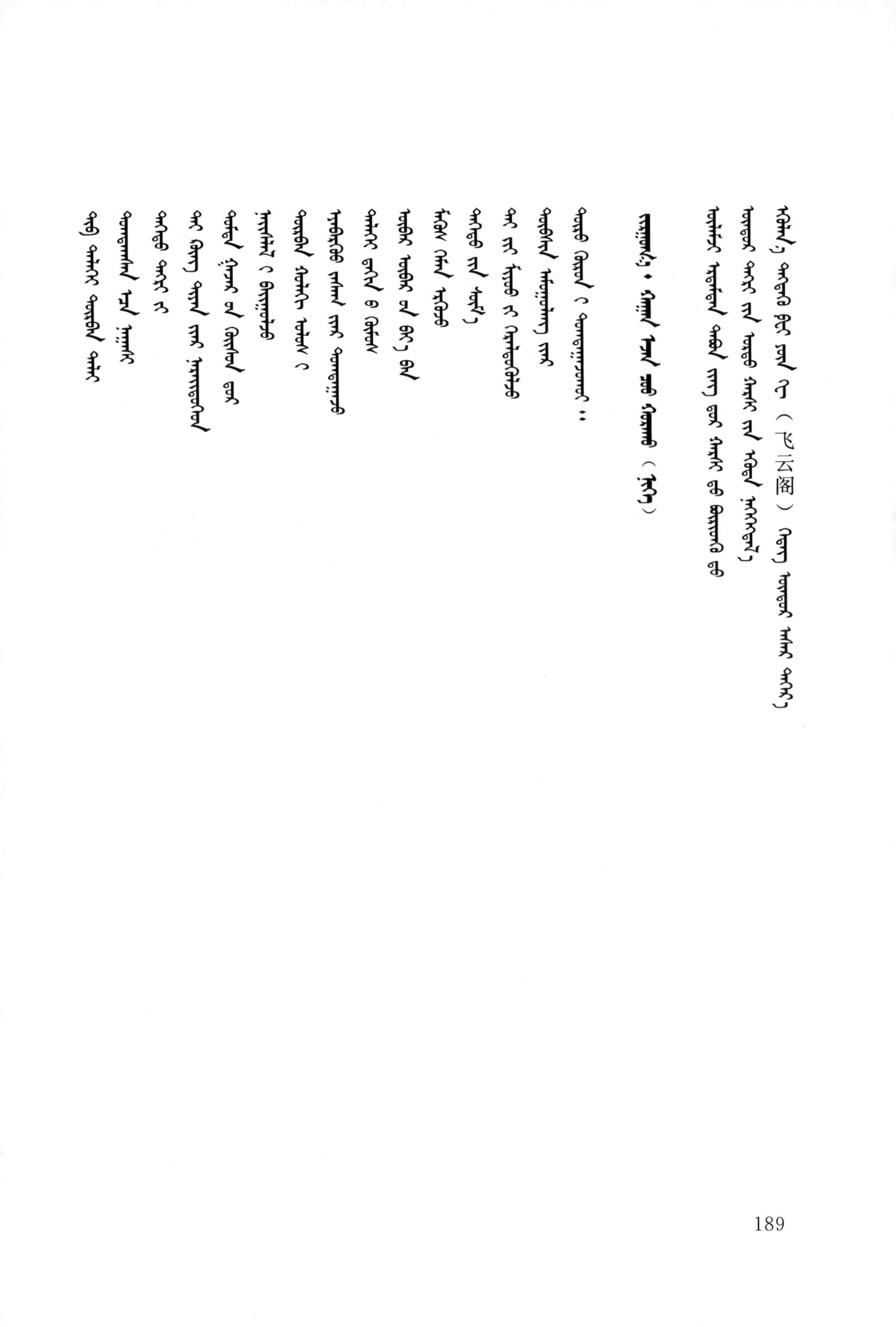

[illegible] [illegible] [illegible] [illegible] [illegible] (飞云阁) [illegible] [illegible] [illegible] [illegible]
[illegible] [illegible] [illegible] [illegible] [illegible] [illegible] [illegible] [illegible]
[illegible] [illegible] [illegible] [illegible] [illegible] [illegible] [illegible] [illegible] [illegible]

[illegible] · [illegible] [illegible] [illegible] [illegible] ([illegible])

[illegible] [illegible] [illegible] [illegible] ::
[illegible] [illegible] [illegible]
[illegible] [illegible] [illegible] [illegible] [illegible]
[illegible] [illegible] [illegible]
[illegible] [illegible] [illegible]
[illegible] [illegible] [illegible] [illegible] [illegible]
[illegible] [illegible] [illegible] [illegible]
[illegible] [illegible] [illegible] [illegible]
[illegible] [illegible] [illegible] [illegible]
[illegible] [illegible] [illegible]
[illegible] [illegible] [illegible] [illegible] [illegible]
[illegible] [illegible] [illegible] [illegible] [illegible]
[illegible] [illegible] [illegible]
[illegible] [illegible] [illegible]
[illegible] [illegible] [illegible] [illegible]

ᠬᠠᠳᠠᠭᠤ ᠪᠢᠴᠢᠭ ᠪᠢᠷᠠᠭᠤᠨ ᠰᠠᠶᠢᠨ ᠤ ᠰᠠᠪ ᠪᠢᠴᠢᠭ（象牙护板）ᠬᠠᠳᠠᠭᠤᠷ ᠤᠷᠤᠯᠳᠤᠭᠰᠠᠨ

ᠬᠠᠳᠠᠭᠤ ᠲᠣᠭᠤᠶ ᠲᠣᠪ ᠪᠠ（朝珠）ᠲᠡᠷᠭᠡ ᠬᠤᠪᠢᠯ ᠲᠡᠯᠭᠡᠷ ᠢ ᠰᠠᠢᠬᠠᠨᠴᠢᠯᠠᠭᠰᠠᠨ
ᠬᠠᠳᠠᠭᠠᠨ ᠬᠠᠷᠠᠭᠠᠯᠴᠠᠭᠤ ᠪᠠᠭᠠ ᠰᠢᠯᠢᠭᠡᠨ（平冠）ᠬᠠᠷᠠᠭᠠᠨ ᠬᠡᠳᠦᠢᠯ ᠬᠡᠷᠡᠭ ᠢ ᠪᠠᠷᠢᠭᠴᠢᠭᠰᠠᠨ

ᠳᠠᠯᠠᠨ ᠳᠠᠭᠤᠨ（间）ᠬᠠᠳᠠᠭᠤ ᠳᠤ ᠬᠦᠷᠭᠡᠨ ᠢᠯᠢᠭ（金銮殿）ᠪᠠ ᠬᠠᠷ ᠤ ᠰᠡᠷᠭᠡᠦ ᠪᠠ
ᠬᠠᠷᠠᠭᠤ ᠪᠠᠭᠠ ᠳᠤ ᠲᠣᠭᠤᠰ ᠬᠠᠳᠠᠭᠠᠨ ᠪᠠ（火把）ᠳᠠᠭᠠᠯᠢᠭ ᠬᠠᠷᠠᠭᠠᠯᠠᠭᠰᠠᠨ
ᠬᠠᠷ ᠤ ᠰᠡᠷᠭᠡᠦ ᠬᠠᠷ ᠪᠠ（玉鼓）ᠰᠠᠷᠠᠭᠤᠯ ᠣᠷᠴᠢᠯᠠᠩ ᠣᠷᠣᠰᠢᠭᠤᠯᠤᠭᠰᠠᠨ

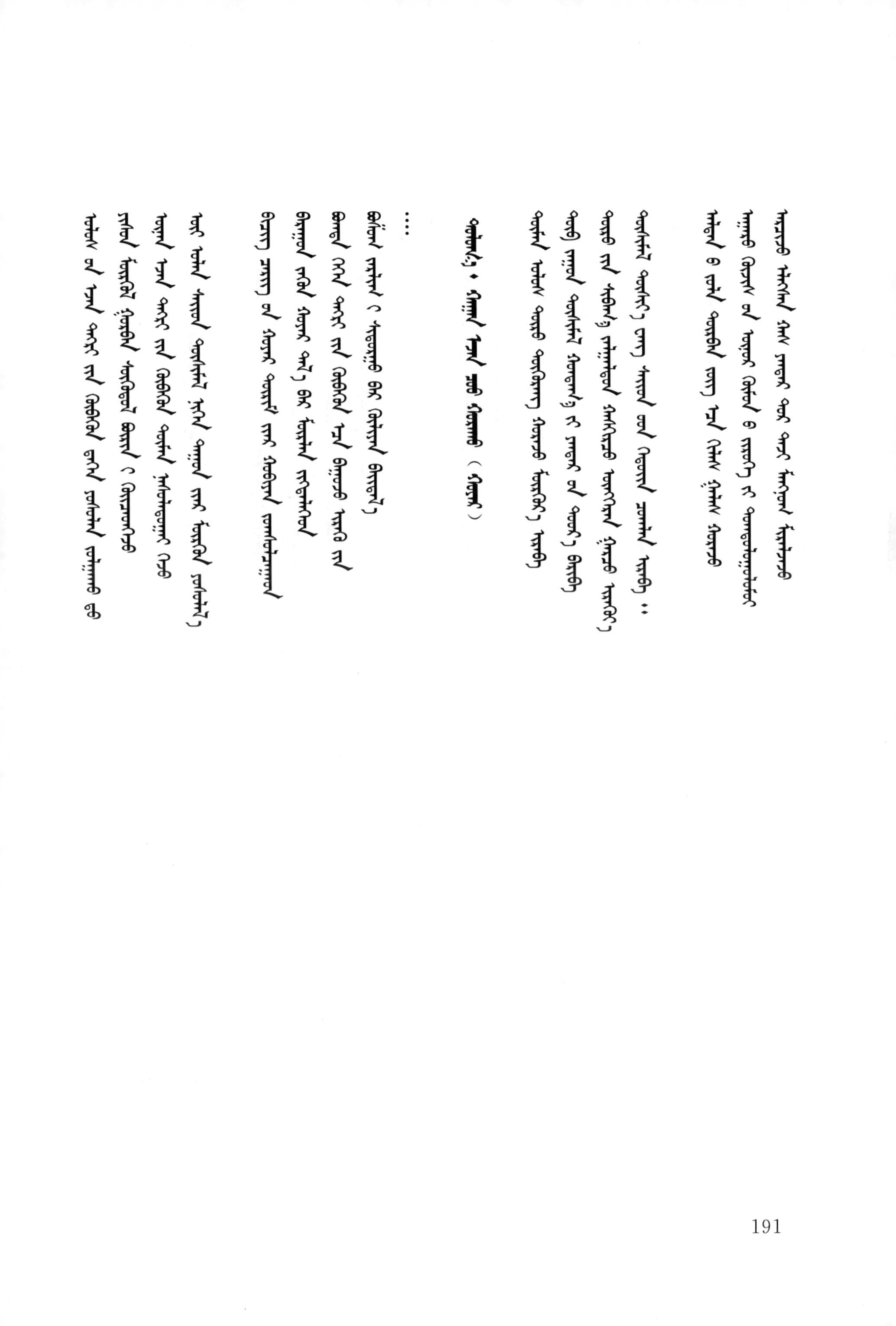

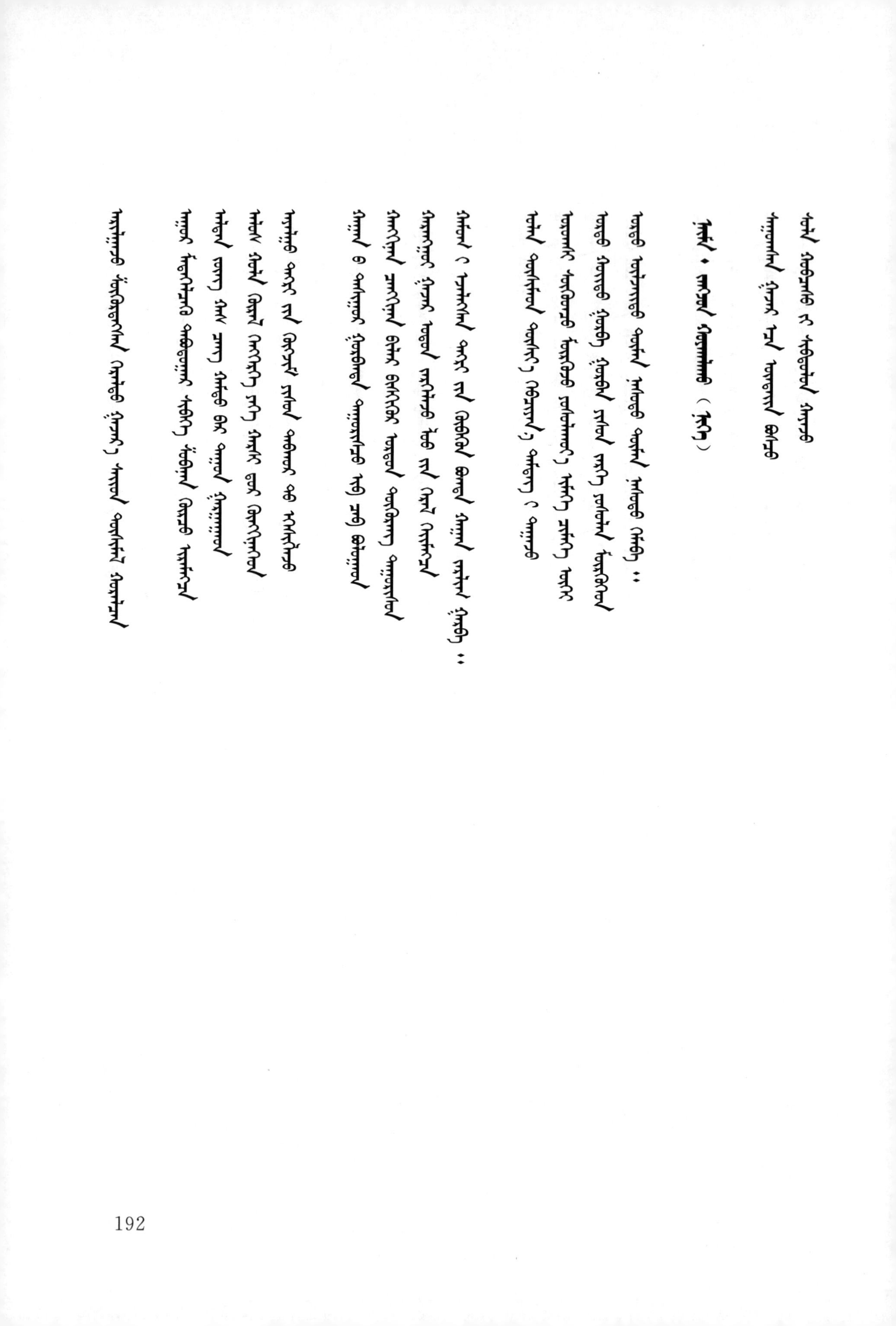

[illegible]

[illegible]
[illegible]
[illegible]
[illegible]

[illegible]
[illegible]
[illegible]
[illegible] ::

[illegible]
[illegible]
[illegible]
[illegible] ::

[illegible]

[illegible]
[illegible]

ᠭᠠᠷ ᠲᠤ ᠨᠢ ᠪᠤᠯᠤᠳ（钢金手环）ᠪᠡᠯᠡᠭᠡᠪᠴᠢ
ᠭᠠᠷ ᠤᠨ ᠪᠤᠭᠤᠢ ᠶᠢ ᠵᠡᠭᠦᠯᠭᠡᠳ
ᠮᠤᠷ ᠲᠠᠢ ᠪᠠᠭᠠᠲᠤᠷ
ᠭᠠᠷ ᠤᠨ ᠭᠤᠶᠤᠯ ᠬᠤᠷᠤᠭᠤᠨ ᠳᠤ ᠢᠨᠢ
ᠬᠠᠯᠠᠮ ᠬᠡᠯᠡᠨ ᠦ ᠰᠢᠨᠵᠢᠯᠡᠯ
ᠭᠡᠷᠡᠯᠲᠦ ᠬᠡᠪᠡᠯ ᠦᠨ ᠰᠤᠢᠷᠠᠯ
ᠬᠤᠳᠠᠯ ᠤᠨ ᠭᠤᠷᠪᠠᠨ ᠶᠢ ᠵᠤᠭᠰᠤᠭᠠᠭᠰᠠᠨ
ᠭᠡᠷᠡᠯᠲᠦ ᠬᠠᠷᠢᠨ ᠬᠤᠲᠤᠭ ᠲᠤ
ᠤᠷᠤᠰᠬᠠᠯ ᠬᠦᠷᠡᠩ ᠬᠠᠯᠠᠰᠤ ᠭᠡᠳ
ᠭᠠᠷ ᠤᠨ ᠬᠤᠷᠤᠭᠤ ᠲᠤ（钢金横带）ᠪᠦᠰᠡ
ᠬᠠᠷᠠ ᠪᠤᠷ ᠮᠤᠩᠭᠤᠯ ᠪᠢᠴᠢᠭᠦ
ᠭᠡᠷᠡᠯᠲᠦ ᠪᠦᠰᠡ ᠶᠢᠨ ᠵᠢᠭᠡᠯᠡᠯ ᠢ
ᠬᠠᠯᠠᠮ ᠤᠨ ᠰᠢᠷᠬᠡᠭ ᠪᠠᠷᠢᠭᠤ ᠬᠠᠳᠠᠭ
ᠭᠠᠯ ᠮᠤᠩᠭᠤᠯ ᠪᠤᠷᠤᠯ ᠬᠦᠬᠡ ᠬᠠᠷᠠ ᠬᠢᠷᠠᠭᠤ（紫秋霜）
ᠭᠠᠮᠠᠨᠲᠦ ᠭᠤᠯᠢᠰᠤᠳᠠᠭᠰᠠᠨ ᠭᠢᠯᠢᠭᠡᠷ ᠭᠦᠯᠡᠯ ᠲᠤ ᠬᠡᠪ（链环丝盖）
ᠭᠤᠶᠤᠮᠤᠨ ᠮᠤᠩᠭᠤᠯ ᠪᠠᠶᠢᠯᠳᠤᠭ ᠤ ᠭᠠᠮᠠᠯ
ᠬᠤ ᠲᠠᠭᠠᠷᠢᠬᠤᠯᠠᠨ ᠮᠤᠩᠭᠤᠯ ᠭᠠᠮᠠᠭ ᠭᠠᠮᠠᠯ（团龙冠）
ᠭᠠᠷᠤᠭ ᠮᠤᠷᠢ ᠪᠦ ᠪᠤ ᠴᠢ ᠬᠢᠯ（白袍南纤）
ᠭᠠᠯ ᠬᠤᠪᠤ ᠶᠢ ᠭᠡᠭᠡᠰᠭᠦᠯᠦᠭᠰᠡᠨ ᠬᠤᠷ ᠬᠠᠪᠲᠠᠭᠠᠢ ᠪᠤᠰ（水火袍）
ᠬᠠᠷ ᠬᠠᠷᠠᠭᠤ ᠲᠤ ᠪᠤ（明亮珍珠）ᠮᠤᠨᠴᠤᠭ ᠤᠨ ᠭᠠᠮᠠᠯ
ᠬᠠᠮᠤᠯ ᠤ ᠬᠤᠷᠠ ᠬᠡᠭᠤᠯᠡᠯ ᠤ ᠭᠠᠮᠠᠯ

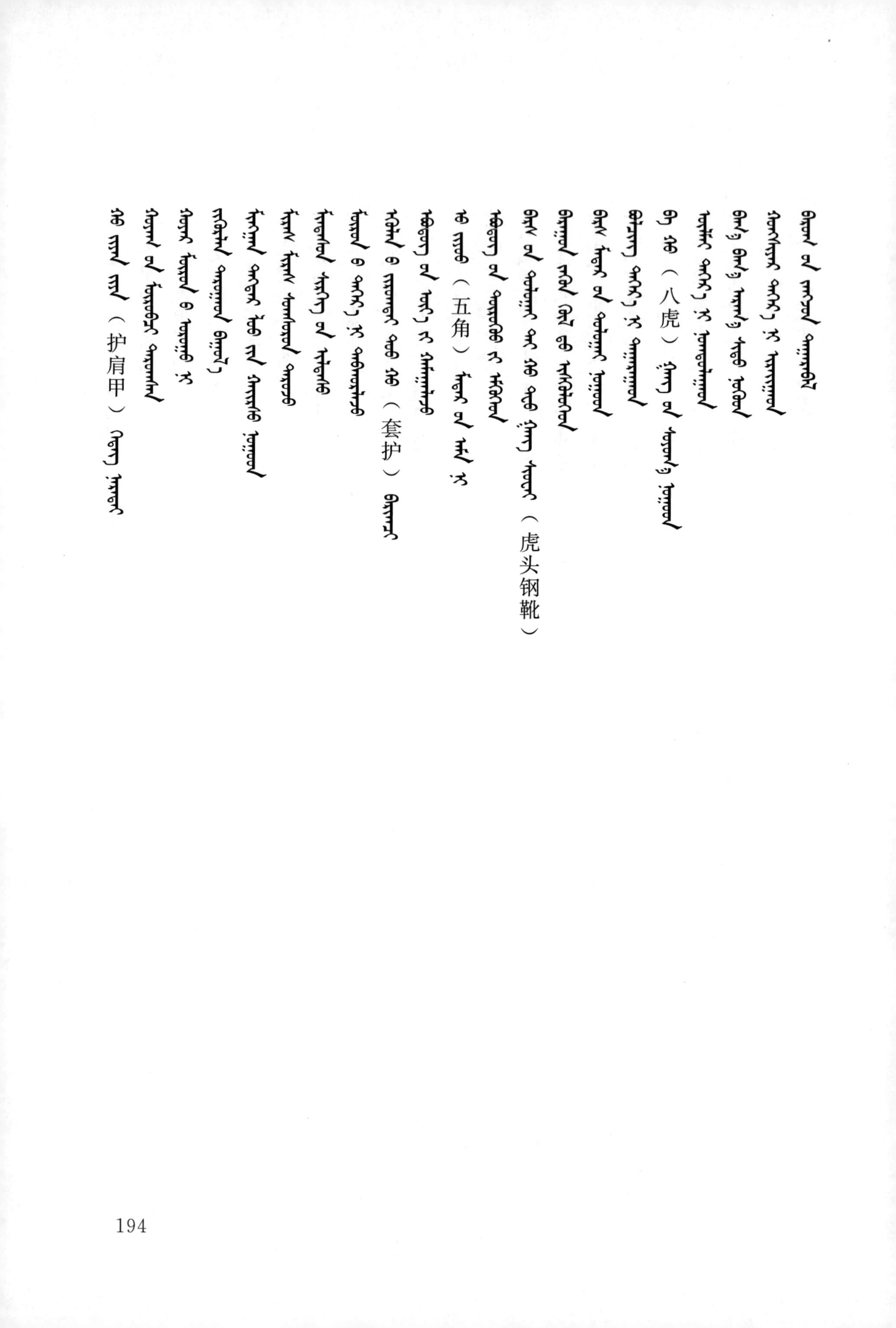

[illegible]
[illegible]
[illegible]
[illegible]
[illegible]（八虎）[illegible]
[illegible]
[illegible]
[illegible]
[illegible]（虎头钢靴）
[illegible]
[illegible]（五角）[illegible]
[illegible]
[illegible]（套护）[illegible]
[illegible]
[illegible]
[illegible]
[illegible]
[illegible]
[illegible]
[illegible]
[illegible]（护肩甲）[illegible]

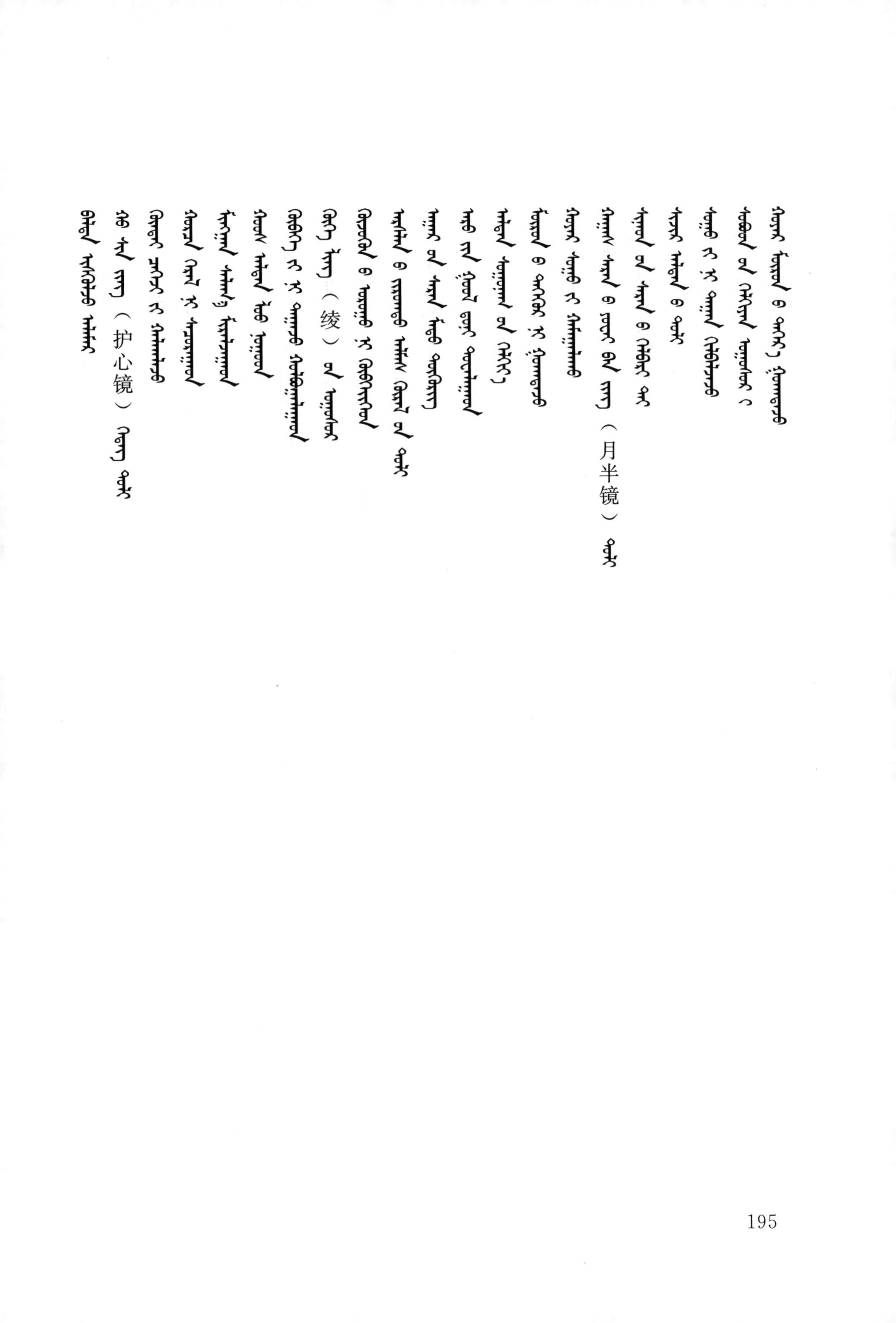

[illegible]
[illegible]
[illegible]
[illegible]
[illegible]
[illegible] （月半镜） [illegible]
[illegible]
[illegible]
[illegible]
[illegible]
[illegible]
[illegible]
[illegible] （绫） [illegible]
[illegible]
[illegible]
[illegible]
[illegible]
[illegible] （护心镜） [illegible]
[illegible]

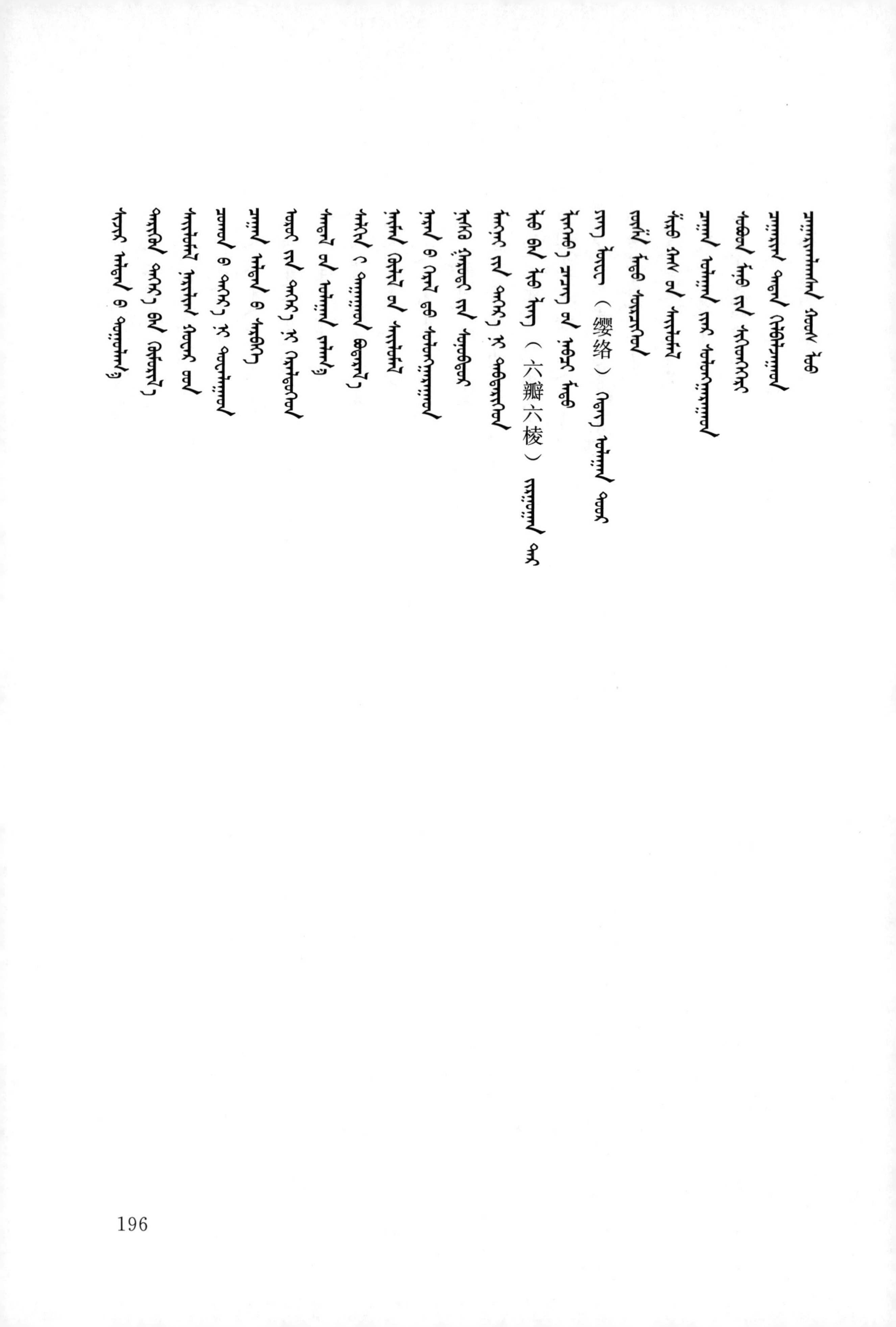

ᠵᠢᠷᠭᠤᠭ᠎ᠠ ᠳᠡᠯᠪᠡᠭᠡ ᠵᠢᠷᠭᠤᠭ᠎ᠠ ᠲᠠᠯ᠎ᠠ（六瓣六棱）ᠲᠠᠯᠠᠭᠠᠨ ᠤ
ᠲᠠᠨ ᠤ（缨络）ᠴᠢᠮᠡᠭ ᠲᠠᠯᠠᠰ ᠤᠨ

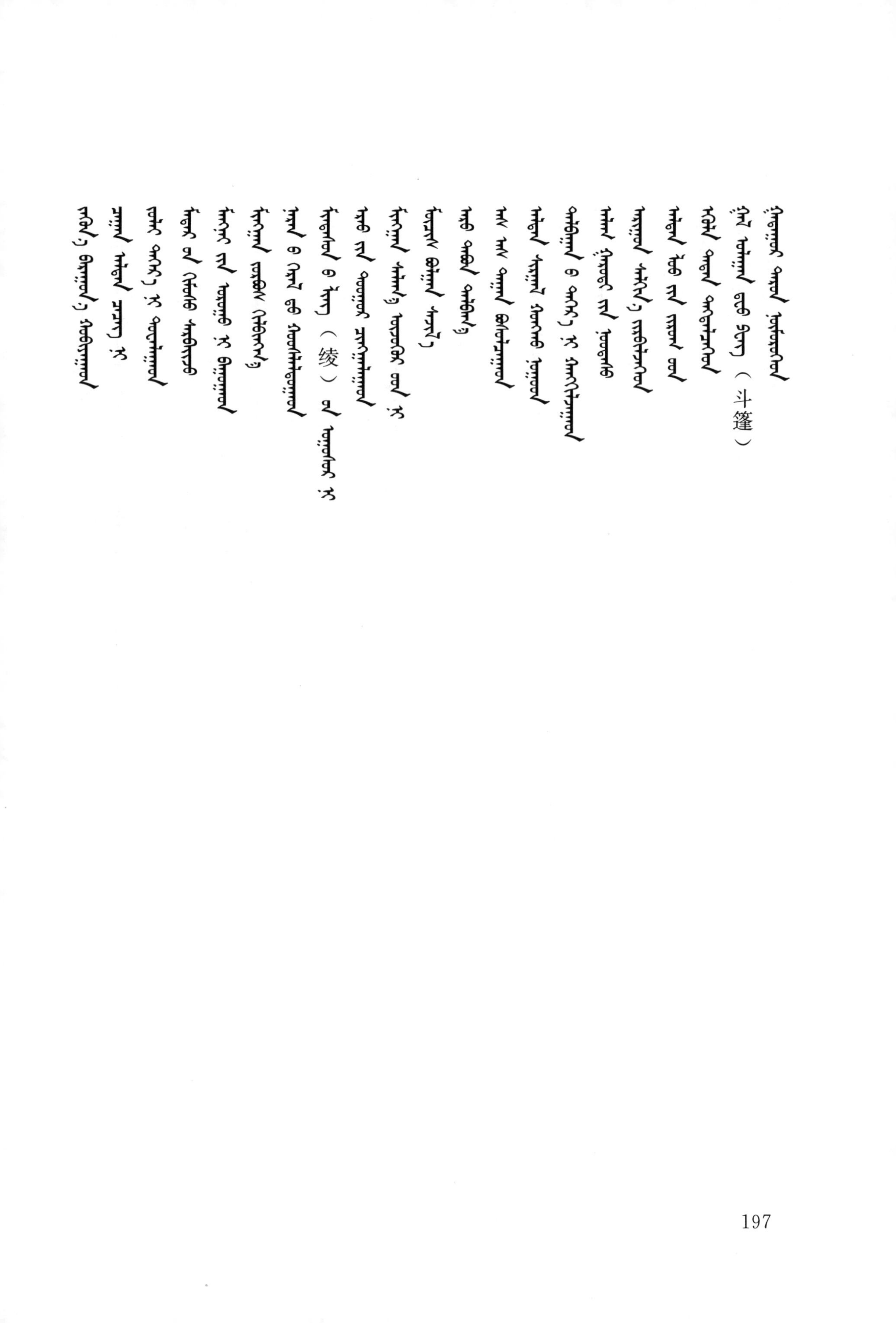

ᠬᠠᠷᠠᠮᠠᠨ ᠤ ᠲᠠᠷ（绫）ᠤᠨ ᠬᠢᠲᠠᠳ ᠢ
ᠬᠢᠵᠢ ᠲᠠᠯᠠᠭᠠᠨ ᠪᠠᠭ ᠵᠠᠩᠴᠢ（斗篷）

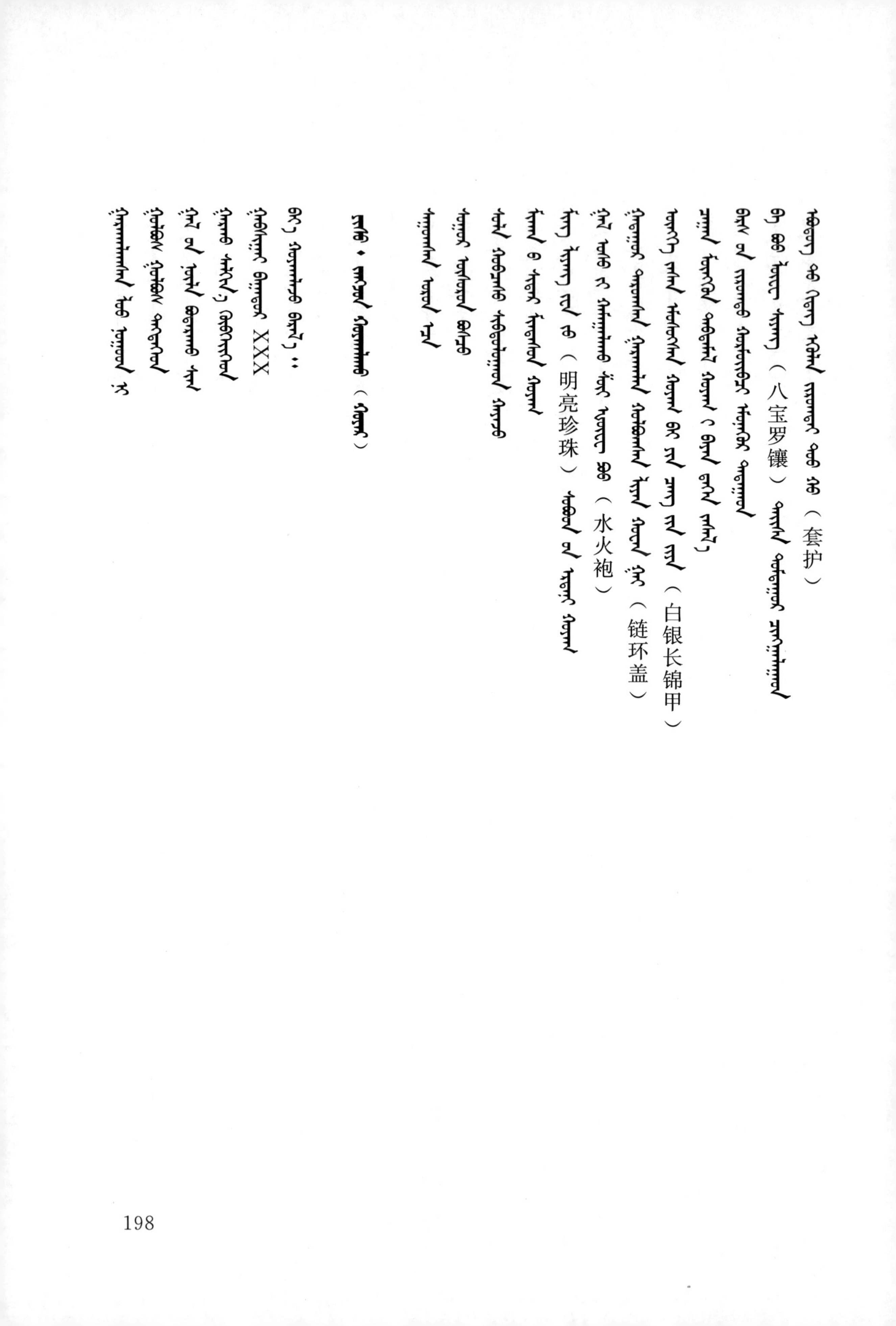

[illegible]（套护）
[illegible]（八宝罗镶）[illegible]
[illegible]
[illegible]
[illegible]（白银长锦甲）
[illegible]（链环盖）
[illegible]（水火袍）
[illegible]（明亮珍珠）[illegible]
[illegible]
[illegible]
[illegible]
[illegible]

[illegible]（[illegible]）

[illegible] ::
[illegible] XXX
[illegible]
[illegible]
[illegible]
[illegible]

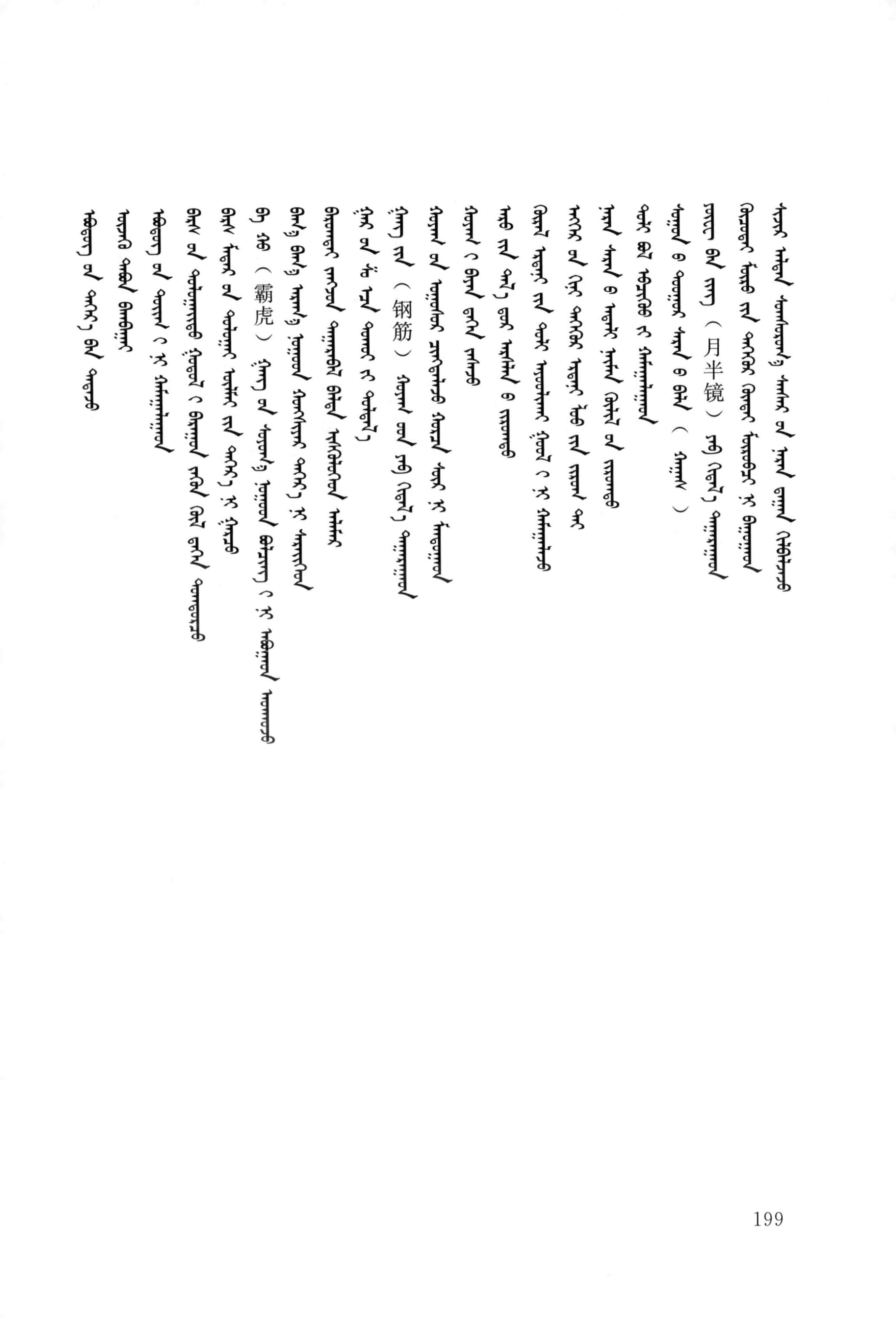

[illegible]
[illegible]
[illegible]
[illegible]
[illegible]（霸虎）[illegible]
[illegible]
[illegible]
[illegible]
[illegible]
[illegible]（钢筋）[illegible]
[illegible]
[illegible]
[illegible]
[illegible]
[illegible]
[illegible]
[illegible]
[illegible]（[illegible]）
[illegible]（月半镜）[illegible]
[illegible]
[illegible]

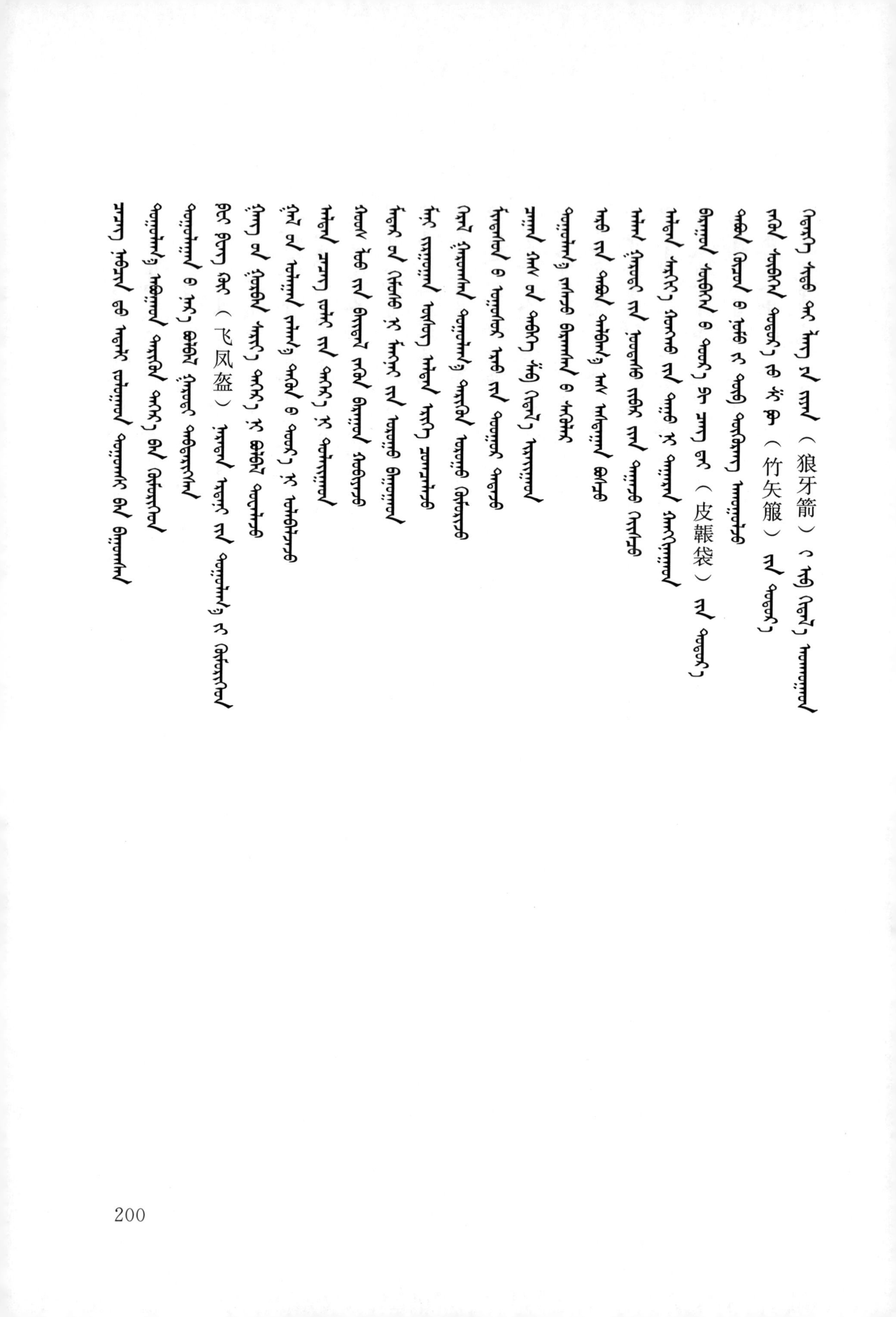

[illegible]（狼牙箭）[illegible]

[illegible]（竹矢箙）[illegible]

[illegible]

[illegible]（皮韔袋）[illegible]

[illegible]

[illegible]

[illegible]

[illegible]

[illegible]

[illegible]

[illegible]

[illegible]

[illegible]

[illegible]

[illegible]

[illegible]

[illegible]

[illegible]（飞凤盔）[illegible]

[illegible]

[illegible]

[illegible]

ᠪᠡ ᠬᠡᠯᠡᠭᠡᠳ （打将鞭） ᠰᠢᠯᠦᠪᠡ ᠳᠠᠯᠠᠯᠠᠭᠠᠳ ᠬᠦᠰᠦᠨ ᠤ ᠲᠠᠯᠠᠰᠤᠨ
ᠮᠠᠰᠢᠨ ᠬᠤᠷᠴᠠ ᠰᠡᠯᠡᠮᠡ ᠪᠡᠷ ᠭᠠᠵᠠᠷ ᠤᠨ （大钢刀） ᠰᠢᠯᠦᠪᠡ ᠪᠡᠨ ᠬᠢᠯᠢᠮᠡ ᠬᠠᠵᠠᠭᠠᠷ ᠪᠠᠷᠢᠵᠤ
ᠮᠠ ᠬᠤᠷᠠ （散面） ᠭᠠᠵᠠᠷ ᠲᠠᠷ ᠪᠡᠷ ᠬᠢᠳᠤᠭᠤᠯᠵᠤ

ᠪᠣ ᠪᠡᠶᠢᠯ（五花）ᠪᠠᠢᠬᠤ ᠣᠷᠣᠭᠣᠯ ᠣᠷᠣᠭᠣᠯᠵᠤ ᠬᠣᠮᠣ ᠪᠠᠶᠢᠭᠰᠠᠨ
ᠪᠣᠯᠣᠨ ᠢ ᠬᠣᠶᠠᠷ ᠡᠭᠡ（花晶上盖）ᠪᠣᠯᠣᠨ ᠦᠵᠡᠭᠦᠷ ᠪᠠᠢᠭ᠎ᠠ ᠣᠷᠣᠭᠣᠯᠬᠤ ᠪᠣᠯᠣᠭᠰᠠᠨ
ᠪᠣ ᠲᠠᠪᠤ ᠶᠢᠨ ᠰᠦᠷ（五穗阴阳）ᠪᠢᠯᠢᠭ ᠲᠦᠷᠭᠡᠨ

ᠲᠡᠷᠡ ᠠᠷᠪᠠᠨ XXX ᠤ ᠪᠣᠢ
ᠪᠣᠯᠤᠨ ᠬᠤᠪᠴᠠᠰ （添花） ᠪᠣᠳᠠᠯ ᠤᠨ ᠪᠣᠳᠤᠯᠭ᠎ᠠ

ᠳᠠᠷᠤᠭ᠎ᠠ ᠬᠡᠪᠲᠡᠭ ᠦᠨ （冲天盔） ᠬᠣᠶᠠᠷ ᠮᠠᠯᠠᠭᠠᠢ ᠬᠡᠪᠲᠡᠭᠦᠯᠦᠨ
ᠲᠡ ᠠᠯᠲᠠᠨ ᠲᠡ （金锁甲） ᠬᠤᠶᠠᠭ ᠬᠣᠭᠣᠯᠠᠢ ᠲᠡᠭᠦᠰᠬᠡᠯ
ᠳᠠᠷᠤᠭ᠎ᠠ ᠶᠢᠨ ᠲᠡ ᠪᠣᠳᠣᠯ （ᠶᠢᠰᠦᠨ ᠯᠤᠤ ᠳᠡᠪᠡᠯ） （九龙袍） ᠨᠡᠮᠡᠯ ᠬᠤᠪᠴᠠᠰ ᠨᠢ ᠬᠤᠪᠴᠠᠰᠤᠯᠠᠭᠰᠠᠨ
ᠪᠣ ᠲᠡ ᠳᠠᠨ （ᠵᠢᠷᠦᠬᠡᠨ ᠦ ᠬᠠᠮᠠᠭᠠᠯᠠᠯᠲᠠ ᠲᠣᠯᠢ） （护心镜） ᠲᠠᠯᠪᠢᠭ ᠬᠠᠷᠠᠭ ᠬᠦᠳᠡᠯᠭᠡᠭᠡᠳ ᠲᠡᠮᠳᠡᠭᠯᠡᠭᠰᠡᠨ
ᠬᠠᠷᠠᠨ ᠮᠠᠭᠠᠨ ᠪᠡᠰᠦ （ᠤᠯᠠᠭᠠᠨ ᠪᠦᠰᠡ） （红亭带） ᠲᠠᠯ ᠠᠨ ᠪᠤᠷᠠᠷ ᠵᠢ ᠪᠦᠷᠬᠦᠭᠰᠡᠨ

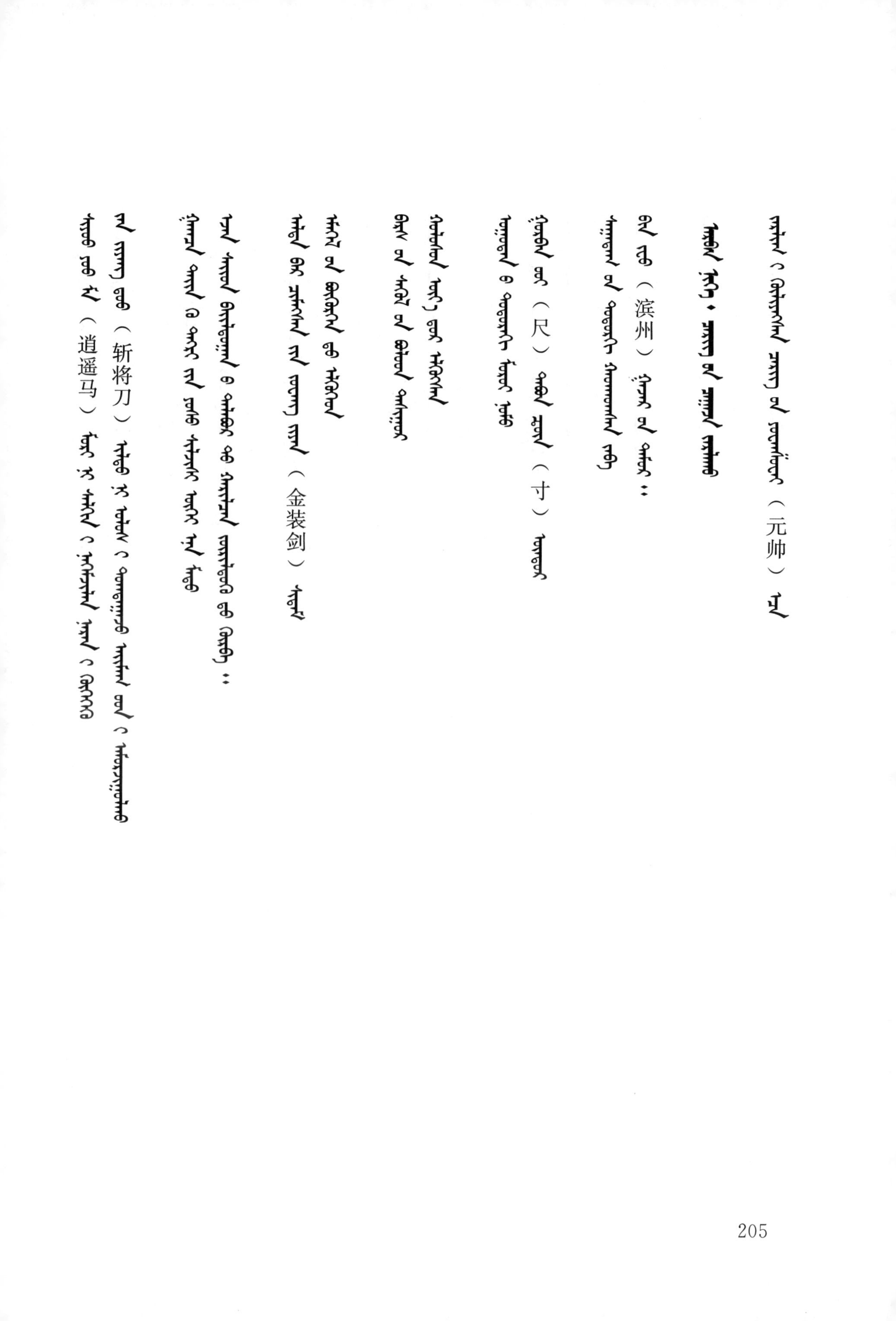

[illegible]（元帅）[illegible]

[illegible]

[illegible]（滨州）[illegible]

[illegible]（尺）[illegible]（寸）[illegible]

[illegible]

[illegible]

[illegible]（金装剑）[illegible]

[illegible]

[illegible]（斩将刀）[illegible]

[illegible]（逍遥马）[illegible]

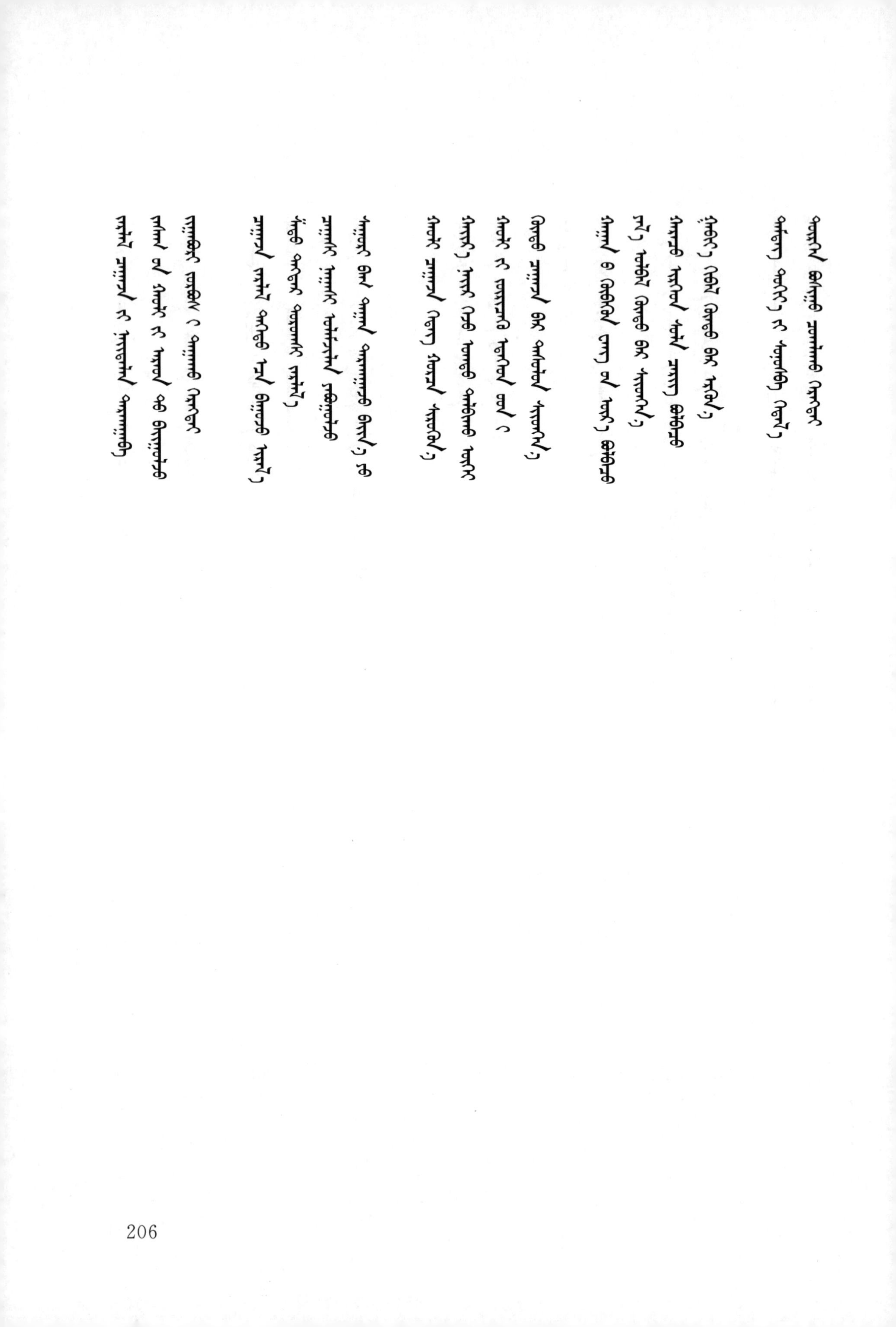

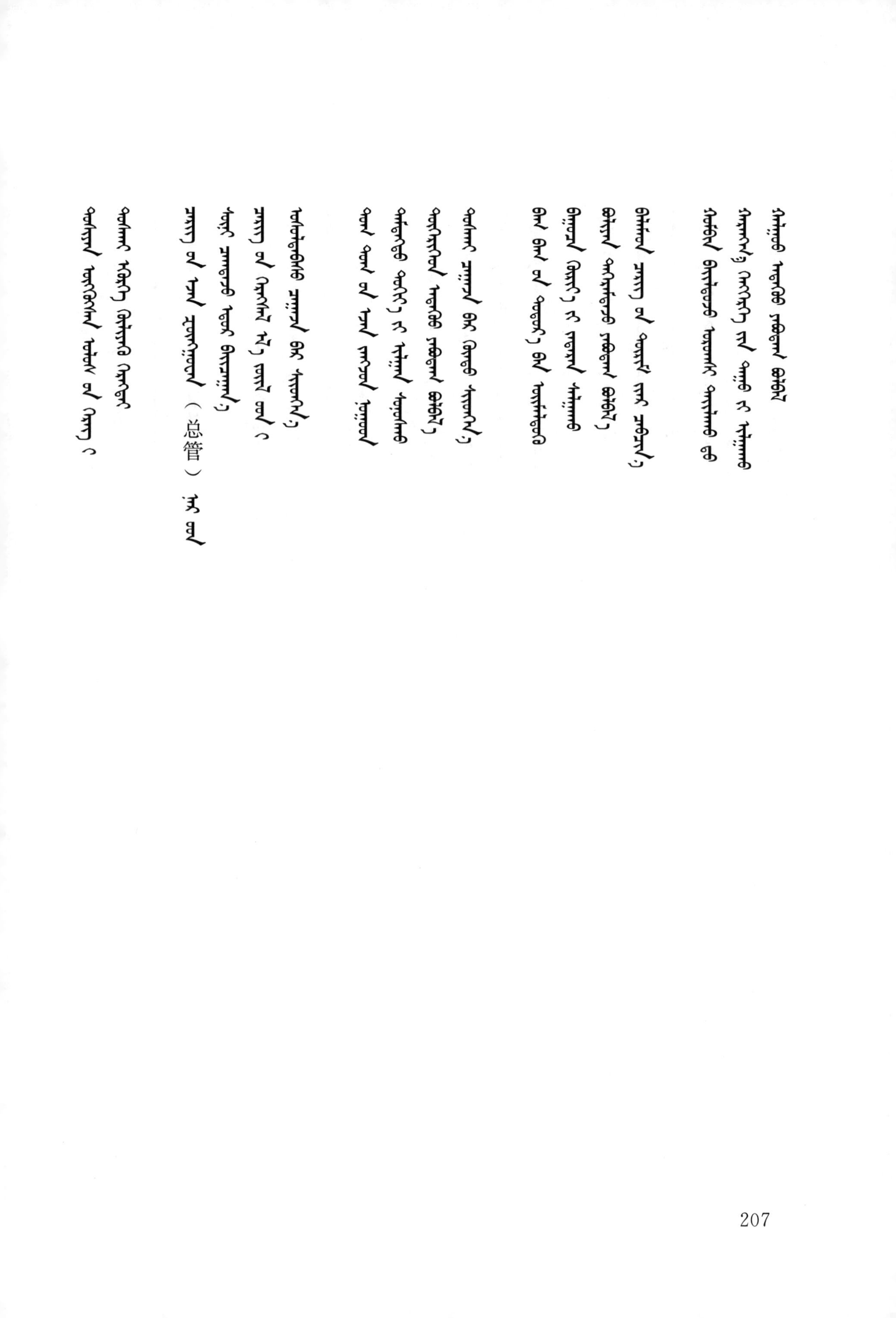

[illegible]
[illegible]
[illegible]

[illegible]
[illegible]
[illegible]
[illegible]

[illegible]
[illegible]
[illegible]
[illegible]

[illegible]
[illegible]
[illegible]
[illegible] （总管） [illegible]

[illegible]
[illegible]

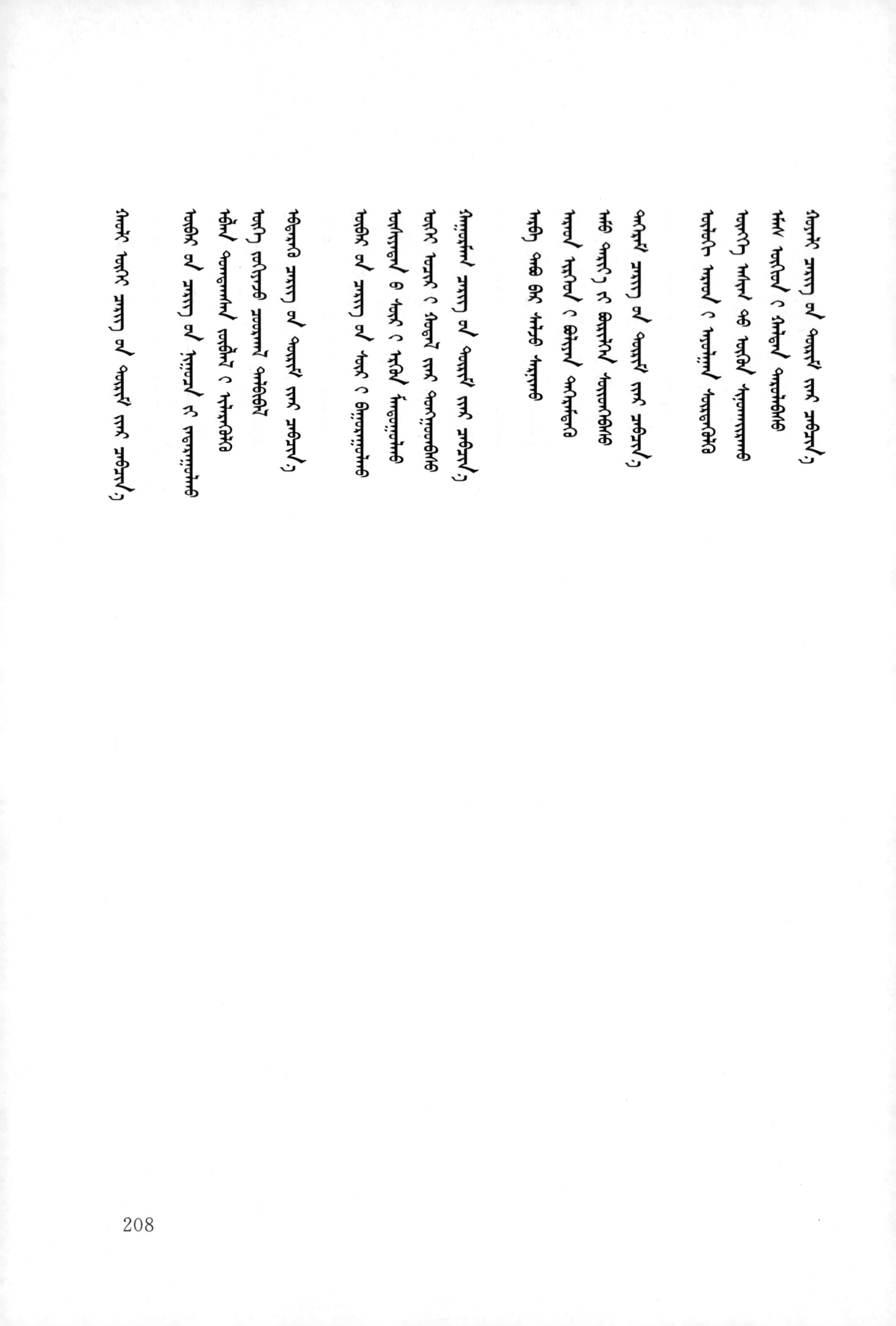

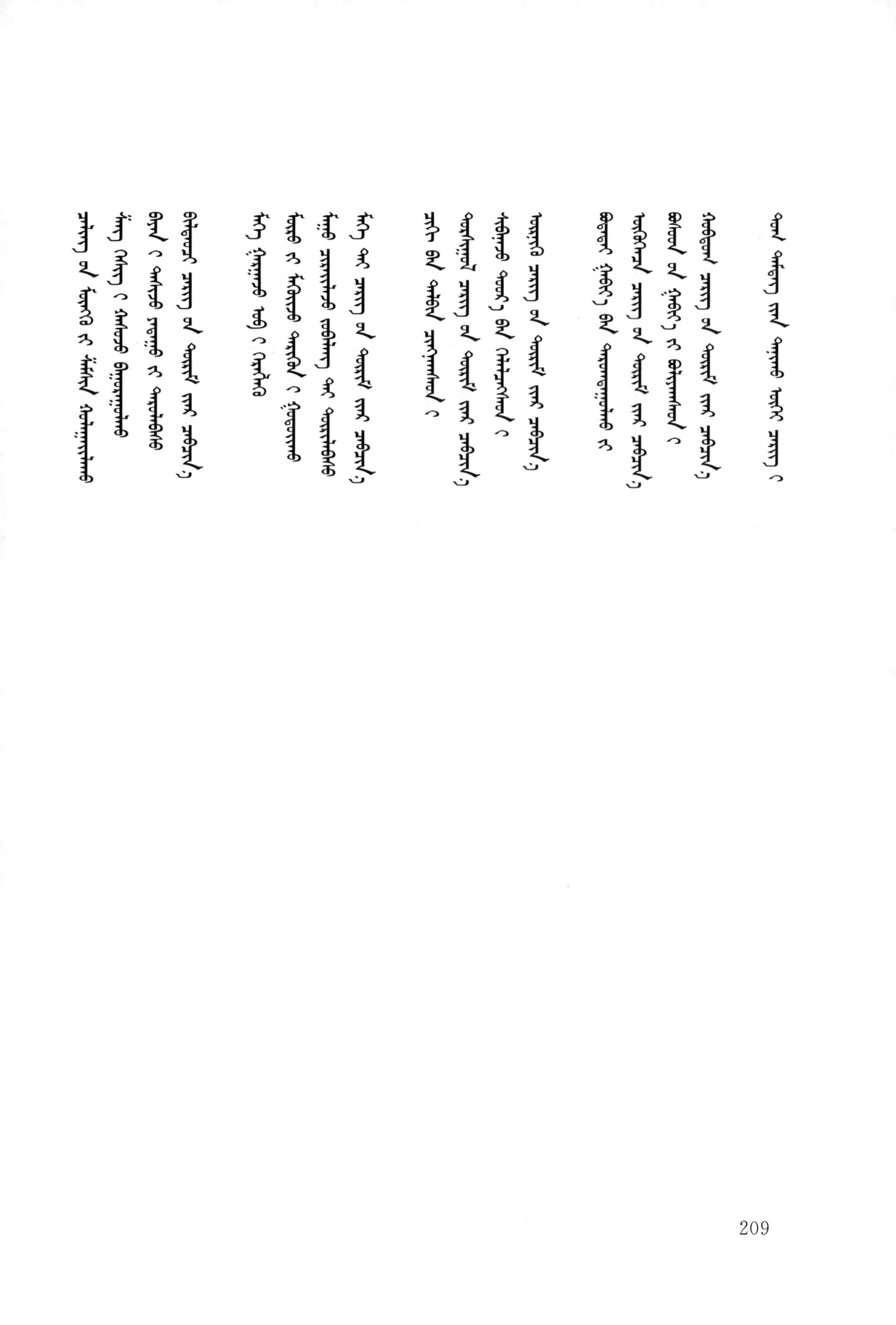

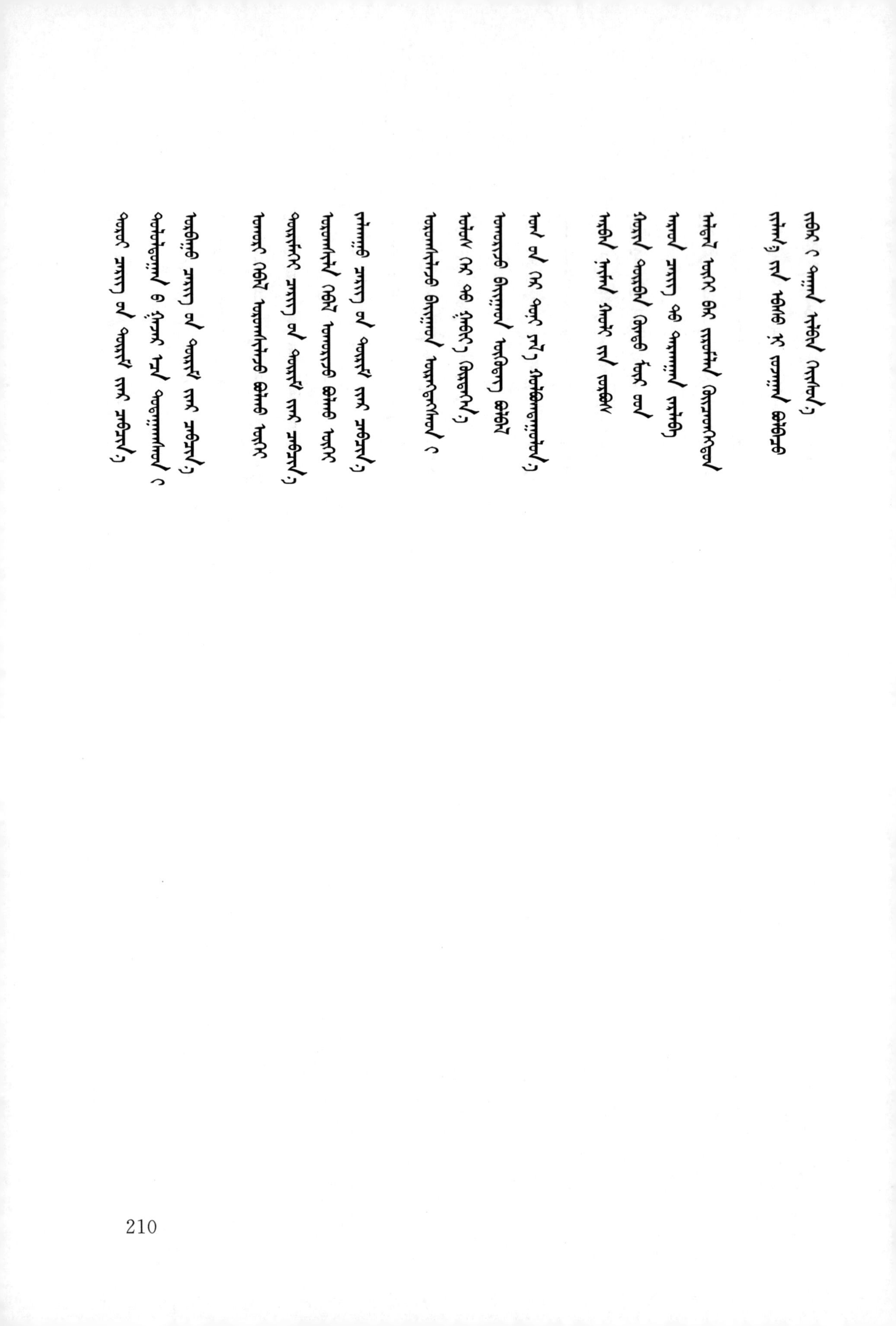

[illegible]

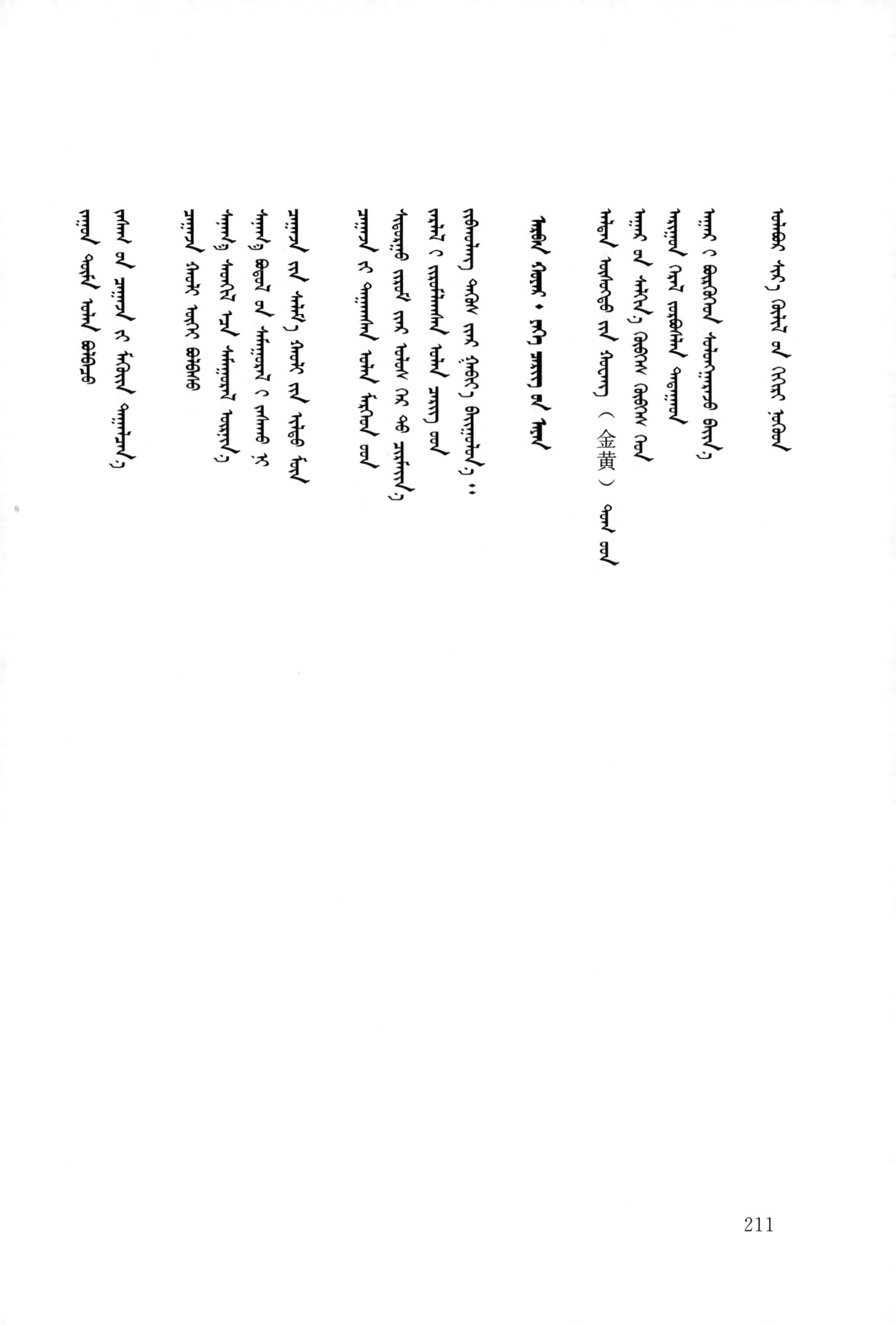

ᠠᠯᠪᠠᠨ ᠠᠯᠲᠠᠨᠪᠤ ᠲᠠᠯ ᠰᠣᠭᠣᠰᠯᠠᠭ (金黄) ᠰᠣᠨ ᠳᠤᠨ

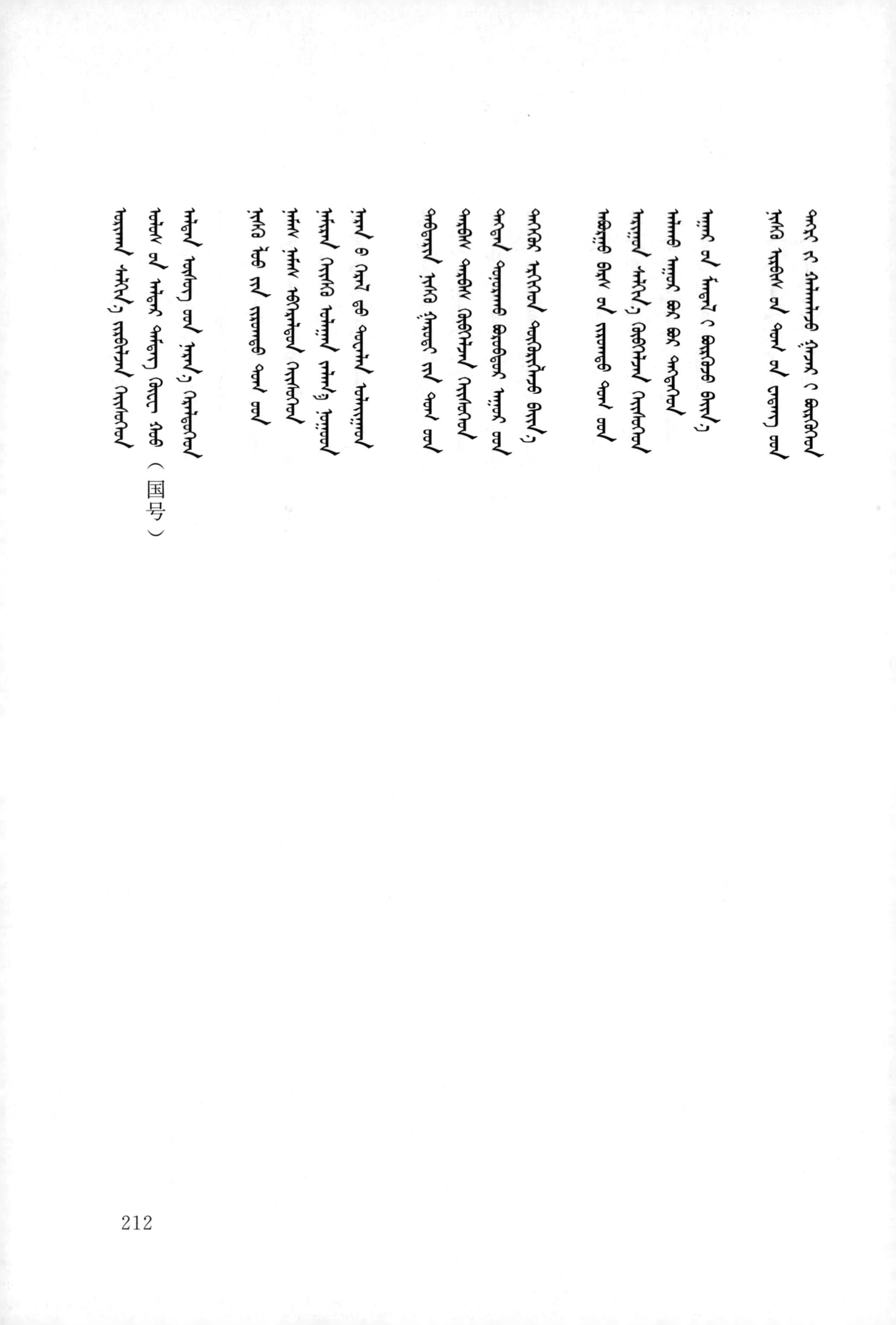

ᠶᠡᠬᠡᠷ ᠦᠨ ᠶᠡᠬᠡᠷ ᠮᠥᠷᠳᠡᠨ ᠪᠣᠯᠪᠠ（国号）

ᠬᠦᠷᠡᠯ ᠵᠢᠨᠬᠢᠯ ᠤ ᠢᠯᠳᠦ（昆吾剑）ᠮᠢᠨᠦ
ᠬᠦᠨᠳᠦ ᠮᠤᠩᠭᠤ ᠶᠢᠨ ᠢᠯᠳᠦ（泰阿剑）ᠮᠢᠨᠦ

ᠬᠦᠷᠡᠯ ᠮᠢᠨᠦ ᠪᠠᠭᠤᠯ ᠵᠢᠳᠠ（点钢枪）ᠳᠤ

ᠶᠢᠨ ᠬᠤᠯᠠ ᠪᠠ（雁翎刀）ᠪᠠ ᠬᠤᠷᠴᠠᠳᠠᠭᠰᠠᠨ
ᠬᠤᠯᠠ ᠬᠤᠷᠴᠠ ᠰᠠᠷᠠ ᠬᠤᠷᠴᠠ ᠪᠠ（月亮刀）ᠮᠢᠨᠦ

ᠬᠤᠷᠴᠠ ᠪᠠᠢᠭᠠ ᠤᠨ ᠪᠠ ᠭᠠᠯ（八卦）ᠬᠤᠷᠴᠠ ᠬᠤᠷᠴᠠᠯ

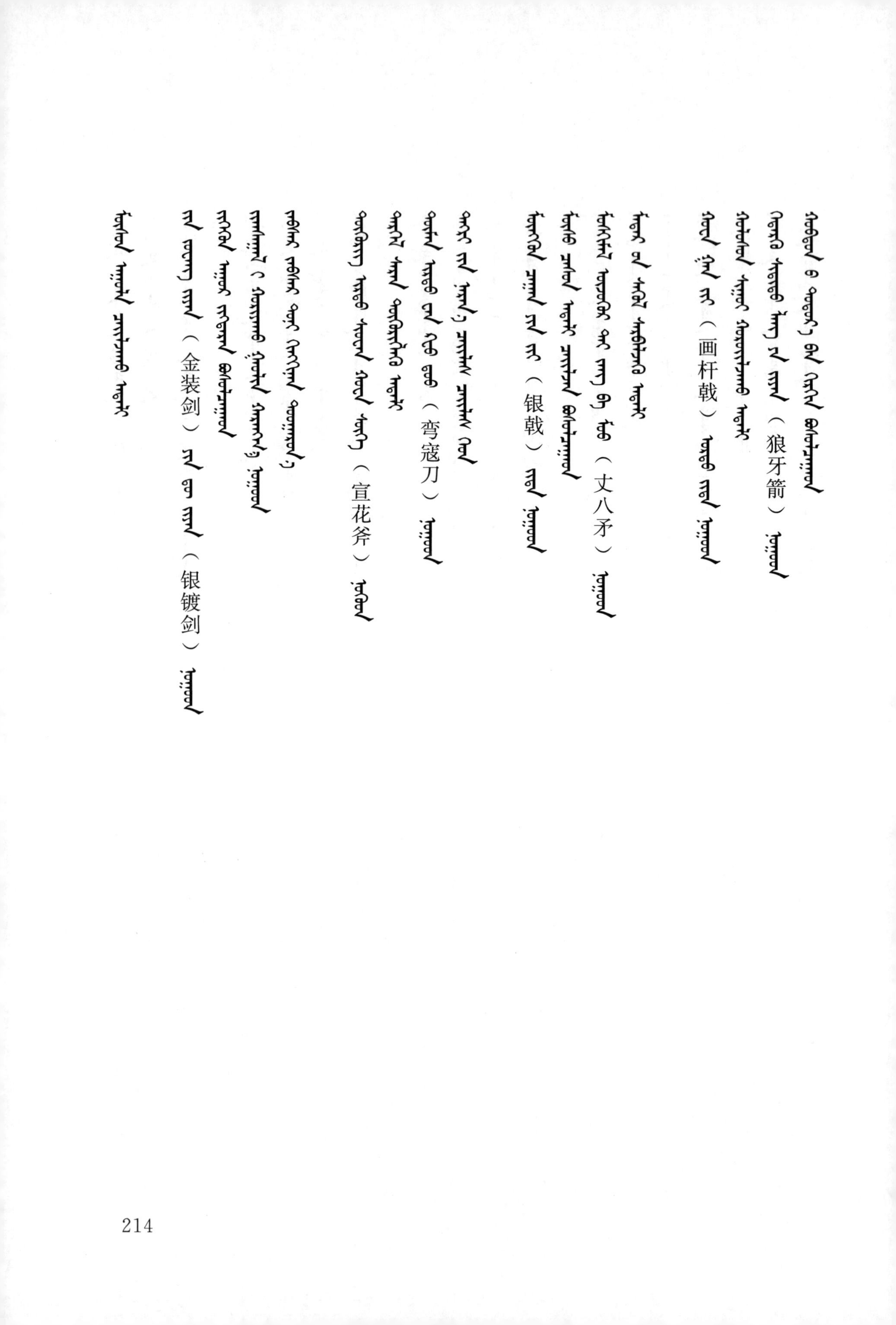

[illegible]

[illegible]（狼牙箭）[illegible]

[illegible]（画杆戟）[illegible]

[illegible]（丈八矛）[illegible]

[illegible]（银戟）[illegible]

[illegible]（弯寇刀）[illegible]

[illegible]（宣花斧）[illegible]

[illegible]（金装剑）[illegible]（银镀剑）[illegible]

[illegible]

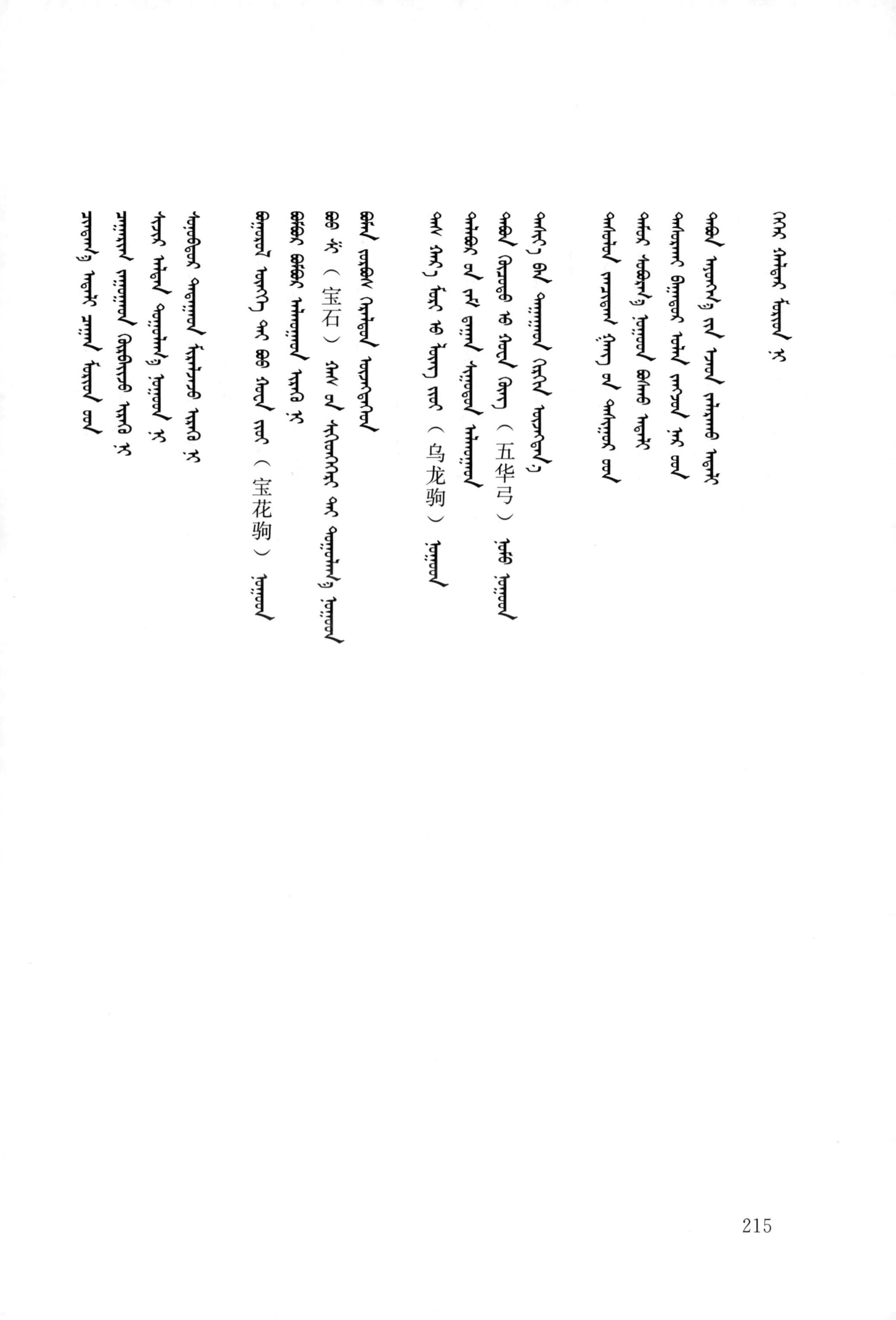

[illegible] [illegible] [illegible] [illegible]

[illegible] [illegible] [illegible] [illegible] [illegible] [illegible]
[illegible] [illegible] [illegible] [illegible] [illegible] [illegible]
[illegible] [illegible] [illegible] [illegible] [illegible]
[illegible] [illegible] [illegible] [illegible] [illegible] [illegible]

[illegible] [illegible] [illegible] [illegible] [illegible]
[illegible] [illegible] [illegible] [illegible] （五华弓） [illegible] [illegible]
[illegible] [illegible] [illegible] [illegible] [illegible] [illegible]
[illegible] [illegible] [illegible] [illegible] [illegible] [illegible] （乌龙驹） [illegible]

[illegible] [illegible] [illegible] [illegible]
[illegible] [illegible] （宝石） [illegible] [illegible] [illegible] [illegible] [illegible] [illegible]
[illegible] [illegible] [illegible] [illegible] [illegible]
[illegible] [illegible] [illegible] [illegible] [illegible] [illegible] （宝花驹） [illegible]

[illegible] [illegible] [illegible] [illegible] [illegible]
[illegible] [illegible] [illegible] [illegible] [illegible]
[illegible] [illegible] [illegible] [illegible] [illegible]
[illegible] [illegible] [illegible] [illegible] [illegible]

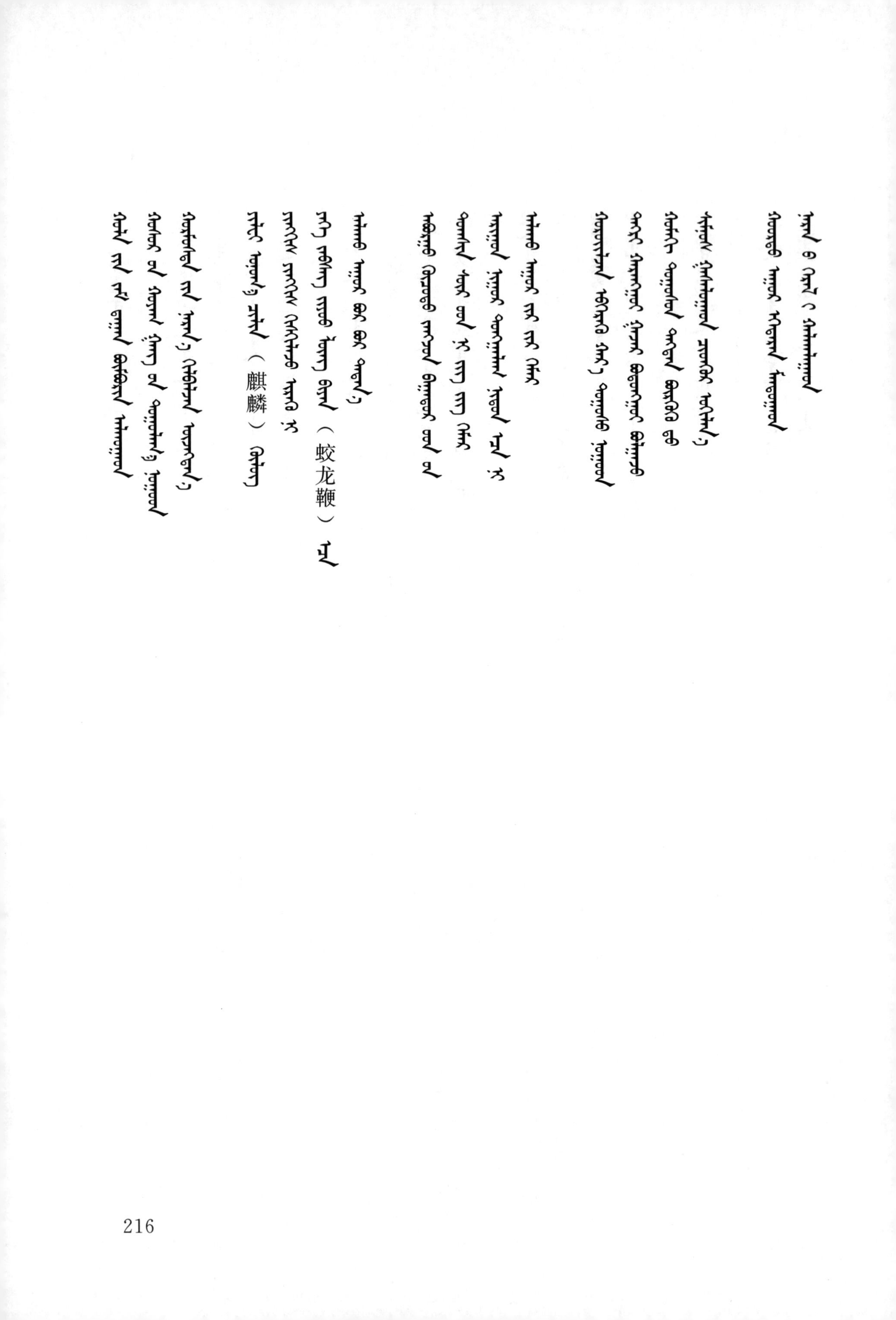

[illegible]
[illegible]

[illegible]
[illegible]
[illegible]
[illegible]

[illegible]
[illegible]
[illegible]
[illegible]

[illegible]
[illegible] （蛟龙鞭） [illegible]
[illegible]
[illegible] （麒麟） [illegible]

[illegible]
[illegible]
[illegible]

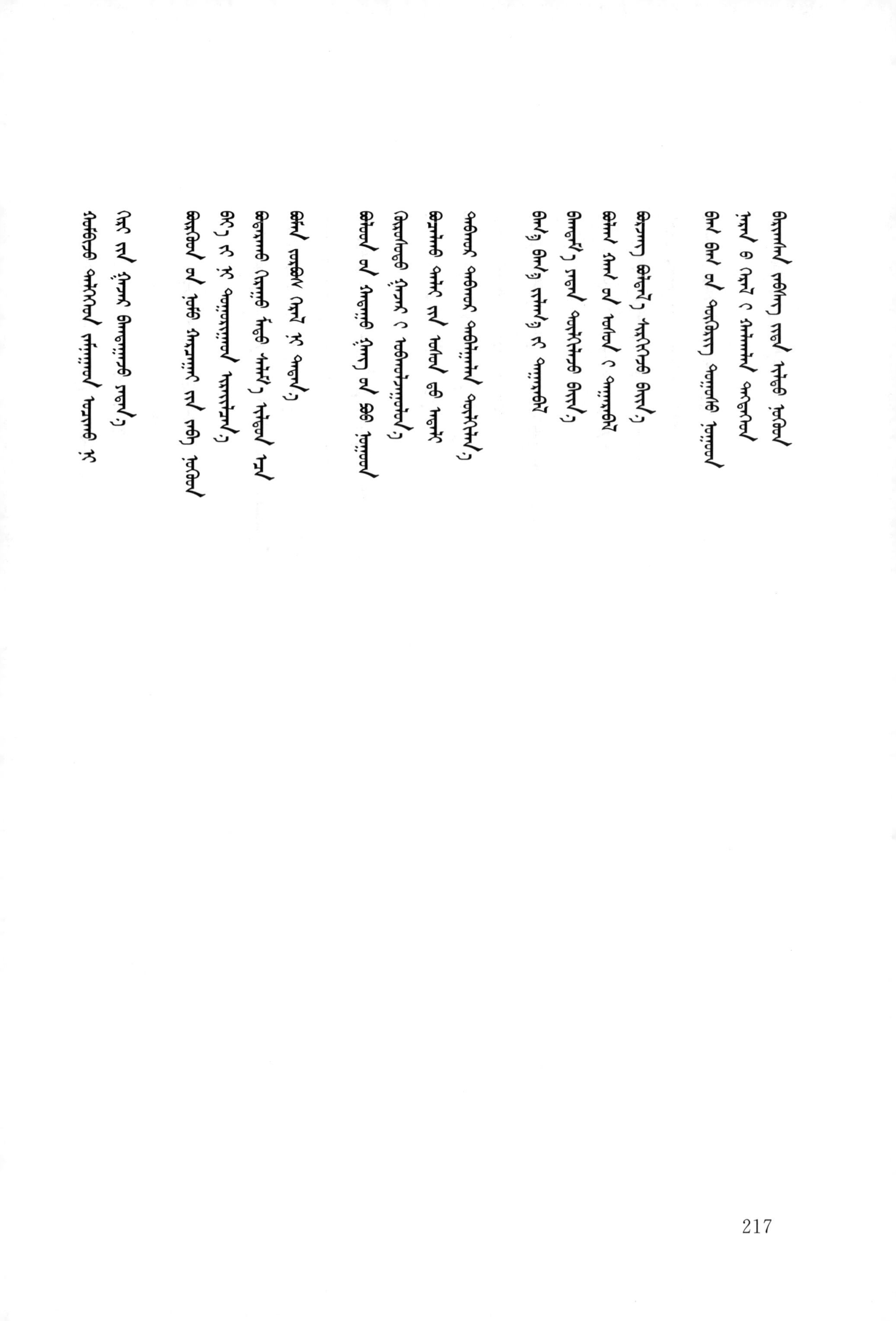

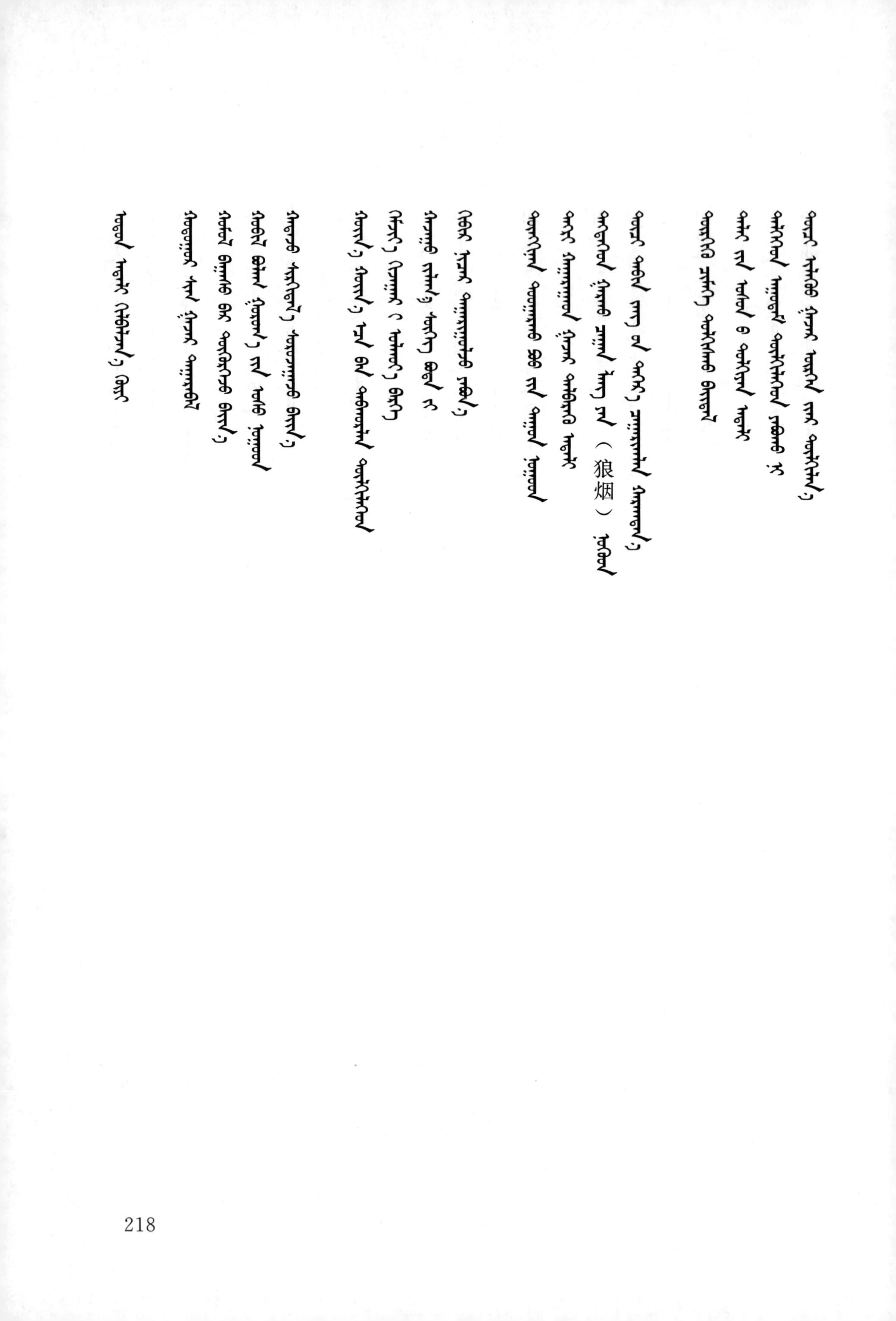

ᠪᠣᠯᠣᠭᠰᠠᠨ ᠭᠡᠷᠡᠯᠳᠦ ᠲᠡᠭᠡᠷ ᠪᠠ （狼烟） ᠤᠲᠤᠭ᠎ᠠ

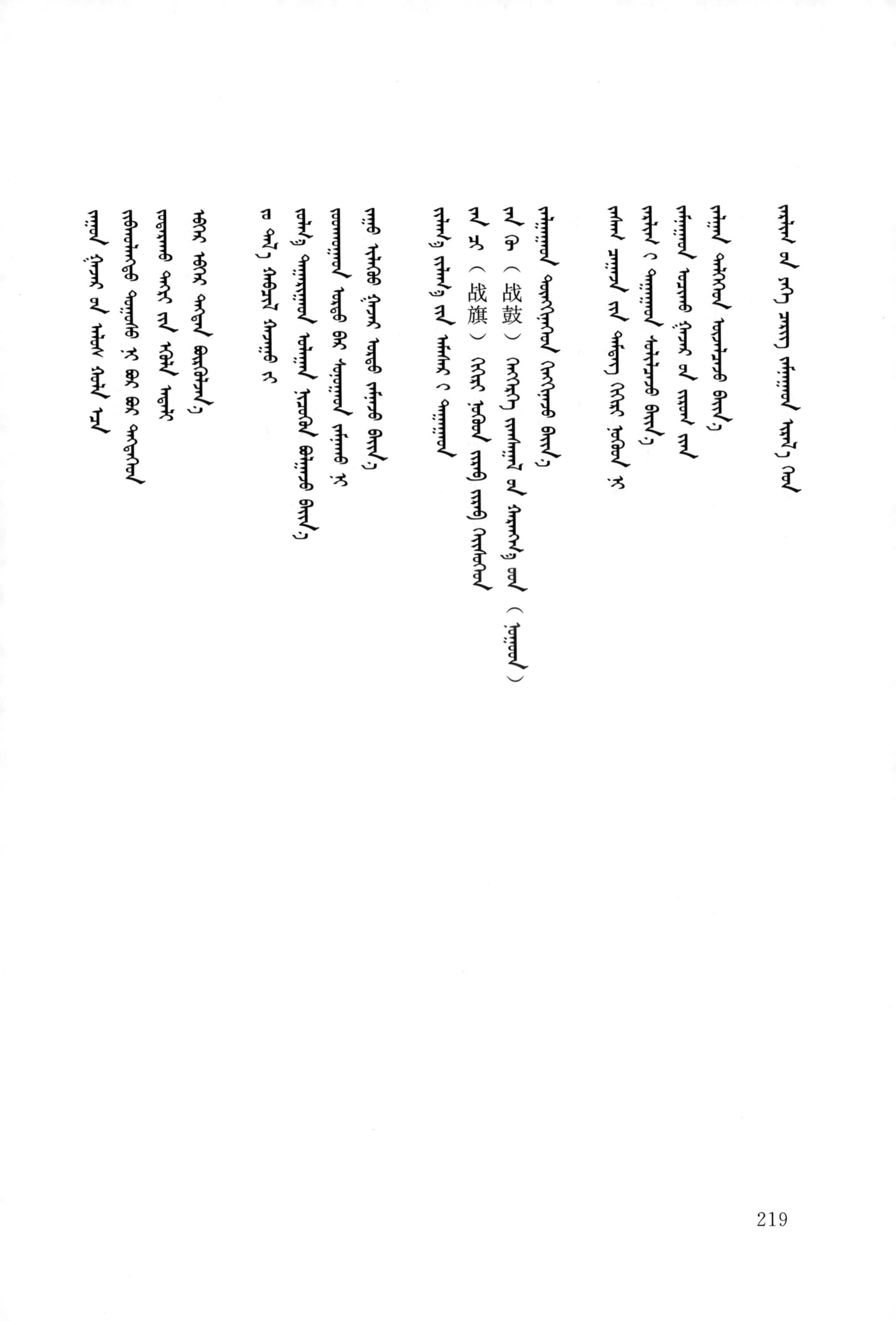

[illegible]

[illegible]
[illegible]
[illegible]
[illegible]

[illegible]
[illegible] （战鼓） [illegible]
[illegible] （战旗） [illegible]
[illegible]

[illegible]
[illegible]
[illegible]
[illegible]

[illegible]
[illegible]
[illegible]
[illegible]

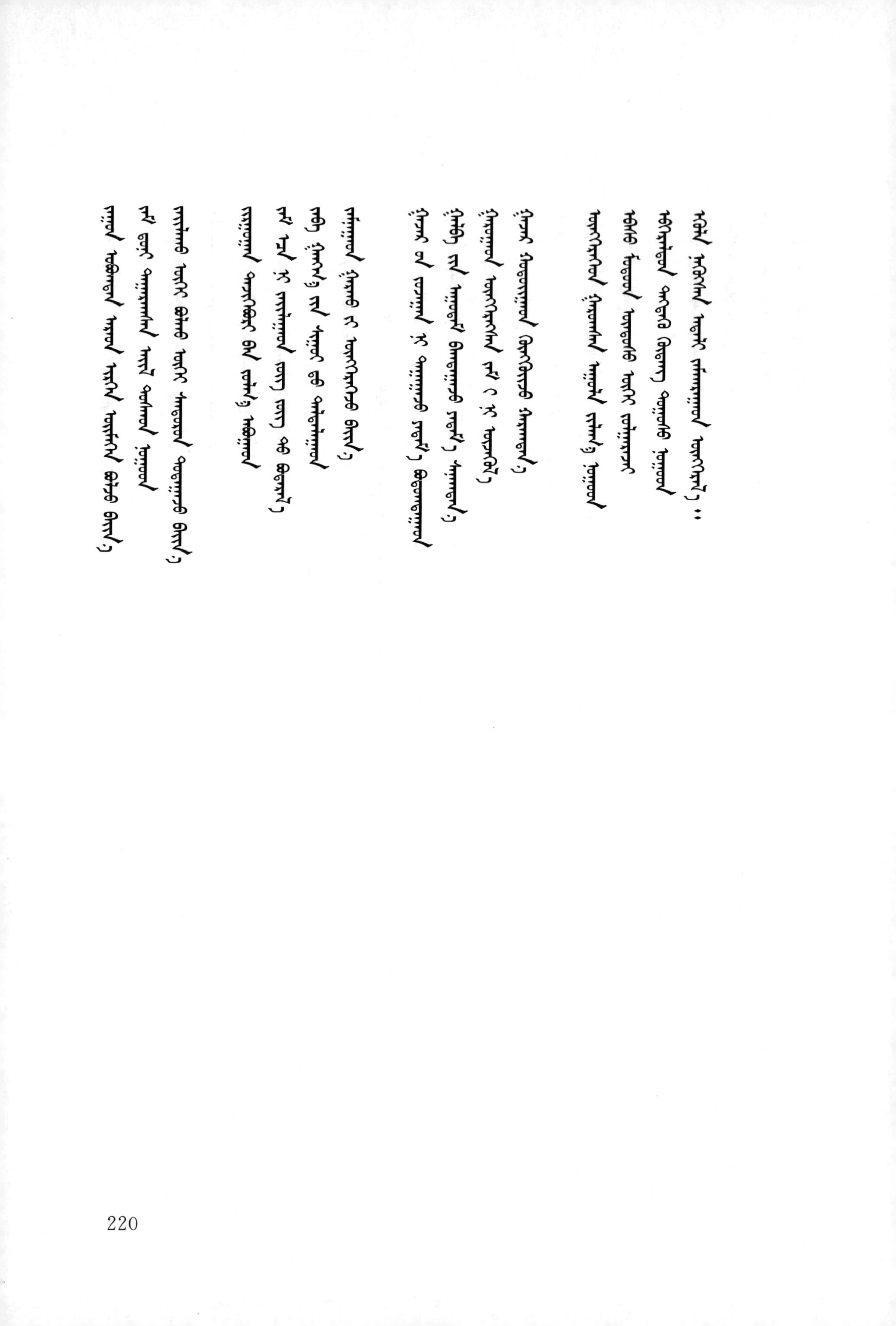

[illegible]
[illegible]
[illegible]
[illegible]

[illegible]
[illegible]
[illegible]
[illegible]

[illegible]
[illegible]
[illegible]
[illegible]

[illegible]
[illegible]
[illegible]

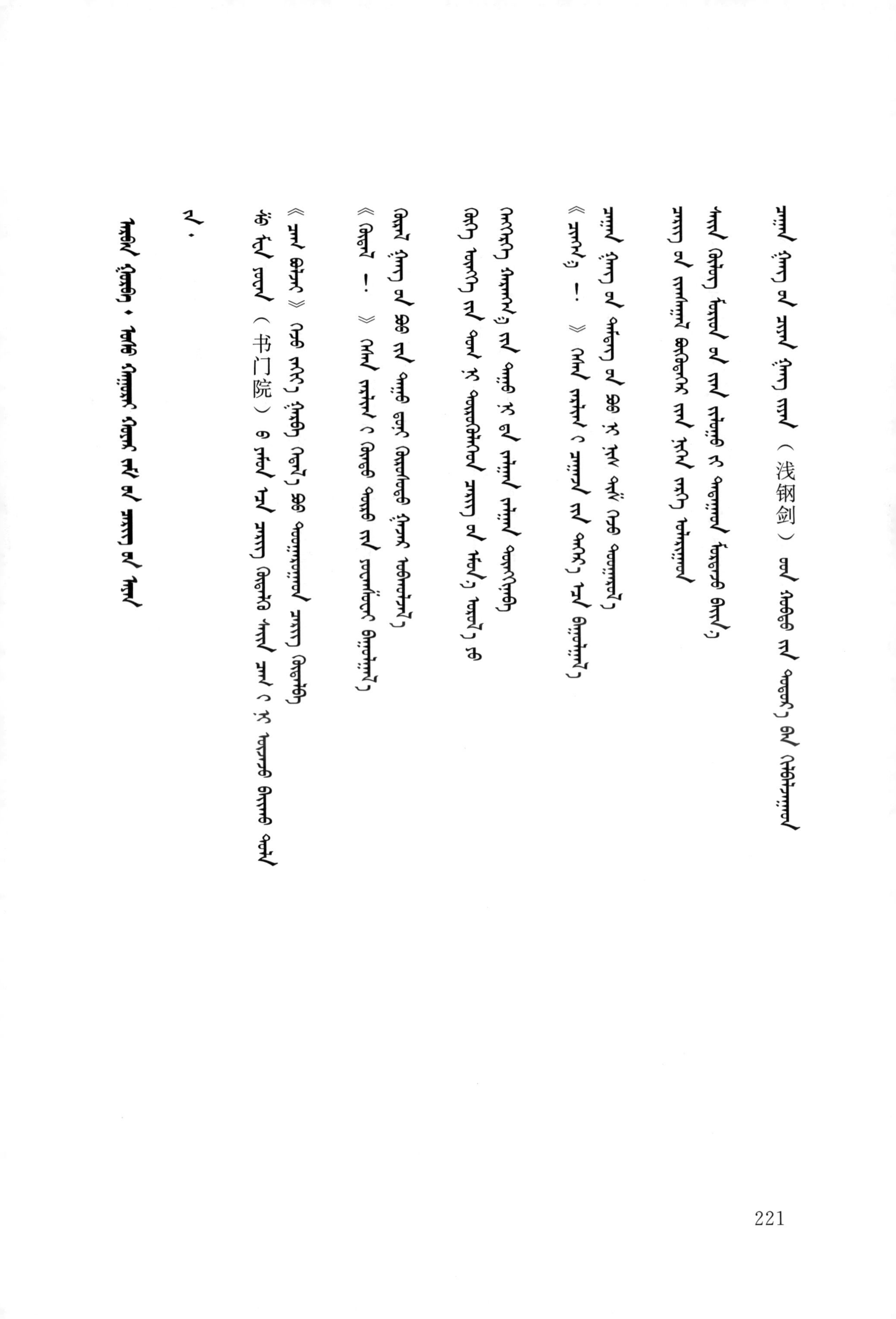

[illegible] （浅钢剑） [illegible]

[illegible]

[illegible]

[illegible]

《[illegible] ！ 》 [illegible]

[illegible]

[illegible]

[illegible]

《[illegible] ！ 》 [illegible]

《[illegible]》 [illegible]

[illegible] （书门院） [illegible]

[illegible]

[illegible]

ᠬᠠᠢ ᠾᠧ (海河) ᠭᠣᠣᠯ ᠤᠨ ᠤᠷᠤᠰᠬᠠᠯ ᠢ ᠰᠠᠶᠢᠬᠠᠨ ᠬᠠᠮᠤᠭ ᠤᠨ ᠬᠠᠢ ᠬᠡ ᠦᠵᠡᠮᠵᠢᠲᠡᠢ᠃

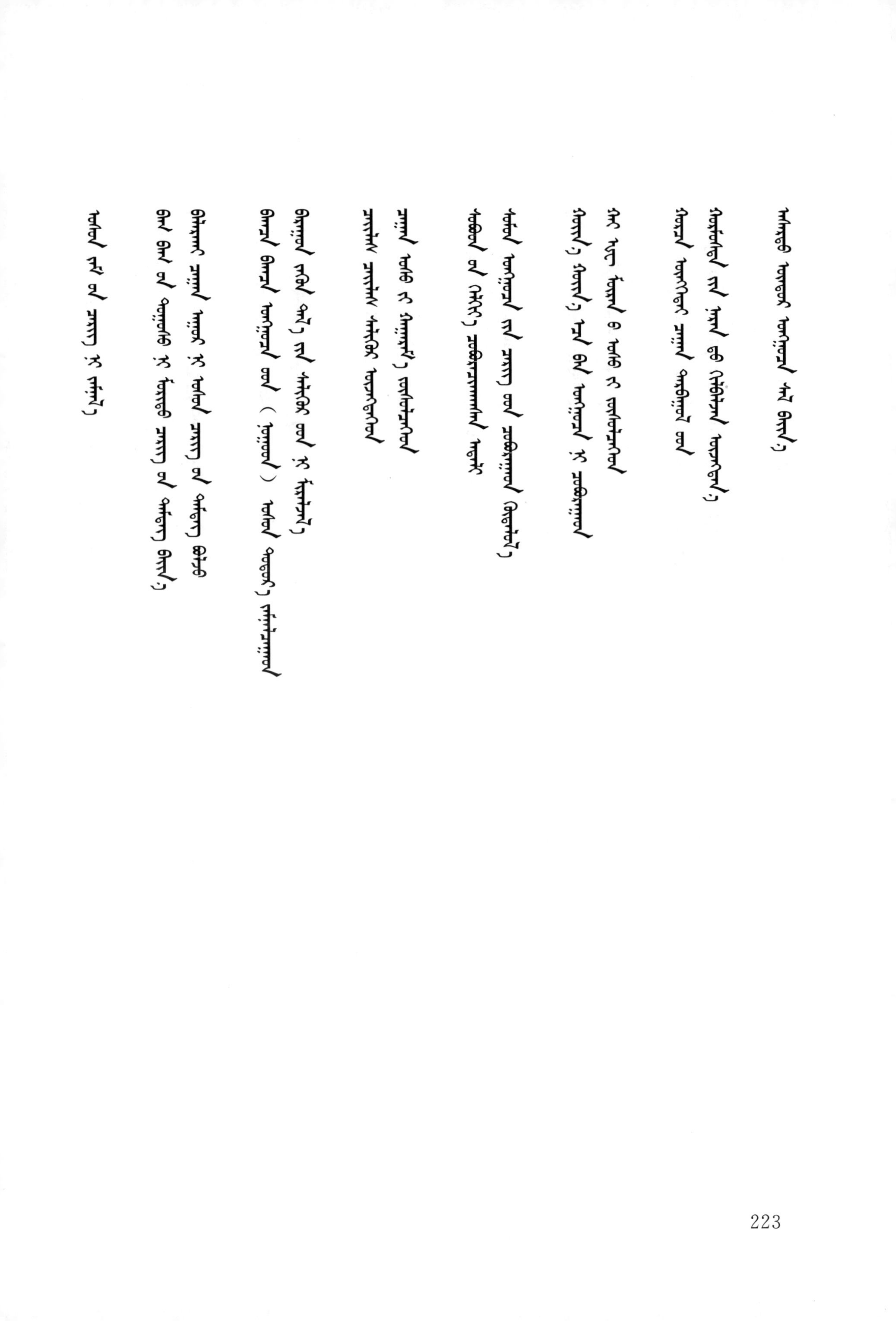

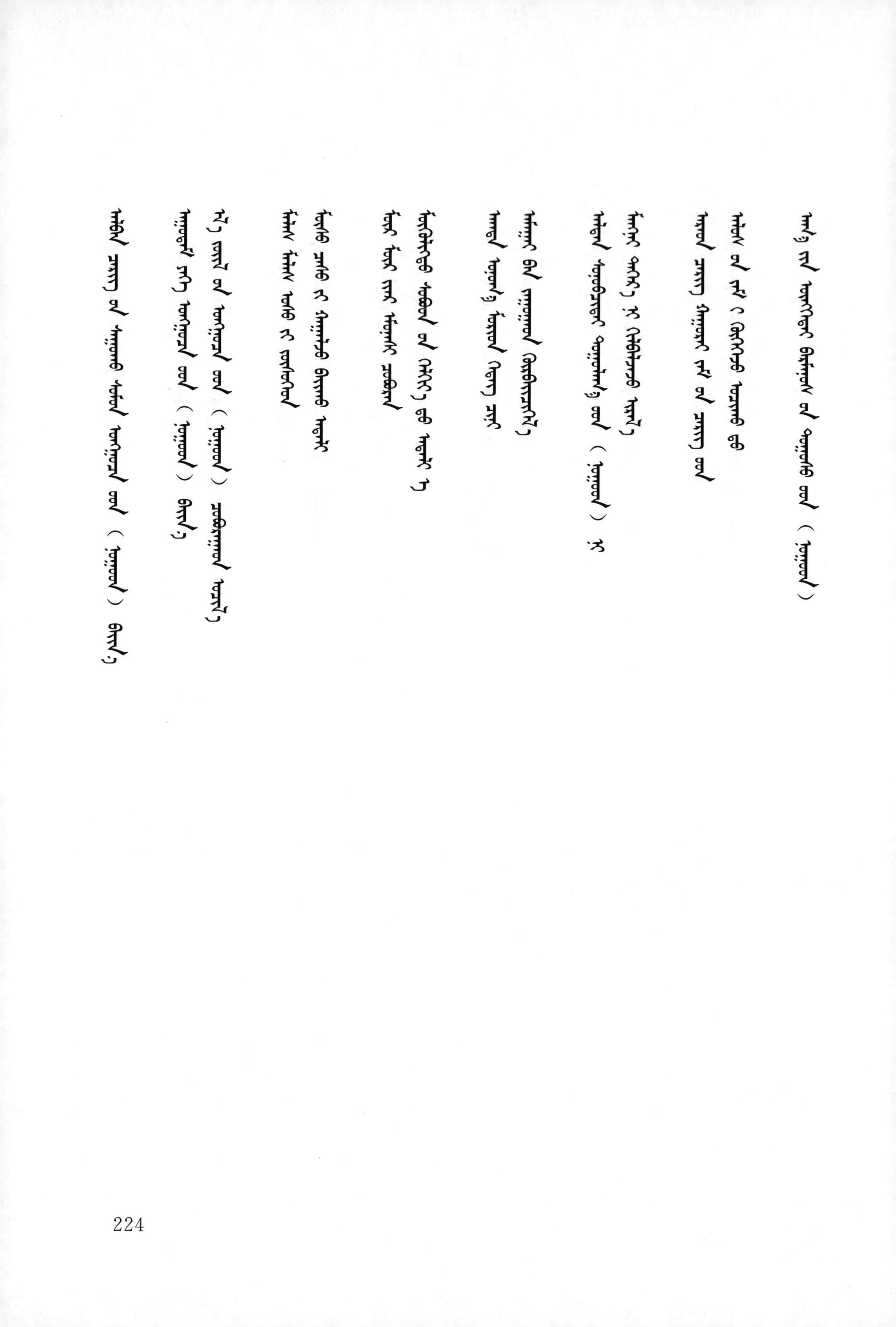

224

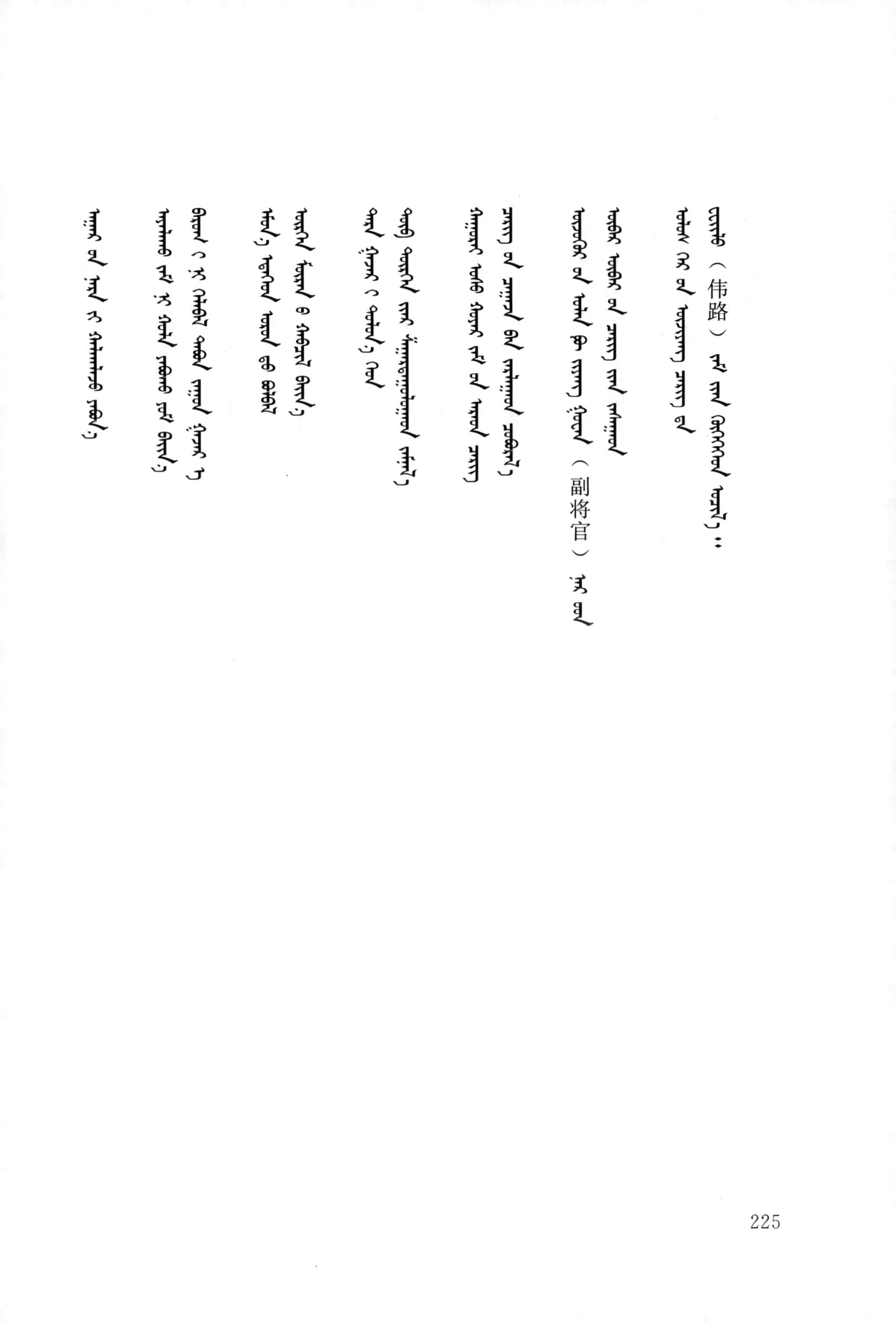

ᠬᠡᠮᠵᠢᠶ᠎ᠡ ᠶᠢᠨ ᠬᠡᠯᠡ ᠪᠡᠷ ᠲᠡᠭᠦᠨ ᠨᠢ ᠲᠣᠬᠢᠶᠠᠯᠳᠤᠭᠤᠯᠤᠨ (副将官) ᠲᠤ ᠪᠣᠯ

ᠸᠧᠢᠯᠦ (伟路) ᠶᠢᠨ ᠬᠦᠮᠦᠨ ᠪᠠᠷᠠᠭᠳᠠᠭᠰᠠᠨ ᠪᠣᠯᠵᠠᠢ ::

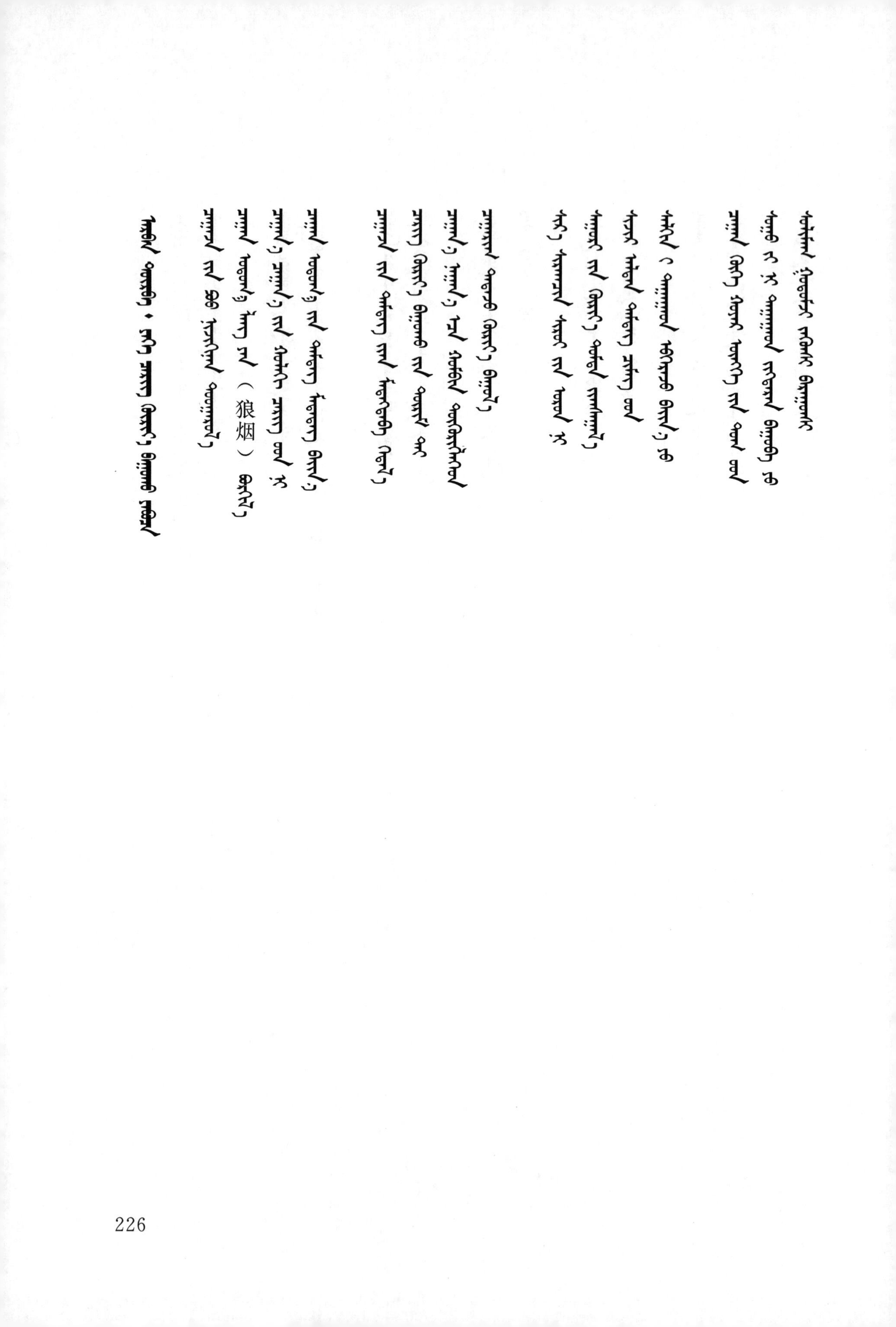

ᠴᠢᠨᠤᠰ ᠬᠣᠣᠰ ᠦᠨ ᠲᠠᠢ （狼烟） ᠪᠣᠯᠬᠤ

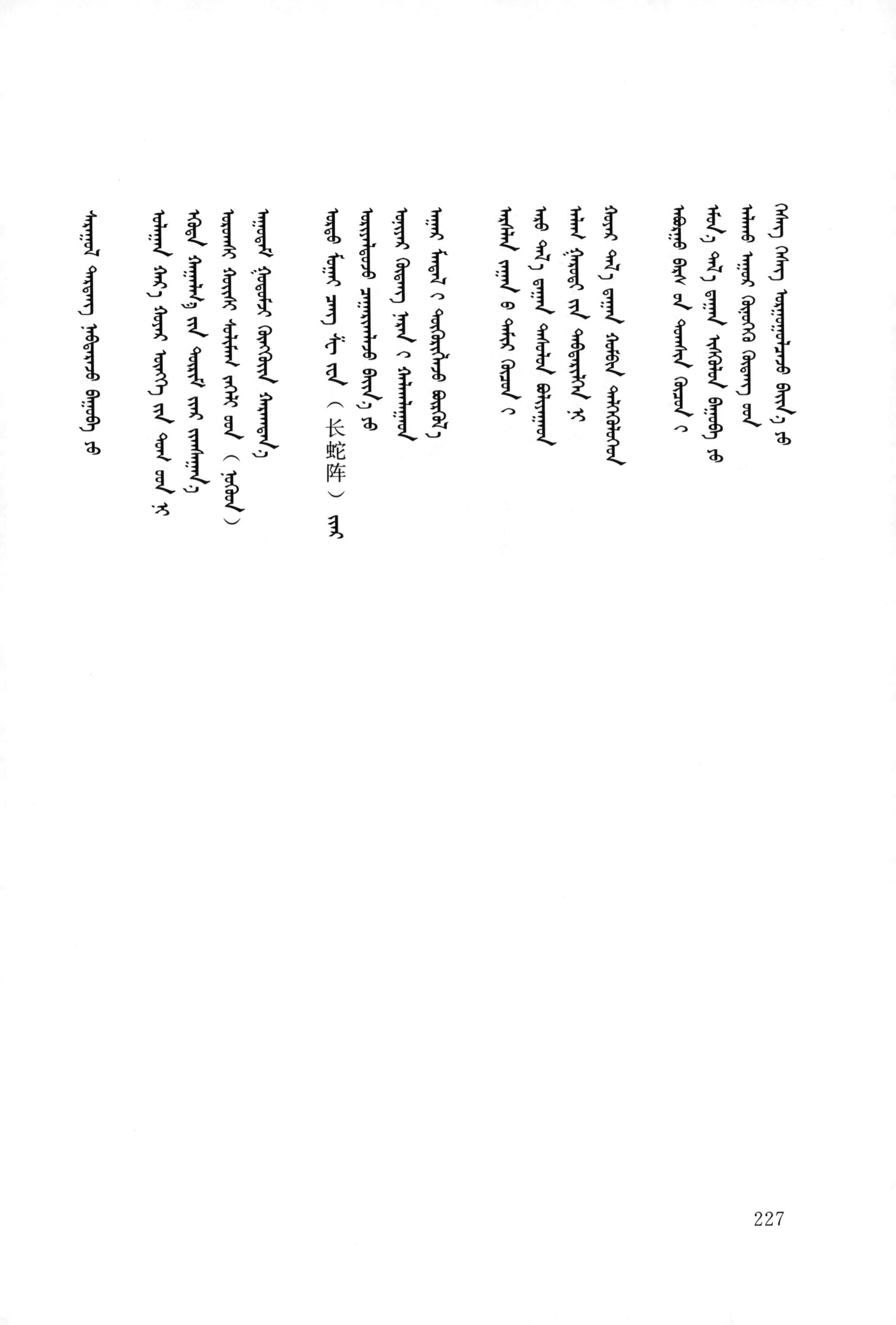

ᠲᠦᠷᠦᠭ ᠲᠣᠮᠤ ᠮᠣᠭᠠᠢ ᠶᠢᠨ ᠲᠤ（长蛇阵） ᠮᠠᠨ

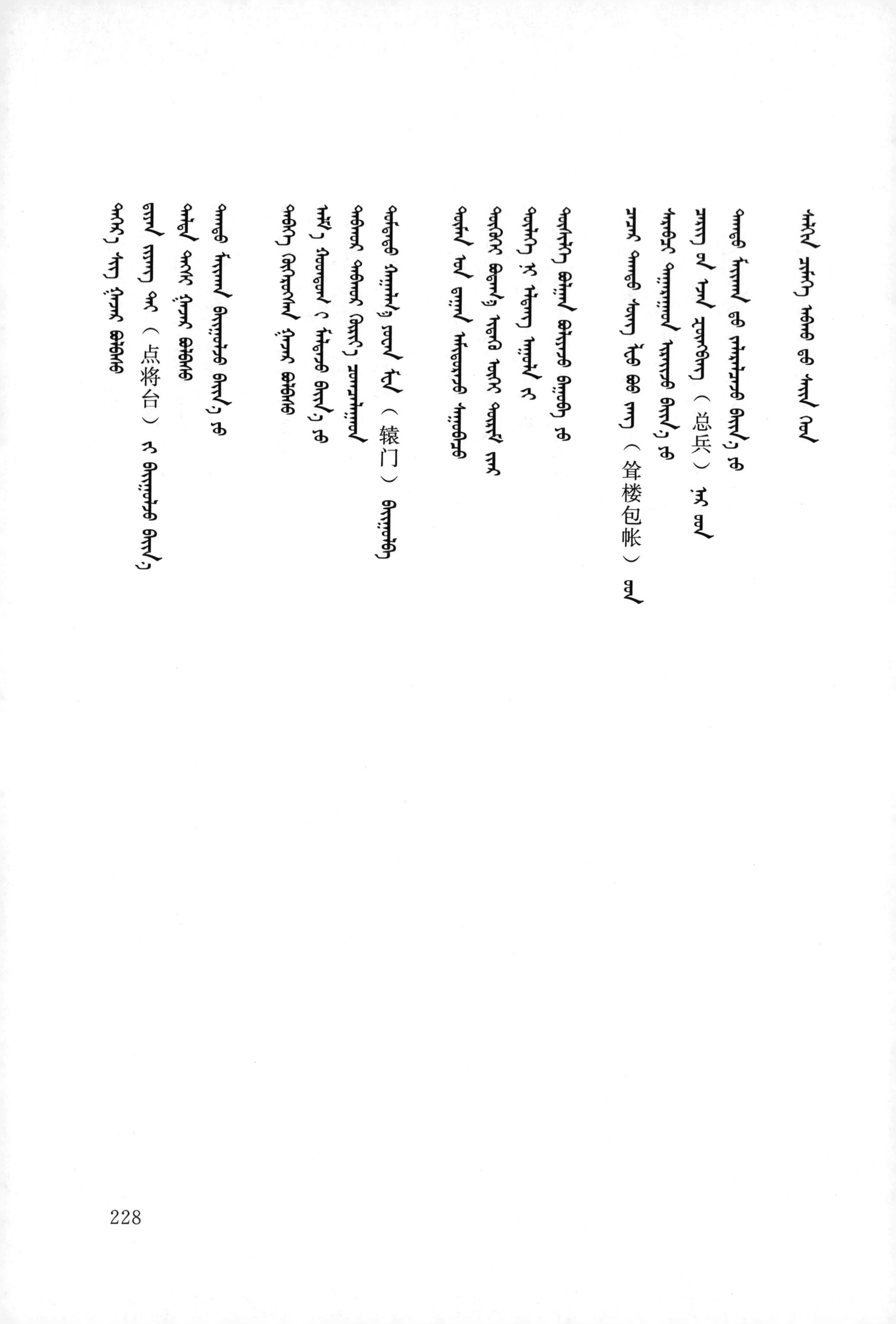

[illegible]

[illegible]

[illegible]（总兵）[illegible]

[illegible]

[illegible]（耸楼包帐）[illegible]

[illegible]

[illegible]

[illegible]

[illegible]

[illegible]（辕门）[illegible]

[illegible]

[illegible]

[illegible]

[illegible]

[illegible]

[illegible]（点将台）[illegible]

[illegible]

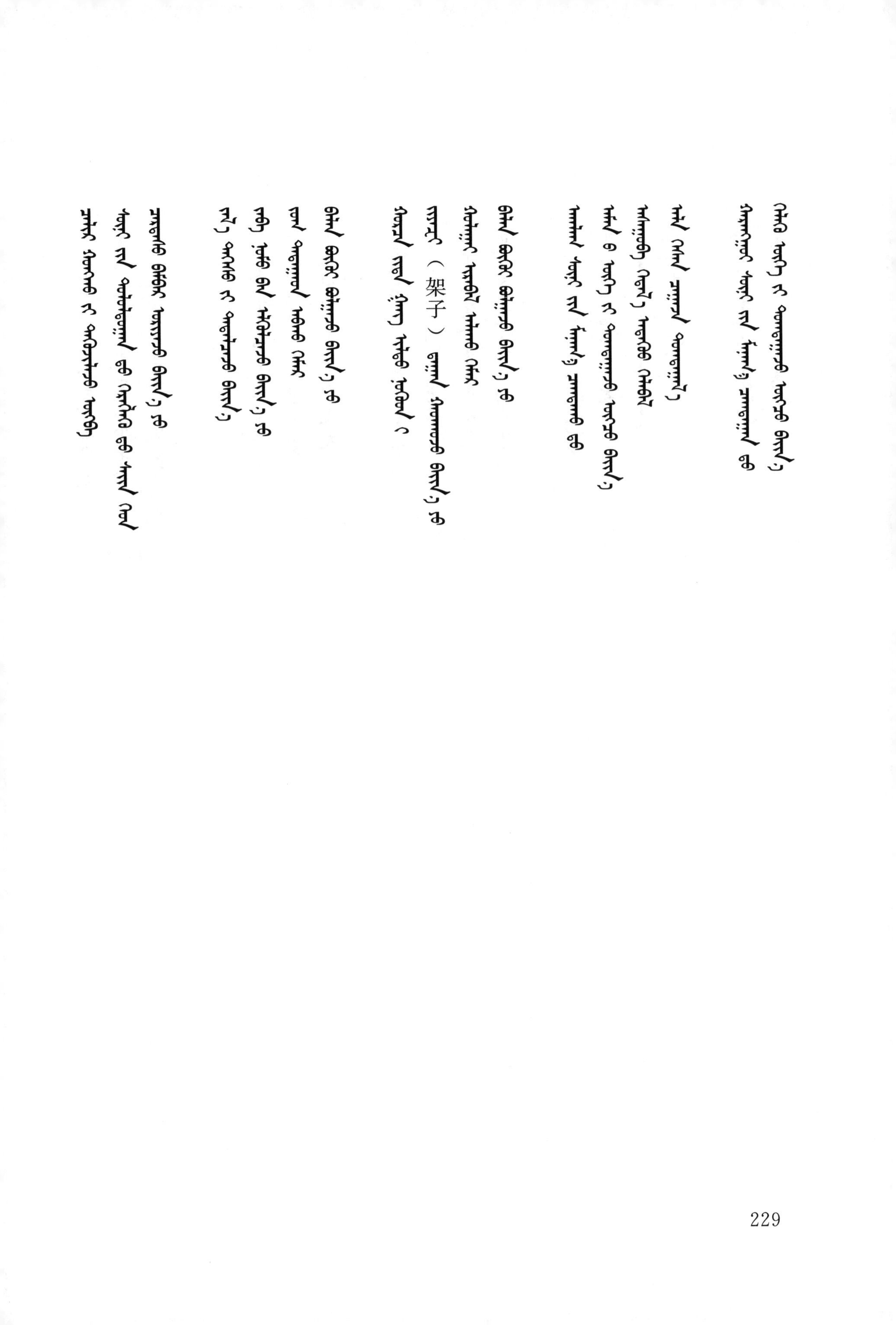

[illegible]
[illegible]

[illegible]
[illegible]
[illegible]
[illegible]

[illegible]
[illegible]
[illegible]（架子）[illegible]
[illegible]

[illegible]
[illegible]
[illegible]
[illegible]

[illegible]
[illegible]
[illegible]

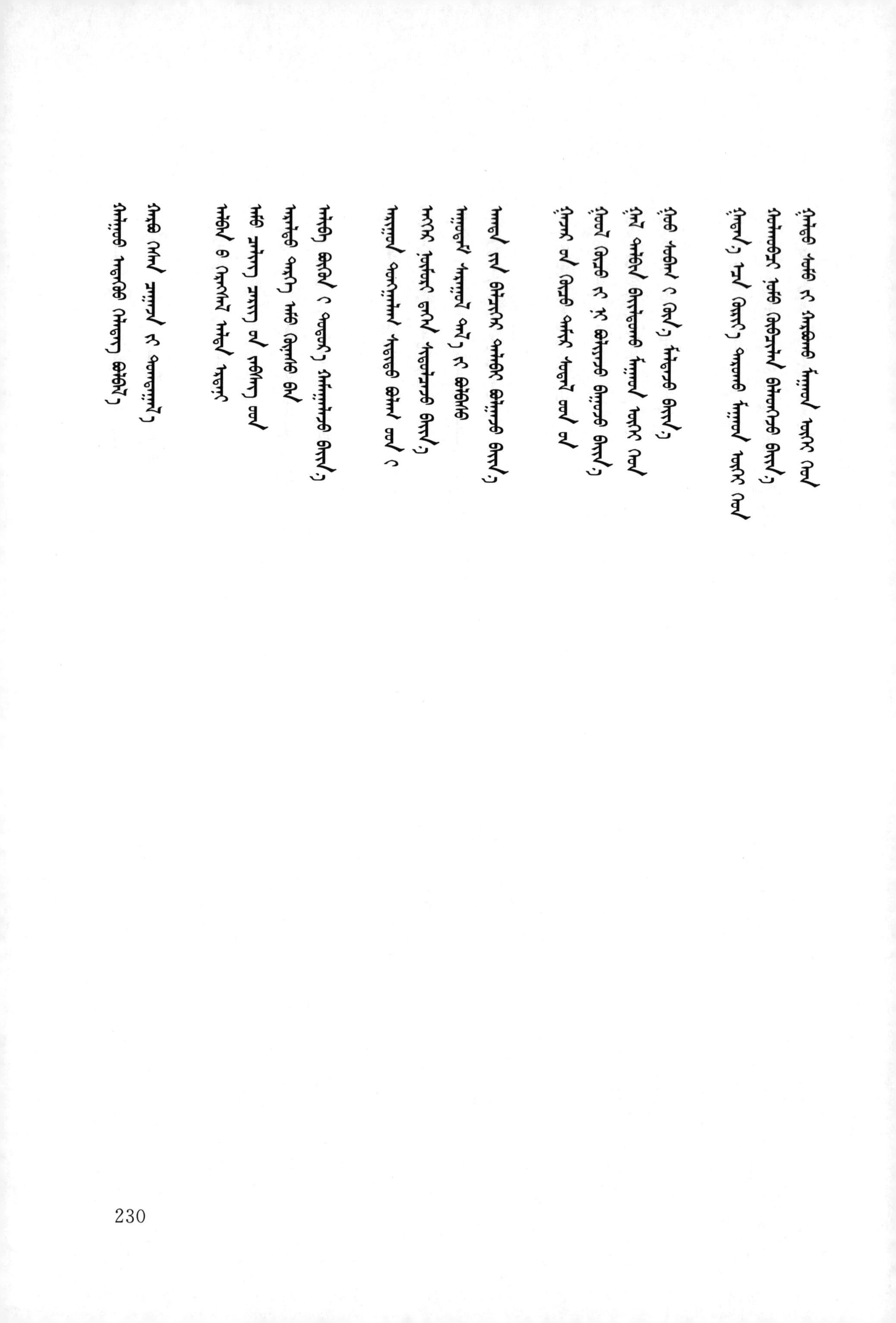

ᠬᠠᠷᠠᠭᠤᠯ ᠦᠵᠡᠭᠦᠯᠴᠢ ᠶᠢ ᠰᠣᠩᠭᠣᠨ᠎ᠠ（监视）ᠡᠷᠬᠢᠯᠡᠨ᠎ᠡ ᠪᠠᠶᠢᠨ᠎ᠠ
ᠲᠡᠭᠦᠯ ᠪᠢᠴᠢᠭ ᠦᠨ ᠰᠤᠪᠤᠭ ᠲᠠᠢ ᠪᠠᠭᠠᠵᠢ（门管）ᠬᠡᠮᠡᠨ

ᠠᠮᠢᠨ ᠪᠠᠶᠢᠨ ᠠᠢᠯ ᠮᠣᠷᠢ ᠬᠡᠮᠡᠬᠦ（迎蓬台）ᠬᠣᠶᠠᠷᠲᠤ

ᠮᠣᠩᠭᠣᠯ ᠪᠥᠬᠡ · ᠰᠠᠶᠢᠨ ᠡᠷᠡᠨ ᠦ ᠪᠠᠶᠠᠷ ᠪᠠᠷᠢᠯᠳᠤᠭᠠᠨ ᠪᠠᠭᠠᠳᠤᠷ （ᠳᠠᠭᠤ）

ᠢᠨ ᠶᠠᠩ ᠨᠠᠨ ᠪᠧᠢ（阴阳南北）
ᠵᠡᠭᠦᠨ ᠪᠠᠷᠠᠭᠤᠨ ᠭᠠᠷ ᠲᠤ ᠬᠤᠪᠢᠶᠠᠭᠳᠠᠭᠰᠠᠨ
ᠹᠧᠨ ᠰᠠᠢ ᠯᠦᠩ ᠬᠦ（分赛龙虎）
ᠮᠣᠷᠢ ᠪᠠᠷ ᠤᠨ ᠪᠠᠷᠢᠯᠳᠤᠭᠠᠨ ᠢ ᠲᠡᠮᠡᠴᠡᠭᠦᠯᠦᠭᠰᠡᠨ

ᠵᠧᠨ ᠪᠠᠢ ᠳ᠋ᠦᠩ ᠰᠢ（阵摆东西）
ᠰᠠᠶᠢᠨ ᠪᠥᠬᠡ ᠶᠢᠨ ᠵᠢᠰᠠ ᠶᠢ ᠬᠤᠪᠢᠶᠠᠭᠰᠠᠨ
ᠵᠢᠨ ᠮᠦ ᠰᠢᠩ ᠠᠨ（金木行安）
ᠮᠣᠷᠢ ᠮᠠᠯ ᠤᠨ ᠪᠠᠶᠢᠯᠳᠤᠭᠠᠨ ᠢ ᠭᠤᠶᠤᠭᠰᠠᠨ

ᠮᠠᠷᠭᠠᠯ ᠤᠨ ᠪᠠᠶᠢᠯᠳᠤᠭᠠᠨ ᠢ
ᠬᠣᠶᠠᠷ ᠬᠤᠪᠢ ᠪᠠᠷ ᠤᠨ ᠬᠤᠪᠢᠶᠠᠭᠰᠠᠨ
ᠬᠠᠷ ᠪᠠᠶᠠᠷ ᠤᠨ ᠭᠠᠷᠤᠭ ᠲᠤ ᠲᠡᠮᠡᠴᠡᠭᠦᠯᠦᠨ
ᠮᠠᠨᠳᠤᠯ ᠨᠠᠷᠠᠨ ᠠᠴᠠ ᠮᠠᠨᠳᠤᠨ

ᠪᠣᠤ ᠳᠣᠤ ᠴᠢ（宝刀旗）
ᠪᠥᠬᠡ ᠶᠢᠨ ᠬᠦᠴᠦᠨ ᠢ ᠬᠠᠷᠠᠭᠤᠯᠤᠭᠰᠠᠨ
ᠪᠠᠭᠠᠳᠤᠷ ᠤᠨ ᠲᠤᠭ ᠢ ᠮᠠᠨᠳᠤᠯᠤᠨ ᠪᠦᠷ

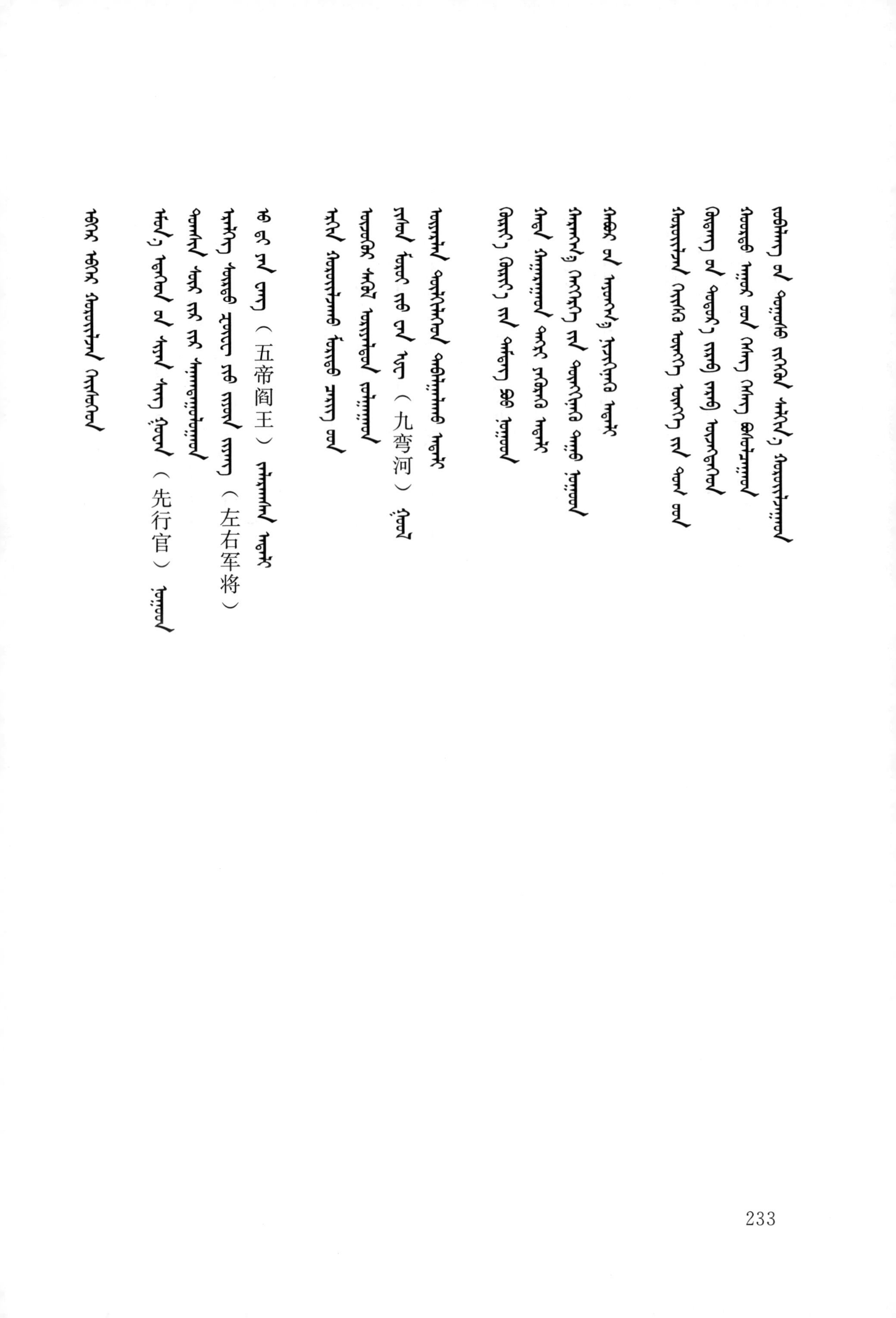

[illegible]

[illegible]

[illegible]（九弯河）[illegible]

[illegible]

[illegible]（五帝阎王）[illegible]

[illegible]（左右军将）

[illegible]

[illegible]（先行官）[illegible]

[illegible]

ᠠᠷᠠ ᠪᠠᠷᠢᠯ ᠠᠢᠯ ᠪᠠᠷᠢᠯ ᠠᠴᠠ（迎篷台）ᠪᠠ
ᠠᠢᠯ ᠮᠣᠩ ᠪᠣᠪ ᠠᠢᠯ（营楼包帐）ᠰᠠᠮᠤ ᠨᠡᠭᠡᠭᠡᠯ ᠪᠠᠶᠢᠭᠤᠯᠤᠨ
ᠠᠯᠠ ᠬᠠᠭᠠ（辕门）ᠨᠡᠭᠡᠭᠡ ᠠᠷᠠ ᠬᠠᠭᠠ

ᠰᠢᠨᠡᠴᠢᠯᠡᠯ ᠰᠠᠶᠢᠬᠠᠨ ᠪᠠᠭᠠᠵᠢ ᠶᠢᠨ（画戟）ᠲᠠᠢ ᠨᠡᠭᠡᠭᠡᠯ
ᠪᠠᠶᠢᠯ ᠲᠡᠭᠦᠨ ᠢ ᠪᠤᠭᠤ ᠪᠤᠪᠤ（弯寇钢刀）

ᠪᠠᠷᠤᠭ ᠪᠣᠯ ᠲᠡᠮᠦᠷ（铁杆枪）ᠰᠠᠮᠤ ᠲᠠᠢ ᠨᠡᠭᠡᠭᠡᠯ
ᠪᠣᠯ ᠪᠠᠷᠢᠭᠠᠨ ᠪᠠᠷᠢ（弹簧弓）ᠰᠢᠷᠦ ᠶᠢᠨ ᠲᠡᠮᠳᠡᠭᠯᠡᠯ（狼牙箭）ᠨᠡᠭᠡᠭᠡᠯ

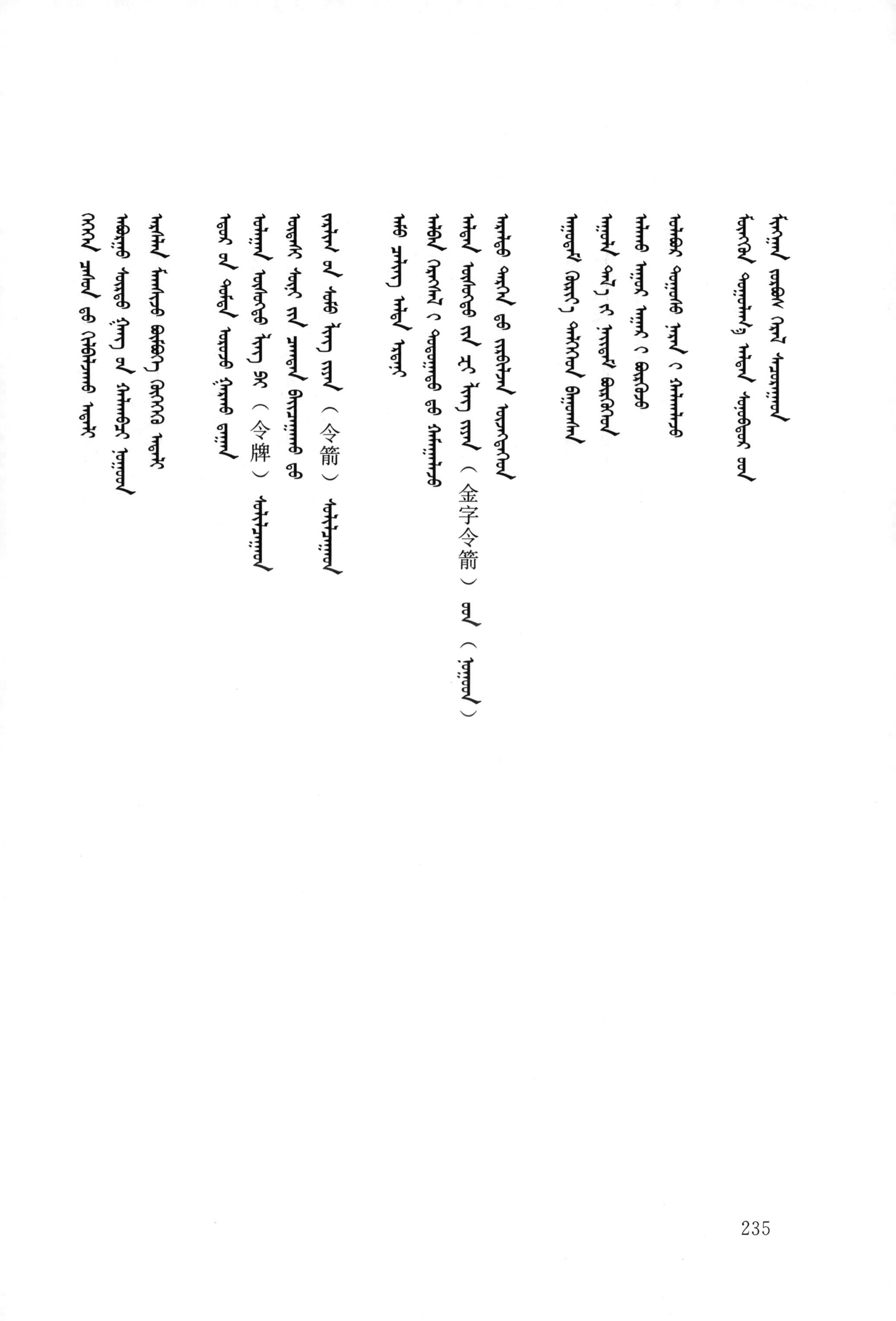

[illegible]

[illegible]

[illegible]

[illegible]（金字令箭）[illegible]（[illegible]）

[illegible]（令箭）[illegible]

[illegible]

[illegible]（令牌）[illegible]

[illegible]

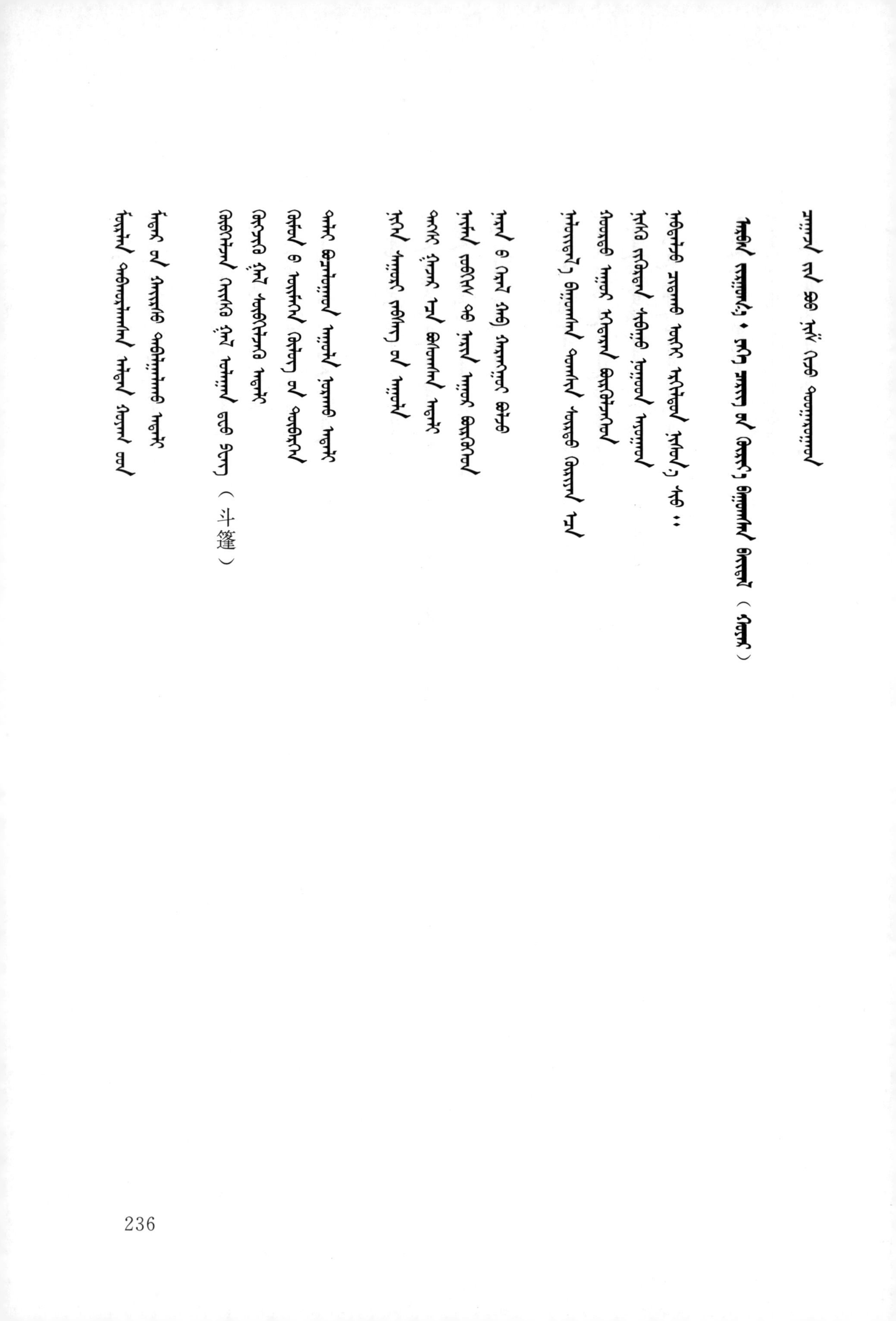

[illegible]

[illegible] ([illegible])

[illegible]
[illegible]
[illegible]
[illegible]

[illegible]
[illegible]
[illegible]
[illegible]

[illegible]
[illegible]
[illegible]
[illegible] （斗篷）

[illegible]
[illegible]

ᠴᠢᠨᠤ᠎ᠠ ᠤᠲᠤᠭ᠎ᠠ ᠶᠢᠨ （狼烟） ᠴᠢᠮᠡᠭᠡᠯᠡᠬᠦ ᠳᠦ ᠲᠤᠰᠠᠷ

ᠵᠠᠷᠯᠢᠭ ᠬᠦᠷᠭᠡᠭᠴᠢ （传令官） ᠪᠣᠯ ᠮᠣᠷᠢᠲᠠᠢ ᠬᠠᠷᠠᠭᠤᠯ

ᠴᠠᠭ ᠤᠷᠲᠤ （长蛇阵） ᠮᠣᠩᠭᠣᠯ ᠴᠡᠷᠢᠭ ᠦᠨ ᠬᠦᠯᠡᠭᠡᠯᠲᠡ ᠳᠤ ᠲᠣᠬᠢᠷᠠᠮᠵᠢᠲᠠᠢ

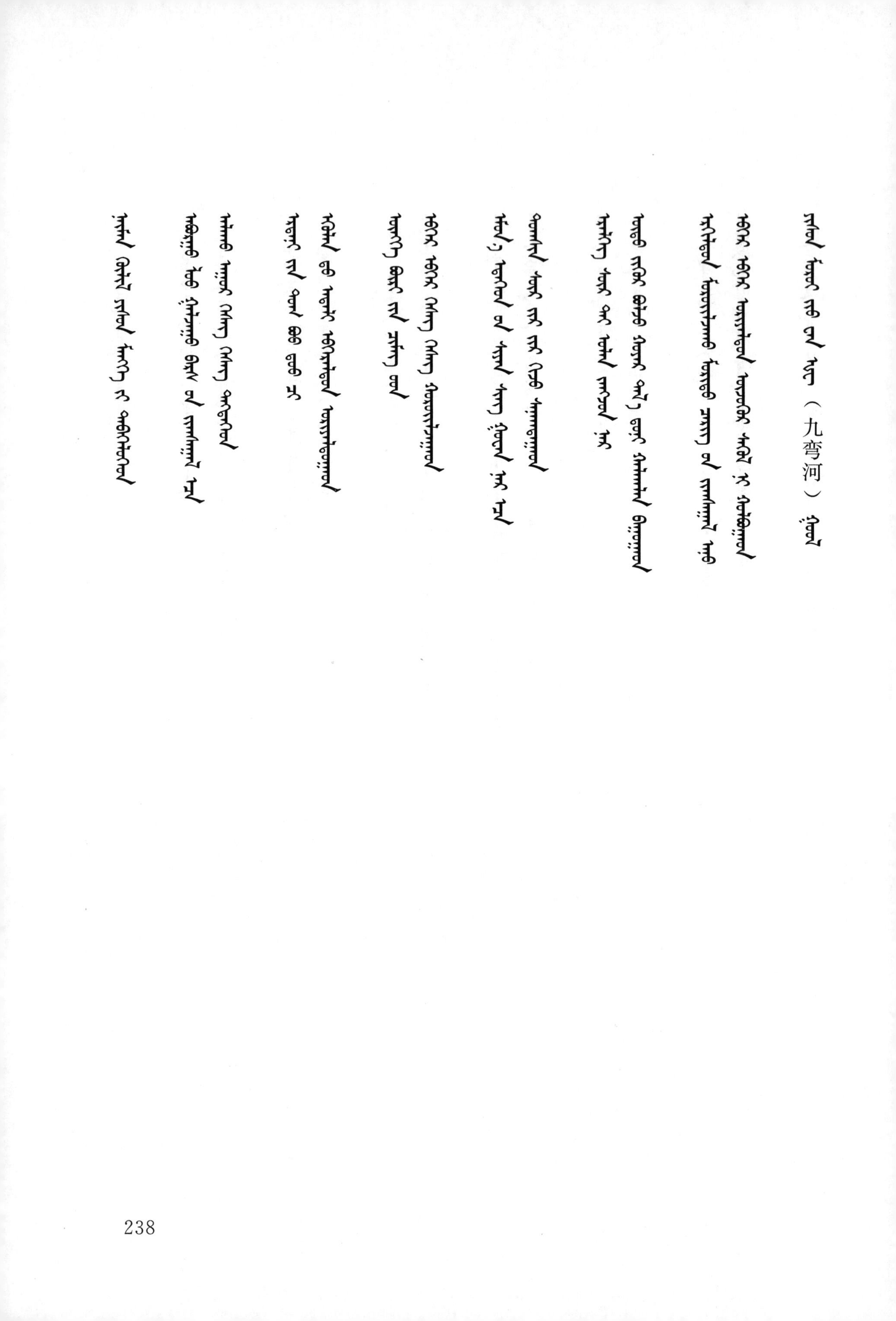

[illegible]（九弯河）[illegible]

[illegible]

[illegible]

[illegible]

[illegible]

[illegible]

[illegible]

[illegible]

[illegible]

[illegible]

[illegible]

[illegible]

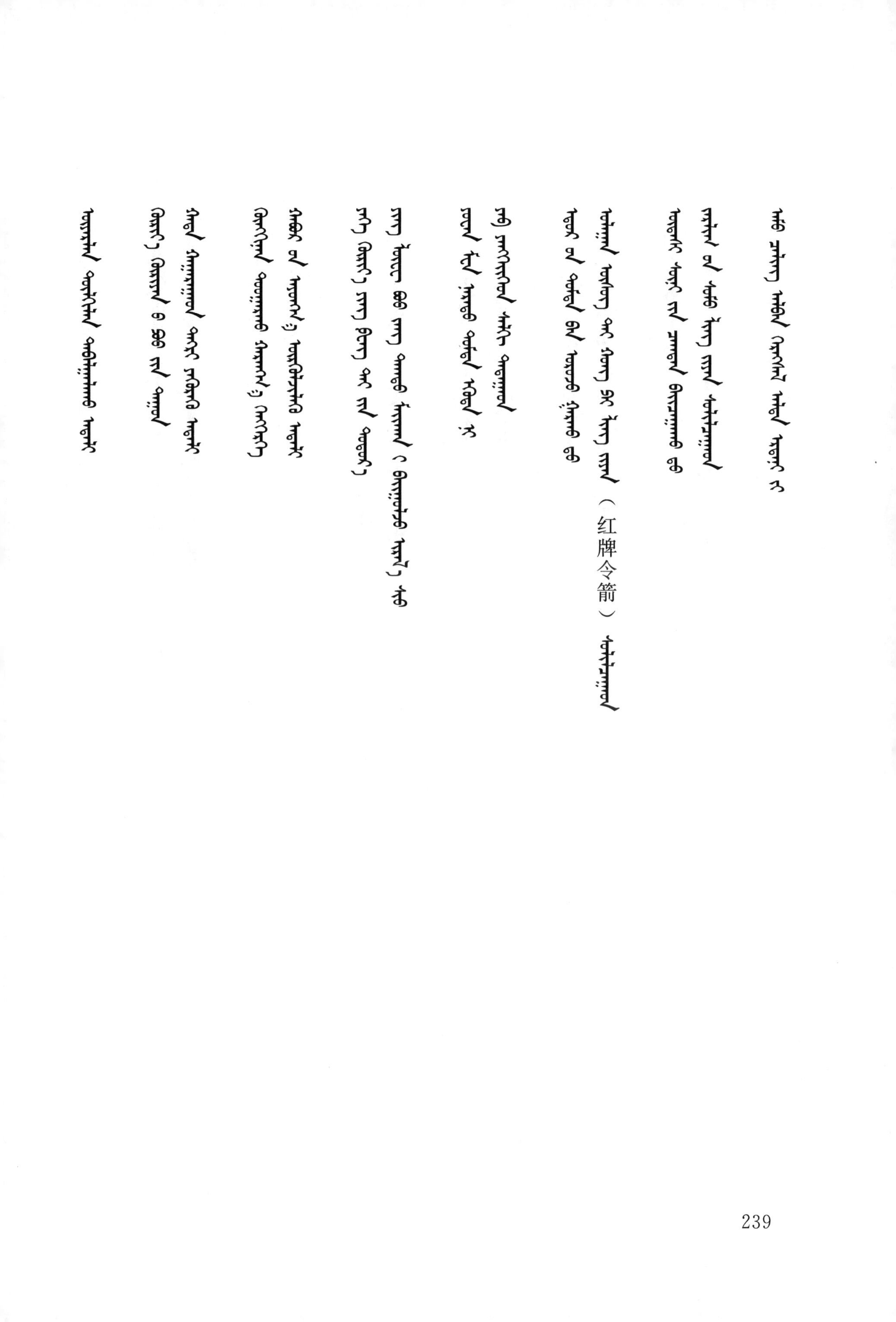

（红牌令箭）

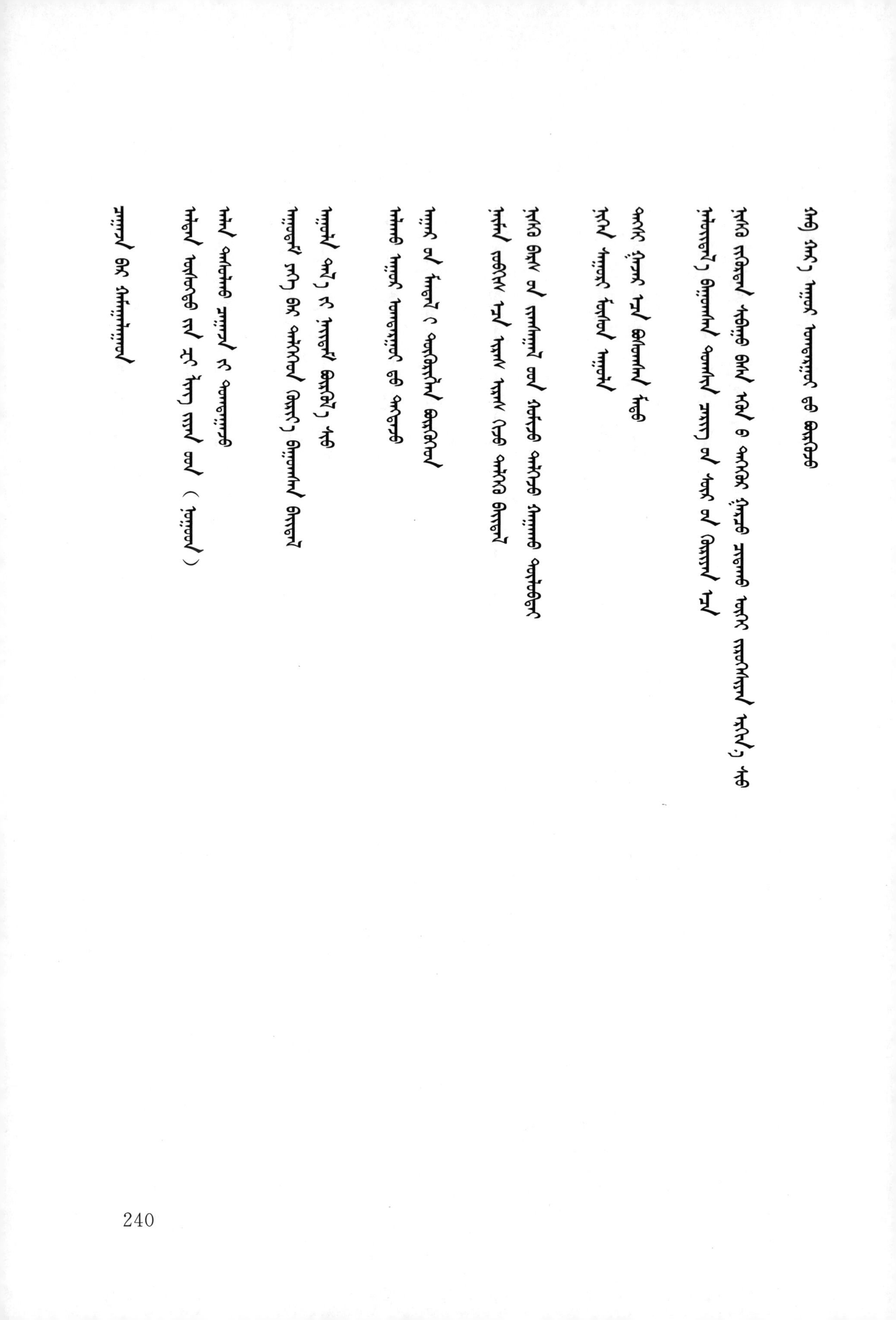

[illegible]

[illegible]
[illegible]

[illegible]
[illegible]

[illegible]
[illegible]

[illegible]
[illegible]

[illegible]
[illegible]

[illegible]
[illegible]

[illegible]

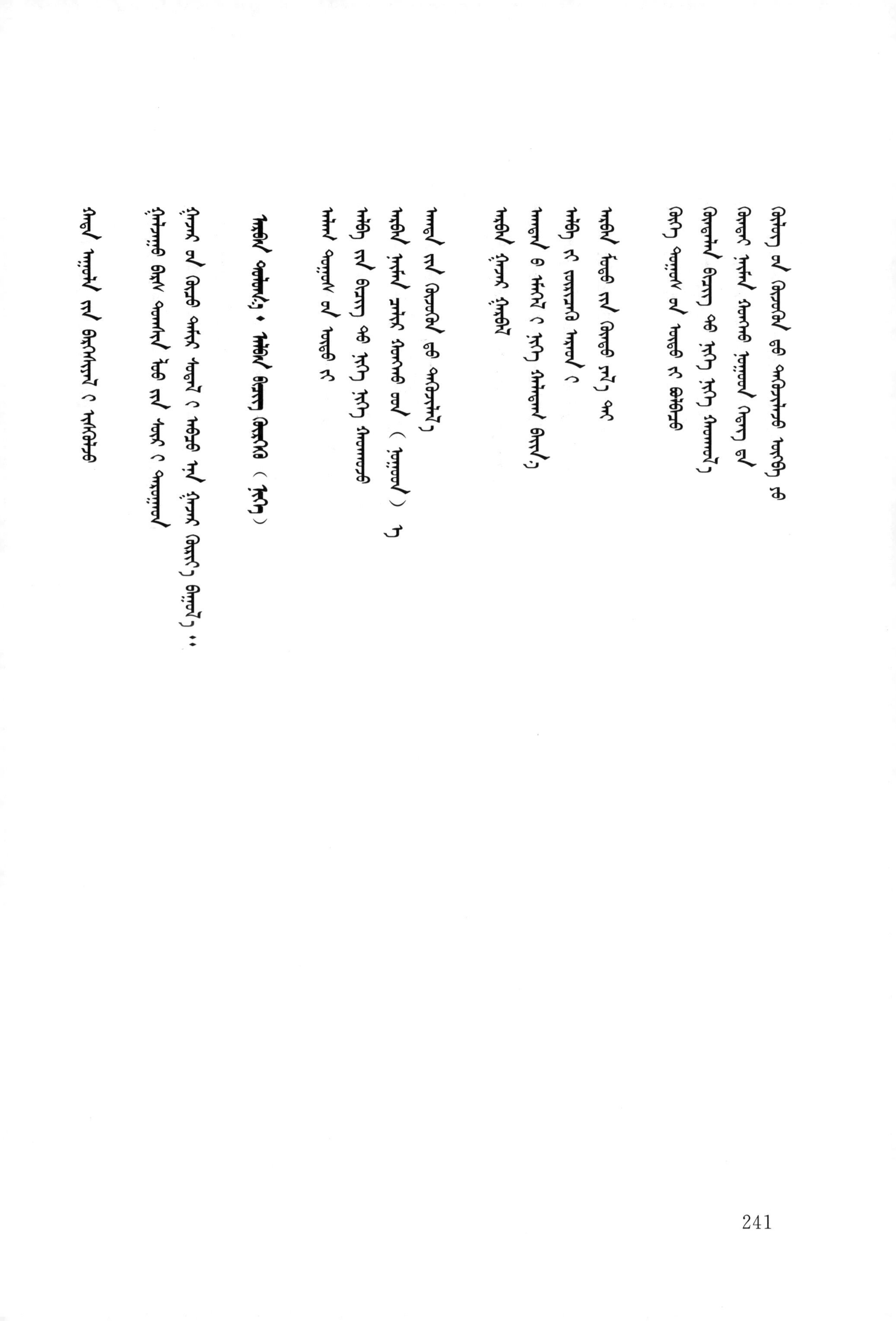

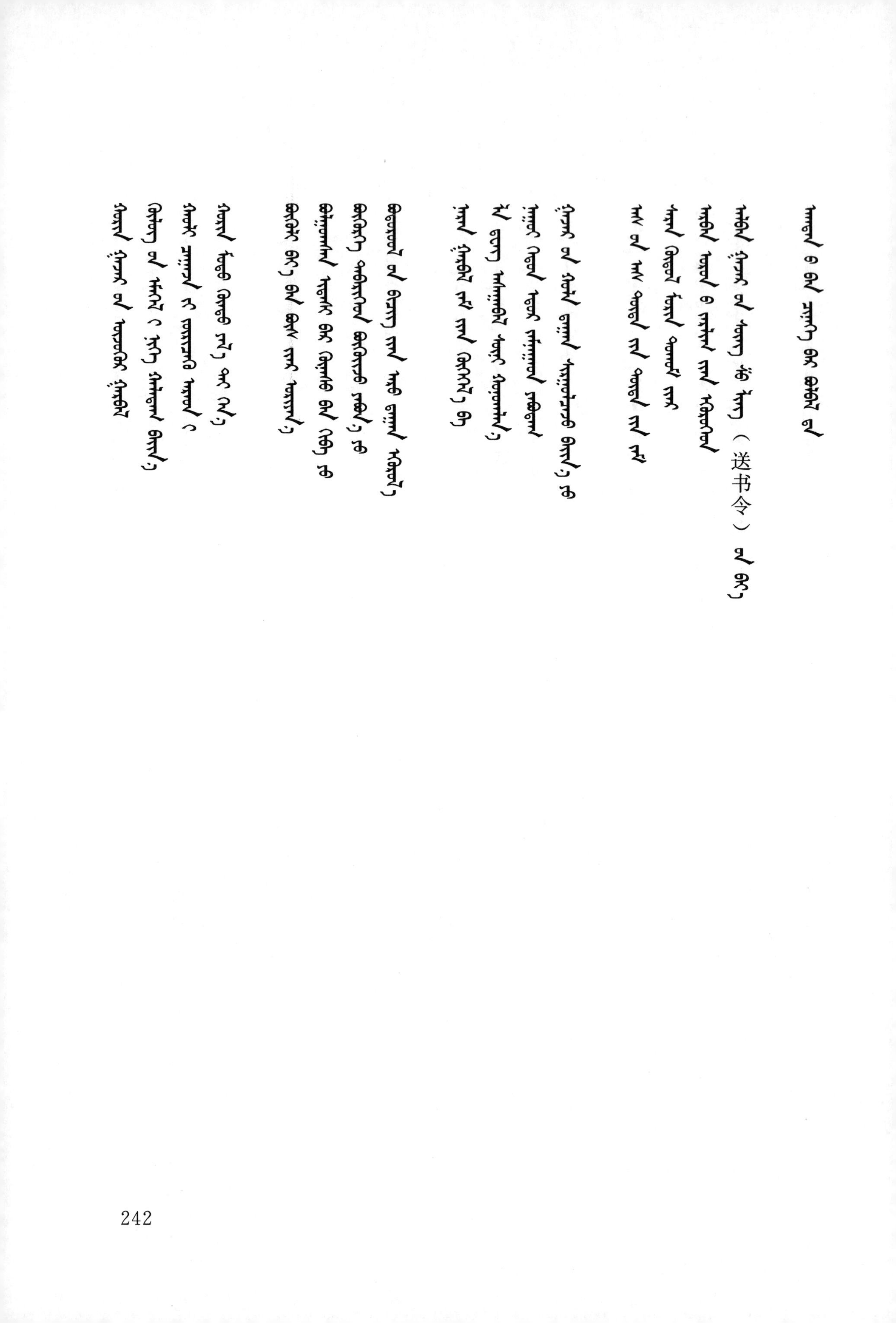

[illegible]

[illegible]（送书令）[illegible]

[illegible]

[illegible]

[illegible]

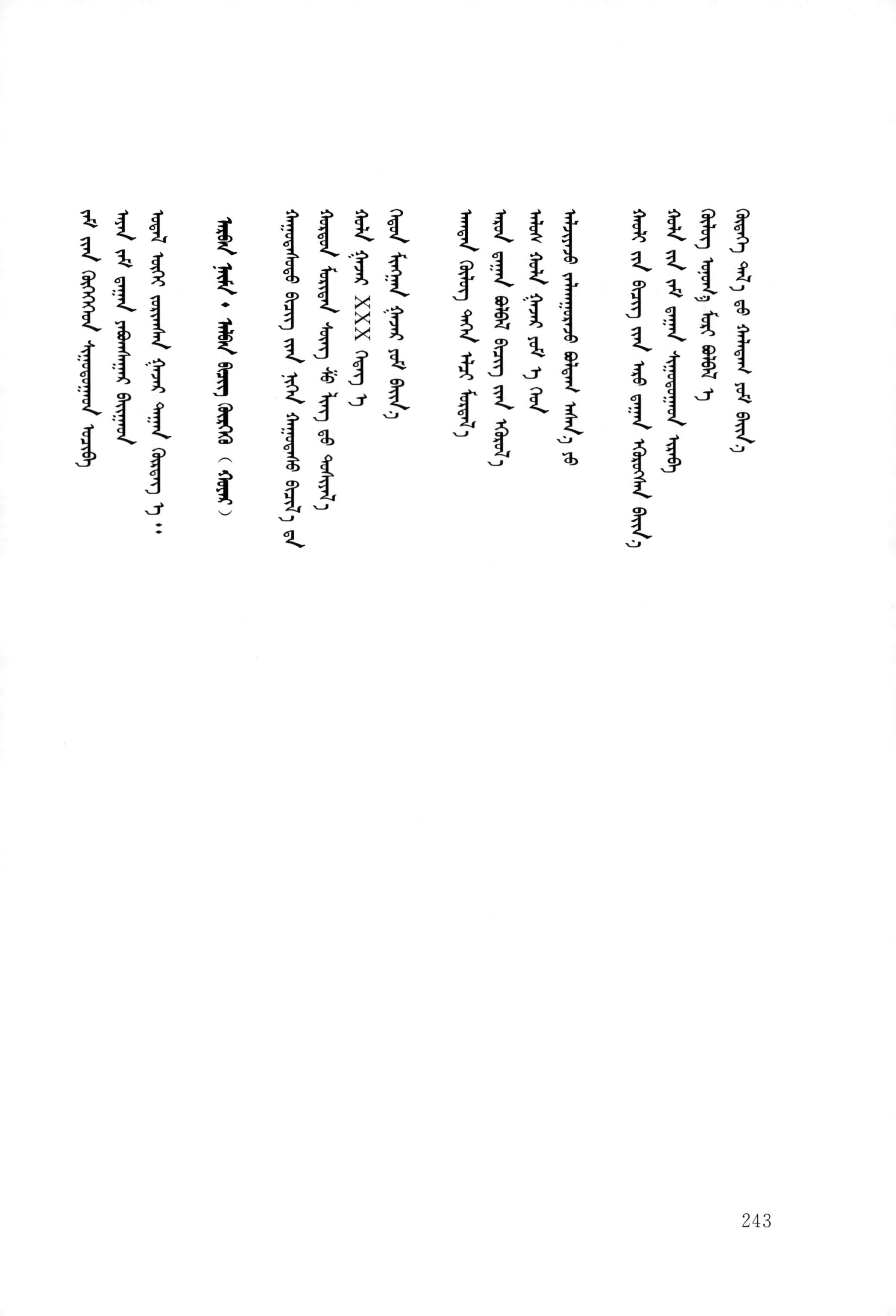

ᠰᠢᠯᠭᠠᠨ ᠲᠣᠭᠠᠴᠠᠭᠴᠢ XXX ᠬᠡᠮᠡᠨ ᠢ

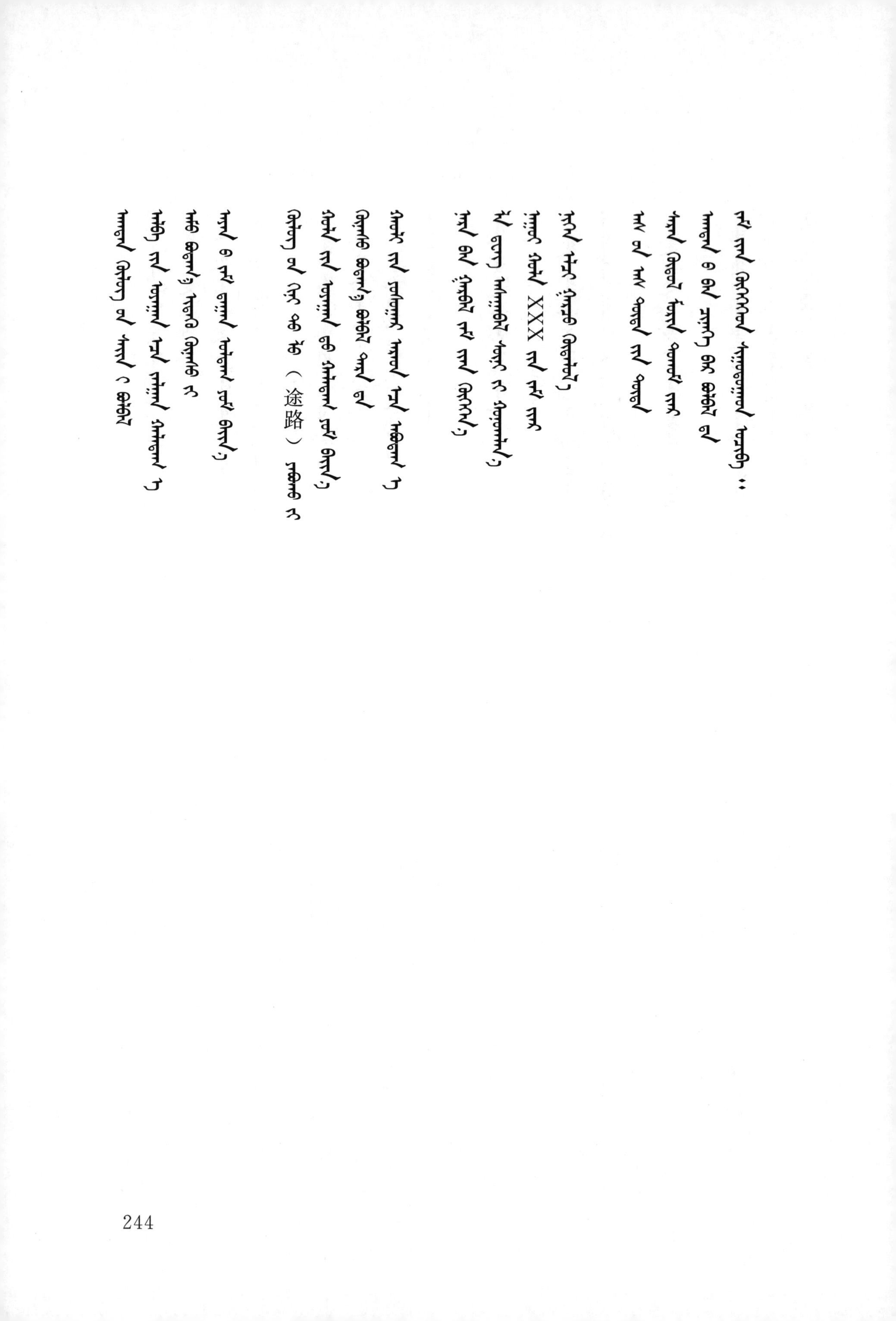

ᠪᠢᠴᠢᠭ ᠦᠨ ᠵᠠᠮ ᠮᠦ ᠮᠥᠷ （途路） ᠬᠡᠮᠡᠨ᠎ᠡ

ᠰᠤᠷᠤᠯ ᠵᠢᠨ XXX ᠲᠠᠢ ᠬᠠᠮᠲᠤ ᠪᠠᠶᠢᠭ᠎ᠠ

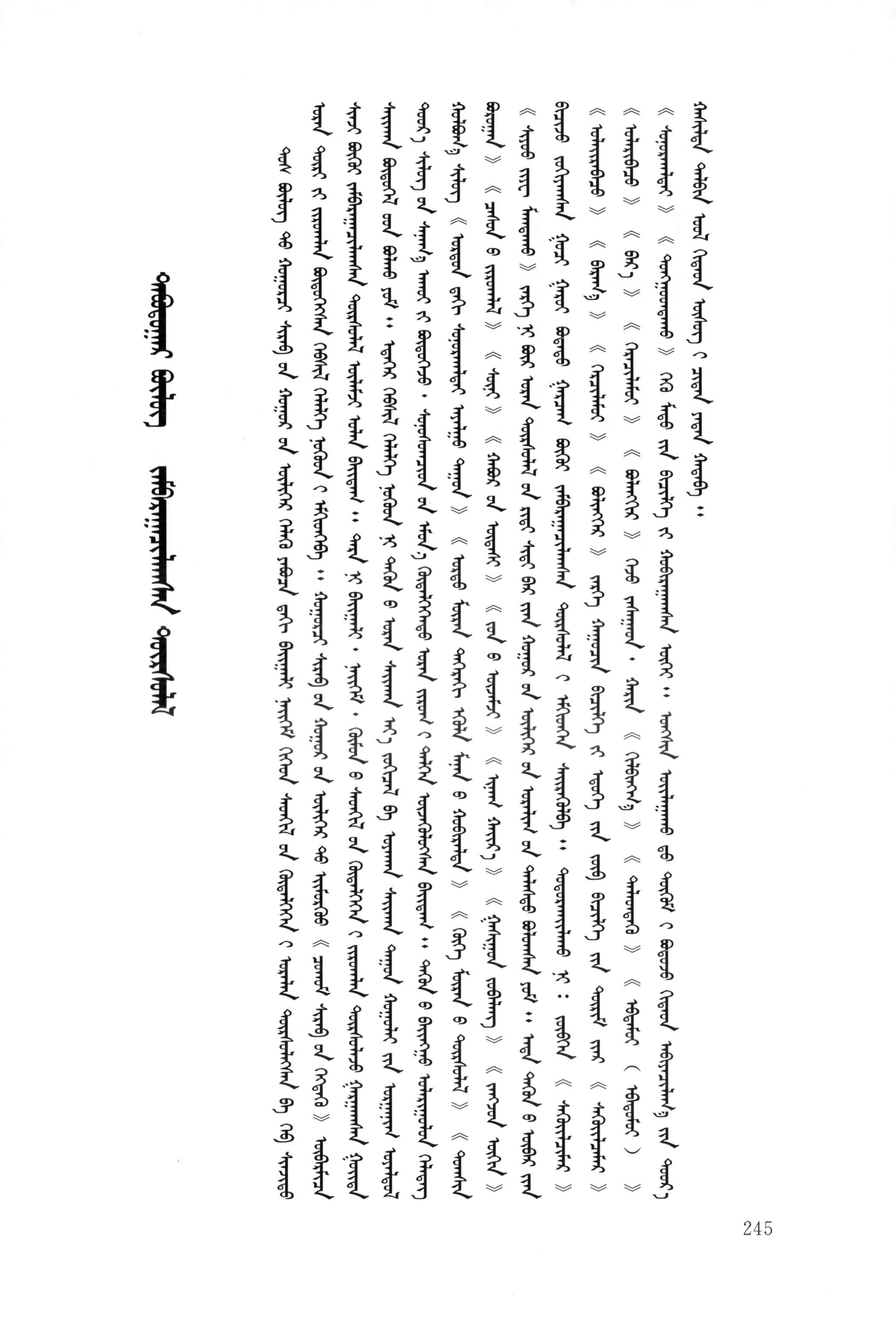

[illegible]

[illegible]

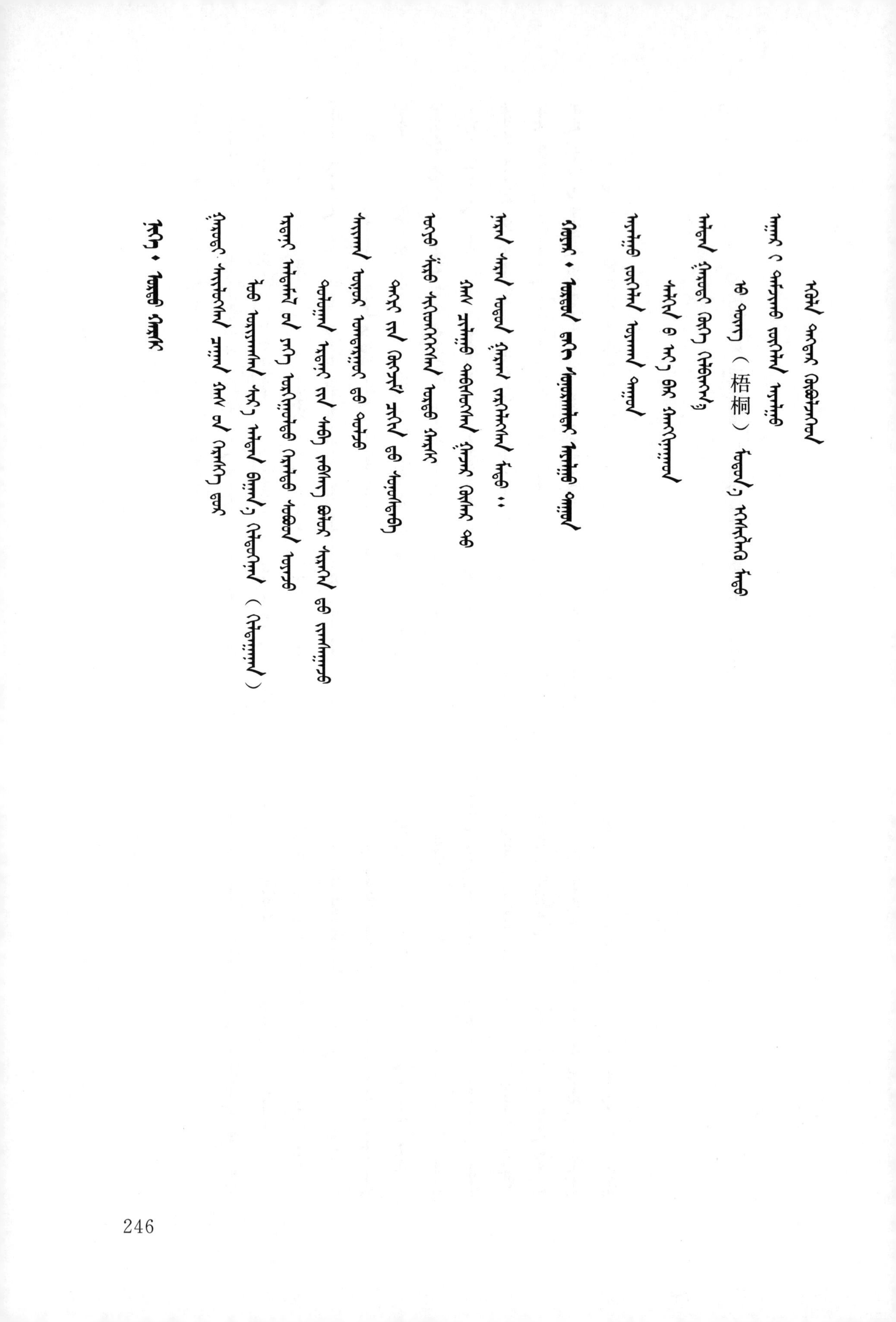

[illegible]

[illegible]

[illegible]（梧桐）[illegible]

[illegible]

[illegible]

[illegible]

[illegible]

[illegible]

[illegible]

[illegible]

[illegible]

[illegible]

[illegible]

[illegible]

[illegible]

[illegible]

[illegible]

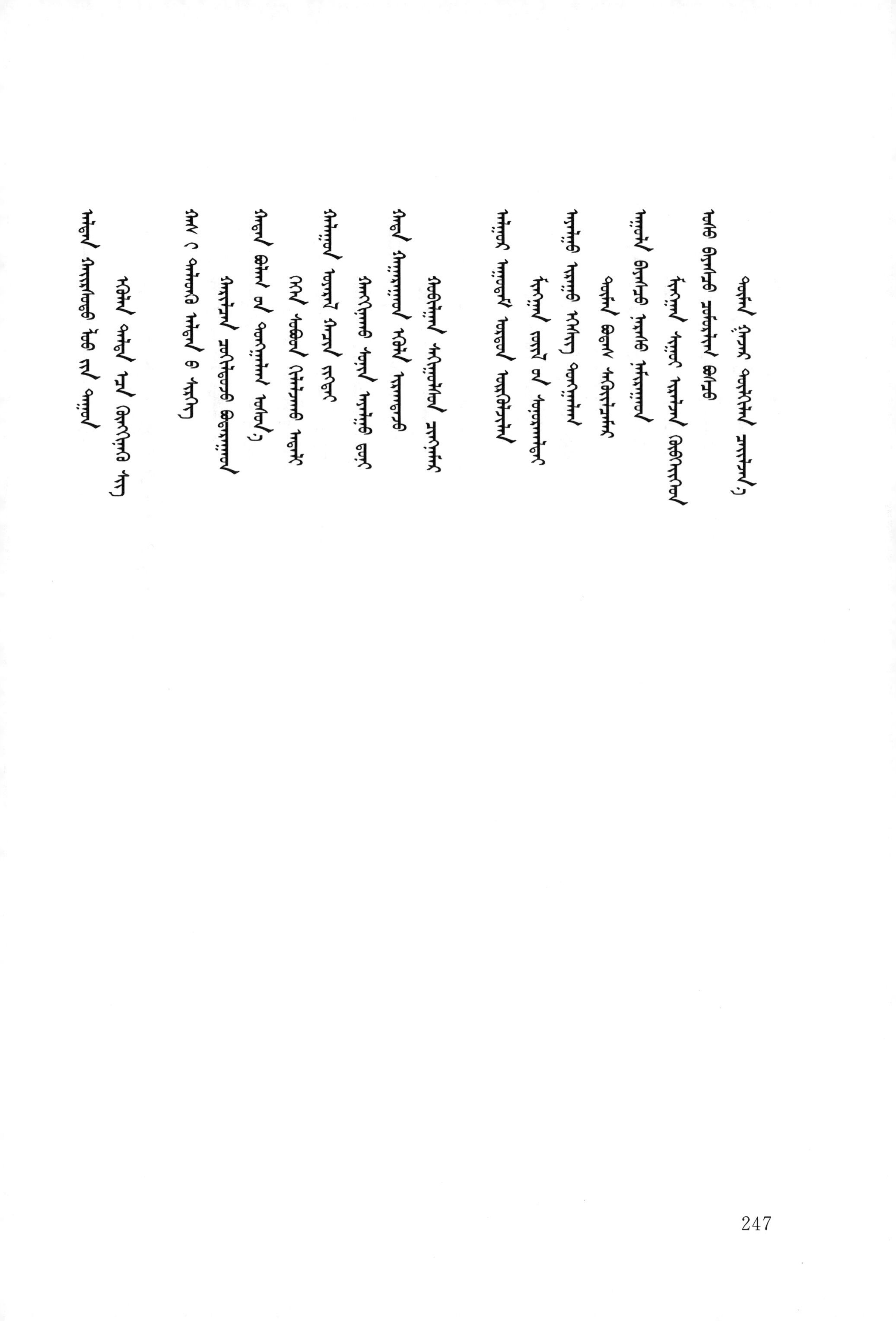

[illegible]

[illegible]

[illegible] ::

[illegible]

[illegible]

[illegible] （鸳鸯） [illegible]

[illegible]

[illegible]

[illegible]

[illegible]

[illegible]

[illegible]

[illegible]

[illegible]

[illegible]

[illegible]

[illegible]

[illegible]

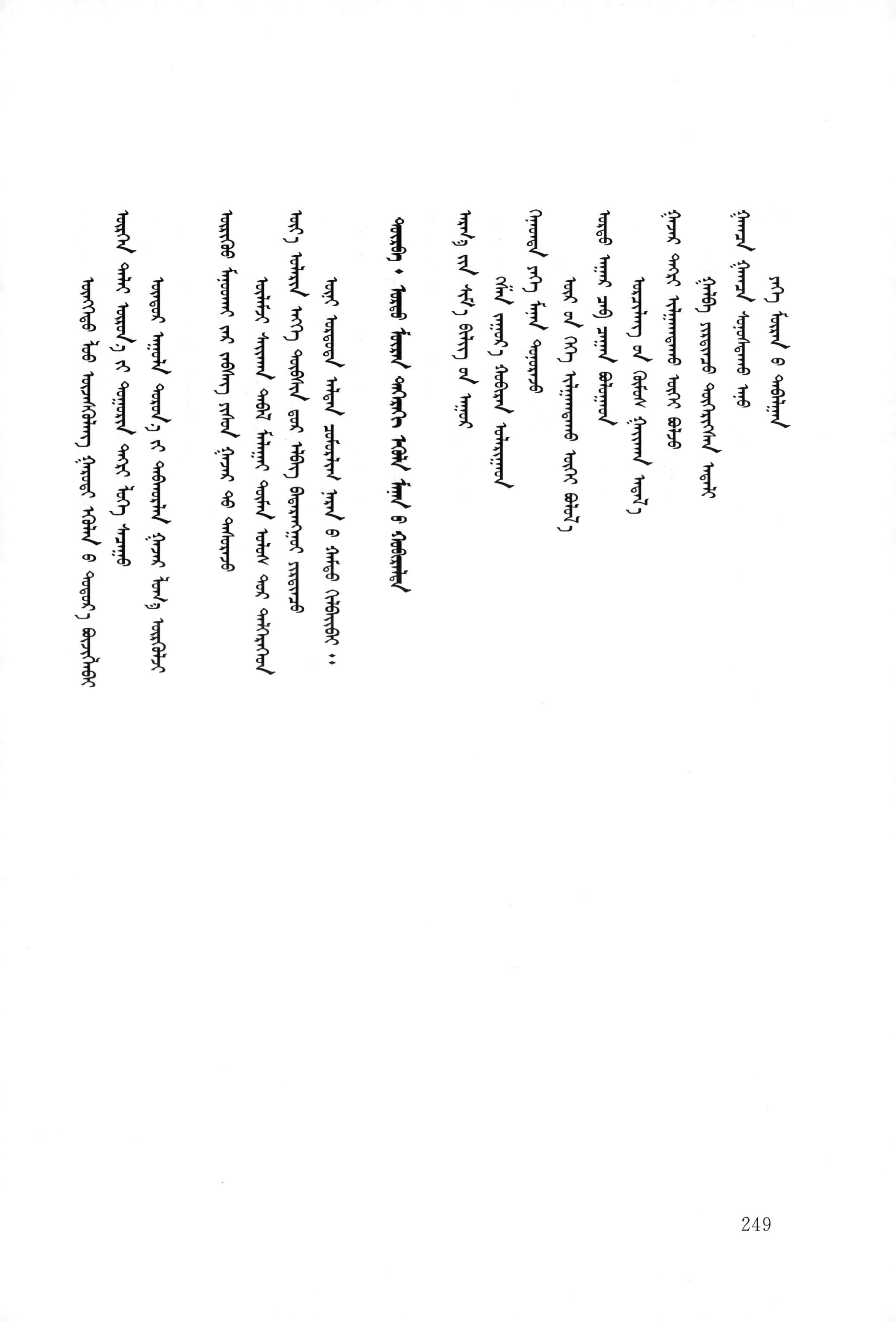

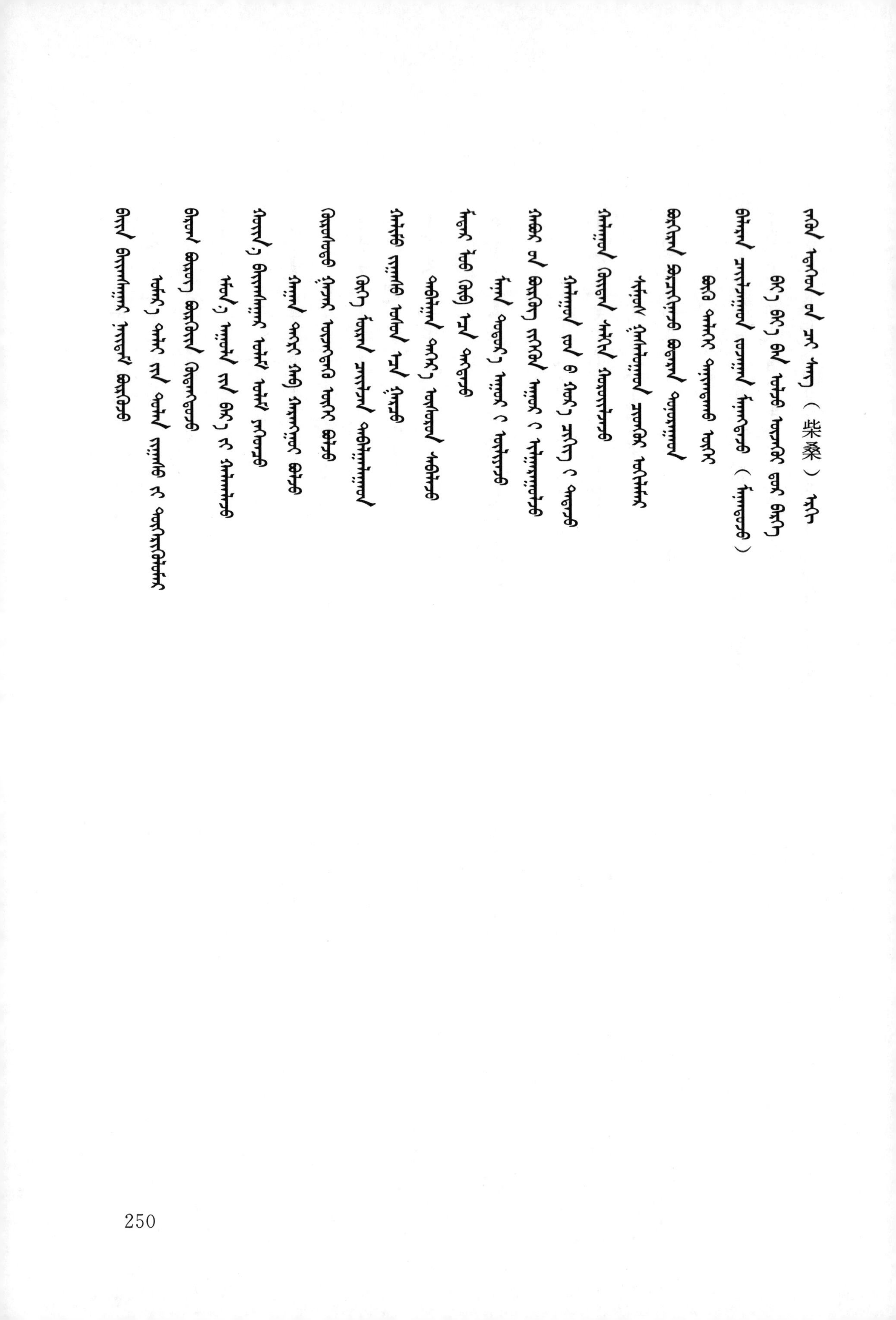

[illegible] （柴桑） [illegible]
[illegible]
[illegible] （[illegible]）
[illegible]
[illegible]
[illegible]
[illegible]
[illegible]
[illegible]
[illegible]
[illegible]
[illegible]
[illegible]
[illegible]
[illegible]
[illegible]
[illegible]
[illegible]
[illegible]
[illegible]

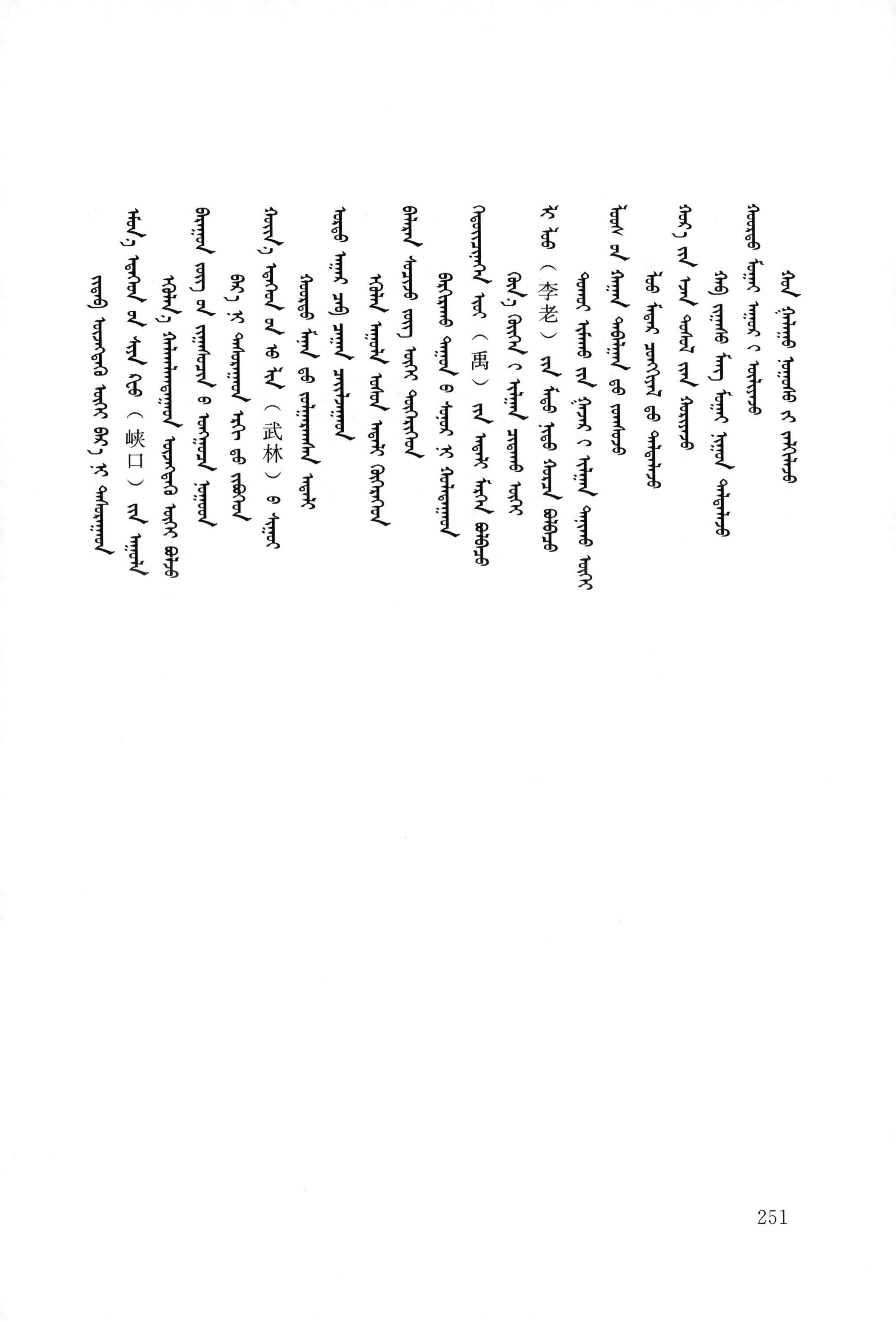

（李老）

（禹）

（武林）

（峡口）

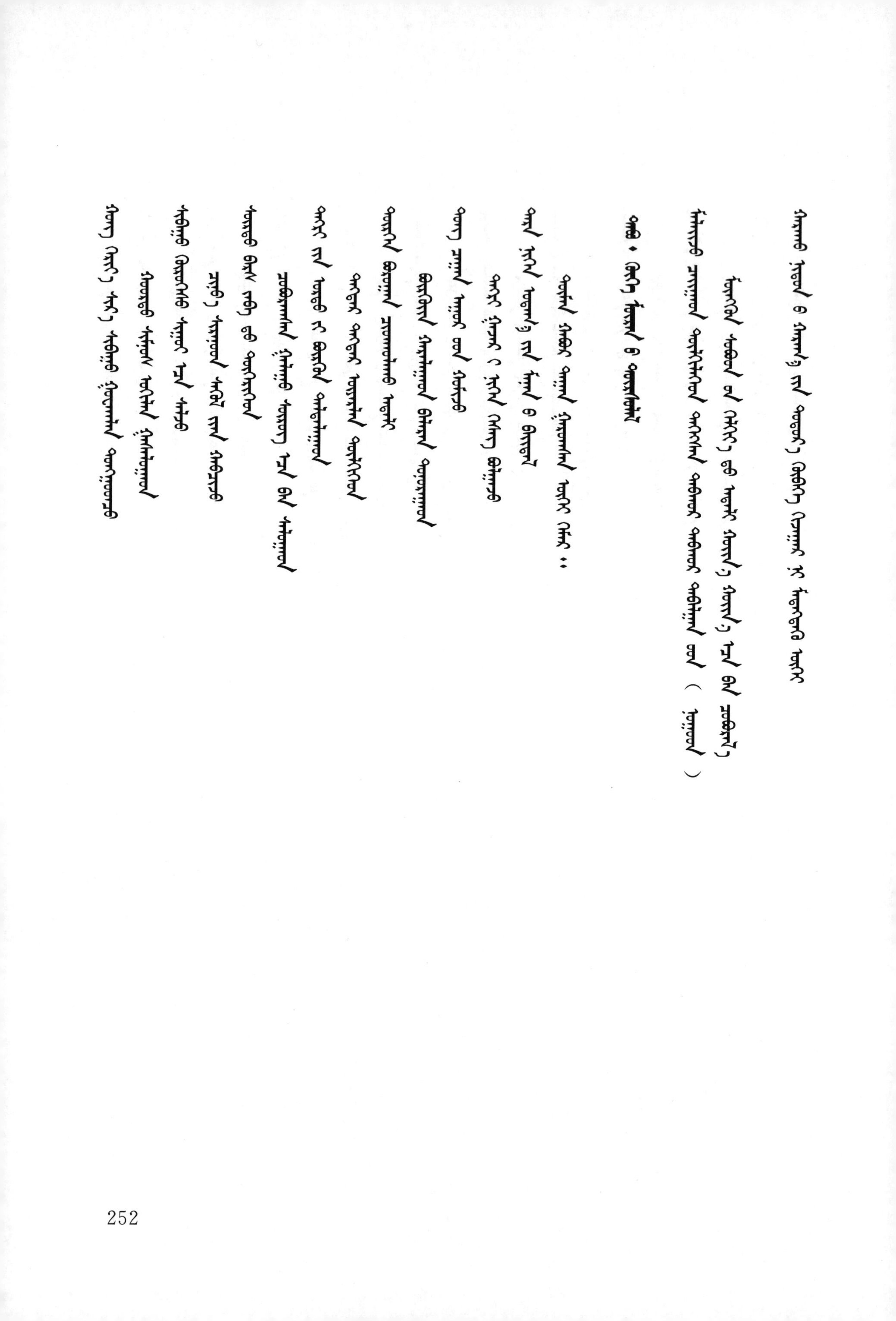

[illegible]

[illegible]
[illegible] ([illegible])

[illegible]

[illegible]
[illegible]
[illegible]
[illegible]
[illegible]
[illegible]
[illegible]
[illegible]
[illegible]
[illegible]
[illegible]
[illegible]
[illegible]
[illegible]

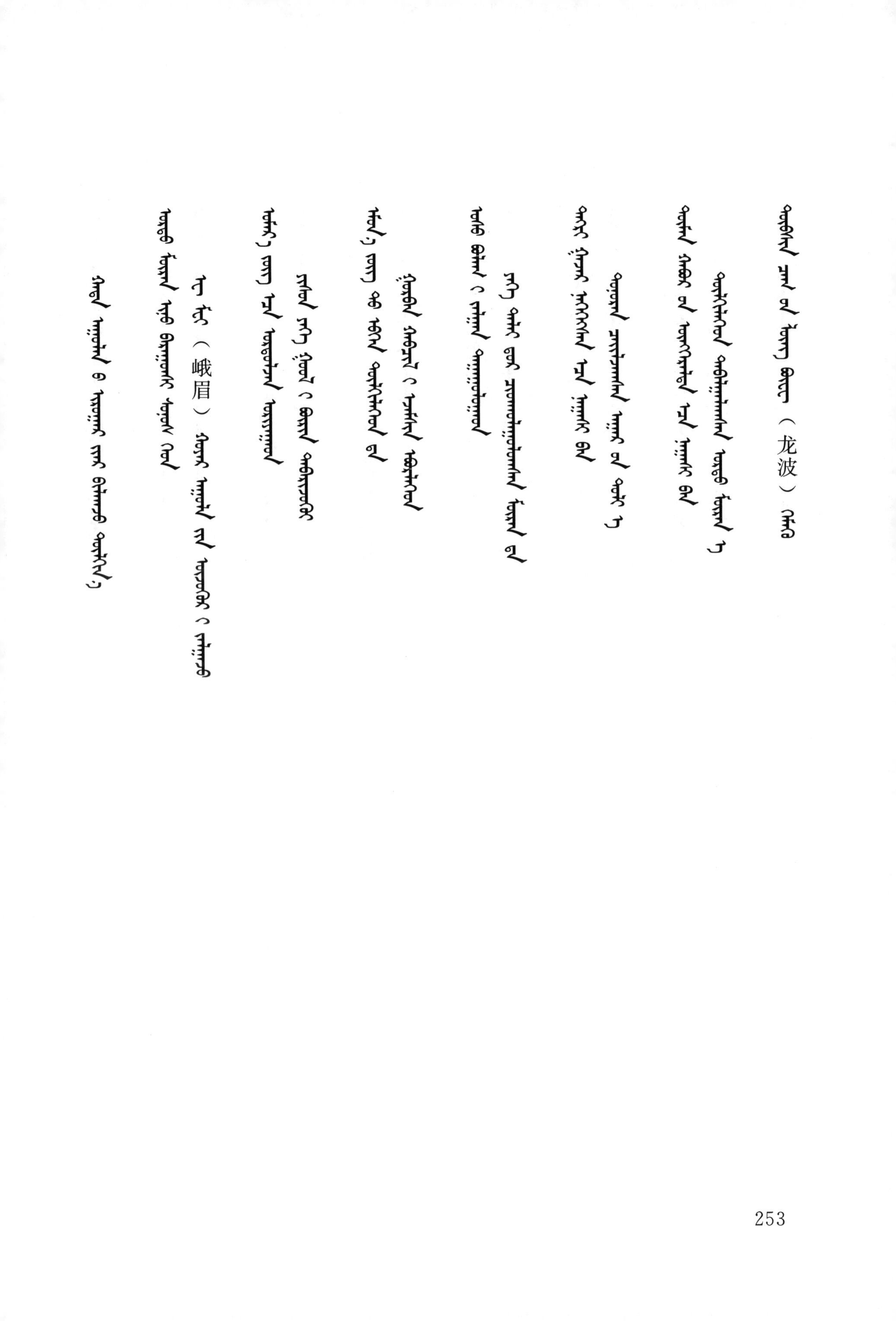

ᠣ ᠮᠧᠢ（峨眉）ᠠᠭᠤᠯᠠ ᠰᠠᠷᠠ ᠲᠠᠢ ᠬᠠᠮᠲᠤ ᠪᠠᠨ ᠦᠭᠡᠢ

ᠬᠡᠪᠯᠡᠭᠰᠡᠨ ᠲᠠᠩ ᠤᠨ ᠯᠦᠩ ᠪᠣ（龙波）ᠳᠤ

ᠳᠠᠭᠤᠤ ᠨᠢ ᠶᠧ ᠵᠢᠶᠠᠽᠢ （野家子） ᠶᠢ

ᠮᠠᠩ （蟒） ᠪᠣᠯᠤᠨ ᠬᠤᠪᠢᠯᠤᠨ ᠬᠤᠪᠢᠯᠤᠭᠰᠠᠨ

ᠪᠡ ᠬᠡ （太河） ᠲᠡᠭᠦᠨ ᠦ ᠪᠠᠶᠢᠨ ᠱᠦ ᠮᠦ （水母）

ᠪᠠᠶᠢ ᠳᠠ ᠬᠤᠪᠢᠯᠤᠭᠰᠠᠨ ᠯᠤᠩ ᠸᠠᠩ ᠶᠧ （龙王爷） ᠳᠦ

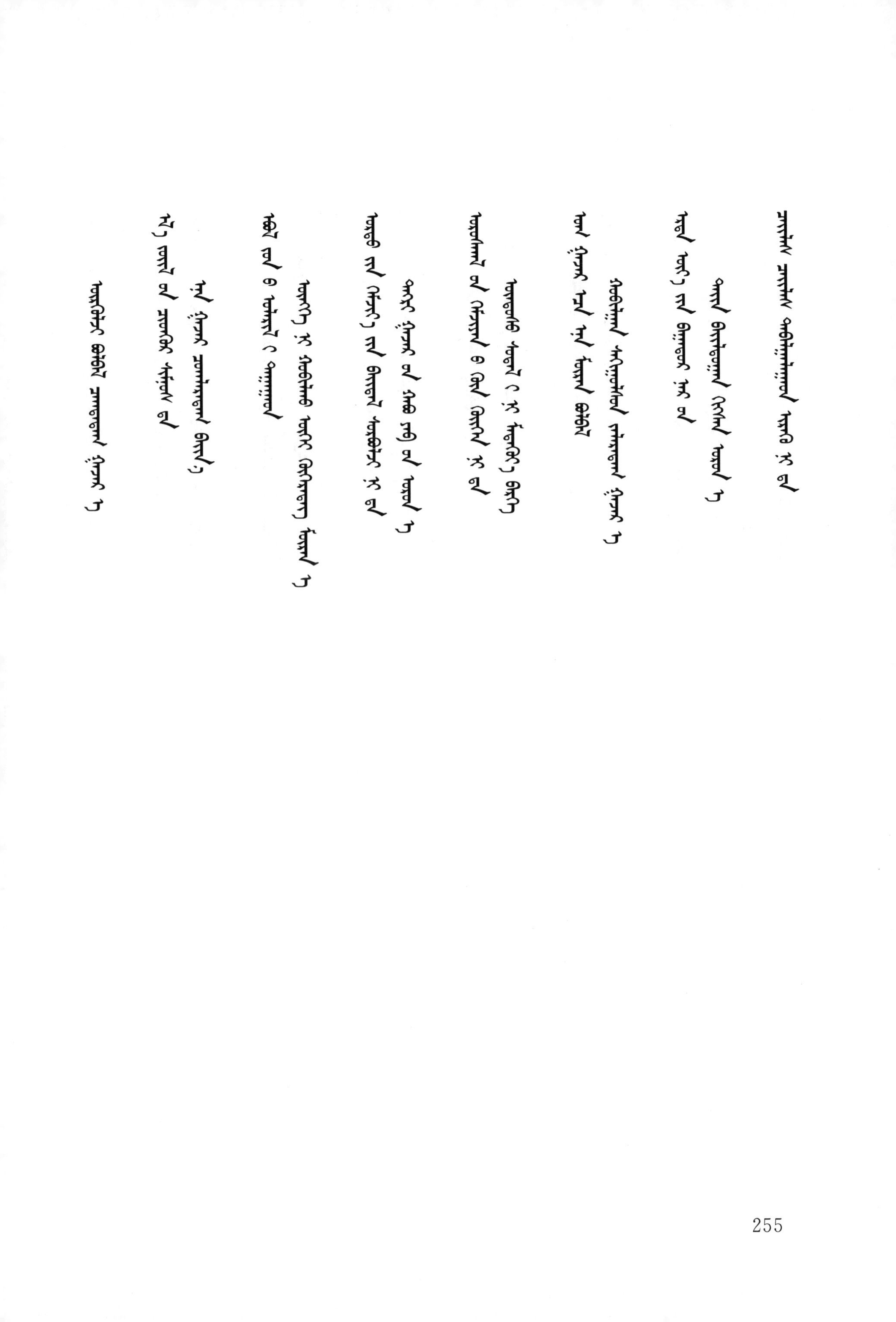

ᠴᠠᠩ ᠬᠠᠢ （沧海） ᠮᠣᠩᠭᠣᠯ ᠬᠡᠯᠡᠨ ᠳᠦ ᠣᠷᠴᠢᠭᠤᠯᠪᠠ

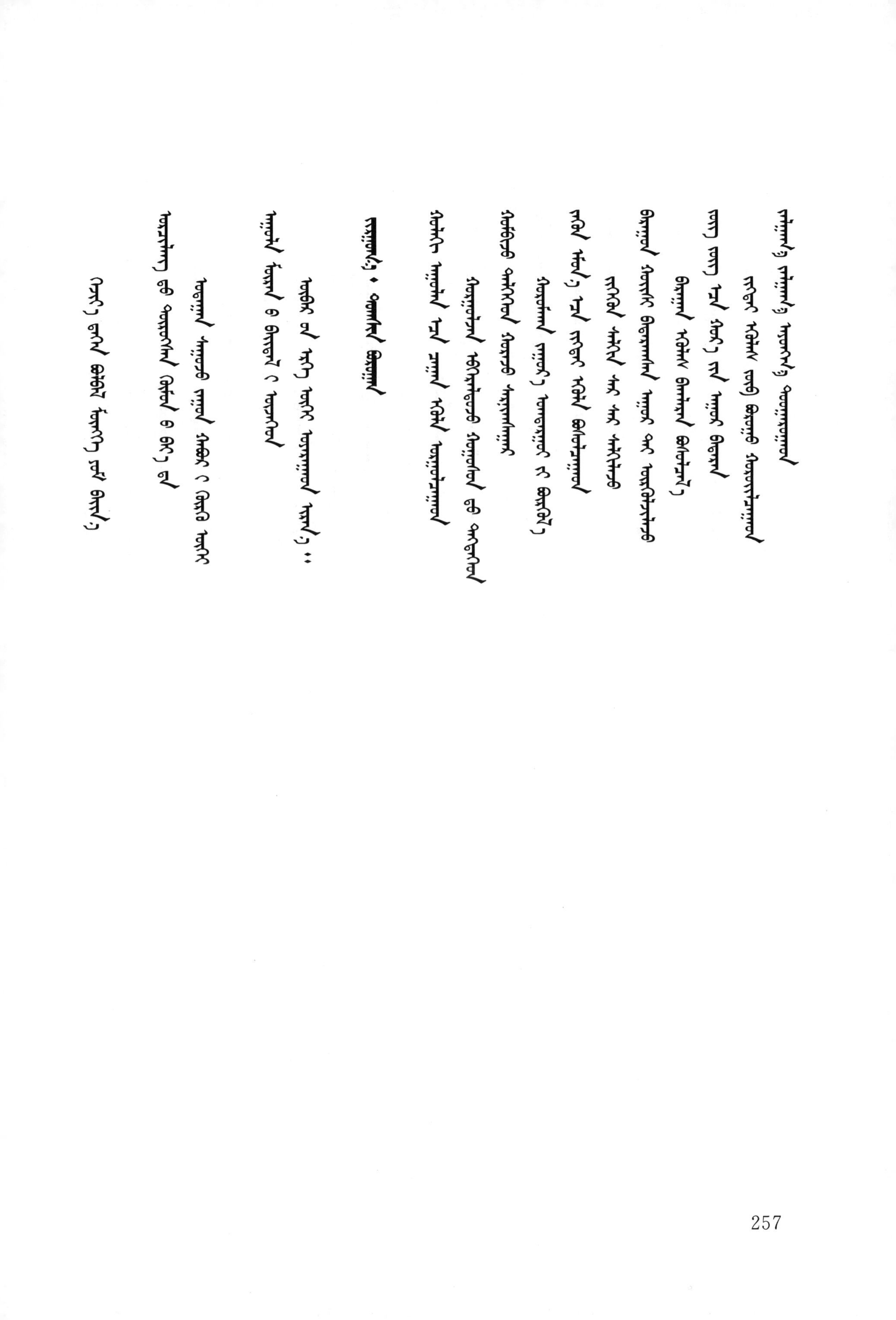

[illegible]

[illegible]
[illegible]

[illegible]
[illegible] ::

[illegible]

[illegible]
[illegible]
[illegible]
[illegible]
[illegible]
[illegible]
[illegible]
[illegible]
[illegible]
[illegible]
[illegible]

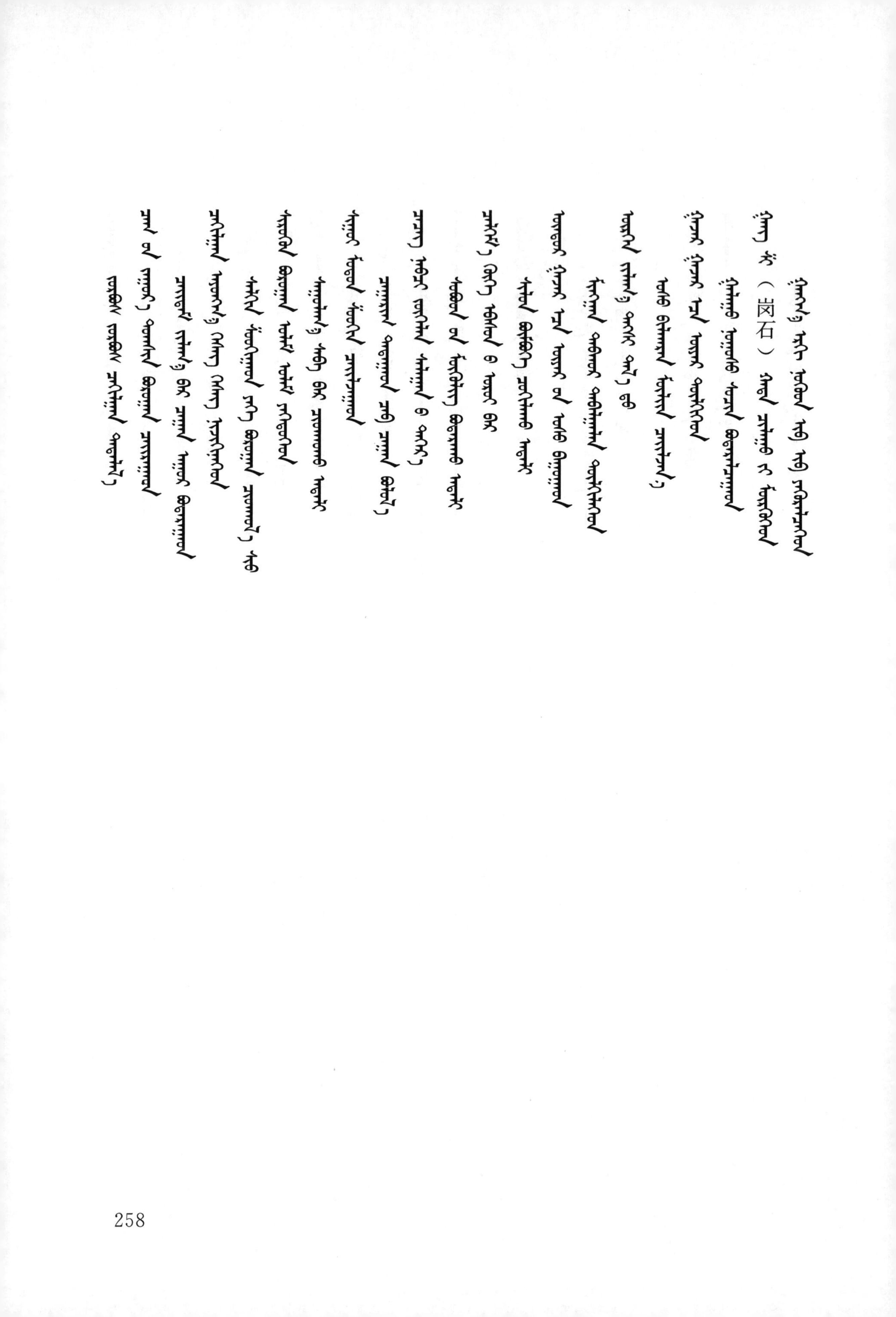

（岗石）

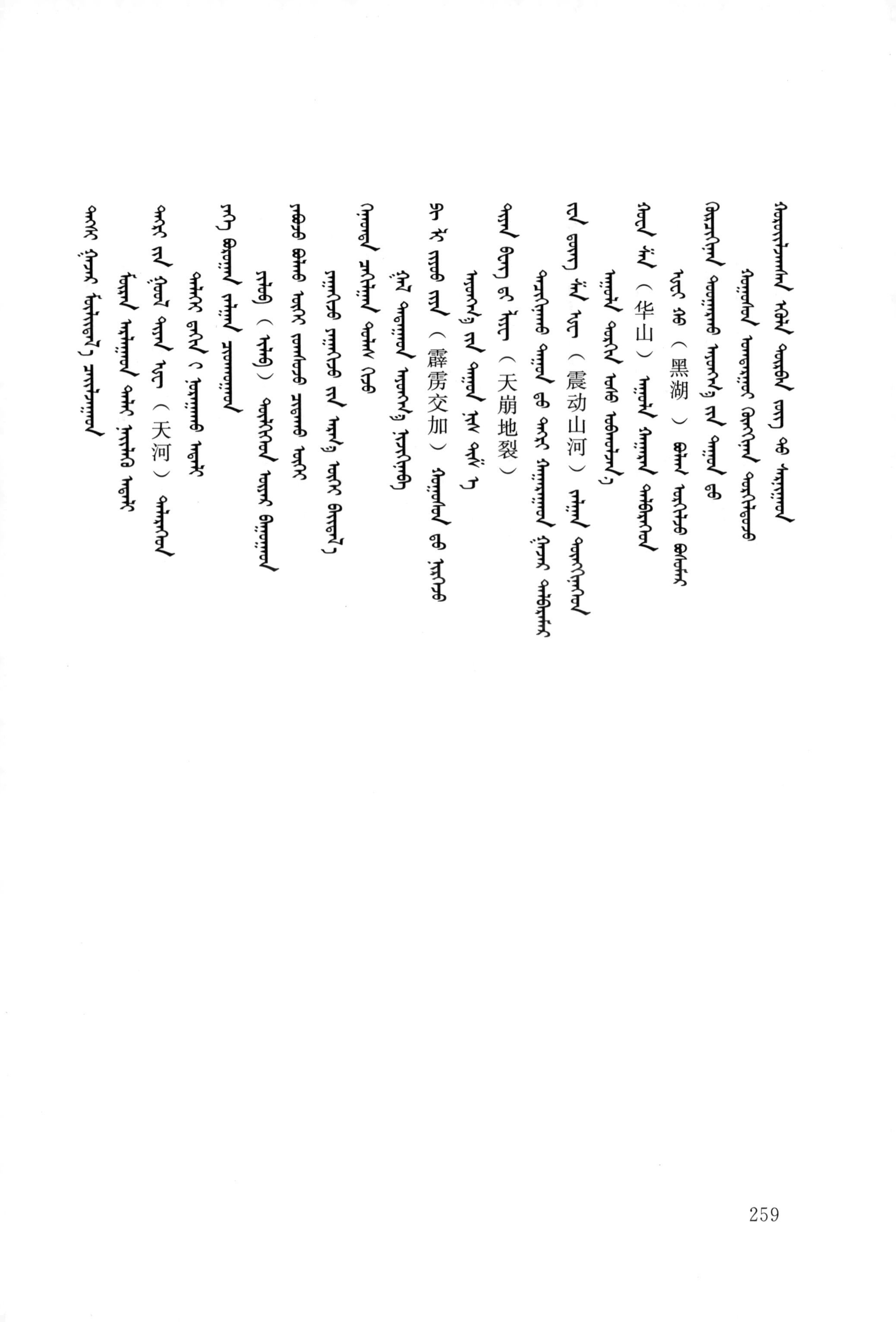

[illegible]

[illegible] （黑湖） [illegible]

[illegible] （华山） [illegible]

[illegible] （震动山河） [illegible]

[illegible] （天崩地裂）

[illegible] （霹雳交加） [illegible]

[illegible]

[illegible] （天河） [illegible]

[illegible]

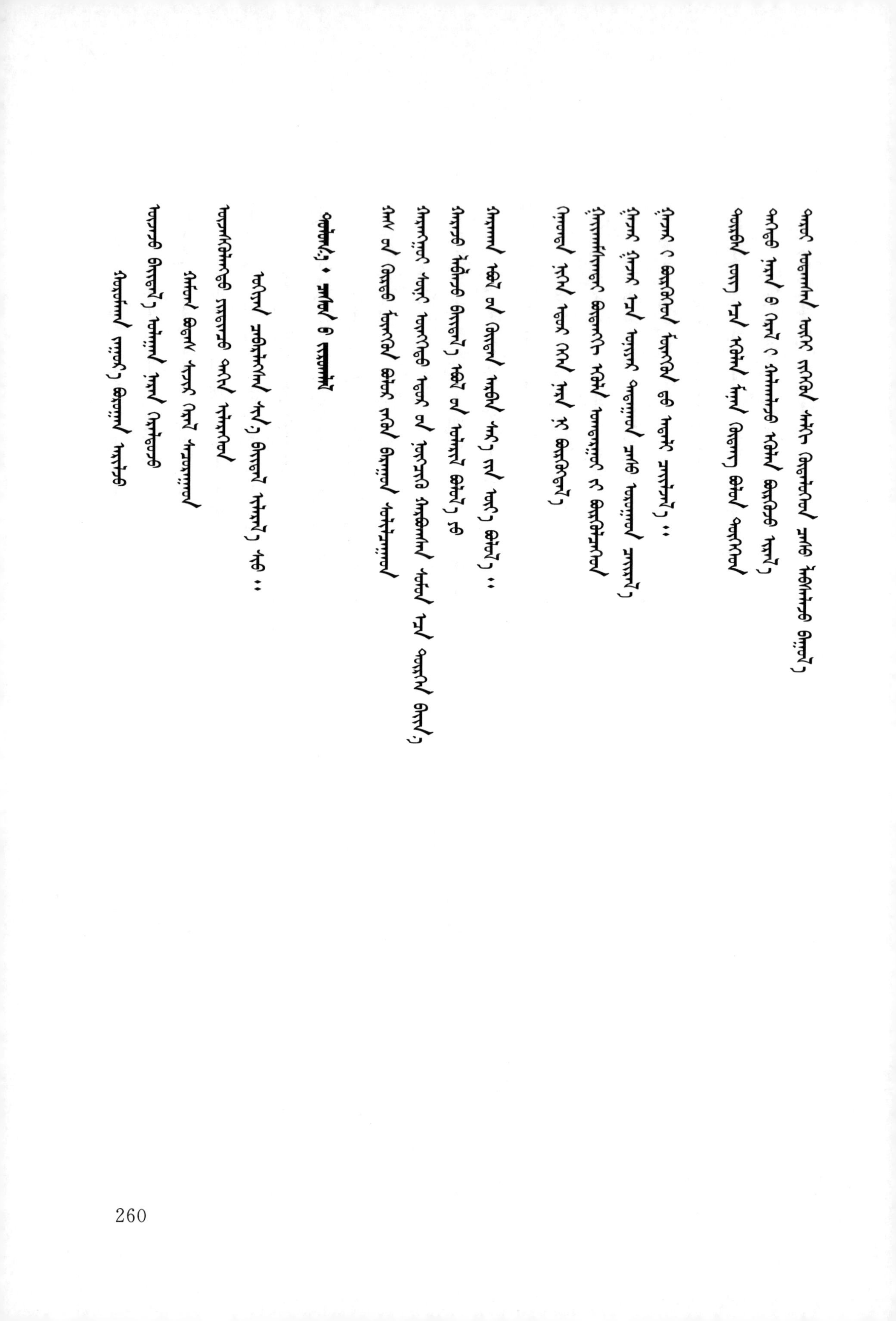

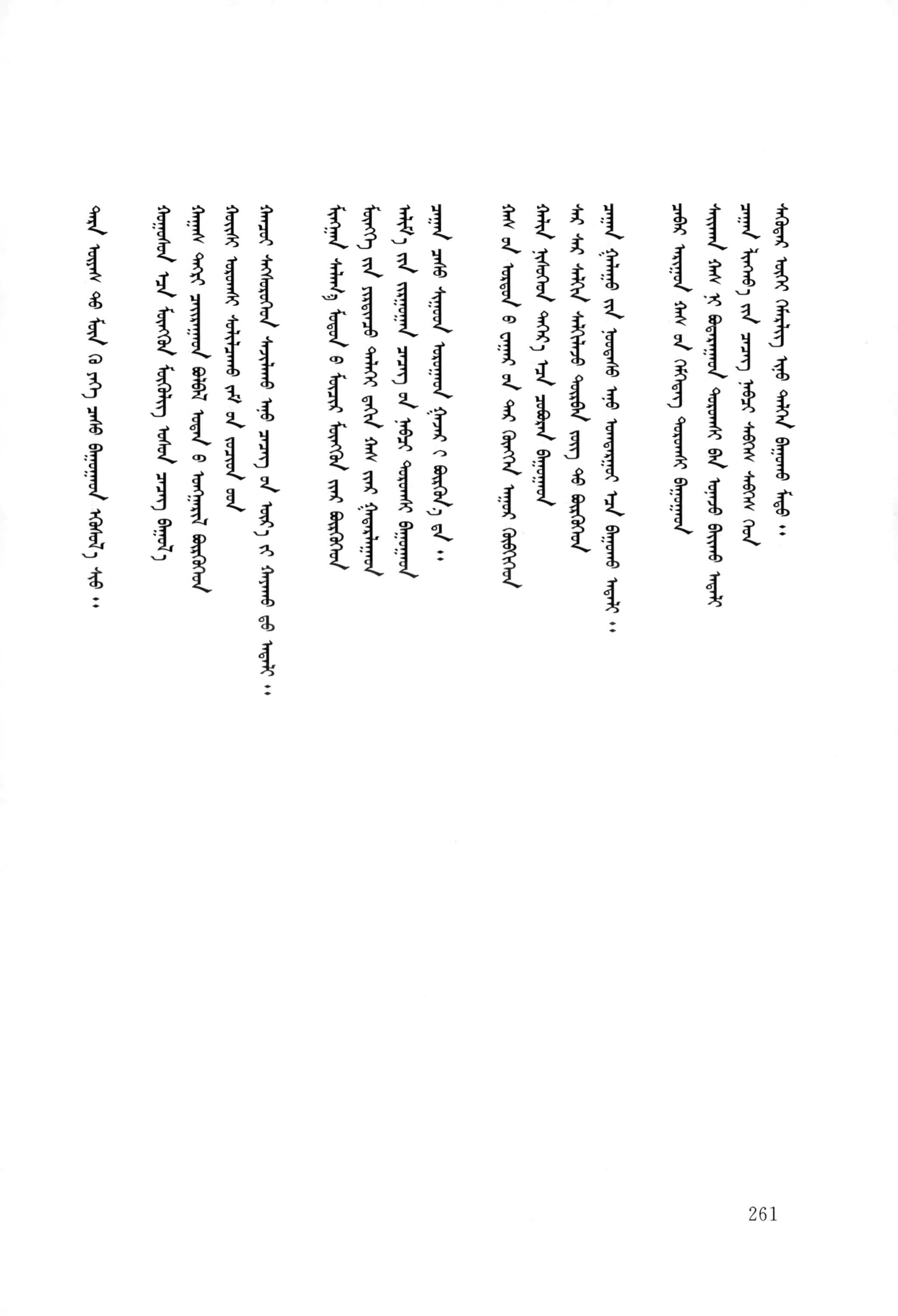

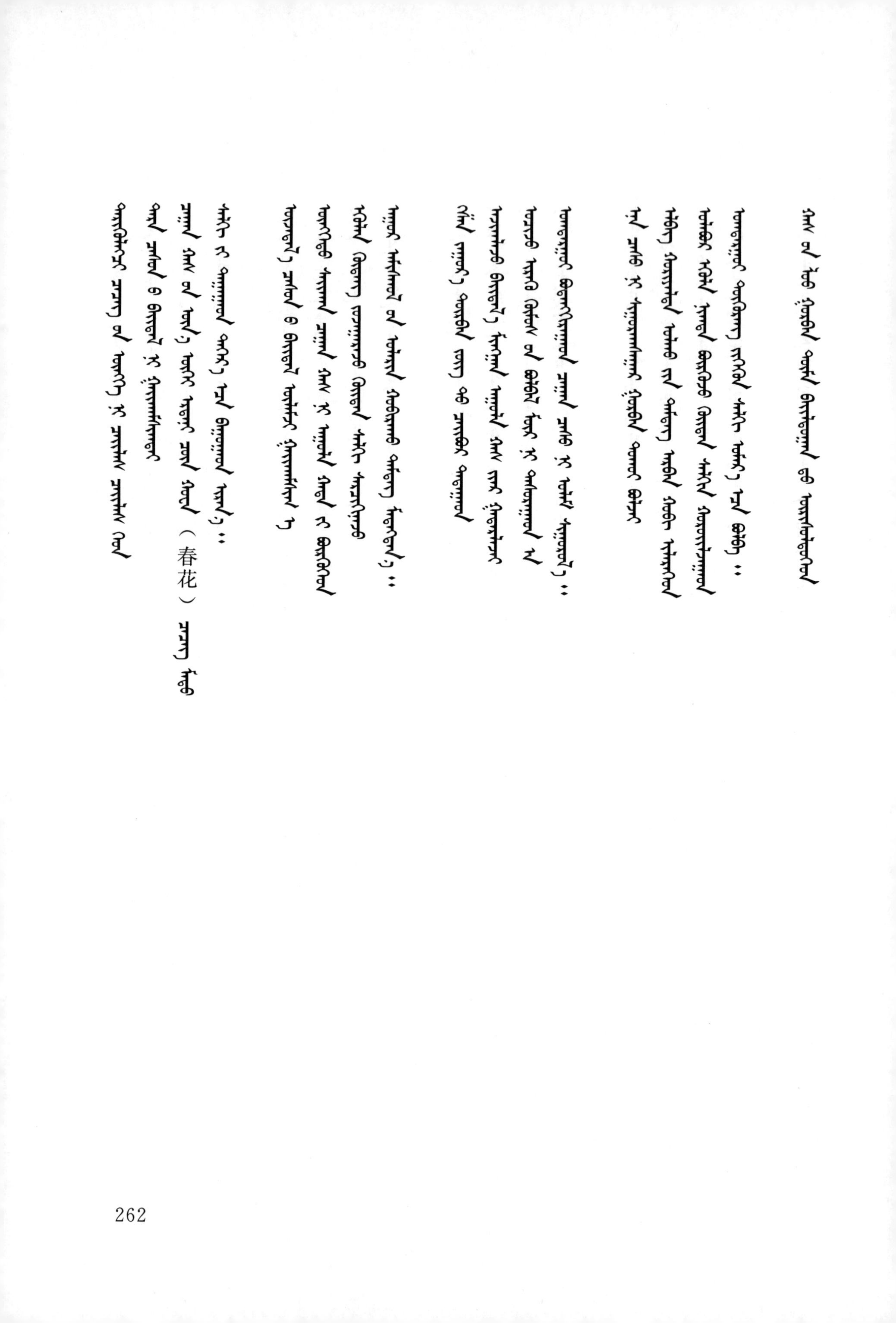

[illegible]
[illegible]
[illegible]（春花）[illegible]
[illegible]

[illegible]
[illegible]
[illegible]
[illegible]

[illegible]
[illegible]
[illegible]
[illegible]

[illegible]
[illegible]
[illegible]
[illegible]

[illegible]

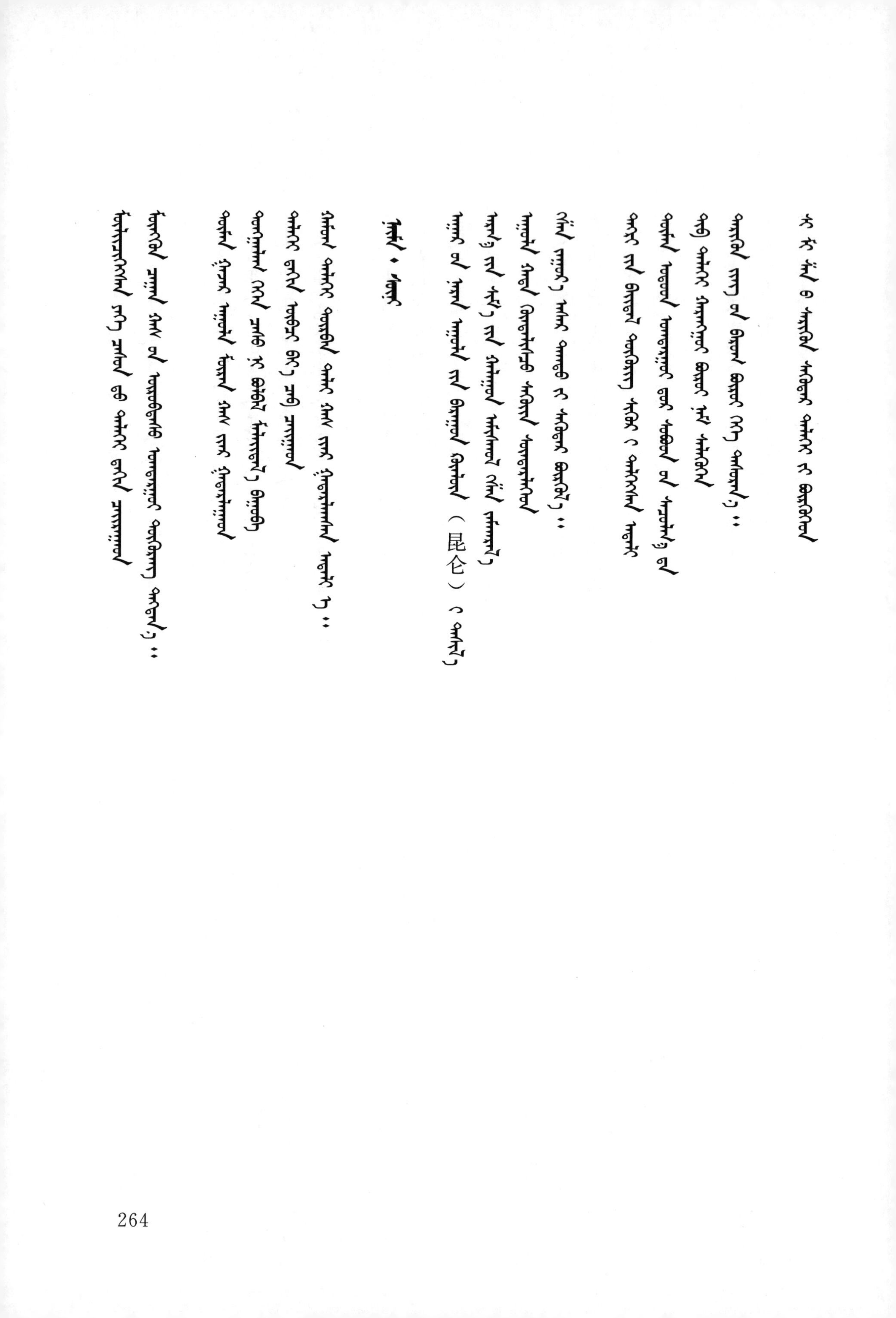

（昆仑）

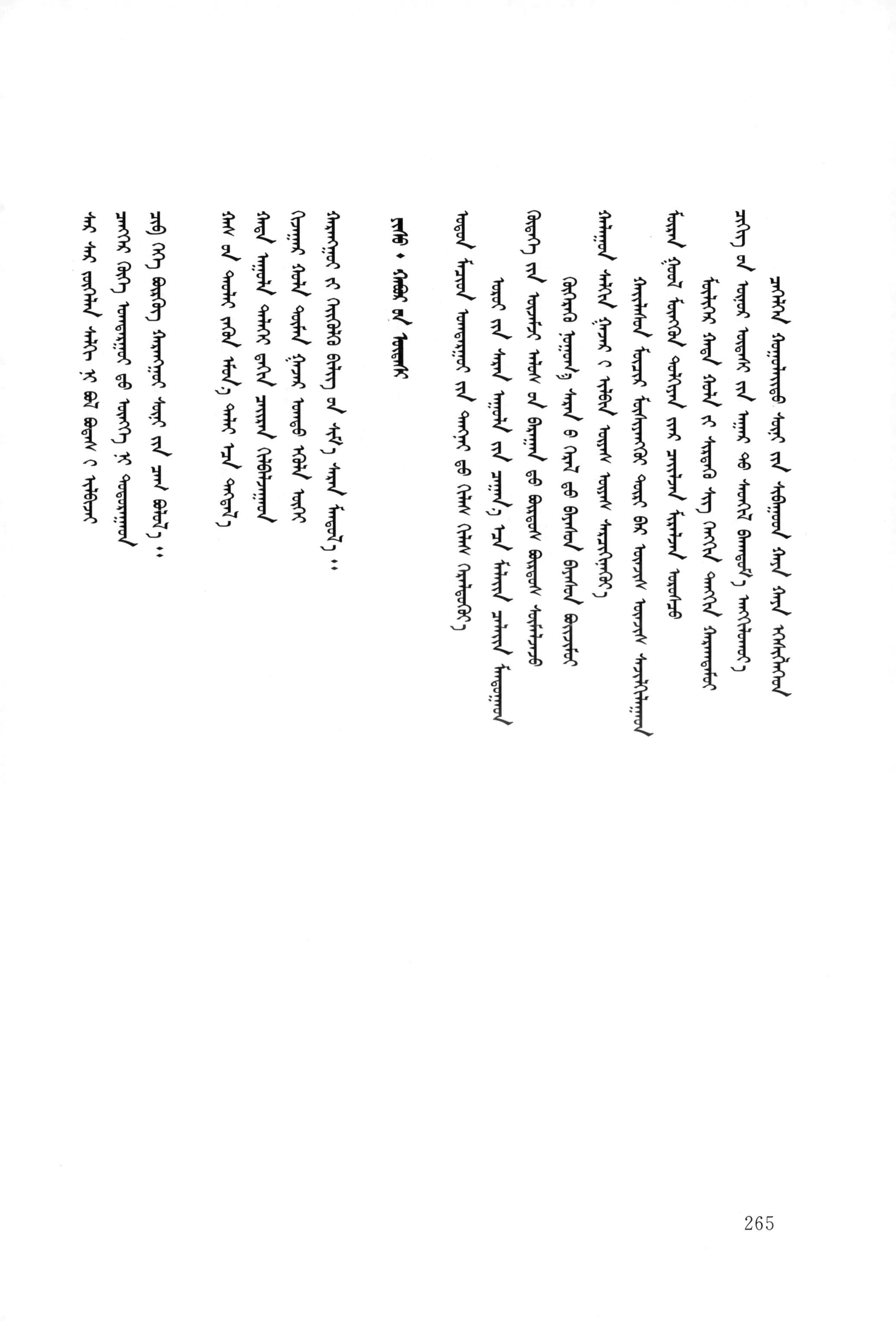

ᠰᠣᠶᠣᠯᠲᠠ ᠲᠠᠯᠠᠭᠠᠢ ᠶᠢᠨ ᠵᠢᠷᠤᠭ ᠪᠣᠳᠤᠭᠳᠠᠭᠰᠠᠨ ᠲᠣᠯᠢᠰᠤᠨ ᠮᠡᠳᠡᠨ ᠪᠤᠶᠤ ᠵᠢᠷᠤᠭ ᠶᠢᠨ ᠪᠢᠳᠡᠭᠦᠯ ᠪᠣᠬᠠᠢ ᠮᠡ （渤海） ᠨᠢᠭᠤᠷ ᠤᠨ ᠲᠠᠯᠠᠢ ᠶᠢ ᠬᠠᠳᠠᠭᠠᠯᠠᠭᠰᠠᠨ ᠲᠣᠳᠤᠷ ᠲᠣᠭᠣᠷᠢᠭ ᠲᠣᠭᠣᠷᠢᠭᠤᠯᠤᠭ ᠢ ᠠᠰᠢᠭᠯᠠᠨ

ᠳᠡᠭ ᠮᠣ ᠰᠢᠦᠸᠠᠩ ᠬᠤᠸᠠ （文秀双花） ᠲᠣᠮᠣᠷᠴᠢ ᠰᠢᠷᠡᠭᠡᠨ ᠲᠠᠯᠠᠭᠰᠠᠨ ᠳᠡᠭ ᠬᠤᠸᠠ ᠲᠠᠯᠠᠭᠠᠢ （文花牡丹） ᠬᠡᠷᠭᠢ ᠪᠡᠷ ᠰᠢᠷᠡᠭᠡᠯᠡᠭᠰᠡᠨ

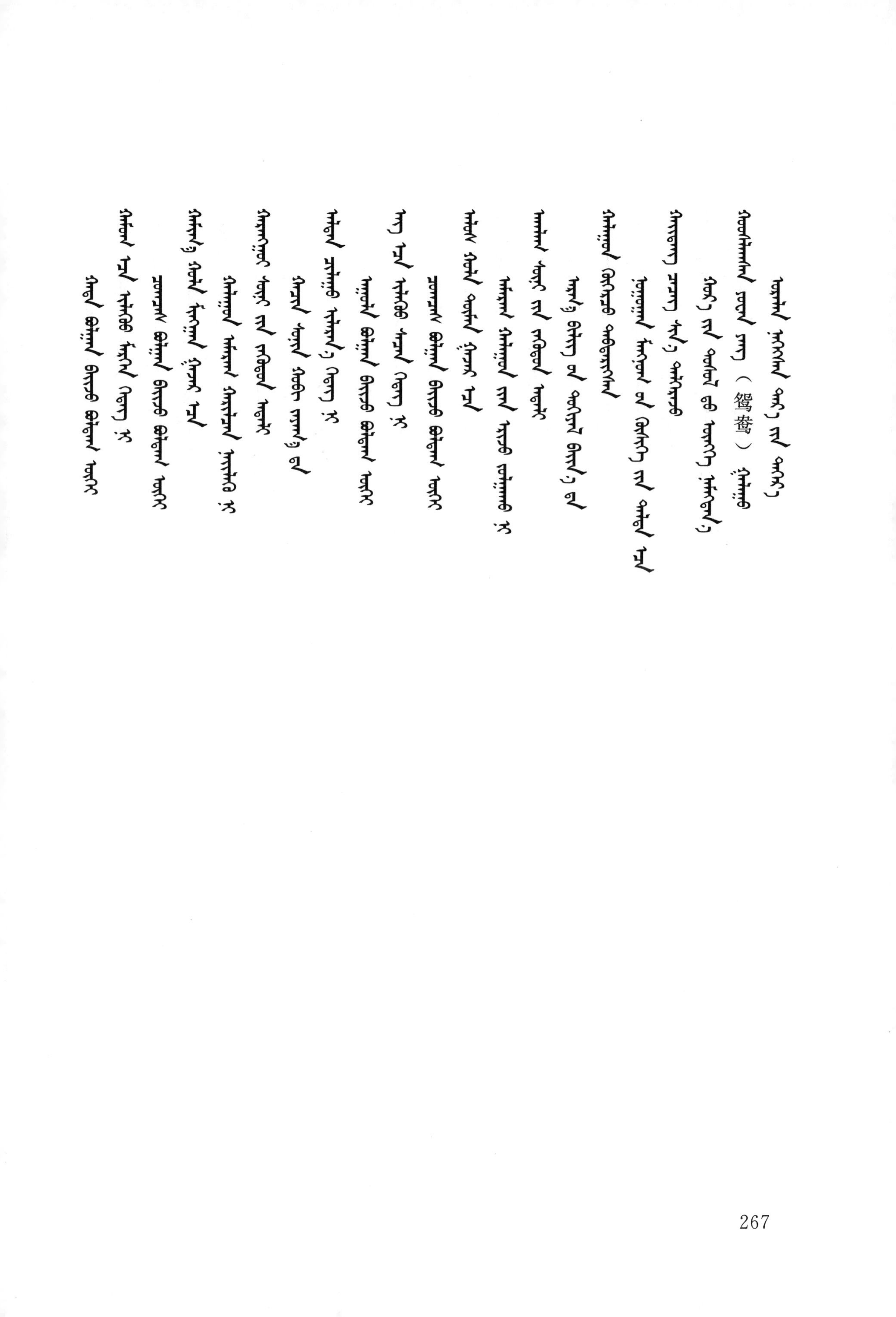

[illegible]
[illegible]
[illegible]
[illegible]
[illegible]
[illegible]
[illegible]
[illegible]
[illegible]
[illegible]
[illegible]
[illegible]
[illegible]
[illegible]
[illegible]
[illegible]
[illegible]
[illegible]
[illegible]
[illegible] （鸳鸯） [illegible]
[illegible]

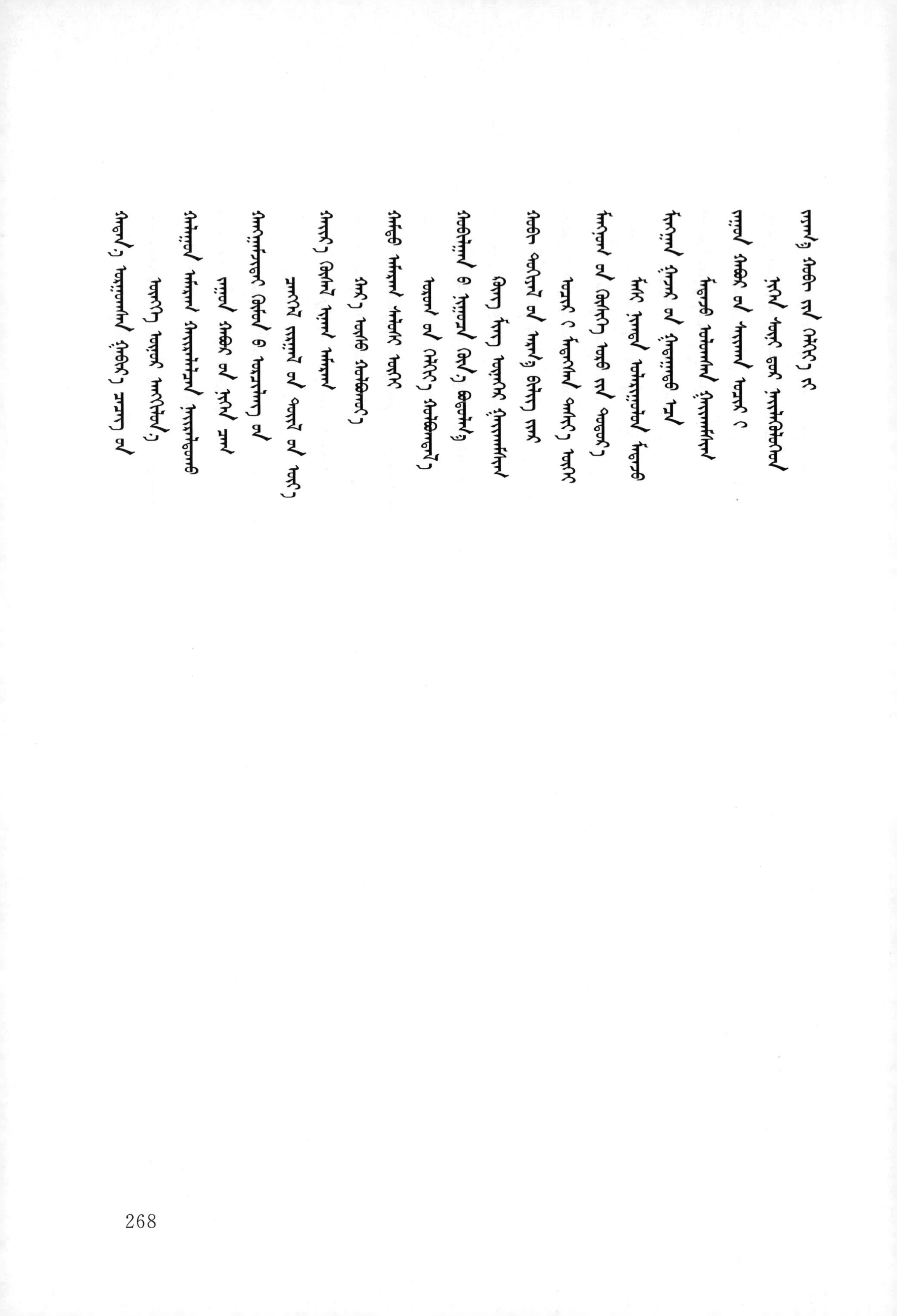

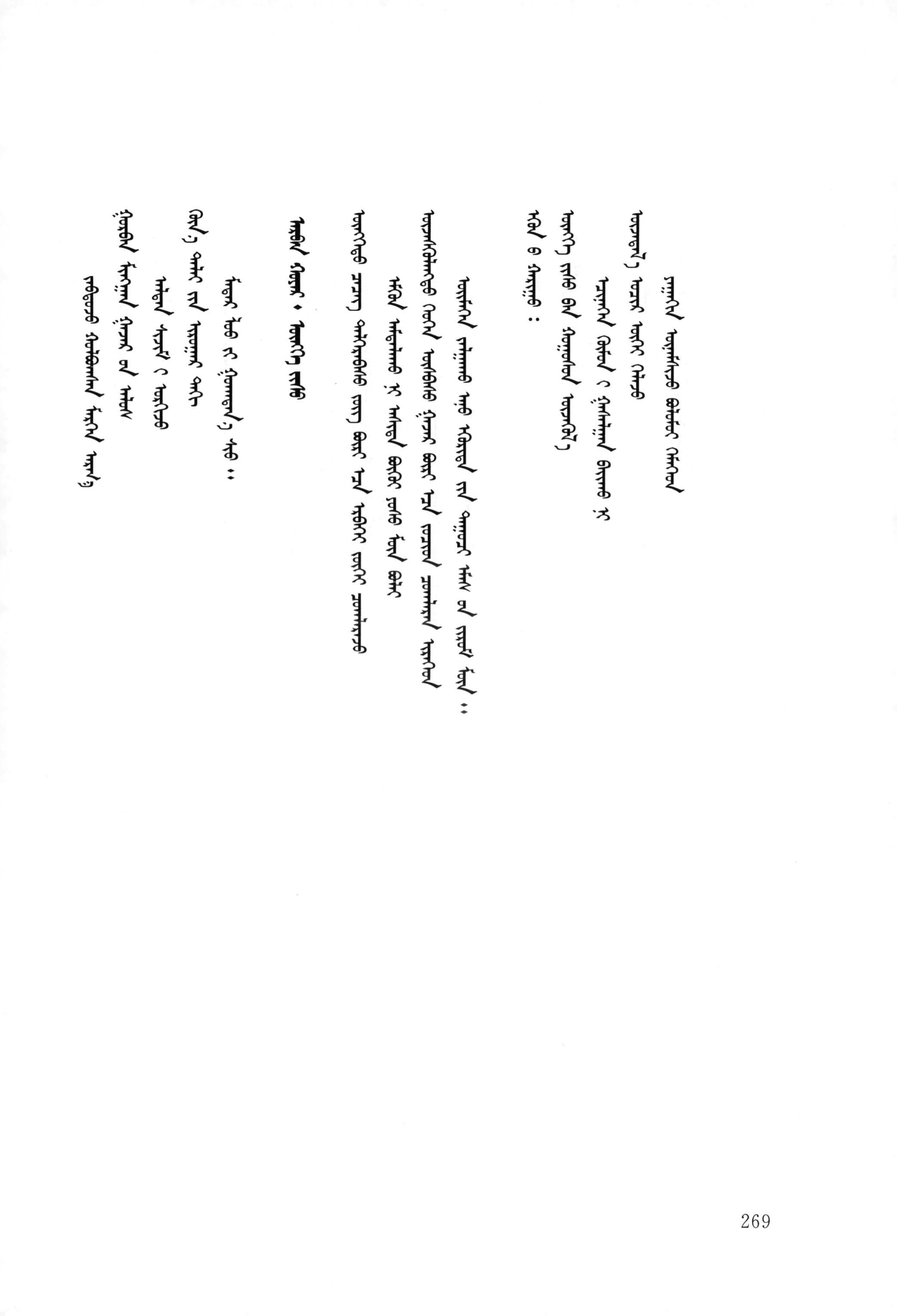

[illegible]
[illegible]
[illegible]
[illegible]
[illegible] ::

ᠠᠷᠪᠠᠨ ᠬᠣᠶᠠᠷ · [illegible]

[illegible]
[illegible]
[illegible]
[illegible] ::

[illegible] :
[illegible]
[illegible]
[illegible]
[illegible]

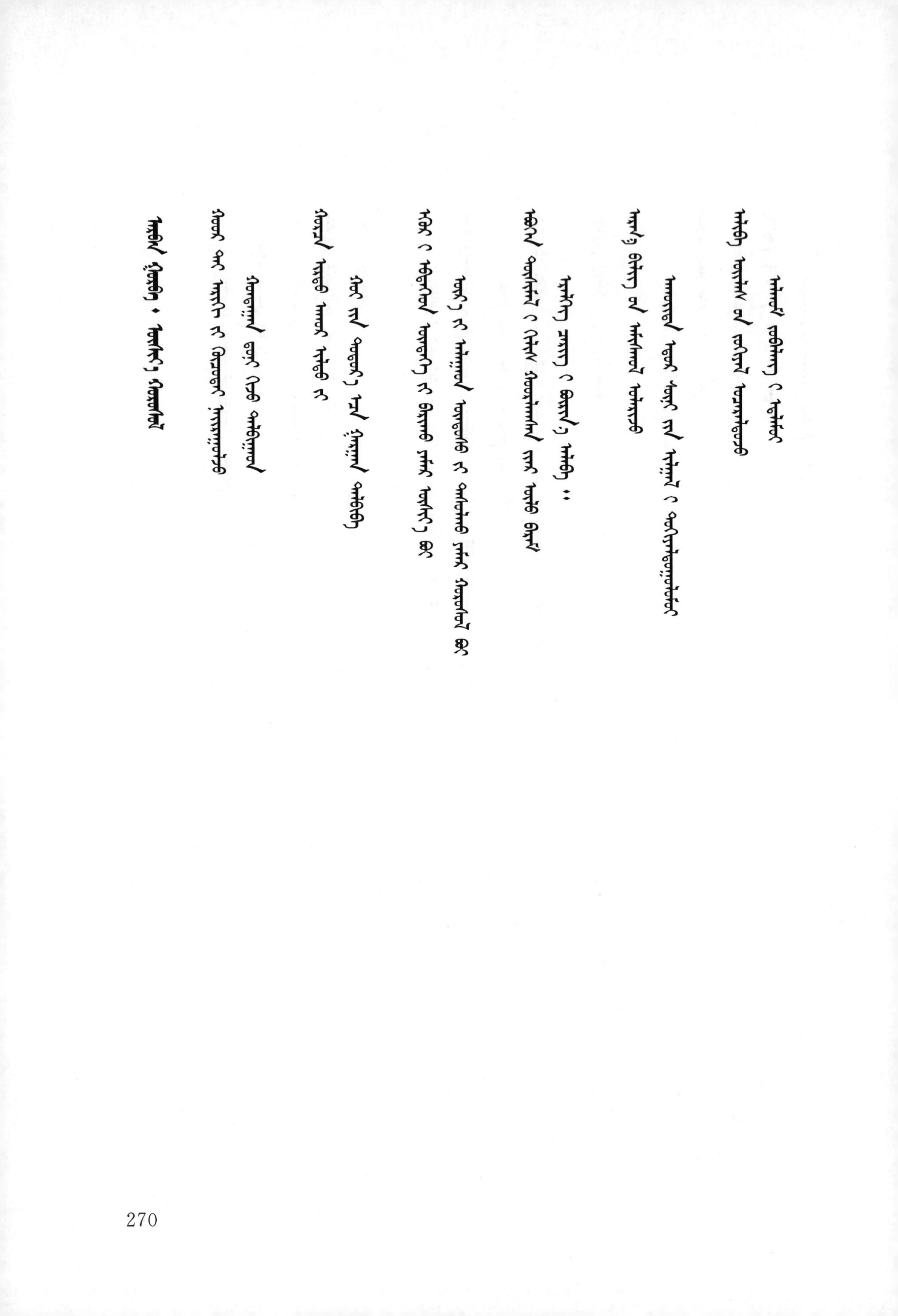

[illegible]
[illegible]

[illegible]
[illegible]

[illegible]
[illegible]

[illegible]
[illegible] ::

[illegible]
[illegible]

[illegible]
[illegible]

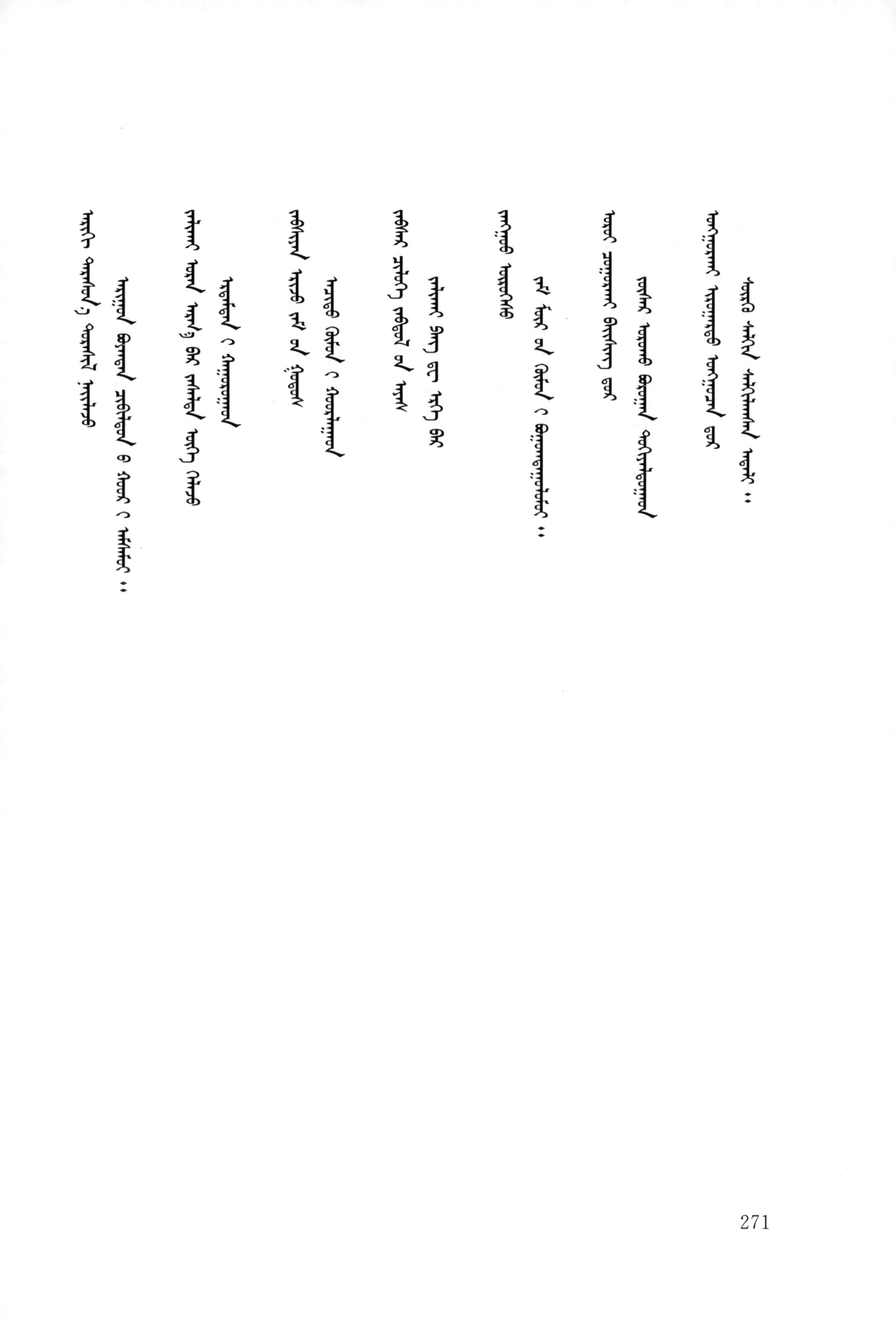

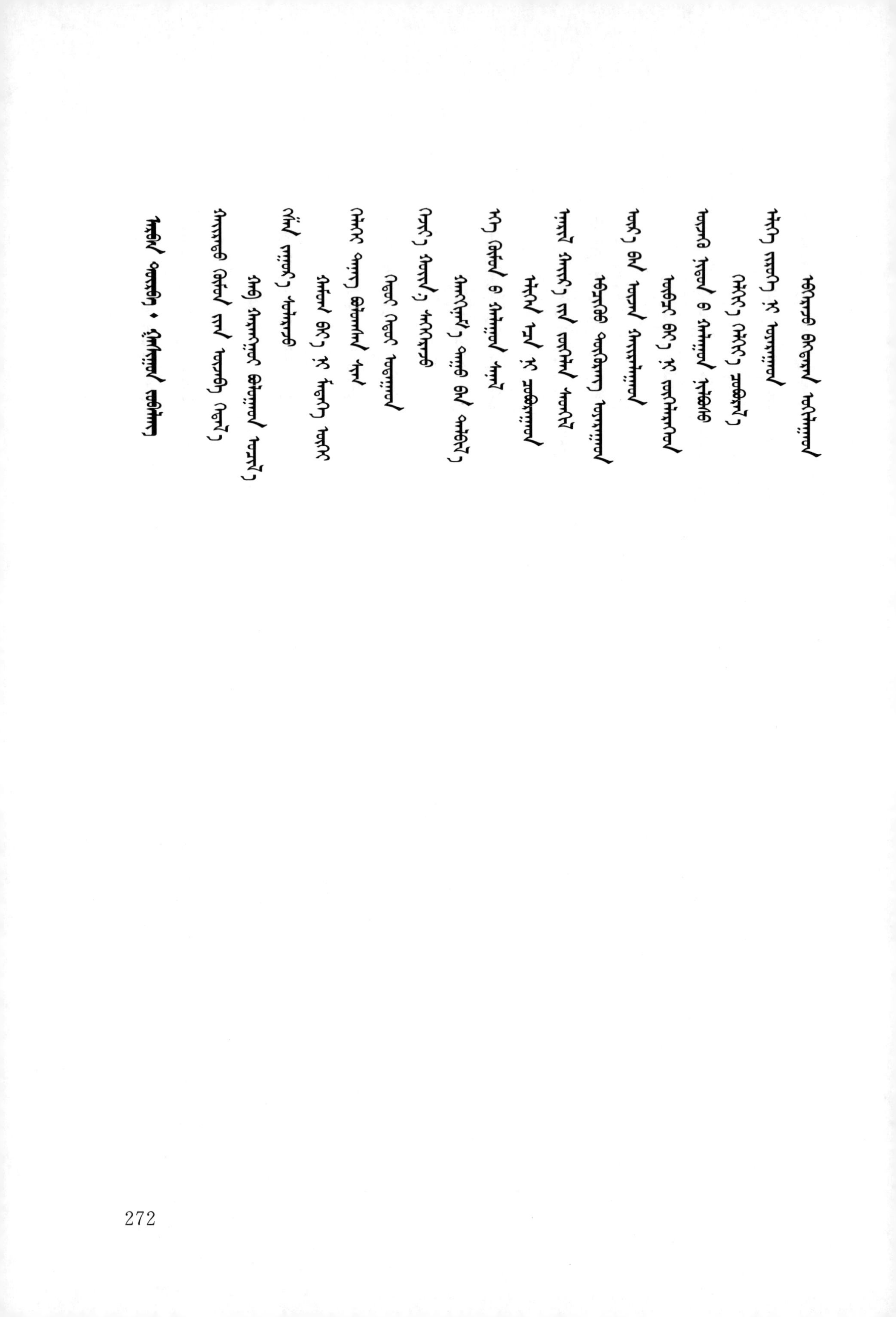

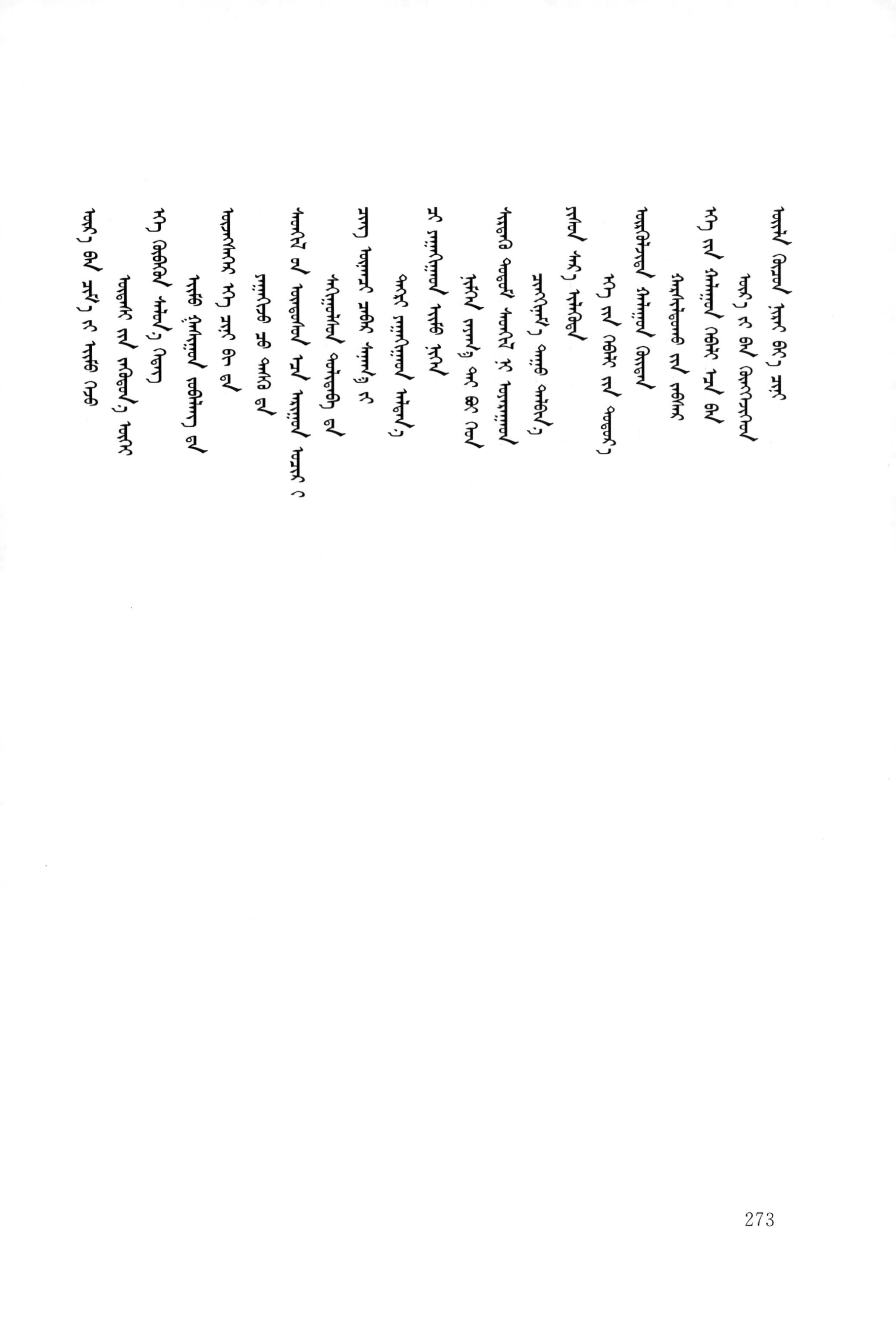

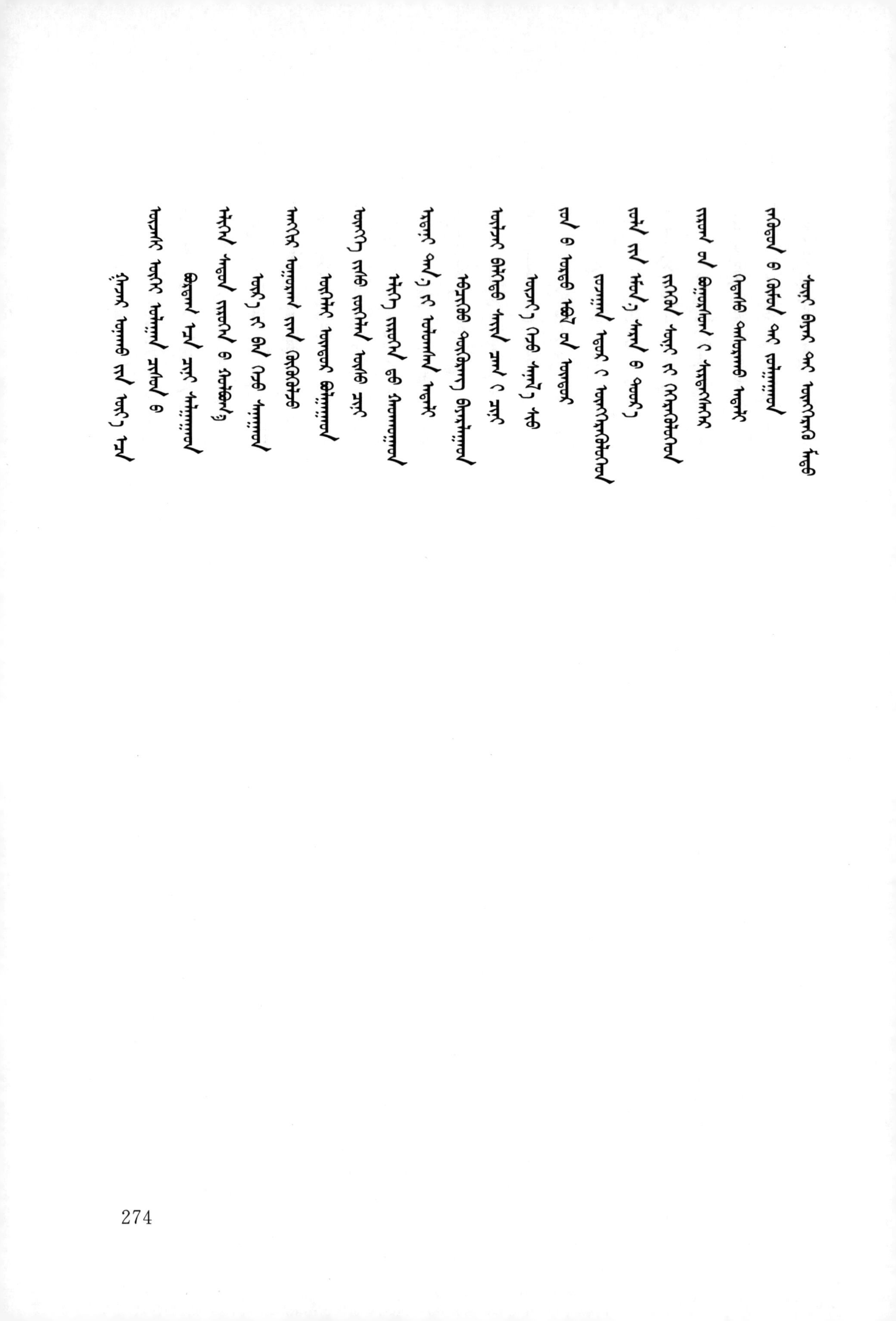

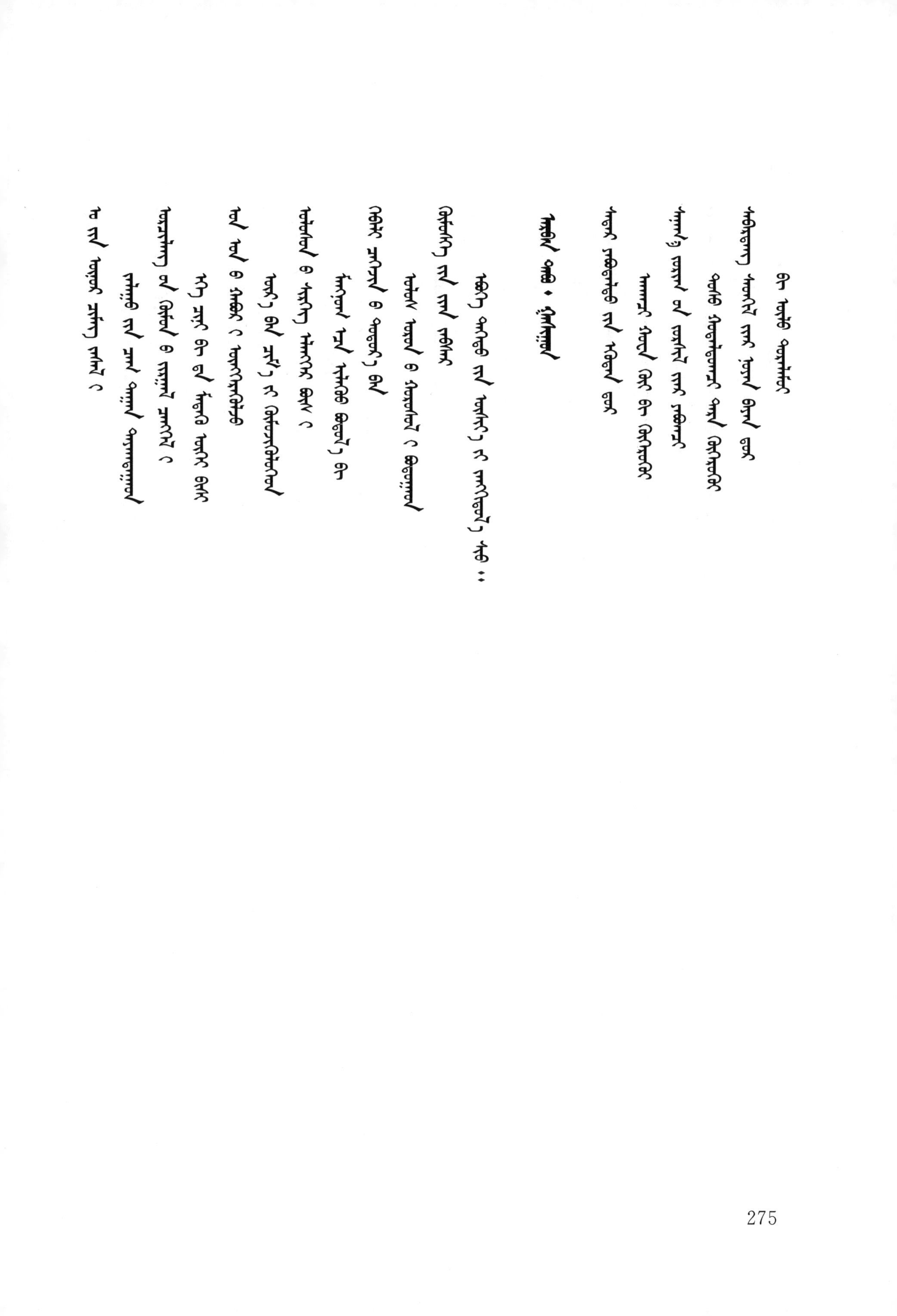

[illegible]
[illegible]
[illegible]
[illegible]
[illegible]
[illegible]
[illegible]
[illegible]
[illegible]
[illegible]
[illegible]
[illegible] ::

[illegible] • [illegible]

[illegible]
[illegible]
[illegible]
[illegible]
[illegible]
[illegible]

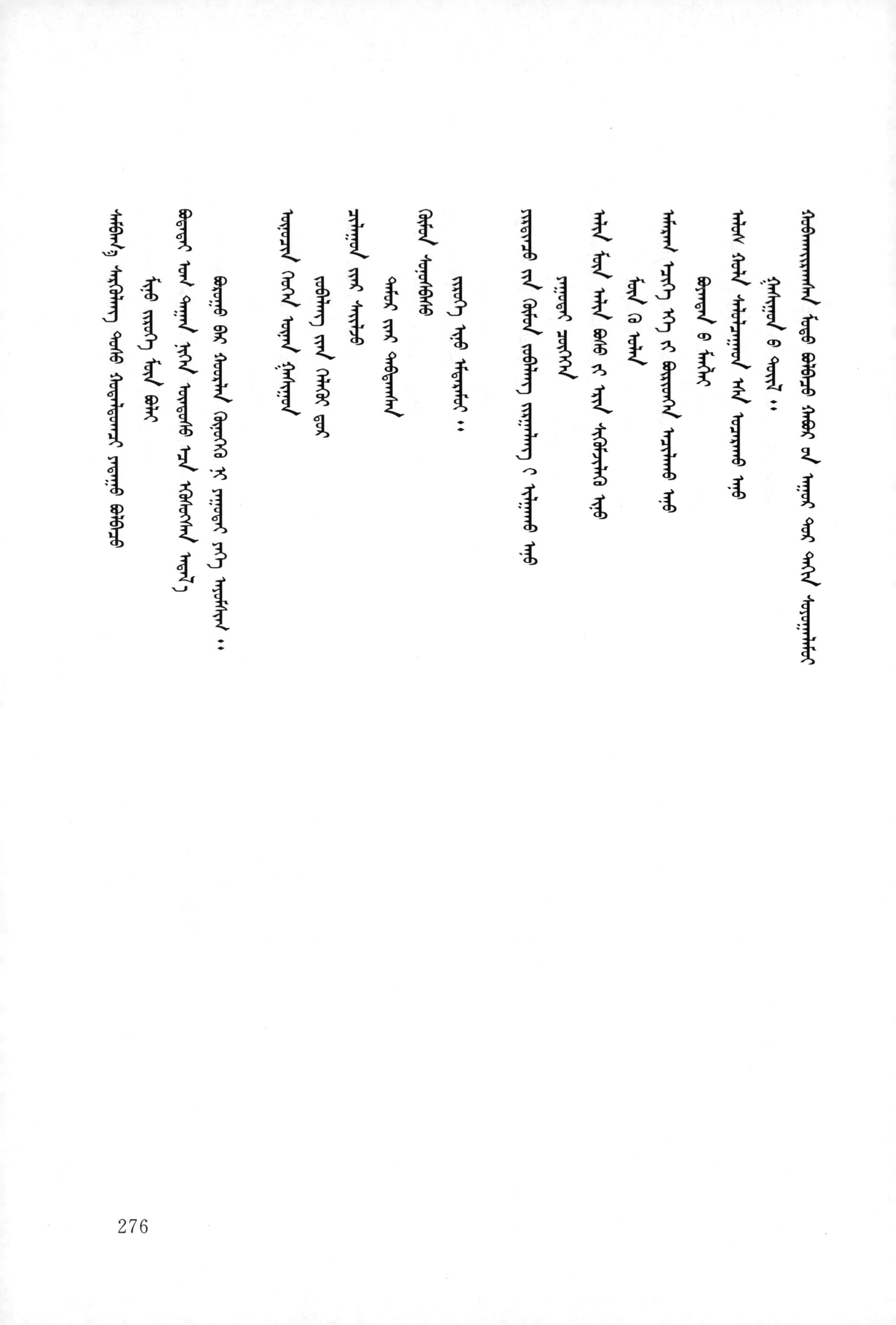

[illegible]
[illegible]
[illegible]
[illegible]
[illegible]
[illegible]
[illegible]
[illegible]
[illegible]

[illegible]
[illegible]
[illegible]
[illegible]
[illegible]
[illegible]

[illegible]
[illegible]
[illegible]

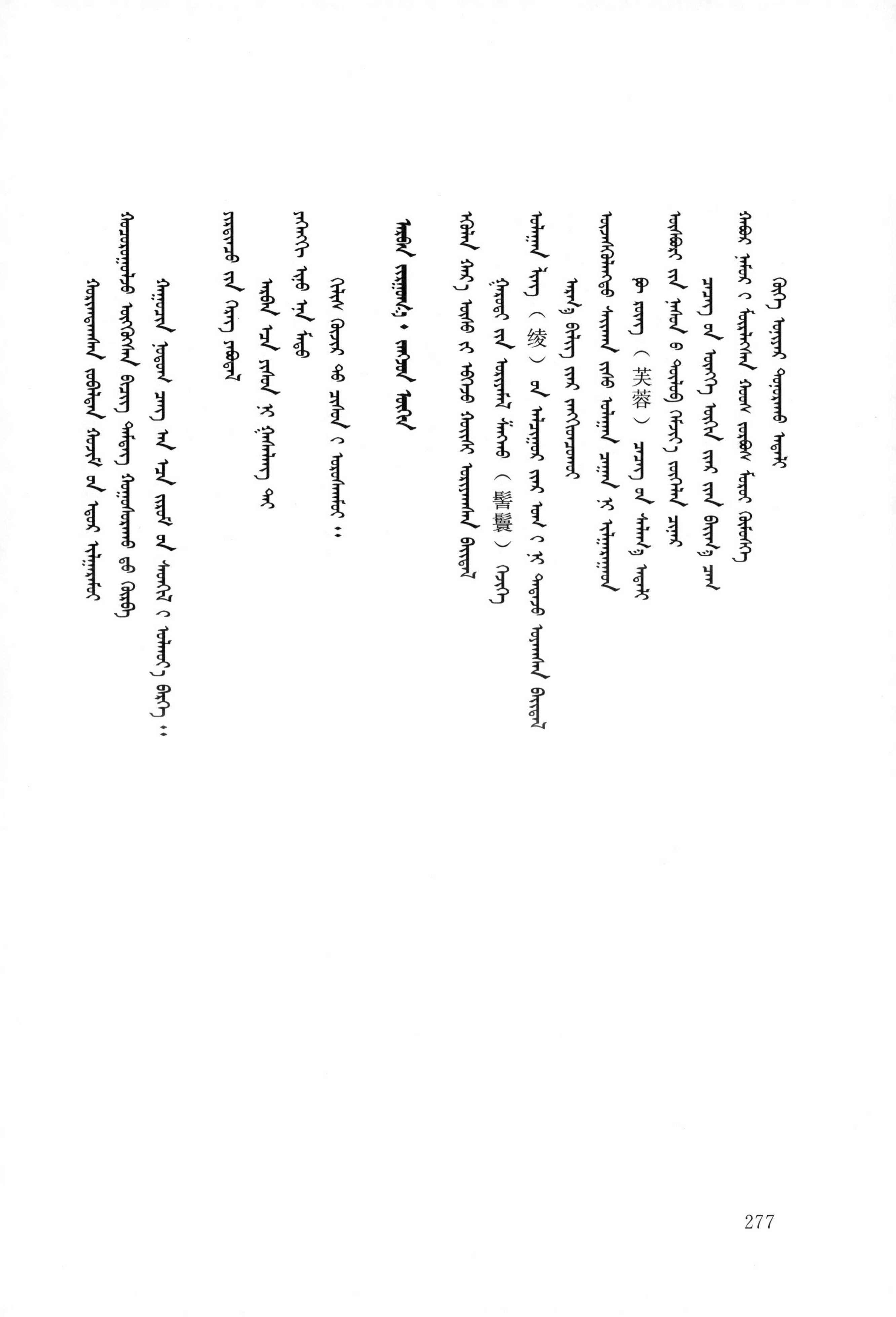

（芙蓉）

（绫）

（髻鬟）

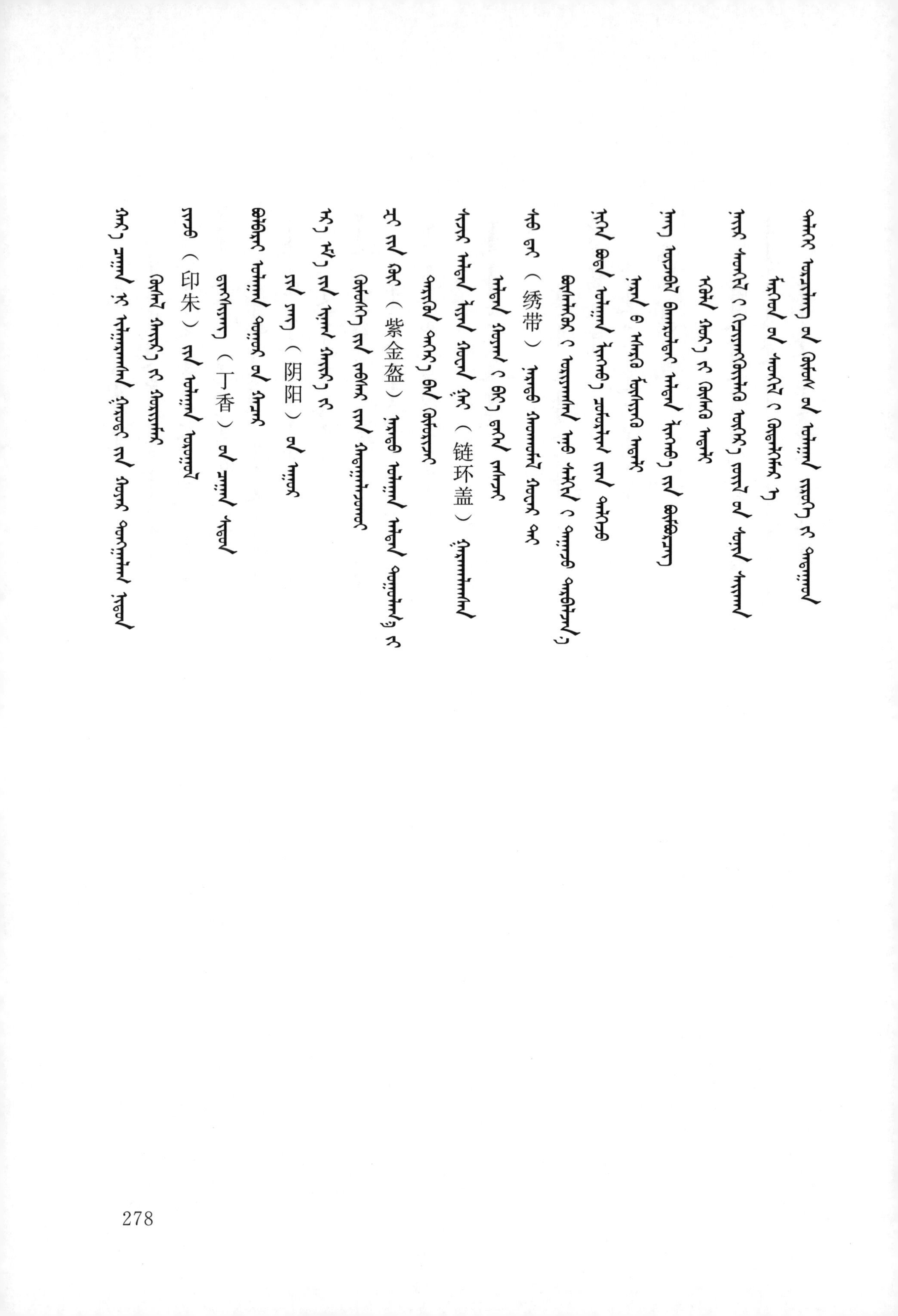

[illegible]

[illegible]

[illegible]

[illegible]

[illegible]（绣带）[illegible]

[illegible]（链环盖）[illegible]

[illegible]（紫金盔）[illegible]

[illegible]（阴阳）[illegible]

[illegible]（丁香）[illegible]

[illegible]（印朱）[illegible]

[illegible]

ᠭᠠᠳᠠᠭᠠᠳᠤ ᠶᠢᠨ ᠰᠤᠳᠤᠯᠤᠭᠴᠢᠳ

ᠲᠡᠷᠡ ᠨᠢᠭᠡ [illegible] ᠮᠠᠰᠢ ᠰᠠᠶᠢᠨ ᠪᠢᠴᠢᠭᠰᠡᠨ

[illegible]

[illegible] （[illegible]） [illegible]

[illegible]

[illegible]

[illegible]

[illegible]

[illegible]

[illegible]

[illegible]

[illegible] （寒秋之魂） [illegible]

[illegible]

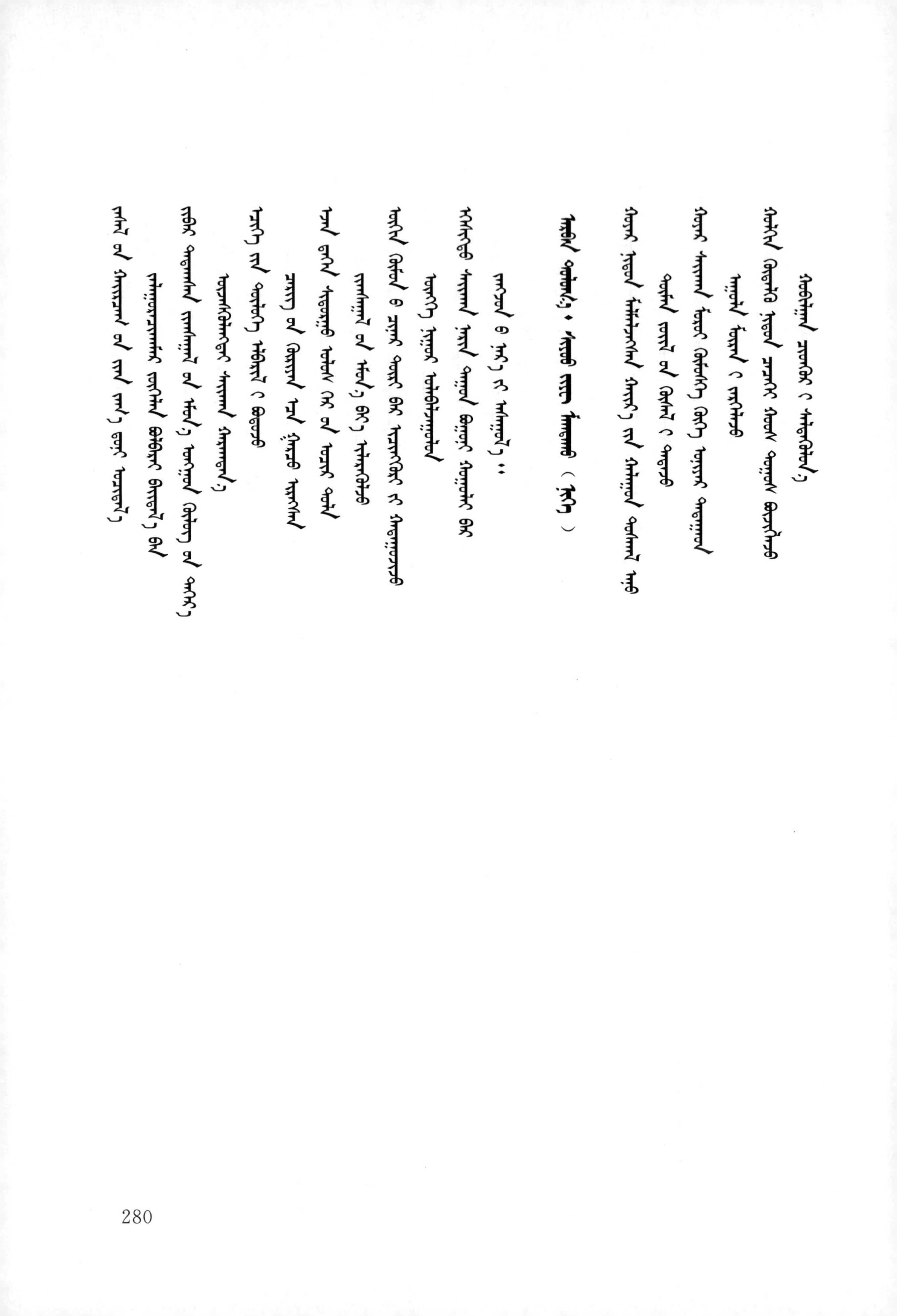

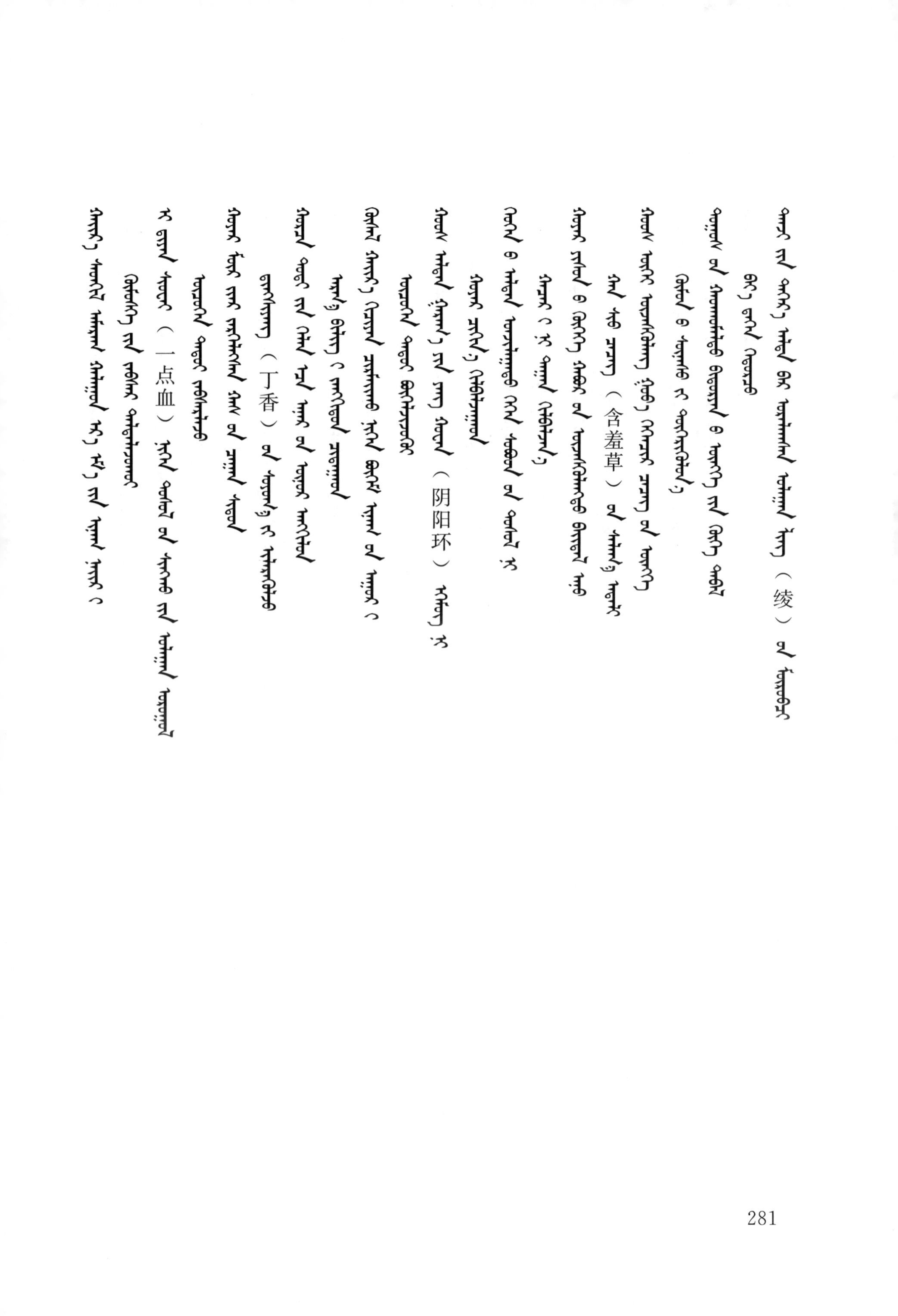

[illegible] （绫） [illegible]
[illegible]
[illegible]
[illegible]
[illegible] （含羞草） [illegible]
[illegible]
[illegible]
[illegible]
[illegible] （阴阳环） [illegible]
[illegible]
[illegible]
[illegible]
[illegible]
[illegible] （丁香） [illegible]
[illegible]
[illegible]
[illegible] （一点血） [illegible]
[illegible]
[illegible]

ᠶᠢᠨ ᠪᠤᠶᠠᠨ ᠪᠢᠳᠡᠨ ᠬᠣᠷ ᠬᠦᠷᠬᠦ（宽袖绫）ᠶᠢᠨ ᠭᠠᠵᠠᠷ ᠳᠠᠯᠠᠢ ᠶᠢᠨ ᠬᠦᠷᠬᠦ᠂
ᠲᠡᠭᠦᠰ ᠰᠠᠷᠠᠯᠠᠭ ᠪᠢᠳᠠᠨ ᠳᠤ ᠬᠢᠷ（凤眼莲）ᠤᠨ ᠪᠣᠭᠤᠷᠴᠠᠭ
ᠭᠦᠰᠡᠨ ᠬᠣ ᠪᠣ ᠳᠤ ᠰᠠᠶᠢᠨ ᠶᠢ ᠲᠦᠷᠦᠭ（两袖补完天地阙）ᠰᠠᠶᠢ ᠭᠡᠷᠡᠯ ᠢ ᠰᠠᠭᠤᠯᠭᠠᠨ᠂

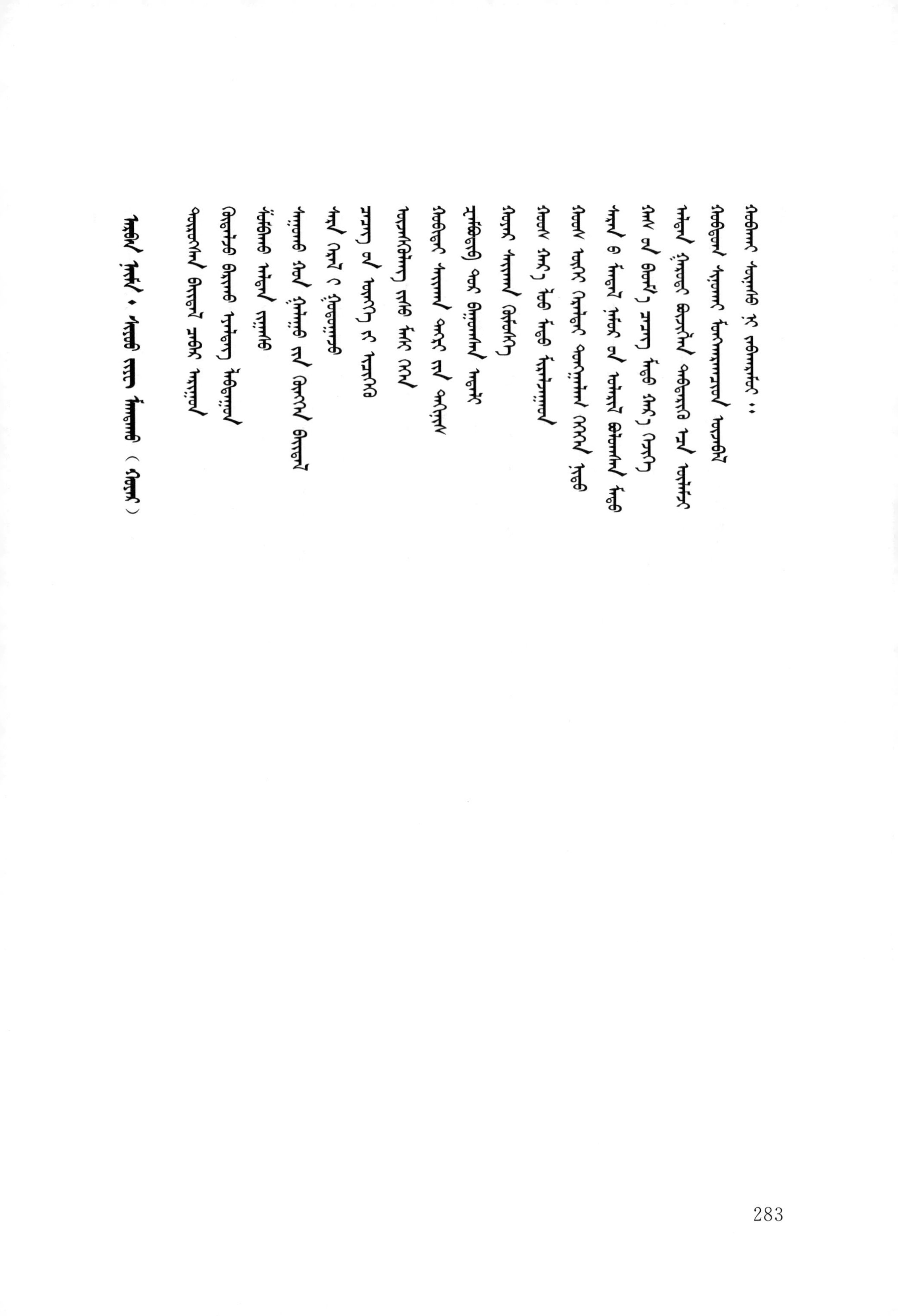

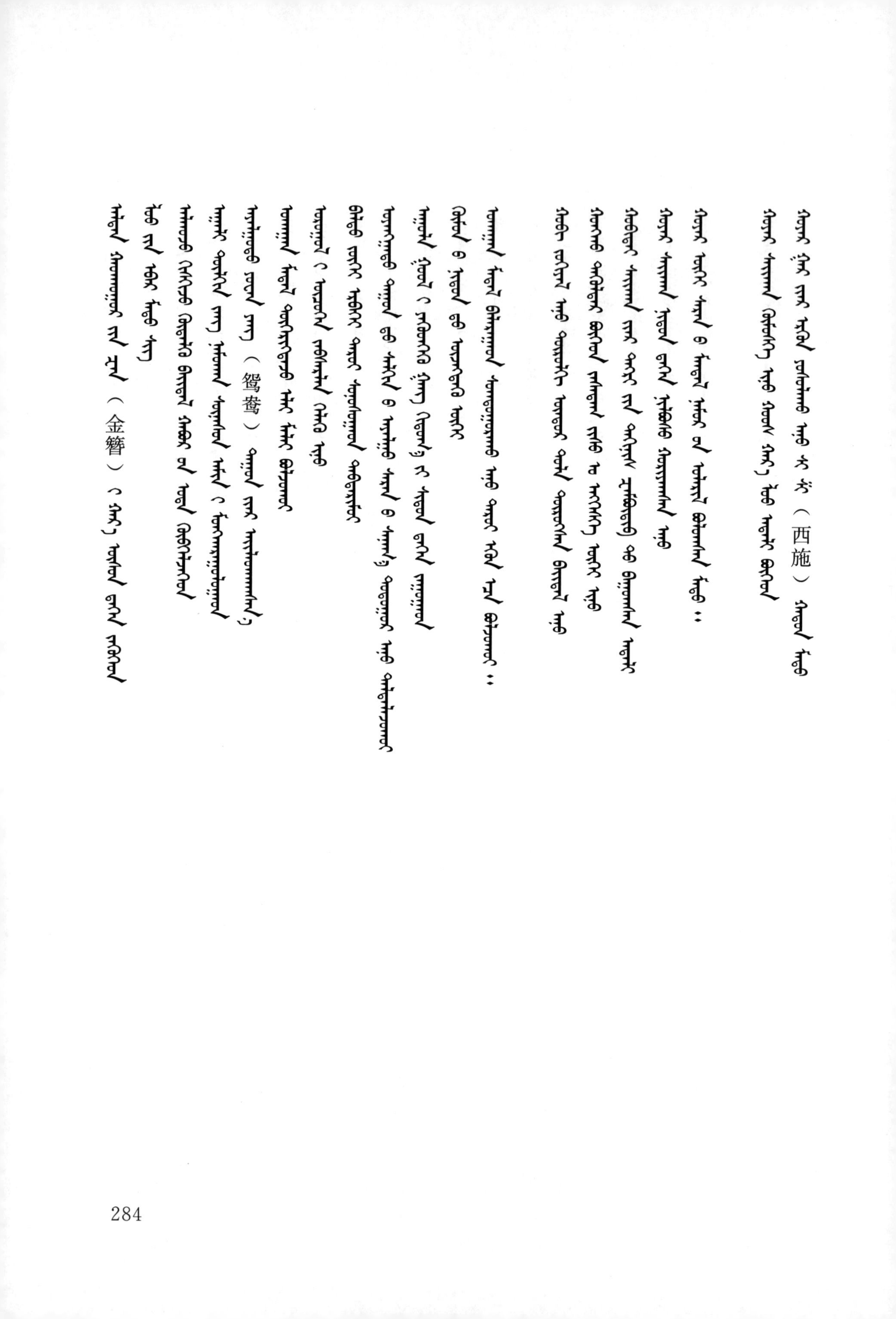

[illegible] （西施） [illegible]

[illegible]

[illegible] （鸳鸯） [illegible]

[illegible] （金簪） [illegible]

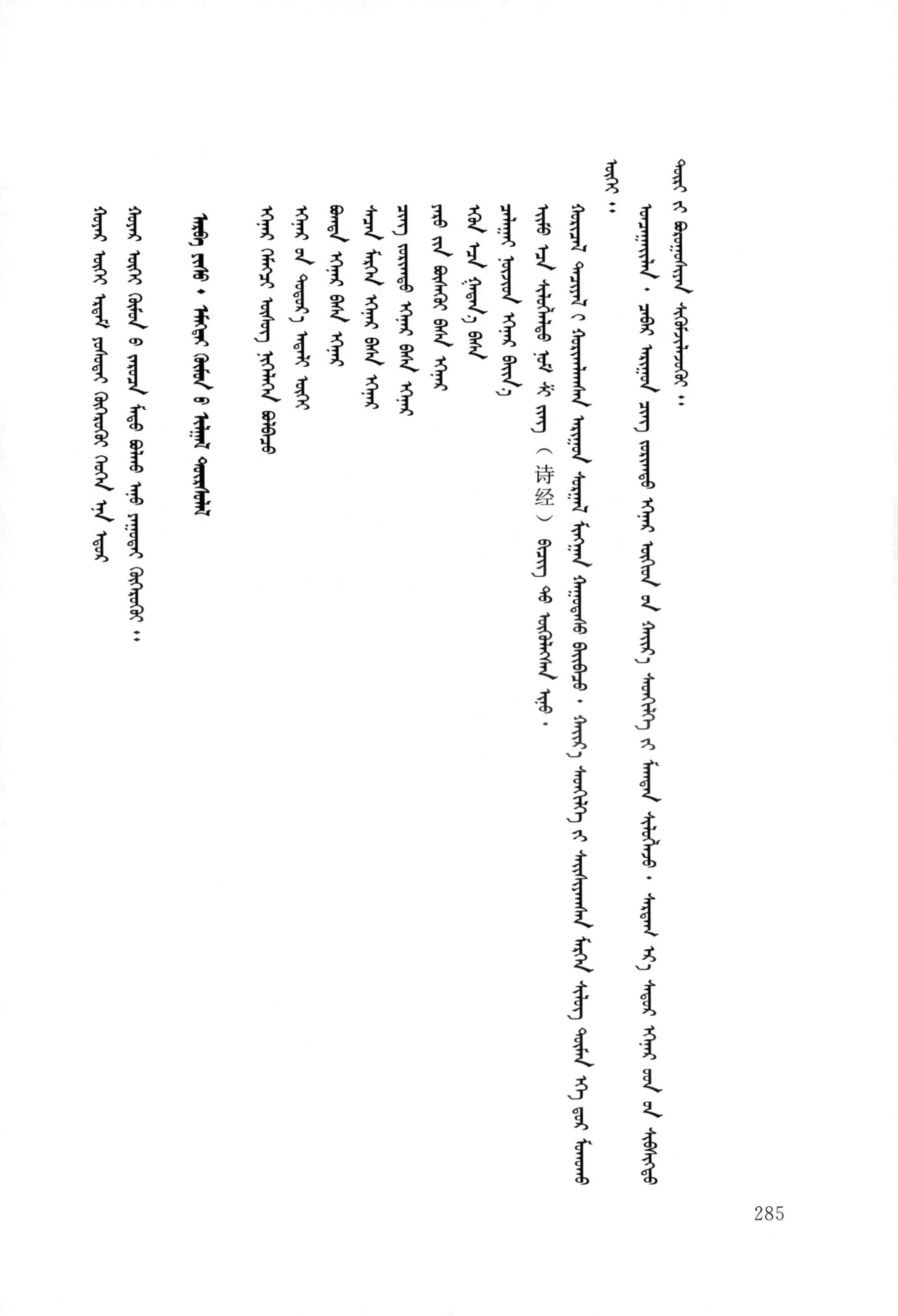

（诗经）

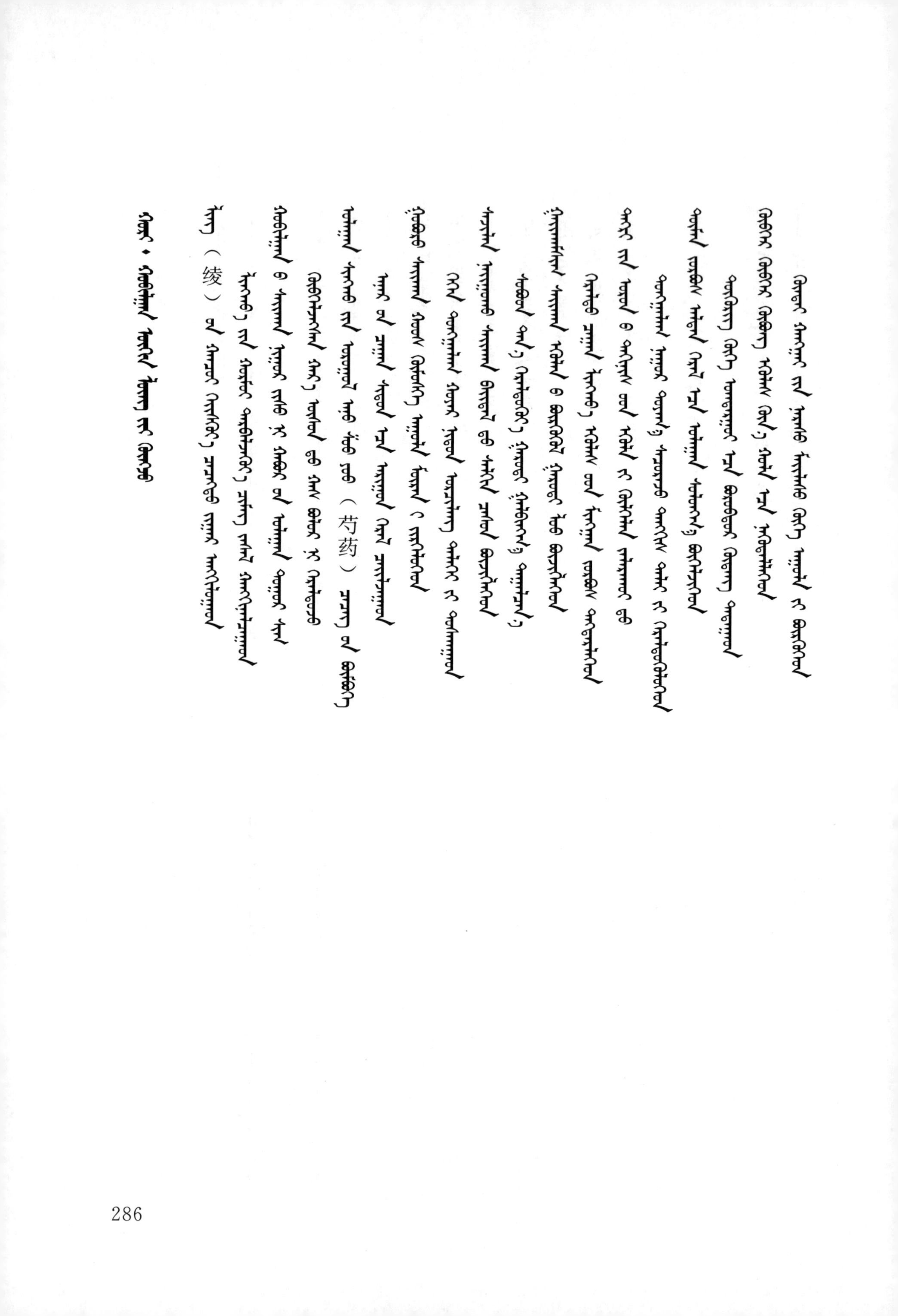

ᠬᠦᠰᠦᠨᠦᠭ （续） ᠦᠨ ᠦᠷᠭᠦᠯᠵᠢᠯᠡᠯ ᠡᠮᠨᠡᠯᠭᠡ ᠳᠦ ᠬᠡᠷᠡᠭᠯᠡᠭᠰᠡᠨ
ᠲᠣᠭᠲᠠᠭᠠᠯ ᠳᠦ ᠬᠡᠮᠵᠢᠶ᠎ᠡ ᠶᠢᠨ ᠰᠠᠭᠤᠷᠢ （芍药） ᠡᠮ ᠦᠨ ᠪᠠᠷᠢᠮᠲᠠ

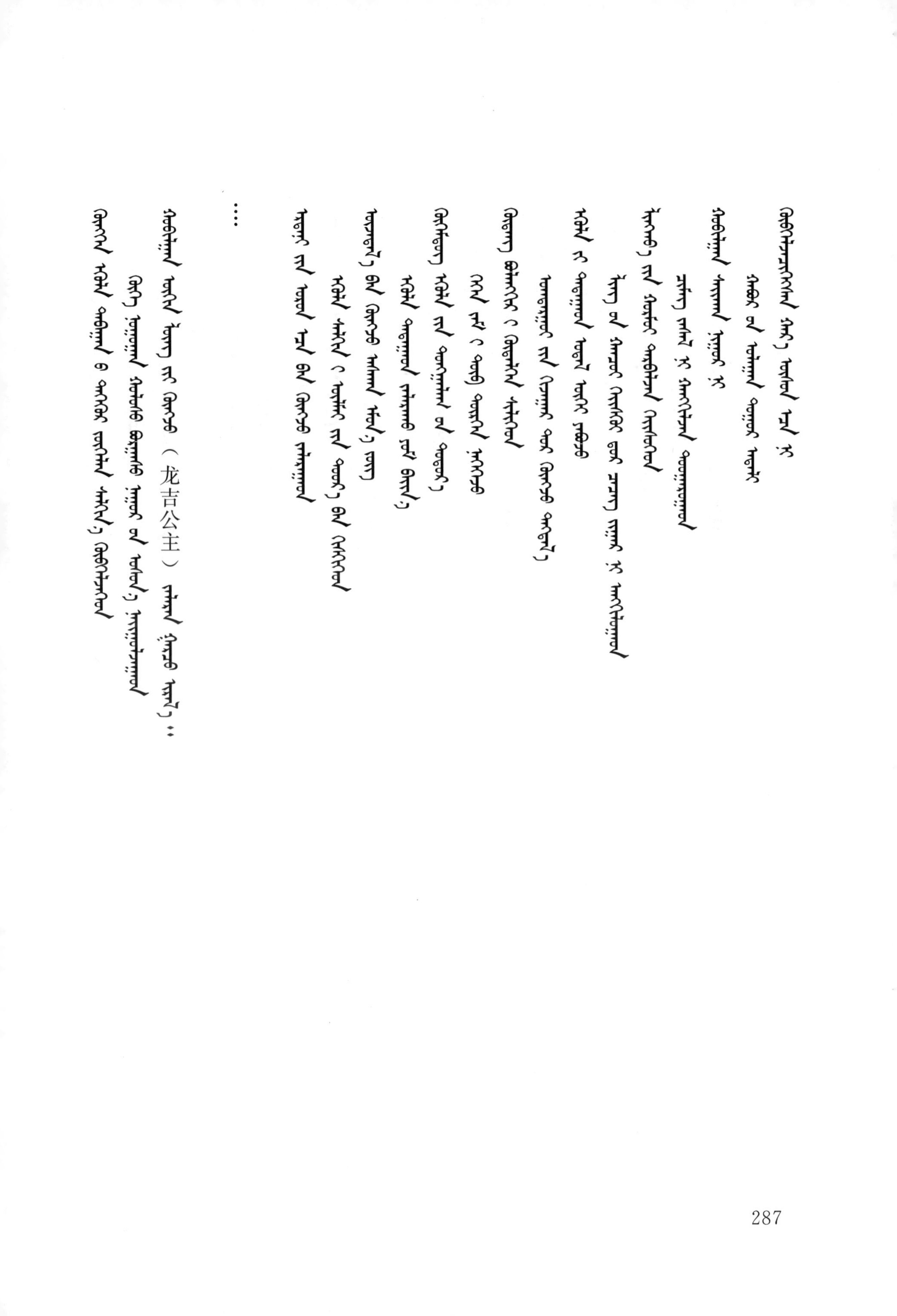

……

ᠰᠣᠪᠤᠭᠤᠨ ᠲᠡᠷᠡᠯ ᠬᠠᠮᠠᠭ ᠤᠨ ᠪᠠᠶᠢᠭᠤ（龙吉公主） ᠭᠦᠩᠵᠦ ᠭᠡᠮᠡᠨ ᠬᠡᠯᠡᠪᠡ ::

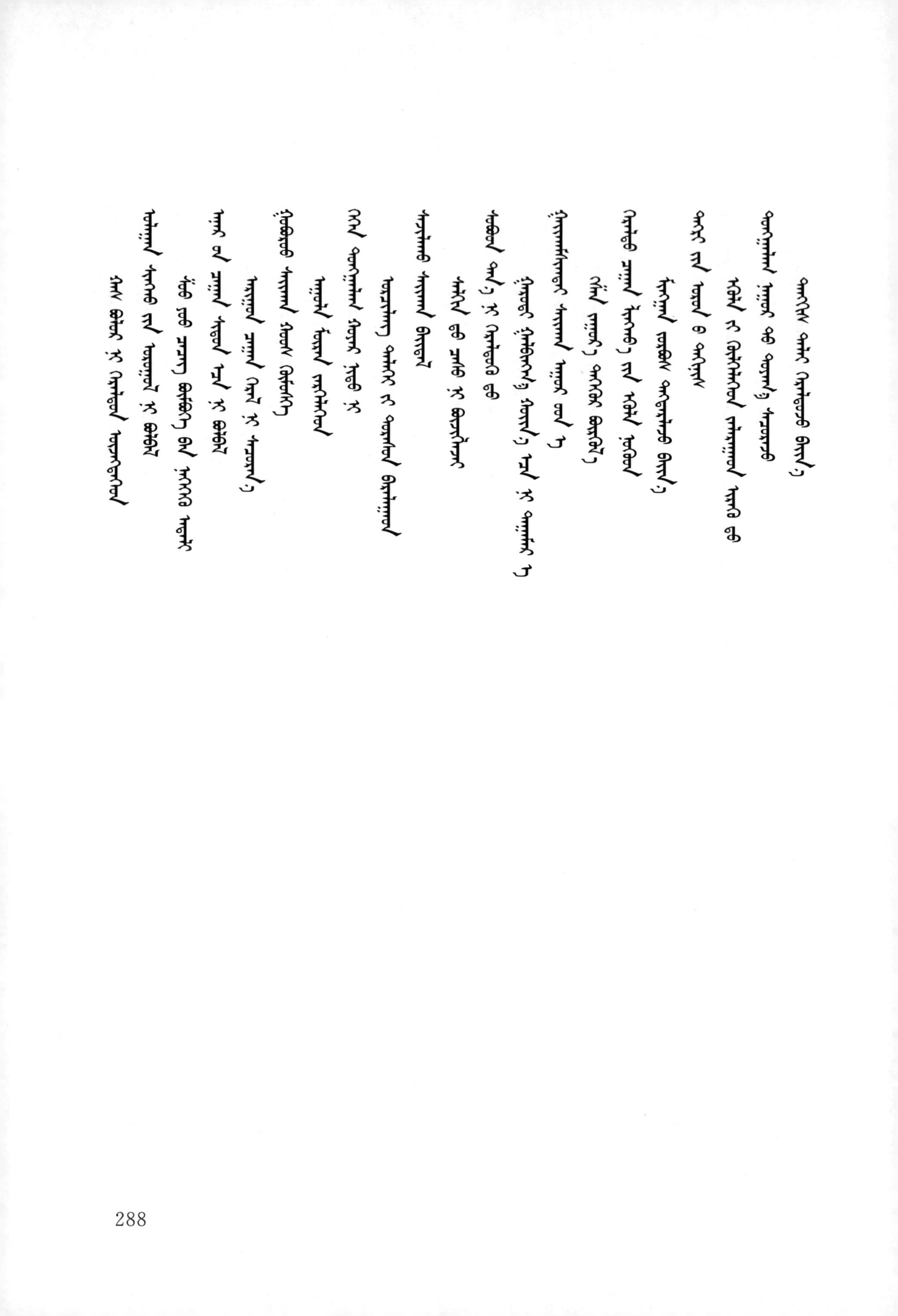

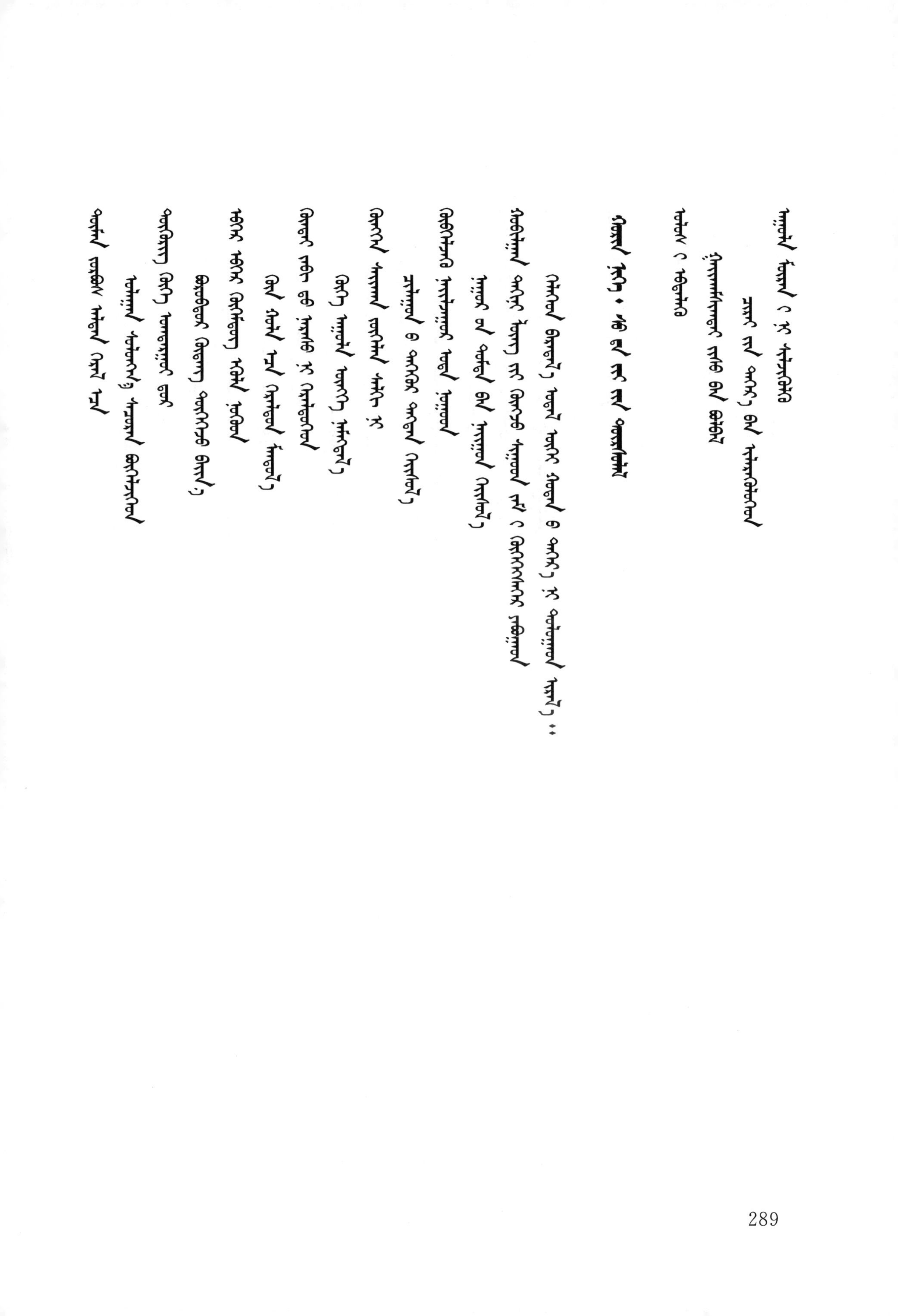

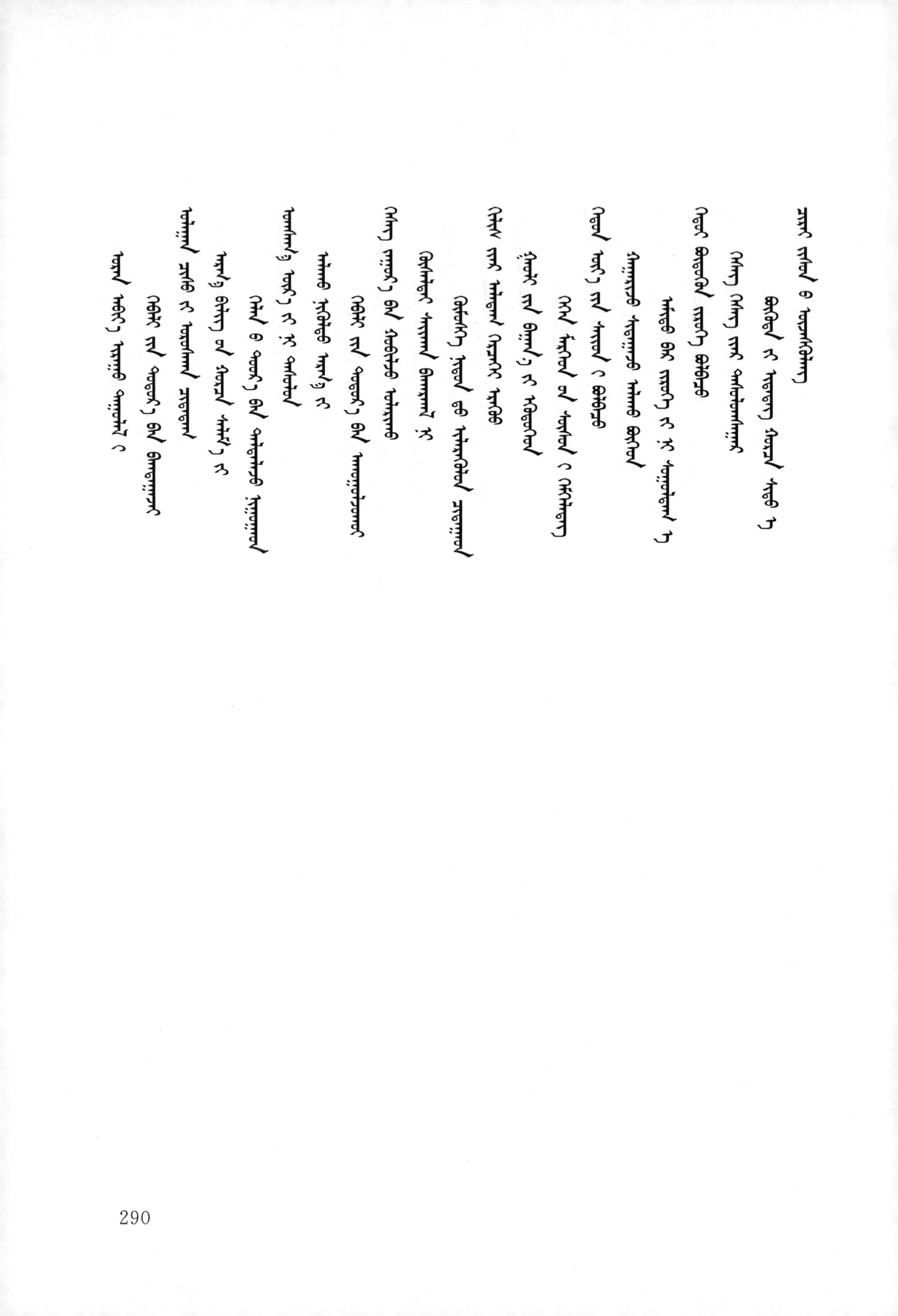

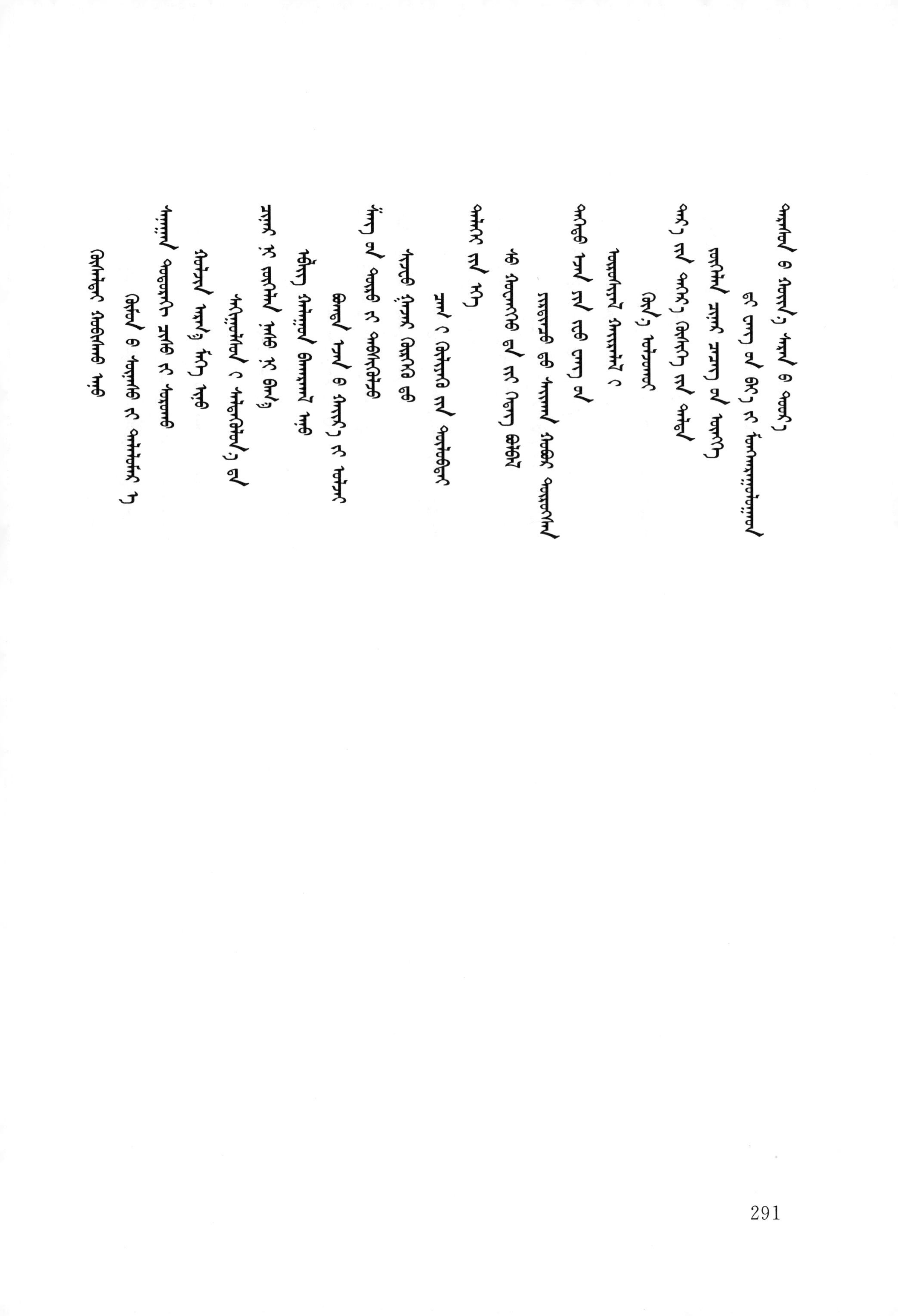

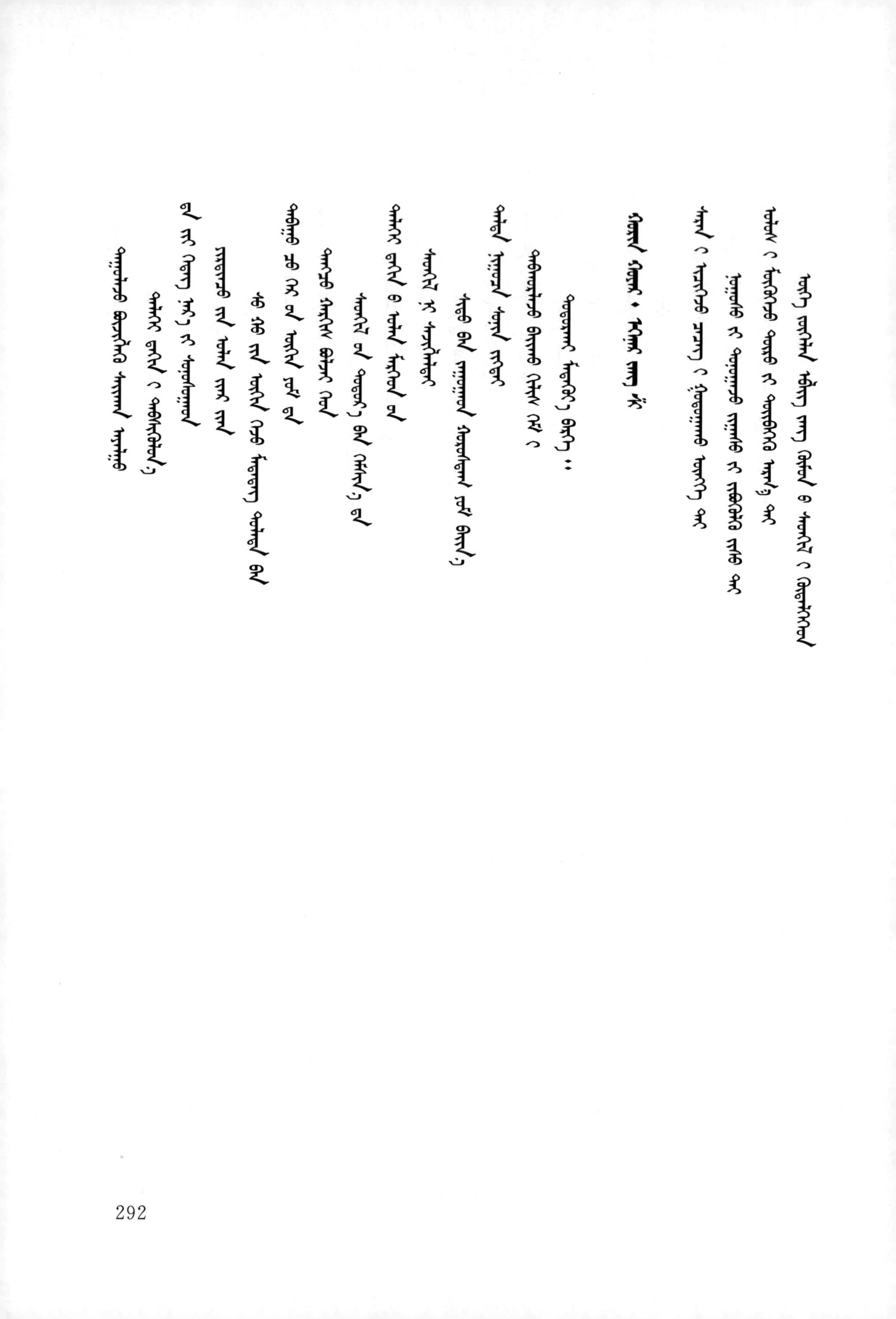

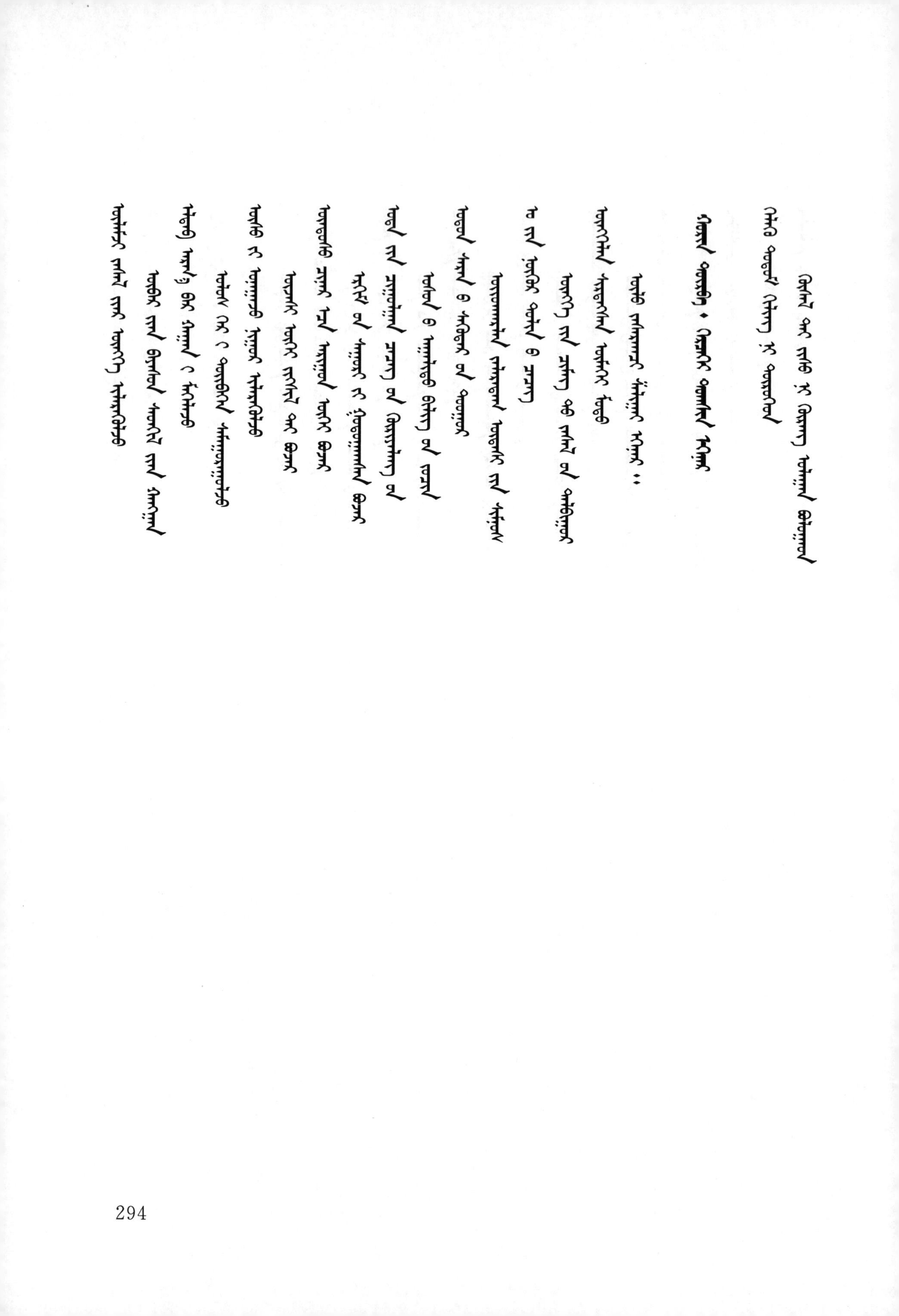

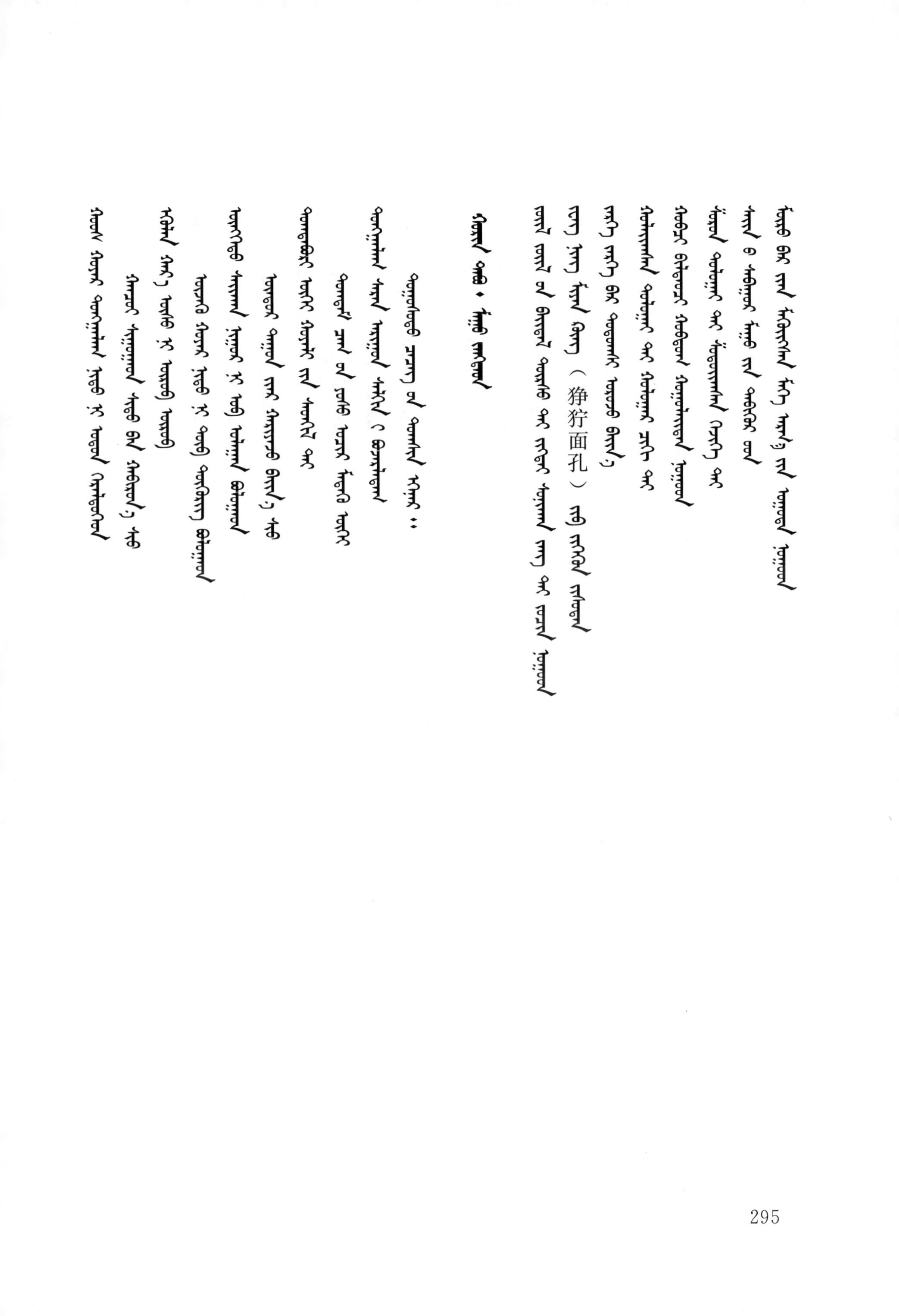

ᠲᠠᠨ ᠳᠤ ᠬᠠᠷᠢᠨ ᠬᠡᠯᠡᠨ（狰狞面孔）ᠢᠶᠡᠷ ᠳᠠᠶᠠᠷᠢᠯ ᠳᠠᠶᠠᠷᠢᠯ

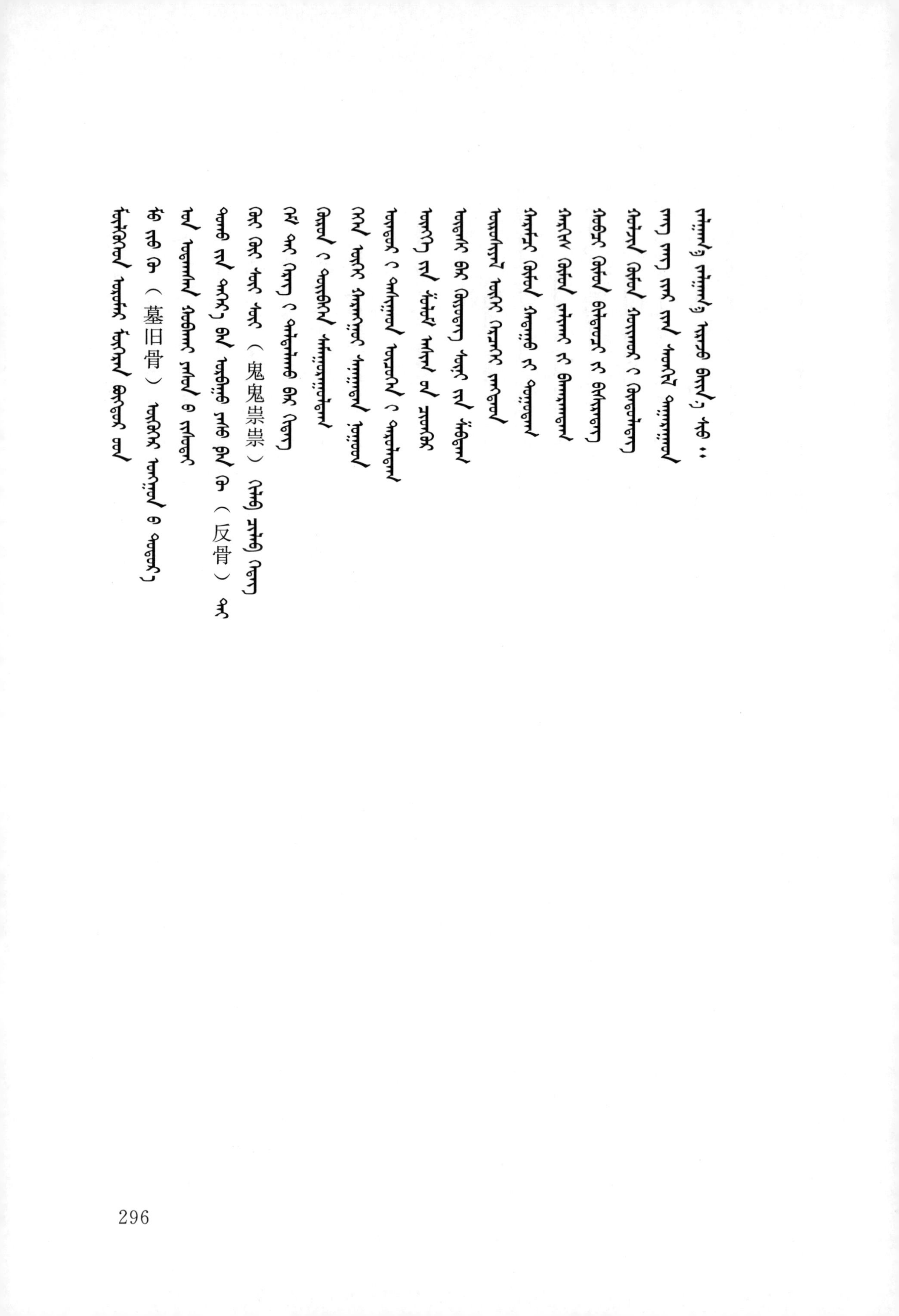

ᠬᠡ ᠶᠡᠭᠦ ᠪᠡ （墓旧骨） ᠲᠣᠭᠣᠷᠢᠭ ᠲᠠᠰᠤᠷᠠᠯ ᠤᠨ ᠪᠣᠭᠣᠯᠣᠨ
ᠣᠷᠤᠭ ᠰᠢᠨ ᠣᠷᠤᠭᠤ ᠪᠡᠷ ᠲᠣᠭᠣᠯᠣᠭ ᠰᠠᠶᠢ ᠪᠡᠶ ᠡ （反骨） ᠭᠡ
ᠬᠤᠷ ᠬᠤᠷ ᠬᠢᠷ ᠬᠢᠷ （鬼鬼祟祟） ᠬᠤᠯᠤᠭᠠᠢᠴᠢ ᠬᠡᠮᠡᠨ

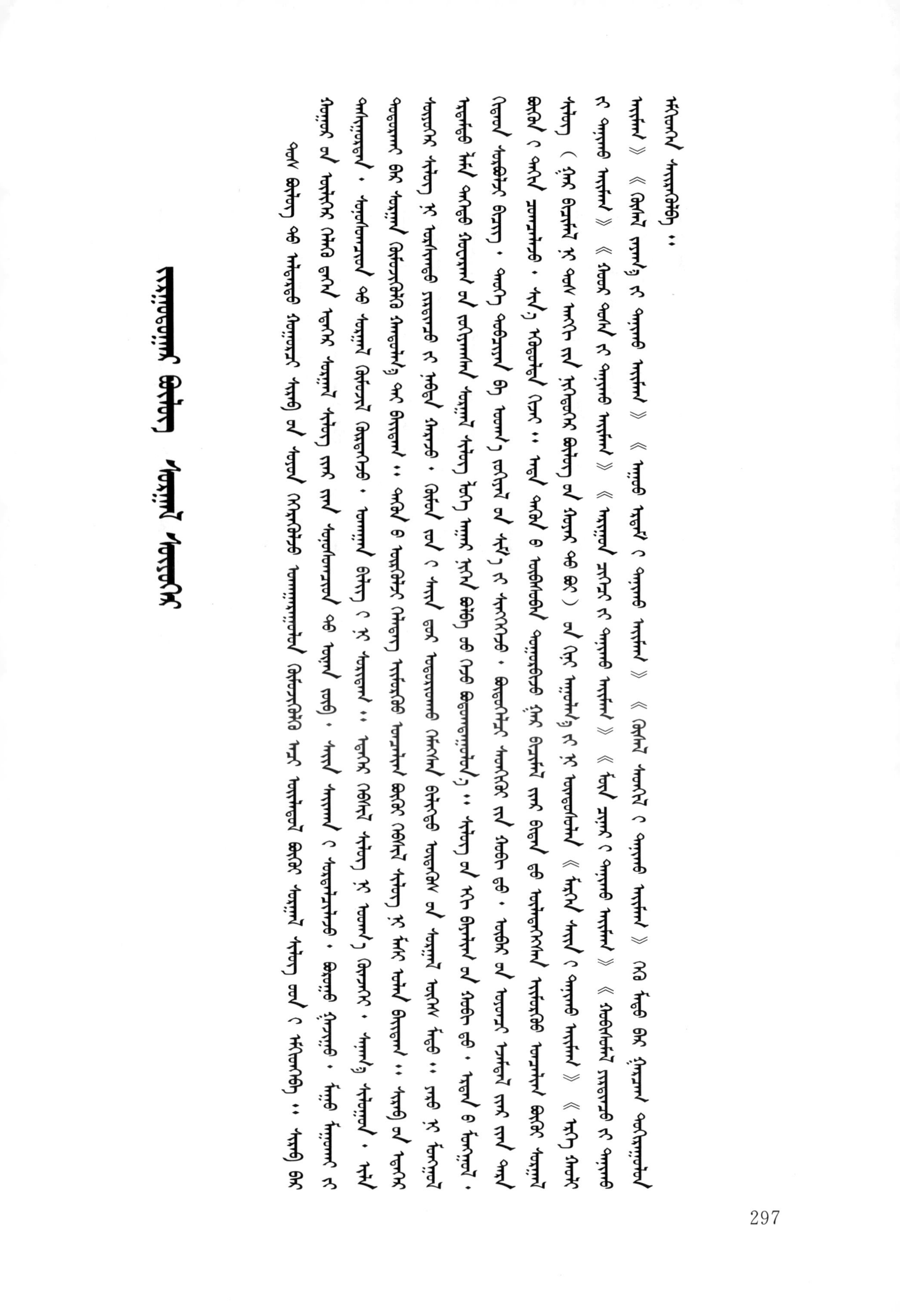

[illegible]

[illegible]

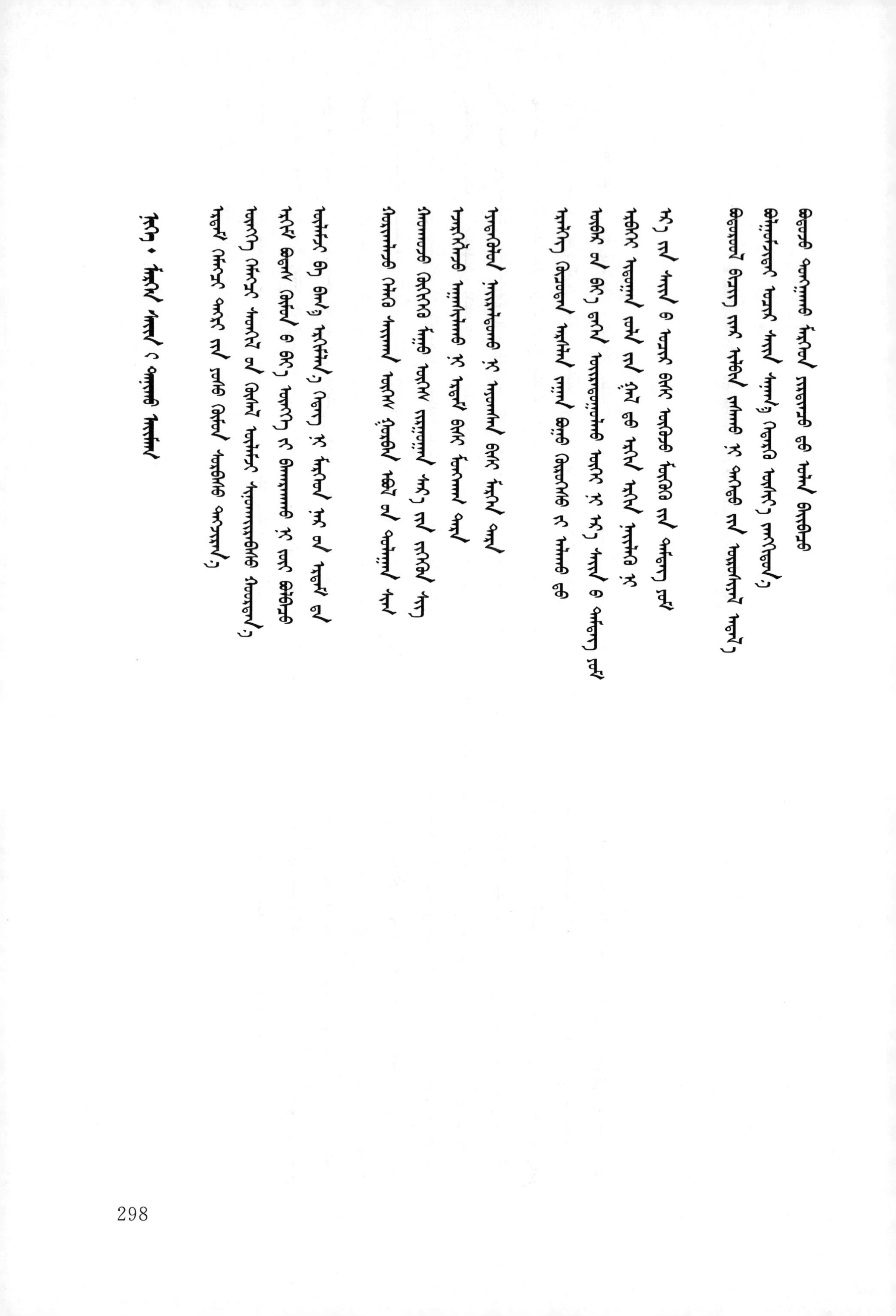

[illegible]

[illegible]
[illegible]
[illegible]
[illegible]

[illegible]
[illegible]
[illegible]
[illegible]

[illegible]
[illegible]
[illegible]
[illegible]

[illegible]
[illegible]
[illegible]

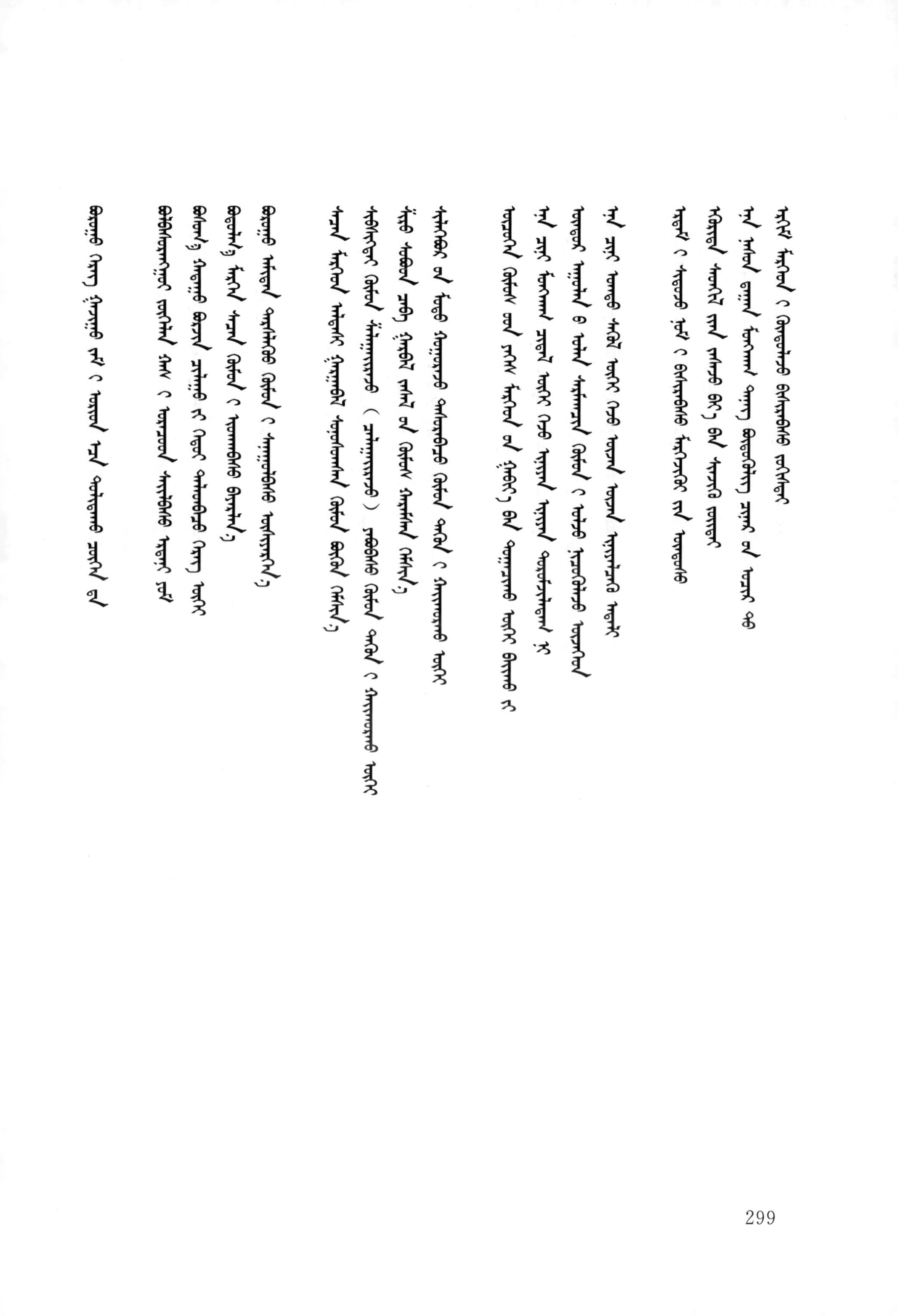

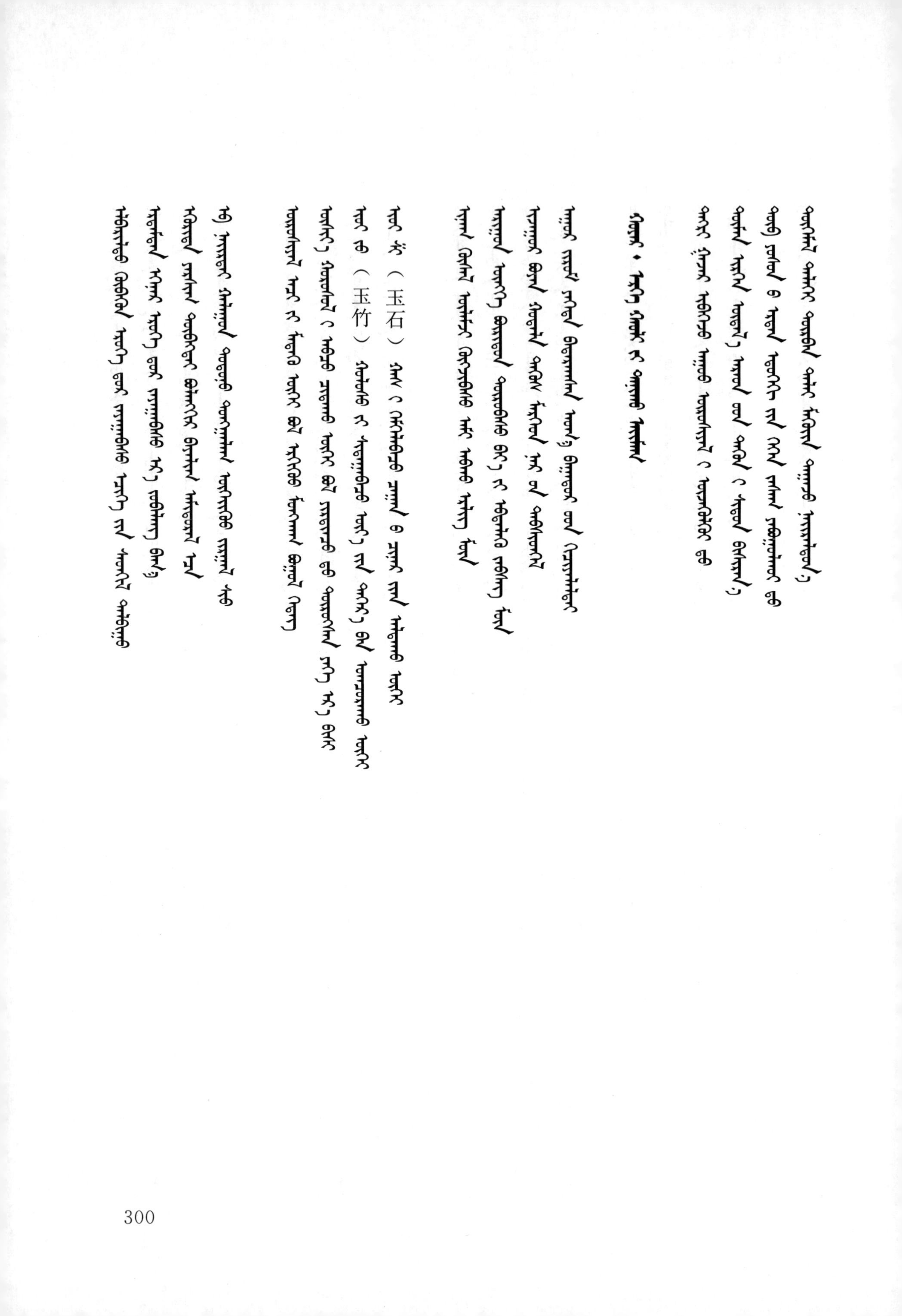

（玉石）

（玉竹）

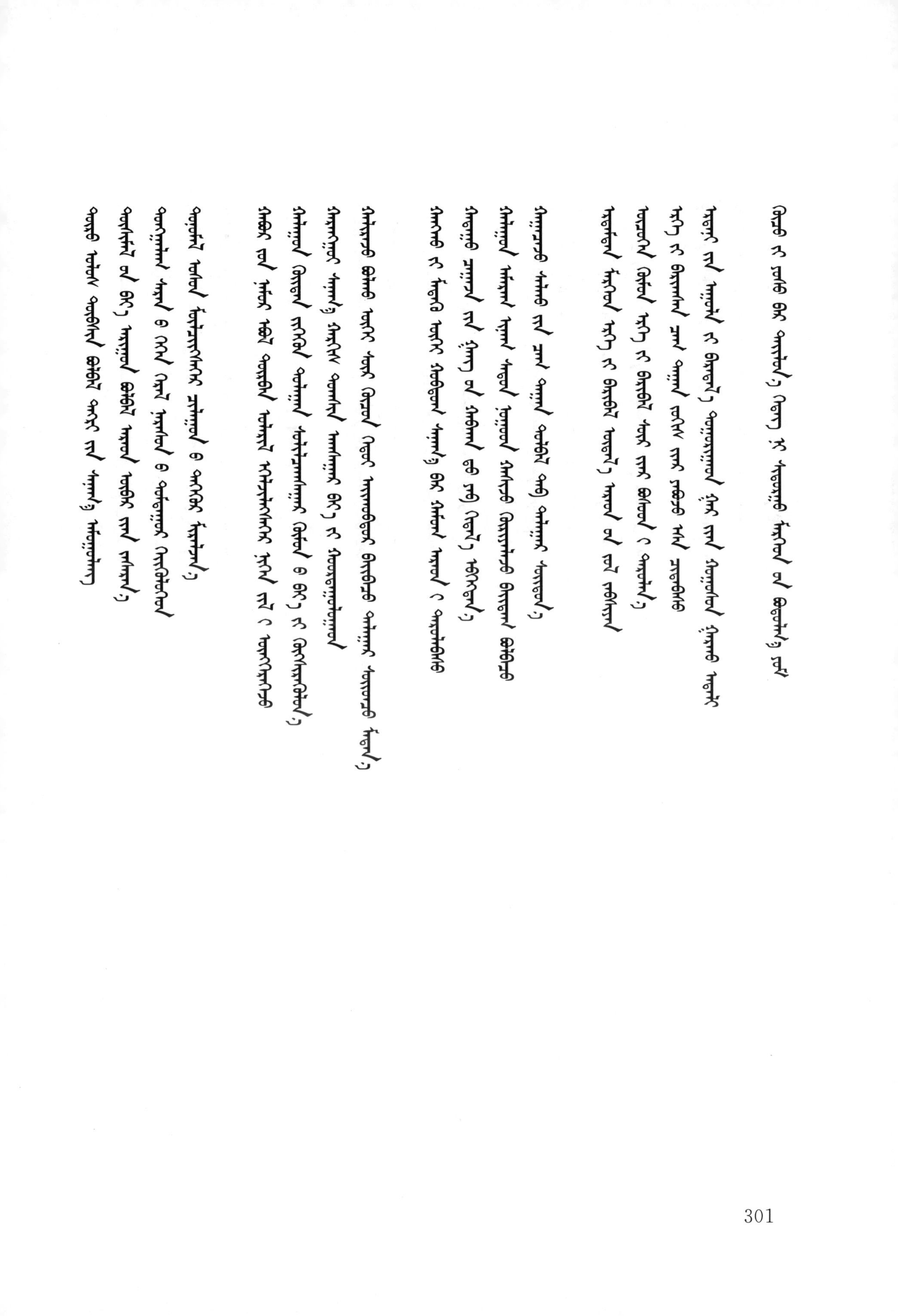

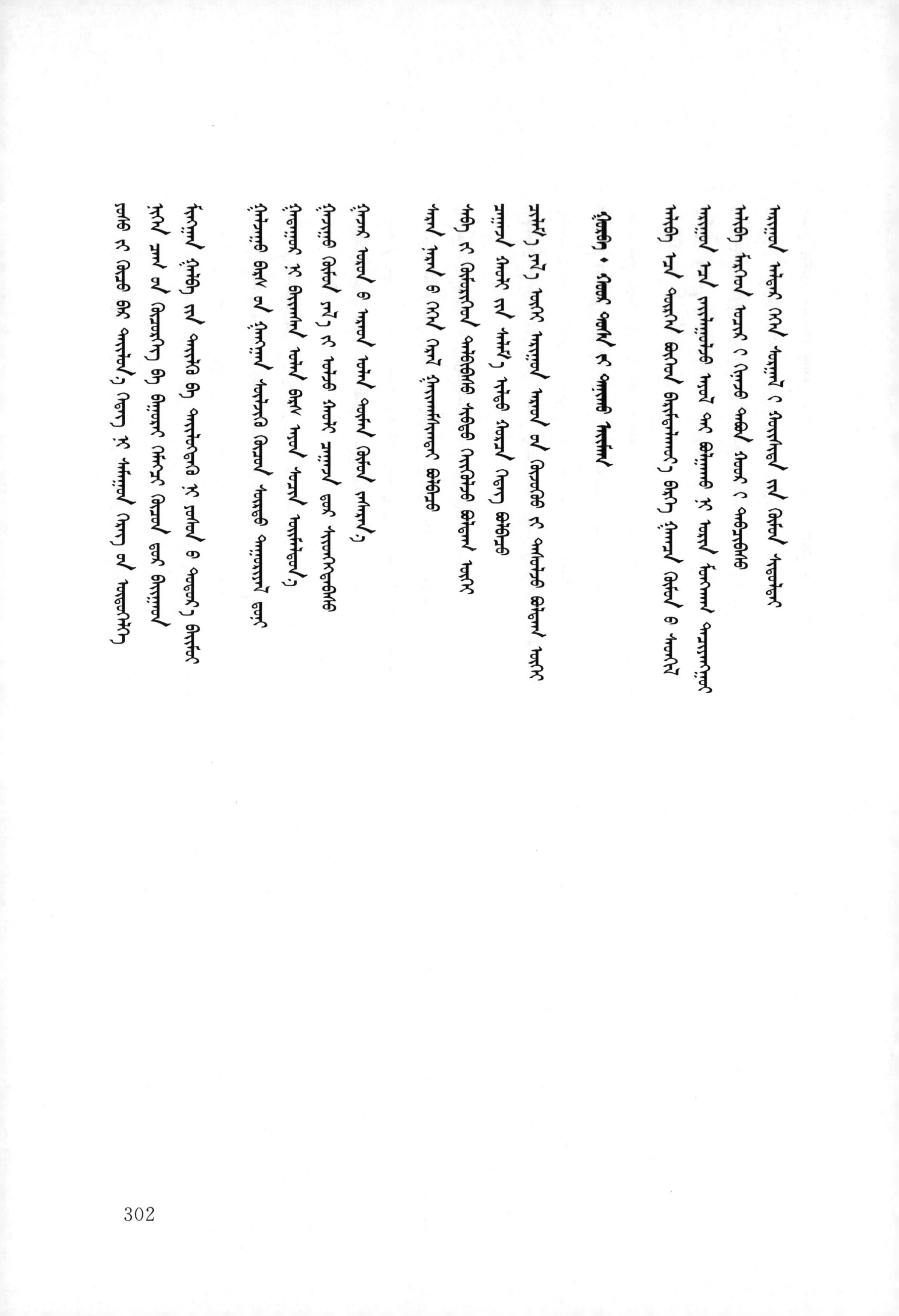

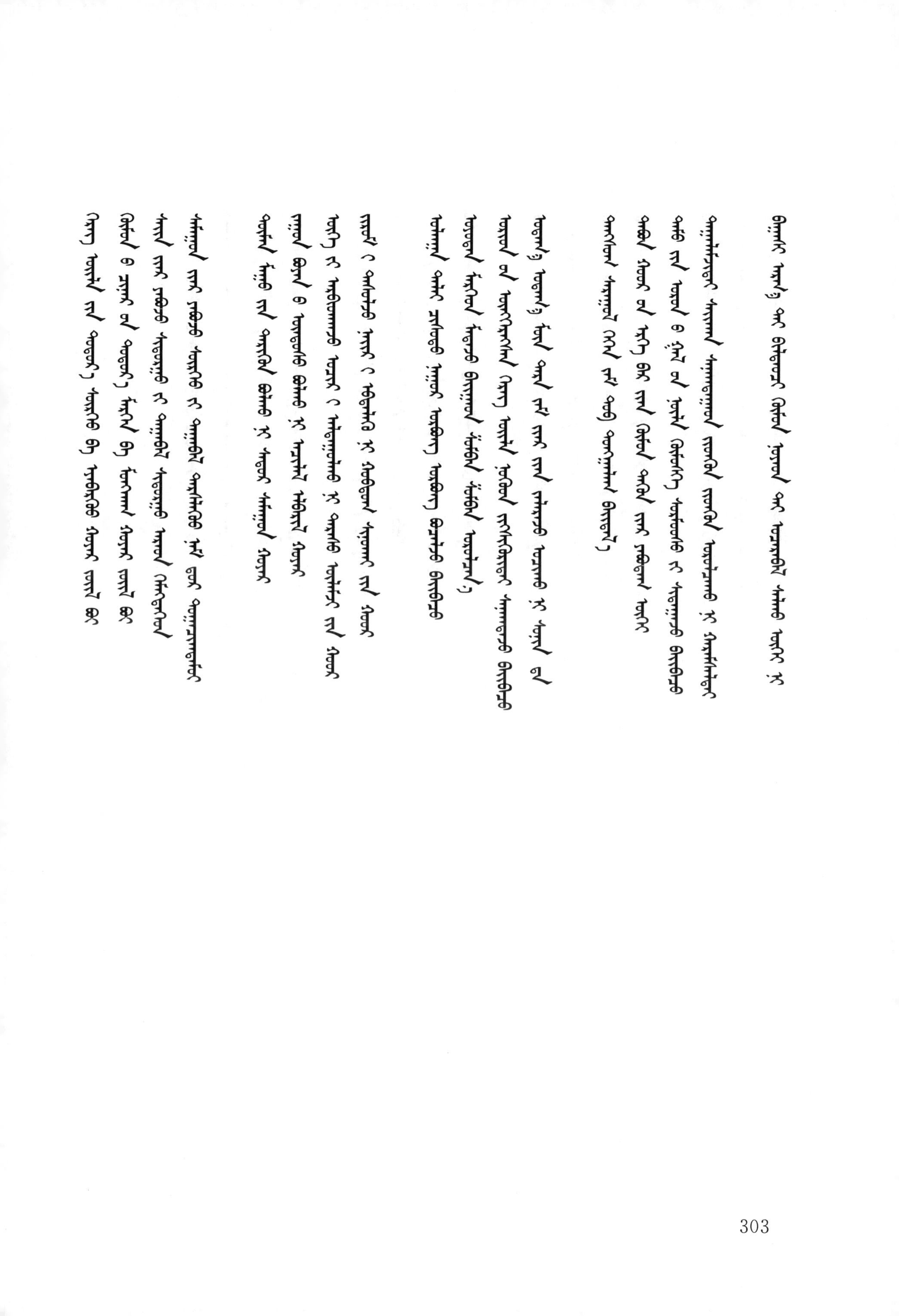

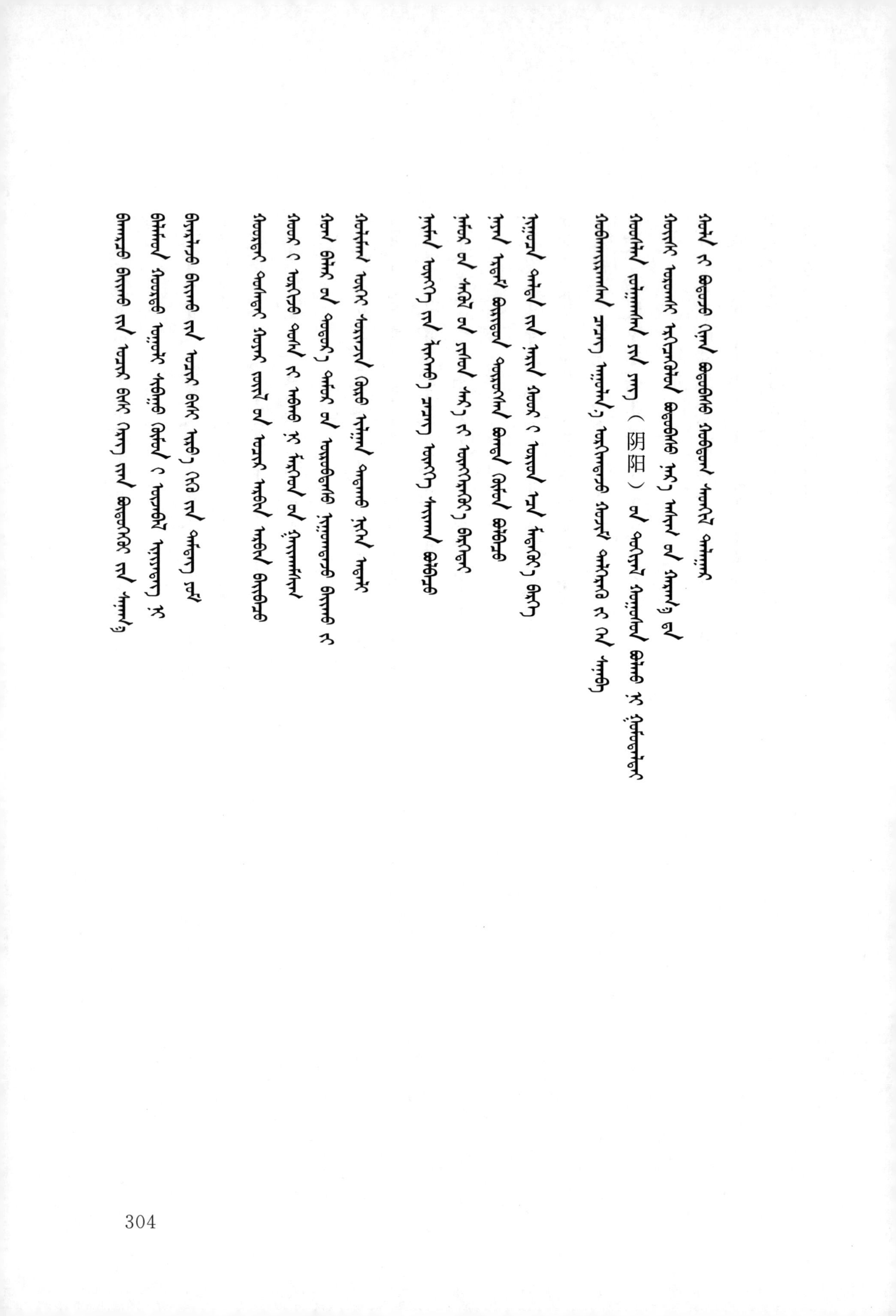

[illegible]
[illegible]
[illegible] （阴阳） [illegible]
[illegible]

[illegible]
[illegible]
[illegible]
[illegible]

[illegible]
[illegible]
[illegible]
[illegible]

[illegible]
[illegible]
[illegible]

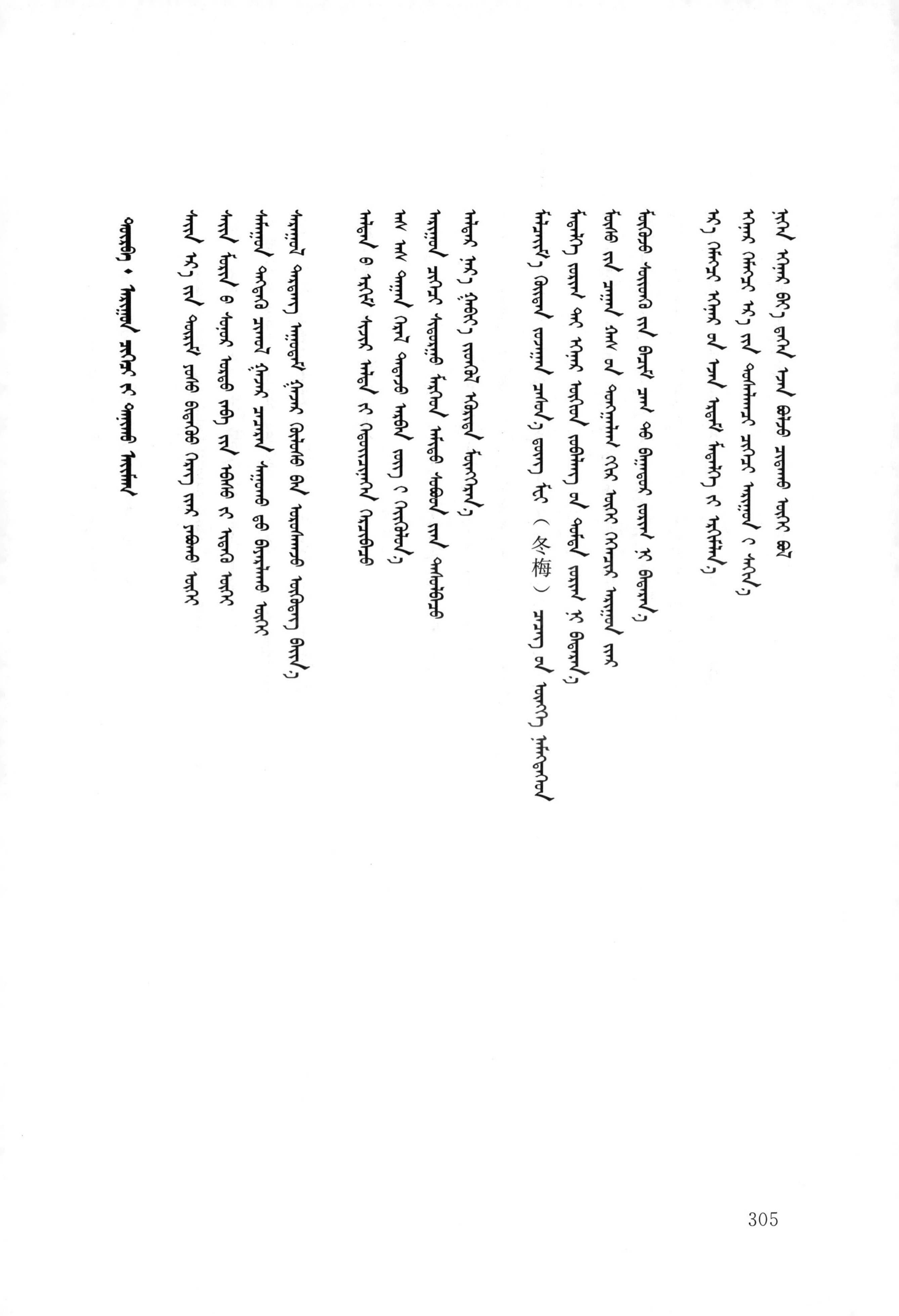

（冬梅）

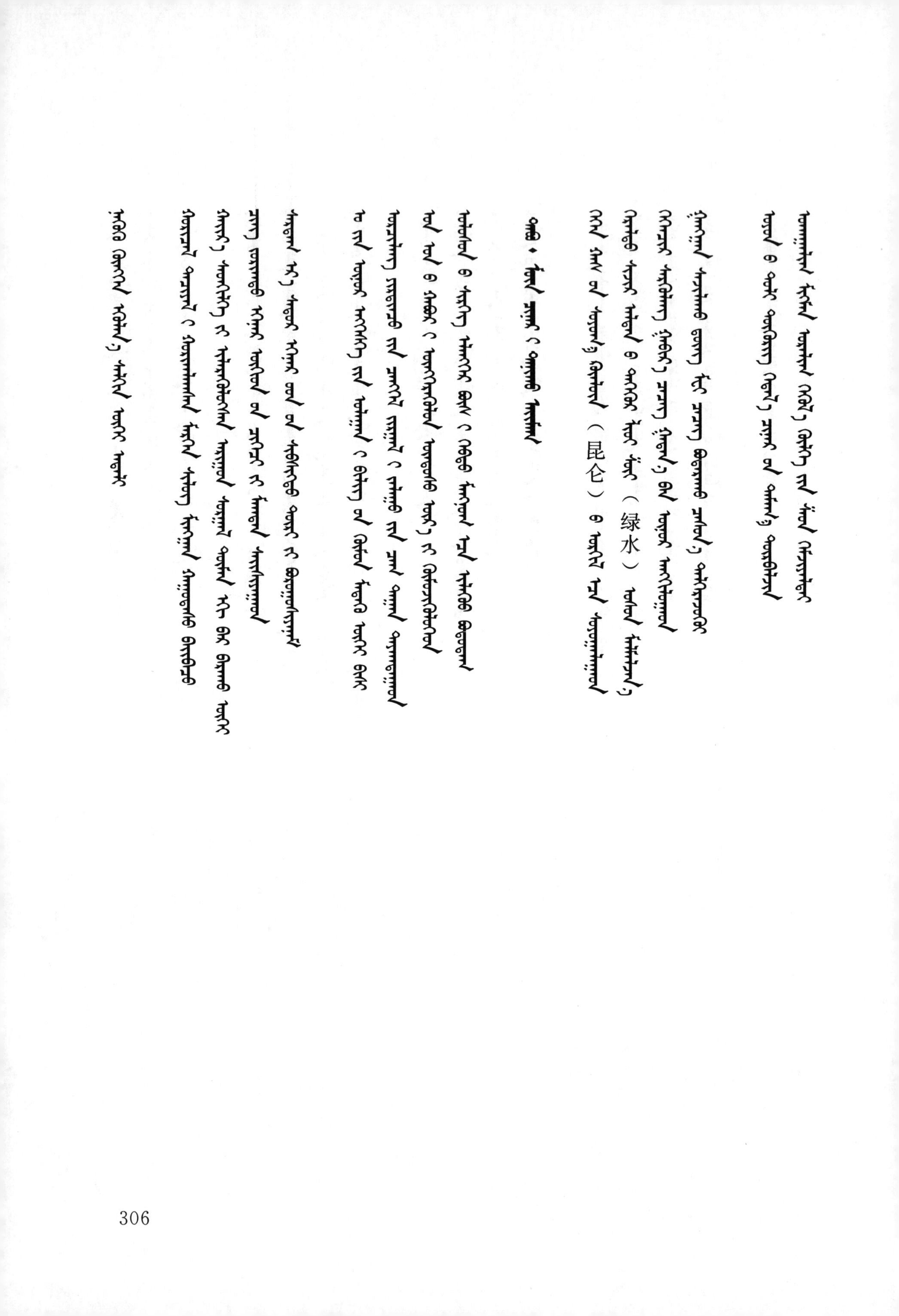

（绿水）

（昆仑）

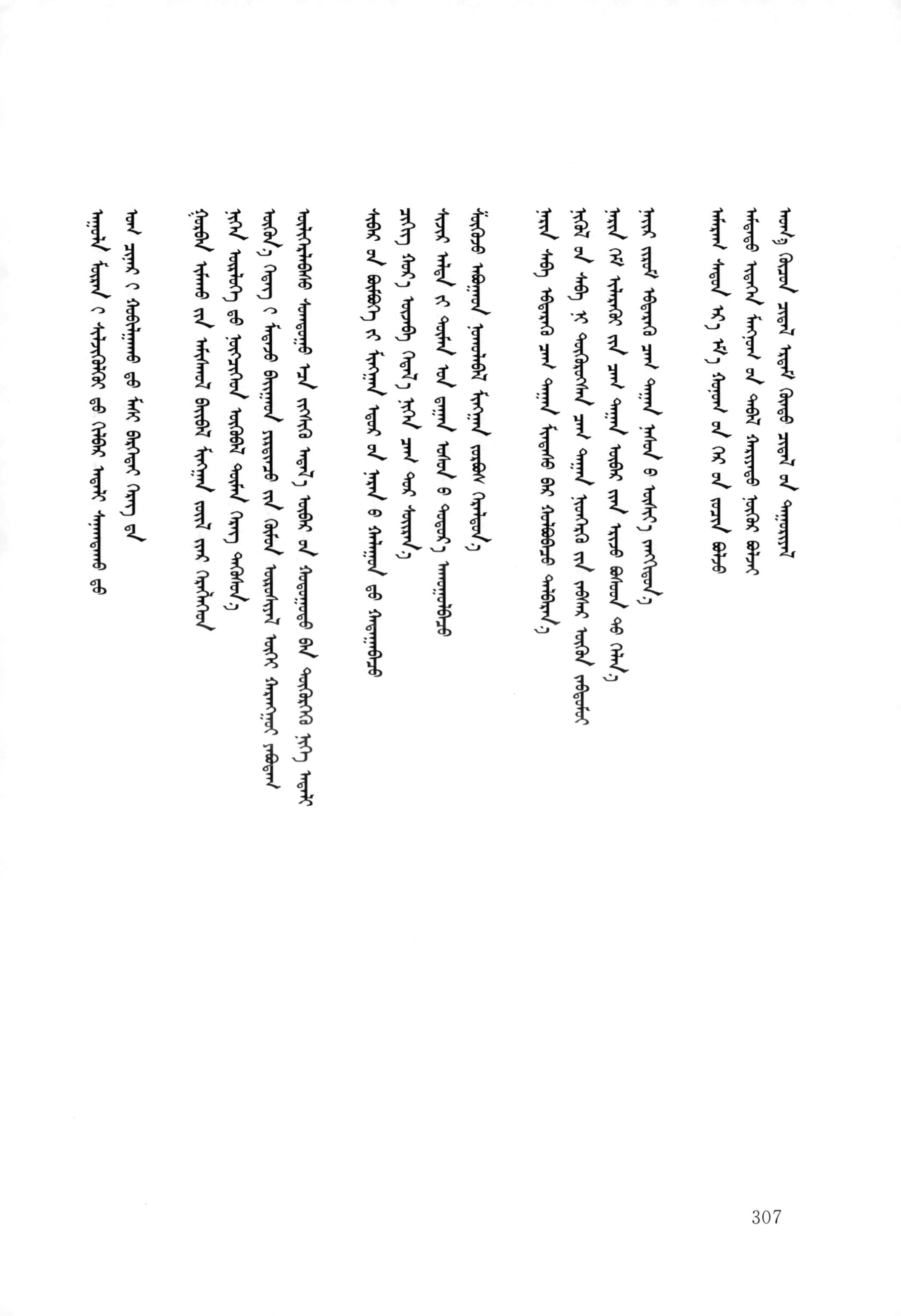

[illegible]
[illegible]
[illegible]

[illegible]
[illegible]
[illegible]
[illegible]

[illegible]
[illegible]
[illegible]
[illegible]

[illegible]
[illegible]
[illegible]
[illegible]

[illegible]
[illegible]

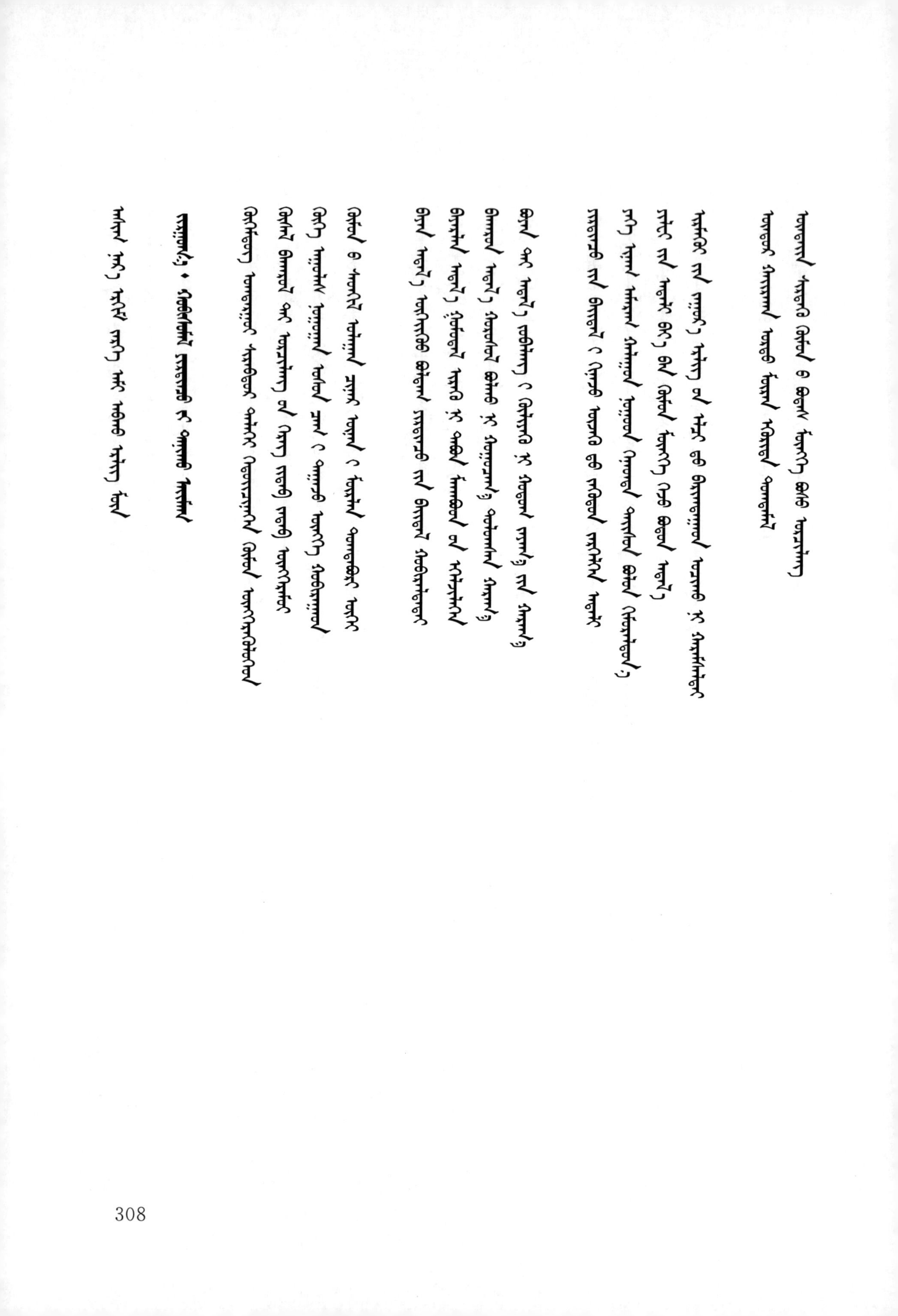

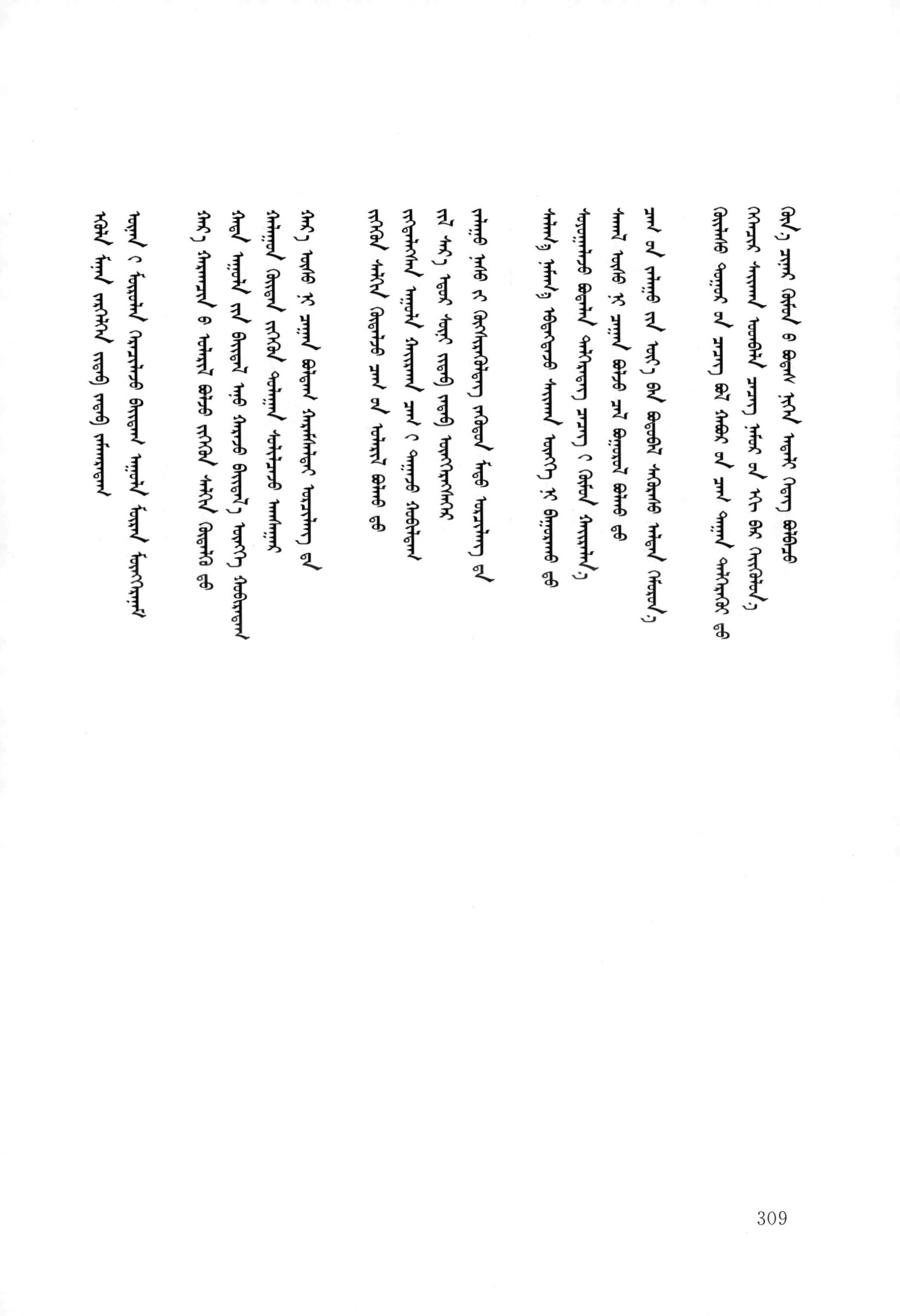

[illegible]
[illegible]
[illegible]

[illegible]
[illegible]
[illegible]
[illegible]

[illegible]
[illegible]
[illegible]
[illegible]

[illegible]
[illegible]
[illegible]
[illegible]

[illegible]
[illegible]

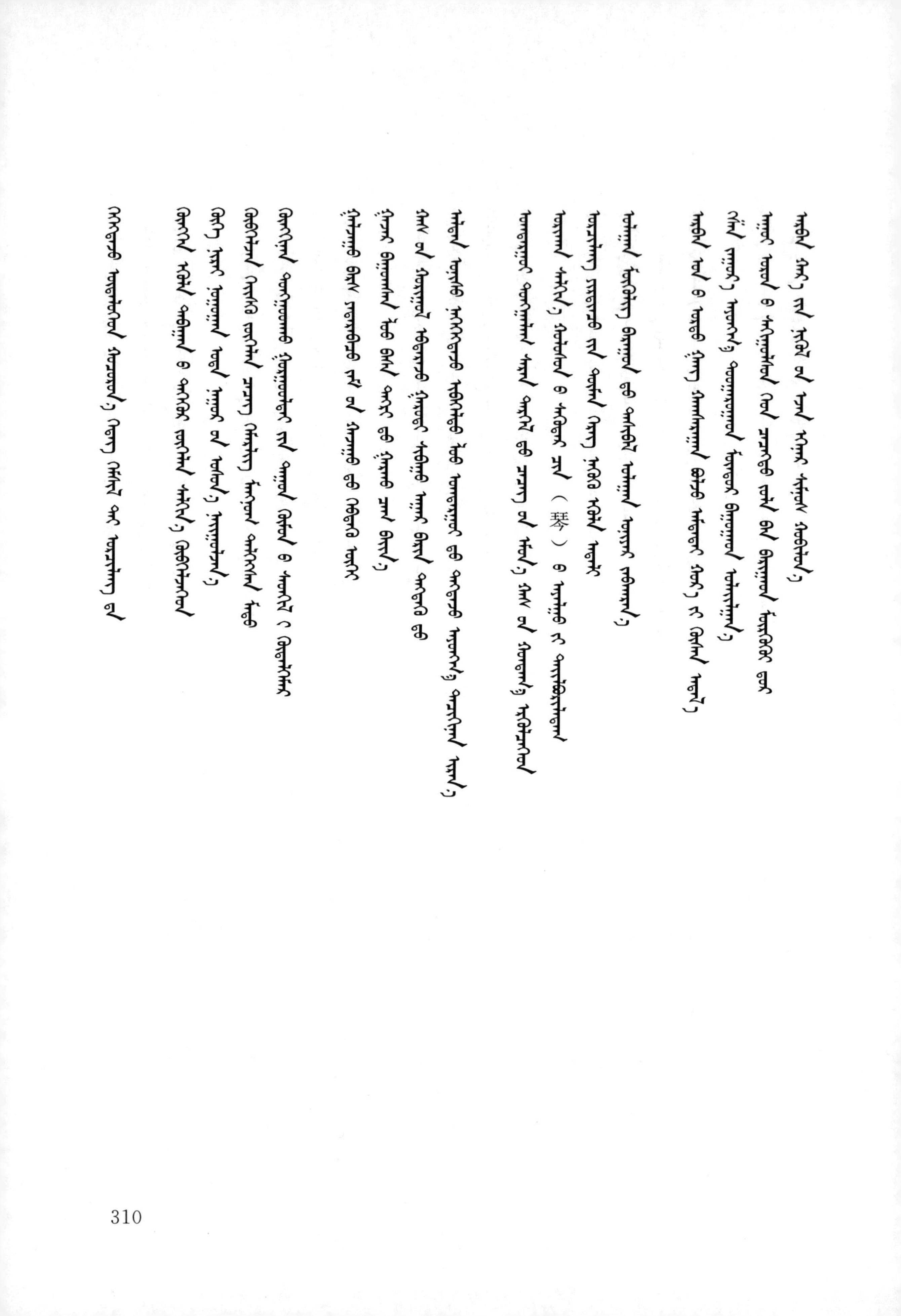

ᠬᠤᠷᠠᠯᠳᠤᠨ ᠬᠤᠷᠢᠶᠠᠨ ᠰᠤᠷᠤᠯᠴᠠᠨ ᠤ ᠬᠦᠭᠵᠢᠮ ᠲᠠᠢ （琴） ᠤ ᠬᠦᠭᠵᠢᠭᠦ ᠶᠢ ᠡᠷᠬᠢᠮᠰᠢᠭᠦᠯᠦᠨ

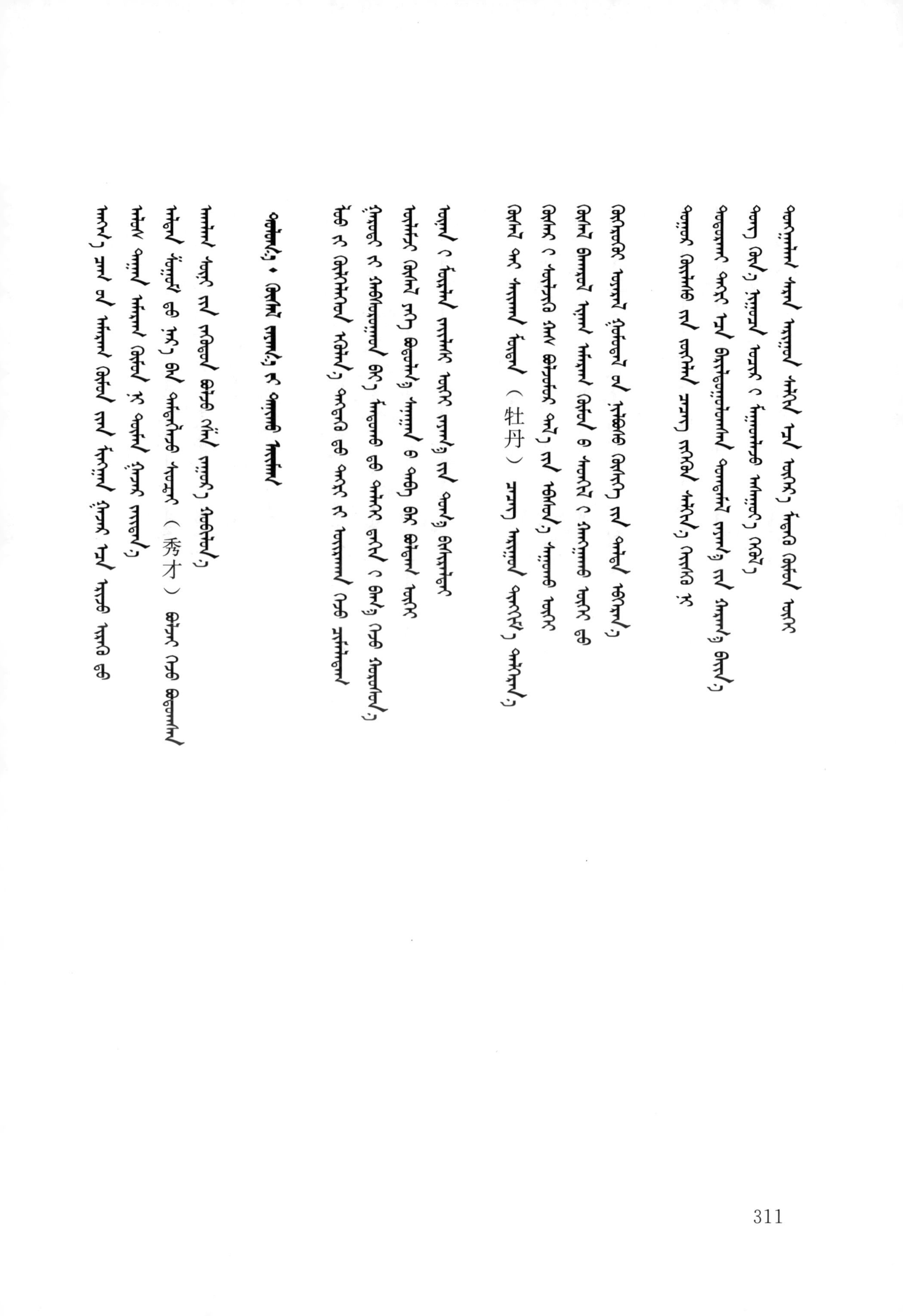

[illegible]
[illegible]
[illegible]
[illegible]

[illegible]
[illegible]
[illegible]
[illegible]（牡丹）[illegible]

[illegible]
[illegible]
[illegible]
[illegible]

[illegible]

[illegible]
[illegible]（秀才）[illegible]
[illegible]
[illegible]

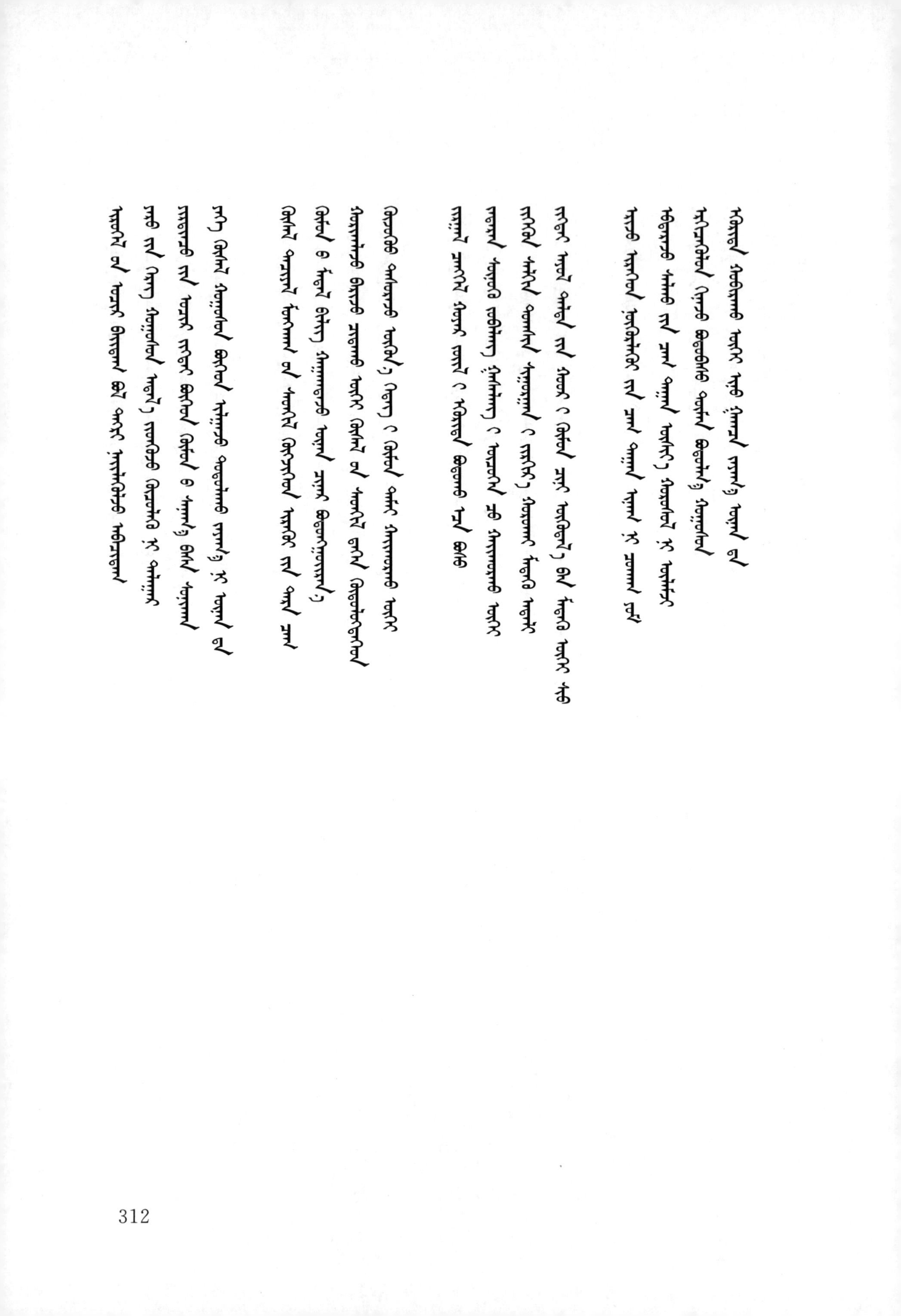

ᠮᠣᠩᠭ᠋ᠣᠯ ◆ ᠰᠣᠶᠣᠯ ᠤᠨ ᠥᠪ ᠤᠨ ᠰᠤᠳᠤᠯᠤᠯ

ᠠᠯᠲᠠᠨ ᠮᠣᠩᠭ᠋ᠣᠯ ᠤᠯᠤᠰ ᠣᠷᠣᠨ ᠮᠠᠨᠳᠤᠬᠤ ᠨᠠᠷᠠᠨ

ᠬᠠᠯᠢᠭᠤᠨ ᠰᠢᠪᠠᠭᠤ ᠪᠣᠯᠣᠨ᠎ᠠ ᠡᠷᠭᠢᠨ ᠳᠣᠭᠤᠳᠠᠬᠤ ᠶᠢᠨ ᠮᠥᠷ ᠪᠠᠷ ᠮᠡᠳᠡᠭᠳᠡᠨ᠎ᠡ᠃

ᠤᠷᠤᠰᠬᠠᠯ ᠳᠦ ᠪᠠᠢᠭᠠᠯᠢ ᠶᠢᠨ ᠰᠢᠷᠢᠨ ᠮᠢᠨᠠᠭ᠎ᠠ ᠬᠡᠮᠡᠨ ᠪᠣᠯᠭᠠᠨ᠎ᠠ

ᠴᠡᠴᠡᠭ ᠲᠠᠢ ᠰᠢᠬᠢᠯᠭᠡᠨ ᠬᠤᠪᠢᠷᠠᠭᠤᠯᠤᠭᠰᠠᠨ ᠳᠡᠭᠡᠷ᠎ᠡ ᠰᠤᠷᠤᠭ

ᠬᠣᠳᠠ ᠶᠢᠨ ᠬᠤᠷᠢᠶᠠᠯᠲᠠ ᠪᠠᠢᠭ᠎ᠠ ᠶᠢᠨ ᠬᠤᠪᠢᠷᠠᠯᠲᠠ ᠪᠣᠯᠤᠨ ᠰᠢᠨ᠎ᠡ ᠪᠣᠰᠤᠭ᠎ᠠ

ᠰᠣᠨᠢᠷᠬᠠᠯ ᠰᠢᠨ᠎ᠡ ᠮᠡᠳᠡᠯᠭᠡ ᠨᠢᠭᠡ ᠪᠠᠢᠳᠠᠯ ᠳᠤ ᠬᠦᠷᠦᠭᠡ ᠲᠠᠢ ᠪᠠᠷ

ᠴᠠᠭ ᠤᠨ ᠪᠤᠰᠤ ᠪᠠᠢᠭᠠᠯᠢ ᠶᠢᠨ ᠬᠡᠯᠪᠡᠷᠢ ᠬᠦᠮᠦᠰ ᠤᠨ ᠬᠡᠷᠡᠭᠯᠡᠯ ᠪᠣᠯᠤᠨ᠎ᠠ᠃

ᠮᠥᠩᠬᠡ ᠶᠢᠨ ᠬᠣᠷᠢ ᠮᠢᠩᠭ᠋ᠠᠨ ᠵᠢᠯ ᠤᠨ ᠡᠮᠦᠨ᠎ᠡ ᠰᠣᠨᠢᠨ ᠨᠢᠭᠤᠴᠠ ᠶᠢᠨ ᠴᠡᠴᠡᠭ ᠦ ᠬᠤᠪᠢᠷᠠᠯ᠃

ᠮᠢᠩᠭ᠋ᠠᠨ ᠦᠵᠡᠭᠰᠡᠨ ᠳᠠᠯᠠᠢ ᠳᠤ ᠪᠠᠢᠬᠤ ᠤᠯᠤᠰ ᠢ ᠬᠥᠭᠵᠢᠭᠦᠯᠬᠦ ᠰᠢᠭ᠋ᠦᠭᠦ ᠵᠢᠷᠭᠠᠯ ᠪᠠᠷ ᠪᠢᠴᠢᠭ᠌ᠰᠡᠨ᠃

ᠬᠠᠷᠠᠯᠲᠠᠢ ᠲᠡᠭᠦᠨ ᠦ ᠬᠡᠮᠵᠢᠶ᠎ᠡ ᠶᠢᠨ ᠬᠡᠯᠡᠪᠡᠷᠢ ᠨᠢᠭᠤᠴᠠ ᠲᠤ ᠪᠠᠢᠳᠠᠭ ᠬᠡᠮᠡᠨ ᠪᠣᠳᠣᠨ᠎ᠠ

ᠪᠣᠯᠤᠨ ᠪᠠᠢᠭᠠᠯᠢ ᠶᠢᠨ ᠬᠡᠮᠵᠢᠶ᠎ᠡ ᠬᠦᠮᠦᠨ ᠦ ᠬᠦᠰᠡᠯ ᠪᠣᠯᠤᠨ ᠪᠦᠷᠢᠯᠳᠦᠨ᠎ᠡ ᠲᠠᠢ

ᠬᠣᠷᠢ ᠮᠢᠩᠭ᠋ᠠᠨ ᠳᠠᠯᠠᠪᠴᠢ ᠶᠢᠨ ᠦᠰᠦᠭ ᠬᠡᠯᠡᠨ ᠰᠤᠷᠭᠠᠭᠤᠯ ᠪᠣᠯᠤᠨ᠎ᠠ

ᠪᠣᠯᠣᠭᠰᠠᠨ ᠬᠦᠮᠦᠰ ᠤᠨ ᠪᠠᠢᠭᠠᠯ ᠲᠡᠷᠡ ᠴᠠᠭ ᠤᠨ ᠳᠤ ᠮᠠᠨᠳᠤᠭᠰᠠᠨ ᠬᠦᠮᠦᠨ ᠪᠠᠷ

ᠪᠠᠢᠭᠠᠯᠢ ᠶᠢᠨ ᠪᠠᠢᠳᠠᠯ ᠮᠠᠨᠳᠤᠭᠤᠯᠤᠯ ᠰᠢᠨᠵᠢ ᠲᠡᠮᠳᠡᠭ ᠢ ᠰᠢᠨᠵᠢᠯᠡᠨ᠎ᠡ

ᠬᠠᠷᠠᠯᠲᠠᠢ ᠰᠣᠶᠣᠯ ᠲᠡᠬᠡᠷᠢᠭ ᠬᠦᠮᠦᠰ ᠤᠨ ᠰᠠᠨᠠᠭᠠᠨ ᠪᠣᠳᠤᠯ ᠤᠨ ᠪᠠᠷᠢᠮᠲᠠ ᠲᠠᠢ

ᠰᠤᠷᠭᠠᠭᠤᠯᠢ ᠲᠡᠭᠦᠨ ᠦ ᠬᠣᠯᠪᠣᠭ᠎ᠠ ᠪᠠᠷ ᠬᠦᠷᠬᠦ ᠶᠢᠨ ᠮᠠᠨᠳᠤᠯ（青鸾）ᠤᠨ ᠰᠤᠷᠭᠠᠭᠤᠯᠢ ᠪᠣᠯᠤᠨ ᠪᠠᠷ ᠬᠥᠭᠵᠢᠭᠦᠯᠦᠨ᠎ᠡ᠃

ᠬᠣᠷᠢᠶᠠᠯᠲᠠ ᠶᠢᠨ ᠪᠠᠢᠭᠠᠯ ᠢ ᠪᠣᠯᠭᠠᠬᠤ ᠪᠠᠢᠳᠠᠯ ᠤᠨ ᠰᠣᠨᠢᠷᠬᠠᠯ ᠪᠣᠳᠣᠯ ᠤᠨ ᠬᠤᠪᠢᠷᠠᠯ ᠤᠨ ᠵᠢᠷᠤᠮ᠃

ᠬᠠᠷᠠᠭᠠᠯ ᠮᠠᠨᠳᠤᠭᠤᠯᠤᠯ ᠪᠣᠯᠤᠨ ᠪᠦᠲᠦᠭᠡᠯ ᠦᠨ ᠬᠥᠲᠦᠯᠪᠦᠷᠢ ᠶᠢᠨ ᠪᠡᠯᠭᠡ ᠪᠣᠯᠤᠨ᠎ᠠ

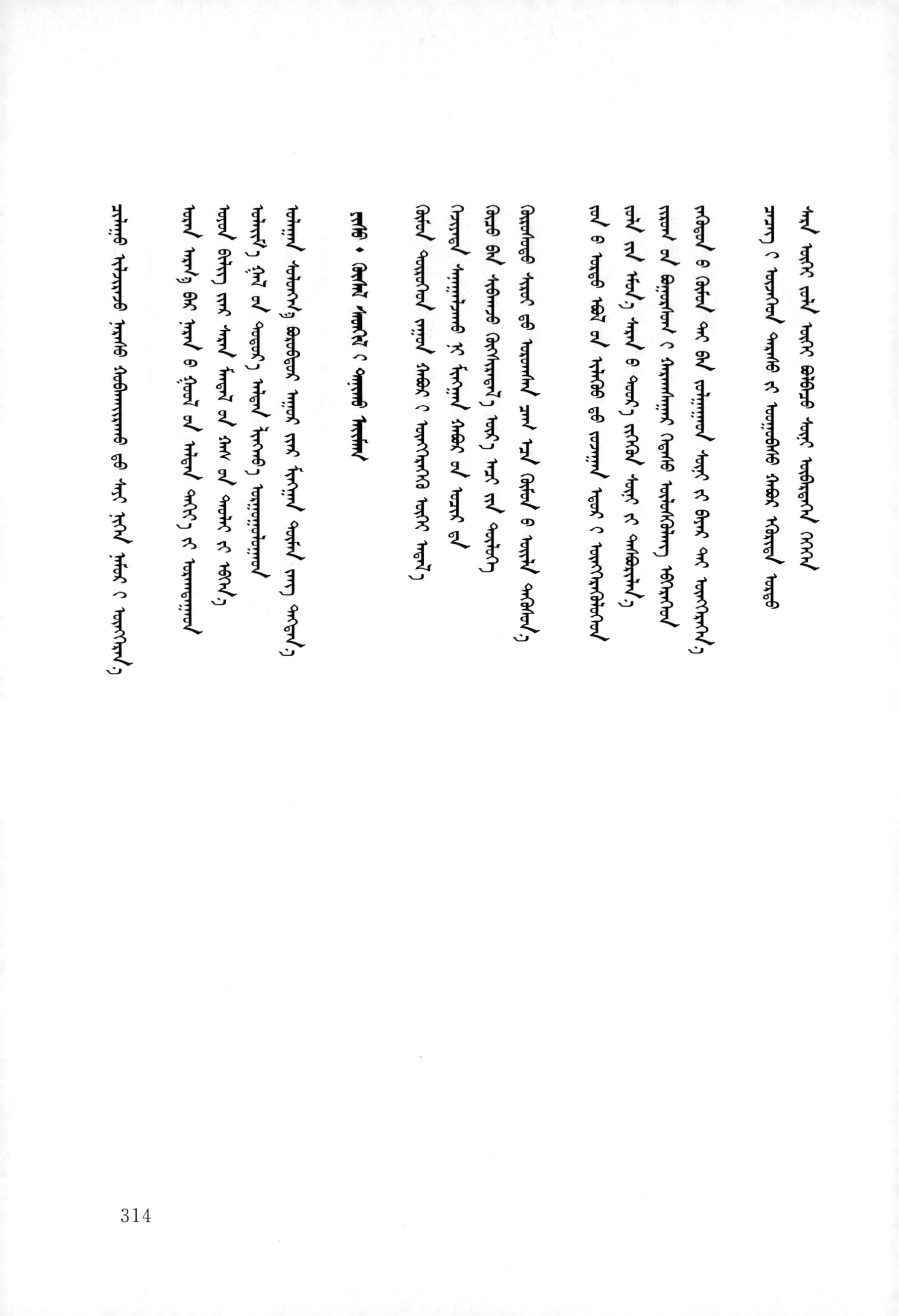

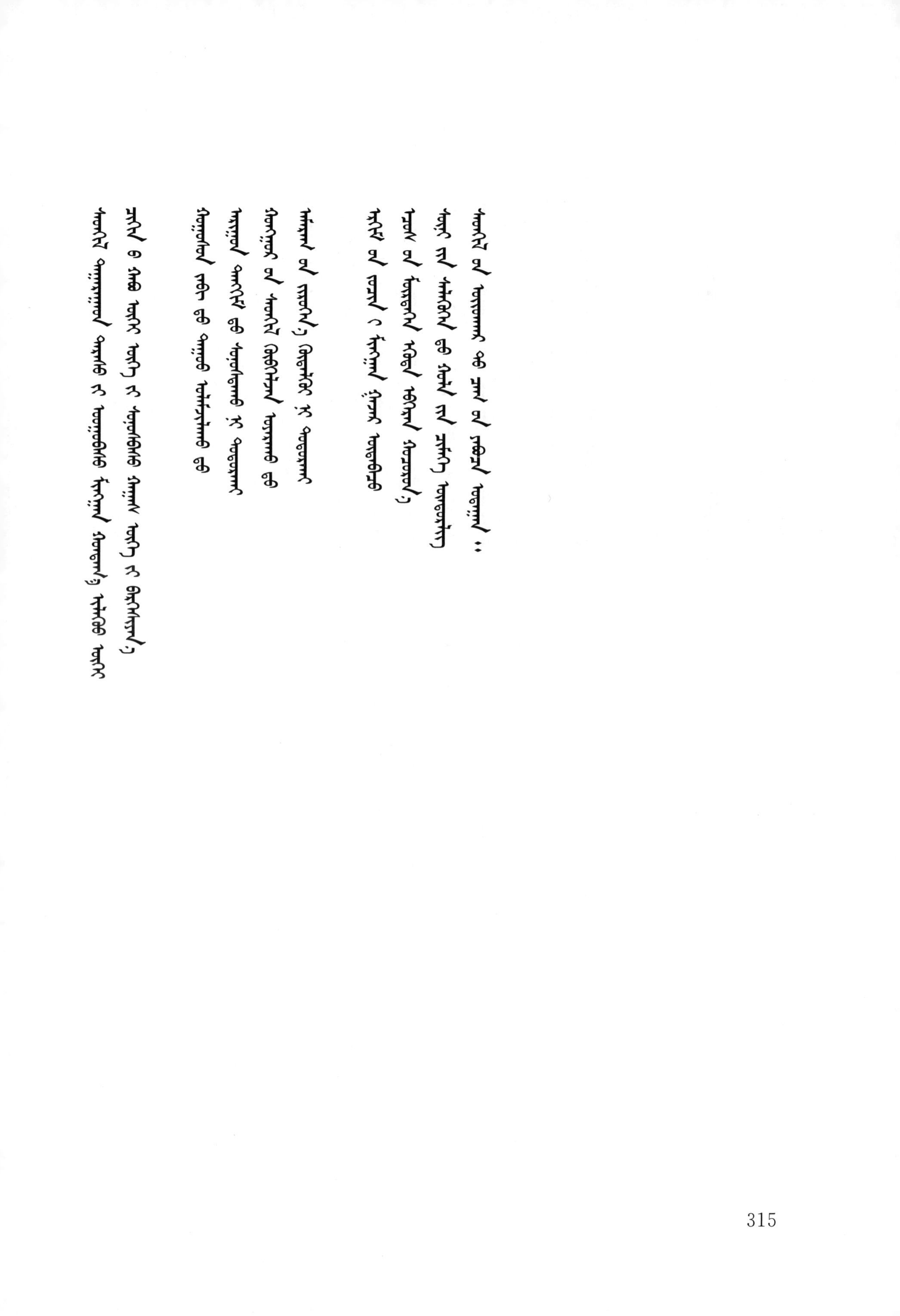

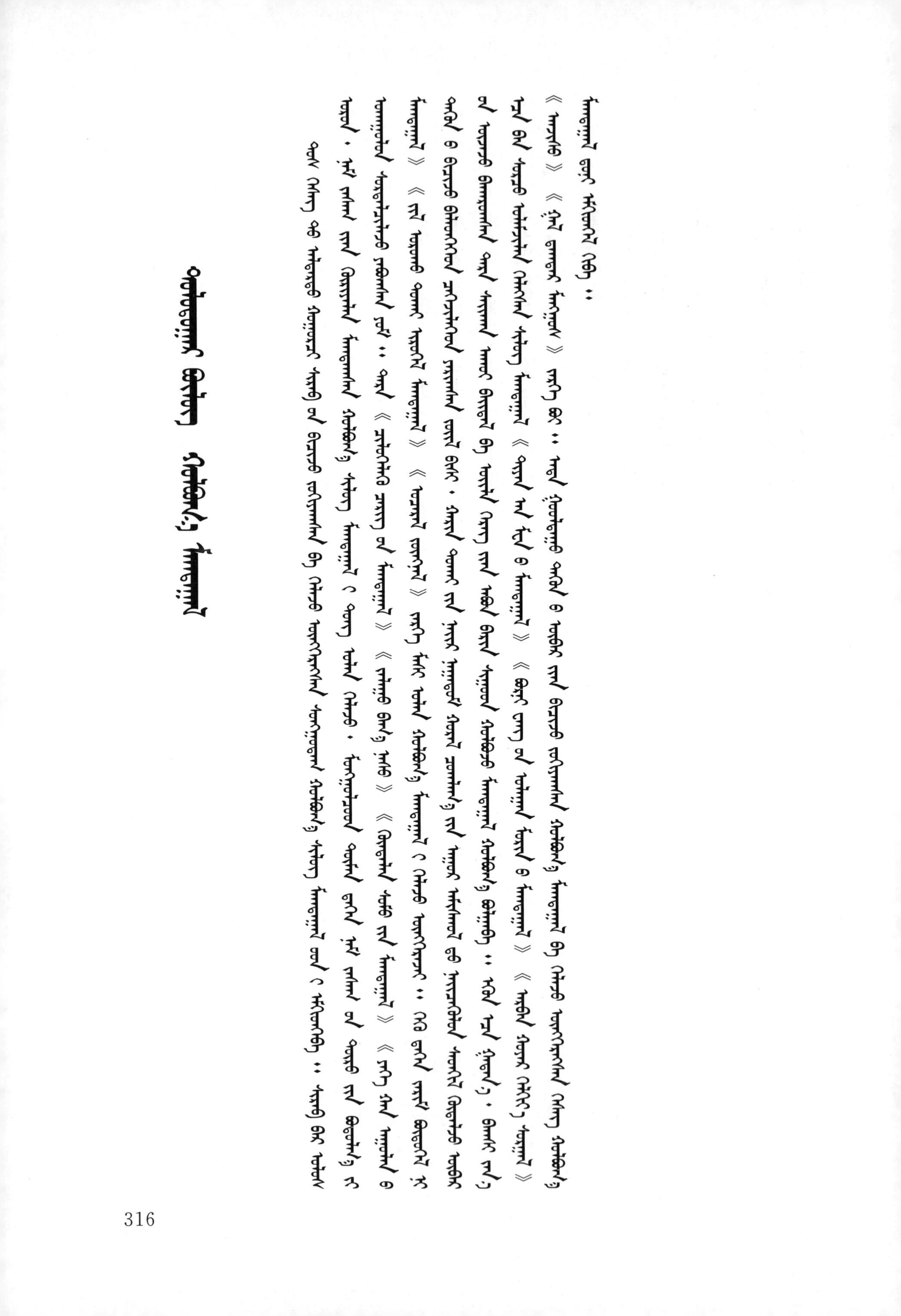

[illegible]

[illegible]

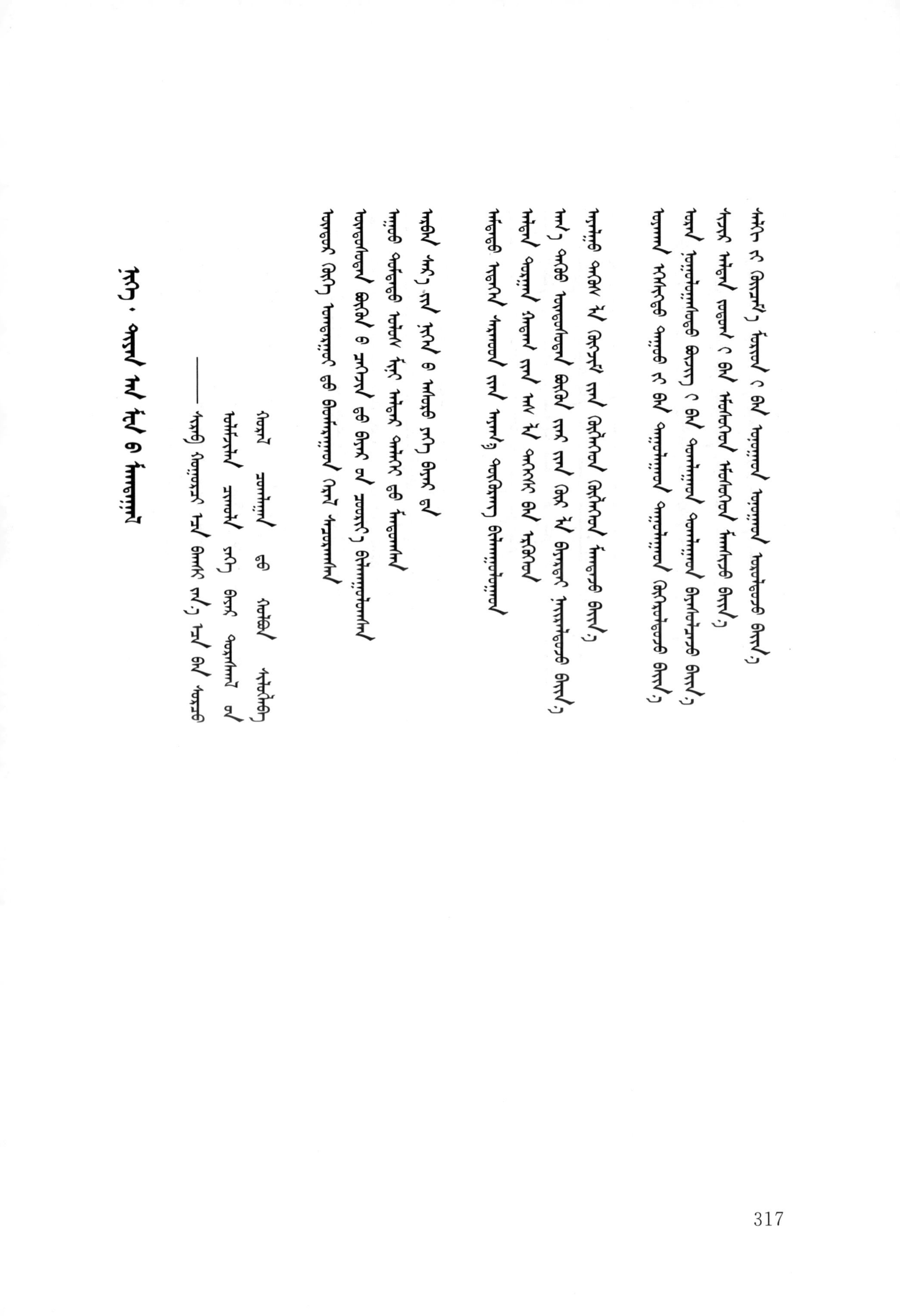

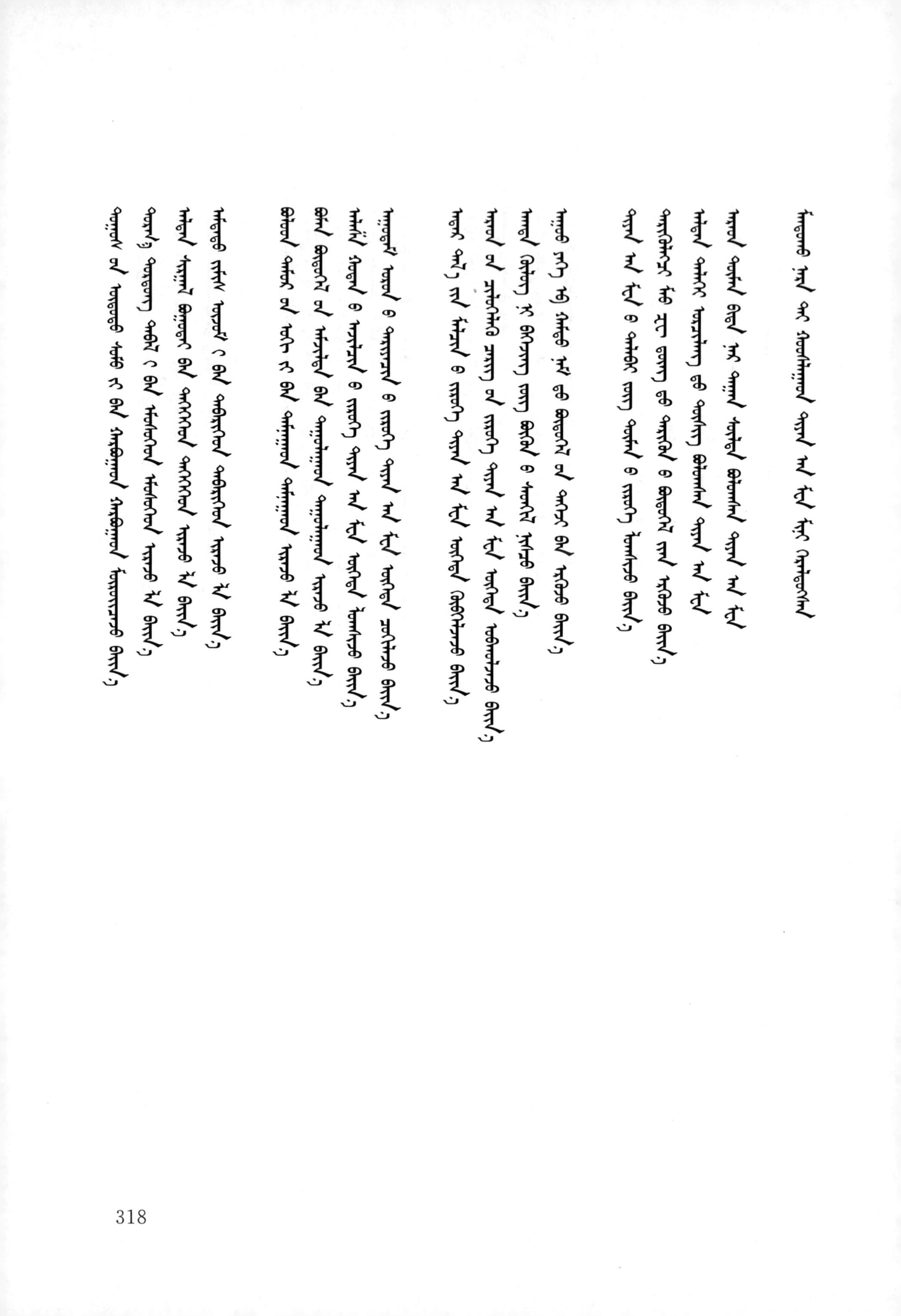

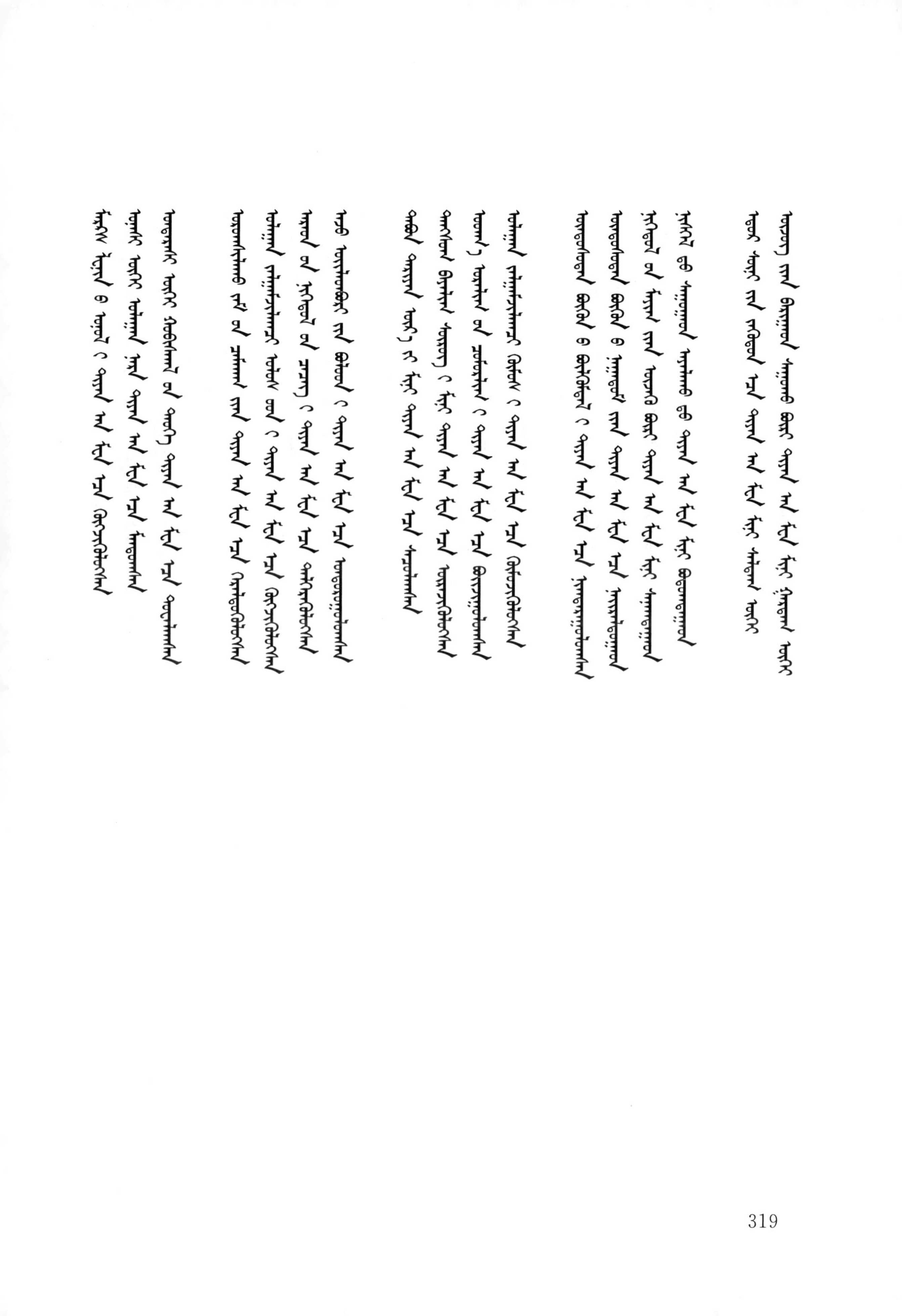

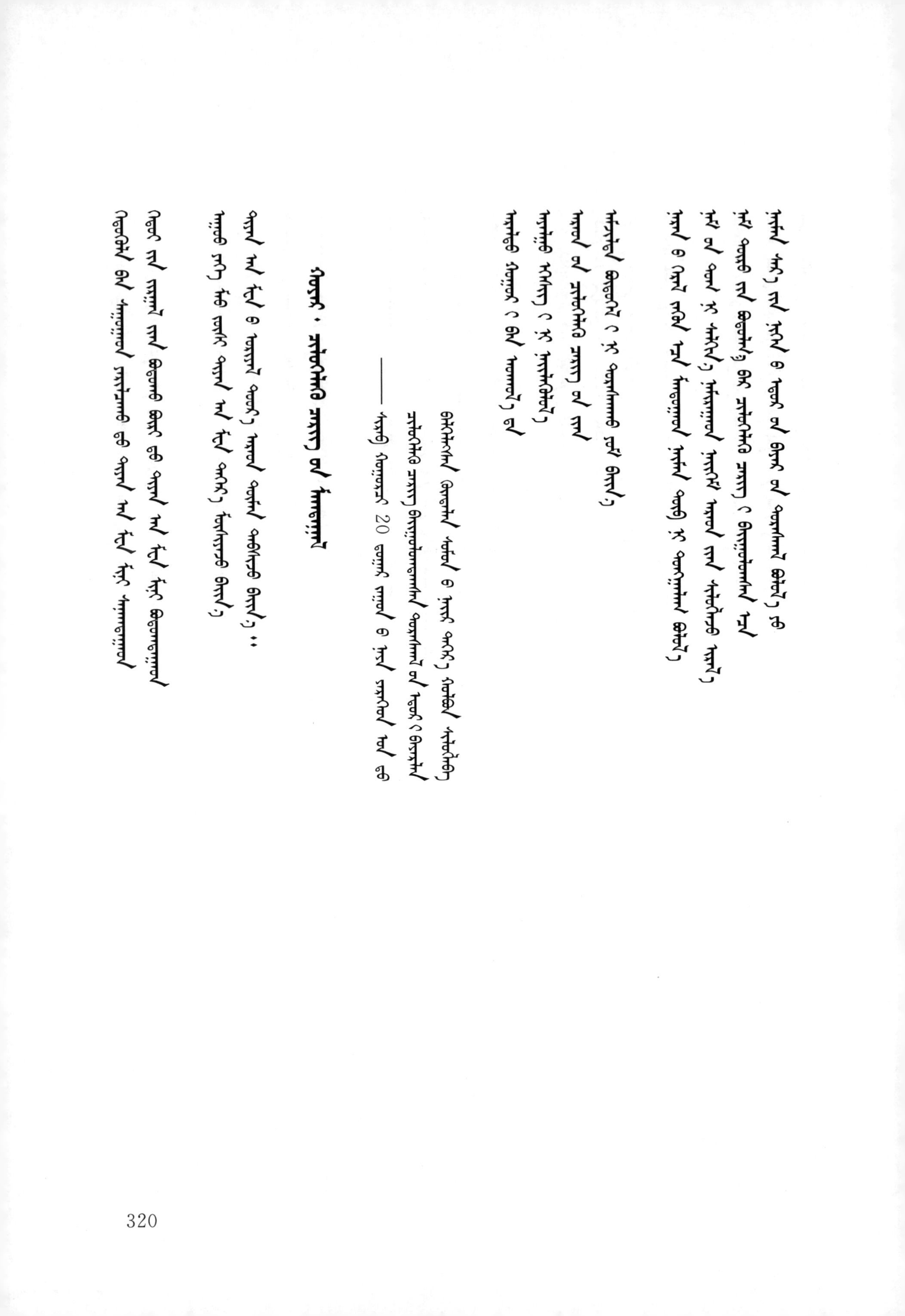

[illegible]
[illegible]
[illegible]
[illegible]

[illegible]
[illegible]
[illegible]
[illegible]

[illegible]
[illegible]
—— [illegible] 20 [illegible]

[illegible] · [illegible]

[illegible]
[illegible]

[illegible]
[illegible]

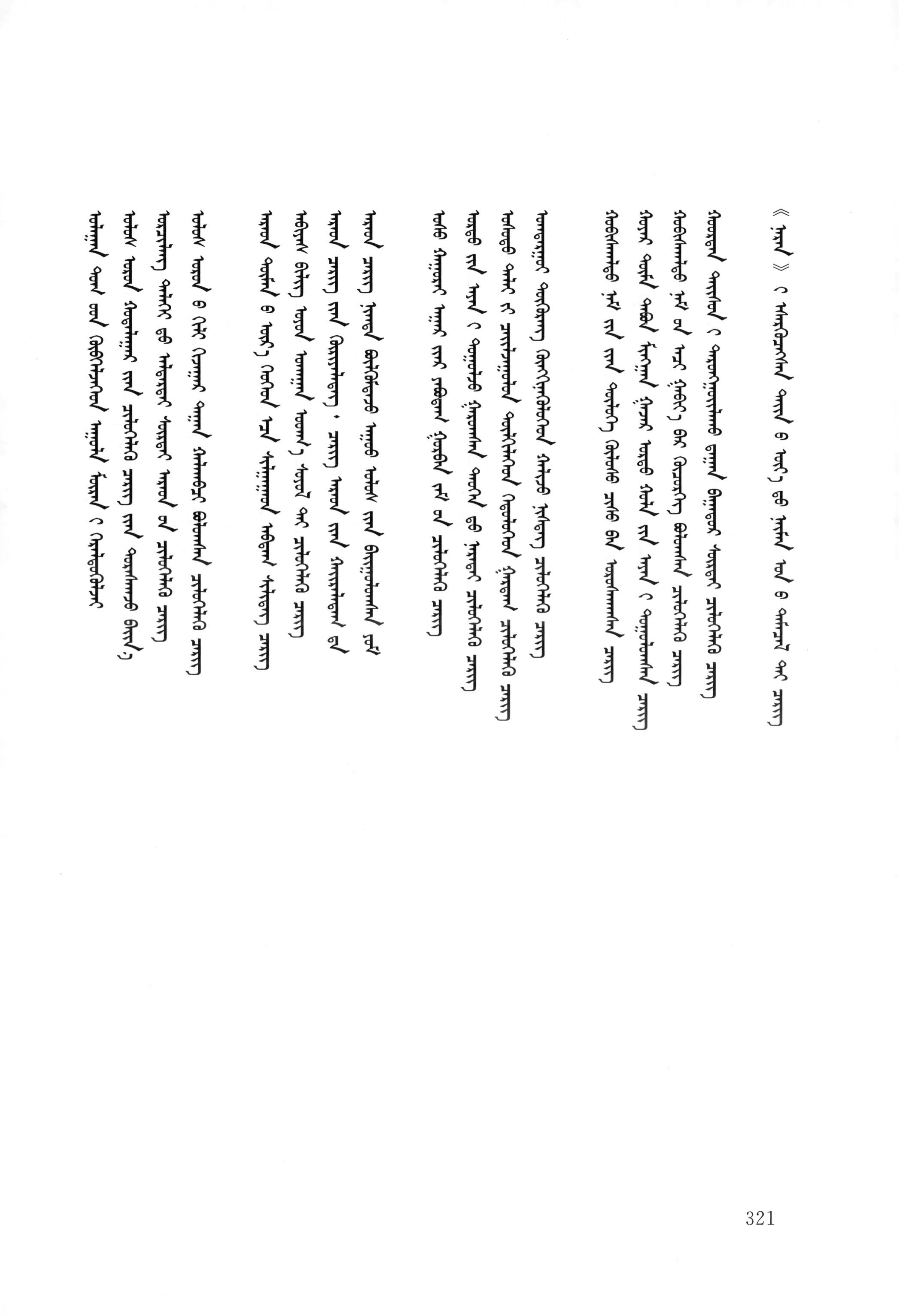

[illegible]

[illegible]

[illegible]

[illegible]

[illegible]

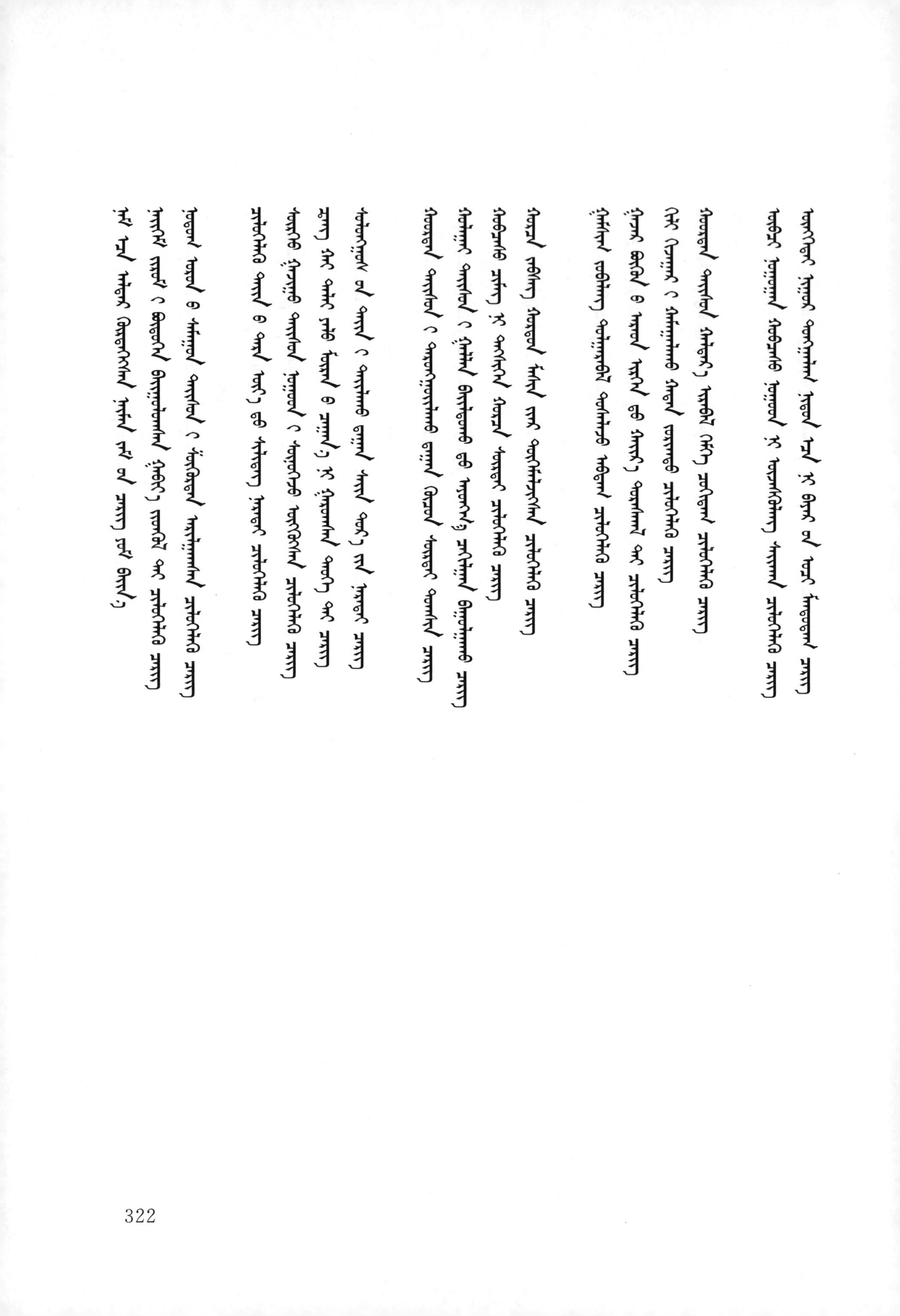

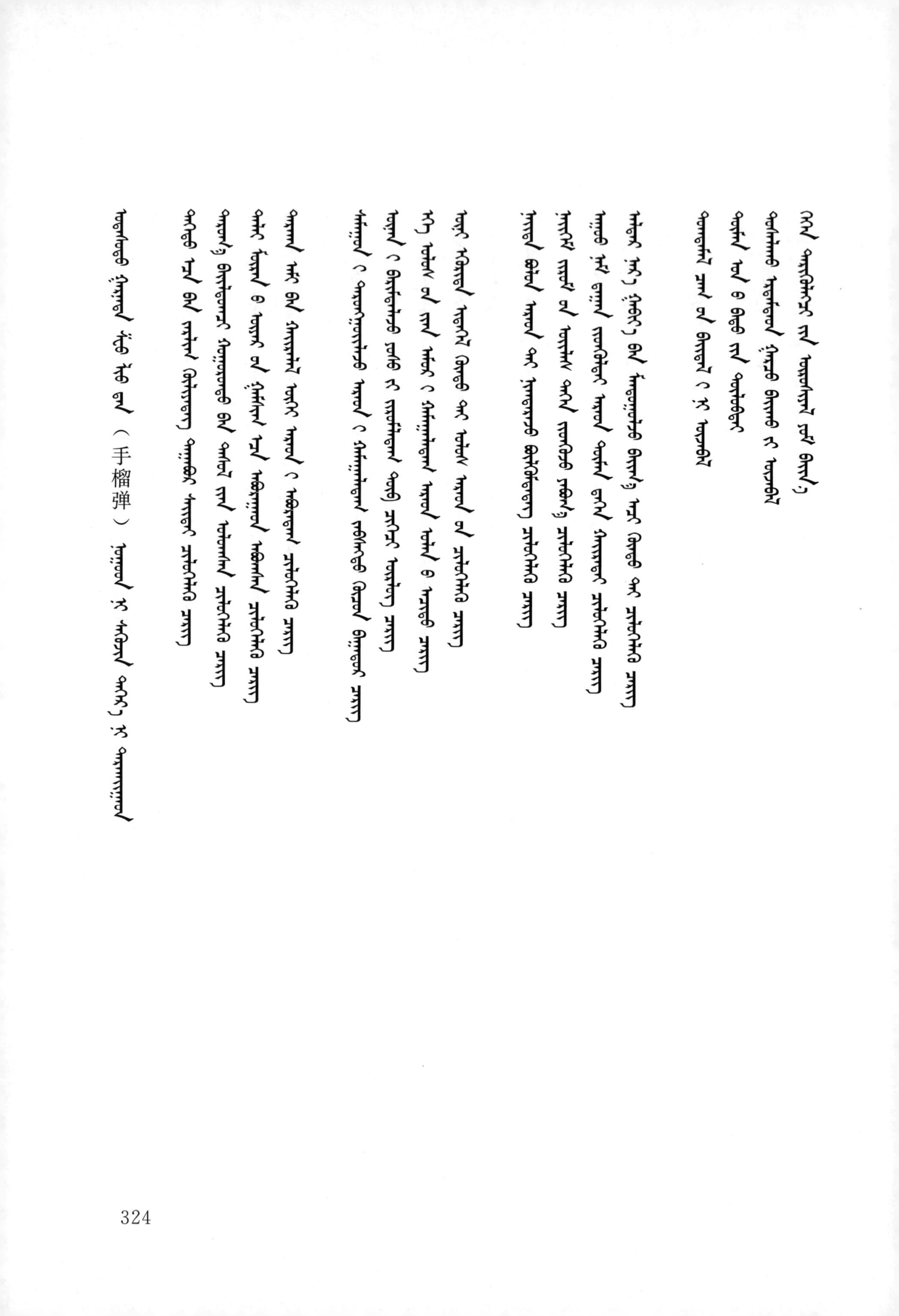

ᠬᠠᠷᠪᠤᠭᠤ ᠭᠠᠷ ᠤᠨ ᠪᠥᠮᠪᠥ ᠶᠢᠨ （手榴弹） ᠬᠦᠴᠦᠨ ᠦ ᠰᠢᠯᠭᠠᠯᠲᠠ ᠶᠢᠨ ᠪᠠᠷᠢᠮᠵᠢᠶ᠎ᠠ

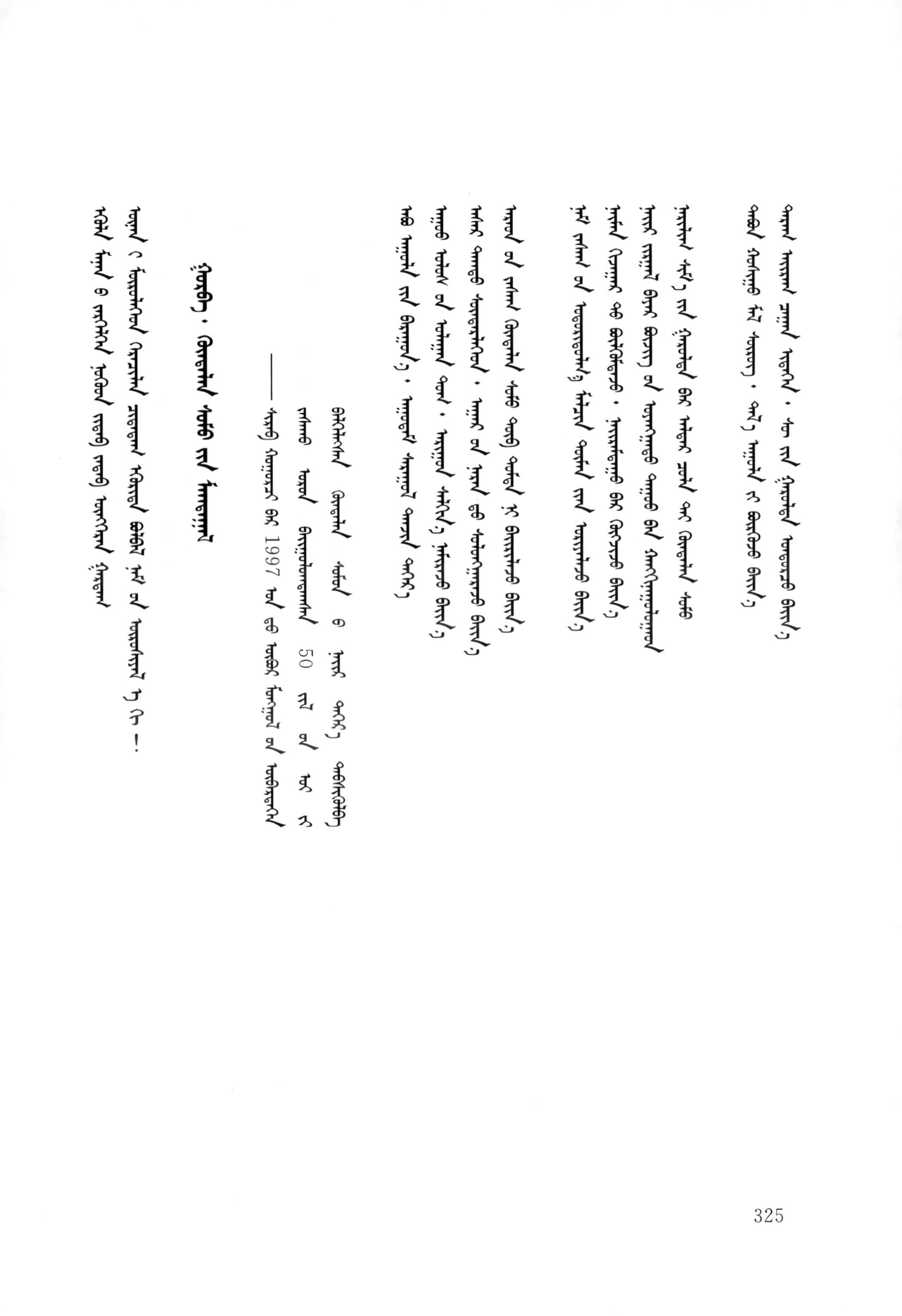

[illegible]
[illegible]

[illegible]
[illegible]
[illegible]
[illegible]

[illegible]
[illegible]
[illegible]
[illegible]

[illegible]
[illegible] 50 [illegible]
—— [illegible] 1997 [illegible]

[illegible]

[illegible]
[illegible]

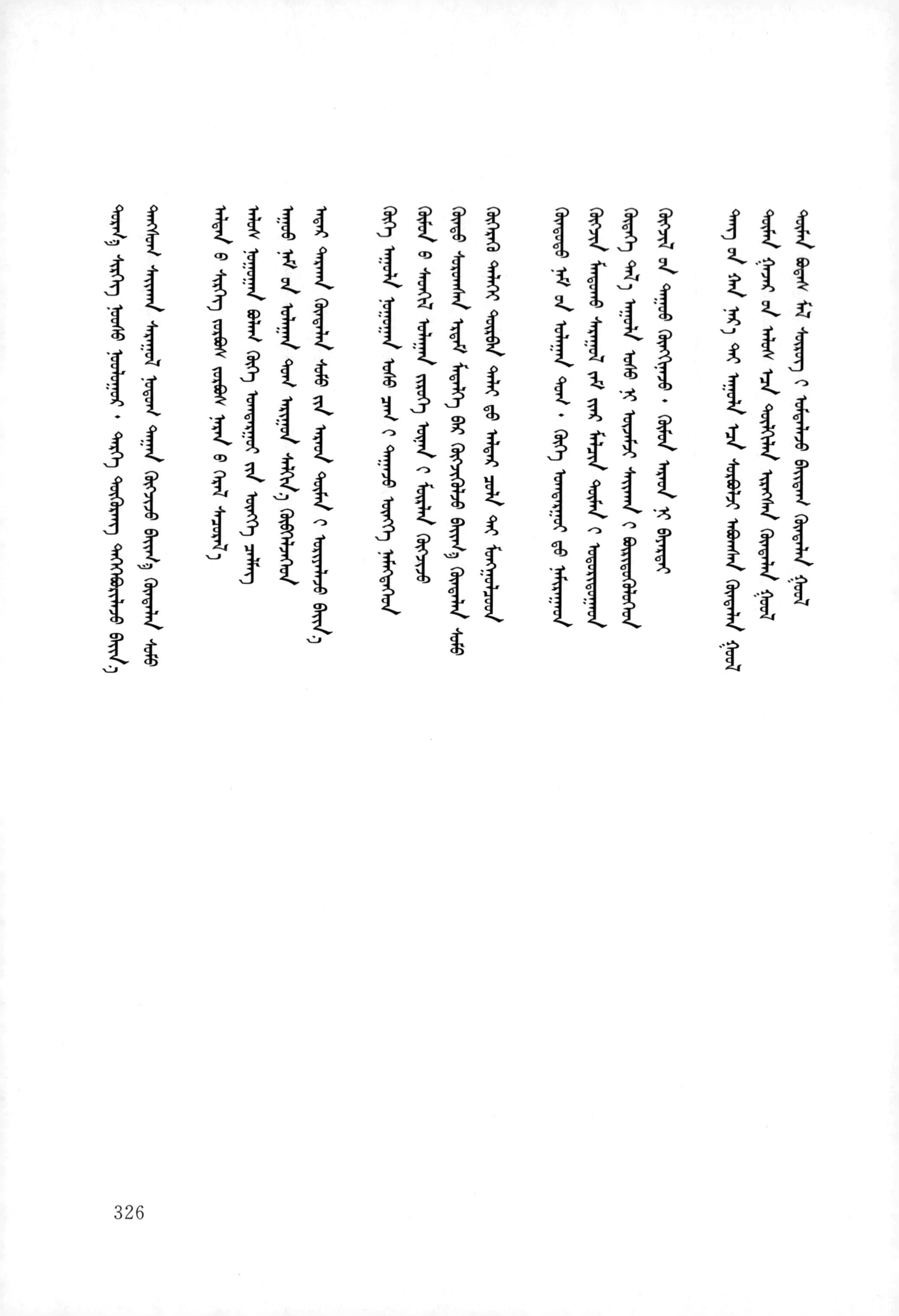

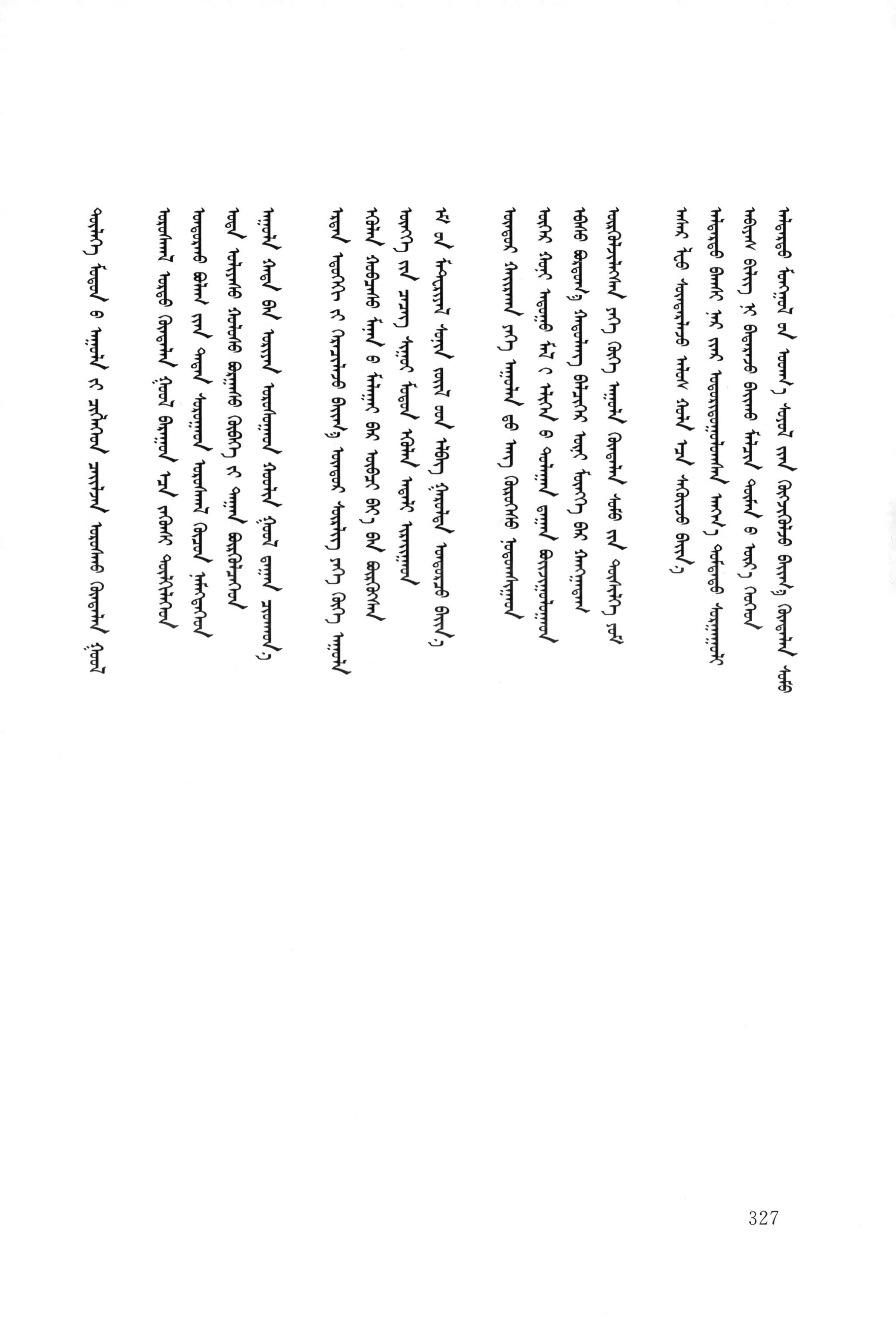

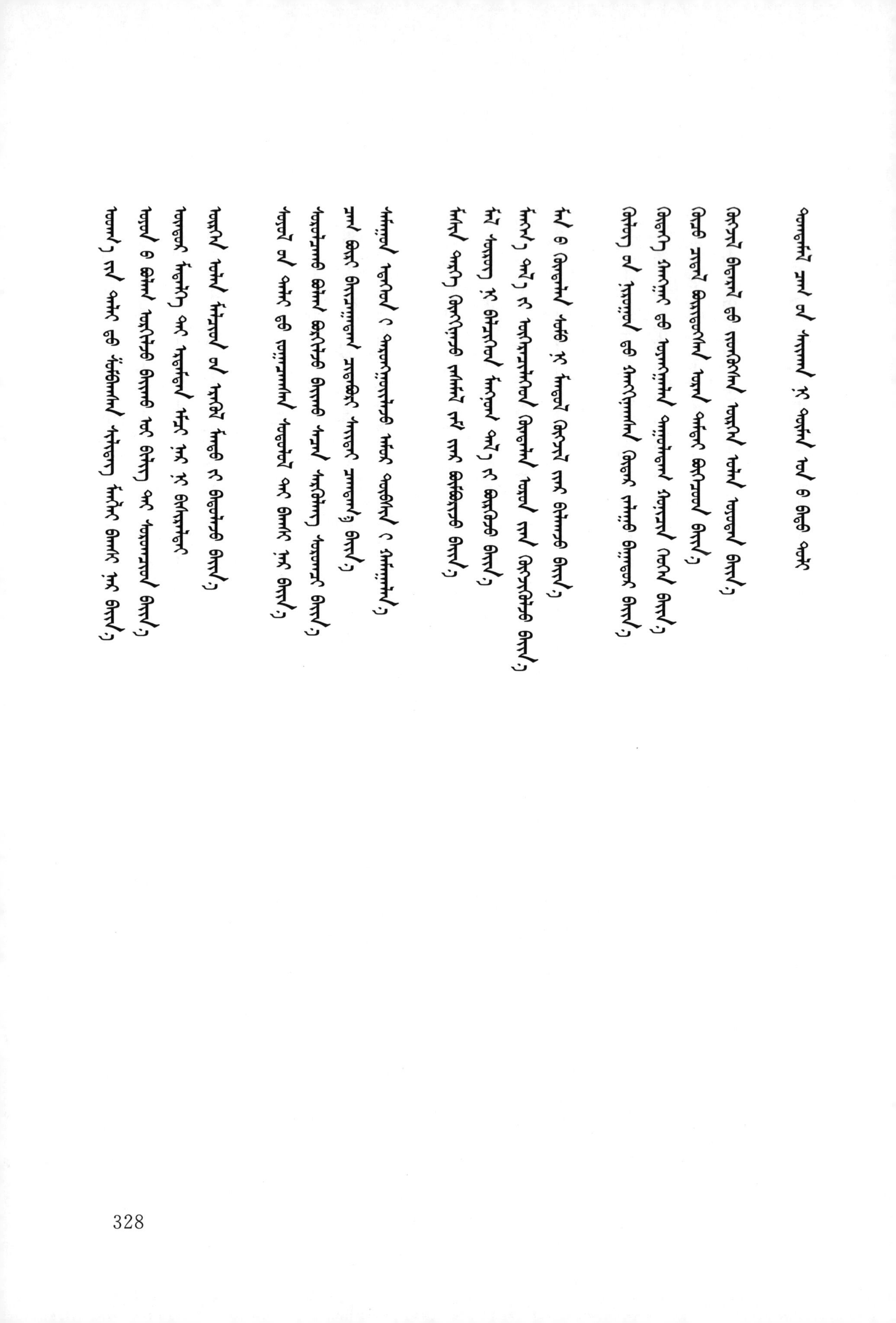

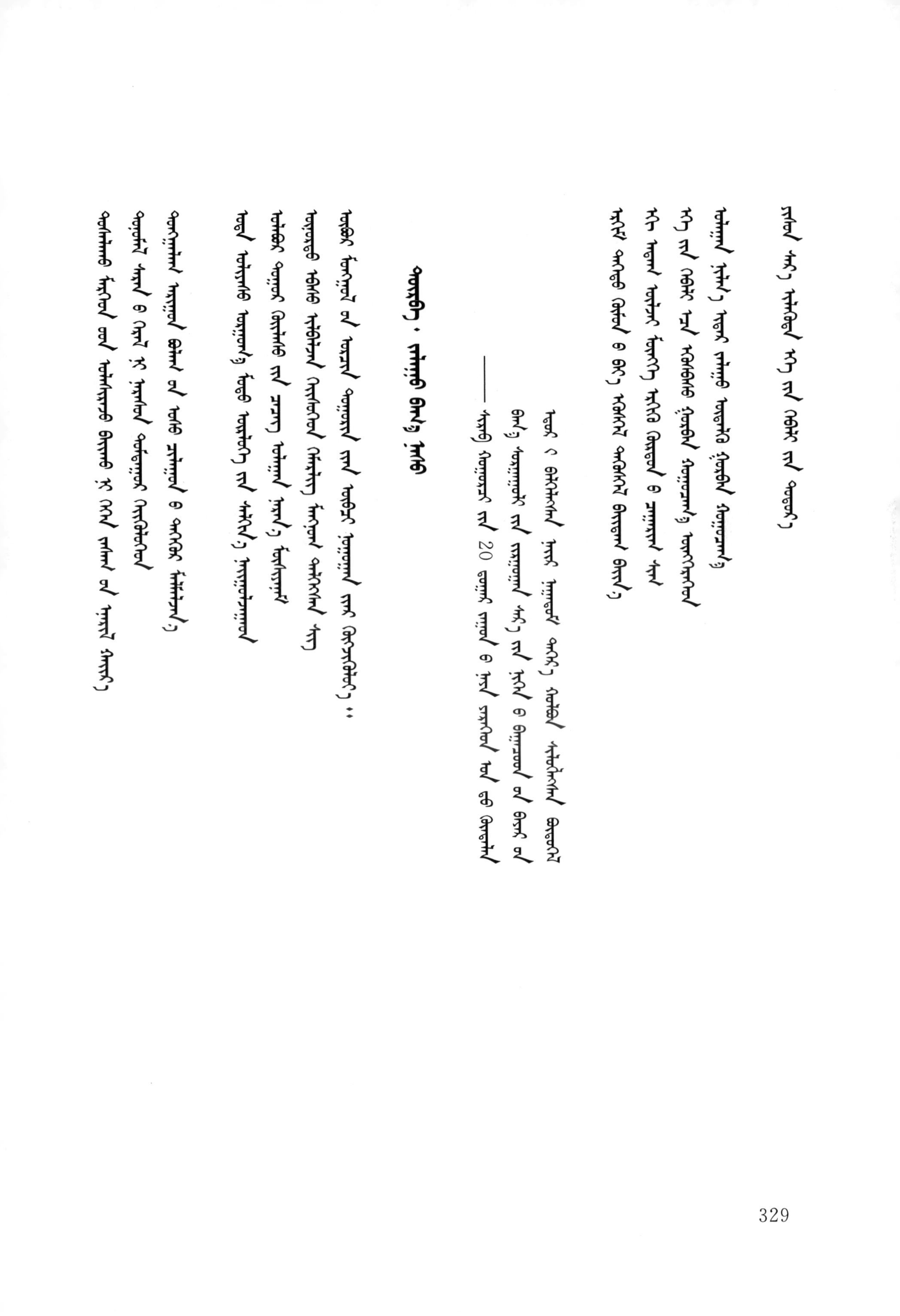

[illegible]

[illegible]
[illegible]
[illegible]
[illegible]

> [illegible]
> [illegible]
> —— [illegible] 20 [illegible]

[illegible]

[illegible]
[illegible]
[illegible]
[illegible]

[illegible]
[illegible]
[illegible]

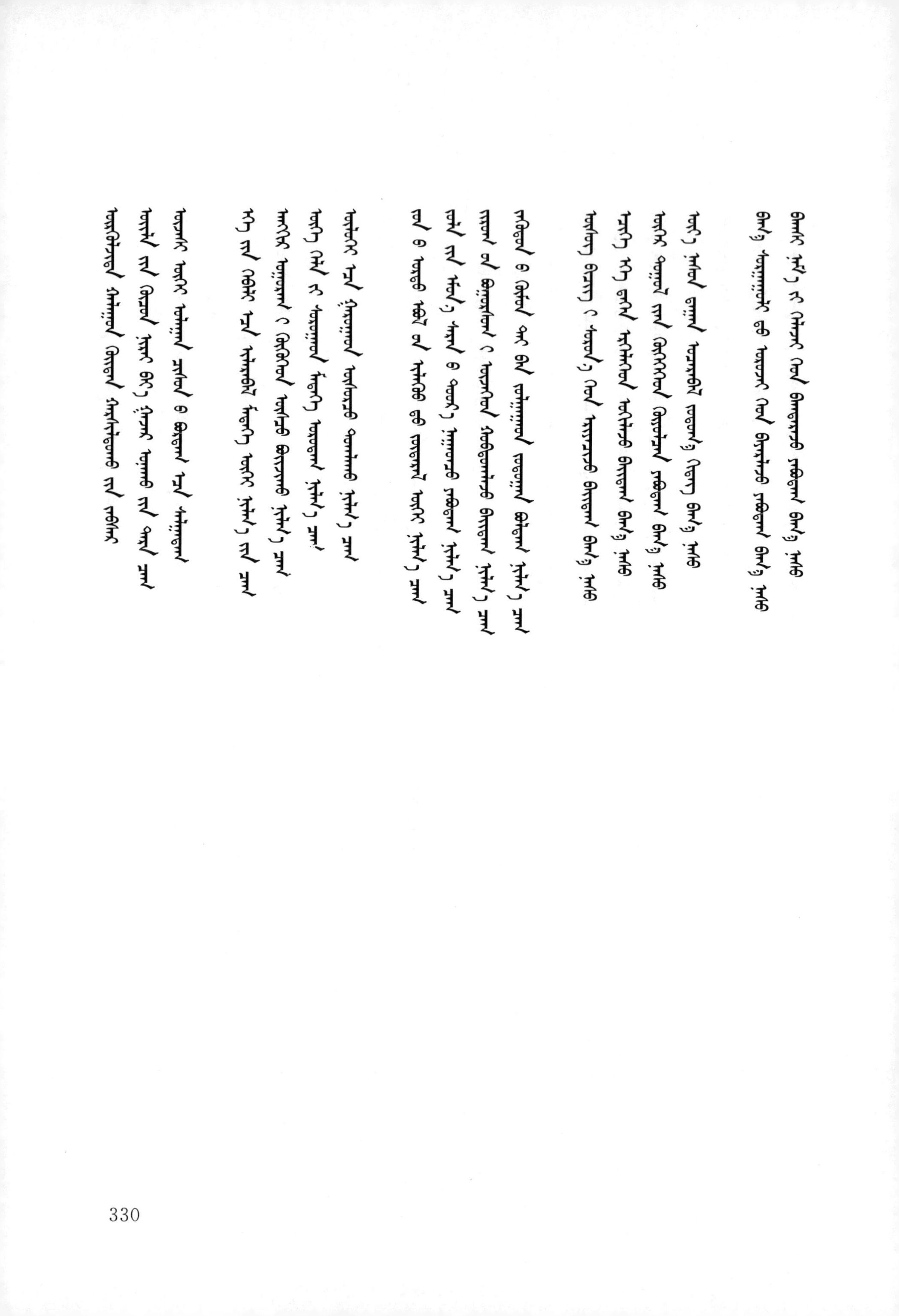

[illegible]
[illegible]
[illegible]

[illegible]
[illegible]
[illegible]
[illegible]

[illegible]
[illegible]
[illegible]
[illegible]

[illegible]
[illegible]
[illegible]
[illegible]

[illegible]
[illegible]

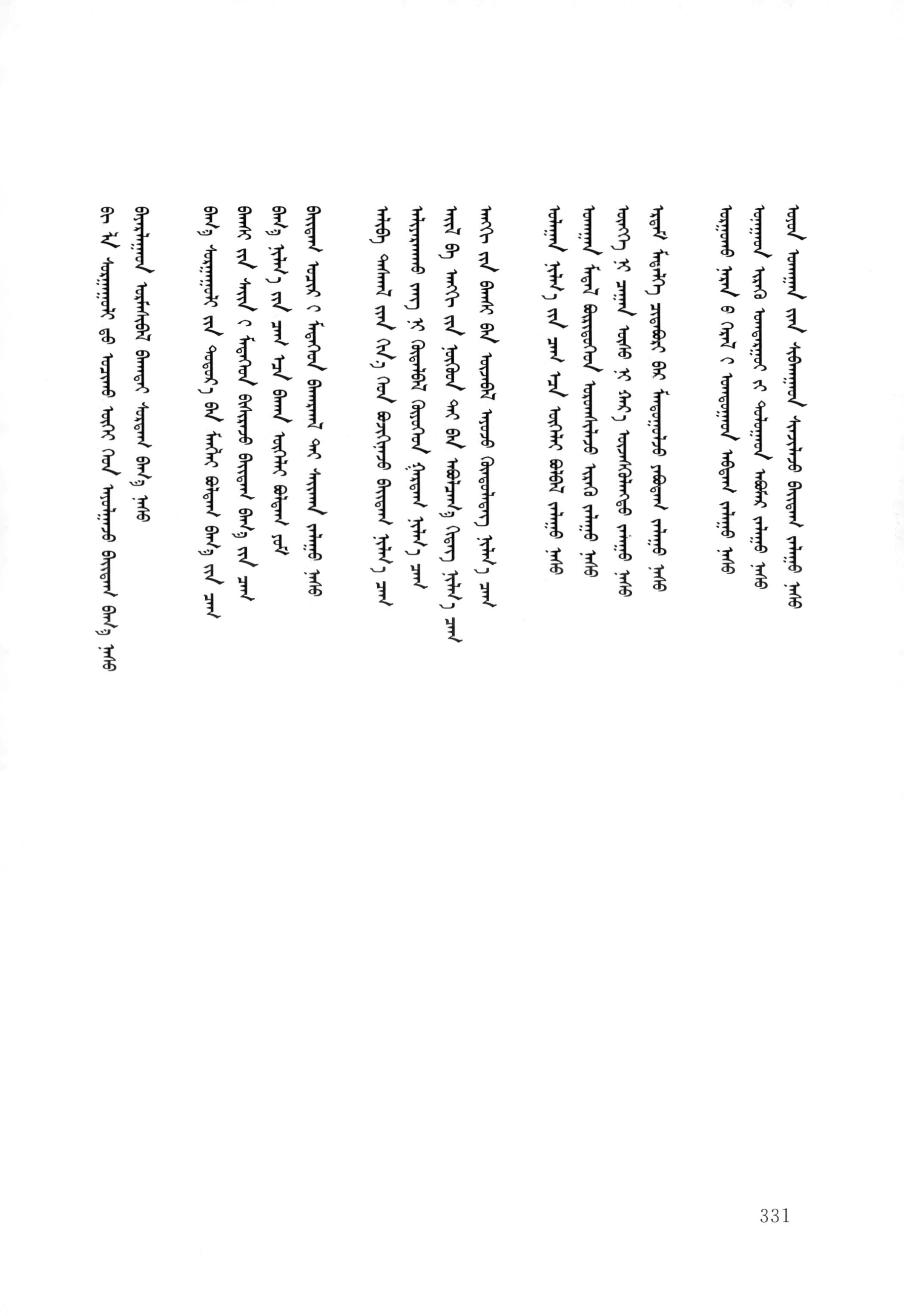

[illegible]
[illegible]
[illegible]

[illegible]
[illegible]
[illegible]
[illegible]

[illegible]
[illegible]
[illegible]
[illegible]

[illegible]
[illegible]
[illegible]
[illegible]

[illegible]
[illegible]

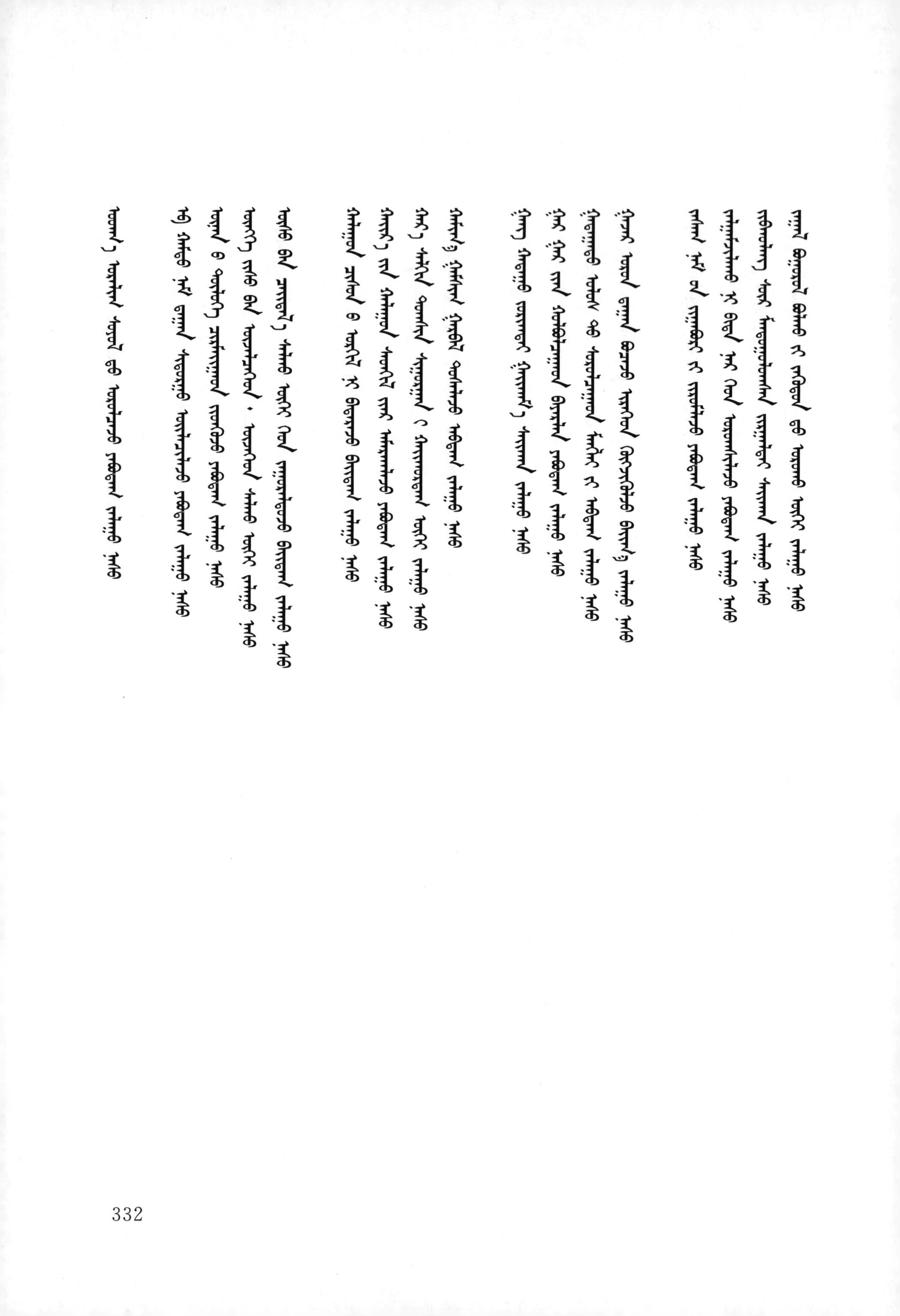

[illegible]
[illegible]
[illegible]
[illegible]

[illegible]
[illegible]
[illegible]
[illegible]

[illegible]
[illegible]
[illegible]
[illegible]

[illegible]
[illegible]
[illegible]
[illegible]

[illegible]

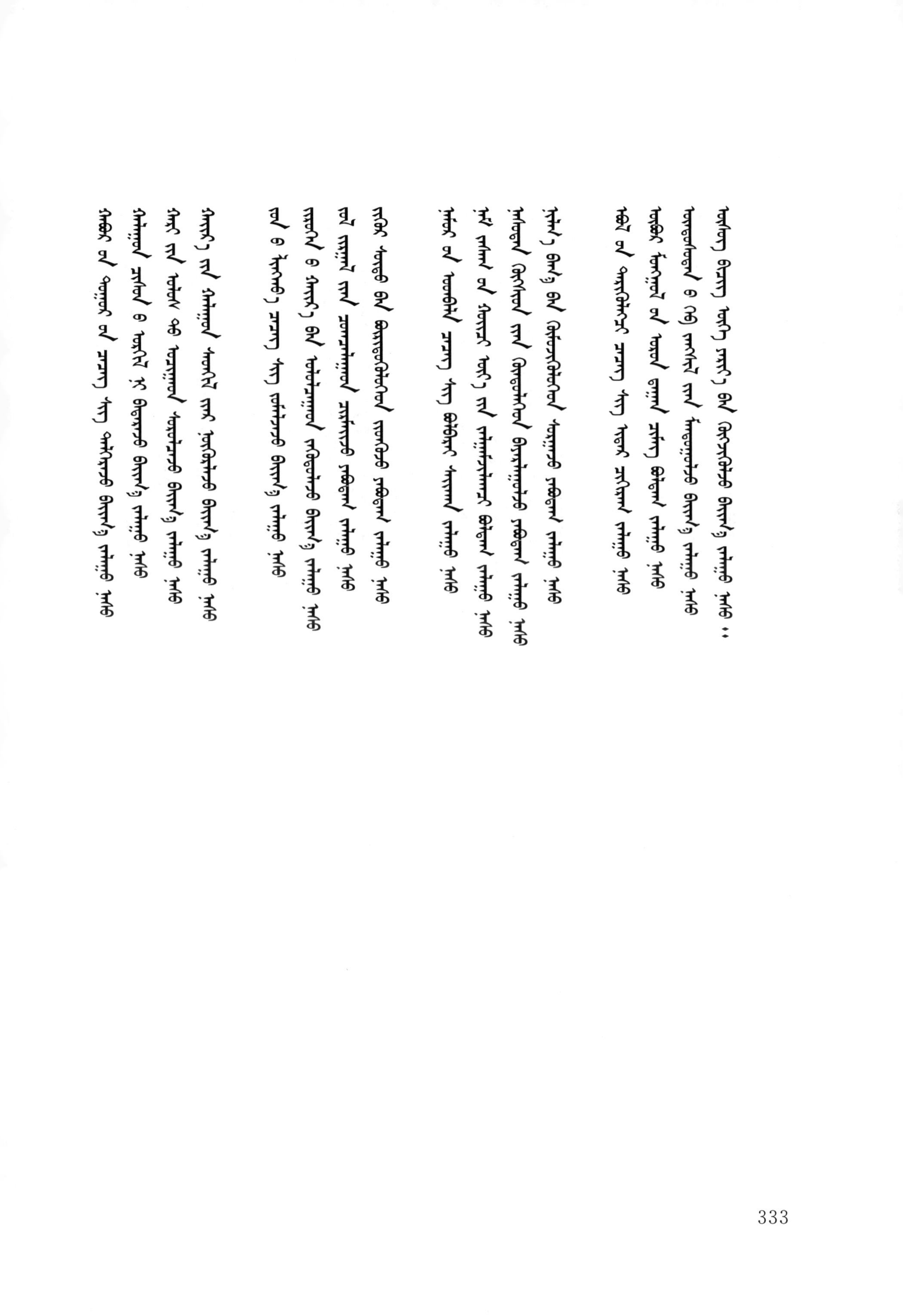

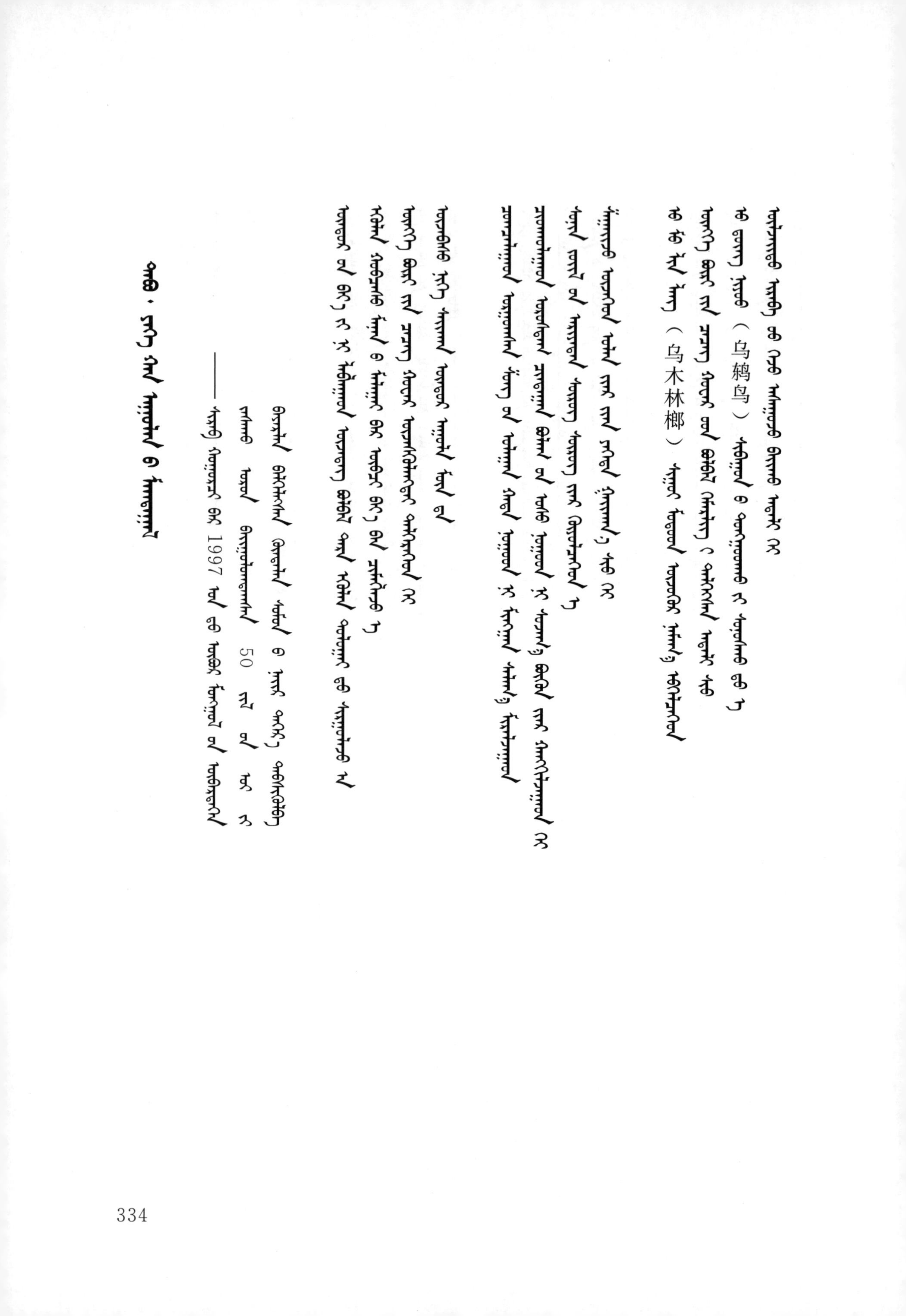

[illegible]
[illegible]（乌鸫乌）[illegible]
[illegible]
[illegible]（乌木林榔）[illegible]

[illegible]
[illegible]
[illegible]
[illegible]

[illegible]
[illegible]
[illegible]
[illegible]

[illegible]
[illegible] 50 [illegible]
——[illegible] 1997 [illegible]

[illegible]

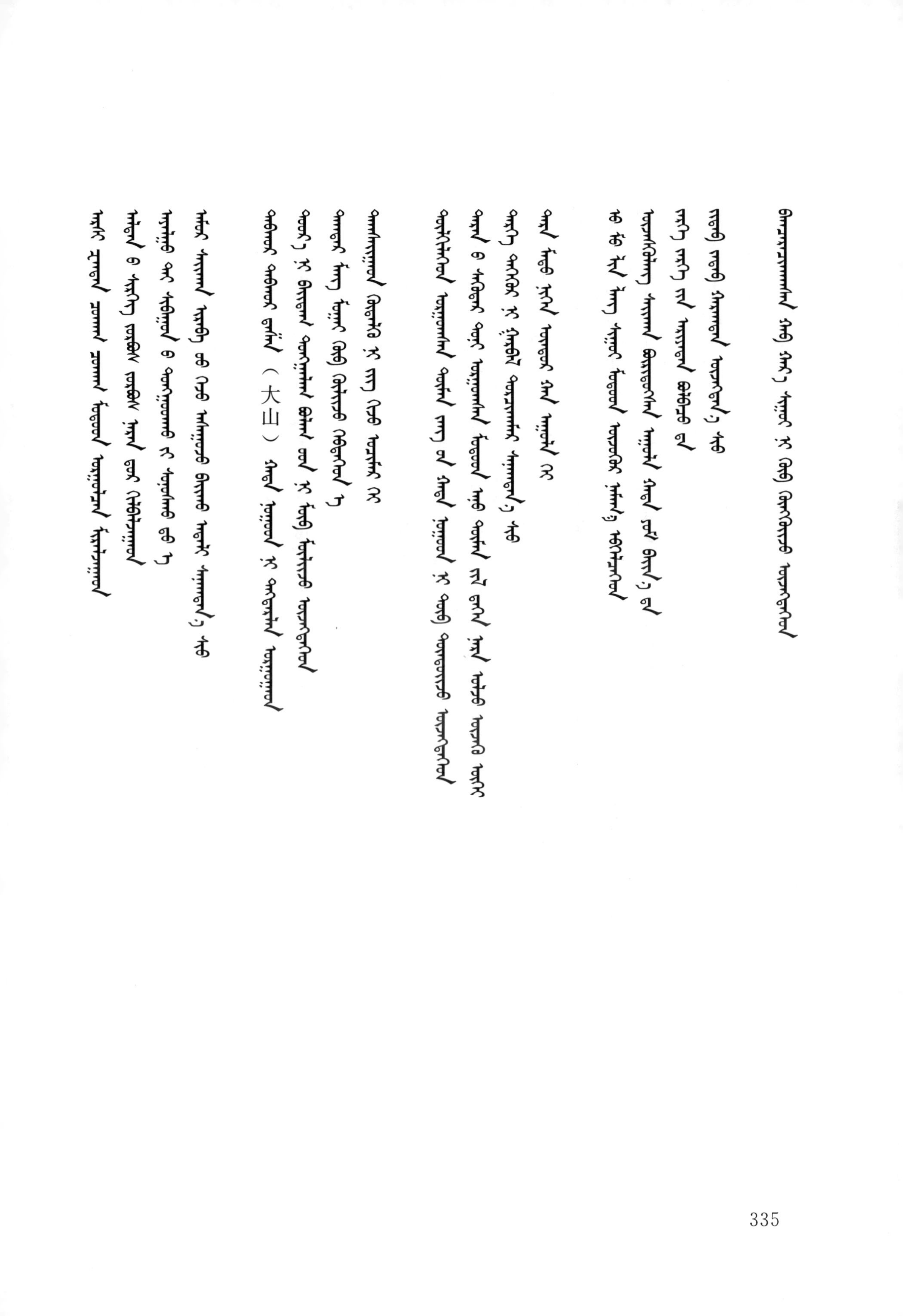

ᠥᠨᠳᠥᠷ ᠥᠨᠳᠥᠷ ᠬᠠᠶᠢᠷᠬᠠᠨ （大山） ᠤᠨ ᠬᠦᠮᠦᠨ ᠢ ᠣᠷᠤᠭᠤᠯᠬᠤ ᠪᠠᠶᠢᠳᠠᠯ

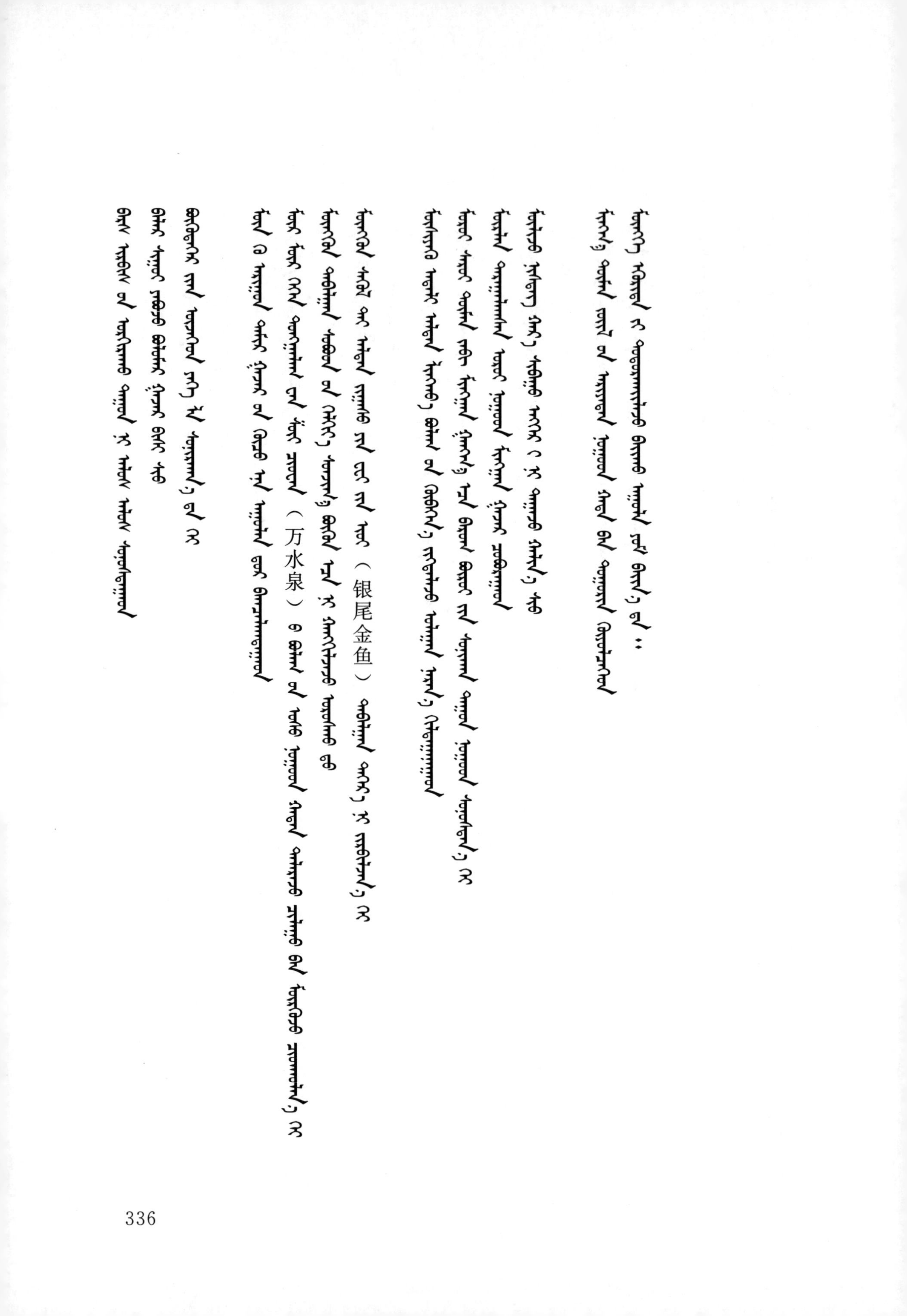

[illegible]

[illegible]

[illegible]

[illegible]

[illegible]（银尾金鱼）[illegible]

[illegible]

[illegible]（万水泉）[illegible]

[illegible]

[illegible]

[illegible]

[illegible]

[illegible]

[illegible]

[illegible]

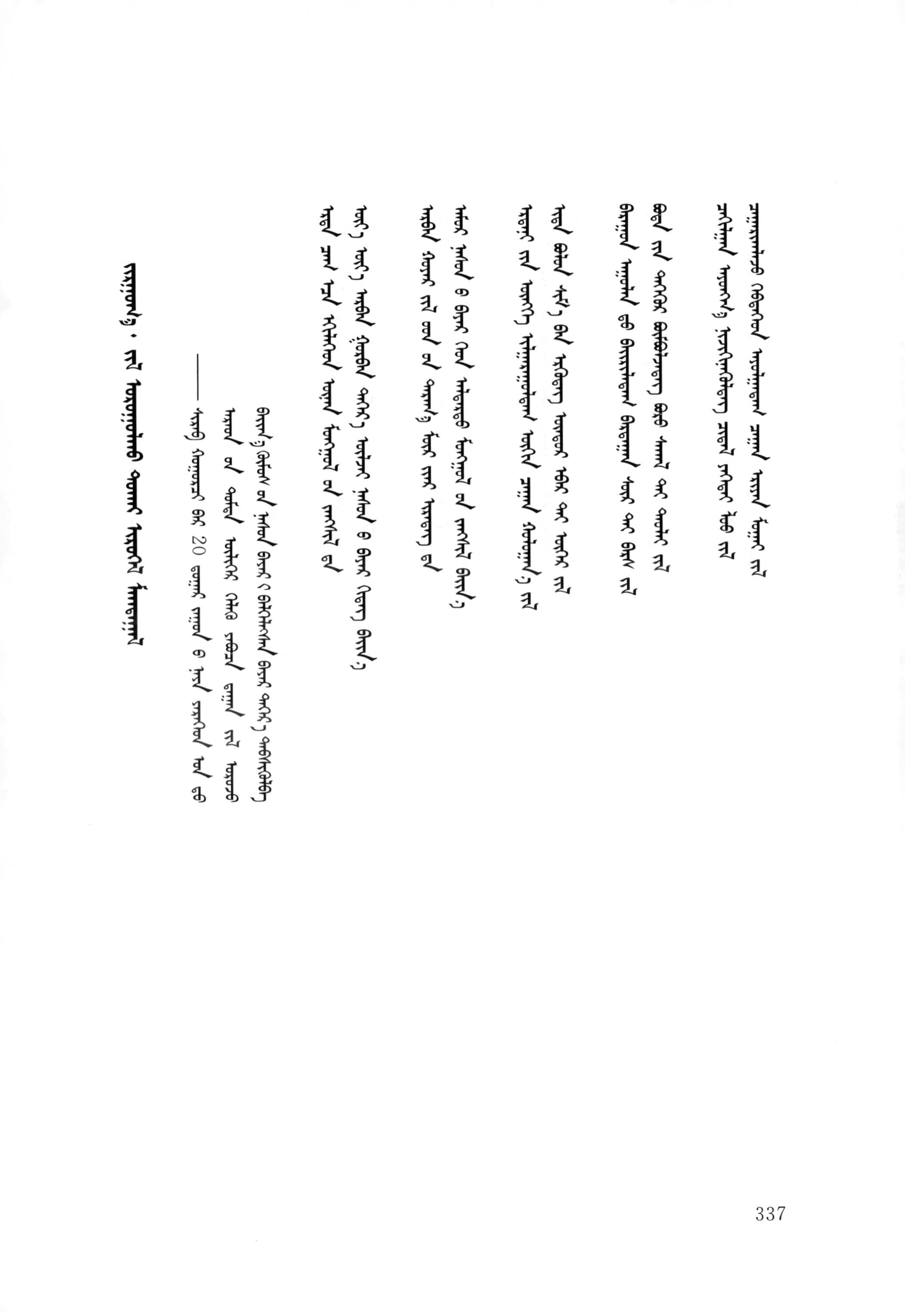

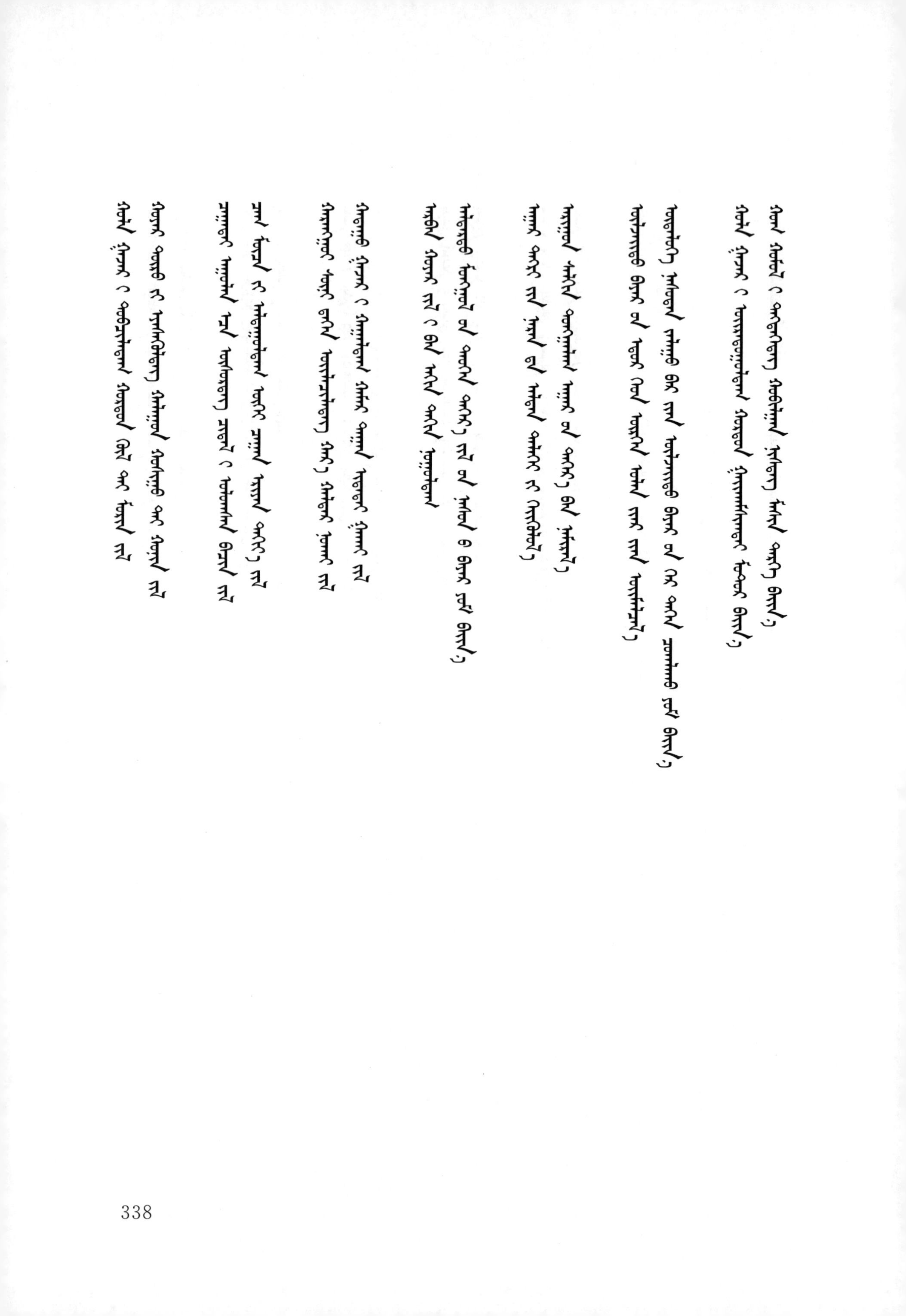

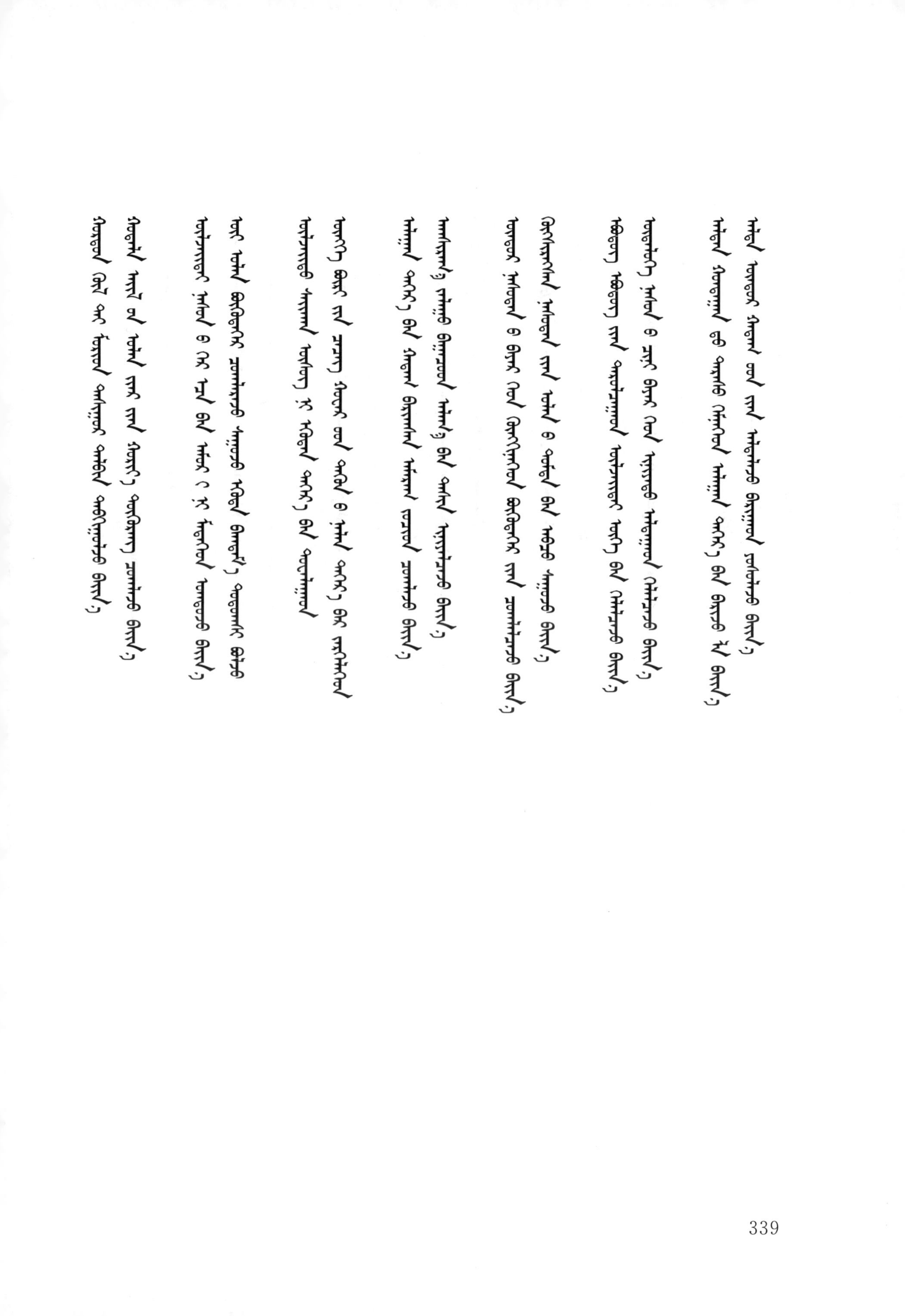

[illegible]
[illegible]
[illegible]
[illegible]

[illegible]
[illegible]
[illegible]
[illegible]

[illegible]
[illegible]

[illegible]
[illegible]
[illegible]
[illegible]

ᠪᠣᠯᠤᠨ ᠬᠦᠮᠦᠨ ᠤ ᠰᠡᠳᠬᠢᠯ ᠳᠦ ᠵᠢ ᠪᠠᠢᠭᠠ ᠶᠢᠨ ᠮᠡᠳᠡᠭᠳᠡᠬᠦ ᠪᠠᠢᠨ᠎ᠠ᠃

ᠪᠠᠢᠭᠤᠯᠤᠯᠲᠠ ᠰᠠᠢᠬᠠᠨ ᠶᠢᠨ ᠪᠦᠲᠦᠭᠡᠯ ᠲᠡᠢ ᠬᠦᠮᠦᠨ ᠶᠢᠨ ᠮᠡᠳᠡᠭᠳᠡᠬᠦ ᠪᠠᠢᠨ᠎ᠠ᠃

ᠳᠡᠭᠡᠷ᠎ᠡ ᠶᠢᠨ ᠬᠦᠮᠦᠨ ᠤ ᠪᠠᠢᠳᠠᠯ ᠶᠢᠨ ᠶᠢᠨ ᠰᠤᠷᠭᠠᠨ ᠬᠦᠮᠦᠵᠢᠯ ᠢ ᠪᠦᠲᠦᠭᠡᠬᠦ ᠪᠠᠢᠳᠠᠯ ᠳᠤ ᠭᠠᠷᠴᠤ ᠪᠠᠢᠨ᠎ᠠ᠃

ᠮᠠᠨᠤ ᠰᠠᠢᠬᠠᠨ ᠲᠣᠮᠣ ᠶᠢᠨ ᠦᠨᠡᠨ ᠪᠠᠢᠳᠠᠯ ᠤᠨ ᠪᠦᠲᠦᠭᠡᠯ ᠢ ᠬᠠᠮᠠᠭᠠᠯᠠᠬᠤ ᠪᠠᠢᠨ᠎ᠠ᠃
ᠬᠡᠷᠡᠭ ᠪᠣᠯᠤᠯᠲᠠ ᠨᠢᠭᠡᠨ ᠲᠤᠰᠠᠯᠠᠯᠴᠠᠭᠠᠨ ᠤ ᠮᠡᠳᠡᠭᠳᠡᠬᠦ ᠪᠠᠢᠨ᠎ᠠ᠃

ᠰᠠᠢᠨ ᠬᠦᠮᠦᠨ ᠤ ᠪᠠᠢᠳᠠᠯ ᠰᠠᠢᠬᠠᠨ ᠪᠦᠬᠦ ᠶᠢᠨ ᠬᠦᠮᠦᠵᠢᠯ ᠲᠡᠢ ᠪᠠᠢᠨ᠎ᠠ᠃
ᠦᠨᠳᠦᠰᠦᠲᠡᠨ ᠤ ᠰᠤᠷᠭᠠᠯ ᠤᠨ ᠪᠦᠲᠦᠭᠡᠯ ᠢ ᠬᠠᠮᠠᠭᠠᠯᠠᠬᠤ ᠪᠠᠢᠨ᠎ᠠ᠃

ᠭᠡᠷᠡᠯ ᠦᠨ ᠤ ᠲᠡᠭ ᠢ ᠭᠡᠷᠡᠯᠲᠦ ᠪᠣᠯᠪᠠᠰᠤᠷᠠᠬᠤ ᠪᠠᠢᠨ᠎ᠠ᠃
ᠭᠡᠷᠡᠯᠲᠦ ᠰᠠᠢᠬᠠᠨ ᠤ ᠪᠦᠲᠦᠭᠡᠯ ᠢ ᠭᠡᠷᠡᠯᠲᠦᠭᠦᠯᠦᠭᠰᠡᠨ ᠪᠣᠯᠤᠨ ᠬᠠᠮᠠᠭᠠᠯᠠᠯᠲᠠ

ᠭᠡᠷᠡᠯ ᠪᠣᠯᠤᠨ ᠤ ᠲᠡᠭ ᠢ ᠭᠡᠷᠡᠯᠲᠦ ᠮᠡᠳᠡᠭᠳᠡᠬᠦ ᠶᠢᠨ ᠪᠦᠲᠦᠭᠡᠯ ᠪᠠᠢᠨ᠎ᠠ᠃
ᠭᠡᠷᠡᠯ ᠪᠣᠯᠤᠨ ᠰᠠᠢᠬᠠᠨ ᠪᠦᠬᠦ ᠲᠡᠢ ᠪᠦᠲᠦᠭᠡᠯ ᠢ ᠬᠠᠮᠠᠭᠠᠯᠠᠬᠤ

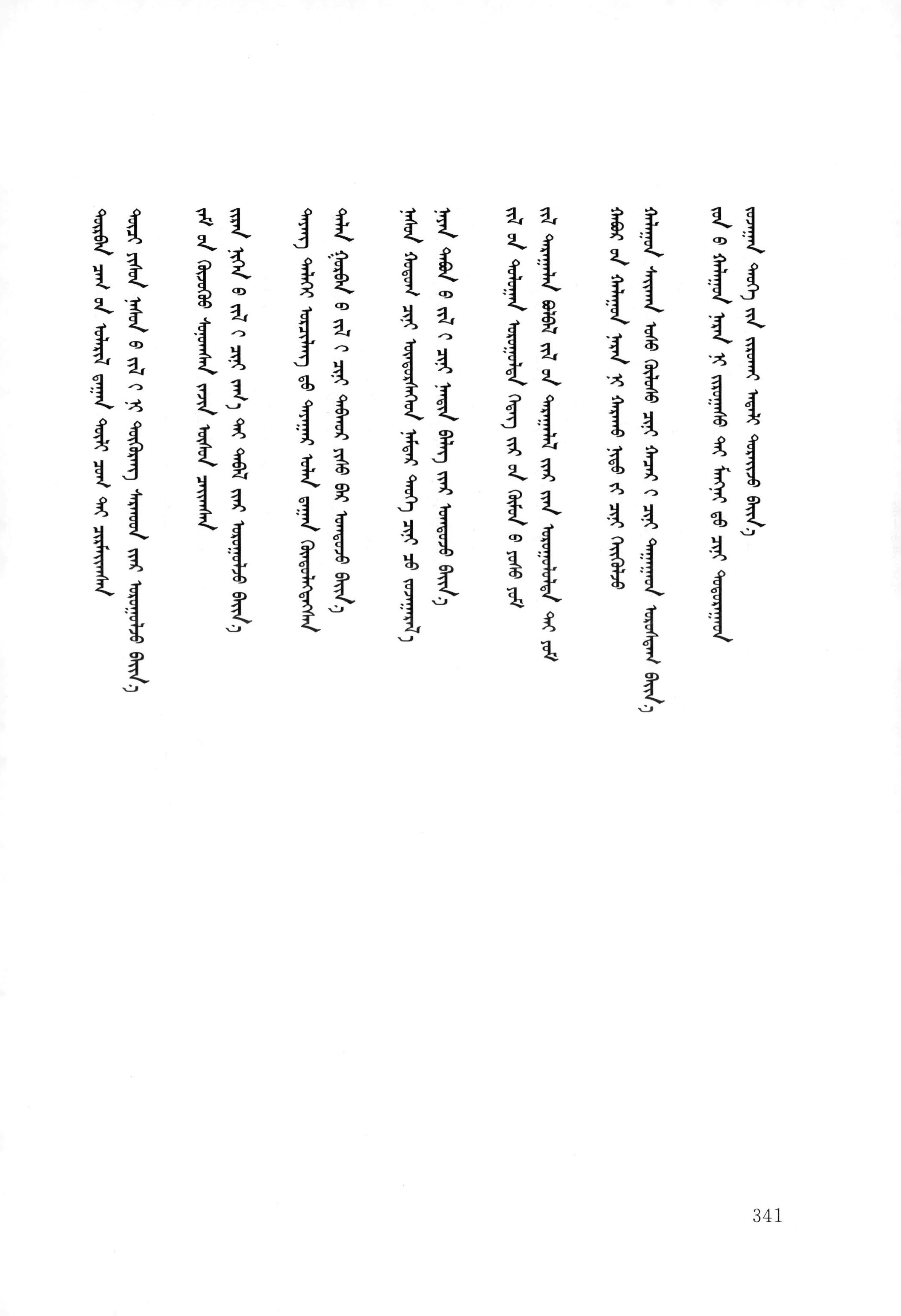

[illegible]
[illegible]

[illegible]
[illegible]

[illegible]
[illegible]

[illegible]
[illegible]

[illegible]
[illegible]

[illegible]
[illegible]

[illegible]
[illegible]

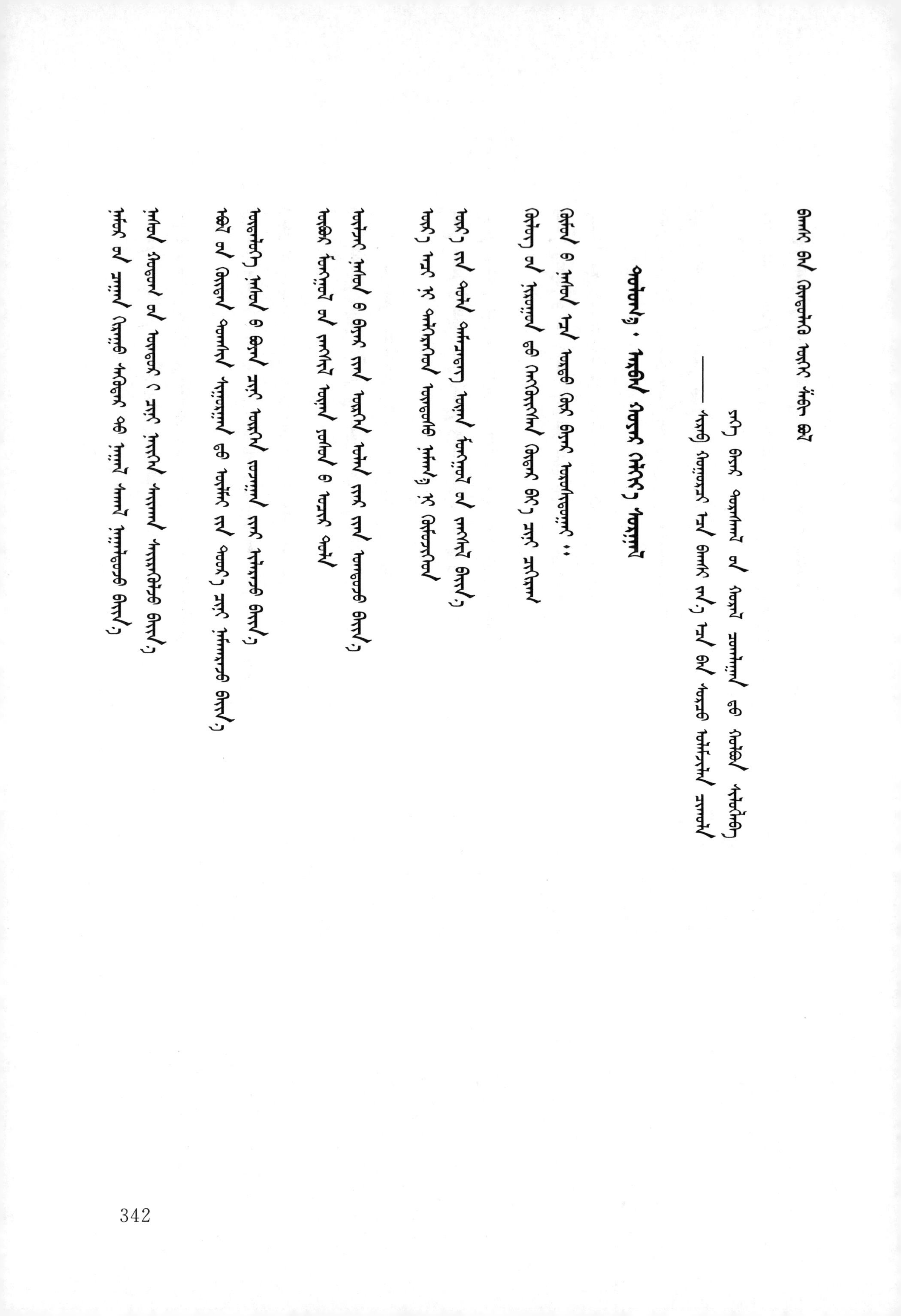

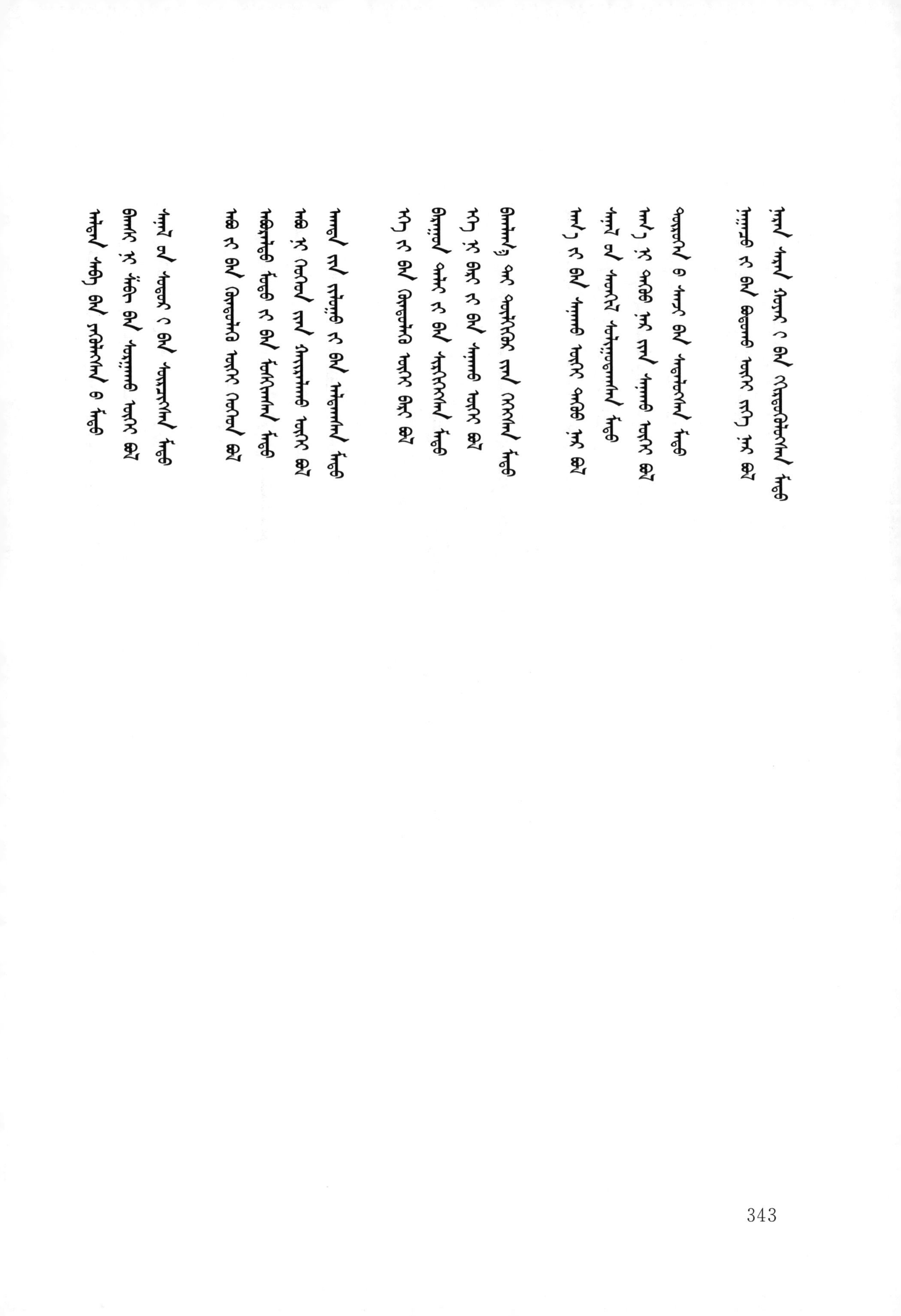

[illegible]

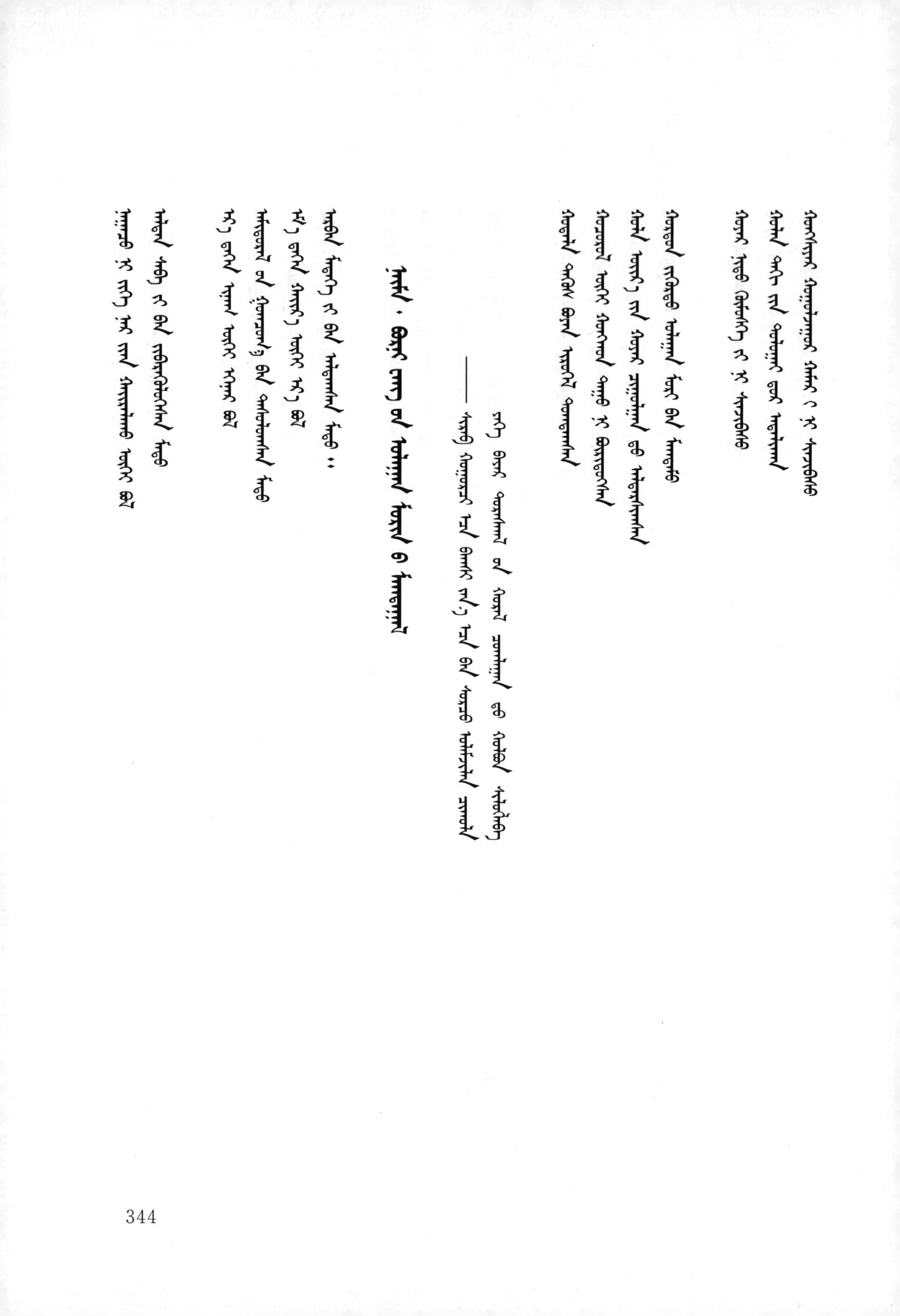

[illegible]
[illegible]
[illegible]

[illegible]
[illegible]
[illegible]
[illegible]

[illegible]
—— [illegible]

[illegible]

[illegible] ᠃
[illegible]
[illegible]
[illegible]

[illegible]
[illegible]

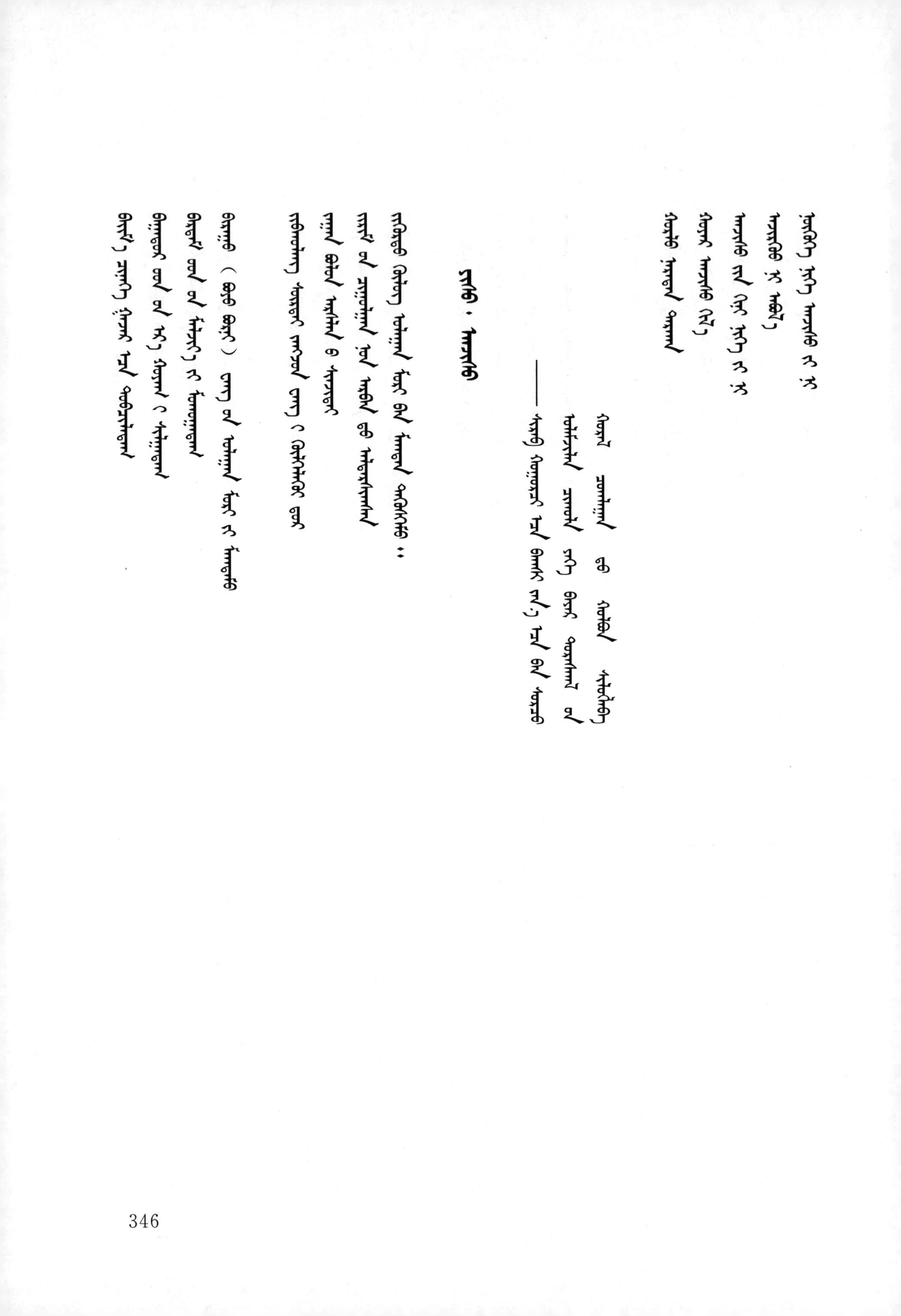

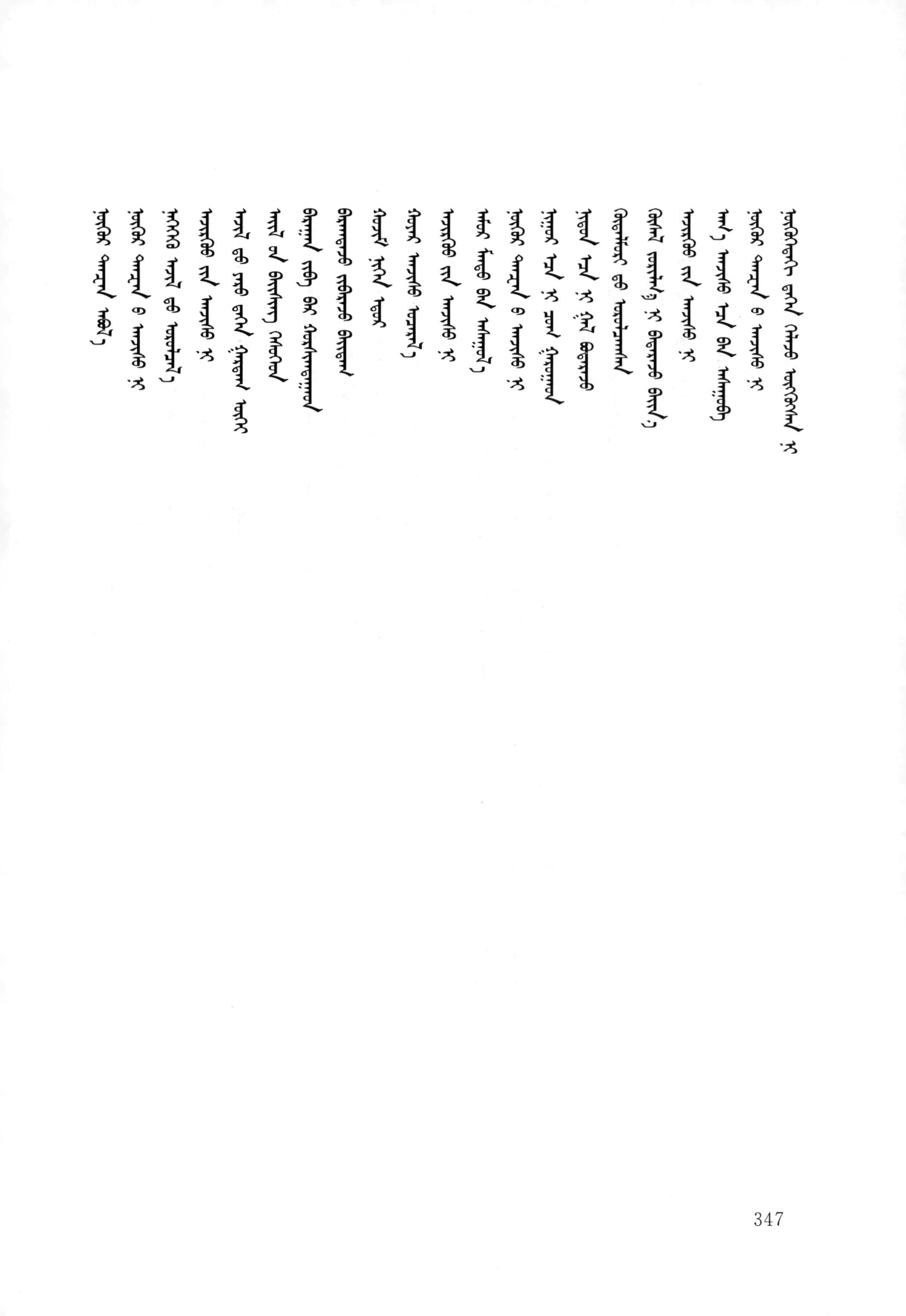

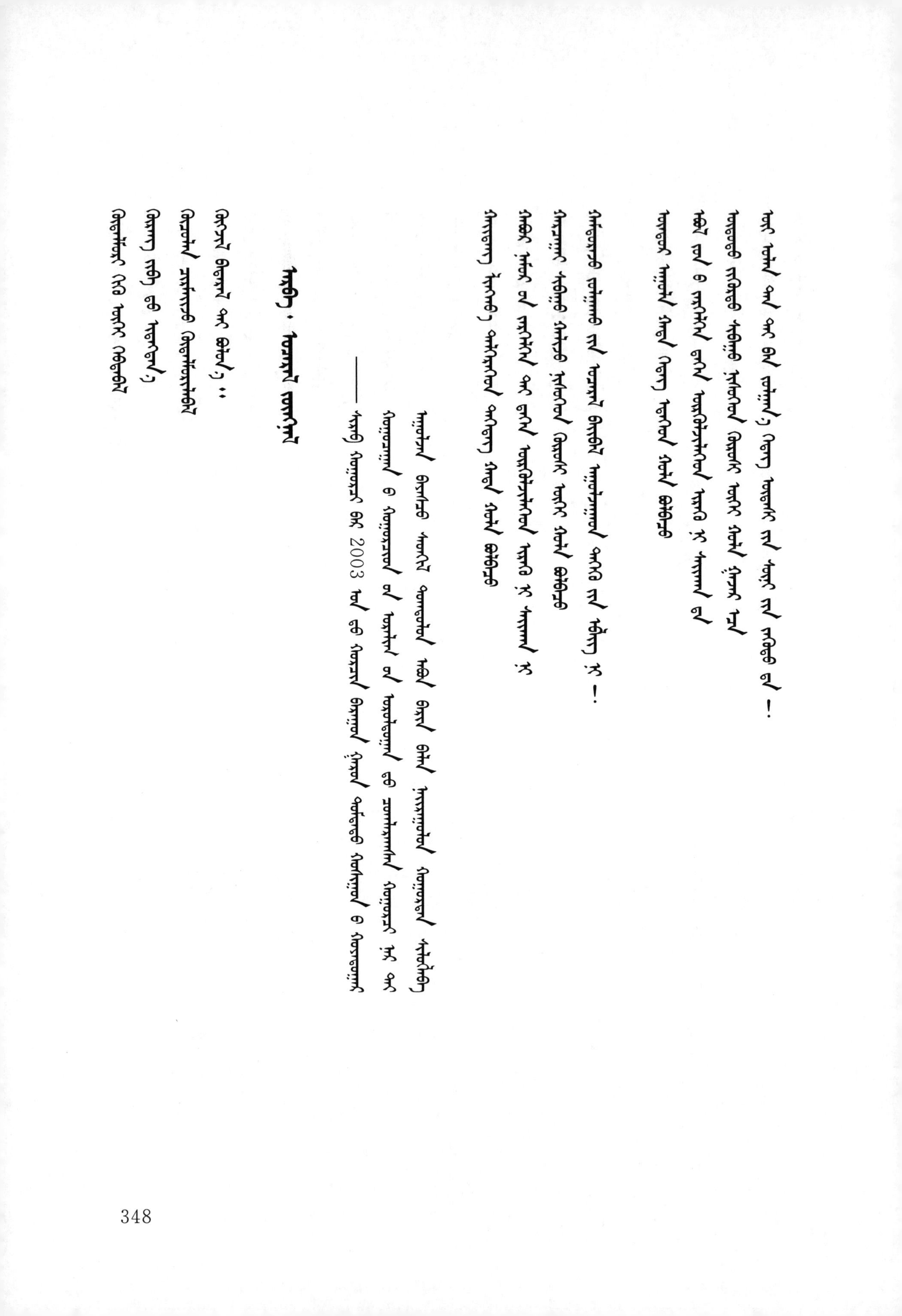

[illegible]

[illegible]

—— [illegible] 2003 [illegible]

[illegible]

[illegible]

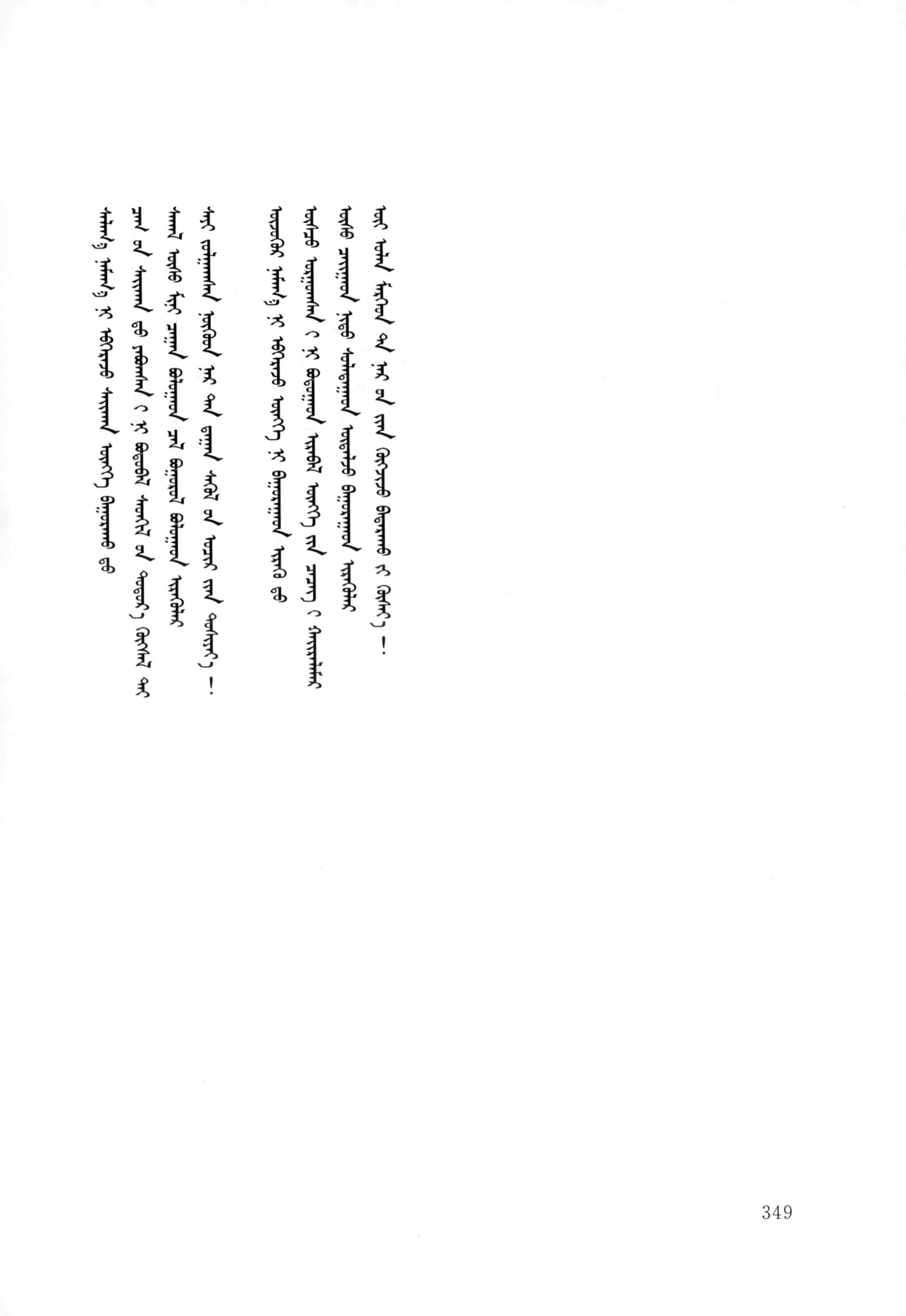

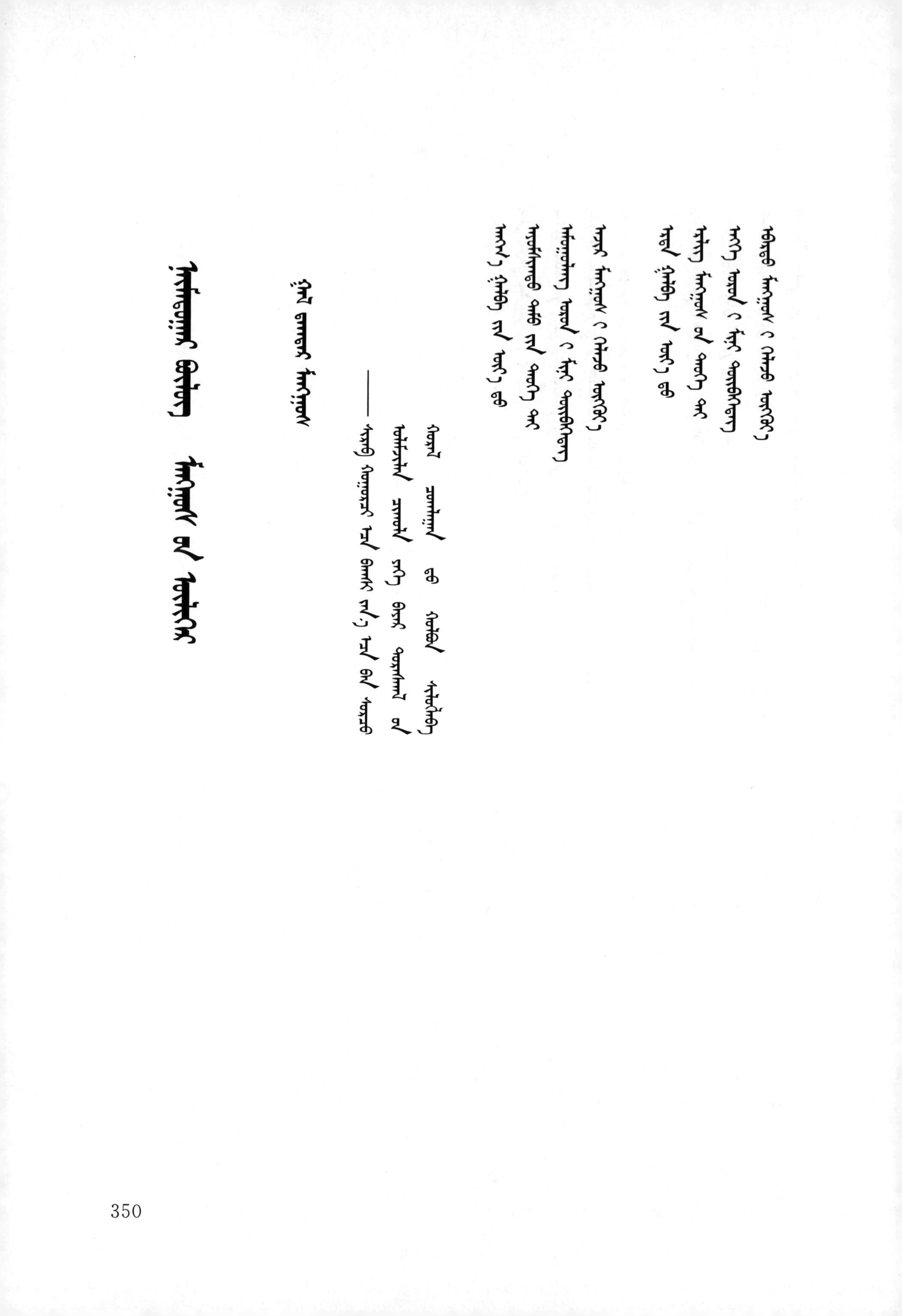

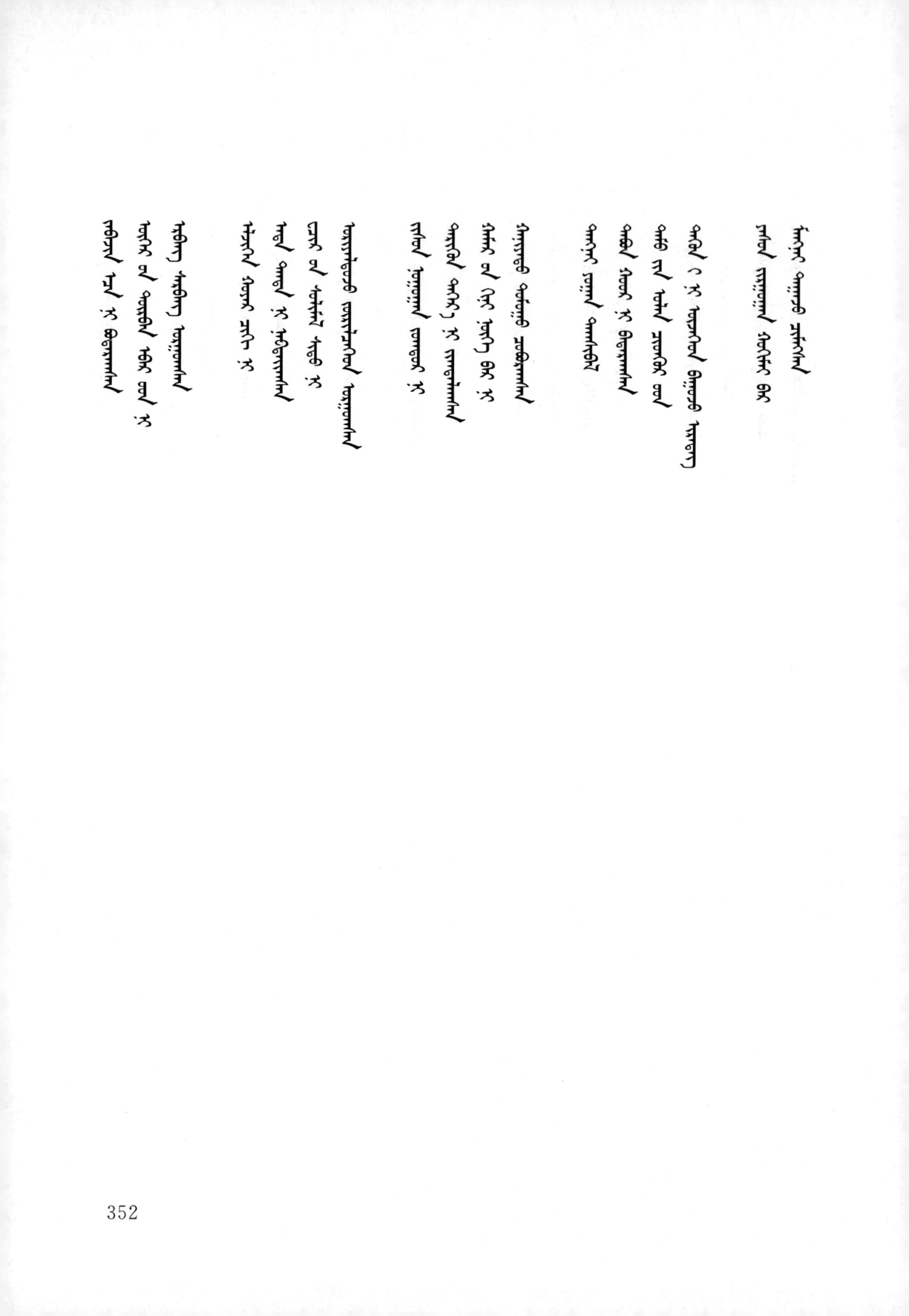

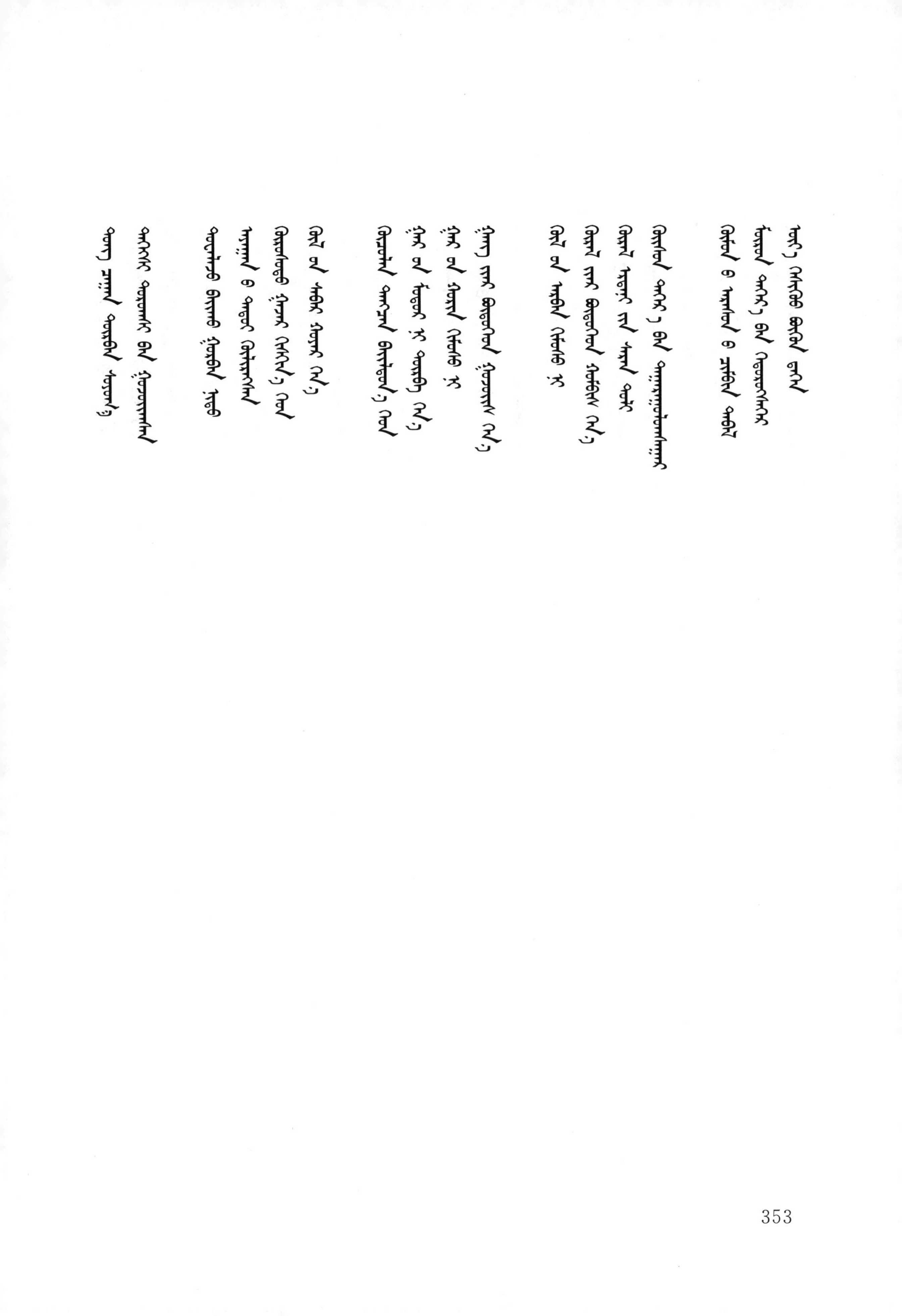

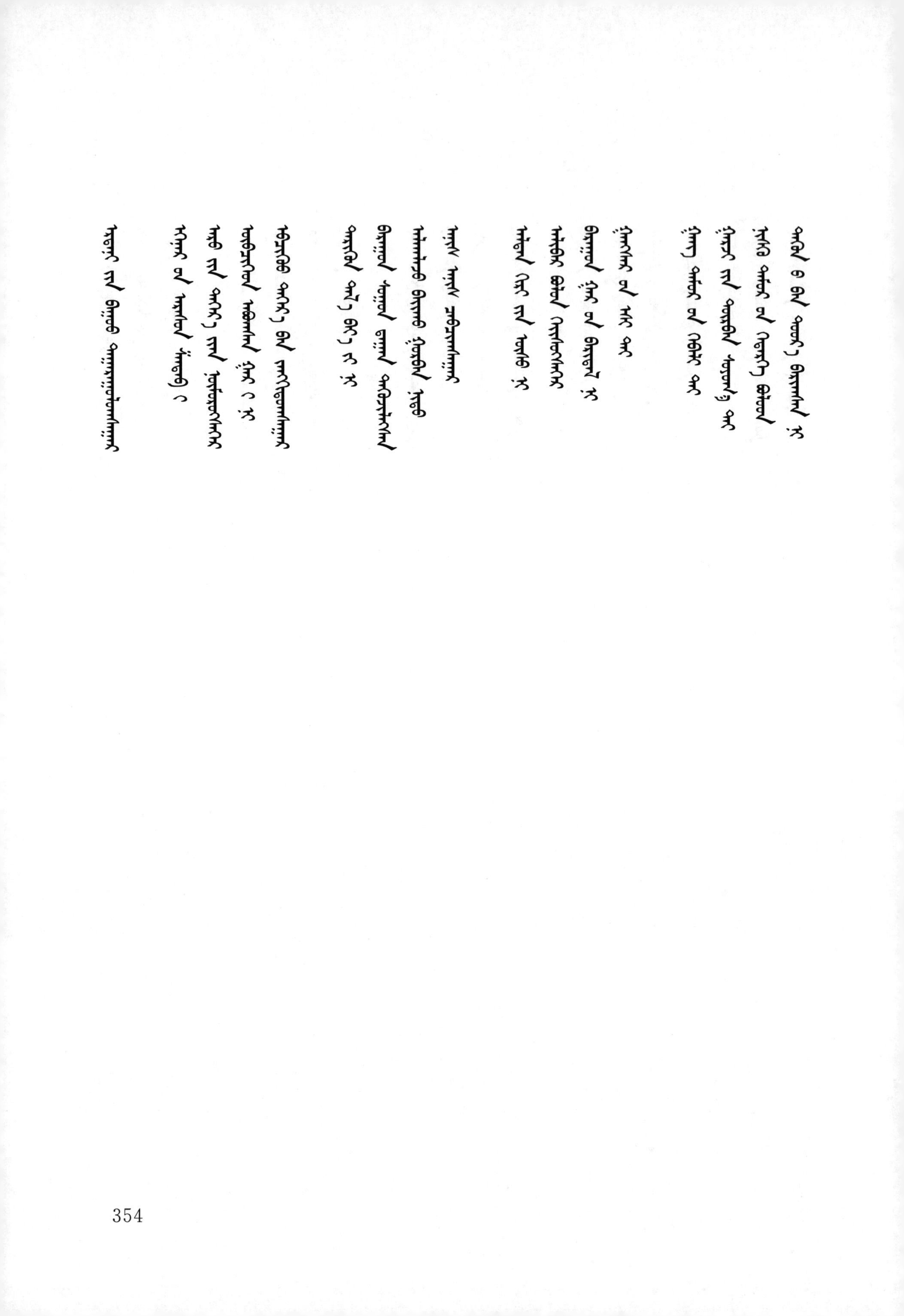

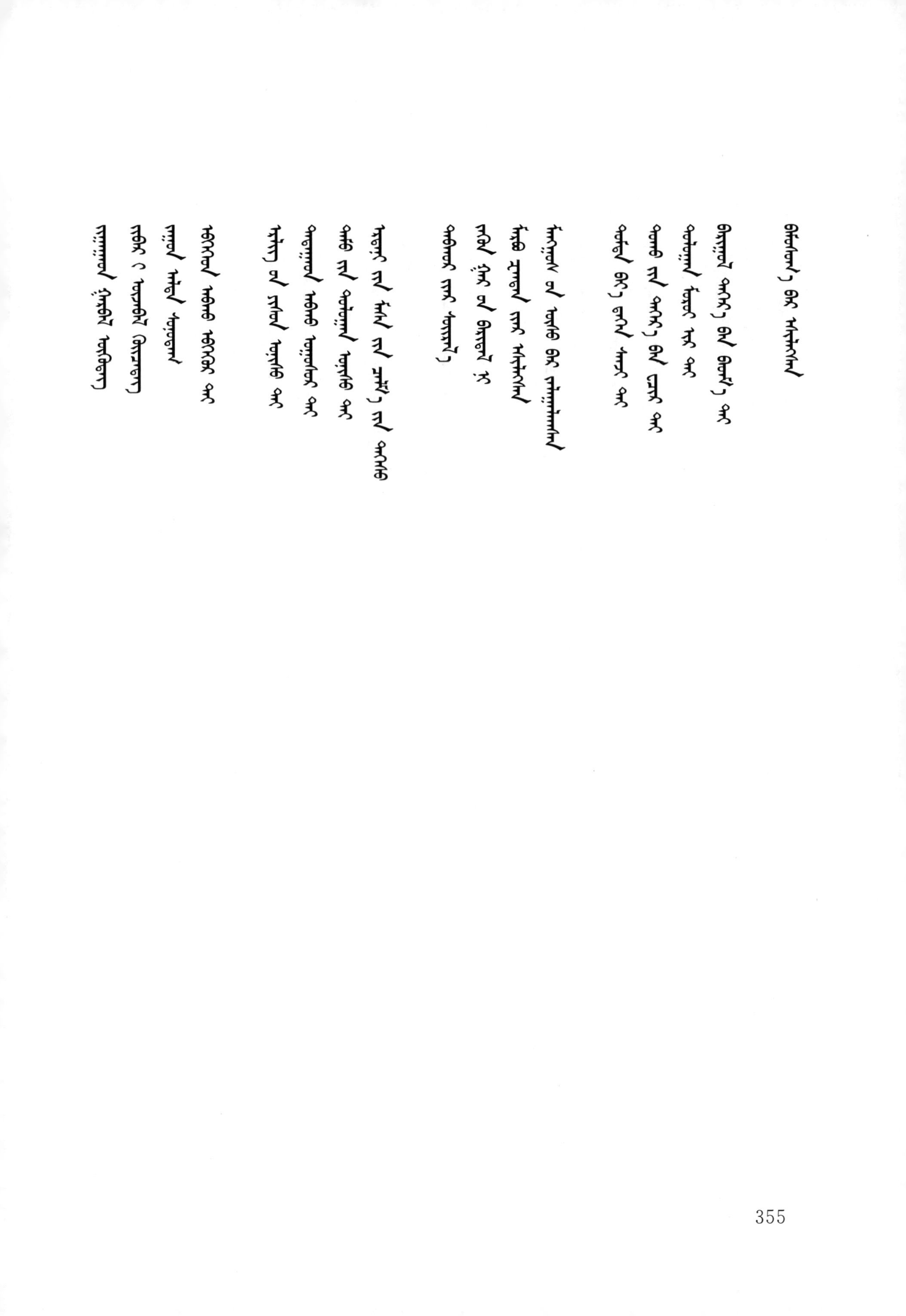

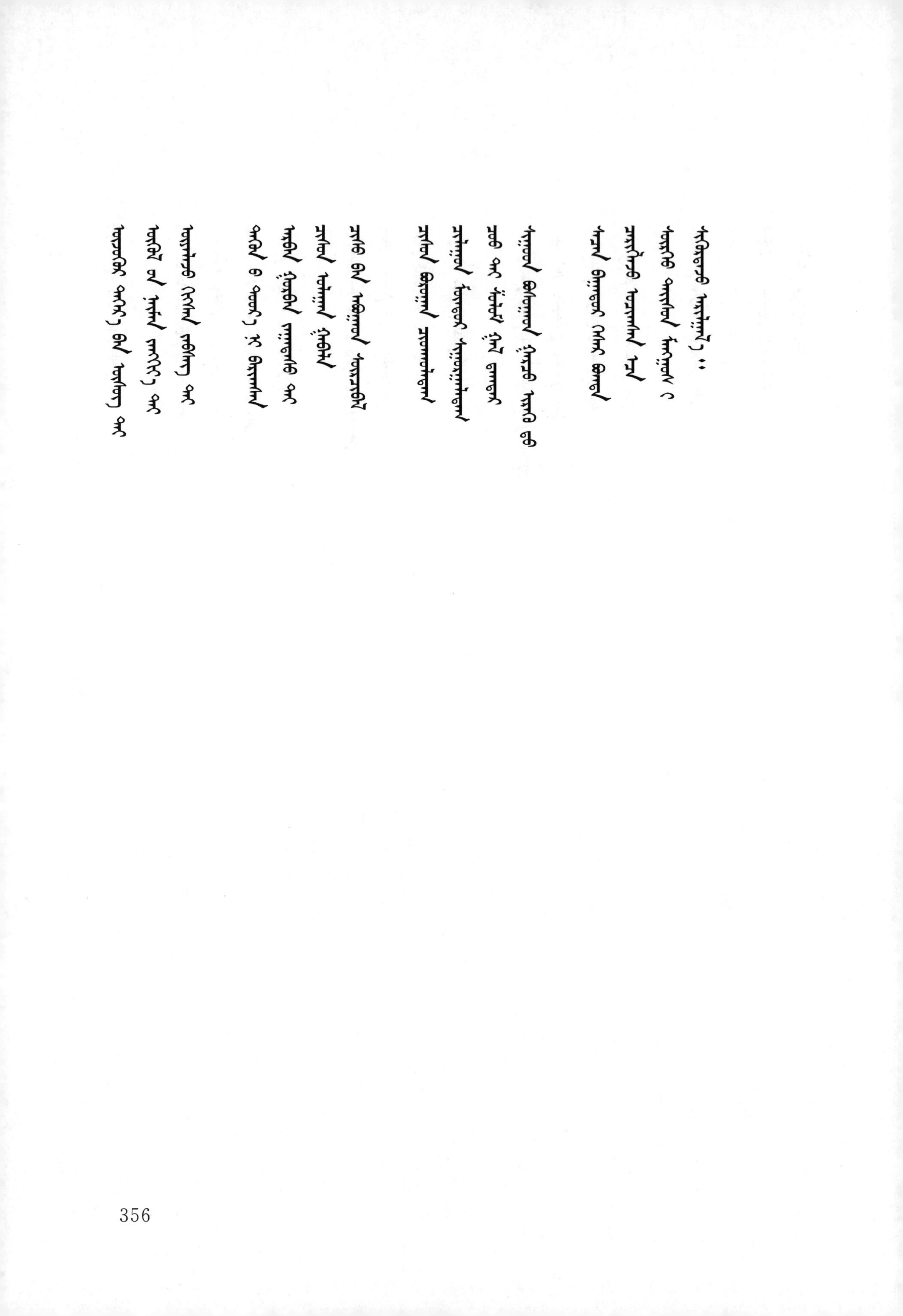

ᠬᠠᠪᠰᠤᠷᠤᠯᠲᠠ

ᠨᠠᠢᠮᠠ · ᠮᠣᠩᠭᠣᠯ ᠬᠡᠯᠡᠨ ᠦ ᠪᠢᠴᠢᠭ [illegible]

[illegible]

—— 2005 ᠣᠨ ᠤ 9 ᠰᠠᠷ᠎ᠠ ᠶᠢᠨ 27 ᠤ ᠡᠳᠦᠷ ᠮᠣᠩᠭᠣᠯ ᠬᠡᠯᠡᠨ ᠦ « [illegible] » [illegible]

[illegible]

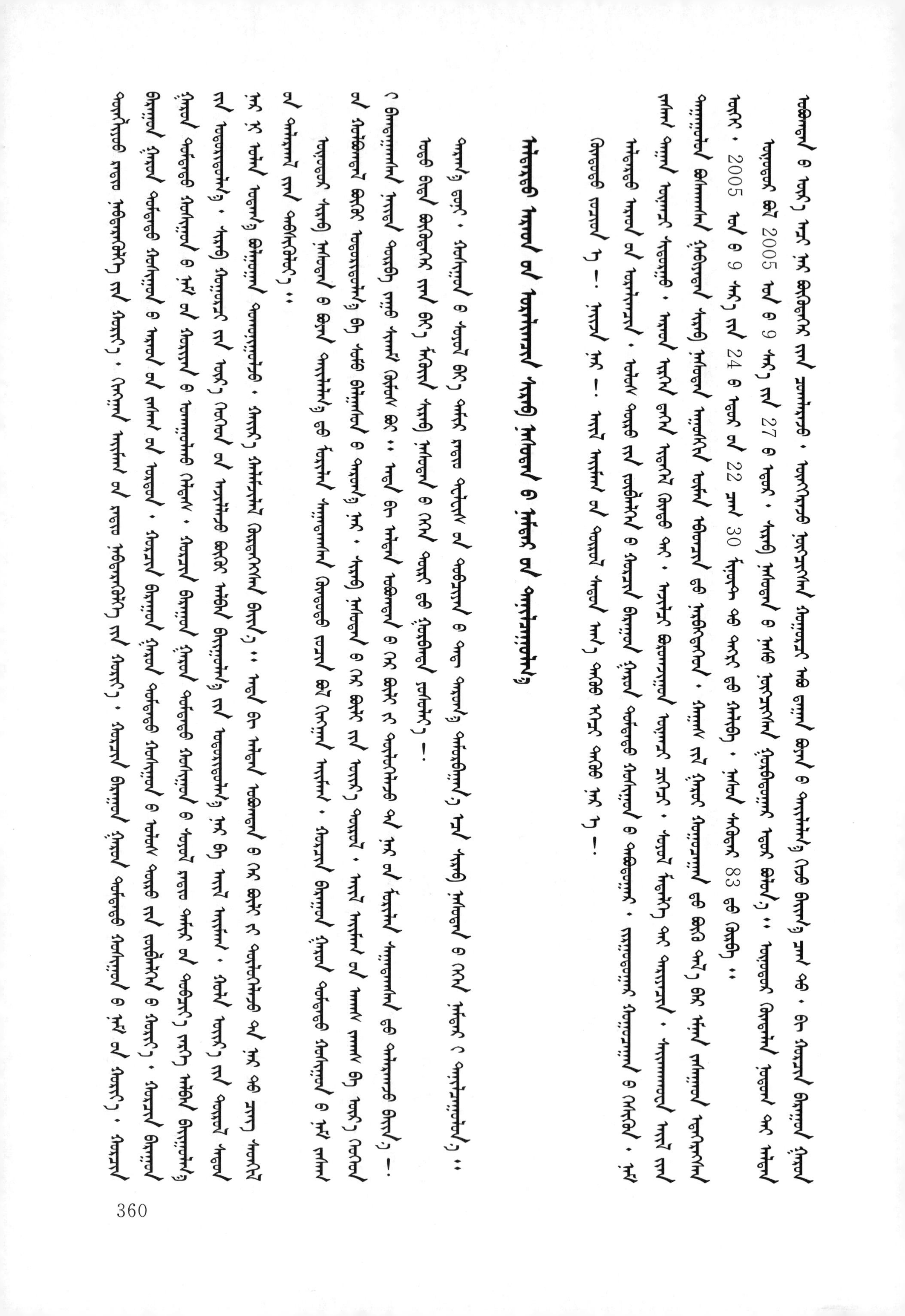

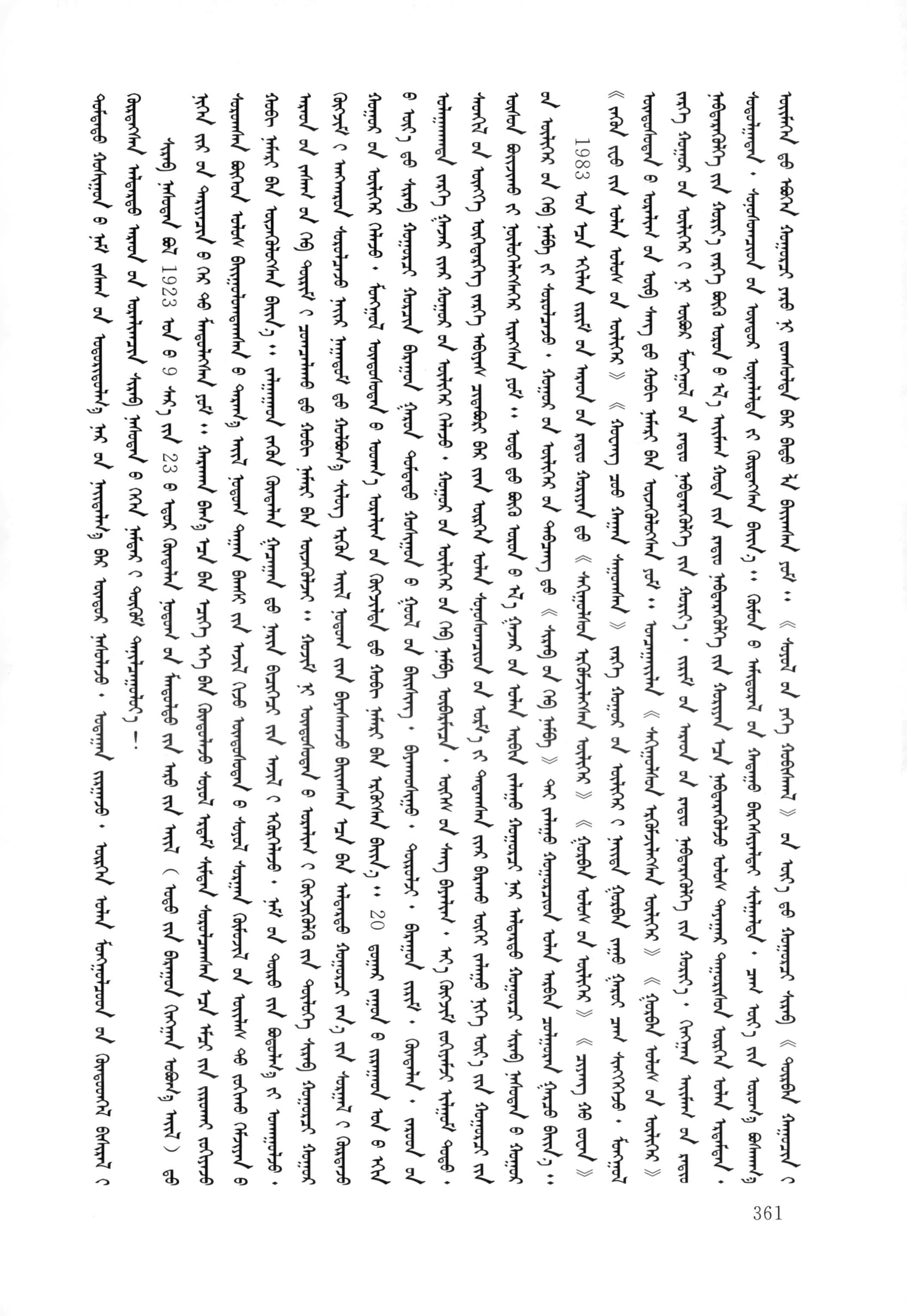

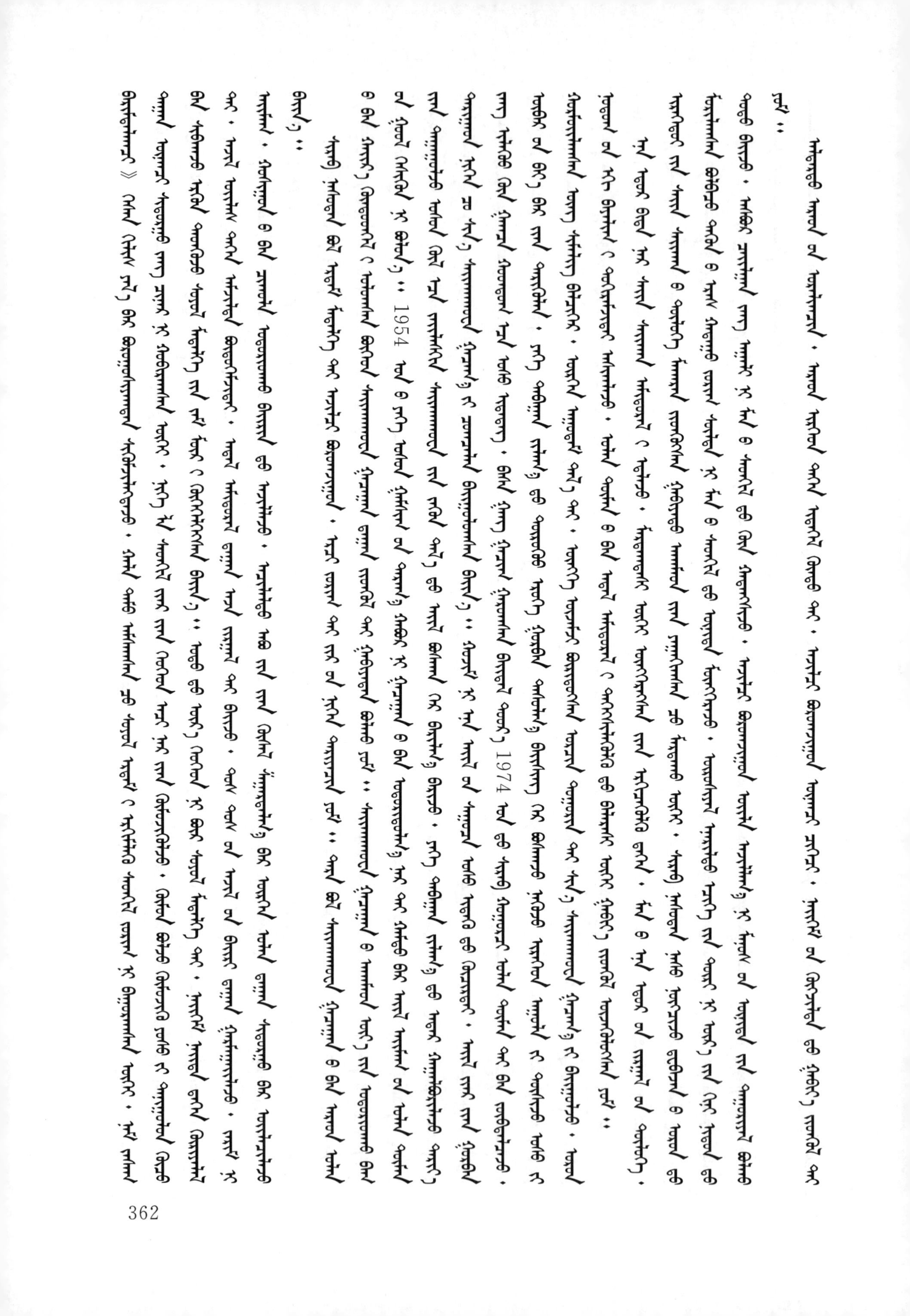

ᠰᠤᠷᠭᠠᠭᠤᠯᠢ ᠨᠥᠬᠥᠳ ᠪᠠᠨ ᠶᠡᠬᠡ ᠪᠠᠶᠠᠷᠯᠠᠯ ᠢᠯᠡᠷᠬᠡᠶᠢᠯᠡᠶ᠎ᠡ᠄

ᠲᠠᠯᠠᠷᠬᠠᠯ ᠨᠢᠭᠡ ᠰᠠᠶᠢᠨ ᠪᠠᠶᠢᠭᠠᠷᠠᠢ ᠮᠡᠨᠳᠦᠴᠢᠯᠡᠶ᠎ᠡ!

[illegible] ::

1945 ᠣᠨ ᠡᠴᠡ 1946 ᠣᠨ ᠳᠤ ᠂ [illegible] ᠂ [illegible]

1942 ᠣᠨ ᠡᠴᠡ 1945 ᠣᠨ ᠳᠤ ᠂ [illegible] ::

[illegible] ::

1938 ᠣᠨ ᠡᠴᠡ 1942 ᠣᠨ ᠳᠤ ᠂ [illegible] ([illegible]) [illegible] ᠂ [illegible]

1935 ᠣᠨ ᠡᠴᠡ 1938 ᠣᠨ ᠳᠤ ᠂ [illegible] ᠂ [illegible] ᠂ [illegible] ᠂ [illegible] ::

1931 ᠣᠨ ᠡᠴᠡ 1935 ᠣᠨ ᠳᠤ ᠂ [illegible] ::

1923 ᠣᠨ ᠡᠴᠡ 1931 ᠣᠨ ᠳᠤ ᠂ [illegible] ᠂ [illegible] ::

[illegible] ::

[illegible]) [illegible] ([illegible]) [illegible] ᠂ [illegible] ᠂ 1923 ᠣᠨ ᠤ [illegible] ([illegible]

[illegible] 《 [illegible] 》 [illegible]

—— 2005 ᠣᠨ ᠤ 9 ᠰᠠᠷ᠎ᠠ ᠶᠢᠨ 27 ᠤ [illegible] ᠤ 《 [illegible] 》 [illegible]

ᠬᠠᠪᠰᠤᠷᠭ᠎ᠠ ᠄ [illegible]

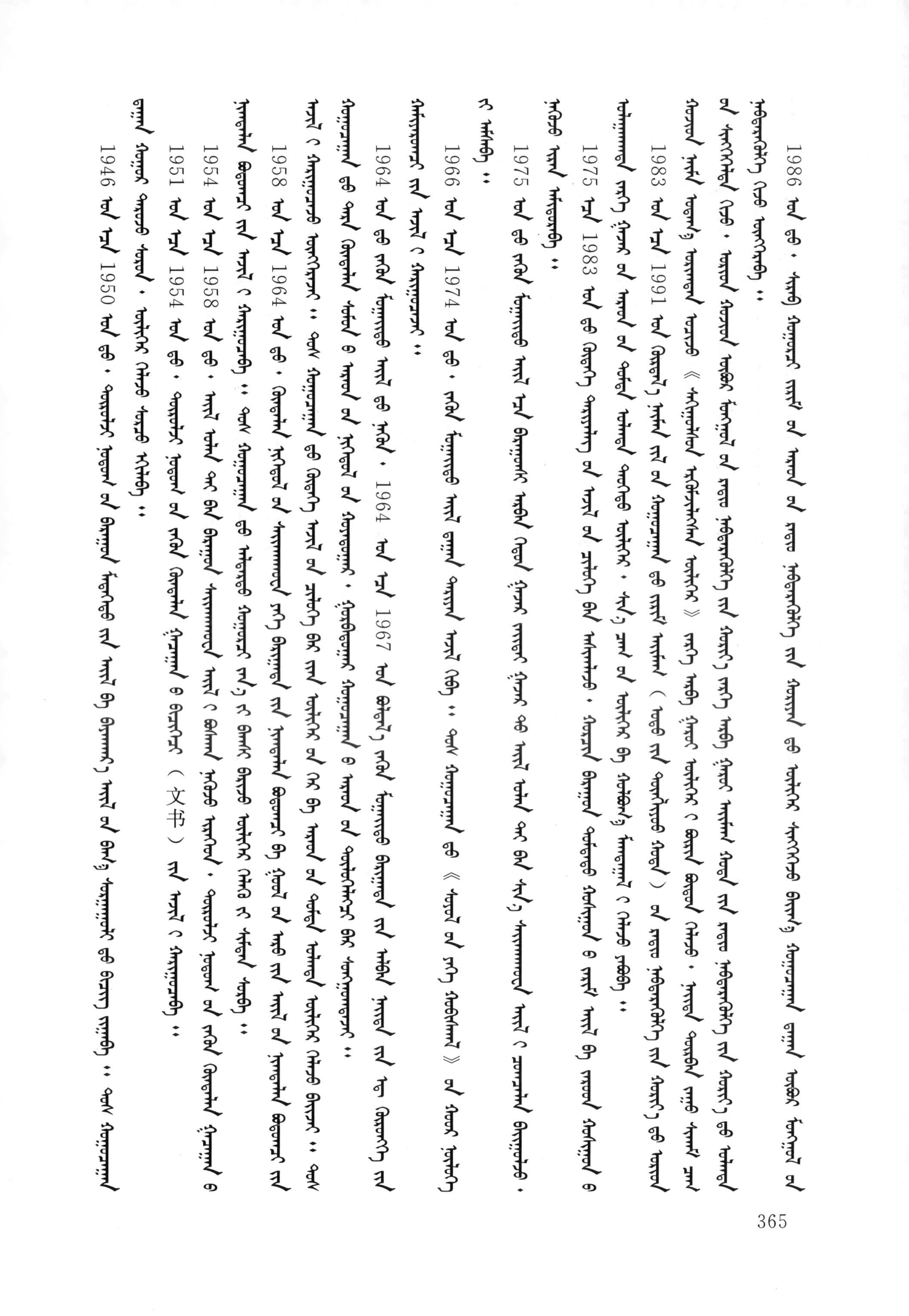

1951 ᠣᠨ ᠡᠴᠡ 1954 ᠣᠨ ᠳᠤ · ᠪᠦᠭᠦᠳᠡ ᠨᠠᠶᠢᠷᠠᠮᠳᠠᠬᠤ ᠬᠣᠷᠢᠶ᠎ᠠ ᠶᠢᠨ ᠵᠠᠰᠠᠭ ᠤᠨ ᠣᠷᠣᠨ ᠤ ᠪᠢᠴᠢᠭᠴᠢ (文书) ᠶᠢᠨ ᠠᠵᠢᠯ ᠢ ᠬᠠᠷᠢᠭᠤᠴᠠᠭᠰᠠᠨ ::

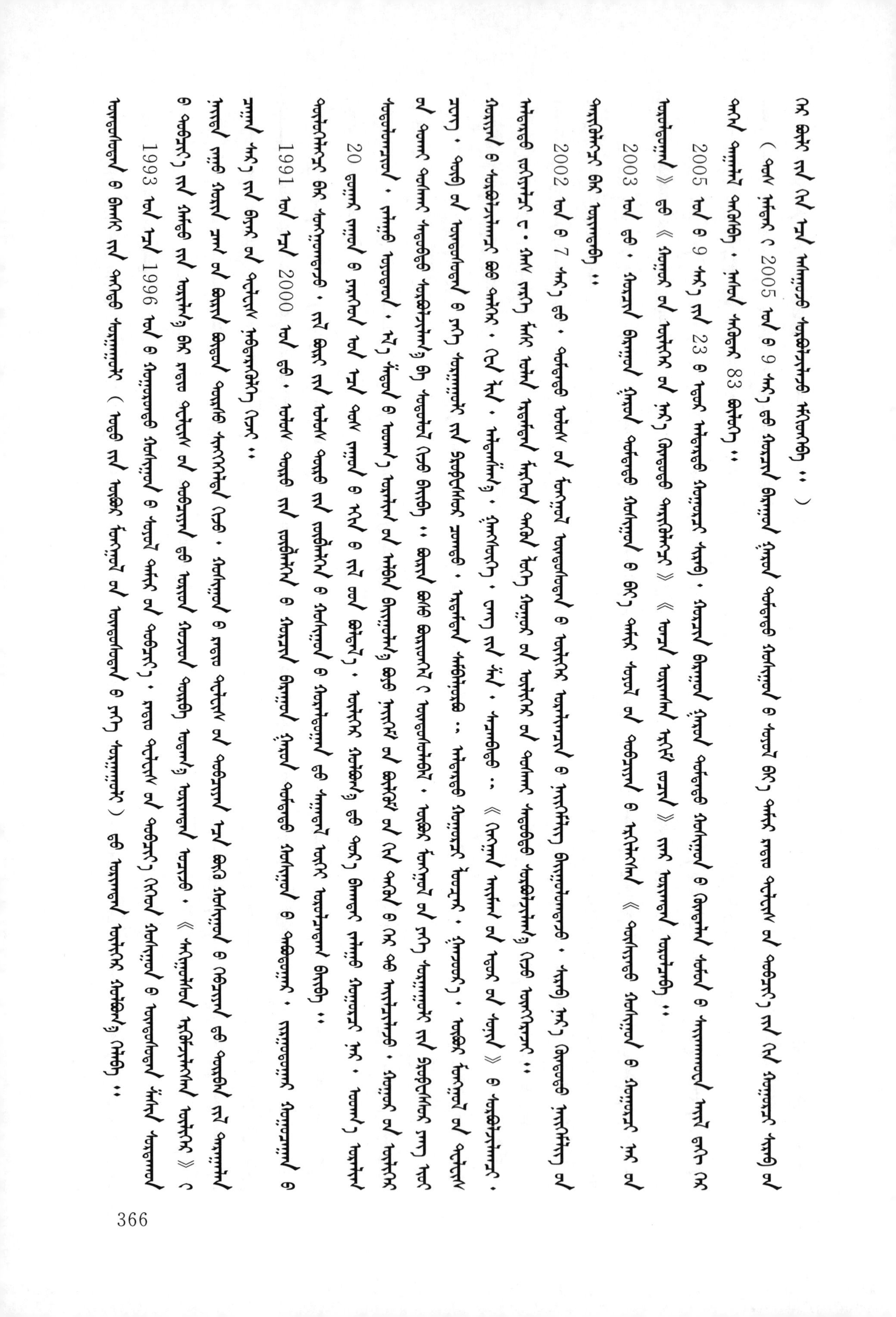

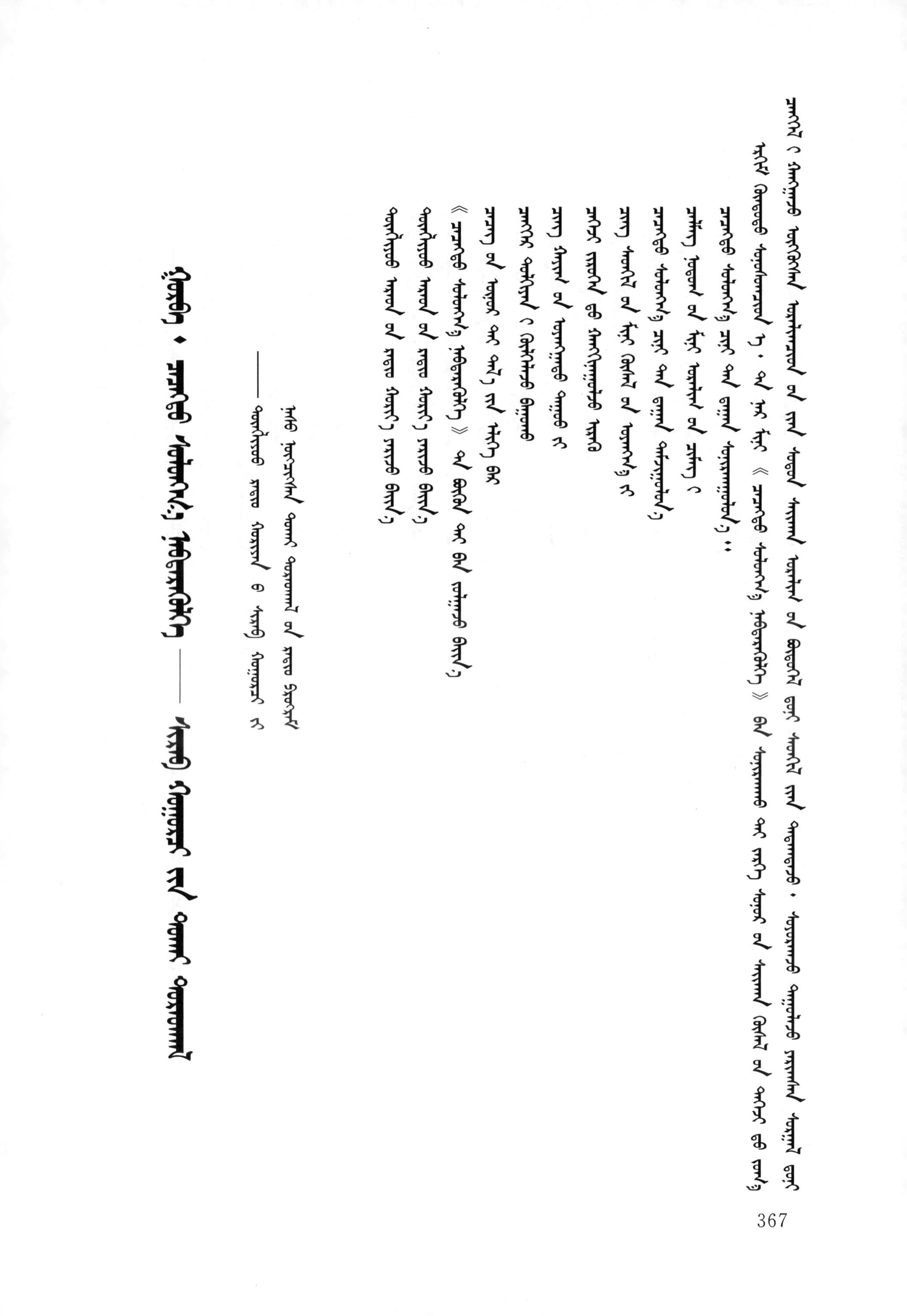

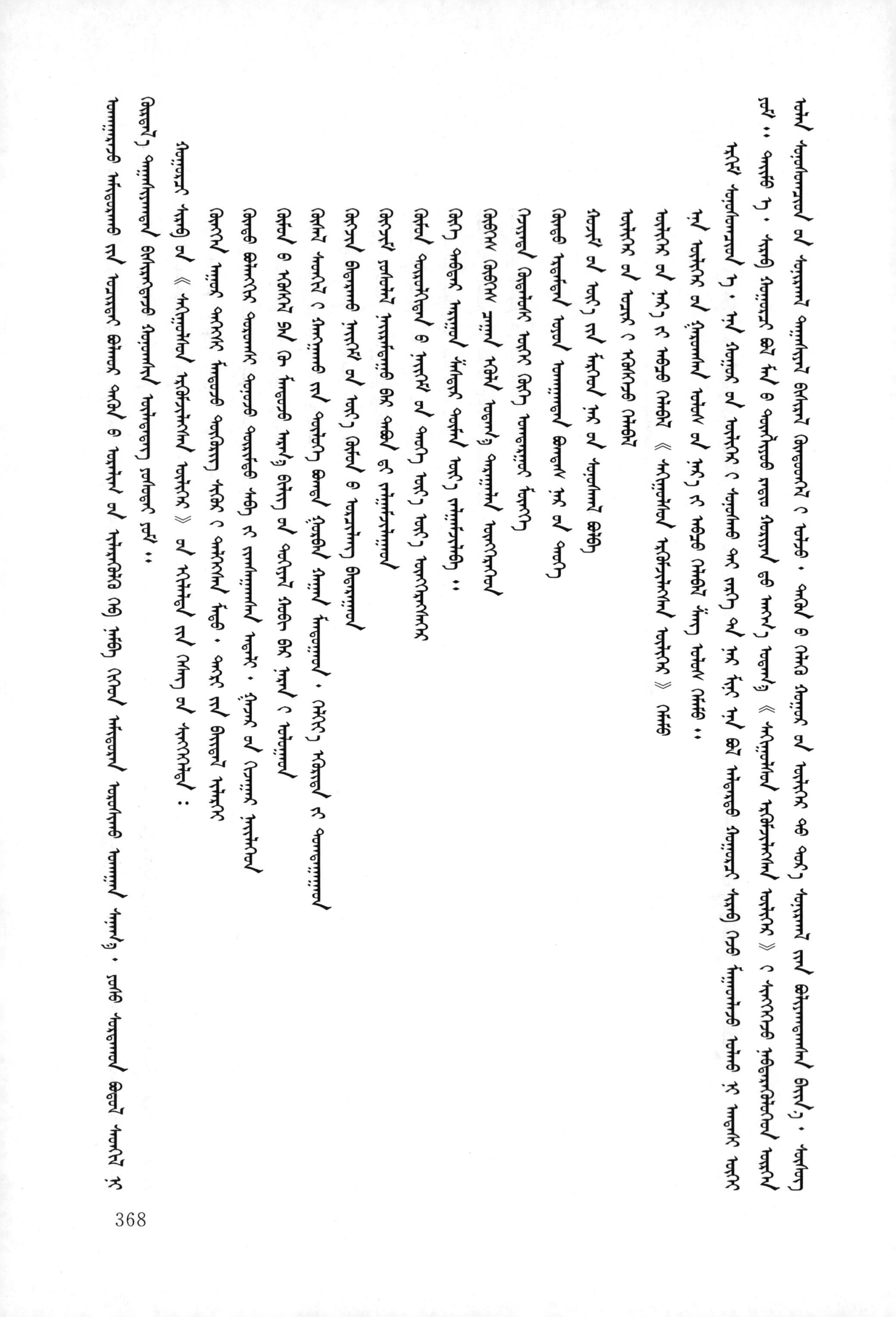

[illegible]

[illegible]

[illegible]

[illegible]

[illegible]

[illegible]

[illegible]

[illegible]

[illegible]

[illegible]

[illegible]

[illegible]

[illegible]

[illegible]

[illegible]

[illegible]

[illegible]

[illegible]

[illegible]

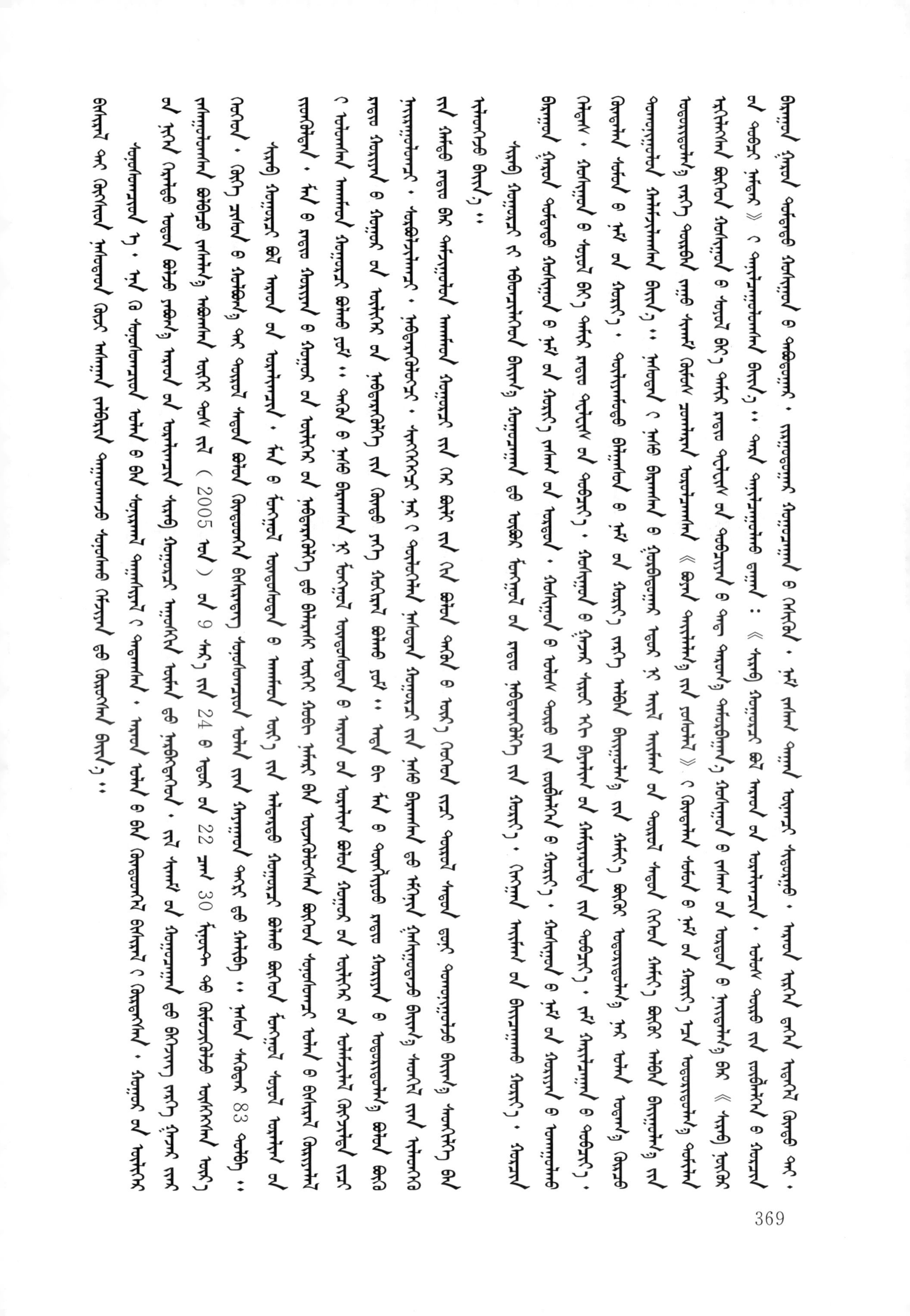

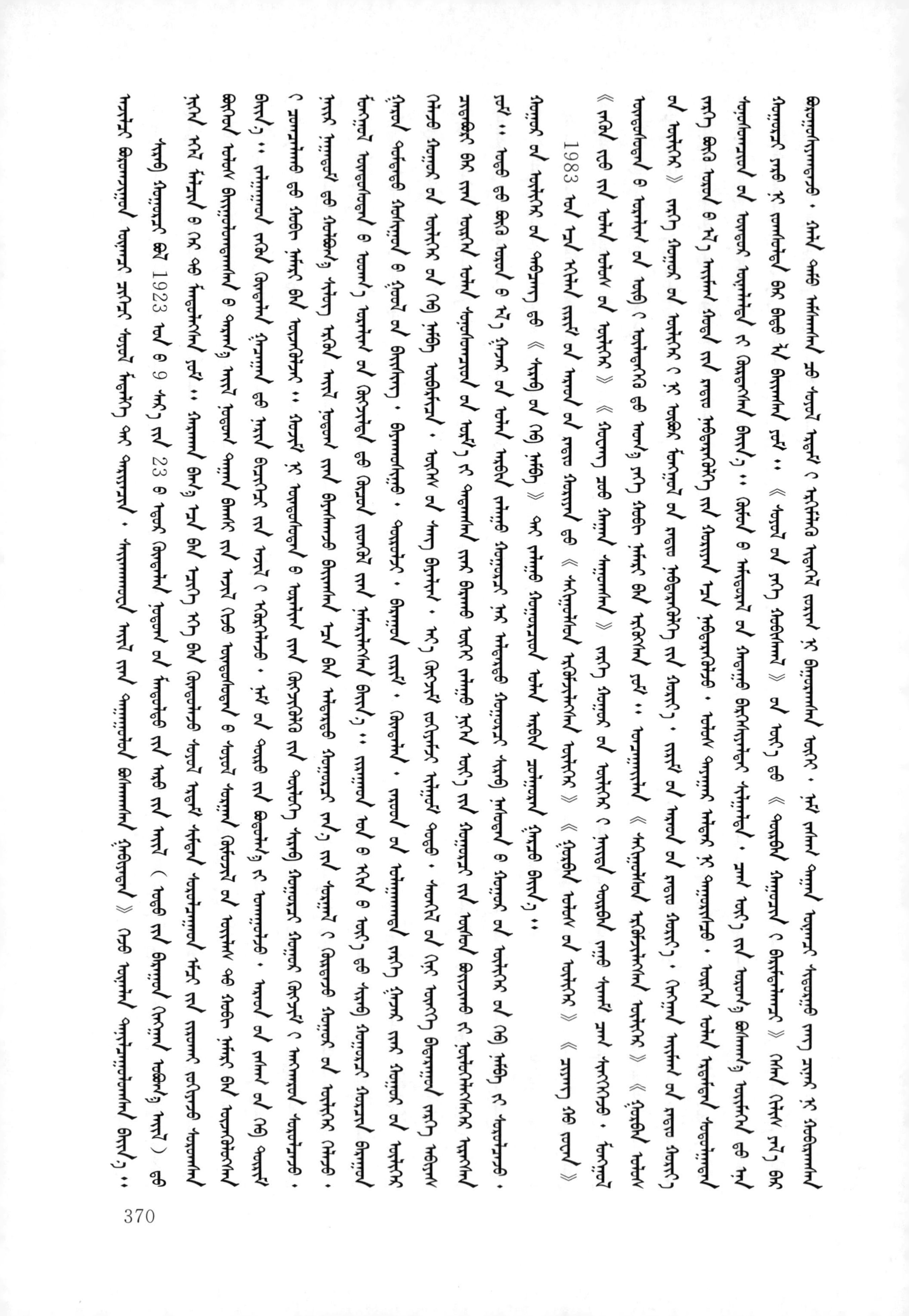

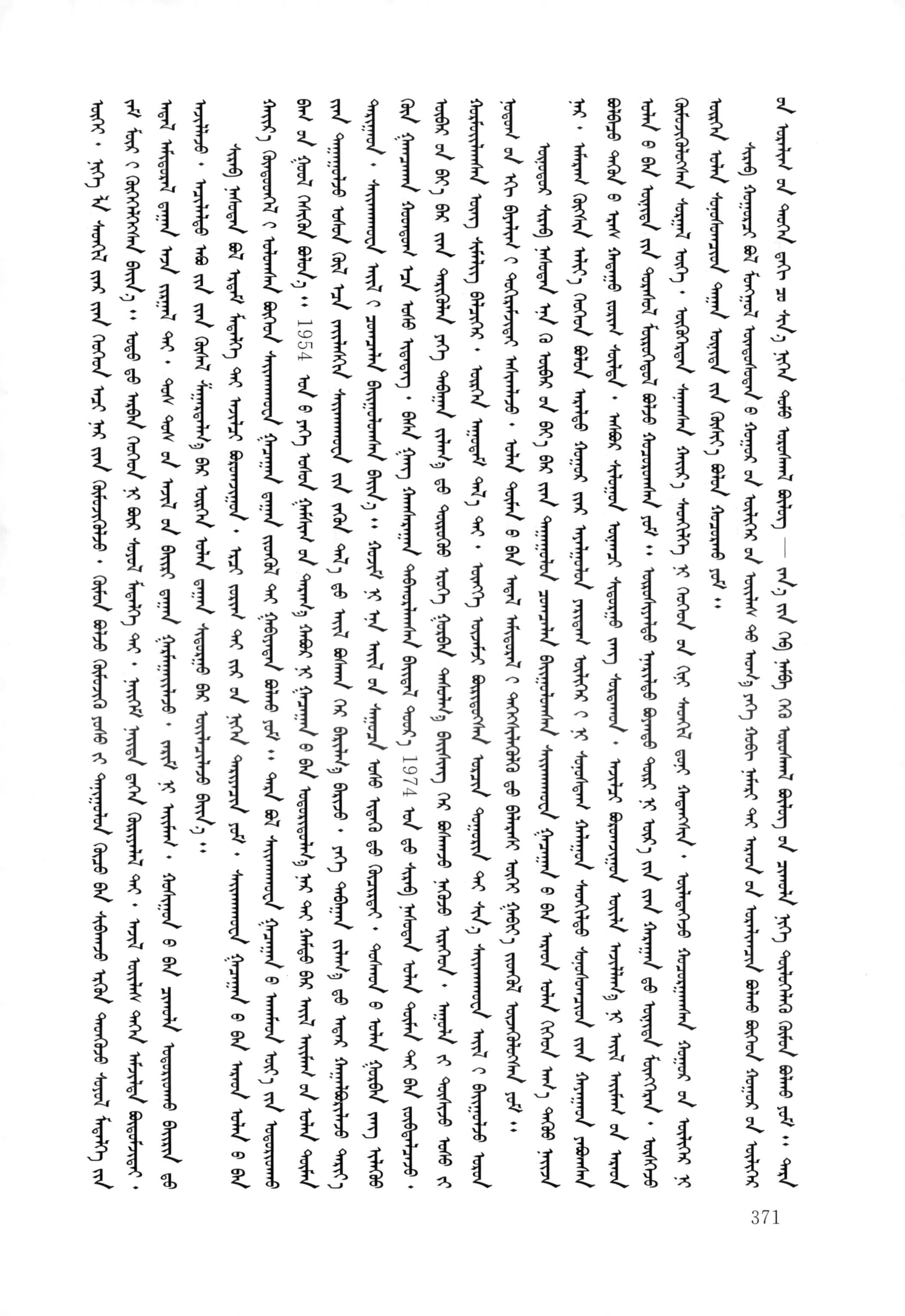

1954

1974

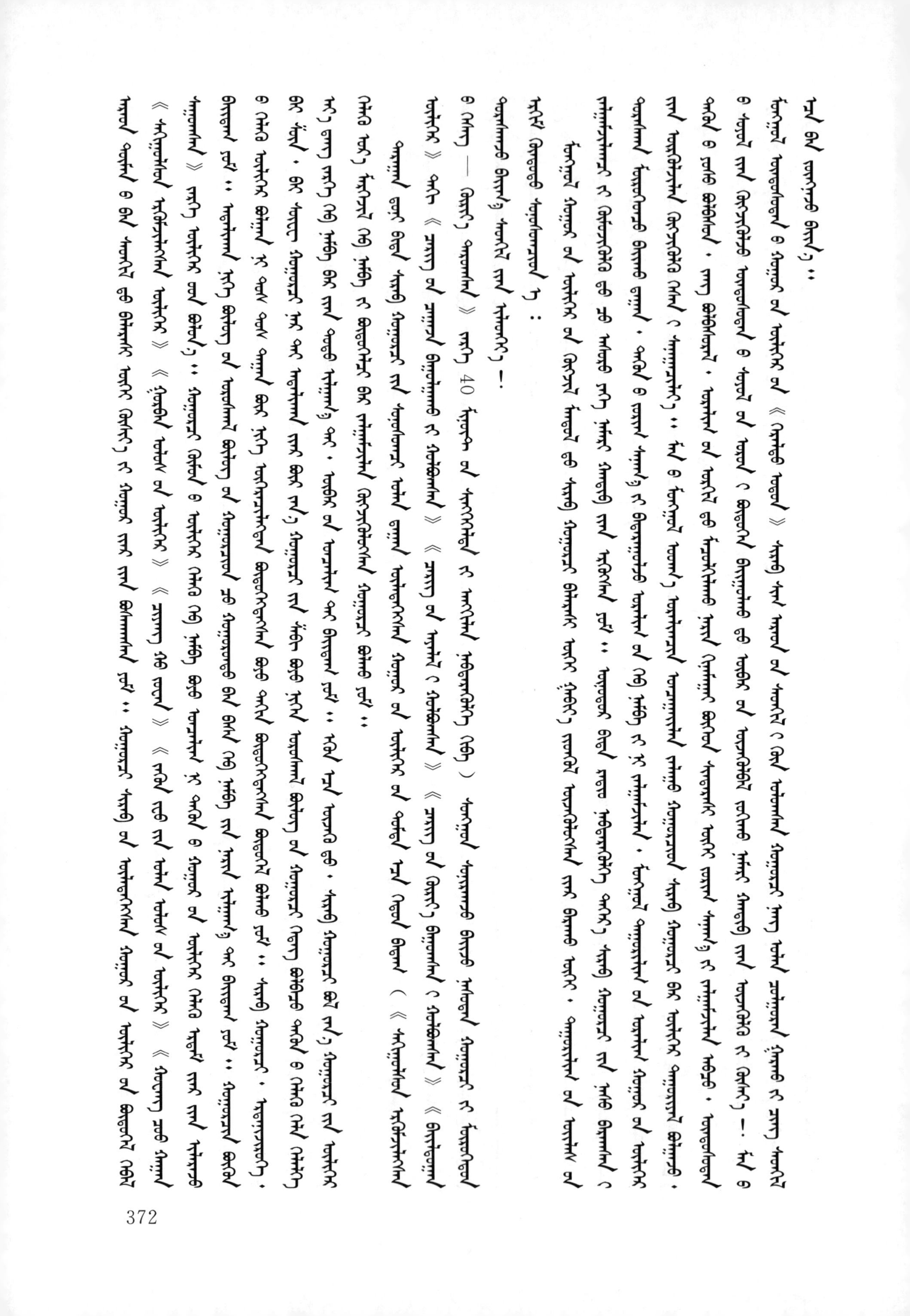

ᠠᠯᠪᠠᠳᠤ ᠭᠣᠣᠯᠯᠠᠭᠰᠠᠨ ᠠᠯᠪᠠᠨ ᠦᠭᠡᠢ᠂ ᠠᠵᠢᠯ ᠤᠨ ᠲᠣᠭᠠᠨ ᠪᠦᠬᠦᠨ ᠰᠢᠨᠵᠢᠯᠡᠭᠳᠡᠬᠦ ᠬᠡᠮᠵᠢᠶᠡᠯᠡᠭᠳᠡᠨ᠎ᠡ᠃

ᠭᠣᠣᠯᠯᠠᠬ ᠤᠨ ᠠᠵᠢᠯᠯᠠᠭᠤ ᠤᠨ ᠵᠢᠨ ᠪᠦᠷᠢᠨ ᠳᠣᠲᠣᠭᠠᠳᠤ ᠪᠠᠶᠢᠳᠠᠯ ᠢ ᠲᠣᠳᠣᠷᠬᠠᠢᠯᠠᠭᠰᠠᠨ ᠪᠠᠷ ᠰᠢᠨᠵᠢᠯᠡᠭᠳᠡᠳᠡᠭ᠃

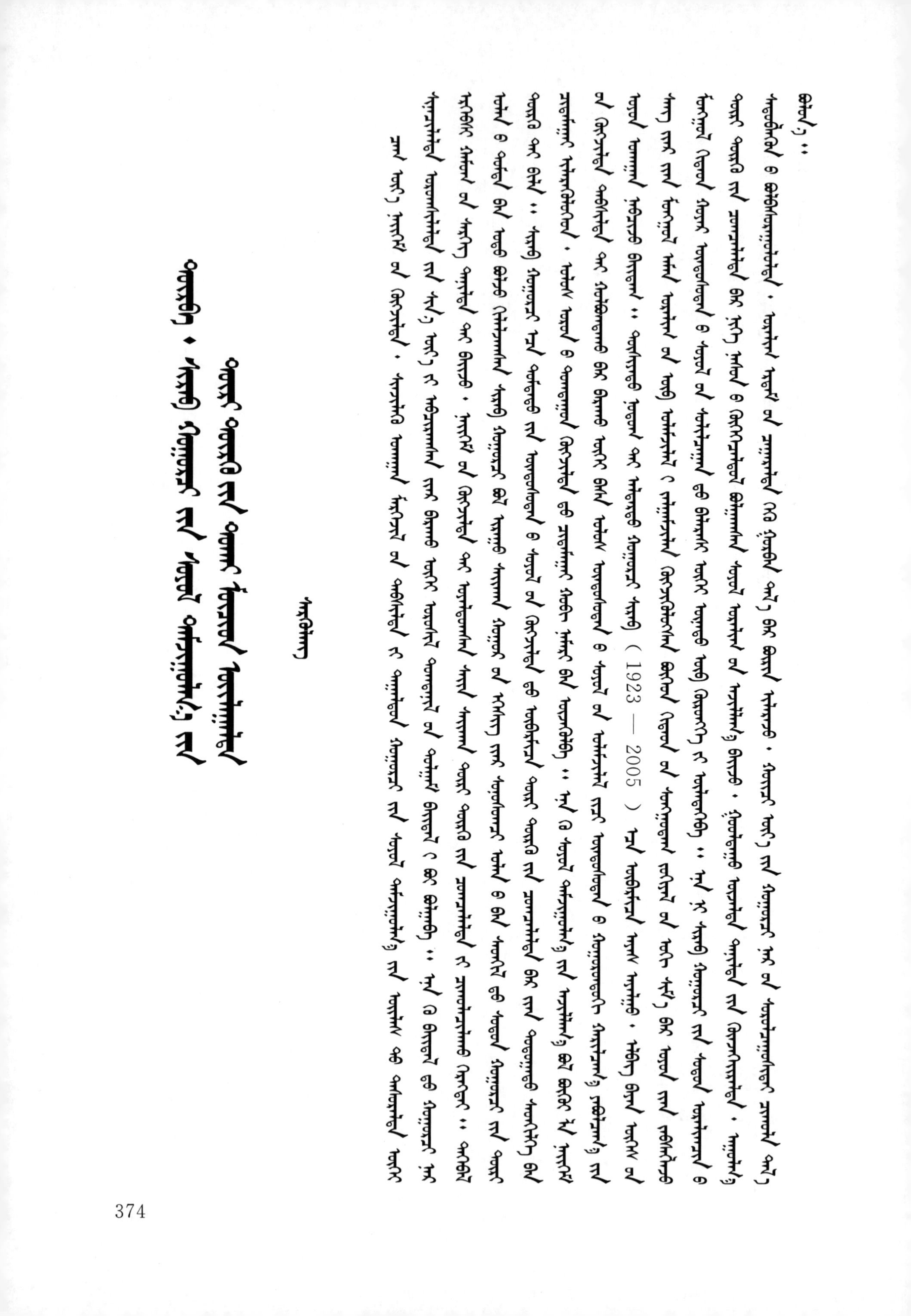

(1923 — 2005)

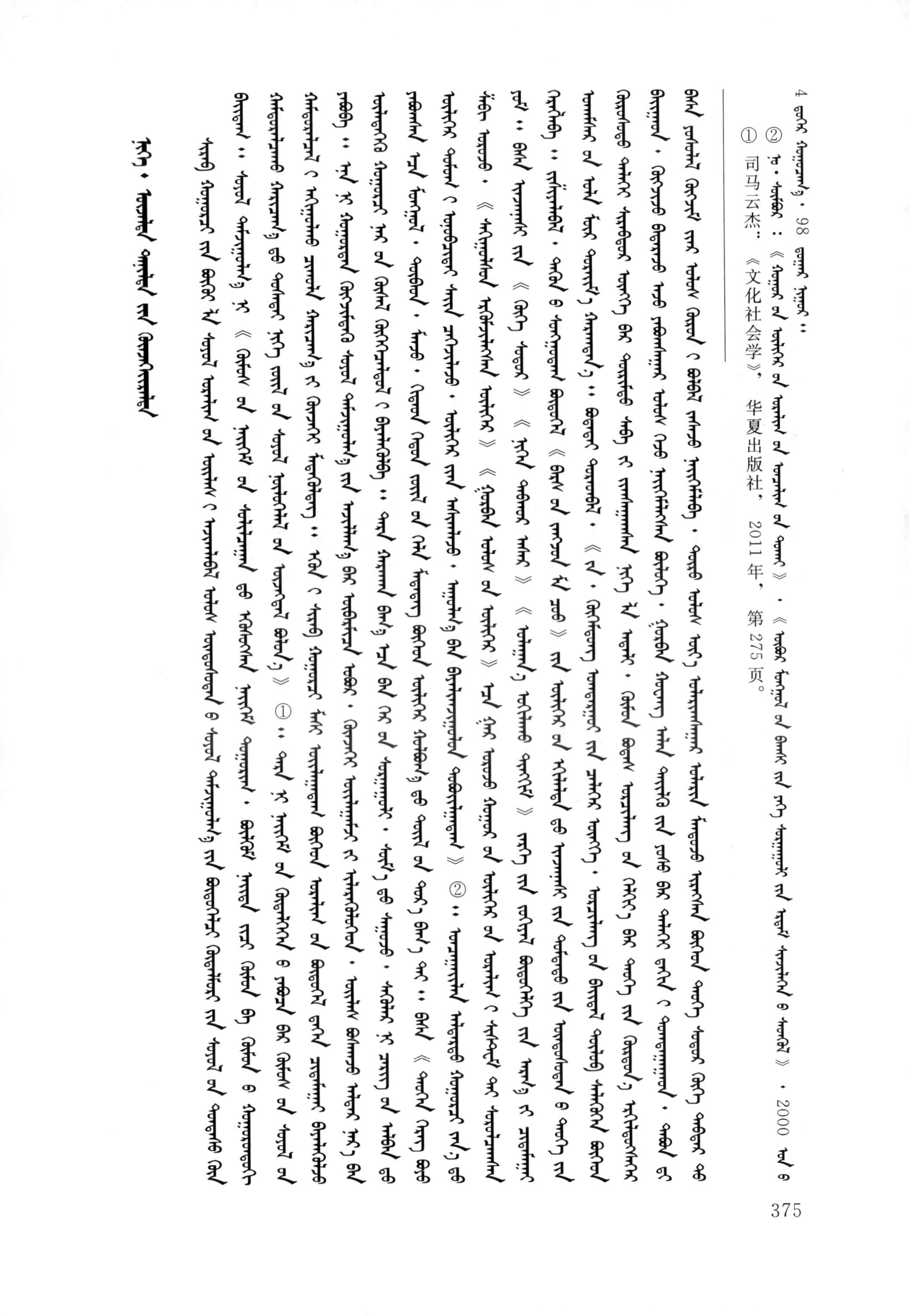

① 司马云杰：《文化社会学》，华夏出版社，2011年，第275页。

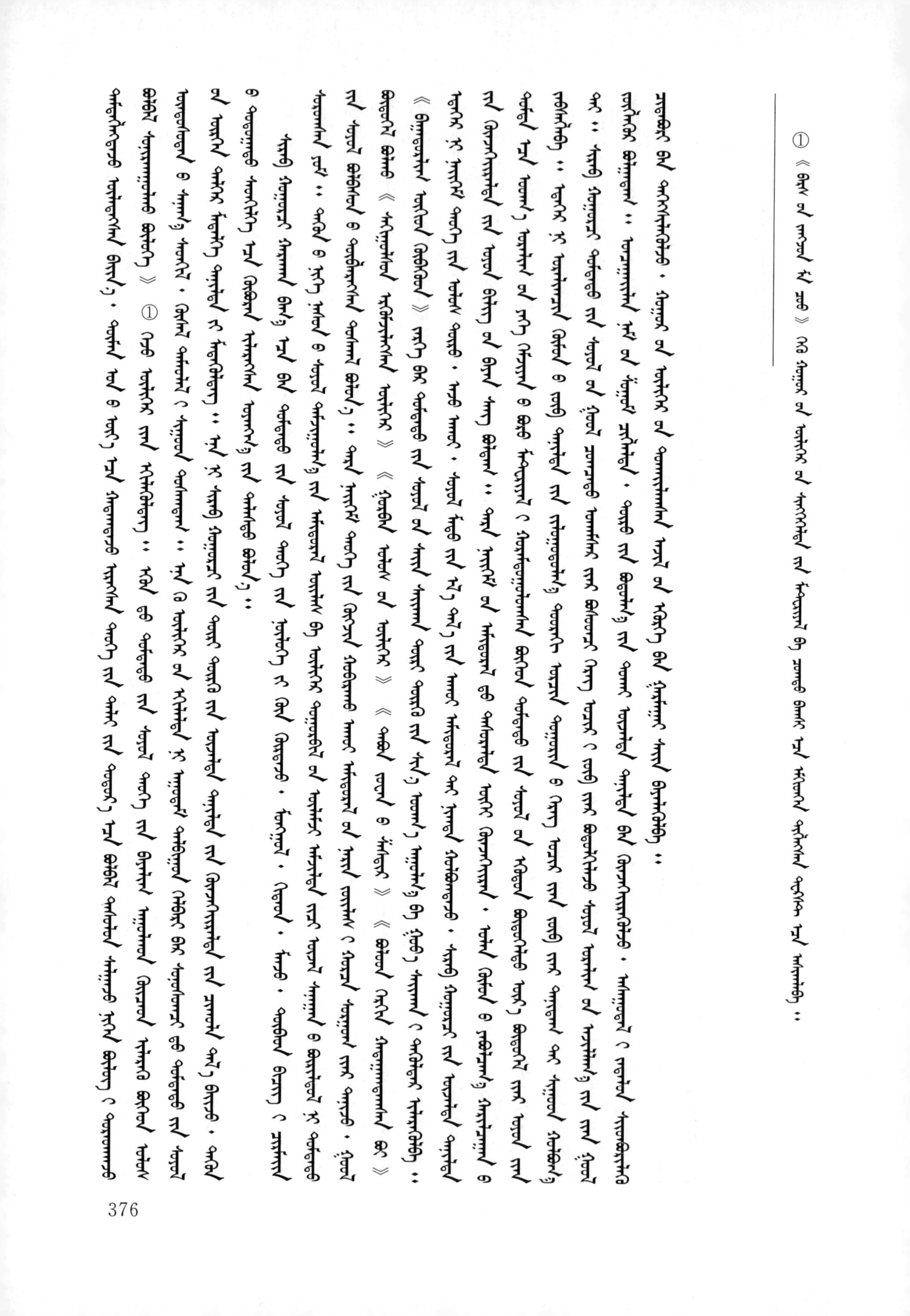

[illegible]

① [illegible]

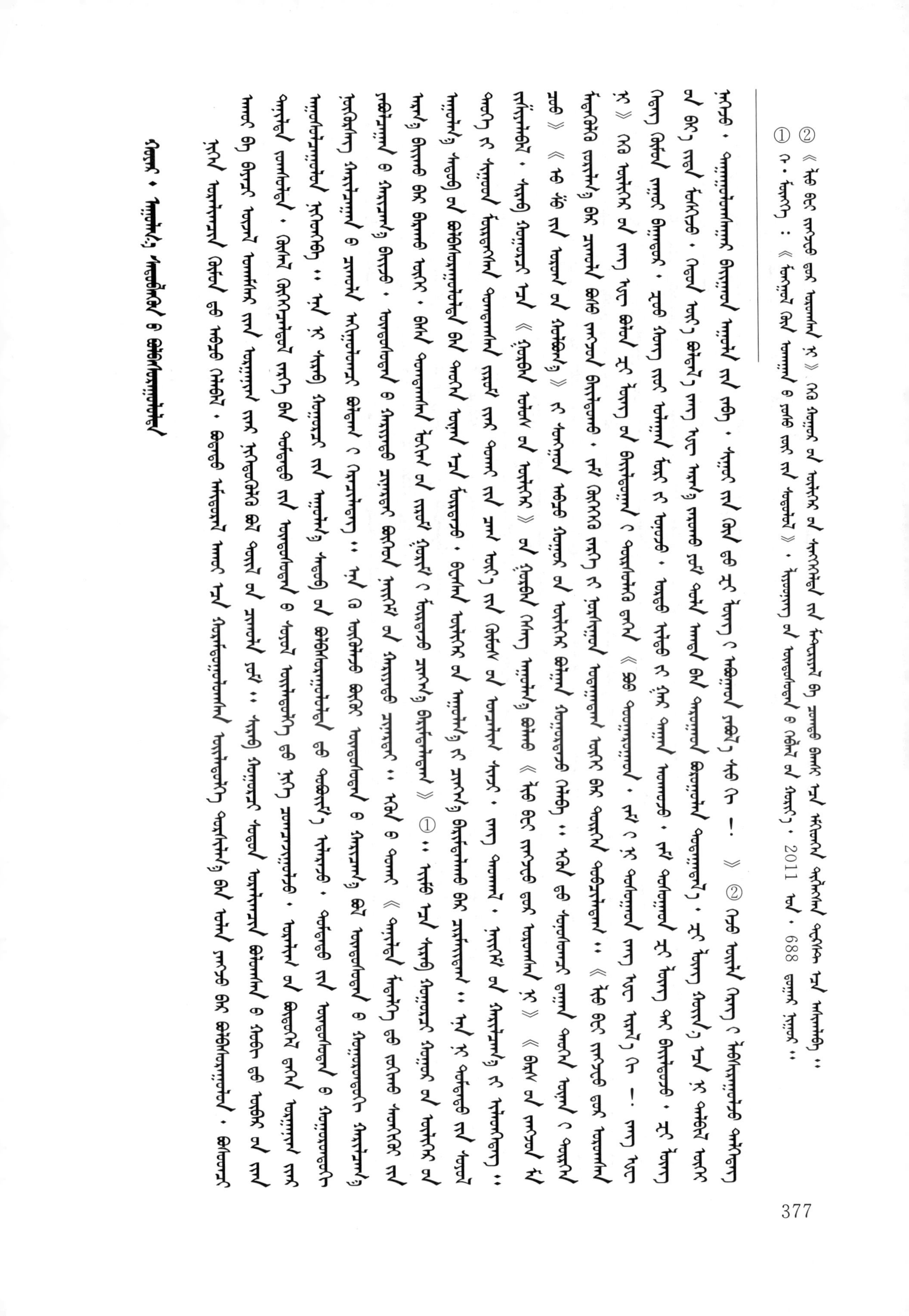

① 2011 688

②

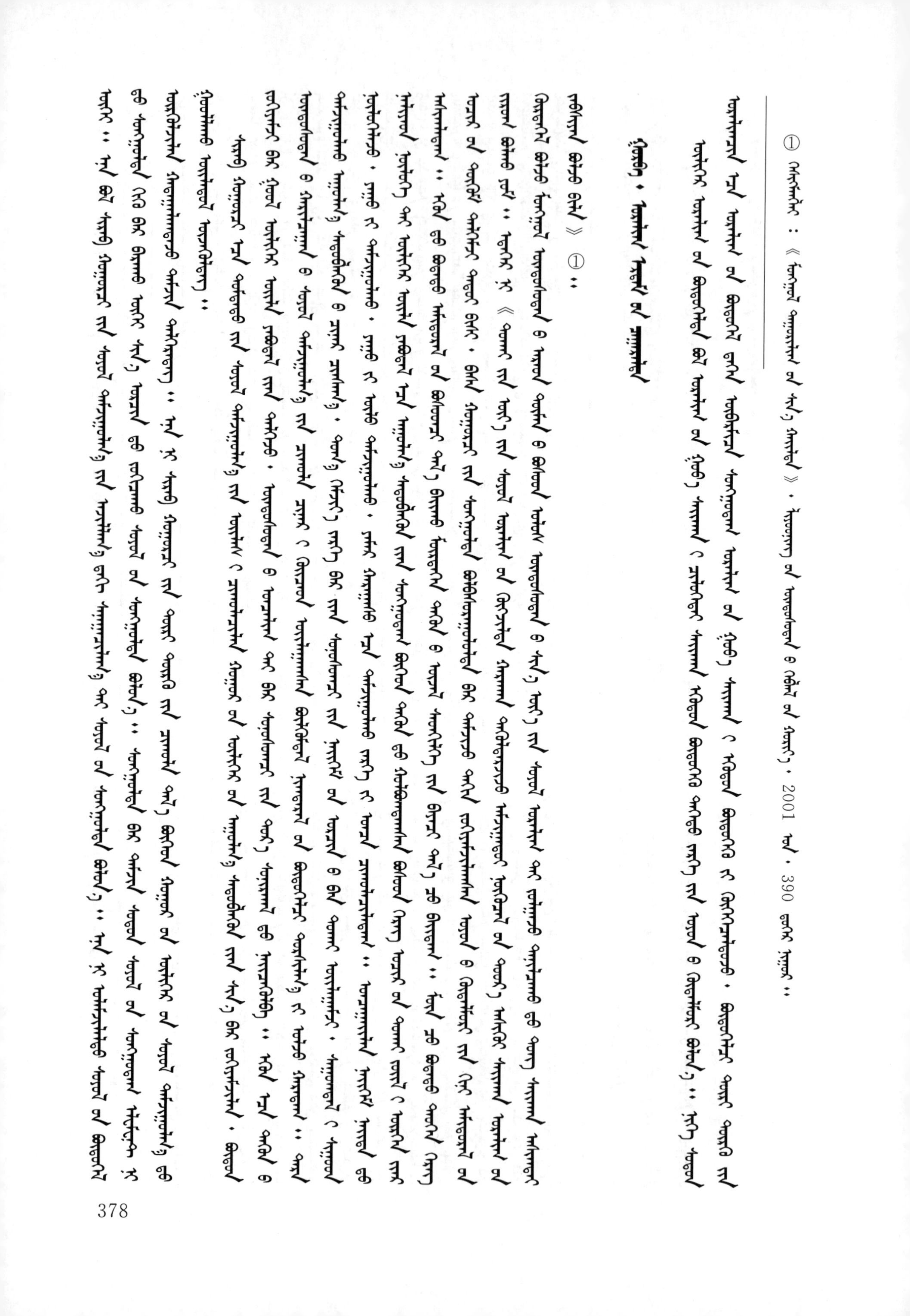

[illegible]

[illegible] 》①

[illegible]

[illegible]

① [illegible] :《 [illegible] 》, [illegible], 2001 [illegible], 390 [illegible]

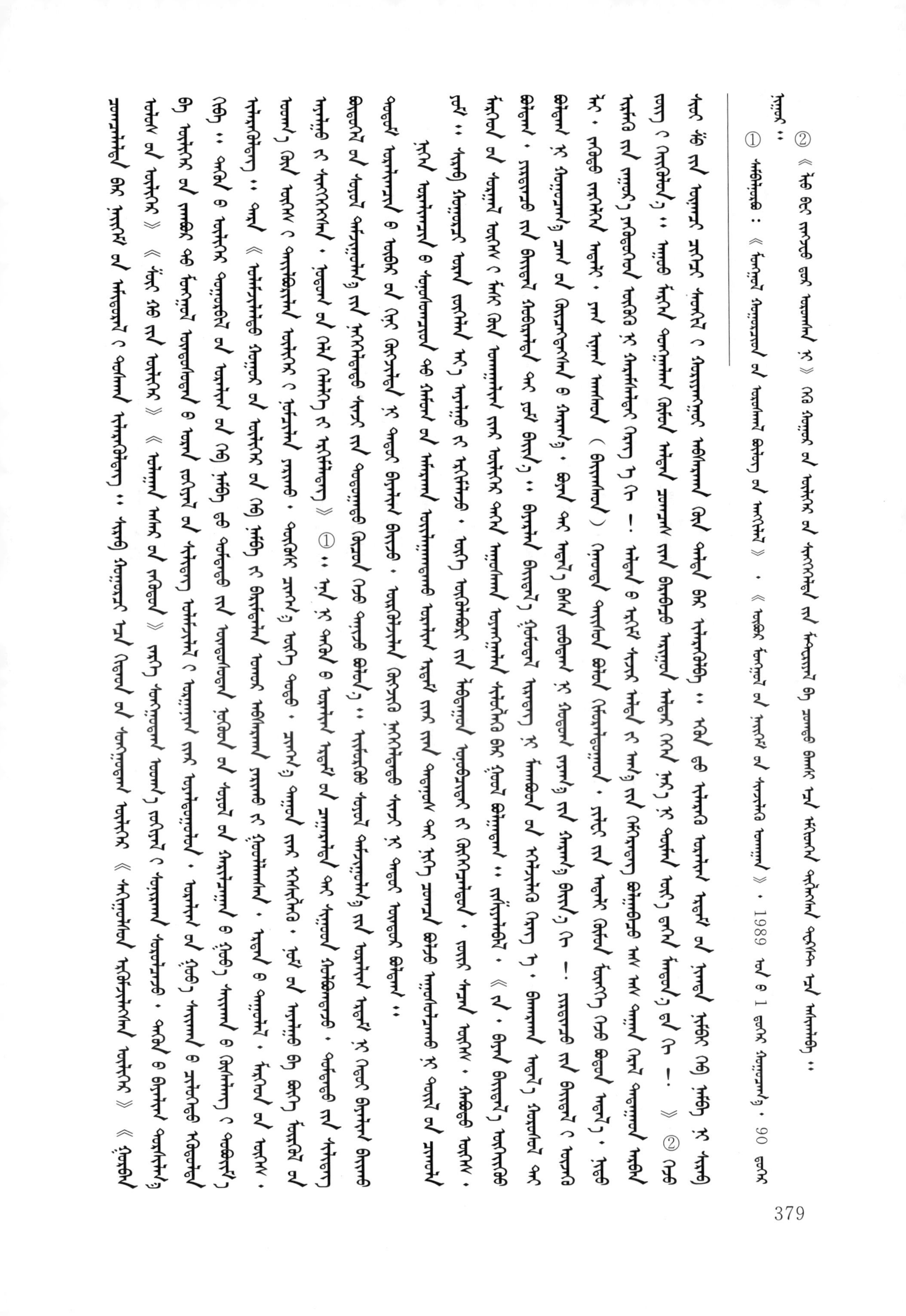

②

① 1989 1 90

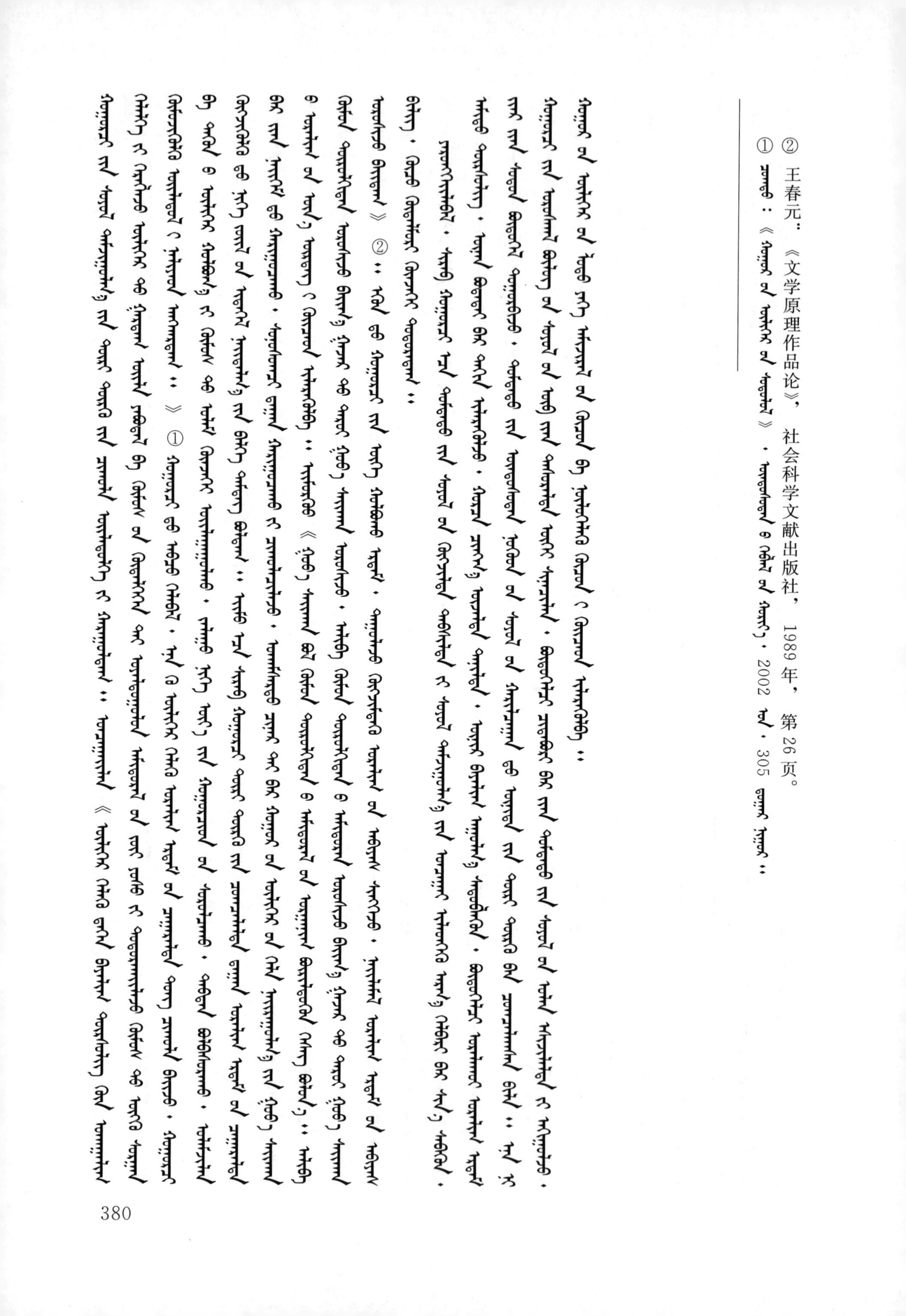

[illegible]

① [illegible] 2002 [illegible] 305 [illegible]

② 王春元：《文学原理作品论》，社会科学文献出版社，1989年，第26页。

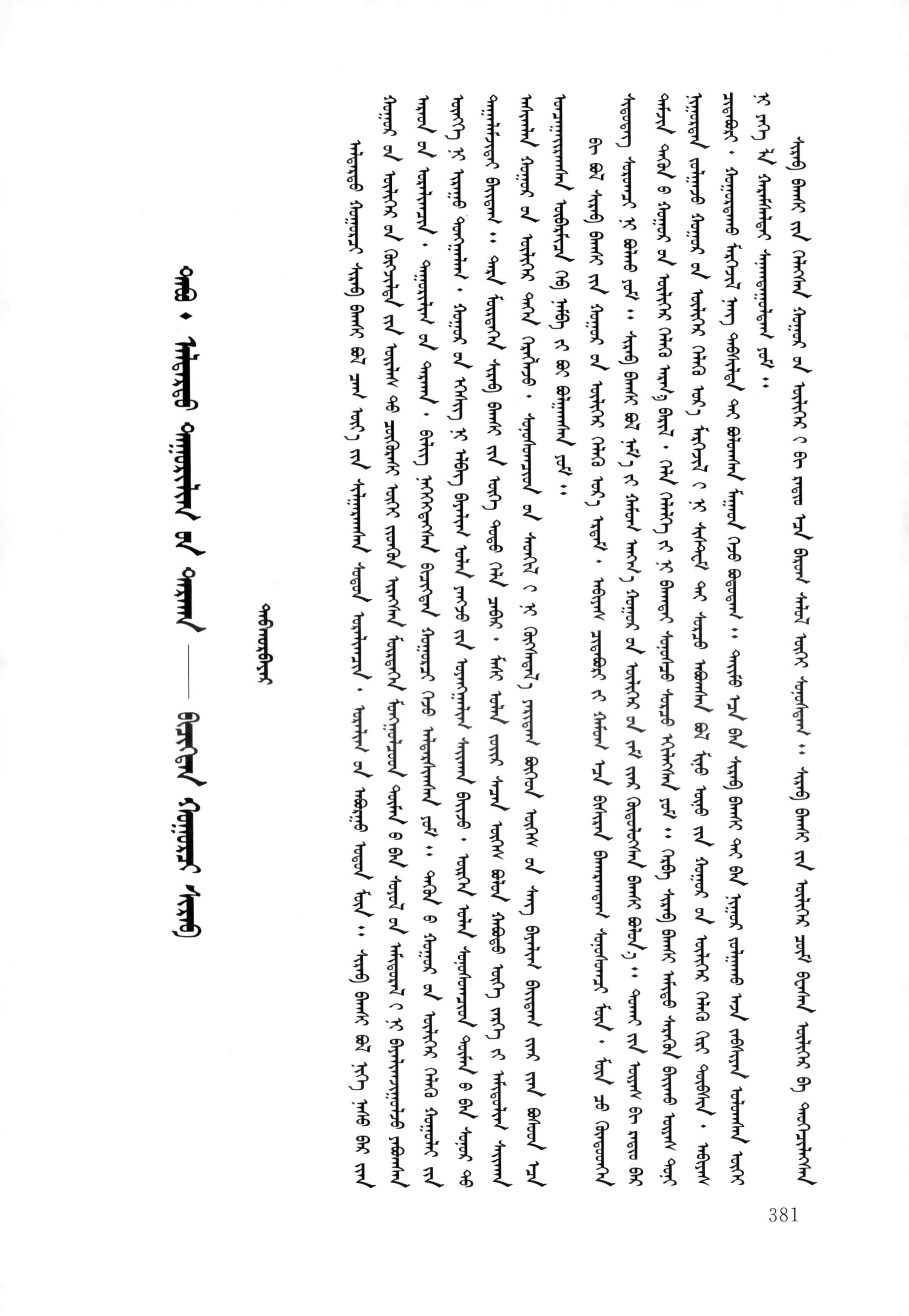

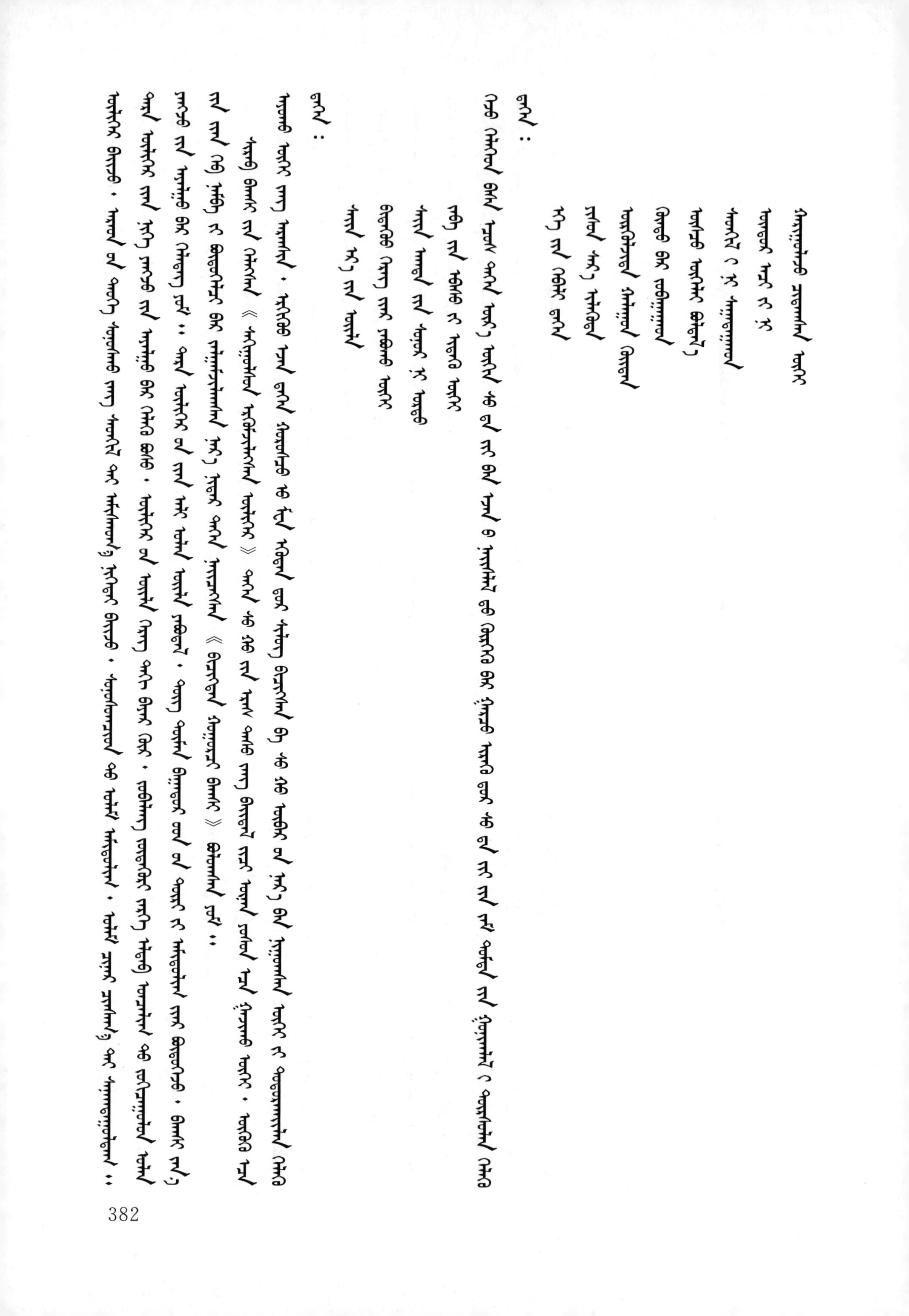

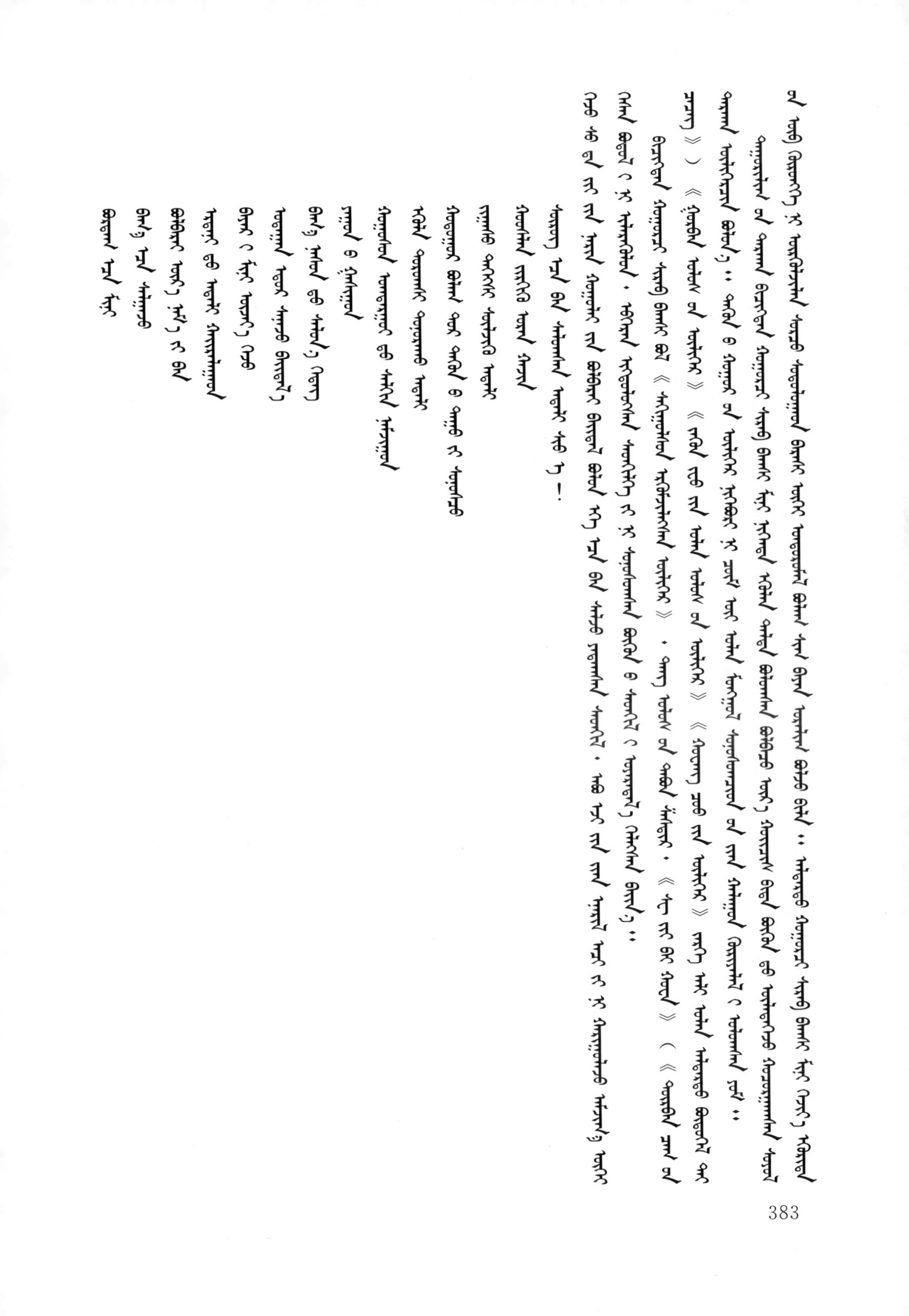

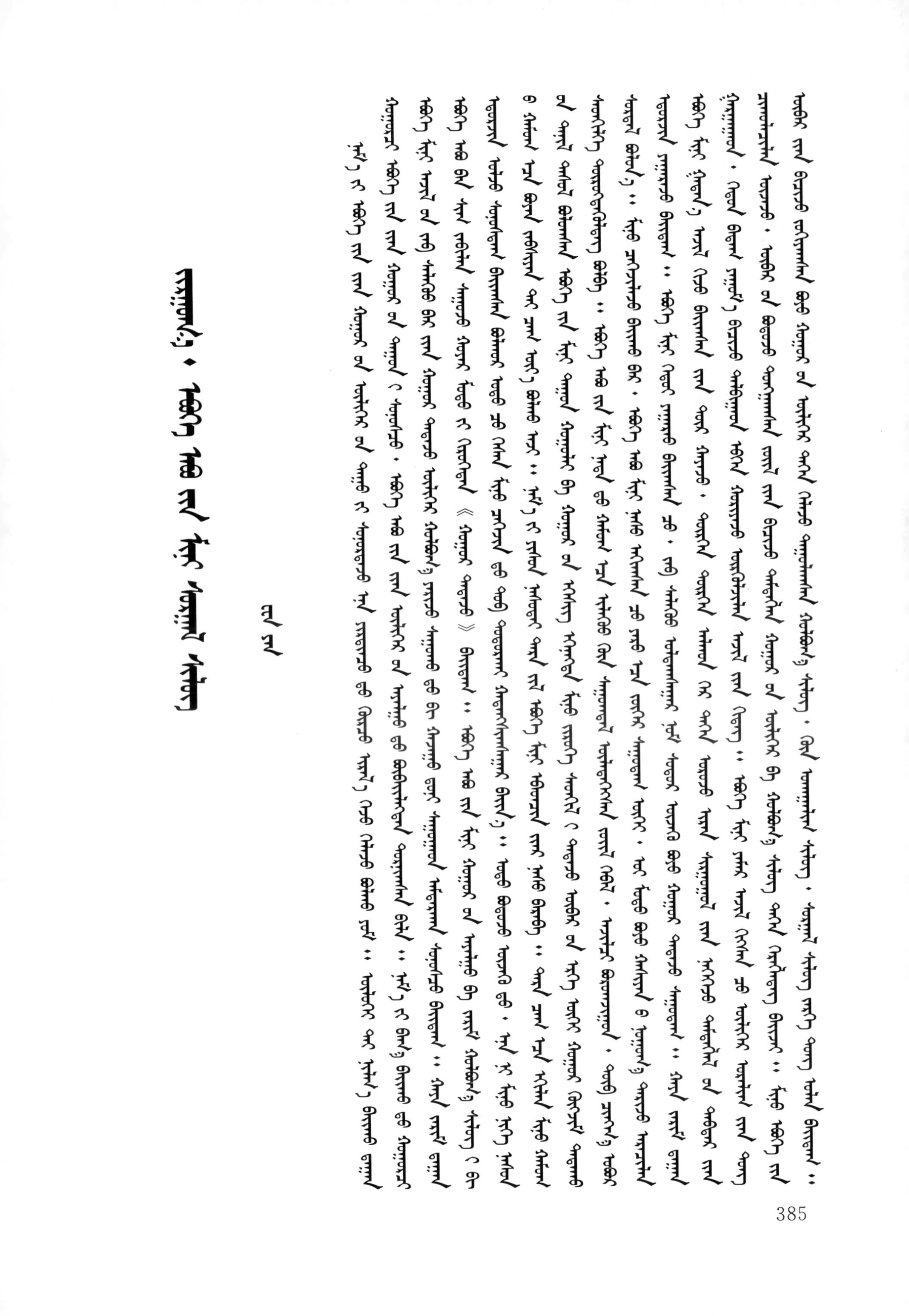

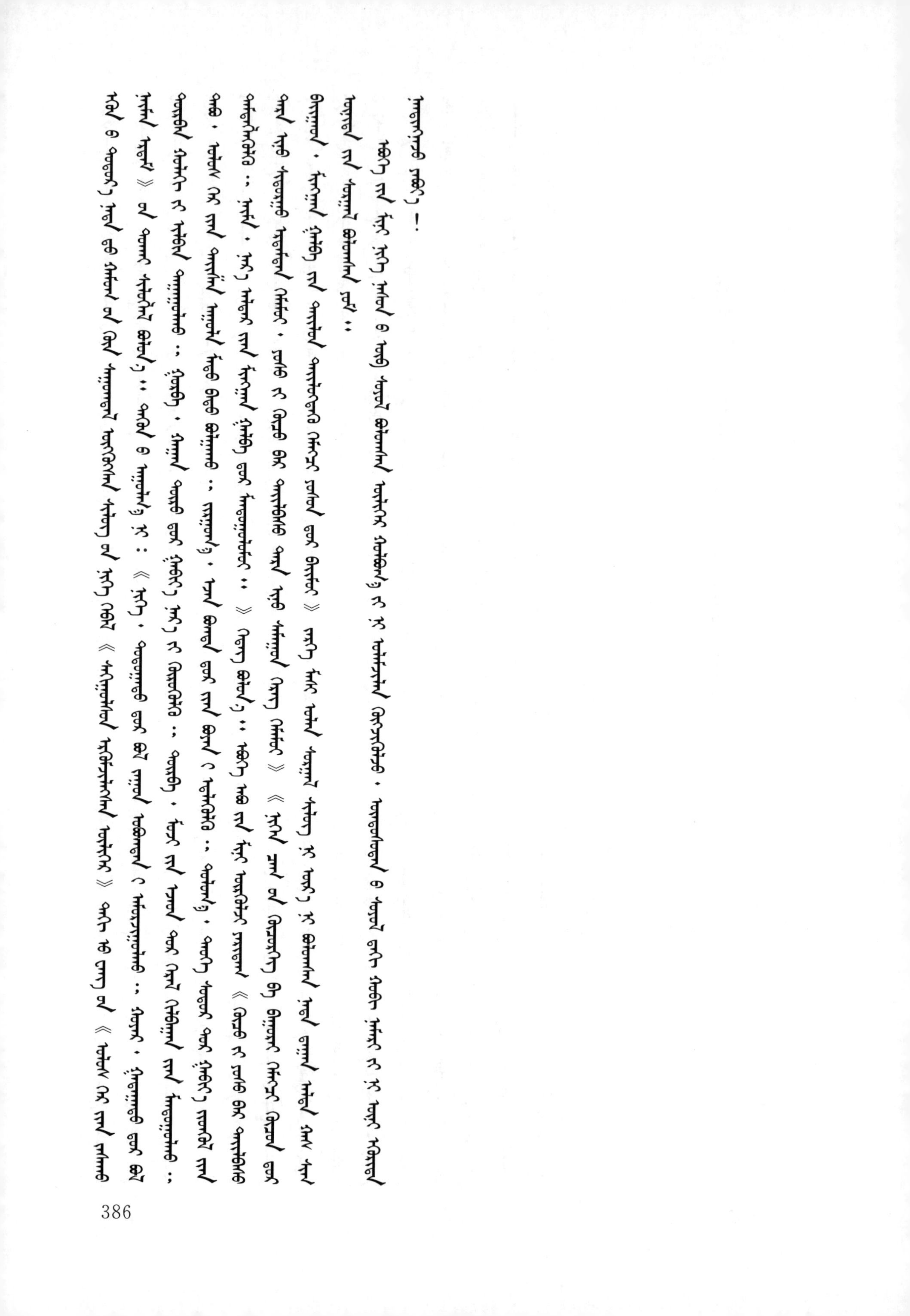

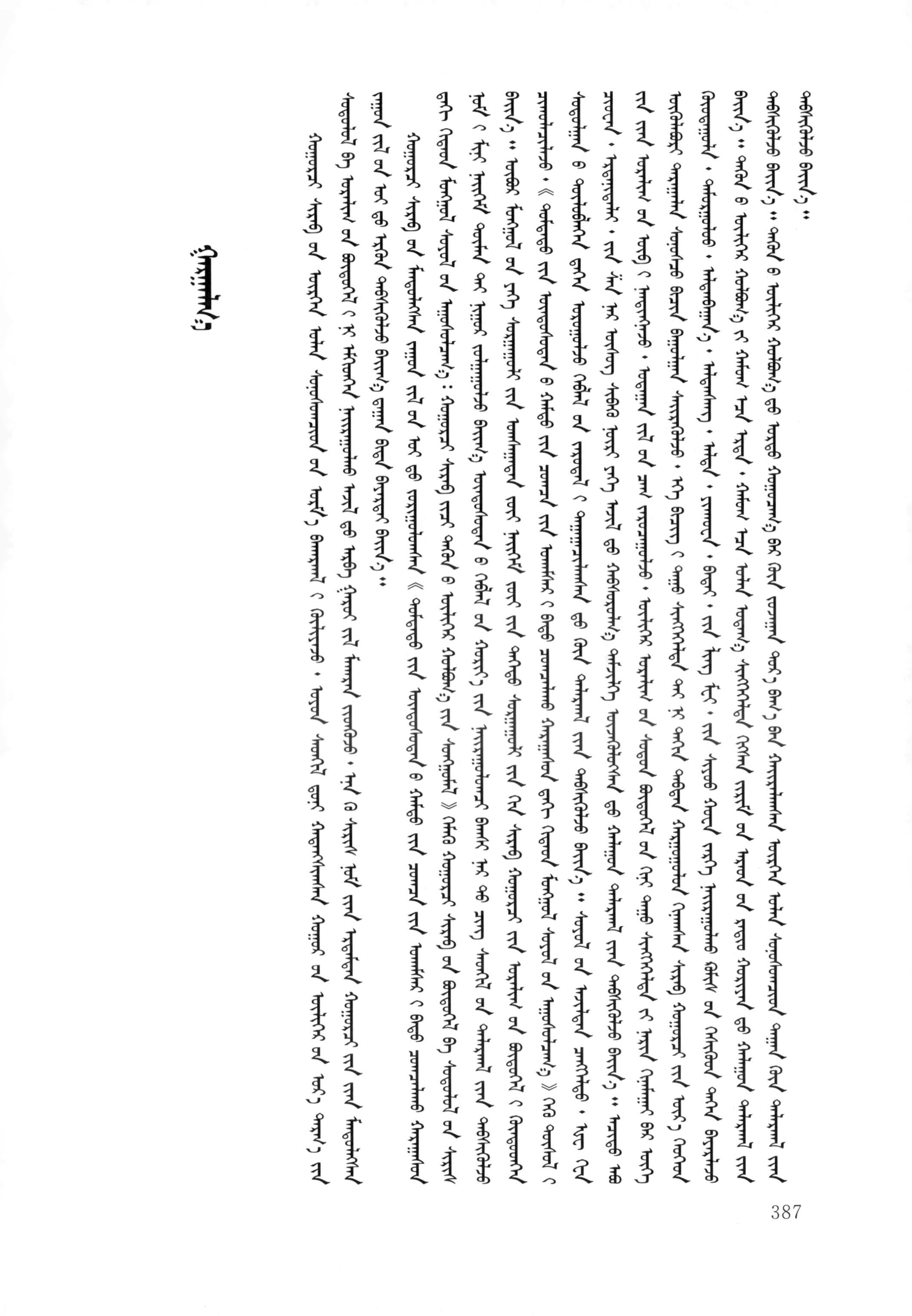

[illegible]

[illegible]

[illegible]

[illegible]

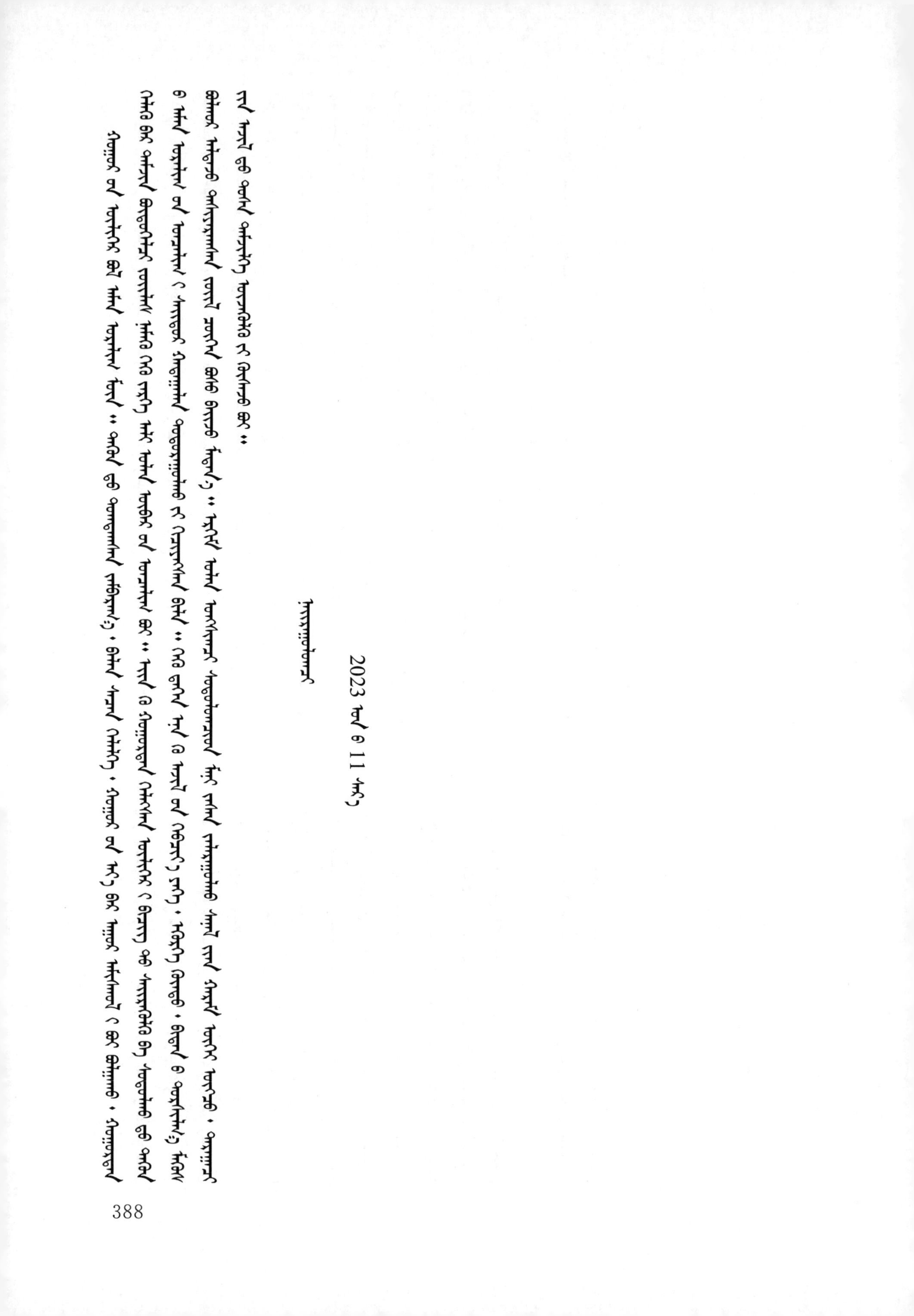

[illegible]

ᠣᠷᠴᠢᠭᠤᠯᠤᠭᠴᠢ

2023 ᠣᠨ ᠤ 11 ᠰᠠᠷ᠎ᠠ

ᠬᠠᠷᠢᠭᠤᠴᠠᠬᠤ
ᠨᠠᠶᠢᠷᠠᠭᠤᠯᠤᠭᠴᠢ :
ᠪᠤ ᠰᠦ ᠺᠧ

ᠬᠠᠷᠢᠭᠤᠴᠠᠬᠤ
ᠨᠠᠶᠢᠷᠠᠭᠤᠯᠤᠭᠴᠢ :
ᠰᠠᠷᠠᠨ ᠴᠡᠴᠡᠭ

ᠬᠠᠪᠲᠠᠰᠤ
ᠳᠦᠷᠰᠦᠯᠡᠭᠴᠢ :
ᠯᠢ ᠯᠠ

ᠬᠡᠪᠯᠡᠯ ᠦᠨ ᠡᠷᠬᠡ ᠶᠢᠨ ᠬᠠᠮᠢᠶᠠᠷᠤᠯᠲᠠ ᠳᠤ ᠬᠠᠮᠢᠶᠠᠷᠤᠯᠤᠨ᠎ᠠ
ᠪᠦᠬᠦ ᠬᠤᠪᠢ ᠳᠠᠯᠪᠠᠭ᠎ᠠ ᠢ ᠵᠥᠪᠰᠢᠶᠡᠷᠡᠯ ᠦᠭᠡᠢ ᠬᠡᠪᠯᠡᠬᠦ ᠶᠢ ᠴᠠᠭᠠᠵᠠᠯᠠᠨ᠎ᠠ
ᠬᠤᠯᠪᠤᠭ᠎ᠠ ᠳᠤᠭᠠᠷ : ᠪᠠᠷᠤᠭ ᠤᠨ ᠣᠷᠤᠨ ᠤ ᠬᠡᠪᠯᠡᠯ ᠦᠨ ᠬᠣᠷᠢᠶ᠎ᠠ

ᠦᠨᠳᠦᠰᠦᠲᠡᠨ ᠦ ᠬᠡᠪᠯᠡᠯ ᠦᠨ ᠬᠣᠷᠢᠶ᠎ᠠ
ᠬᠡᠪᠯᠡᠨ ᠭᠠᠷᠭᠠᠪᠠ

*

ᠪᠦᠬᠦ ᠤᠯᠤᠰ ᠤᠨ ᠰᠢᠨ᠎ᠡ ᠬᠤᠳᠠᠯᠳᠤᠭᠠᠨ ᠤ ᠳᠡᠯᠭᠡᠭᠦᠷ
ᠳᠤ ᠬᠤᠳᠠᠯᠳᠤᠨ᠎ᠠ
ᠬᠡᠪᠯᠡᠭᠦᠯᠦᠯ ᠦᠨ ᠬᠡᠮᠵᠢᠶ᠎ᠡ
ᠬᠡᠪᠯᠡᠭᠦᠯᠦᠯ ᠦᠨ ᠬᠣᠷᠢᠶ᠎ᠠ ᠳᠤ ᠬᠡᠪᠯᠡᠭᠦᠯᠪᠡ

*

2025 ᠣᠨ ᠤ 4 ᠰᠠᠷ᠎ᠠ ᠳᠤ ᠨᠢᠭᠡᠳᠦᠭᠡᠷ ᠤᠳᠠᠭ᠎ᠠ ᠬᠡᠪᠯᠡᠪᠡ
2025 ᠣᠨ ᠤ 4 ᠰᠠᠷ᠎ᠠ ᠳᠤ ᠨᠢᠭᠡᠳᠦᠭᠡᠷ ᠬᠡᠪᠯᠡᠯ
ᠱᠤᠤᠳᠠᠩ ᠤᠨ ᠺᠣᠳ᠋ : 100013
ᠤᠲᠠᠰᠤ : (010) 58130062 58130914
ᠦᠨ᠎ᠡ : 98.00 ᠶᠤᠸᠠᠨ

图书在版编目（CIP）数据

铸牢中华民族共同体意识视角下的汉蒙文化交融：胡尔奇希日布研究：蒙古文 / 杨常宝，金晓华主编．-- 北京：民族出版社，2023.10
（内蒙古大学铸牢中华民族共同体意识研究系列丛书）
ISBN 978-7-105-17122-4

Ⅰ．①胡… Ⅱ．①杨… ②金… Ⅲ．①蒙古族－说唱文学－文学研究－中国－蒙古语（中国少数民族语言）Ⅳ．① I207.39

中国国家版本馆 CIP 数据核字 (2023) 第 219792 号

主　　编：杨常宝　金晓华
责任编辑：包美丽
责任校对：华　荣
封面设计：金　晔

出版发行：民族出版社
地址：北京市和平里北街 14 号
邮编：100013
网址：http://www.mzpub.com
印刷：北京盛通印刷股份有限公司
经销：各地新华书店
版次：2025 年 4 月第 1 版　2025 年 4 月北京第 1 次印刷
开本：787 毫米 × 1092 毫米　1/16
字数：450 千字
印张：25.75
定价：98.00 元
ISBN 978-7-105-17122-4 / I · 3247（蒙 565）